长篇知青小说《担当》之一

岁月烟雨

张平增 著

SPM
南方传媒
广东人民出版社
· 广州 ·

图书在版编目（CIP）数据

岁月烟雨 / 张平增著. —广州：广东人民出版社，2022.6
ISBN 978-7-218-15793-1

Ⅰ．①岁… Ⅱ．①张… Ⅲ．①自传体小说—中国—当代
Ⅳ．①I247.5

中国版本图书馆 CIP 数据核字（2022）第 094414 号

SUIYUE YANYU
岁 月 烟 雨

张平增　著

出 版 人：肖风华

责任编辑：梁　茵　林斯澄
责任技编：吴彦斌　周星奎

出版发行：广东人民出版社
地　　址：广州市越秀区大沙头四马路 10 号（邮政编码：510199）
电　　话：（020）85716809（总编室）
传　　真：（020）85716872
网　　址：http://www.gdpph.com
印　　刷：恒美印务（广州）有限公司
开　　本：787 毫米 ×1092 毫米　1/16
印　　张：25　　字　数：474 千
版　　次：2022 年 6 月第 1 版
印　　次：2022 年 6 月第 1 次印刷
定　　价：78.00 元

如发现印装质量问题，影响阅读，请与出版社（020-85716849）联系调换。
售书热线：020-87716172

谨以本书

献给上山下乡赴海南岛

屯垦戍边的兵团战友

我们曾被赋予担当坚持继续革命，反修防修，做红色革命事业接班人的历史使命；我们经历了共和国建设历程中的动荡与艰辛，担当起坎坷跌宕的人生。

—— 题记

目 录

第十二章　　317

童恒在武装连遭雷击时负重伤，病退回城找工作几经曲折，想转租郭秀芝的铺面开牛肉丸店引发郭秀芝的联想。被钟奕强怒斥后，杨森怀向郭秀芝负荆请罪求爱，得到谅解两人结婚。夫妻友善出招盘下铺面周边旧屋。知青集资，由伍秋盛设计改建旧房创办驼香饭店。驼香饭店也被称为知青饭店。杜振彬与纪德芬在知青饭店举办别出心裁的婚礼。纪德芬不甘无业赋闲，联系为陈根秋妈妈做道场的班主当了女法师，杜振彬于心不甘不忍但又无奈，向杨森怀求助。

第十三章　　341

曾秀玉接受胡宏彬"禅让"当了市人大代表。港商麦先生"空手套白狼"，欺骗利用宏秀制衣厂发大财的丑陋阴谋被自学英语的曾秀玉识破，但曾秀玉又被回城场友姚东斌诈骗，弟弟曾旭辉更是不时惹是生非。曾贵达认真打理宏秀服装店帮助女儿、女婿打造品牌。钟奕强被心术不正、贪婪的副厂长魏洪根调离供销科。民营药厂老板王贵兴打驼江制药厂的算盘，欲低价回收制药设备。

第十四章　　361

驼江制药厂亏损，党委书记曲焕彪被架空权力无可奈何。国企改革实行经营承包制。钟奕强任药物前处理车间主任具有承包工厂当厂长的资格，魏洪根深感"老道失算"。王贵兴想"蛇吞象"承包兼并驼江制药厂。他伙同魏洪根出阴招，背后对钟奕强下毒手但失败。

第十五章　　367

李仕翔与田慧喜结良缘再获甜蜜生活。刘晓绯政绩斐然遭猜忌被诬告，省委派工作组调查坏事变好事。钟瑞腾偕女友、钟瑞云的闺蜜邱粤兰回家探亲。甘欣利制定承包工厂须一次性用现金预交三成承包利润的政策规定，认为以此抓住了钟奕强的软肋。曾秀玉、杨森怀大气出手借钱给钟奕强。田慧通过冯国昌联系到在台湾的小叔钟勇，钟勇毫不犹豫满口答应由田慧全权支配使用埋在康健楼地下的黄金遗产。钟奕强承包工厂稳操胜券。

第
一
章

钟奕强在艰辛的大会战中表现突出入党，被提拔为连队副指导员。优秀卫生员钟瑞云在大会战工地遭遇事故身亡，钟奕强痛失初恋。指导员胡秋生忌恨钟奕强且时常找茬整知青。钟奕强困退回城被安排在居委会办的纸盒厂当工人，虽受厂长王菊香关照但深感压抑。他羡慕回城后闯荡社会的原连队后进战士杨森怀，决定辞职走自己的路。

一

　　时光迈着悠悠的脚步，正悄悄地向20世纪80年代逼近。清晨，隔着内海湾，与妈祖庙遥相对望的驼江市郊区湾头公社城关大队农村，不知哪家村民饲养的大公鸡发出一声长啼。紧接着，村子里公鸡争先恐后引吭高歌，啼叫声顷刻此起彼伏，一声比一声高亢，一声比一声响亮。新的一天又开始了。激昂亢奋的公鸡啼叫声透过晨光，越过内海湾，穿过海滨路，传到妈祖庙，传到钟奕强的耳中。

　　妈祖庙现在是红阳区纸盒厂。钟奕强就住在庙里第一进厅右厢房。住房很简陋，没什么像样的摆设。一个用木板钉成的小书架摆放着20多本书；一只可拆开当床用的长木沙发上放着一条在农场供销社花八块钱买的用了近十年的棉毛毯和一个装有几件衣服的绿色帆布手提包；一张公家的二斗小办公桌上面摆着一个竹壳热水瓶和一台从海南岛带回来的牡丹牌袖珍收音机；另有一床当年上山下乡供应的棉被，被打成背包，罩上塑料薄膜挂在墙上。

　　钟奕强是困退回驼江市的海南农垦知青，现在是红阳区纸盒厂的工人。这几天，钟奕强总是听到鸡叫就起床，在天井边上的水龙头旁洗漱后，提了个直径22厘米铝制烧水壶，灌满自来水后放在七星煤炉上煮。每天早晨，钟奕强总是先烧开两壶开水灌入公用开水桶后才煮早餐。七星煤块在煤炉里慢慢燃烧，钟奕强走进第一进厅打开大门，站在门斗上，茫然地望着静悄悄的海滨路偶尔出现的车辆和路人。天蒙蒙的，接连几天的阴天，令人压抑。一位骑自行车向西边赶路的青年模模糊糊地进入了钟奕强的视线，很像是在海南同连队的知青杨森怀。再仔细一看，没错，就是他！

　　杨森怀个子不高，仍然瘦巴巴的。他是病退回城的，回城后不愿被安排到居委会办的工厂，现仍是无业青年。杨森怀平日很少与农场的知青交往，大伙也不知道他现在在干什么。

　　"杨森怀……"钟奕强大声喊了一句。骑自行车的青年一愣，下车转头紧张寻声张望。

　　"在这儿，森怀！在这儿！"钟奕强挥着手，又喊了一声。

　　杨森怀看见了，满脸堆笑推着自行车走向钟奕强："哎呀，是老领导呀！"杨森怀与钟奕强在海南岛时同在一个农场的一个连队，钟奕强是他的副指导员。

　　"还老领导呀？"钟奕强揍了一下杨森怀的肩膀，"记住啊，没有职务了。我有名，以后相见时都叫名。"

　　"好的，好的。对了，老领导，噢，对不起，奕强，你这么早就起床了？"杨森怀有点语无伦次，笑着说，"不好意思。"

钟奕强叹口气："唉，我是属牛的，一辈子辛苦命。好啦！不说了。"看着杨森怀的眼睛，钟奕强问，"你呢？这么早匆匆忙忙赶路，有什么急事？"

"我呀，唉，也是属牛命的，无利不起早，"杨森怀靠近钟奕强，神秘兮兮轻声说，"现在天还没亮，路人稀车辆少，我要赶紧到搬运公司仓库出货。"说着，重新骑上自行车，并说，"对不起了，奕强，下次我请客，到时再好好聊聊。"杨森怀挥挥手猛力一踩，走了。

杨森怀与钟奕强是同校同届不同班的同学，同时报名赴海南岛屯垦戍边，在同一连队。杨森怀个子不高，鬼点子多。兵团工资低，连队生活艰苦，他曾到附近的黎村，用一件工作服换了黎族老百姓一条狗，宰好背回连队，叫上几个哥们煮红烧狗肉吃。遇到繁重的劳动项目，他总是想方设法泡病号，是连队有名的后进战士。更为出洋相的是，在一次台风雨的夜里，杨森怀潜入指导员胡秋生的茅草伙房想偷鸡，结果偷鸡不成反被逮了个正着。怒气冲冲的胡秋生要派人把他捆了押送团部保卫科，被已经担任了副指导员的钟奕强劝阻了。后来，钟奕强主持连队大会批判偷鸡事件，给杨森怀行政警告处分。行政警告不扣工资，杨森怀不太当回事，但从心里感谢钟奕强。他明白，没有钟奕强的劝阻，他肯定会被胡秋生推上全团批判大会的批斗台，在上面一亮相，脸就丢大了。

杨森怀很精明，会耍小聪明占小便宜。有一天下午泡病号请假到团卫生队看病，其实是跑到团部附近的黎村晃悠，恰巧遇上老百姓在宰杀一头断了脚的大水牛。杨森怀用五毛钱买下牛头，花两块钱买了牛肝、牛心和清理了的牛肚子，然后用黎族生产队小队长给的两个化肥袋装上，找了一根木棍作扁担，挑到团修理所宿舍找当修理工的同学陈根秋。陈根秋想到食堂打饭招待老同学，匆匆忙忙拿着饭盆到食堂。晚饭时间已过，修理所食堂早已锁门了，空手回来的陈根秋只能让饥肠辘辘的杨森怀先喝一杯白开水。杨森怀让陈根秋找来修理所司务长，以八块钱的价格把牛杂卖给修理所食堂。司务长一见很高兴，食堂好久没闻肉味了。他叫来炊事员打开伙房门，杨森怀吃了点剩饭，几个人就忙开了。杨森怀和陈根秋烧开水烫牛头去牛毛，用伙房劈柴的大斧头劈牛头取肉。炊事员切牛肝牛心熬牛肚子。忙忙碌碌两个多小时，晚上九点多钟，牛杂炒大椒熟了，香喷喷的。修理所十来个单身汉听到消息，一个个都拿着饭盆到食堂加菜，很快就把它分光了。陈根秋端着盛着熟牛头肉的洗脸盆，与杨森怀一起回宿舍，同宿舍的两位省城知青找来一瓶竹叶青，四个人围在一起干开了。酒足肉饱，杨森怀带着一口盅专门留下的牛头肉，回到连队送给钟奕强。

看着越走越远、渐渐消失的杨森怀，钟奕强满脸疑惑："这杨森怀，不知又在做什么出格的事？"转念又觉得自己好笑，"你是什么人？你能管吗？你管得着吗？"

望着前面的海滨路，他想起了世俗名言：大路朝天，各走一边。他拍了一下自己的脑袋，"我管他干什么？我能管他什么呢？"奕强边自言自语边转身走进妈祖庙。

二

钟奕强是厂长王菊香安排的唯一一个住在妈祖庙，也就是住在工厂里的工人。妈祖庙位于驼江市西北古城墙外，大门朝海滨路，越过海滨路跨上滨海长廊，就直接到达驼江的出海口，连接驼江市独有的内海湾。妈祖就是天后圣母，是传说中保护航海平安的女神，在驼江市又被演绎为施福行善不时显灵的女神仙。

"文革"前的妈祖庙是驼江市的一个景点。妈祖庙面积200平方米左右，呈标准的长方形二进三结构。大门入口处，向内凹进一个长约6米、宽约1米的门斗。跨进大门第一进厅，左右各有一间约十平方米的厢房。第一进厅与主殿之间，有天井，天井以妈祖庙地面为水平，向下凹约20厘米。天井右侧长着一棵挺拔的菩提树，底下置有一个由生铁铸造的大香炉，开着大肚子供燃烧香烛冥币。天井左右各连着一条开敞的，宽约1.5米的通廊，厢房的小门朝内对着通廊。宽敞的主殿，近两米高的泥塑圣母天后神像端坐在太师椅上，神像前面置放着一张大红酸枝木制做的大供桌。坐在太师椅上的天后脸挂微笑，慈祥地凝视前方，似乎在抚慰前来供香的信众。"文革"前，尤其是在民国时期，妈祖庙香火旺盛，每年农历三月二十三日天后诞，驼江市的市民往往会到妈祖庙供香烧烛，祭拜祈福，热闹非凡。

十多年前，"文革"刚开始"破四旧"，天后神像就被红卫兵砸成了一堆废土搬走，大香炉也被运走熔成了生铁。寺庙的尖顶、屋檐两边的人物花鸟嵌瓷也被认为是封建迷信的东西给砸了。主殿两边墙上的壁画被刷上红油漆，再用白油漆喷上毛主席语录。妈祖庙在"文革"时期唯一能保存下来，完好无损的是天后神像前那张大红酸枝制作的大供桌。大供桌没被砸烂，但被搬到工人联合造反司令部。造反派在桌面上堆放白纸、糨糊、墨水以及写大标语、大字报的大小毛笔，让大供桌为"文革"作贡献。驼江市革委会成立后，两派大联合，工人联合造反司令部撤销，大供桌又被抬回妈祖庙，置放在右通廊的墙边，桌面堆放着工厂各种各样的杂物。

妈祖庙门斗正面右墙上挂着一块长60厘米、宽40厘米的长方形木板，白油漆底色，黑油漆喷上的仿宋字，清清楚楚明明白白地向人昭示，妈祖庙已经是"红阳区纸盒厂"了。

20世纪70年代初，为安置大批回城知青和其他城市待业青年，这类工厂在各街道办事处工业办公室的领导下，雨后春笋般地在各居委冒了出来，林林总总，五花八门，五金机械、木箱纸盒、裁衣绣花、塑料制鞋、陶瓷加工、米面加工等等。这些工厂都有与它对应的国营企业或集体企业为它们提供原料，提出产品的质量数量要求，实际上是上面对应企业的子工厂，不过又不占这些国营企业或集体企业的职工指标。红阳区纸盒厂的厂长是王菊香。王菊香先前是海滨区中山街道红阳居委会的治安主任。

40多岁的厂长王菊香中等身材，体态丰腴，面相谈不上漂亮但浓眉杏眼前额开阔，嘴角稍往上翘，一副笑眯眯的样子，有一种天然的亲切感。大伙都说她长着一副"旺夫相"，可憨厚老实的丈夫钟阿财入不了党提不了干，始终只有当搬运工人的命。夫没旺，大伙开玩笑给她起了个绰号叫"旺己婶"。王菊香心宽体胖人豪爽，有话就说，好笑就笑，说话节奏快，笑声频率高，总能给人带来愉悦，大家也喜欢与她亲近。

开始时王菊香对大伙给自己起的绰号并不在意，慢慢地玩笑当真就隐隐约约觉得这绰号不好："旺己"，太自私了，也不吉利。家里只有我自己一个人好，一个人旺，其他人呢？丈夫和子女不好，这个家不是走倒运，自己不是很倒霉吗？又想，做人哪能只管自己好，好要大家都好，旺要大家都旺，大家都兴旺大家都幸福，才是真正的旺，真正的好。

于是，有一天，心直口快的王菊香当众宣布："以后，大家不要叫我'旺己婶'了，就叫我'旺婶'，旺不是我自己一个人旺，而是全家人旺，大家一起旺！"

"好，旺婶！旺婶！"一句句喊叫声和鼓掌声有节奏地响起来。"旺婶"这个名字就这样叫开了。

王菊香很喜欢这个绰号。王菊香姓王，"旺"与"王"谐音，"旺"就是"王"。王有傲视群雄，纵横天下的霸气。旺婶在海滨区很有名，因此很多人都认识旺婶，知道旺婶。出名了，就更忙了。东家长西家短、邻里纠纷、家庭矛盾，都少不了找她帮忙解决。驼江市军管后，旺婶是驼江市学习毛主席著作积极分子，入党当了居委会的治安主任，后来，又调到红阳区纸盒厂当厂长。

旺婶斗大的字不识几个，但记忆力很好，背功很强。《为人民服务》《纪念白求恩》《愚公移山》，"老三篇"背得滚瓜烂熟。她有一本用红塑料皮包装的《毛泽东选集》精装合订本，开会听到的毛主席语录，一回家就会叫女儿帮她在《毛泽东选集》中找出，用红铅笔画出，再夹上植绒书签作记号，当天就能背诵，第二天就能熟记不忘。旺婶不管去哪里都随身携带一个黑色的小皮包，里面就装着这本《毛泽东选集》，她能熟悉地引用毛主席语录指导解决问题。

当了厂长的旺婶对工作满腔热忱，她喜欢钟奕强也照顾钟奕强。旺婶是知青的母亲，有知青情结。旺婶的二儿子章志强是驼江市第一批报名到附近山区县插队上山下乡的知青。插队农村生活艰苦，旺婶要二儿子每个月至少回家一趟。章志强每次回家，旺婶都会给他改善生活，千方百计做好吃的，还让他带一些回农村。儿子命好，上山下乡第三年就被贫下中农推荐上了大学。

章志强上山下乡后的第二年，生产建设兵团成立，政府动员知识青年赴海南岛屯垦戍边。旺婶听街道办事处的领导说，在两三年的时间里，从驼江市到海南的知青就超过一万人。海南离驼江市几百公里，中间还隔了个琼州海峡。"海南生活很艰苦"，"种橡胶"，"海南太阳很毒"，"少数民族"，"山蚂蟥"，"毒蛇"……一时间，街头巷尾，左邻右舍，人们到处都在议论海南和海南农垦知青。

旺婶的儿子上山下乡不是到海南岛，但旺婶很同情海南农垦知青。知青回城她一百个拥护，回城知青没工作她很着急。街道办事处工业办安排钟奕强到她工厂，她很乐意地接受了。听说钟奕强在海南岛当过副指导员，她更高兴了。她想，在海南岛艰苦的环境里能入党提干，肯定是优秀的。她的大儿子章志勇在部队就曾经当过连队的副指导员。钟奕强还没到厂，旺婶已经在心里喜欢上这个海南农垦知青了。

钟奕强空手困退回城，必须与父母和弟妹住在一起，二十多平方米的平房，用薄纸板钉在小木棍支架上分隔成三间，小房本来就很拥挤，现在再加上钟奕强就更拥挤了。钟奕强到厂报到时，旺婶得知这个情况，立即安排他住在工厂里，还批准他每月增加三块钱的晚间值班费，又同意他把户口转入厂里的集体户口。

三

红阳区纸盒厂加工制作大中小各类纸盒，近20名工人分为两组，一组用手工制作各类小纸盒，另一组使用简单机械制作各类大中型纸盒，都按件计资。钟奕强在手工组干活，在近两年的时间里，他曾拿到的最高月工资是27元，连同晚上值班费，正好30元。在这个小厂，钟奕强感到最烦人的是：每天晚上，工厂几位年轻人总会到工厂里"争上游"（一种纸牌游戏），谁要是输了，就往自己脸上贴上一张白纸条，再喝一碗白开水。

时光就这样潺潺流逝，年龄也随之一天天增长。这样无聊的生活，钟奕强不喜欢却又很无奈。工友们兴致勃勃摔扑克牌的时候，有时他会带着书或牡丹牌收音机走开，到妈祖庙外面看书或收听广播。他不敢想象，这种浑浑噩噩的日子究竟要过到猴年马月。

人不得意时总喜欢怀旧。这几天，钟奕强经常想到他亲爱的钟瑞云，想到钟瑞云最喜欢的普希金的抒情诗《假如生活欺骗了你》。想到他们热情拥抱时的呢喃私语：

"一切都会好的,面包会有的,牛奶会有的。"这是电影《列宁在1918》中列宁的警卫员瓦西里的一句台词。在农场,文化生活匮乏,这部影片反复放映,瓦西里的这句台词,知青们记得滚瓜烂熟,常常用在日常生活的相互调侃中。现在,钟瑞云没了,一切都烟消云散了。

在海南岛,钟奕强与钟瑞云都曾有过"走自己的路,让别人去说吧"的豪迈,可现在路在何方?钟奕强感到渺茫。这几天夜晚,钟奕强常常站在滨海长廊,望着内海湾思绪沉重,他陷入了一个悖论:都说树挪死,人挪活,可就在自己的背后,海滨路上直径饭碗口粗的,甚至更粗更大的蝴蝶树,不都是几年前从其他地方移植过来的吗?现在还不都是枝繁叶茂,粉红色的蝴蝶花还不是照样惬意地绽开着,随风招展。可见现实就是树挪不死。那么同理,人挪活,不就是人挪不能活吗?我从海南岛挪回驼江市,现在不就是差不多快挪死了吗?好一个"二律背反"。

普希金说不要忧郁。能不忧郁吗?很快就28岁啦!想到一起上山下乡,赴海南岛屯垦戍边的知青战友,招工、顶职回城进国营单位的,拿着高出其他一倍多的固定工资,享受着公家的分房,现在普遍都结婚成家有了自己的孩子了。进集体单位的,处境差一点,但日子也还好过。而自己在红阳区纸盒厂混了快两年,算是安排困退知青就了业。可这街道居委工厂是什么呀,不是集体工厂,不是合作社,甚至比不上市场卖蔬菜卖牛肉丸、马路边开小店卖肠粉面条饺子、街道旁摆香烟小摊的小商小贩。爸爸是普通的航运工人,退休时自己的弟弟顶了职,家里无权无势的,不可能对自己找工作有什么帮助照顾。认命吧!他不愿意也不相信。他知道,钟瑞云也不信命,钟瑞云有理想有追求,浑身洋溢着向上作为、向前跃进的热情。他一直认为,钟瑞云已经不在了,但作为钟瑞云志同道合的知心朋友,就必须是好样的。何况,他与钟瑞云相亲相爱,心心相印。他感到愧疚。

妈祖庙外墙长着的两棵迥然不同的树常常令烦闷的钟奕强感慨良多。在外墙西侧十米开外的那棵合抱粗的大榕树,两层楼多高,枝繁叶茂,粗壮的枝干带着繁茂的浓绿伸展,形成近百平方米的树荫。每年盛夏,宽厚的枝叶遮挡住炎炎烈日,内海湾阵阵海风拂面不时送来凉爽,大榕树下成了人们休闲纳凉的好去处。过去,树荫下固定摆有几摊小贩,卖水果杂物、香烛供品。现在,妈祖庙成了工厂,没了神像断了香火,这些小贩都迁走了。树上几个鸟窝,每天清晨和傍晚,小鸟叽叽喳喳,上蹿下跳,飞来飞去的,显得富有生气。

妈祖庙外墙东侧就静寂多了。靠着城墙,距妈祖庙东侧外墙约五米,一棵不知什么时候种的苦桃,碗口大茎粗,折臂断腿,歪着脖子苟延残喘,凄凉地生长着。每年春节前后,这棵桃树的枝条都会长出花蕾,可都等不到绽放,就会被路人一枝不剩地折断拿走，留下累累疤痕。桃树命运多舛，但似乎浑身散发出顽强的生命力，不屈不挠，竭尽全力与世抗争，残存的几条老枝带着几片孤零零的残叶随风摇曳，又似乎在无奈中伸手向世人求助，祈盼有人拉它一把。

桃树感动了钟奕强。住在妈祖庙的钟奕强每天利用收工回家之后的空闲时间，以距桃树主干1米为距离，呈弧形挖了3个50厘米见方、40厘米深的小坑，小坑间隔60厘米，就像当年在海南岛管理橡胶林段给橡胶树压青施肥一样，在每个坑里填满生活垃圾中的有机物，再培土覆盖，还给桃树浇上每天做饭的洗米水。当桃树抽出新枝开始长出花蕾时，钟奕强又找了一块长约50厘米、宽40厘米的硬纸板，用毛笔在上面写着："花是大家的，要给大家看。"然后把它用铁丝拴着，挂在桃树的树干上。他相信，这句小学一年级语文课本中的名言，上过小学一年级的人都会记得，都会照这句话的要求去做。

桃树转运了。第二年春天，桃树迅速恢复生机，抽出了新芽，长出了新枝，生出的花蕾没人采摘，桃花开放了。

看着原先疤痕累累歪歪扭扭，现在长出新枝条又能开花的苦桃，钟奕强有时很自豪："我是桃树遇到的贵人。"有时又似乎觉得自己与苦桃树同病相怜，感到自己背运。兵团体制改变后，有大量知青以招工、顶职、困退、病退等方式回城。当年上山下乡从城市蜂拥到农村，现在又以各种理由从农村蜂拥回城市。

钟奕强是被免去干部职务困退回城的。令他最为沮丧的是，当年刚办好困退手续，国家就恢复高考，当时还有工龄满五年读大学可带薪的政策。被免去干部职务困退回城，钟奕强心有不甘，没有报名参加高考。困退回城被安排到纸盒厂，钟奕强很感谢旺姆对自己的关心，可是每天糊纸盒没什么技术含量。钟奕强感到自己有潜力要发挥，但没地方发挥，能干什么自己也说不清道不明，总感到有一根无形的绳子捆住自己的手脚，有一股无形的力量压抑自己的发展。

四

钟奕强困退回城纯粹是自己心血来潮的选择。钟奕强赴海南岛屯垦戍边到的四师十八团，是由原农垦西泉农场改制组建的。西泉农场组建于"文革"前夕。刚配齐农场领导班子，从附近农村招了几百名工人，"文革"就爆发了，农场也就谈不上建设发展。后来兵团成立，西泉农场改编为兵团四师十八团；兵团撤销后，四师十八团恢复原农垦的称谓——西泉农场。

在四师十八团六连，连队指导员胡秋生对副指导员钟奕强表面一团和气，内心却波涛暗涌，说不上是恨之入骨但肯定心怀不满。

胡秋生50年代中期从内陆农村到海南岛农场投靠哥哥，在农场当临时工，后来转为正式职工又被提拔为副队长。胡秋生个头粗壮矮小干活很有力气。农垦男女比例严重失调，女青年奇缺。当了副队长的胡秋生想成家，只能屈尊找了农场附近农村的一位姑娘。老婆名叫文海娇，胖墩墩的，有点丑，但有时会来一点婀娜的造作。胡秋生是兵团组建西泉农场，从老农场调来支援新团建设的基层干部。

文海娇是连队唯一的幼师。连队老职工不多，全连只有六个小孩，连长和胡秋生两家的两个小孩年龄最大，每天早上都结伴步行到附近的连队小学读书。那是一个四个学生、三个年级、一个老师的连队小学。余下的四个小孩，最大的不满五岁，最小的还没断奶，就全部都上连队幼儿园。幼师是连队里清闲的工种。每天早上，文海娇都是把几十只鸡赶出伙房后才上班。农场割资本主义尾巴，规定成家的职工每户只准养鸡15只，胡秋生家养的鸡远远超过这个规定。胡秋生家经常杀鸡吃肉炒鸡蛋，有时还品上一碗"地瓜烧"。

"地瓜烧"是用地瓜干酿造的一种酒，度数不高味道有点苦涩价格很便宜。见胡秋生家常有肉吃有酒喝，知青羡慕死了。连队伙房天天都是缺少油水的冬瓜、南瓜、空心菜，除了国庆、春节，几乎不可能闻到肉味。

不知为什么，小学没毕业的胡秋生和他那初小文化程度的老婆对知青，特别是女知青很反感，经常鸡蛋里找骨头，在劳动中、在生活里挑知青的毛病，大会小会唠唠叨叨反复要求知青要自觉接受再教育，女知青要去掉资产阶级小姐的习气。在胡秋生手下，知青劳动再积极都是白搭。钟奕强和钟瑞云劳动很拼命，每次的劳动生产任务都超额完成也没能感动他。

六连是刚组建的连队，知青分配到连队不久要挖菜地，女知青郭秀芝挖菜地时被胡秋生检查出茅草挖不干净，拿着几节长十厘米左右的茅草根，他小题大做，双眼圆睁，用手指着郭秀芝的脸大声训斥："你是干什么吃的！这是不是有意的？"又甩了甩手中的茅草根吼叫："你出工不出力，怕不怕挨连队批斗？！"

工地上静悄悄的。手掌已起了五个小血泡的郭秀芝被他吓得说不出话。可没多久，耳际就飘来了一阵悦耳的歌声："嘿……山中的老虎都见过，难道还怕你这条狗……"同在挖菜地的七八个女知青挂着锄头，拖着长音，齐声高唱着。

"你们干什么，你们要干什么？"胡秋生气得暴跳如雷。

"没干什么呀！我们唱歌，"女知青们嬉皮笑脸，不紧不慢地回答，"我们喜欢唱歌，唱歌能消除疲劳呀。"胡秋生知道再生气也没用，心里更记恨连队知青了。

胡秋生阶级斗争的弦绷得很紧，经常能发现阶级斗争新动向组织连队大批判。一天晚上连队几位知青在茅草宿舍前，用自制的三角琴弹唱电影《铁道游击队》的插曲《弹起我心爱的土琵琶》，他一听到歌词"西边的太阳就要落山了……"，立即走过去大声责问，说这是反动言论，毛主席是我们心中不落的太阳，你们歌唱太阳落山是什么意图？！弹唱的知青也不示弱，双方爆发了激烈的争执，引来了连队很多人的围观。

双方的争吵声引来了连队工作组的组长政治处贾副主任，胡秋生向贾副主任作了简要的情况汇报。知青想争辩，贾副主任摆摆手说："你们不要说了，你们知不知道，电影有毒草？要识别，要批判，要提高警惕啊！"又转过身对胡秋生说，"老胡，算了，他们不知道电影有毒草，情有可原。"贾副主任不想把事情闹大，连队出事，工作组有责任。此事才不了了之。

钟奕强入党提干，胡秋生是被迫接受的。在团组织的第一次大会战工地上，北大荒来的副团长谢吉庆有一次带着生产处的技术员检查大会战的挖穴质量，意外地发现，瘦巴巴的钟奕强挖的穴全部达到质量标准，并且超定额完成，这在大会战中是很少有过的。谢副团长得知钟奕强是到海南不久的知青，立即转身责问胡秋生："这样优秀的知青还要考验什么？为什么还没入党？"不久，团张副政委也找胡秋生，要求将钟奕强作为干部苗子加以培养。

胡秋生有心计，对钟奕强的入党提干无可奈何，就在背后悄悄地搞些小动作压制钟奕强发展。在团政工会上，他多次汇报连队知青搞地方主义，搞宗派小团伙，还说有连队干部的支持。他喜欢钟瑞云的美丽清纯，但又嫉恨钟瑞云的美丽高雅。他羡慕钟奕强与钟瑞云恋爱，也很妒忌钟奕强与钟瑞云恋爱。在团政工会上，胡秋生附和政治处的贾副主任，慷慨激昂发言论证知青小小年纪谈恋爱有百害而无一利，是阶级斗争新动向，想在知青恋爱问题上整钟奕强。他们的观点，遭到卫生队指导员王淑兰的有力驳斥才偃旗息鼓。

与胡秋生这类人共事很累很烦，在胡秋生的领导下工作很难有作为很没意思。钟奕强为人处世大度，没有小心眼但又必须有点心眼，小心翼翼留意胡秋生在背后搞的小动作。钟奕强有烦恼经常是找钟瑞云，钟瑞云能给他消除烦恼的力量。钟瑞云没了，钟奕强有苦说不出，有烦恼只能吞进肚子里自己消化。兵团体制改变后，连队知青招工、顶职、困退、病退，都回城走得差不多了。家里来信希望他顶爸爸的职回城，可待业的弟弟却来信盼望能自己顶，钟奕强答应了弟弟的要求，自己困退回了城。钟奕强自信自己有海南上山下乡的经历，他的人生没有跨不过的坎。他听团里扛枪打过仗的革命前辈讲过，如果撇开生命危险，我们团开荒大会战的艰苦对人的锻炼，对人的挑战绝不亚于战争。钟奕强是共产党员，是在大会战工地上入党的共产党员。钟奕强承受大会战的磨砺比别人多，比别人更深有感触。

五

在海南岛上山下乡，令钟奕强最难忘、最刻骨铭心的劳动就是大会战。大力发展橡胶产业，打造"中国天然橡胶航母"满足全国人民需要，兵团热衷大会战。参与大会战是兵团知青，尤其是新建团场知青人生艰辛经历的一大"亮点"。

钟奕强到海南第二年就参加了大会战。钟奕强上山下乡所到的西泉农场，是刚组建不久的农场，一片荒原，连队住的都是茅草房，团部各机关也都在茅草房里办公。那年，师部给他们团下达了开荒4万亩，当年橡胶定植2.5万亩的生产任务，团党委决定集中各连队主要劳动力组织大会战。大会战按砍岜、烧岜、规划、在规划的橡胶林段挖穴、回土定植的程序组织进行。元旦刚过，主要由刚到农场不久的1000多名知青组成的队伍，就打起背包奔赴开荒大会战工地。

在大会战工地上，知青们学会砍树凿洞打木桩，用树干、树枝作框架，用大芒作顶搭三角形"窝棚"，供过夜和歇息的临时居所。"窝棚"近两米高，里面用不规则的树干固定到泥地上，再横摆着凹凸不平的树枝，铺成离地面20多厘米高的通铺，再铺上茅草放上凉席就成了床。这种平时躺在上面辗转难眠的"树枝床"，大会战期间，能在上面多躺一会儿，那可都是难得的享受。大会战每天近十个小时的高强度劳动，傍晚收工回来腰酸手痛，浑身上下酥软无力，这时，最惬意的享受，就是能懒懒地躺在"树枝床"上，舒服地摊开身体。

大会战要开垦的都是处女地，相当部分是原始树林。由于土地贫瘠，乔木不多荆棘不少，生长的小树，一棵紧挨一棵的都很坚韧，大大小小，长长短短，各种粗细不一的藤子把它们与灌木丛缠绕、纠结在一起，有的上面还爬满了蚂蚁和各种各样的小虫。使用在海南才见得到的、外观像鹦鹉形状的砍刀砍岜，把这些大树、小树、荆棘砍断很费力，而且，往往皮肉会被划出道道伤痕，衣服也常常被刮破或扎出小洞，还会招来各种虫子叮咬。

郭秀芝参加大会战第一天就被小虫叮咬哭了。郭秀芝力气小再加上砍刀不利，砍岜没经验，一棵直径不到十厘米的厚皮树，有经验的人三两下就可斩断完事，可郭秀芝却感到左右为难。第一刀砍下去，树干抖了一下，树叶哗哗作响，只留下浅浅的刀痕。郭秀芝连接砍了几刀，树没被斩断，反而树干在砍刀的激烈撞击下摇摇晃晃，不仅把这棵树上的，而且把周边邻近几棵树上的各种小虫都抖落了。郭秀芝没戴草帽，各种小虫直接落到郭秀芝的脖子上，又钻入她的衣服内，在她的脖子上，胸前、背后，在凡是能爬到的皮肤上面，带着仇恨恶狠狠地乱咬一通，凶猛地给郭秀芝急速地输送着火辣辣的、又痒又痛的难受。郭秀芝边哭边就地弹跳边用手乱抓。钟瑞云和曾秀玉急忙跑了过去。两个当地女职工也循声跑来，六连参加大会战人员中仅有的五员女将都凑在了一块。

"哭什么哭？哭有什么用？"曾秀玉瞪着郭秀芝说。曾秀玉平时最看不惯郭秀芝的娇气。郭秀芝在家是么女，父母已退休，上面有两个哥哥一个姐姐，从小就被宠着，除了读书，家务事都不要她沾手，平时就有点娇滴滴的。

"别说了，别说了。"钟瑞云打断曾秀玉的话，"来，秀芝，不用怕，赶快脱下。"钟瑞云捉掉四只爬在郭秀芝脖子上的小毛虫，掀开郭秀芝的上衣，大家都惊呆了。郭秀芝身上布满大大小小的红斑块，有的斑块上面还浮现着密密麻麻米粒般大小的水泡，几十只不知名的小毛虫优哉游哉，慢吞吞地爬着，正美滋滋地享用美餐。

在远处砍岜的连长听见叫喊声，大声问："发生什么事？"

不远处的钟奕强、杨森怀也着急地跟着大声问："什么事？要不要帮忙？"

"没事，你们男的，不要过来。"曾秀玉大声回答说。

四个人掀开郭秀芝的上衣，在郭秀芝身上忙着清除爬着的小毛虫。郭秀芝很为难，不脱下衣服小虫除不净；脱下衣服又很难为情。

"连长，秀芝不小心被很多毛虫咬了，身上长出很多红斑块，怎么办？"钟瑞云大声问连长。钟瑞云感到这样待在工地不是办法，必须回"窝棚"脱下衣服才能妥善处理。

"知道了。瑞云，你送秀芝回营地，到工地医疗所找医生帮忙处理。"连长大声回话。

钟瑞云送郭秀芝回"窝棚"，帮郭秀芝脱下衣服清除干净身上的小虫，又找来卫生员上药，吩咐郭秀芝好好休息后，拿起砍刀又上了工地。第二天，休息不到一天的郭秀芝也照常开工了。郭秀芝下决心不让曾秀玉再有机会嘲笑她娇气。

大会战抢砍刀、挥锄头的劳动强度很大。知青们先前在连队劳动，手掌心虽已磨出一层薄薄的茧，但参加会战没几天，很快就被更大的血泡撑破挤裂，流出淡淡的血水，有时痛得握刀柄的手掌松开时竟不由颤抖。钟奕强、杨森怀几位同学大会战一周后，在工地吃午餐时每人打赌两毛钱，连队知青中谁吃饭时拿筷子的手不打战，这些钱就归谁买猪肉罐头吃，结果没人能赢。那时，知青们刚到海南不久，一不怕苦，二不怕死，一颗红心热腾腾，很少有人会顾及劳累，起了大血泡，涂些紫药水，扎上手巾或贴上胶布，忍受着疼痛不言请假休息，硬是把手掌上露出的红红的嫩肉磨成一层厚实的硬茧。

又是一个星期六的傍晚。吃过晚饭，杨森怀在"窝棚"里招呼："喂，工作服拿来。"他要带工作服回连队洗。大会战工地距离他们的连队约十公里，步行要两个小时。这个周日轮到杨森怀洗工作服。他要洗四件工作服。

大会战知青体力严重超支，以冬瓜、南瓜、空心菜轮番就饭，缺肉少油，每餐半斤大米饭也平衡不了繁重劳动带来的体力消耗，肚子总在"咕咕"地闹意见。知青到兵团时的工资连同地区补贴合计是22元，扣除连队伙食费后剩下十块钱左右，买两听猪肉罐头补充能量，不到两三天就花光了，会战工地上，用开水充饥成为常事。起初，开水还能加点糖，后来没钱买糖，只能加点盐或辣酱。用开水充饥汗流得特别多，厚厚的蓝卡其布工作服，每天干了湿，湿了干。汗渍在上面泛起一圈圈浅浅的白斑盐花，不几天就变得硬邦邦的，像古战场上士兵穿戴的铠甲。每天收工回"窝棚"，浑身像散了架似的，往往是磨了砍刀后，简单擦身洗澡换衣，随即倒在"树枝床"上呼呼入睡。对铠甲似的工作服，只能发扬"不怕脏"的精神，每天上工地时凑合穿上，每逢星期六晚上，再带上它从工地步行回连队，打井水将它放在水桶里浸泡，第二天上午洗干净晒干，晚上再带回工地。开始，大家周末都步行回连队洗工作服，几次来回觉得很累，终于想出了一个好主意：自由结伴，几个人的工作服轮流由一个人带回连队洗。一人辛苦，其他人就可以休息。

大会战最艰难的日子要数在旱季工地缺水的时候。西泉农场地处海南岛西南干旱地段，没有内陆地区的四季分明，气候变化仅分为旱季和雨季，每年十月至翌年的四月为旱季，其他月份为雨季。三四月间，当其他地方春意盎然、花开叶茂的时候，这里却是赤日炎炎、热风呼呼，"老挝风"肆虐的季节。"老挝风"是当地居民的俗称，是每年旱季，尤其是三四月间，在东南亚一带形成，刮到海南岛西南部的焚风。有时候，呼呼的"老挝风"竟能时强时弱不紧不慢连续刮个三天三夜，温度有时甚至超过40℃。新翻出来的泥土被"老挝风"烤焦成粉末，被肆无忌惮地扬起，抛向空中，撒向会战工地上淌滴着汗水的疲惫的人们，大家汗津津的脸上身上，不一会儿就黏稠稠痒腻腻的，浑身不自在。

"老挝风"季节最怕缺水。钟奕强第一次参加大会战就遇到大旱，水库干涸，大开荒又毁坏了原有的植被，地下水急剧下降使很多连队的水井没水，大会战工地只好用汽车、拖拉机拉水，用水实行配给，一天一人一铁桶生活用水。住在"窝棚"里，从早晨起床刷牙洗脸到晚上洗澡洗衣，全都得靠这桶水。缺水很难讲卫生。大会战劳动强度很大，浑身上下整天汗津津的，很多参加大会战的知青因此身上长了汗斑。

钟奕强身上也长汗斑，但他很少理会，也没精力理会。大会战挖穴很苦，很累。挖橡胶穴是有技术要求的，每一个穴必须是上宽80厘米×80厘米、底宽60厘米×60厘米、深80厘米。团下达的定额是每人每天挖20个。为全连完成任务，钟奕强每天都必须超额多挖几个，每天总感到疲惫不堪，每天收工回"窝棚"总想能早点睡觉恢复体能，可大腿根部不知什么时候长了一块手掌大小的汗斑，痒中带麻带痛，使他夜里难以入睡，白天没精打采，走路还"八字脚"。钟奕强忍耐着疼痛，每天悄悄几次用碘酒擦患处止痒，但效果不大。汗斑一般是白色的，可他的汗斑是粉红色的，周边还出现褐色的小泡，面积在不断扩大。没多久，钟奕强发现，住同一"窝棚"的其他人走路也都"八字脚"，晚上也都悄悄在用碘酒擦什么。

钟奕强明白了。他决定在"窝棚"里带头亮相捅破这层秘密。原来，同住的其他七个人大腿根部也都长着大块红斑，有的甚至已感染到阴囊，症状与钟奕强一样。大家当即决定结伴到工地医疗所找医生，人多不怕医生是女的，人多不怕不好意思。

原来他们得的是湿癣，八个人在医疗所每人领了两瓶癣药水回来，立即钻进蚊帐借着手电的亮光，用癣药水涂患处，疼得龇牙咧嘴狼狈不堪。

工地上的癣药水由此一下子成了抢手货。

大会战艰难地进行着，旱季过去了，雨季来临了。没了"老挝风"，改善了工地缺水的状况，但却增加了在大会战工地住"窝棚"半夜遇大雨的狼狈。这里的季节转换往往是由突如其来的暴雨拉开序幕的。四师十八团刚组建，没有气象员。那年的第一场暴雨是在半夜，神不知鬼不觉来的。当刺眼的闪电啪地倏然一亮，紧接着，轰隆一声巨响把钟奕强从梦中惊醒，他急忙撩起蚊帐，大喊"起来，起来！下大雨啦！"滂沱大雨已哗然而下，狂泻的雨水打在"窝棚"顶的大芒上噼啪暴响，整个"窝棚"随即到处都在漏水。蚊帐、被服即刻被打湿了。"窝棚"里的其他人赶快爬起身来，找到水桶、洗脸盆，用双手苦撑着去接倾泻的雨水，人顿时都成了"落汤鸡"。连队其他几个"窝棚"也都一片狼藉。天亮了，雨停了，大伙将夜里淋湿的被服搁铺在"窝棚"顶上晾晒。

艰难的大会战持续近一年。大会战结束回到连队，瘦巴巴的钟奕强被连队司务长推到连队粮油仓库的磅秤上站着一称，1.75米的钟奕强，体重只有100斤，到海南岛不到一年半竟瘦了18斤，成了瘦猴一只。知青战友们都戏谑他是"三根筋挑着一个头"。

这次大会战，就在工地的"窝棚"里，钟奕强被连队党支部通过，吸收为中共党员，第二年又被提拔为连队副指导员。

六

大会战还给钟奕强带来撕心裂肺的伤痛——他至爱的初恋，他最亲爱的钟瑞云就是在大会战中与他永别的。

钟奕强与钟瑞云在驼江市同住一个街区，两人小学同班，一个是班长，一个是少先队的中队长。小学毕业会考，两人又都以优异成绩考入驼江市一中。钟奕强与钟瑞云有着相同的理想，都想长大后当科学家，为社会主义建设贡献青春和力量。

"文革"开始时，在驼江大学红卫兵的策划下，驼江一中的学生也成立了红卫兵组织，停课造反闹革命。钟奕强出身工人家庭，是"红五类"，理所当然成了红卫兵。钟瑞云出身资本家家庭，是"黑七类"。为了能当上红卫兵，钟瑞云从家里拿来了妈妈的一条黄金项链连同蓝钻石项链吊坠、一枚红宝石钻戒、一对耳环上交给学校造反派组织，表示脱离家庭，也当上了红卫兵。但钟奕强和钟瑞云很少参加红卫兵活动。

1969年，广州军区生产建设兵团成立，当兵团接兵组到学校动员学生上山下乡，赴海南岛屯垦戍边时，他们都主动报了名。也许真的是有缘，在海南岛生产建设兵团，二人都被分配在四师十八团六连。

钟瑞云是个倔强的姑娘，凡事不甘人后。连队艰苦的生活，大会战繁重的劳动，她从来就没流露过畏难情绪，干工没偷懒更没泡过病号。娇嫩的手掌挥砍刀、舞锄头磨出了血泡，血泡破了自己涂碘酒，第二天，扎上手巾又出工，直至磨出了硬茧。

钟瑞云是在连队两年后调卫生队的。那年春节，钟瑞云被批准探亲。出发前，卫生队许队长获知她父母都在驼江制药厂工作，便亲自到连队找她，交给她一份药单，嘱托请她父母照单帮助采购。钟瑞云探亲期间通过父母找关系很快完成了许队长的嘱托，又把照单采购齐全的药品打包先行邮寄回卫生队。探亲归队不久，钟瑞云就接到司令部要她到卫生队报到的调令。

木轮牛车拉着钟瑞云的行李，在坑坑洼洼的泥土公路上向卫生队慢悠悠地走去。钟奕强驾着牛车，与坐在车上的钟瑞云兴高采烈地交谈着，偶尔钟瑞云会唱上几句《我们走在大路上》。公路边贫瘠的土地上，浓绿的相思树开着串串淡黄色的小花，随风摇曳，绽开笑靥向他们致意。

钟瑞云调卫生队，钟奕强既高兴又有点舍不得。钟瑞云父母都是医科大学的毕业生，现在都是驼江制药厂的高级制药师；听说她的叔叔叔母也都是国民革命军的军医。钟瑞云到卫生队学医能发挥家族优势，也有利于个人前途的发展；舍不得的是分别后接触的机会少了，见面难了。钟奕强与钟瑞云同在一个连队，在节假日和有空闲的晚上，他们常在一起闲谈漫聊，内容很广泛，涉及学习、工作、生活、理想、追求，甚至诗歌、文学，虽说不上英雄所见略同，但都感到有说不完的话，就像当年的中队长和班长在一起讨论班务工作，像两个优秀的中学生课后在一起解读化学公式，计算几何难题。渐渐地，两人在一起时，都心照不宣有了心旷神怡的感觉，淡化了劳动的艰苦，忘记了生活的窘迫。

钟奕强与在卫生队的钟瑞云依然常来常往。大会战采到野生芒果、山荔枝、山油甘等，钟奕强都会送一些到卫生队让钟瑞云品尝。有时黎族老百姓打猎有收获，到卫生队医院卖山猪肉、黄猄肉，钟瑞云也会多买一些，加工煮熟后留一些送给钟奕强。他们约会了，他们恋爱了，坐在团部水库的大坝上他们讨论爱情，漫步在橡胶林段防风林旁他们商谈发展……

知青战友都说他们是男才女貌。钟奕强有才是全连公认的。钟奕强平时就喜欢学习，知识面广，担任副指导员后几次到师部集训，又学到不少哲学、政治经济学的专业知识，连队发展的不少点子就是他出的。钟奕强中等身材，脸上五官线条粗犷，棱角分明，一双明亮的眼睛憨厚中透着灵性，仿佛有一股说不清的磁力，若隐若现地彰显出一股底气十足的男性气概。

钟瑞云优雅得体，人长得甜美，1.64米的身高玲珑凹凸，秀长的眉毛下一对眼睛又大又明亮，搭配着一个小巧的鼻子和一张下唇略厚的樱桃小嘴，有一种难得的古典美。在卫生队，穿上医务人员的白大褂，有人说她是富贵高雅的白牡丹，有人说她是青春活力四射的白玫瑰，甚至有到卫生队看病的人开玩笑说，见到钟瑞云，病已好三分。钟瑞云从小学到中学学习成绩都很优异，上山下乡后依然保持喜欢读书的习惯。调卫生队后，父亲给她寄来不少医学书籍，她坚持学习，还在自己身上练针灸寻找感觉，业务水平提高很快。

钟瑞云是在到兵团后的第五个夏天，又一次的全团开荒大会战中出事的。

兵团时期，大会战接连不断。大会战工地的生活设施极为简陋。临时搭的厕所一般长4米、宽2米，极为简单。隔几尺远竖一根木桩，木桩只有一人多高，再横架上一些小木棍用山麻皮绑住，围上茅草片，然后平行挖出一条长约3米、宽约50厘米、深约30厘米的坑沟，上面用直径约15厘米的树干横架，拼成茅坑。厕所内又脏又臭，知青除了急不可耐的时候进这临时厕所方便之外，通常都是带把锄头，到离"窝棚"较远的草丛中，挖个小洞就地解决，这叫"埋地雷"。大会战工地的洗澡房实际上就是没挖坑沟的临时厕所，主要供女性使用。

大会战医疗所也是一座"窝棚"，靠近大会战指挥部的帐篷。医疗所三个人，一位医生、两位卫生员，都是女的。到大会战工地第一天晚上，砍掉清理完医疗所周围的小树杂草，整理完内务，钟瑞云带着手电筒，提着一小桶水进入工地洗澡房准备洗澡。放下水桶，刚要脱外衣，循着手电筒亮光突然发现，一条一米多长的蛇挂在一根木桩上，吐着红信子探着头。钟瑞云吓得大叫一声"蛇！"从洗澡房跑了出来。

听到钟瑞云的叫声，指挥部和医疗所的人都带着手电筒跑了过来，有的人手里还握着砍刀。

"在哪儿？"众人问。

"在那儿。"钟瑞云指着洗澡房的木桩，在众人的手电筒亮光下，一条金环蛇正从木桩顶端缓缓往下爬。司令部管理员一个箭步向前，用砍刀背砍向蛇头，没几下工夫就把蛇打死了，蛇从木桩掉落到地面。管理员是海南琼崖纵队的老游击队员，打蛇捉蛇很有经验。

"这条蛇好肥，"管理员捡起掉落在地面的蛇，掂了掂，"起码有二斤。"

"哦，好危险呀。""这种蛇很毒的。""这条蛇很长。""你们吃过蛇肉吗？"……大伙七嘴八舌，叽叽喳喳地议论着。

"告诉你们，蛇肉很好吃。哈哈，我们有口福了。"管理员笑着，把蛇递给指挥部炊事员。没过多久，指挥部和医疗所七八个人每人都尝到一碗鲜美的蛇肉汤。

蛇肉汤很鲜美，可被毒蛇咬到就是倒大霉的事，说不定要丢性命。幸亏当时带着手电筒，还没脱衣服，否则后果不堪设想。从那以后，非不得已，医疗所的医生和卫生员往往都在太阳落山前轮流洗澡。

吹灭了马灯，躺在"窝棚"的树干床上，两位同事已经入睡，发出均匀的鼾声。钟瑞云一时睡不着觉，她翻身起来，坐在树干床上，找出日记本，打开手电筒，记下了第一次在大会战工地医疗所经历的惊险和因险得口福。钟瑞云到海南后就开始写日记，一直坚持着。她想，这事如果告诉爸爸妈妈和姐姐，他们一定会吓一跳；告诉钟奕强，他一定会哈哈大笑。想着想着，钟瑞云笑了。"窝棚"外，静谧的夜空，羞羞答答的月牙儿在缓缓飘过的云层中躲躲闪闪。远处，被迫迁窝的鹧鸪不时"咕咕、咕咕"地发出鸣叫。

钟瑞云在大会战进入挖穴阶段时出事了。在大会战的挖穴阶段，砍刀砍不了，用龙锯锯倒的大乔木，清理掉树干后留下的大树头要用炸药炸，参加大会战的连队因此都各自组织了爆炸组，工地开工时在树头旁边凿洞埋炸药装雷管，收工时吹哨再引爆。

钟瑞云出事当天，她被派到大会战工地附近的黎族村落指导防治疟疾，向老百姓发放防治疟疾的特效药氯喹。西泉农场所属地域是海南岛疟疾的高发地带。疟疾是由带疟原虫的蚊子叮咬所引起的一种反复发冷发热的传染病，北方叫"打摆子"，也有人叫"冷热病"。被传染上疟原虫的人，血液中红细胞被疟原虫寄生。疟原虫不断分裂、繁殖，破坏健康人的红细胞，并且释放毒素，使人一会儿发热，一会儿发冷。热起来，人就像被抬在火炉上烤；冷起来，浑身瑟瑟发抖，盖上三床被子还嫌少。严重时，高烧一直持续着，退不下来，人进入昏迷状态，抢救不及时就会有生命危险。

这里黎族村落地处"高疟区"，离公社卫生院又远，防治疟疾的工作就由农场卫生队承担。

四五月的海南岛赤日炎炎，太阳就像一团巨大的火焰，凶猛地喷射出烫人的炙热，好像要把人烤焦。走山路很累，浑身汗津津的，衣服贴着皮肤很不舒服。回到大会战医疗所，钟瑞云放下药箱，向医疗所里的林医生说了句"我先洗澡"，转身就拿着衣服，提着半桶水走进工地简易洗澡间。刚脱下上衣，不远的工地上突然爆出激烈的"乒乒乓乓"声，来不及躲闪，半空掉落一块大树头砸中钟瑞云的后脑勺，钟瑞云叫了一声"啊"，就倒下了。红色的血液从后脑勺喷出，夹杂着白色的脑浆。

在激烈的爆破声中，林医生隐隐约约听到钟瑞云的叫声，立即跑出医疗所，大喊一声"钟瑞云"，没人回应；她急了，一边大喊"钟瑞云"，一边直接冲进了洗澡间。钟瑞云倒在地上已经不能动弹不能说话了。林医生赶紧抱起钟瑞云，一只手用力捂住钟瑞云流血的后脑勺，大声呼喊："快来人啊！快来救人啊！"

听到呼救声，附近工地十连连长带领一班人立即跑了过来，在工地巡诊的卫生员背着药箱也快速跑来了。卫生员急忙给钟瑞云包扎伤口，为她披上外衣。连长和几位身体强壮的青年，一人背着，另两人左右扶着，林医生背着药箱跟着，大家疾步赶到团卫生队。

七

听到钟瑞云被树头砸伤脑袋的消息，钟奕强拖着刚收工疲惫的身躯，飞也似的跑步到卫生队时，钟瑞云已不治身亡。凝视着安详地闭着眼睛，永远睡去的钟瑞云，钟奕强紧抿的嘴唇不停地颤抖。他多么希望，他的钟瑞云能睁开眼睛再看他一眼，再张开嘴巴说一句话。钟奕强学过唯物主义哲学，但这时他又多么希望人有灵魂，钟瑞云有灵魂，钟瑞云的灵魂能附在自己的身上。想起与钟瑞云在一起时的幸福和陶醉，钟奕强满眶的泪水禁不住哗哗地往下淌。见到钟奕强有点失态，主动为钟瑞云守灵的省城知青邱粤兰轻轻地走了过来，往钟奕强手中塞了一条手巾，又拉了一下他的衣角，暗示钟奕强要控制情绪。

追悼会在第二天上午十时举行。会场安排在安葬钟瑞云的墓地的山坡上，机关各单位、各连队派代表参加，黎族村落一些钟瑞云生前为他们看过病、送过药的老百姓也自发结伴前来参加。上午九时，载着钟瑞云灵柩的解放牌汽车准时停在团部大会议厅前的广场上，刷着红油漆的棺材是工程连昨天夜里加班制作的。会议厅内，钟瑞云的同学、政治处青年干事刘晓绯在整理准备搬上汽车的花圈。

钟瑞云丧事负总责的团参谋长凝视着汽车上的棺材，心情沉重。参谋长是一颗红星头上戴、革命红旗挂两边的现役军人，参加过辽沈战役，从东北一直打到海南岛，经历过枪林弹雨，目睹过尸横遍野、血流成河的残酷的战争场面。现在，他深感自责，深感对不起钟瑞云，对不起钟瑞云的父母。这不是战争年代战场上的流血牺牲，这是一起严重的生产安全事故。他责问自己，一些知青违规，超量填埋炸药，观看树头炸飞上天取乐，为什么知道后没有果断制止？为什么要提前点火引爆？肇事的连队干部一定要问责，肇事的知青要加强教育。这位高大的山东汉子脸上挂着悲伤，吩咐完军务参谋赶紧起草事故报告，又转身集合负责抬棺的六名警通班战士，向他们提出注意事项。

突然一声"报告"打断了他的话，脸色憔悴的钟奕强跑步过来，立正在他面前，要求参加抬棺。参谋长认识钟奕强，也听说钟奕强与钟瑞云是恋人。他认同钟奕强的情义和勇敢，立即表示同意。钟奕强在抬棺队列中的位置被安排在第一行右侧。

钟奕强一声响亮的"报告"吸引了不远处正在向文书交代工作的卫生队指导员王淑兰的眼光。听到钟奕强向参谋长要求参加抬棺，王淑兰感动了。她知道，钟奕强昨夜整夜没睡坚持为钟瑞云守灵。不知怎么的，王淑兰脑海里突然冒出一个念头，姑娘找对象，一定要找像钟奕强这样有情有义的男子汉。

王淑兰年近四十，风韵犹存，剪着齐耳短发显得很干练。钟瑞云抢救无效，不治身亡，她和与钟瑞云同宿舍的卫生员邱粤兰一起，仔细地清理钟瑞云后脑勺的创口，给钟瑞云洗脸擦身换好衣服，梳头扎好羊角辫。她要让她的好战友漂漂亮亮地离开人间。

王淑兰是跟随丈夫从北大荒调来支援海南岛开发的干部。王淑兰的经历带有些传奇色彩。长沙和平解放时，17岁的初中毕业生王淑兰认识了27岁的老八路——驻军营长谢吉庆。怀有英雄情结的王淑兰坠入爱河，两人很快结了婚。第二年大女儿出生，抗美援朝战争爆发，谢吉庆所在部队入朝作战，意想不到的是战争结束后，这支部队奉命集体转业开发北大荒。得知消息的王淑兰背着女儿从长沙北上直奔北大荒，留下湘女万里寻夫、夫妻团圆的美谈。1962年，农垦部决定从北大荒抽调一批干部支援开发海南岛，夫妻双双又随着支援海南岛的干部队伍来到海南，被分配在一个老农场工作。兵团成立后组建新团，夫妻又再次被调动到西泉农场，谢吉庆任副团长，王淑兰任团卫生队指导员。

军垦艰苦创业生活的磨砺，铸造了王淑兰刚毅豪放、敢作敢为的性格。钟瑞云探家期间为卫生队采购药品，没有像其他知青一样要求延假而是按时归队，她认为这是干事业的人应有的风格，立即与队长商量，要求调钟瑞云到卫生队。她支持钟瑞云和钟奕强谈恋爱。在团政治处召开的政工会上，她反对当时兵团盛行的不支持甚至压制知青恋爱的做法，引用"大禹治水"的典故论证知青恋爱要支持，要疏导，不能堵，否则有悖人性。她的名言是："恋爱能互相鼓励，激发热情"；"同舟共济经风雨，有利于知青成长"。说到做到，她通常会减少钟瑞云节假日的值班安排，为钟瑞云与钟奕强约会提供方便。

钟瑞云的追悼会结束后，王淑兰握住钟奕强的手，请钟奕强到她家吃午饭，让他休息一会儿，调整好情绪再回连队。钟奕强很感谢王淑兰，说自己希望一个人好好冷静一下。在回连队的路上，他拐进了一条木麻黄长势茂盛的防风林带。这是四年前他和连队的知青战友冒着台风雨栽种的，现在已有六米多高。他抿紧着嘴，喘着气，悲愤地盯着身边一棵最大的木麻黄。突然，他攥紧拳头，狠狠地向碗口粗直径的木麻黄树干砸了几拳，挥起淌着鲜血的拳头仰天号叫。伤心的眼泪从眼眶里禁不住喷涌而出。他清楚地记得，在团部放映他们反复看过好多遍的电影《地道战》《南征北战》等的时候，他和钟瑞云往往会相约不看电影，两人手牵手来到这里。就是在这里，他们曾经拥抱接吻，互诉衷肠。

可此时，他孤单一人。放眼望去，防风林带边上，几棵粗壮的飞机草开着白色的小花相簇相拥，似乎在为他的钟瑞云致哀。

风在轻轻地吹，木麻黄树轻轻地摇曳着树枝发出沙沙的声响。躺在防风林带的地面上，背下垫着厚厚的木麻黄针状落叶，钟奕强的心慢慢平静下来。凝视着白色的飞机草花，钟奕强的脑子里骤然闪过一束灵光，他顿悟，飞机草开着小白花，就像他戴着小白花在参加钟瑞云的追悼会，飞机草没有心灰意冷垂头丧气。钟奕强告诫自己：钟瑞云在天有灵，她希望看到的，不是一蹶不振的钟奕强；她喜欢的，是有能力承受人生坷坎跌宕的钟奕强！

八

钟奕强决定离开纸盒厂到外面闯世界，改变自己的人生境遇。世上本无路，路是人走出来的。杨森怀能自己闯社会走自己的路，我钟奕强为什么不能？可钟奕强不想辞职，他想请长假，组织关系、户口关系保留在纸盒厂。他珍惜他共产党员的名分。他担心，一旦辞职长期没过组织生活，会被作自动退党处理。他决定向旺婶倾诉自己的苦衷。他相信，旺婶是好人，一定会同情他，理解他，帮助他。

　　打定了请旺婶继续帮忙的主意，钟奕强着手准备到旺婶家拜访的手信。他在华侨物资供应商店门口，花四块钱从券贩手中买了两张侨汇供应券。70年代，中国社会物资匮乏，居民日常生活用品仍实行凭票证购买物资的供应制度，由商业部门按户口人数发放粮票、油票、布票、煤票、糠票、肉票、香烟票等，于是，就有了这些票证的地下交易。侨汇供应券是国内侨属接收到华侨汇款，凭侨批按量配比例领到的特殊票证。这种票证能买到社会紧俏的、其他票证买不到的商品，但只能在华侨物资供应商店使用。

　　拿着地下交易买来的两张侨汇供应券，钟奕强在华侨物资供应商店花十块钱买了一斤装的罐装大红袍，又花八块钱买了两条大前门牌香烟。钟奕强想，普通工人、农民一般都只抽九分钱一包的经济牌香烟，普通干部、中学老师，普通医生大都抽一包两毛八的丰收牌香烟，大前门牌香烟是领导干部抽的，买大前门牌香烟送给旺婶的丈夫财叔，他肯定高兴。钟奕强买了一罐茶和两条香烟，两张供应券的供应限量就用完了。

　　烟搭桥，钟奕强很想能多买一包大前门用以散发，可以随机帮助化解可能出现的尴尬，提升交谈气氛，但又感到可能强人所难不好意思开口。他略带羞涩，小心翼翼地试问："阿姨，我的供应券用完了，能不能再卖给我一包大前门。"

　　女售货员与钟奕强年龄差不多，一听叫她阿姨，乐了。心想，这人一定是从海南回来的知青，买这烟茶要去送礼。女售货员有个堂哥曾到海南岛屯垦戍边，是个兵团战士。她听堂哥说过，在海南岛，与跟自己年龄差不多的女性打招呼，普遍都叫"阿姨"。女售货员对兵团战士有好感。

　　"行，四毛。"女售货员毫不犹豫随手拿出一条整装的大前门牌香烟，拆开掏出一包就递给钟奕强。

　　钟奕强高兴地走出华侨物资供应商店，又回到妈祖庙附近的饮食店，花八两粮票，一元六角钱买了八个妈祖庙粽子。妈祖庙粽子是驼江市有名的地方小食。

　　旺婶的家在中山路德兴里。这是一幢带西方建筑风格、水泥框架结构的闭合式"回"形楼，属于政府的公租房，上下两层共住八户人家，旺婶就是其中的一户。这幢楼地下，一进厅右侧的前房，连着通廊的厢房，就是旺婶的家。从妈祖庙到旺婶家，乘坐公交车两个站，再走不到五分钟的路程就到了。

　　旺婶的家现在更旺了。大儿子章志勇在部队刚提拔为团政治处主任，妻子也是现役军人，是军医。二儿子章志强上山下乡时被推荐上大学，毕业后在驼江一中任教，现在是副校长，结婚后还分到房子，妻子就在市里另一所中学教书。小女章志珍也在去年结婚，丈夫是港务局航修厂的副厂长。章志珍夫妻现在住在港务局宿舍。儿女长大了，都离家了，旺婶家宽敞了。旺婶干脆把厢房改为内房，前房改为客厅。客厅置放一套四件套木沙发，一个五斗柜，上面用通花纱布罩着，一张办公桌连着办公椅。五斗柜旁边开了个小门，连通厢房。

这天是星期六，晚上吃过晚饭洗了澡，财叔穿着白色针织棉背心、蓝色西装短裤，兴致勃勃地在观赏电灯光下的黄玫瑰。财叔长得粗粗壮壮的，背心更凸显出这位搬运工人的力量感。在楼房天井靠右前房的圆形水泥柱旁边，财叔用红砖头砌了一个花斗，栽种一棵茂盛的黄玫瑰树。财叔管理精心，肥料充足，黄玫瑰四季都开花。花开人旺，旺婶一家都很喜欢这棵黄玫瑰树。

客厅里，旺婶穿白府绸短袖上衣、黑府绸长裤，坐在长沙发上，手里拿着一把椭圆形、周边用丝绸花布精致缝合的蒲扇，慢悠悠地轻轻地摇着，正在看电视。五斗柜上，17英寸的黑白电视机正在转播中央电视台节目。当时电视机是稀有物品，拥有黑白电视机是家庭富足的重要标志。

旺婶的小女儿章志珍穿着粉红色的睡衣，坐在单人沙发上正在给小孩喂奶。每逢星期六，章志珍都要带着出生不久的小孩回娘家。

钟奕强是晚上八点左右到旺婶家的。钟奕强上穿白的确良短袖衬衫，下着蓝卡其布工作裤，脚穿极普通的解放鞋，虽脸挂微笑，眉宇间却透出一丝淡淡的忧愁。

"财叔。"钟奕强跨进一进厅大门，见到正在赏花的财叔，恭恭敬敬地叫了一声。钟奕强是从相片上认识财叔的。章志珍结婚时，旺婶曾把女儿女婿婚礼的几十张相片拿到厂里给大家看。

"你是谁？"财叔转过头，疑惑地问，"你找谁？"财叔不认识钟奕强。

听到钟奕强的声音，旺婶站起身："噢，是奕强呀，来，快进来。"

钟奕强脱下解放鞋，换上塑料拖鞋走进客厅，随手把手信放在茶几边上。财叔也随着钟奕强走进客厅。

"来来来，老头子，我介绍一下，这是我们厂的钟奕强，海南农垦知青，"转过身向着钟奕强，用蒲扇轻轻拍了一下章志珍的脑袋，"这是我的小女章志珍。"

"你好，奕强哥。"章志珍随即说。章志珍长得很像旺婶，性格也像。

章志珍话音刚落，怀抱里的小孩突然手舞足蹈，呀呀地笑起来，像是很高兴地欢迎钟奕强的到来，把大家都逗乐了。章志珍比钟奕强小三岁，中学读书与钟奕强不同学校，她是沾了两位哥哥的光当上了国企职工的。当年，大哥在部队当兵，二哥到郊县上山下乡，按政策，小妹被招工进了港务局，现在港口码头开吊车。

"小家伙，你捣乱。"章志珍轻轻地拍着小孩，脸上洋溢着做母亲的幸福，笑着对钟奕强说，"对不起，奕强哥，你坐。我先哄他睡觉。"边说着边起身抱着小孩进里屋。走到房门口，她又回头望着钟奕强说："你先坐，待会儿我再出来。"说着，跨进了里屋。

"坐啊，憨乎乎站着干啥？"客厅里，旺婶一再招呼钟奕强。

"坐，坐，财叔，你也坐。"钟奕强掏出那包散装的大前门香烟，抽出一支，双手递给财叔。财叔接过，用鼻子闻了闻，连声"好烟，好烟"，又反问钟奕强："你抽不抽？"

钟奕强摆摆手："我不抽烟，不抽烟。"说着，坐在木单人沙发上。

"奕强啊，你这是干什么？拿这么多的手信，这么破费。"看着钟奕强的手信，旺婶不满地说。她猜测，钟奕强一定有什么事。转过头，又对财叔说："喂，老头子，请给客人来杯茶。"

财叔用打火机点燃大前门香烟，叼在嘴上，从茶几上拿出一只玻璃杯，提起陶瓷茶壶给钟奕强倒了一杯茶，说："奕强，这是玫瑰花茶，比杭州的茉莉花茶好喝。我们自制的。"好几年前，大儿子章志勇从部队回家探亲带回一盒杭州茉莉花茶，财叔才懂得花与茶混合泡出的茶很好喝。后来，财叔试着用玫瑰花与茶混合泡着喝，感觉味道不错。从此，每当房前花斗里盛开的玫瑰花开始枯萎时，财叔都会摘下晒干，自制成玫瑰花茶。

"好喝。"茶水飘溢着淡淡的玫瑰花香味。钟奕强双手接杯子，喝了一口，放在茶几上，赞美道。

"奕强，你有事？"旺婶问。

"旺婶，这两年，在你的领导下，我是近朱者赤，向你学了不少东西。"钟奕强尽拣好话说。

"哎呀，奕强，你什么时候学会讲这么多甜蜜的奉承话呀！还向我学习哩。有什么事，直说！"

"旺婶，我是想请个长假到外面走走。"钟奕强停了一下，喝了一口玫瑰花茶，他想看旺婶的反应。见旺婶看着他，脸上还是笑眯眯的，就接着说："旺婶，我是想重新找工作，也不知能不能找到，多长时间才能找到。我想我找工作期间，我的党员组织关系、户口关系还是保留在厂里。"钟奕强看着旺婶，苦笑着说，"很不好意思，又给你添麻烦了。"

旺婶拿着蒲扇仍然慢悠悠地摇着。钟奕强到厂里没多久，旺婶就找街道工业办主任，建议让钟奕强当副厂长，主任不同意，说纸盒厂只能配一个厂长，由街道发工资，会计是半脱产的，街道只发一半的工资，不能配副厂长。钟奕强每天在工厂糊纸盒，算是安排了就业，旺婶一直都为他感到委屈。

"奕强啊，你是不是考虑考虑，我就要退休了，我正准备向居委会，向街道工业办推荐，我退休后，由你当厂长。"看着钟奕强，旺婶不紧不慢地说。

"谢谢你，旺婶，你真是好人，好领导。可我，你知道，我现在的情况……"他本想接着说，我现在奔三十了，本来是应当成家的，可就现在的情况，我连养活自己都困难。见章志珍从里屋出来，感到说这话不好意思，又吞回肚子里去了。

章志珍换了一身丝绸短袖连衣裙悄声走到钟奕强对面的木单人沙发上坐下。连衣裙天蓝底色，几只花蝴蝶在上面惬意地飞舞。这是她结婚时大嫂送来的结婚礼物，在杭州买的。

"奕强哥，你接着说。"章志珍大大咧咧。刚才在内房奶孩子，哄孩子睡觉，她没注意到钟奕强和妈妈在谈什么。章志珍很崇拜她的大哥和二哥，认为男子汉就应当自己打拼，走出一条自己的路。她早就听妈妈在家里说过钟奕强的事。听说钟奕强当过副指导员，她很想认识认识钟奕强。她听她的大哥说过，在部队，连队艰巨的任务，往往都是由副指导员负责带领突击队完成的。大哥在部队就当过连队的副指导员，章志珍很崇敬她大哥。

钟奕强在章志珍面前不好意思把刚才吞回去的话再吐出来。见钟奕强没开口，章志珍兴致勃勃地问道："奕强哥，听我家的锡鹏说，他们航修厂有一个招工回来的海南农垦知青，叫陈根秋，听说是你们农场修理厂的车床工。奕强哥，这个人你认不认识？"锡鹏姓黄，是章志珍的爱人。

"噢，陈根秋，"钟奕强喝了一口玫瑰花茶，笑着说，"我认识，我们是同学。我是够羡慕他的了。他爸爸也在你们港务局工作，港务局在海南农垦知青中招工时，名单上就有他，他的回城很顺利。"

"我听锡鹏说，陈根秋人很不错，能吃苦，爱学习。听说他现在在学数控机床原理和高等数学。"财叔倒了一杯玫瑰花茶递给他女儿，章志珍喝了一口，接着说。

"是啊，当年在我们农场，他就是修理厂的技术尖子。"钟奕强附和着说。

"可是，奕强哥，你听说没有？听说他在农场就与一个女知青谈恋爱，可回城后，这位女知青的父母死活就是不同意他们结婚。好可怜的。"章志珍好像在为陈根秋鸣冤。

"怎么会这样呢？这条件多好呀，大国营企业的职工，人好，工资也不低。"旺婶摇着蒲扇，不解地问。

"妈，你不知道，他女朋友的妈妈就是嫌他家庭负担过重，家里还有一个老奶奶，人口多。"章志珍回答说。

"太不像话了，要家里没老人，哪儿来的儿女？"一直没开口的财叔，气愤地也插话了。说完，提起放在茶几上的陶瓷茶壶，转身问旺婶要不要再添点，旺婶摆摆手说不用，又给钟奕强的茶杯添茶，钟奕强用手指轻叩茶几表示感谢。

听着大家的谈话，旺婶若有所思，突然问："奕强，听说你每个月还要拿五块钱补济父母？"

钟奕强先是一愣，不知旺婶为什么问这个问题，接着很快就回答说："是的。家里比较穷，我每月固定给我妈5块钱，很不好意思的。回城前在海南岛，我大概每月给家里十块钱，现在不行了。"在海南岛，钟奕强是连队副指导员，领行政二十四级的工资，加上海岛补贴，少数民族地区补贴，每月可领工资49元。现在在纸盒厂，工资只有当时的一半多一点。

章志珍转变话锋，把话题引向了关注个人的经济收入问题，她在不经意中帮了钟奕强一个大忙。

此时此刻，钟奕强感到尴尬，陈根秋经济条件比自己好多了婚恋都难，钟奕强心里突然闪出这样的念头：像我这样，根本就没资格成家。他为自己落魄的现实处境感到难过。

旺婶此刻也陷入了沉思：自己是厂长，由街道发工资的，每个月也就是27块钱。硬要钟奕强继续留在厂里，这不是在害人吗？旺婶明白了，旺婶通融了。"奕强，你的要求，婶我同意了。"旺婶的眼光里闪着温暖。旺婶办事从不拖泥带水。

"谢谢旺婶。"钟奕强站起来说。

"不用客气，这没什么。"旺婶连连摆手，跟着站了起来。

"财叔、旺婶、志珍，时间已经不早了，我告辞了。"

"等一下，等一下！"旺婶说着，向财叔眨了眨眼。财叔会意，匆匆忙忙走进里房，又匆匆忙忙走了出来，一把拉着钟奕强的手，往他手心塞了两张大团结，"你要到处找工作，花钱多，不要推辞，拿着。"

"这不行，这不行。"钟奕强急忙推托。

"奕强哥，你工资不高，拿着吧，在外面用得着。噢，对了，以后在外面如果有什么困难，需要我们帮的，就来找我们，不用客气。"章志珍起身送钟奕强。

"奕强，带两个回去，明天当早餐。还有，这茶叶你也带走，留着以后用。"旺婶走过来，拉着钟奕强，一手提着两个粽子。

"不行，不行。"钟奕强推托着。推托再三，推托不了，只好妥协，"好，好，我拿，我拿，但茶叶留下。谢谢！谢谢！"钟奕强很感激，手里拿着二十块钱、两个粽子……

第二天是星期天，钟奕强又起了个大早。晨风簇拥着晨曦撕开黎明前的黑暗，将晨光洒向人间。海滨路昏暗的通宵路灯自动熄灭了。越过海滨路跨上滨海长廊，迎着内海湾对岸市郊，从农村依然不断飘过来公鸡高亢的啼叫声，钟奕强双手抓住不锈钢栏杆，拖着长音大喊了一声："瑞云！"他相信，这个声音能飞到另一个世界，他相信，钟瑞云一定能听到。

第一章

家庭经济不宽裕好不容易读中学的曾秀玉一心想读大学，梦想被粉碎后当了兵团战士。柔弱娇气的郭秀芝探亲途中在客轮上献血救孕妇。陈根秋冒险潜水拔涵洞盖泄洪解除水库险情。同甘共苦的知青生涯对曾秀玉影响深刻。武装连「天天读」遭雷击，担心女儿遇不测，苏启英装病提前退休让曾秀玉顶职，又逼曾秀玉与家境贫困的初恋陈根秋分手，与利用工作关系、借双轨制价格差做买卖发财的郊区农民胡宏彬结婚。

一

胡宏彬春风得意喜笑颜开，就像癞蛤蟆吃到天鹅肉一样得意忘形。今天是孩子满月，又是他与曾秀玉结婚的周年庆，喜上加喜。中午，胡宏彬在家设席，宴请诸位亲戚长辈。

"秀玉，快把咱宝贝抱出来呀！"胡宏彬得意地喊着。

"来啦，来啦！"随着一声甜美的应答，着一身桃红色居家服满脸喜庆的曾秀玉怀抱婴儿从房间走出来。大家立即起身围瞧，只见胡宏彬的儿子头发浓密乌黑，皮肤白里透红，脸部轮廓清晰，蚕眉下长着一对圆圆的大眼睛，挺挺的鼻梁，小巧的嘴巴。见这么多人，小家伙居然不怕生，嘴角一翘还笑了起来。

"哇！太可爱了！""他的皮肤、眼睛和嘴巴都像他妈。"有人争着说。又有人说"他的眉毛、鼻子像他爸"。

"不是不是，鼻子也像我！"曾秀玉嬉笑争辩着说。胡宏彬正好站在旁边，他搭手一搂，疼爱地说："好，都像你，都像你好吧！"这时，大家打眼一瞧，刚坐完月子的秀玉比往日更白嫩丰润，更显迷人。

充满阳刚气的胡宏彬一手搂着秀发披肩、光彩照人，怀里抱着孩子的曾秀玉，一手扶在包裹着小宝贝的鹅黄色小包被上，这个画面构成了一幅靓丽的场景。"咔嚓""咔嚓""咔嚓"，一连几声，不知谁连续照了几张相片，将小两口结婚周年庆和孩子满月的幸福留作了永久的纪念。

宴会充溢着由衷的祝福和赞美。胡宏彬风头出尽，满脸幸福，笑得合不拢嘴。

午宴结束，满脸荣光的胡宏彬意犹未尽。晚上，又在滨海大酒店五楼临街的玫瑰包厢，宴请胡宏胜、胡宏泰、胡宏建三位孩提时代的同村玩友。他们已有一年多的时间没相聚了，胡宏胜说胡宏彬是见色忘友。

餐桌铺着淡黄色的台布，整整齐齐地摆着两个冷盘——吊干牛肉片、手拍青瓜木耳，六个热菜——清蒸龙虾、叉烧全鸡、翡翠虾仁、红烧肉焖腐竹、清炒豆苗、金玉满堂。再加干贝萝卜汤、清淡海参汤两个汤——满十，胡宏彬图的就是一个完完整整、圆圆满满。

胡宏彬与胡宏胜同龄，比胡宏泰和胡宏建都大一岁，四人同辈分，是"五服"内的兄弟，从小就喜欢在一起玩，甚至结群在外打架。胡宏胜、胡宏泰、胡宏建三人早已结婚，老婆都是本村的姑娘，都有孩子。胡宏泰生的是男孩，胡宏建生的是女孩，胡宏胜生的是一男一女。胡宏胜的女儿三岁，年龄最小。如今胡宏彬结婚成家有了孩子，四人现在都当爸爸了，怎能不高兴。

"宏彬，秀玉为什么不来？"没见到曾秀玉，胡宏胜问。

"不好意思，秀玉她刚坐完月子，要带孩子喂奶，就不来参加了。我们哥们自己喝。"胡宏彬笑呵呵地回答。

胡宏彬打开茅台酒，给大家满上，浓郁的茅台酒香扑鼻而来。"来，喝酒！为我们都当了爹，干杯！"胡宏彬端着酒杯提议。大家都站了起来，碰了杯，将杯中酒一饮而尽。

喝酒吃菜侃大山，一瓶茅台酒在不知不觉中干光了。

"来，继续喝，满上，"胡宏彬又打开另一瓶茅台酒，一边给大家斟酒一边说，"我们今天喝个痛快。"胡宏彬喜欢喝茅台酒，这与他爸爸有关系。胡宏彬爸爸羡慕喝茅台酒，可就是一辈子喝不上一口。那时，茅台酒一瓶三块八毛，竹叶青一瓶一块六，本地米酒散装一斤五毛。胡宏彬爸爸一辈子喝的都是本地散装米酒，节日里能喝点竹叶青就已经很高兴了。临去世前，他对跪在面前的胡宏彬说："我想喝茅台酒。"胡宏彬哽咽着回答："爸，你会好的，我要给你买100箱茅台酒……"胡宏彬家里现在就存有好几箱茅台酒。

"我们已经喝很多了。我建议，现在不要一杯酒一饮而尽，随意喝一口就行了，"胡宏胜端着酒杯站起来，"来，为宏彬喜得贵子，为宏彬家庭幸福，干杯！"

"好，来，喝一口。"胡宏泰和胡宏建端着酒杯也站起来大声附和，又赞说，"宏彬真是运气好，福气好。"

胡宏彬也站起来，端着酒杯和大家碰杯。大家都抿了一口酒，坐下。胡宏彬兴致勃勃地侃开了："我呀！真的是运气好。告诉你们，我有福气，全靠我的鼻子好，鼻子大财运旺。"胡宏彬长了个下巴肥厚的苹果脸，粗眉毛单眼皮，眼睛偏小，嘴巴略大，鼻梁偏低但鼻头比较大，鼻翼两侧圆润有肉。

"是啊！是啊！宏彬的鼻子真的是世上少有。我听说，有这种鼻子的人，命中注定拥有滚滚财源，你不想要都不行。来，我们为宏彬的鼻子干杯！"胡宏泰、胡宏建吹捧着。

"难怪呀！当年，宏彬一直坚持不找农村姑娘做老婆，原来人家是老谋深算，结果是财源滚滚来，城市老婆也滚滚来。我好羡慕啊！"胡宏胜品了一口海参汤，抑扬顿挫、耸鼻眨眼扮出满脸怪象，慢条斯理地说。

"喂！喂！宏胜，你不要冤枉我呀。这可是不能乱讲的呀，这个玩笑开不得，开不得。"胡宏彬急忙制止。大家哄堂大笑。

"来来来，不要只说话，吃吃吃。"也许是胡宏胜的话刺激了胡宏彬的哪根神经，胡宏彬咽下一片龙虾肉，用餐巾抹了一下嘴，突然说："不要怕，你们公正地说，我是武大郎？我有那么丑，像武大郎？"胡宏彬不知听谁传说，有人说他与曾秀玉结婚，就像《水浒传》里的武大郎与潘金莲配对。《水浒传》里的武大郎，身材短矮，面目丑陋，被人戏称为"三寸丁谷树皮"，以卖炊饼为生。

胡宏泰愤怒地说："谁说的，放狗屁。武大郎是什么东西，哪能跟宏彬比呀！宏彬戴上墨镜，威风凛凛的，像电影里的大侦察员。"他本想说像电影里的日本特务、汉奸，感到不妥，赶快改口。

胡宏彬抿了一口酒，郑重其事地接着说："其实是不是武大郎不重要。我问你们，如果西门庆是卖烧饼的，武大郎很有钱，潘金莲会喜欢谁？"

"这还用说，当然是武大郎啦！"胡宏泰抢着回答。

"对啦！"胡宏彬摆出一副知识渊博的架势，又抿了一口酒，继续说，"我向秀玉家求婚，外面就有人说，这是癞蛤蟆想吃天鹅肉；还说我和秀玉结婚，秀玉是鲜花插在牛粪上。"胡宏彬提高声调接着说，"呸！这些人简直就是狗屁不通！我那么差劲吗？牛粪有什么不好？天鹅肉我为什么就不能吃？按我说，鲜花就是要插在牛粪上。有牛粪作肥料给花施肥，花不就能开得更鲜艳吗？"又停了一下，抿了一口酒，反问，"你们说，有钱能使鬼推磨，为什么有钱的癞蛤蟆就不能吃到天鹅肉？"

"说得好，有道理！太有道理了！宏彬，你真的有才呀！哪些人说的？这些人简直就是胡说八道，不自量！不要听这些，不要理他们。"众人气愤地说，接着又哈哈大笑。

"行，不说这些了。"胡宏建摇头晃脑站了起来，一手叉腰，一手模仿《沙家浜》胡传魁的手势，得意洋洋地学着京剧唱腔唱着，"现代英雄出四方，有钱就是草头王……"胡宏建把《智斗》这场戏中，中共地下党交通员阿庆嫂与伪军司令胡传魁和他的参谋长三人对唱，胡司令的一句台词"乱世英雄起四方，有枪就是草头王"改了。有人说胡宏彬的长相很像样板戏中的胡司令，胡宏彬在玩笑中总得意地默许、模仿。

胡宏彬摆摆手，劝说："不要唱了，以后再也不要这样唱了，秀玉说了，这样唱很庸俗。"

"好，好，秀玉说不要唱了。"胡宏建做了个鬼脸。

胡宏胜冲着胡宏彬也做了个鬼脸，笑着说："宏彬，好呀！听老婆的话，好事呀！来，你听着，我教你，你以后应该这样说，'我的夫人秀玉教导我说'。"

"去，去，去！"胡宏胜拆开一包大前门香烟，依次递给每个人，"来来来，抽根烟，抽根烟。"

"秀玉说，抽烟有害健康！"胡宏建学着胡宏彬的腔调笑着说。大家边笑边接过烟，点燃，不客气地抽着，津津有味。

"哎呀！你们胡扯！我怕老婆？"胡宏彬晃着脑袋说，"你们打听打听，有谁说过我怕老婆？"

"是啊！你们听谁说的，宏彬怕老婆？"胡宏胜嬉皮笑脸地说，"'宏彬不怕老婆'，我说的。秀玉说，'宏彬不怕老婆'。"

"行啦！行啦！别假惺惺的……"胡宏彬的话没说完，胡宏泰见胡宏彬粗短的脖子上空空如也，插话问，"宏彬，你的金项链呢？"

胡宏建又紧接着问："对啊，宏彬。还有，你的金戒指呢？"过去，胡宏彬脖子上戴有一条粗粗的金项链，右手除拇指和小指外，其他三个手指都各戴一个大黄金戒指，中指戴的戒指还镶有一粒大大的蓝宝石，手一挥动，金光闪闪。胡宏彬把这些当成财运亨通的标志炫耀，常常是得意洋洋，自我感觉很好。现在，过去身上戴的这些金首饰都不见了。

胡宏彬一时语塞。

"秀玉说，不要戴了，戴了庸俗。"三位朋友异口同声高声齐说。其实，曾秀玉也真的曾经对胡宏彬说过，她不喜欢胡宏彬身上戴这些金首饰。三位朋友歪打正着。

"行行行，我认了还不行吗？"胡宏彬笑容可掬，"我说呀，你们不要老纠缠着我。宏胜，你一向都是见多识广，给我们讲些新鲜事呀！"胡宏胜聊女人是高手，见多识广，总有讲不完的关于女人的故事。那些不知从哪里来的故事很能调动喝酒的气氛。

"宏彬，你错了，今天你是主角，主讲是你呀，"胡宏胜摆着手，笑眯眯地说，"别人结婚是度蜜月，你胡宏彬结婚是度蜜年。秀玉是素颜美女，你是桃花运兴隆，够享福的。嘿！大家静静，听宏彬讲讲他是怎样享福的，让我们在精神上也享享福，好不好呀？"

"好喔！"胡宏泰、胡宏建鼓掌赞同。

"什么女？"胡宏彬睁大眼睛，不解地问。

"素颜美女。"胡宏泰听得清楚，代回答。

胡宏胜接过胡宏泰的话，笑嘻嘻地说："素颜美女呀！就是不用化妆造假，天生就很漂亮的美女。"

"对、对，宏胜说得对，秀玉真的是素颜美女。"一说到曾秀玉，胡宏彬就得意洋洋，笑逐颜开。曾秀玉一米六的个头，肩膀窄、腰身细、亭亭玉立。白皙的瓜子脸上，两条淡淡的长眉毛下一双圆圆的大眼睛黑白分明，小巧的鼻子，小巧的嘴，恰到好处地张扬着娇小美丽。

"恭喜啊！宏彬，秀玉是大家公认的素颜美女，透露一点秘情让我们兄弟也高兴高兴。"

"好，我说，我让你们流口水。"胡宏彬摆出一副得意忘形的样子说，"我秀玉啊，白，晒不黑，像和田白玉。有人说'一白遮百丑'，秀玉没丑可遮，是白嫩美，小巧玲珑。"

胡宏胜插话问："啊哟！'我秀玉'，够肉麻的哟！我第一次听到有人这样夸自己老婆的。不过，宏彬，你吹牛吧！皮肤晒不黑，难道有特异功能？"

胡宏彬争辩："真的，她自己说的，与她一起从海南回来的知青也这样说。"胡宏彬说的是真话。海南岛的太阳很烈，户外劳动没几天，皮肤肯定被晒黑。为了保护皮肤，女知青们除阴天下雨没太阳的日子，平常外出都要戴草帽。曾秀玉是例外，她那白皙红润、光滑鲜嫩的脸蛋任凭怎么晒，它就是不黑。曾秀玉曾因为不能晒黑皮肤而心难受。曾秀玉的白皙很引人注目。

胡宏建接过话说："宏彬啊，你这一说，我都酸掉牙了。难怪，你结婚后每天都窝在家里抱嫂子，怀抱美女发大财，你好福气啊。"

"宏彬，你小心点，我们好嫉妒，嫉妒能使人疯狂……"胡宏胜阴阳怪气油腔滑调地说。

胡宏彬喜上眉梢，笑眯眯地享受着朋友对曾秀玉的赞美，心里甜滋滋的。结婚成家以后，他感到曾秀玉是一个完美的女人，自己的生活充满阳光。白天与曾秀玉在一起，他感到自豪；外出带着曾秀玉，他感到骄傲；夜里拥抱曾秀玉，他感到痴迷。

胡宏彬与曾秀玉的第一次见面，是在曾秀玉妈妈接受胡宏彬定亲礼金前一周的傍晚，地点在海滨路滨海长廊最东面的琉璃瓦水泥柱的小亭。小亭周边绿草茵茵，零零星星长着几簇杜鹃花。小亭中间有一张花岗岩小圆桌，围绕圆桌呈"十"字对称摆着两对石鼓椅。

约会是由马素锦转告胡宏彬的。马素锦是胡宏彬"五服"内的远房阿姨，与曾秀玉的妈妈苏启英是同事，是她向曾秀玉妈妈强烈推荐这门亲事的。

人逢喜事心情爽。胡宏彬提前十分钟，傍晚6点50分就到了小亭。胡宏彬专门理了发修了脸，穿了一件质地很好的T恤，深蓝色长裤，脚穿高档的黑色皮鞋，手里拿着一只黑色的小皮包。

华灯初上，微弱的灯光若有若无，周边的景色都陷入朦胧，海滨路上行人稀少。胡宏彬喜欢这种朦胧美。他觉得，自己的长相很一般，第一次与曾秀玉在朦朦胧胧中见面对自己更有利。胡宏彬在亭子里围绕着亭中间的圆桌来回踱步，他心中无底，有点怵，有点打鼓，他不知道今天见面的结果会是什么。

曾秀玉准时如约来到。她穿着旅店服务员的白色工作服上衣和黑长裤，右肩挂着一个白色的皮革小挂包。曾秀玉今天不值班。

曾秀玉走进亭子，朝着站在亭柱旁的胡宏彬大方地伸出右手，问："你是胡宏彬？"胡宏彬的相片曾秀玉见过。

胡宏彬一时反应不过来，有点惊愕但又机械地伸出右手，"是的，我是胡宏彬。你是曾秀玉？"

曾秀玉点头称是，说："坐吧！"两人隔着石头圆桌面对面坐下。

"宏彬，我长话短说，我同意与你谈。但我必须告诉你，我以前谈过恋爱，不过，我与他没做过那事，我们现在仍然是朋友。"曾秀玉直奔主题。胡宏彬暗自窃喜，没做那事，就不能说我横刀夺爱。胡宏彬有点打鼓的心开始平静下来，他庆幸自己今晚有戏。

曾秀玉不卑不亢，看着胡宏彬的眼睛，平静地接着说："我希望我们在一起后，你要尊重我和朋友的关系。"

"那是！那是！这不用说，你的朋友就是我的朋友。"胡宏彬急忙作答。

曾秀玉接着说："你和你们家的情况，马阿姨向我妈介绍过，我知道了一些。不过，我还是要问你，你对我有没有隐藏什么亏心事？你必须对我诚实、负责。"曾秀玉单刀直入，毫无顾虑地直说。

"什么亏心事？没有啊！"胡宏彬丈二和尚摸不着头脑，心里有些慌乱，他不知道曾秀玉指的是什么，也不知道自己应当说什么。

"你是不是找过小姐？有过那事？"曾秀玉双眼盯着胡宏彬问。

"噢。"胡宏彬一听，紧张了，脸刷地一下子红了。胡宏彬心知肚明，这事瞒不过曾秀玉。"我抽根烟，行吗？"不等曾秀玉回答，他已经打开皮包，从里面掏出一包香烟，抽出一支，点火抽了起来。

"这事我有，我错了。"胡宏彬常年外出跑业务，到过不少城市，也结识了不少三教九流之人，曾经几次在外住旅店时找过小姐。他们认为，你愿意，我付钱，完了两清各自走，谁也不欠谁的，谁也不知道谁是谁。胡宏彬喜欢炫耀，曾跟朋友侃大山时吹嘘过这事。他现在很后悔，这些脏事当时怎么可以拿出来炫耀呢？他曾在曾秀玉妈妈面前认错表示后悔，保证以后不重犯，他希望曾秀玉妈妈保密。现在曾秀玉又把这脏事提了出来，真是好事没人知，坏事传千里。他下决心，先认了再说吧。

"我外出时曾经和一些人找过小姐，不过，感觉很不好，去了几次就没兴趣了。"胡宏彬向曾秀玉承认了自己的过错。

他抽了一口烟，眼睛尽量避开曾秀玉的视线，低声说："我对不起你。马阿姨带了你的相片给我妈看，介绍了你的情况，我妈很高兴，她很喜欢你，一再追问我有没有脏病。她还说，如果我有脏病，你与我结婚是要冒着生命危险的，这是生命攸关的事。"胡宏彬又猛抽了几口烟，把烟头狠狠扔掉，抬起脚把烟头踩躏成了灰，接着说，"我体检了，没任何脏病。我向你保证！不，向在天上有灵的毛主席保证！以后，我决不会再做这种脏事。以后再做这种事，我不得好死。"

十几秒钟令人窒息的沉默后，曾秀玉说："好！我相信你的保证。"曾秀玉曾听她妈说过，她们的旅店时有这种事发生，旅店有时组织抓人，有时又睁一只眼闭一只眼。

初夏的晚上，内海湾的海风频吹，曾秀玉觉得有点冷。滨海长廊散步的人越来越多，小亭旁边开始有人驻足观海，已经不方便再往下交谈了。曾秀玉站了起来，"宏彬，我们算认识了。我觉得有点冷，我们回去吧！"

"好的！"胡宏彬也站了起来送行。曾秀玉先离开。

"噢，对了，听说你身高是一米六？"曾秀玉刚走二步，又转身回来，低声问。

"是的，我的身高是一米六。"

"行，我们一样高。你去买一双鞋跟比较高的皮鞋，以后我们见面，你就换上它，我穿平底鞋。"说完，迈着优雅的脚步走了。

感情这东西很奇怪，说不清道不明，胡宏彬对曾秀玉一见倾心。胡宏彬与曾秀玉握手时就知道，马阿姨说得很对，曾秀玉长得精致但不是双肩削弱娇滴滴的弱不禁风，她的肩膀不宽但结实浑圆，双手很有力气。晚上短暂的交谈，胡宏彬即刻意识到，曾秀玉心胸开阔，拿得起放得下，是一个不寻常的人。他铁定了心，一定要追求到曾秀玉。

二

为胡宏彬与曾秀玉的婚事穿针引线的红娘是马素锦。马素锦比曾秀玉的妈妈苏启英小几岁。苏启英是驼江市一家国营旅店的服务员，马素锦与她是多年的同事，一直都称苏启英为"启英姐"。马素锦是因她的表姐请她帮忙在城里找个儿媳妇才当上红娘的。马素锦的表姐希望，儿子与城里姑娘结婚后，将来能转城市户口，过城里人的生活。马素锦很同情表姐，表姐夫早逝，留下孤儿寡母，侄子胡宏彬从小就是一个淘气鬼，没少给家里惹麻烦，表姐一生操劳，日子过得很艰难。好不容易现在侄子长大成人，很能干会挣钱，在母亲面前循规蹈矩很孝顺，侄子如果能娶到一个相夫教子的好老婆，家里增添了一位贤惠的媳妇，表姐家的面貌就改观啦。家运大兴，表姐晚年就享福了。

马素锦是个热心人，她曾相中一位姑娘，有意为她牵线。姑娘是"文革"期间的高中毕业生，在街道塑料厂当工人。可是第一次接触，马素锦立即感到心灰意冷。姑娘有一种莫名的傲气，开口闭口就是"我们城里人"，似乎城里人就天生高人一等。马素锦暗自庆幸，幸亏还没正式说媒，否则，娶个媳妇要像公主一样地供着，谁都受不了。马素锦打心眼里为农村人叫冤，不就是户口本不同，少了一点物资供应吗？她甚至觉得，现在城里人没什么了不起的，城里人住的普遍都没农村好。驼江市郊区农村人多地少，副业发达，领副业工分挣的钱不比她这个有城市户口的旅店服务员的工资少，家里还能养家禽，再搞点自留地，生活是不会比城里人差的。

马素锦真正认识曾秀玉是在苏启英提前退休，曾秀玉到单位顶职以后。曾秀玉"文革"前是驼江一中的学生，马素锦仅此对曾秀玉就生出几分好感。她知道，驼江一中的学生文化功底好，小学能考上驼江一中的学生不多，女生更少。

曾秀玉长得俊美，扎着一根马尾辫子显得很干练。苏启英与曾秀玉母女俩长相很相似，走在一起像姐妹，两人简直就像同一模子里印制出来的美人胚子。苏启英退休前在服务台没事时常会唠叨，"漂亮是女孩子最大的本钱"。

曾秀玉顶职到旅店在服务台工作近一年，细心的马素锦发现，形体相似的苏启英母女两人的内心世界有着很大的不同。苏启英爱打扮赶时髦，虚荣心比较强，与她共事时常会感受到她因美丽流露出来的傲气。苏启英待人有点冷漠，处事小气，她不喜欢也不稀罕什么先进劳模。她的工作信条是挣钱养家糊口，该我干的活我按要求完成任务，不是我分内的事多一分我也不干，公家的事休想她会多出一分力，典型的"事不关己，高高挂起"。可这不违法也不违纪，谁也拿她没办法。

苏启英的这些毛病在曾秀玉身上难以寻到踪影。曾秀玉清新淳朴心胸开阔，工作勤快泼辣大方，对公家的事、对别人的困难从未斤斤计较。曾秀玉的美丽释放着知书达理的优秀品质，她瞧不起"拔一毛利天下而不为的铁公鸡"。

每当与曾秀玉同班次在服务台值班，客源稀少工作有闲暇的时候，马素锦常与曾秀玉聊天，她们有时也聊海南农垦知青。曾秀玉有五年汗洒天涯的海南农垦知青经历，聊起海南农垦知青生活总是神采飞扬，总有说不完的话。马素锦也深受曾秀玉情绪的影响，听得津津有味。

曾秀玉自小受母亲影响爱打扮爱漂亮，原先也总认为人都是自私的，总提防别人占自己的便宜，总担心自己吃亏。学校组织的学雷锋活动，她从不参加，因为她妈妈告诉她，女孩子不应当抛头露面，学雷锋是傻瓜才干的事。从小学到中学，曾秀玉几乎都是家里、学校两点一线，到学校读书，回到家里做完作业做点家务，有时也做手工刺绣挣点钱，社会活动很少参加。初中毕业准备中考时"文革"爆发，学校停课闹革命，曾秀玉的家庭出身既不是"红五类"也不是"黑七类"，干脆落个清闲。学校老师靠边站，红卫兵分成两派斗得不可开交，她哪一派都不支持，哪一派都不参加，每天在家看看书理理家务做些手工挣些钱直到学校复课。不久，生产建设兵团成立，政府动员中学生上山下乡，赴海南岛屯垦戍边，曾秀玉与弟弟曾旭辉都属下乡对象。家里的意思是舍姐保弟，曾秀玉因此报名上山下乡赴海南岛屯垦戍边，成为兵团战士。

海南农垦知青苦涩的经历对曾秀玉人生的影响虽说不上脱胎换骨，但留下的隽永印记也是刻骨铭心。在海南岛，环境恶劣劳动艰辛，兵团橡胶开荒大会战常令人体力超支饥肠难耐。没有大会战的日子，连队要改善居住条件自己盖瓦房，白天治坡，晚上治窝，全连每人每天晚上还要义务劳动打20块土坯砖，没时间打扮，曾秀玉就是爱漂亮也没办法漂亮。

兵团四师十八团连队生活艰苦，常年冬瓜、南瓜、空心菜就饭，难闻肉味。知青不管是谁，有什么好吃的，不约而同都会拿出来与同宿舍的知青战友共享。曾秀玉的妈妈在钟瑞云探家期满归队时，托钟瑞云给曾秀玉带了一罐沙茶猪肉，还特地寄了一封信交代曾秀玉沙茶猪肉要保管好，自己慢慢吃。曾秀玉感到这样做太自私了，她觉得，太自私的人很孤立，孤立的人很孤单，很难受。她没听妈妈的话，把家里托钟瑞云带来的沙茶猪肉与大家共享。知青们把这样的"有口福共享"自诩为"共产主义"。这种"共产主义"传递着同甘共苦的深情厚谊，在兵团各团知青中悄悄地蔓延扩张。

钟瑞云调卫生队后，曾秀玉曾约几位原同校的女同学到卫生队聚会，碰巧遇见卫生队指导员王淑兰。王淑兰得知她们同学聚会，二话没说转身回团部机关宿舍，不久就给她们送来一片两斤左右的腊猪肉，一定要她们收下。这是她探亲看父母带回来的有名的长沙腊肉，平时舍不得吃。

在同赴海南岛屯垦戍边的同学中，曾秀玉最反感郭秀芝。郭秀芝一副柔柔弱弱的样子，曾秀玉讨厌她的娇气。但是，对曾秀玉心灵冲击最大的，也是这个郭秀芝。郭秀芝探家乘客轮，同船有一位孕妇因经受不起海上航行的颠簸突然早产，难产昏迷有生命危险，急需输血。船上医疗设备简陋，随船医生只好通过船上广播向旅客求援。郭秀芝听到广播，立即跑到医疗室，捋起袖子对医生说："我是O型血，抽我的！"郭秀芝的200毫升血流进了孕妇身体。走出医疗室，献了血的郭秀芝感到头有点晕，迷迷糊糊地回到自己的舱位躺下休息。医疗室里的抢救在紧张地进行着。也不知过了多久，郭秀芝在迷迷糊糊中听到广播孕妇母子平安的喜讯和船长代表全体船员致十位献血的旅客和水手的感谢信，又迷迷糊糊地听到有人说"是她"，随即感到有人轻轻地拍了拍她的肩膀。郭秀芝睁开眼睛，看见自己舱位旁站立着两位着制服的船员、一位着警服的乘警，还有其他的一些乘客，大家脸上都挂着微笑，为她鼓掌……

与郭秀芝一起在客轮上给孕妇献血的是三位兵团知青、五位解放军战士、两位客轮上的水手。第一个献血的郭秀芝是唯一的女性。团政治处是收到客轮公司寄来的感谢信，才知道郭秀芝探家途中献血救孕妇的事的。

在兵团知青群体的共同经历中接受同艰苦共享受的情感滋润，亲身感受的荡气回肠的知青故事释放出来的"真善美"，培育扩展强化了曾秀玉良好的心理素质，她既意志坚毅能经受艰苦，又胸怀宽广能承受吃亏，愿意为战友吃亏，为他人吃亏，与赴海南岛上山下乡前的曾秀玉大不相同。马素锦因此也感受到曾秀玉的优秀。她想，表姐家若能拥有曾秀玉这样的媳妇，表姐就有福气了。

马素锦琢磨着，曾秀玉到过海南上山下乡，应该不会像她想为外甥介绍的第一位姑娘那样，不分青红皂白地看不起农村人。何况，她知道，苏启英的爱人曾贵达就来自农村，两人结婚后感情一直不错，是熟悉他们的人都羡慕的恩爱夫妻。马素锦有心计，她决定不动声色先与苏启英套近乎，了解曾秀玉是否已有对象，只要没发生那事就没问题。她要尽最大的努力，争取为外甥当一回成功的红娘。

三

时势造婚姻，姻缘命中注定。曾贵达常常自豪地夸耀："天上掉下个林妹妹，被我捧着了。这就是我命中注定的姻缘。"林妹妹就是苏启英。

苏启英的父亲苏富达解放前在驼江市中心的骑楼街瑞福路开一家小店，卖茶烟酒，店名叫"富达茶烟酒"。苏启英在家是长女，初小文化程度不到，未满15岁就在父亲的店铺里当帮工，有时也帮助父亲送货到过达官贵人的豪宅。苏启英很羡慕居住在这些豪宅里的贵夫人阔太太，每天无所事事，手夹女士香烟，优雅地吞云吐雾，白天搓麻将打扑克，晚上弹弹琵琶，抚抚琴，唱歌跳舞。家务有人干，外出有洋汽车接送。

苏启英对自己的身材容貌很自信。她面容美丽，身段娇媚性感。认为以自己的美貌，做个达官贵人的阔太太理所当然。亲朋好友左邻右舍都夸赞她长得漂亮，向她的父母道喜，纷纷预祝他们的女儿能嫁个好丈夫，有享不完的荣华富贵。

苏启英生不逢时。在她到了谈婚说嫁年龄的时候，外面兵荒马乱的。国共内战爆发，国民党发行金圆券，物价飙升，精明的苏富达预感到国民党的天下长不了，社会即将变天。他把店铺里的货物偷偷囤起来不卖，与粮店老板，与日常生活用品杂货店老板干脆来了个物物交换，成功度过了一场金融浩劫。他听说北方的共产党在斗地主分土地，穷人翻身解放，心里知道富人的好日子到头了，于是对一些官府大户人家的求婚，苏富达总能编一些故事，说苏启英算过命，命中克夫，把求婚人吓跑。钱财乃身外物，苏富达要的是一家的平安。

兵荒马乱成就了苏启英与曾贵达的婚姻。曾贵达是驼江市师范学校的住校生。曾贵达家住距离驼江市40多公里的杭田镇坑田村，家有十亩左右的山坳田，一半出租，一半由父母靠一头牛、一张犁、一张耙辛勤劳作。曾贵达是独子，父母希望他能勤奋读书改变家运。曾贵达是到瑞福路买茶叶时认识茶烟酒店老板苏富达的。苏富达当时请曾贵达到店里品茶，曾贵达眉目秀气，行为举止斯文帅气，两人一起聊天都觉得很投缘。更有趣的是，"富达"与"贵达"，先富后贵，两人都觉得有道理，两人的名字显示了两人的缘分。一回生，二回熟，星期天没课，曾贵达有时会到茶烟酒店与苏富达聊天。

曾贵达遵从父母的叮嘱在学校专心读书，不参与政治，但学校学生思想活跃，时常流传着各种各样的政治消息。共产党大胜，国民党溃军南窜，一路抓壮丁拉夫掠夺的消息，就是曾贵达告诉苏富达的。曾贵达还告诉苏富达，他准备回山区老家避一避。苏富达几天前就听说了国民革命军溃军抓壮丁，还听说溃军抢美女奸污民妇的事。他担心的是苏启英，苏启英长得美，溃军是一批亡命之徒，可不会管你"克夫"不"克夫"的。一听到曾贵达要回杭田镇坑田村，苏富达立即拜托曾贵达顺路带苏启英到杭田镇水蛭村，去她大姨妈那里避一些日子，等战事结束后再回来。曾贵达爽快地答应了。那年，曾贵达19岁，苏启英17岁。

曾贵达和苏启英乘车转船步行，一路颠簸，到了水蛭村才知道，苏启英的大表哥参加了共产党游击队，大姨一家人为逃避国民党政府的抓捕，已经在一年前出南洋谋生了。杭田镇是散兵游勇到不了的山区镇，名义上是国民党统治，但共产党游击队的活动很厉害。举目无亲，苏启英一下子陷入困境。返回驼江城很危险，曾贵达建议苏启英跟他一起到坑田村，暂时寄居在他家，无奈之下苏启英答应了。水蛭村至坑田村有五里山路。夕阳西下，天开始暗下来了，两人急急忙忙赶路。

突然，背后传来一声"站住，举起手来！"把他们俩吓了一大跳。放下随身携带的包裹，举手转身，只见镇保安团副团长曾黑头带着两个团丁，举着一把驳壳枪，两把步枪正瞄准对着他们。

"噢！是黑哥呀，你辛苦，是我呀！"曾贵达急忙向前鞠躬，赔着笑脸说。曾贵达与曾黑头同村，从小就认识。曾黑头比曾贵达大几岁，16岁时被乡公所招为乡丁。

如今学会了狐假虎威鱼肉老百姓。

"少废话！"曾黑头用枪指着苏启英，满脸凶恶，大声吃喝，"她是谁？干什么的？"苏启英吓得忙往曾贵达身上靠，身体有点发抖。

"她是……"曾贵达正想说，曾黑头粗暴地打断了曾贵达的话，"我不要你说！"眼睛凶巴巴地盯着苏启英，大声问，"你是什么人？干什么的？说！"

"我，我，我是他的媳妇，我们一起要回家……"苏启英战战兢兢地回答。苏启英是急中生智。曾黑头的大声吃喝着实把她吓了一大跳，稍一镇静，脑筋立即急速地翻转起来，怎么回答好呢？说是妹妹？不行，乡里乡亲的，谁不认识谁呢！说是同学？也不好说，同学里就有共产党。还是说是曾贵达的妻子保险。对，管他的，脱险以后再说。她装成很害怕的样子，躲在曾贵达的身后。

苏启英信口开河脱口而出，不啻一声炸雷，曾贵达还没反应过来，曾黑头发话了："哈哈！吓你的。"曾黑头收起驳壳枪，双手叉腰哈哈大笑。曾黑头的脸色变换比川剧戏台上的"变脸"来得还快。他走上前，拍了拍曾贵达的肩膀，嬉皮笑脸地说："贵达呀，你小子好艳福啊。哥我好羡慕！"手一挥，说，"行，快点走，快点回家，回到家里好好那个那个，啊！"也许是游击队放了狠话，也许是曾黑头知道自己是兔子尾巴长不了，给自己留后路。曾黑头没太刁难曾贵达。

苏启英寄居在曾贵达家，两人一直等到驼江市解放才回城，回城不久就结了婚。

弄假成真与苏启英结婚，曾贵达感到由衷的高兴。婚后两人又被政府同时安排了工作，曾贵达在康福路小学教书，苏启英被华裕旅店招聘为服务员。小两口在顺兴路租房独立安家。

顺兴路有12条横巷，形成一个片区，普遍是砖木结构的平房，偶尔有水泥结构的楼房，但最高的也就是二层楼。解放前这里多是拉黄包车的、踩三轮车的、挑担理发的、摆小摊卖菜卖肉的、修补锅盆铁桶洗脸盆的，人员非常杂。买菜卖肉缺斤短两，多一分钱少一分钱都会吵得脸红脖子粗。解放后，顺兴路的居民已经少有单干个体户，大多参加了各种各样的集体合作社，但这里的民风并没有多大的改观，小市民的习气还是很浓厚。

曾贵达租的是顺兴路五横巷1号，这是一个有四间房子的小院，居住环境不尽如人意，但租金便宜。曾贵达开始只租一间，后来生了曾秀玉，老妈从老家入城帮忙带孙女，又再加租一间。这是后话。

曾贵达和苏启英有了工作，工资虽然不高，经济有些拮据，但在家中的二人世界里，他们想方设法创造出各种各样闲情逸致，堪称情感富足，夫妻恩爱。星期天两人如果都休息有闲暇的时候，小夫妻就到公园里漫步，赏梅花，赏桃花，赏菊花，有时还租只小船来一个湖中泛舟。

曾贵达出身地主家庭，苏启英出身商人家庭，解放后两人自然都不是社会的宠儿。在历次政治运动中，都既不是依靠对象，不用当积极分子，也不是打击对象，不用担心被批判斗争，因此少了很多担忧和麻烦。

苏启英爱打扮常遭人非议，曾贵达不以为然。他觉得，妻子爱打扮没什么不好的，不打扮人能漂亮？三分长相七分打扮。妻子漂漂亮亮的，赏心悦目。在外受气回到家里见到漂亮的妻子，气也自然消了三分。

曾贵达在康福路小学教六年级的数学，他能把枯燥乏味的数学公式讲得趣味横生，学生听得津津有味。曾贵达批改学生作业很认真负责，常常鼓励学生做作业时要争取能一题多解，学会拓展思维张力并从中接受严谨的数学思维训练。认真为学生提供各类解题的方法启示，高度负责任的教学创新往往是自讨苦吃，但曾贵达愿意。曾贵达辛苦地批改完学生作业，打哈欠伸懒腰的时候，不管白天还是夜里，只要苏启英在家家里又没旁人时，她都会主动往曾贵达的怀抱里一钻，用娇嫩的双手捧起他的脸，在他的额头上献上深情的一吻表示慰问。搂着美丽的苏启英，曾贵达心旷神怡，疲惫顷刻消除。

曾贵达家里有一台手摇缝纫机，是结婚时苏启英带来的嫁妆。苏启英会使用手摇缝纫机自己裁制衣裳，曾贵达很欣赏苏启英这门手艺。他到书店买了几本裁剪衣裳的书，闲暇时有时会与苏启英一起翻阅，从中寻找适合的款式再依据苏启英的体形修改；有时又将几种不同类型的款式重新组合，创造出新的时尚的款式，再运用数学知识，按照苏启英的身段设计，精确计算尺寸裁剪、缝制出来的衣服，恰如其分地勾勒出苏启英美好的腰身，凸显出苏启英迷人的体态。苏启英穿着与曾贵达共同设计、自己制作的新衣走在马路上，昂首挺胸就像一道移动的靓丽街景，她很满足，觉得自己很幸福很自豪。

人要脸，树要皮。曾贵达欣赏苏启英"宁可吃得差些，也要穿得好点"的生活理念。他们灵活地安排并不充裕的家庭收入，尽可能少花钱，但又尽可能多地享受精神上的惬意和家庭的温馨。苏启英手巧，一年全家的布票，全家人的衣着穿戴，都由苏启英负责安排。苏启英总能买到新上市的时尚的布料，有办法买到处理的不用布票或少用布票的布料给家里人做新衣裳。"巧妇难为无米之炊"，但苏启英能巧手改旧衣，旧衣变新衣。换季时，家里人的每一件衣服，苏启英洗后都要小心叠好收起，她能把自己和曾贵达一些款式过时但布料仍没损坏的衣裳拆开，变着法儿重新裁剪，恰到好处地以旧翻新给四个儿女重新做成款式新颖的衣裳。曾秀玉从小就穿改装了的苏启英的衣服。苏启英还能用丝绸花布编织成蝴蝶、花卉等美丽的头饰，把曾秀玉、曾秀祺姐妹打扮得漂漂亮亮的。

当然，十多年的夫妻共同生活难免会有磕磕碰碰，但都很快消解于缠绵的爱意中。夫妻冲突最厉害的是曾秀玉小学毕业后要不要继续上学读书的问题。

苏启英认为，曾秀玉是女孩子，小学毕业能识字看书读信就行了。她希望曾秀玉早点参加工作挣钱贴补家里。曾贵达是个兢兢业业的小学教师，一个月拿40来元钱工资；苏启英在旅店当服务员，每月工资也就是30来元。每月给双方家庭各5元，余下的计划安排使用，日子过得紧巴巴的。他们有两男两女四个孩子，每个孩子的年龄都正好相差两岁。大姐秀玉上初中，最小的妹妹秀祺就要上小学一年级。四个孩子同时读书，学费和其他费用让苏启英觉得压力很大。

曾贵达坚决不同意曾秀玉辍学，一再坚持男女一样，只要曾秀玉能考上中学，就要让她读书。他认为，曾秀玉聪颖，学习成绩那么好，不让她上中学，不是就耽误她了吗？

夫妻意见不一致爆发了第一次争执。这天下午，曾贵达上完一节课后回家，苏启英也恰好不用当班在家，四个孩子都上学去了，夫妻俩又围绕着曾秀玉要不要参加升中考，继续读书各执己见争论起来。

"启英，还在忙呀？爸爸的衬衣还没做好？"曾贵达步入屋里，放下教材，走到苏启英身后，双手轻轻地揉捏着苏启英的双肩。苏启英正坐在手摇缝纫机前给她爸爸缝纫衬衣。

"好了，在收针。"苏启英回答。

"启英，秀玉跟我说了，她很想读书，但如果家里经济困难，她就不读了，让给弟弟妹妹们读。"见苏启英没反应，曾贵达又接着说，"秀玉读书刻苦认真，按照她现在的成绩，她是能考上驼江一中的。以后，她考上大学也应该没问题。"

"贵达，我跟你说啊！我也是跟秀玉谈了的，秀玉同意不读书了。"苏启英拨开曾贵达的双手，站了起来，一边折叠缝纫好的衬衣，一边收拾缝纫机的台面。

"你糊涂呀！秀玉是顺着你的语气说的，她不想惹你生气。现在不让她读书，将来就补不上了，后悔也来不及了。"

"哦！读书，读书，说得轻巧。你是不当家不知柴米油盐贵。谁不想让自己的孩子读书。四个人的学费呀！你说，我们该怎么办？再说了，秀玉长得漂亮，准能找个好婆家。"苏启英脸挂忧愁，没好气地说。

"培养儿女是家庭最重要的责任。你呀，庸俗！"曾贵达蹙着眉毛，提高语调生气地说。

"好哇！我庸俗，你高雅。"听曾贵达说自己庸俗，苏启英怒从天降，抛下了一句"这个家我不管了！"气冲冲地收拾了几件衣服，回了娘家。苏启英打算找爸爸好好探讨。苏启英很佩服爸爸苏富达的精明，对苏富达言听计从。苏富达曾告诉她，在她到坑田村避乱的第二天，驼江市警察局局长亲自到他的店铺里为大公子提亲，苏富达灵机一动，告诉警察局局长说小女已婚配了，现在随夫回婆家。警察局局长不信，连续几天派人到店铺查访，无果而终。驼江市解放后，警察局局长被人民政府抓捕处决。苏富达很庆幸苏启英能及时到山区避乱，成功躲过一劫。苏富达信命，认为人的一生在冥冥之中都由命运左右，什么样的人就有什么样的命，人的一生命中注定，命运决定一切。他希望苏启英一心一意与曾贵达一起经营好自己的小家庭，过好小日子。驼江市解放后不久，市成立糖烟酒公司，糖烟经营纳入国家计划，凭证供应，私人不能经营，"富达茶烟酒"店铺收摊，苏富达成了糖烟酒公司的职工，在瑞福路一家大糖烟酒商店当售货员。原来自己经营的店铺成了纯粹的住家。苏启英的妈妈一向在家理家务，有时也帮忙带苏启英的幺女曾秀祺。曾秀祺还不足小学一年级的读书年龄，没上幼儿园。苏启英的弟妹都已结婚成家，在市区各自独立居住。

当天晚饭后，曾贵达吩咐曾秀玉洗碗刷锅照管好弟妹，急忙赶往老丈人家。

"爸，妈，对不起，对不起。"曾贵达是老实人，一踏进岳父家就立即表示歉意。苏富达老夫妻俩和苏启英吃完晚饭理完家务洗好澡，正围着一张小圆桌，各自坐在藤椅上喝茶，听着苏启英在诉说什么。见曾贵达到来，苏启英头一拧，不看也不说了。苏富达起身拉过身后的另一张藤椅示意曾贵达坐下，苏启英的妈妈拿出一个新茶杯，倒了一杯茶水递给了曾贵达。苏富达把原先的铺面用薄木板隔出一大半作为客厅，客厅比较宽敞。

"贵达啊，你们家的事我听启英说了。"苏富达端起茶杯，喝了一口茶说。

"爸，妈，不好意思，是我无能工资低，启英跟着我受苦了……"曾贵达一脸歉意。

"贵达，不要这样说，不要这样说，"苏富达打断曾贵达的话，"你们都没错。秀玉会读书，学习成绩好，是好事。"又侧转身对苏启英说，"启英呀，我听你们周围的邻居都在夸你，说你教女有方。"

"是秀玉同意不读书的。"苏启英嘟着嘴说。

"你呀，眼光短浅。"苏富达瞪了苏启英一眼，批评苏启英。

"是……"老丈人支持自己，喜从天降。曾贵达想表示赞许，表示感谢。

"什么是？"苏启英瞪了曾贵达一眼，粗鲁地打断了他的话。不过，这时她的脸上已经明显阴转晴了。

"启英，没什么是的。我是想说，秀玉如果上了大学，给弟妹树立了样板，将来我们家出几个大学生，你这个当妈妈的功劳大如天了。"曾贵达笑嘻嘻的，满脸得意。

"去，去，去，别油嘴滑舌尽说好话给我灌迷汤。我不要什么功劳不功劳的，"苏启英又瞪了曾贵达一眼，"看你现在得意的，回家再收拾你。"

"这样吧，贵达，以后每个月你们再也不要给我们钱了，"苏富达转移话题，对曾贵达说，"孩子的前途要紧，有什么困难就对我们说，不必客气。"

"爸，这不行。我们的困难是暂时的，我们有办法解决。"曾贵达一听，急了，连连摆手。

"行啦！不要逞强了。贵达啊，家和万事兴。你们呀，有什么事要好好商量，不要动气，尤其是不要在孩子面前吵架。"苏富达叮嘱着自己的女儿和女婿。做了几十年的小商小贩，苏富达练就了永远笑眯眯的脸部表情。

"爸，你放心，我们会做到的。"曾贵达不时点头称是。

四

马素锦瞅了个曾秀玉在旅店全天当班的机会，买了四斤香蕉，上门拜访苏启英。她俩是十几年的同事，知根知底的。苏启英提前退休后，闲暇时间充裕，也就有了每天中午午休的习惯。下午三点多钟，马素锦来到苏启英家。

"启英姐，启英姐在家吗？"一进小院门，马素锦就叫开了。

"谁呀？来了，来了。"屋子里，曾贵达拿着纸和铅笔，苏启英拿着一把胶尺，夫妻两人正对着一块橘黄色的确良丝布比划着。听到有人找，苏启英放下手中的胶尺，急忙走了出来。曾贵达租用的两间房子实际上是小院子里的一间主房和一间厢房。儿女长大以后，曾贵达与另一租住户商量，将两个主房之间十多平方米的公用客厅，在靠自己租住的主房的一侧，用薄木板块搭隔出一间不足四平方米的小房子，里面置放一张上下二层的架子床，曾旭辉、曾旭煌兄弟俩就睡在这里。曾秀玉和曾秀祺姐妹俩住厢房。厢房稍大一点，里面除置放一张上下二层的架子床外，还多置放了一张二斗办公桌。主房是曾贵达和苏启英住，一张大床，一个旧式大立柜，一张三斗办公桌。主房兼作客厅，还置有两张单人木沙发和一张小茶几。手摇缝纫机置放在墙角边。

"哎呀！今天是个好日子。素锦，什么风把你给吹来的呀？"苏启英热情地拉着马素锦的手，"来，来。屋里坐。"转过身，喊了一句，"贵达，来客人了。"

"哦！欢迎啊！"曾贵达在屋里回答着。他赶紧收拾起裁剪工具，叠好铺开的布料，把茶几、沙发椅上的杂物拿开。

"启英姐，几个月没见，你的气色好多了。" 马素锦说着又接着问，"身体现在怎么样？"

苏启英是为了让曾秀玉能从海南岛回来顶她的职而称病提前退休的。她通过熟人找到市中医院放射科的一位医生，请他想办法帮忙。这位医生听说是为了让在海南当知青的女儿回城，二话没说就答应了。他让苏启英透视时在上衣袋里放一个一分钱硬币，于是，放射检查时的透视图里，肺部就出现了一个小黑洞。然后，他在医生鉴定栏里写上肺穿孔。肺结核是传染病，肺穿孔是由严重的肺结核所致。苏启英是旅店服务员，以患严重肺结核病为理由要求提前退休，手续办得很顺利。马素锦知道苏启英有病但不知道她是假病。

"哇！你是来慰问病号的，" 苏启英笑嘻嘻的，她仿革命样板戏芭蕾舞剧《红色娘子军》中的女战士，做了一个金鸡独立的动作，"感谢领导关怀，本人身体健康，生活幸福。"说完，哈哈大笑。

"哦！这么热闹，苏师娘，来客人啦？" 只见一位中年妇女手提一篮子菜跨进小院大门，话随人到。

"噢！是啊！来，来，我介绍一下，这是我的同事，姓马，马素锦，" 苏启英止住大笑，微笑着对朱娟红说，又侧身摆手告诉马素锦，"这是我的邻居，朱娟红。"朱娟红租住在小院子里的另一侧，在苏启英的租住房正对面。朱娟红生有一男一女，两个孩子都在读小学。

"你好！" 马素锦微笑地对朱娟红说，"我听启英姐说过你，你们是好邻居。"

"是啊！我们是邻居。不过，马姐，你不知道，跟苏师娘在一起亏吃大了，你看，我比她小几岁，可跟她在一起，不知道的人还认为，她要比我年轻好多岁哩！"朱娟红是街道塑料厂的注塑工，这天轮夜班。朱娟红长相一般，有点偏瘦显老。丈夫洪兴勇是顺兴三轮车社的职工，人长得五大三粗，模样一般，身材结实。朱娟红特别羡慕苏启英。曾贵达长得帅气，风度翩翩的，又疼爱苏启英。她觉得，这才是真正的成双配对、名副其实的恩爱夫妻。洪兴勇人太粗鲁，她总感觉缺了点什么。

朱娟红不好意思说自己也忌恨苏启英的漂亮。苏启英家的厨房是在小院大门傍靠自己租用的厢房，用砖瓦简单搭建的不足三平方米的小房，掩上门又作为洗澡间。苏启英在街上行走总会吸引路人的眼光，当然在院子里也吸引洪兴勇的眼光。洪兴勇在家时有事没事总喜欢站在窗台前，悄悄地欣赏对面不远处在厨房里进进出出操持家务的美妇苏启英，有时甚至想入非非。

朱娟红是在不经意中发现这个秘密的。有天傍晚，朱娟红理家务时想要丈夫帮点忙，连唤几声都不见回应，直到走进厢房在洪兴勇背后拍了一下他的肩膀，洪兴勇才吓一跳回过神来。朱娟红往窗外一望，苏启英洗完澡，穿着无袖连衣裙正在自己的厨房前洗衣服。朱娟红戳了一下洪兴勇的脑袋，咬着牙压低声音说："你眼睛好贼，看见什么了，这么入迷？"说完就走了出去。

当天夜里，在床上。朱娟红拧着洪兴勇的耳朵问："嘿，想苏师娘呀！也不看看自己是谁？癞蛤蟆想吃天鹅肉。"

洪兴勇掰开朱娟红的手，涨红着脸说："你胡说八道什么呀！她能看上我？算了算了，不跟你说了。女人脱光衣服还不是一个样。"不知是不是真的一个样，当天夜里，洪兴勇把老婆想象成苏启英，做爱特别来劲。

第二天，在朱娟红的督促下，洪兴勇把厢房里的家具重新置放，儿子睡的架子床被安排在厢房窗下的位置……想到这些，看着苏启英，朱娟红觉得心里怪怪的。

"朱姐，你说得对。你看，她都快当姥姥了，可一点都不显老，真是人比人，气死人。"马素锦用羡慕的眼神看着苏启英，附和着朱娟红说。苏启英爱美勤打扮，即使是已经有了几个孩子，她仍坚持一年四季每次外出、上班的时候要在脸上抹一道雪花膏，凑近她身边，总能闻到一股淡淡的香味。除了头上长出几根白发，蹙眉时眼角会现出几条细纹，因生小孩平坦的小腹微带一些细条皱纹外，岁月似乎在她身上没留下多少痕迹，身材依然婀娜多姿。

"哎呀！你们太夸我了，千万不要这样说，千万不要这样说。"苏启英连连摆手。

"哇！三个女人一台戏。启英，戏唱完了没有？"曾贵达收拾整理好房子，走出来对着苏启英说，"还不请大家进来坐。"

"对，对，你们到屋里聊。我有点事，不好意思，失陪了。"朱娟红说完告辞转身回自个的家。

马素锦随曾贵达夫妻走进他们的房间。

"哟，你们在做谁的衣服？"马素锦跨进屋里，见到缝纫机上叠好的布料，问。

"是启英的连衣裙。"曾贵达回声应道。

"这的确良丝面料好，轻盈，穿着舒适，耐看。启英姐穿在身上，迷死人哟！"马素锦把手中提的香蕉放在小茶几上，走上前摸着缝纫机上的布料，就一个劲地说，"曾老师，你捡到了一个大宝贝，可要爱惜呀！"侧转身对着苏启英，"哦，对了，启英姐，我有一个外甥是搞供销的，全国的城市到处跑，以后，你们需要什么，尽管说，我叫他带回来。"马素锦没说外甥供职的是农村企业。

"哎呀，素锦，坐下说，坐下说。"苏启英拉着马素锦，两人分别在两张单人木沙发坐下，说，"素锦，你太客气了，到我这里还带东西，太见外了。"

"是啊！你到我们这里来我们很高兴，不要破费带东西来。"曾贵达递给马素锦一杯茶。

"不就是几根香蕉吗？你们就不要再说了，我都很不好意思。不过，物轻意重喔！"马素锦笑着说。曾贵达拉过一张长木板凳，也过来陪坐。他给苏启英和自己也泡上一杯茶。

"启英姐，你是大美女，曾老师又是大帅哥，我说难怪呀，秀玉长得那么漂亮！"马素锦有备而来，很快就把话锋转到曾秀玉身上。

"素锦，不要给我们戴高帽了，我们算什么美女帅哥？"苏启英接过话头，急忙摆手，又叹了口气，"唉！我们家的秀玉呀，真没少让我们操劳。"

苏启英讲的是大实话。曾秀玉当年考上驼江一中，为了应对家庭的经济压力，苏启英利用业余时间做手工挣点零钱，曾贵达有时也帮忙。曾秀玉读书刻苦，开始做继续读高中，拼搏上大学的憧憬。岂知"文革"爆发，学业中断，美梦破灭，不得已上山下乡赴海南岛屯垦戍边，苏启英怨气很大，接连两三天阴着脸不理曾贵达。她认为，当年如果听她的安排，曾秀玉就不用到海南岛上山下乡，还能进工厂当工人挣工资。曾贤达为曾秀玉失却读书的机会感到惋惜。

曾秀玉在海南岛五年，街坊不时传播着有关海南农垦知青的各类小道消息，家里时常难免有点担惊受怕。苏启英决定冒险装病提前退休，让曾秀玉顶职。

曾秀玉到海南岛五年第二次探家临归队前几天，她把家里两个月凭票证供应的400多斤煤炭粉末全部购买分批拉回，在小院天井全部做成七星煤块。七星煤炉是70年代流行的一种节约燃煤的家庭炉灶，炉膛呈圆形，分大、中、小三种型号，燃煤要用模具制成。曾秀玉家用的是中号煤炉，直径约15厘米、高约8厘米的圆柱体，圆切面圆心约2厘米，等距离环绕6个约1厘米的小孔。七星煤炉的炉膛内径略大于七星煤块的外径，深度可叠5个七星煤块。炉底通风口用薄铁皮做成圆形套盖，打开套盖，煤块燃烧释放热能，封上套盖，只有微量空气进入炉膛，煤块能维持不熄灭也不燃烧。每次做好饭，用铁条勾出燃烧透了的煤块，再对准7个孔添上新的煤块，封上套盖。曾秀玉到海南前，就承担了包括每月都要做七星煤块等家里大部分的家务，磨炼得很是能干。

这天上午，她把做好晒干的七星煤块堆放整齐。下午，按知青探家返回农场要帮战友托带东西的惯例，她要到叶荣海家问他的爸妈有什么东西要托付。走到距离叶荣海家门口不远处，曾秀玉隐隐约约听到"儿啊，儿啊"的哭喊声。

"发生了什么事？"带着疑虑，曾秀玉赶紧快步走到叶荣海的家门前。

叶荣海家的门开着。里面，叶荣海的爸爸呆若木鸡地坐在长板凳上，泪流满面，区知青办的吴主任坐在旁边陪着，满脸严肃。叶荣海的妈妈坐在另一张长板凳上捶胸顿足，哭得死去活来。她的同学、团政治处干事刘晓绯眼里含着泪水，和团卫生队指导员王淑兰分别坐在叶妈妈两边劝慰。见曾秀玉进来，刘晓绯抬起右手，伸出食指压在嘴唇中间，示意曾秀玉噤声。

武装连三天前遭雷轰。王淑兰和刘晓绯受团党委委派，马不停蹄赶来抚慰遭雷击身亡的知青叶荣海的家长。屯垦戍边，兵团的每个团都有一个武装连，清一色的未婚青年组成，每人配一杆枪，军事训练时间比较多，好不令人羡慕。曾秀玉从六连调武装连，在那干了近三年。

武装连遭雷击发生在中午"天天读"的时间。兵团重视政治学习，规定每天下午开工前要组织一小时的政治学习，雷打不动。武装连这一天的"天天读"正在连队营区的茅草房宿舍里进行。突然，乌云集聚，地面上的树叶、沙尘被狂风抛上半空，整个天空黑得伸手不见五指。紧接着，营区的上空闪出一道吓人的白光，随即就是地动山摇轰隆一声巨响。

"打雷了！"茅草房宿舍两根贯穿东西拴蚊帐用的铁线引雷，强大的电流将全连男女干部战士 130 多号人全部击昏在地。

消息传开，从各基层单位赶来的团机关干部配合团卫生队的医务人员组织现场抢救，兵团医院、师部医院、地方医院听到消息后，也迅速派出医务人员赶到现场。抢救一直延续到深夜，一些受伤较轻的同志陆陆续续苏醒了，18 名重伤员转送到师部医院，3 名受伤最重的知青抢救无效，年轻的生命就此定格。

曾秀玉因探家避过一难，但武装连遭雷击，叶荣海身亡给苏启英很大的刺激。叶荣海是一个英俊的小伙子，苏启英认识，她曾托过探家的叶荣海带东西给曾秀玉。曾秀玉回农场后，苏启英决定无论如何要想办法，让女儿早日回城。于是苏启英装病，而且成功了。

聊到曾秀玉，苏启英心中荡漾着自豪感，脸上充溢着舒心的惬意。

妻子得意，曾贵达也高兴，他喝了一口茶，放下茶杯，附和着苏启英说："素锦，你不知道，秀玉顶职上班后，启英还总是放心不下，担心这担心那，没完没了的。"

马素锦还没接话，苏启英转过头就问开了："素锦，'老花猫'现在怎么样？""老花猫"是苏启英给华裕旅店主管赵树兴起的绰号。苏启英只把这个绰号告诉马素锦。曾秀玉上班后，苏启英担心的是赵树兴要阴整曾秀玉。赵树兴是军转干部，他是辽沈战役解放军的俘虏兵，后来调转枪口加入解放军参加解放战争，50年代末转业。赵树兴老婆是农村户口，在旅店当临时工。

苏启英接着说："这个人行为粗俗，又好像是色中饿鬼。我最讨厌的是他看女服务员时的眼神，总是色眯眯的。"

"我也很讨厌他，有事无事总喜欢往前台转悠，没人时就与女服务员打情骂俏。"马素锦喝了一口茶，又说，"不过，被你整了一下，'老花猫'现在收敛很多了。"说完哈哈大笑。苏启英也跟着大笑起来，两人笑得流出了泪水。曾贵达看着她俩，一头雾水莫名其妙。

"老花猫"赵树兴花心浓烈，看见衣着打扮讲究，身上散发着香味的苏启英，馋得直流口水，心痒痒的总想揩油。赵树兴想入非非但苏启英从不买他的账，她从不进赵树兴的办公室，她只听值勤班长布置工作。赵树兴只好常常制造机会挨着苏启英，轻轻碰撞苏启英的肢体。一次，苏启英一人在前台值班，赵树兴不知从什么地方出来，走到苏启英面前，伸出咸猪手就想摸苏启英的乳房，被苏启英用手用力拨开。苏启英杏眼圆睁，盯着赵树兴说："喂，你怎么能这样？"赵树兴虽勉强作罢但又不死心。

又有一次，苏启英值班交接完毕正站在服务台看旅客登记本，赵树兴轻步走来被苏启英眼睛的余光看到。苏启英不动声色提高警戒。果然，赵树兴悄悄地走到苏启英背后，伸出右手摸向苏启英的乳房。苏启英暗自窃笑，抬起右手用力把赵树兴的咸猪手扫开的同时，急转身猛出左手，狠狠扇了赵树兴一记大耳光。没等赵树兴定神喘气，苏启英又装作不知，故作大惊小怪地说："哎呀！是赵主管呀，我还以为是碰上流氓了。"赵树兴理亏，只好打掉了牙齿往肚子里咽，有气不敢出。他捂着被打得发红的右脸，狠狠地瞪了苏启英一眼，气呼呼地走了。事后，苏启英把这事告诉了马素锦，两人偷着乐了好几天。

赵树兴因此对苏启英恨之入骨，但一直到苏启英提前退休，都找不到整她的合适机会。苏启英担心，赵树兴会寻机对曾秀玉打击报复。

曾贵达认为，赵树兴对曾秀玉暗中使坏有可能，公开报复他不敢。他说："赵树兴知道，秀玉与市里刘市长的女儿是同学，又一起到海南岛，是同一个农场的兵团战友。你们知道，知青相互之间有很深的感情。"曾贵达站了起来，提起茶壶给大家的茶杯续茶，"你们说，这是不是也是一种特殊的身份？"续好茶，说完话，放下茶壶又坐下。

"说得好！说得对！"马素锦点头称赞，接着就一个劲地夸奖起曾秀玉，说秀玉人长得漂亮，文化高，理家务又是一把好手；说要追秀玉的人现在一定已排成了长龙；说秀玉的对象、秀玉的朋友、对象的朋友、朋友的朋友里肯定就有比赵树兴更有权势，更有来头的。

马素锦是聊天的主角。她喝了一口茶，转过头笑着问苏启英："噢！对了。启英姐，秀玉是不是已经有对象了？"马素锦不忘自己的使命，说话一石多鸟。

"这个……"苏启英停顿了一下，"这个我们就不清楚了。唉！素锦，现在的青年找对象哪有告诉父母的？海南农垦知青同农场、同连队的，男男女女来来往往，秀玉都热情相待。她告诉我们都说是朋友，从未说过谁是对象。"

"哇！你们真是开明父母。"马素锦惊讶地感叹着，又很有见地，很有城府地说，"儿女的婚事父母就应该管。启英姐，你知道，一些知青谈恋爱，抱着的是玩玩混混的态度。我听人说呀，我们市里有好几对海南农垦知青，原来在农场对上象的，回来后就吹了。有人说父母管儿女的恋爱是俗气，按我说，未必！"

马素锦停顿了一下，看着曾贵达、苏启英若有所思的表情，又接着说："启英姐，秀玉一定要找个好婆家。女人找丈夫，关键是要找有本事，能挣钱，人品好，能孝敬父母的。"马素锦似乎是在提醒，又似乎是在推荐。

三人边喝茶，边兴高采烈地聊着唠着，不知不觉已到做晚饭的时间，苏启英留马素锦在家用饭，马素锦执意告辞。曾贵达夫妇只好起身相送。

送走马素锦回屋，苏启英有点纳闷，这个马素锦今天怎么了，话特别多。她走近正在收茶具的曾贵达说："贵达，你说，今天素锦是不是有点怪怪的？"

曾贵达放下茶具，站着搂抱过苏启英的身子，压低声音说："是有点怪怪的。我猜，她是想给秀玉介绍对象，她想当红娘。"停了一下，又俯身在苏启英耳边轻声说，"启英，秀玉找对象我们不包办，但要认真对待。好吗？"

"好的！"苏启英双手用力环抱了一下曾贵达的腰部，松开后说，"贵达，我先做饭去。"

五

曾秀玉搞不清楚自己算不算有对象。

曾秀玉是在到海南第三个年头的台风雨季节从六连调武装连的。台风雨季节也是营造防风林的季节。冒着倾盆大雨，在电闪雷鸣中栽种木麻黄，武装连以班为单位，从苗圃起苗浆根，到按行距2米、株距1米，行间错位地种植，人均定额300株。

那天，完成当天木麻黄栽种定额，刚吃完晚饭，武装连接到集合队伍保护团部水库大坝的命令。武装连连长是身材高大壮实的复员军人，在部队参加过抗洪抢险。接到命令，他留下副连长组织后勤，立即与指导员集合全连100多号人跑步出发。风呼呼地嘶吼着，豆大的雨点噼噼啪啪地敲击着胶布雨衣。路边防风林直径碗口粗的木麻黄树随着台风的怪叫声，顺着风向齐刷刷地弯腰低头一边倒。风力稍小，立马又挺立腰杆，昂首抬头，在台风一高一低的叫嚣声中，审时度势避其锋芒，保存实力进行着不屈不挠的顽强抗争，正表现着顺势而为、能屈能伸的大丈夫精神。

武装连队伍到达水库大坝时，先行在大坝上的副团长谢吉庆已与生产处的几位技术员现场研究好了排险方案：派人带绑着挂钩的绳子，潜水将挂钩挂在泄洪涵洞盖的钩口上，在大坝上组织人力拉绳子，打开泄洪涵洞盖，通过泄洪渠排水；若打不开泄洪涵洞盖，就组织人力用麻袋装沙土加高大坝。连续几年的大旱，加上大开荒又毁坏了原有的植被，种植的橡胶还没成林，地下水急剧下降，很多连队蓄水用的小山塘干涸了，水井没水，团部水库也来了个底朝天。

今年大涝，台风频繁。台风带来暴雨使水库的水位暴涨。原想多蓄水，但想不到气候反常，往年即将转入旱季，从未有过台风的十月，竟接连来了几次台风，接连降下巨量的暴雨，水库水位急剧上升，已严重超过库区蓄水的警戒线，高出排涝涵洞近3米，距水库大坝的坝顶不到50厘米。如果水漫过大坝，大坝崩溃，距大坝不远居住在低洼地的两个少数民族自然村就要遭大殃了。

谢副团长向武装连连长和指导员介绍了水库险情和排险方案，要求立即执行。武装连连长建议请修理所派了解涵洞盖结构的修理工前来协助排险。团部水库的排涝涵洞口与水库水面平行，涵洞盖整套设备是由修理所用一厘米厚的钢板按设计要求锻压打造安装完成的。涵洞盖为圆形结构，直径一米。

谢副团长接受建议，立即派随行的警通班通讯员跑步去找修理所所长派修理工前来支援。不到半个时辰，修理所所长带着修理工随警通班通讯员已到水库大坝报到。修理工就是两年前参加水库涵洞维修的陈根秋。

陈根秋到达水库大坝的时候，武装连副连长带着后勤人员也赶到了。他们挑来了生姜红糖水，还带来了一盏大汽灯，十几盏大马灯，大坝一下子亮堂了很多。

谢副团长向陈根秋介绍了排险方案和要求，叮嘱道："小陈，你下，注意安全。"

陈根秋正要转身，曾秀玉向后勤班长要了一个口盅，从铁壳热水瓶中倒了半口盅生姜红糖水，走到陈根秋跟前递给他。"根秋，喝下！"曾秀玉很勇敢，在众目睽睽之下和陈根秋像一对深恋的爱人在告别。陈根秋是她从小学到中学的同班同学，是中学时班里的物理课代表。在远离家乡数百里的海南岛排险现场，见到担当排险主角的老乡加老同学，曾秀玉心中涌现出一股不可名状的亲切感。

"噢！秀玉，谢谢！"陈根秋不知道曾秀玉已调到武装连。他抹了把脸上的雨水，接过口盅，喝下生姜红糖水，脱下胶布雨衣和衣服，把它们卷成一团交给了曾秀玉，只穿着一条内裤就下了水。风还在呼呼地怪叫着，暴雨仍噼里啪啦地下着，曾秀玉目不转睛地盯着陈根秋潜水的地方，心里充塞着紧张。不知过了多久，陈根秋浮出水面，来不及回答大家的询问，又深深地吸了一口气，翻身再次潜入水中。

台风暴雨夹带着邪恶猖獗地叫嚣着，大汽灯顶风冒雨嘶嘶发响奋力抗争，在黑暗中大义凛然地递送着光明。谢副团长满脸凝重，大坝上100多双眼睛紧张地盯着水面。十月的天气已经有了凉意，穿着淌水的胶布雨衣顶风冒雨站在大坝上，让人不禁打了个寒战，浑身起鸡皮疙瘩。又不知过了多久，陈根秋浮出水面。这回，他向大坝上的人挥了挥手，大喊一声："谢副团长，钩挂上了！"……

水库排险过后的星期天休息，傍晚吃过晚饭，陈根秋到武装连找曾秀玉。修理所、武装连、团部机关住地的地理位置恰似等边三角形的三个角的顶点，等边距离不到一公里。

陈根秋背着满满一黄色帆布军用挂包的海南木薯送给曾秀玉。修理所是近水楼台先得月，利用修理拖拉机试车，三犁三耙开了60多亩饲料地，全部种上了木薯。这年雨水充沛，新开机耕地土壤肥沃，木薯生长茂盛，薯茎近两米高，枝头挂着绿叶像一株株粗壮的小树，密匝匝地连成一片。把薯茎往上用力一拔，带出土的一大串长短不一像莲藕状的根块，就是富含淀粉和多种营养成分可食用的木薯。一般的木薯都含有氰化酸，有毒，人吃了有头晕的感觉，稍微多吃点还会呕吐，甚至中毒危及性命。海南阳光强烈，日照时间长，木薯中的氰化酸在强日光下被化解，稍剩部分集中在根块的再生皮中，用手很容易剥开去掉。根块肥厚的薯肉煮熟后，粉粉的，雪白晶莹，飘散着一股无法言状的香味，人尽可放心吃，很顶饿。

陈根秋是昨天晚上和同宿舍的一位省城知青修理工，悄悄钻进木薯林，用一节直径一厘米、长十几二十厘米的钢筋，撬了20多斤木薯，神不知鬼不觉地用化肥袋装了背回宿舍的。陈根秋不明白，人都吃不饱，常忍饥挨饿，饥肠辘辘的，可饲料地成片的木薯就一根也不让人吃。更好笑的是，食堂为改善生活，职工有肉吃养的几头猪，用木薯饲养饲料充足，不知为什么总是瘦骨嶙峋，皮很厚就是不长膘。

又是星期天的晚上，团部放电影《南征北战》，都看过好几遍了。傍晚，陈根秋到武装连约曾秀玉，两人商定不看电影一起外出散步。连队到团部看电影的人都走了，他们才一起离开宿舍，走在武装连到团部的黄土公路上。公路两边是未成林的橡胶林段。十月底，"老挝风"还没刮起，夜空弦月的光波在林段防风林的木麻黄树上流动，一些不知名的小虫在橡胶林段里惬意地鸣唱，宁静的夜空多了些喧嘈。他们拐进防风林，或并肩，或一前一后，沿着林边铺满针状木麻黄树叶的林带，毫无目的地走着。到海南四年了，他们不知也不懂什么是恋爱，第一次约会都显得很紧张，谈话很拘谨，内容也漫无边际。

陈根秋和曾秀玉开始有了约会，他们约会大多是在晚上。修理所与武装连两个单位住地距离很近，都靠近团部，黄土公路比较平坦，公路两边的橡胶林段管理精细，林段四周的防风林木麻黄树长得挺拔粗壮开始成林，约会很方便。

几次约会后，陈根秋和曾秀玉已经没有了拘谨和紧张，情愫开始生成迅速蔓延，他们彼此心田中都有了一块专属于对方的自留地，哺育着共同的牵挂和依恋。遇到高兴的事、不顺心的事，都找对方倾诉。欢乐共享更欢乐，有恋着的人可倾诉忧郁也就被淡化了。忧戚退位，心胸更开朗开阔。曾秀玉恍然感悟，难怪，钟奕强浑身好像有使不完的劲，钟瑞云总让人感到晴天万里，工作起来红红火火的。曾秀玉心里美滋滋的。

陈根秋与曾秀玉约会，谈得最多的是对读书的希冀。他们都曾经是学习成绩优秀的中学生，都曾憧憬着上大学，做有知识、有文化的社会主义接班人。曾秀玉告诉陈根秋，"我很想读大学，我爸说我一定能考上，他希望我读大学。"

曾秀玉小学毕业升中考前夕，她爸爸与妈妈曾就她是否继续升学问题产生了严重的意见分歧，二人吵嘴妈妈赌气跑回姥爷家，当天晚上，爸爸赶到姥爷家陪妈妈回来。夜深了，弟妹们都睡了，曾秀玉躺在床上睡不着，瞅见爸爸屋子里的灯一灭，立即爬起床蹑手蹑脚走到爸爸的房门口，竖着耳朵悄悄地偷听里面的动静。她很关心自己能否继续上中学读书，她很希望自己将来能读大学。

屋子里，在床上，苏启英气呼呼侧身背朝曾贵达。"还生气呀？小气鬼。"曾贵达侧身向苏启英靠拢，一只手在枕头旁从苏启英的脖颈下伸过，将苏启英搂在怀中，另一只手伸入苏启英的睡衣，在她细腻光滑的小腹上轻轻抚摸着。

"不要碰我。"苏启英拿开曾贵达的手。

"好了，不要生气了，爸爸刚才都说了，我们听爸爸的，好吗？"曾贵达继续搂抱着苏启英，"启英，我爱你，我就是要碰你。"

苏启英的背紧贴着曾贵达的胸膛没作声，没多久就猛地转过身子，一个翻身把曾贵达压在身下，用双手肘撑着床，仰起上身，微启朱唇，娇嗔地责问："你，你说！你为什么不挣钱多多的？"说完，抿着嘴，杏眼圆睁盯着曾贵达，俏丽脸庞充满忧愁。还没等曾贵达反应，又接着说，"听爸爸的话？你知道吗？你不知道，我好难受！一个月五块钱敬孝父母我们都拿不出，我们好意思吗？我们还叫子女吗？"说着说着，眼泪控制不住就哗哗地掉了下来，滴在曾贵达的脸上。苏启英咬紧嘴唇，不让自己哭出声。

曾贵达用两只手掌分别捧着苏启英的两腮，伸出两个大拇指轻轻地擦掉苏启英眼睛流出来的泪水，说："启英，不哭了，你难受我也难受。我们将就点，节省点，每月给爸爸的，我们照给。"

"嗯！"苏启英点了点头，止住了哭。

"启英，是我不好，让你跟我受苦。"曾贵达一个翻身，身子倒在了苏启英身上，俯下身，轻轻吻干苏启英脸庞上的眼泪，"启英，不要哭……这辈子我欠你的，下辈子我加倍偿还。"

"谁还跟你下辈子。"苏启英双手环抱曾贵达的脖颈，娇嗔着……屋子里静寂下来了。

屋子门外，曾秀玉泪花闪闪，她担心自己会哭出声来，赶紧悄悄走开了。

曾秀玉如愿考上驼江一中，曾贵达向范老师借了20块钱，凑齐四个孩子开学要交的全部费用。范老师是他的师姐，同在康福路小学教书，是学校语文教研组的组长。范老师的爱人是远洋海员，出国远航补贴很高，范老师在老师中是生活富足者。60年代，国家教育资源紧缺，小学升中学必须经过招生考试，读中小学都要交学杂费。大学是精英教育，学生学杂费全免，读书期间每月还有生活补贴。曾秀玉很体谅妈妈，四个孩子全部上学的学杂费是一笔不小的开支。曾秀玉学习很认真，她觉得，读不好书，对不起自己，更对不起父母。

陈根秋和曾秀玉手牵着手，沿着橡胶林段的防风林带慢慢地走着，褐黄色枯干的木麻黄针状落叶在脚下发着轻微的"喳喳"声，偶尔有萤火虫点着微细的灯笼从他们眼前飞闪过。曾秀玉带着无奈的尴尬，向陈根秋诉说着自己中学时代朝思暮想的大学梦，"我那时读书很刻苦，每天一听到淘粪车的声响就起床，打开煤炉烧水煮饭，然后读外语。根秋，不是吹牛，初一到初三六本英语课本的课文我都能背，都能默写。"曾秀玉家住的顺兴路，路面宽约三米，横巷路面最宽的地方也只有一米五左右，当自行车迎面相遇，只能都下车推车侧身通过。

长约两公里的顺兴路，两旁等距设有四间公共厕所，每个厕所都有12个蹲位，男女各六个隔着一面墙两边分开。每天清晨5点钟以前，环卫工人都会推着粪车前来淘粪清洗厕所。只要不是睡得太沉，就能听到粪车滚动的响声，就知道天快亮了。曾秀玉的英语成绩在班里与钟瑞云不相上下，两人堪称班里的英语双学霸。

陈根秋专注地倾听着曾秀玉的迷惘和无奈的诉说，他很有同感。慢慢习惯了上山下乡劳动的艰辛和生活的窘迫后，他心里又总感到缺少什么，渐渐地就冒出了想读书的念头。陈根秋父母亲斗大的字不识一箩筐，总希望儿子能读书，读好书上大学。陈根秋不明白，为什么自己初中毕业以后就要中断学业，不能继续读书。他不想自己在麻木混沌中过日子。他现在正在学《青年自学丛书》中有关物理、数学、化学和生物等内容。

陈根秋觉得，虽然过去想读大学的憧憬被严酷的现实无情粉碎，似乎变得虚无缥缈，但缥缈不等于没有，不等于绝望。陈根秋有志气，不能正规上大学，我们就自己读书上社会大学。他告诉曾秀玉，说钟瑞云正在学习她爸爸给她寄来的好几本大学医学院的教材。还说刘晓绯调政治处不久，就参加了后勤处章助理员提倡组织的机关青年读书小组，但可惜这个读书小组很快就被团党委解散了。不过，去年章助理调回原部队，临走时送给刘晓绯一整套他在大学政治经济学系读书时用的教材。刘晓绯现在正在读《资本论》。

走着走着，也许有点累，他们坐在防风林边，依偎着。风轻轻地抚摸着防风林，浓绿的木麻黄树叶随风摇曳沙沙作响，似乎在为他们豆蔻年华的遭遇发出阵阵的感叹。已经不知是第几次约会，他们拥有了初吻。四片嘴唇在情感怦然启动中，宛如磁铁的正负两极紧紧地吸吮在一起。月亮在空中绽开难为的笑靥，羞答答地把乳黄色的月光温柔地披在他们身上，为他们有了越来越明晰的人生追求洒下衷心的祝福。

六

陈根秋比曾秀玉晚一年回城，他是被驼江市港务局招工回城的，安排在港务局航修厂当车床工。陈根秋家住在港务局的工人宿舍，三代同堂挤在两间十多平方米的房子里，里面用杉木搭建起可以睡人的小阁楼。

陈根秋在农场修理厂当过车床工，现在在航修厂开车床得心应手，很快就博得车间主任和同行工人师傅的好评。他常帮其他工人加班，晚上也经常住车间值班室，替同事免费值班。

陈根秋回城后与曾秀玉继续保持联系，也有过几次约会，但很快，两人约会越来越少。他一直认为，以他和曾秀玉的勤奋和智慧，两口子的小日子可以过得很美满。但他不是纯粹的理想主义者，他很现实，家庭是责任，是担当，何况，他不是那种"娶了老婆不要妈"的人。他明白，虽然有了六年在海南岛上山下乡的磨砺，他并不惧怕生活的艰辛贫困，可是，毕竟结婚不是儿戏，为结婚而结婚，让曾秀玉因此同他一起再受苦，他认为这是没良心，也于心不忍。

陈根秋这几个月家里不顺心的事频发，80多岁的奶奶中风住院治疗，病愈出院后不久，接着又是妈妈住院并被诊断出尿毒症，换肾需要动大手术，花费一大笔钱，更何况，没有现成的肾脏可换，肾源难找。尿毒症这病很癫皮，出院后还需要定期做血液透析，每次的医疗开销也不少。妈妈是家庭妇女，治病的一切费用都必须自己承担。

陈根秋在家是长子，下面还有一个弟弟和两个妹妹。弟弟在街道工厂干工，收入低微，每月除交十块钱给家里作伙食费外，余下的工资勉强够自己用。两个妹妹一个读高中、一个读初中。陈根秋的老爸还没退休，家庭主要靠他们父子每月一百来块的工资维持生计。家里人没病没灾时，家庭收入虽有点拮据，但日子过得还可以，可现在妈妈得了这个病，他不知道能不能治好，不知要治到猴年马月。妈妈的病一下子就让家里的经济状况捉襟见肘入不敷出，一向自信的陈根秋顿时感到力不从心。

陈根秋很揪心。一个多月前，苏启英托人带话给陈根秋，请他不要再影响她的女儿曾秀玉。苏启英曾悄悄了解过他的家境。陈根秋理解曾秀玉的妈妈，他尊重曾秀玉的妈妈。他下决心，有意识地逐渐疏远曾秀玉，不与曾秀玉谈婚论嫁。

曾秀玉也很纳闷，这个陈根秋怎么了？好像不太理睬她了。他们毕竟有一起汗洒天涯，互相激励承担艰难困苦的人生经历。曾秀玉很眷恋她与陈根秋在海南岛时约会的情景。就是在海南岛时，他们相互交融的情感和智慧，使他们的人生从懵懂走向理智，自觉担当经受生活的磨砺，应对上山下乡的蹉跎岁月。

曾秀玉忧郁，马素锦热忱。马素锦积极向苏启英推荐女婿，她不仅给苏启英带来胡宏彬的相片，更把胡宏彬本人带到苏启英的跟前。按照苏启英的说法，胡宏彬人模样长得一般，眼睛小了点，鼻子有点大，但还是很耐看的。苏启英欣赏胡宏彬对父母亲的孝顺，认为这很重要。她还看重胡宏彬有勇气向她坦白自己有过玩小姐的事，并发誓保证以后不再会发生，她相信胡宏彬诚实靠得住。胡宏彬家庭的经济条件比较好。苏启英甚至放出狠话，说如果曾秀玉现在一定要与陈根秋结婚，她就不认曾秀玉是她的女儿，毕竟，"爱情要用面包作基础"。

曾贵达赞同苏启英的看法，他要曾秀玉理解妈妈，不要总让妈妈为她操心。他甚至预测，现在市郊农村兴起的副业生产，不久就有可能发展为现代工业。他主张曾秀玉不要像她妈妈一样，每月领30多元的工资，当个旅店服务员在一棵树上吊死过一辈子。他劝说曾秀玉应有自己追求的事业，应有更大的发展。

曾秀玉左右为难心烦意乱，她想委曲求全不让父母为自己操心，又担忧陈根秋说她见利忘义。陈根秋是她觉得比信得过的朋友还要亲的人。过去在海南岛，有事就找陈根秋，两人在一起总能找到解忧化愁的办法。她琢磨，陈根秋刻意在回避自己可能有什么难言之隐。好久没见面了，他们之间发生的很多事需要聊聊，需要商量，需要共识。曾秀玉在自己不当班的时间，直接到港务局航修厂找陈根秋。

当晚，他们在市中心公园的小假山前约会。假山旁边有一棵数百年树龄，长势茂盛的大榕树，大榕树下置放着一张花岗岩长靠背椅。晚上这里少有游人，是谈情说爱的好地方。

坐在椅子上的陈根秋，少了过去与曾秀玉约会时的激情，显得有些沮丧。他家最近麻烦事频出，现在正陷入困境。曾秀玉发现，陈根秋总躲开她的目光，眼眶里好像有泪水打转。得知陈根秋妈妈患尿毒症住院时，曾秀玉立即前往探望，她为自己不能为陈根秋提供更多的帮助而深感内疚。她很同情陈根秋但又爱莫能助，只能从精神上安慰陈根秋。她本想告诉陈根秋她最近的忧愁，但话到嘴边又咽了回去，她不想让陈根秋愁上加愁。她劝慰陈根秋正视现实，挑战困难，保重自己。

陈根秋默默地倾听曾秀玉的劝慰，心中五味杂陈。良久，他叹了一口气，问："秀玉，我很无能，我是不是窝囊废一个？"陈根秋两条眉尖紧皱，低头看着地面，语气有些颓然。他没说出苏启英托人带话给他的事。

"不是，根秋，不是的，你是大好人，你很伟大，是条真汉子。"曾秀玉坚定地回答。曾秀玉不是那种讲门当户对，权衡利益斤斤计较个人得失的姑娘。

"唉！"陈根秋抬起头，又叹了一口气，"秀玉，不是我不爱你，而是我不能爱你。我爱你不能给你幸福，还要拖累你……"

曾秀玉突然站了起来，用手捂住陈根秋的嘴，眼泪止不住流了出来。从上山下乡到海南岛屯垦戍边至今，曾秀玉只流过两次眼泪，一次是参加钟瑞云的追悼会，在往墓穴铲土，与钟瑞云遗体告别的时候，她控住不住号啕大哭；一次是在叶荣海家听说武装连遭雷击的消息，回到家里，她躲在房间里哭了一场。现在，她也控制不住自己，眼泪一串串掉了下来。

陈根秋强压内心复杂的情绪，他站了起来，一手搂着曾秀玉，一手为她擦眼泪，在曾秀玉耳边轻声说："秀玉，别难过。我们是有缘无分。我们有缘相会相爱，无缘结婚成家。我们是好朋友。"陈根秋拥抱着曾秀玉。突然，他感到心里一阵难受，好难受。他好想哭，大哭一场。但他没哭，男儿有泪不轻弹。

"我们是好朋友，以兵团战士的名义。"曾秀玉止住眼泪哽咽着。几片榕树的黄叶从空中飘飘悠悠地掉了下来，落在他们的身上。

第三章

驼江市市长刘阳庆被定为『走资派』，女儿刘晓绯经历严峻考验后，报名赴海南当兵团战士，没被团、连领导蔑视，进步很快。受知青回城风影响，刘晓绯母亲动用人事关系将其调任凤县县委办公室副主任。刘晓绯休假回驼江市邂逅曾同为连队文书的李珏耀。李珏耀因在农场吃苦耐劳、工作认真被推荐上大学，毕业后在驼江大学任教，数次谈恋爱无果。两人几经交往，相互倾慕萌发爱意。

一

　　驼江大学坐落在驼江市西北海拔500多米的抱福山麓。抱福山的西南坡，零散分布着民国时期盖的20多套钢筋水泥结构的教授楼。这些教授楼全部都是上下同等的二层结构，每层的居住面积约80平方米，三房一厅带厨房。小楼前面有20平方米左右的空地用矮墙围起，形成小院。一条一米来宽的石板路连接着校道，又把各教授楼串联起来。石板路两旁栽种着松树、榕树、苦楝树、金凤树、相思树等不同树种，常年树木繁茂，鸟语花香。

　　李珏耀的家就在这里。李珏耀的爸爸李仕翔是外语系副教授，妈妈袁蜜是生物系的讲师。李珏耀同父母一起住在19号楼二楼，家里成员很简单，爸爸、妈妈、他和妹妹。19号楼楼下住的是学校物理系的一名副教授，同样也是一家四口，夫妻俩加上一男一女两个孩子。孩子还没参加工作。

　　李珏耀是在兵团四师十八团被推荐上大学的工农兵大学生，大学毕业后安排在驼江大学任教，现在是哲学系助教。

　　在农场知青中，李珏耀是幸运儿。当年，师分配给团里可推荐的四个工农兵大学生名额中，有一个可不受必须是工人贫下中农家庭出生限定的知青。这个人选，政治处提了纪德芬、刘晓绯、李珏耀三个人，由柳主任分别作介绍，供团党委常委会讨论参考。

　　常委会的讨论很微妙。政治处贾副主任分管文教列席常委会，他极力推荐纪德芬。纪德芬是团宣传队的独唱队员，但在农场几年没什么突出的表现，况且，这次招生的专业是哲学系又不是音乐学院，因此被否决了。

　　柳主任本想推荐刘晓绯，可心里实在舍不得。这两年政治处工作有很大的起色，部分要归功于刘晓绯调政治处后主动热情、任劳任怨的创造性工作。去年，刘晓绯跟随他在三连蹲点，参加橡胶低洼篮播育苗的试验。随后，由她跟踪这次试验，执笔写出的团党委中心组学习马列著作的体会，在师政工会上得到高度评价，为政治处大添彩。柳主任是常委，又是刘晓绯的直接领导，他犹豫，其他常委也不好意思开口表态。杨政委认为，刘晓绯的理论水平，比农场的有些大学生还高。

　　团常委会上，李珏耀有意想不到的美誉度。谢吉庆副团长在会上发言："这个连队文书很优秀。我有一次到他们连队检查生产，全连3000多亩橡胶，每个林段多少亩、多少棵橡胶、什么时间定植、林向、芽接品种，他都能对答如流。我就立即表扬了他，批评了他的连长。他的连长离开林段图，就一问三不知……"谢吉庆一口气讲了很多，给了李珏耀满满的赞誉。

杨政委也接着发言："这个七连文书我认识，他半夜赶牛车拉炸药到工地，用报纸包脚睡觉，工作负责任，不怕苦不怕累。我们就应该推荐这样的青年上大学。"真的是人算不如天算，公道自在人心。李珏耀的同学纪德芬千方百计找关系，但精心安排的如意算盘最终落空。

李珏耀压根儿就没想到好运就这样悄悄降临，上大学的馅饼会掉到自己头上。李珏耀工作积极主动埋头苦干，做事低调不喜欢张扬但终究有人知道。

李珏耀到七连当文书不久就参加了挖穴大会战。会战工地七连负责挖穴的林段，拖拉机推邕后留下比较多粗大的树头，需要用炸药炸，炸药用量很大。一天下午临收工，李珏耀被派赶牛车到团部拉炸药，工地急用。傍晚赶到后勤仓库，不巧，那里的炸药被领光了，只好赶到农场土炸药厂苦等自制的炸药出炉，装车完毕已经是夜里十点多钟了。

寒月升空，夜色迷蒙。又饥又渴的李珏耀上坡推车下坡压轴赶着牛车往工地走。海南岛常年天气很热，唯独一月份的夜很冷，适逢遇寒流，寒风一吹，禁不住发抖。路面的黄泥土经拖拉机链轨轧、汽车轮碾，早被磨成一层厚厚的粉末，脚踩上去，飞扬的粉末沿着裤筒直往大腿根部灌。

老牛疲惫地拉着车慢悠悠地走着，车上载着一个装了近百斤炸药的麻包。李珏耀手里拿着一根带叶的山麻枝，跟在牛车旁走着。突然，前面传来了马达声，两束刺眼的光柱摇摇晃晃的，刺得人的眼睛睁不开，公路上橘黄色的泥土粉末被滚动的车轮卷起荡漾，像浓雾一样弥漫在公路上。李珏耀赶紧挥舞着手中的山麻枝，牵着牛绳子，把牛车赶往路旁停下。一辆旧吉普车在坑坑洼洼的黄土公路上，颠颠簸簸戛然而止，在牛车旁边刹车停下。浓雾一般的尘土随着刹车随即扑面而来，几乎把他和牛车都罩住了。从吉普车上走下杨政委、柳主任和江干事。

李珏耀刚叫了声"政委、主任"，政委已用手电筒照着牛车上的麻包问："这么晚了，你拉什么东西呀？"

"拉炸药。"

"为什么现在拉炸药？"政委脸带疑惑，似乎不理解。

李珏耀简述了领炸药的过程，说炸药明天上午会战工地要用。

杨政委听李珏耀说完，明白了。他拍了一下李珏耀的肩膀，说："好样的，小李。你辛苦了，路上小心。"接着转身对柳主任和江干事说了句"我们走"，就转身上车，车开走了。

第二天，杨政委和谢副团长检查生产来到七连的会战工地，见李珏耀在挖橡胶穴，二人走上前。政委问："小李，在挖穴喔！昨夜里拉的炸药呢？"李珏耀每天夜里要负责统计好连队的生产进度、出勤率并上报生产处统计员，工地每天都要广播各连的生产进度。他兼管连队工地生产工具的保管、发放，还必须承担 50% 单工定额的生产任务。

见杨政委和谢副团长到来，李珏耀放下锄头，用手抹掉脸上的汗水："报告政委，炸药发下去了，"说着，转身指着远处几个正在填炸药装雷管的工人，继续说，"待会儿就爆炸，炸大树头。"

"政委，他昨天晚上还有个发明。"在附近打环山行的江西知青尚启荣听着政委与李珏耀的谈话，拄着锄头也插嘴说话。

"什么发明？讲来听听。"政委转过头，问尚启荣。

"他发明了报纸包脚，用山麻皮扎紧睡觉。"尚启荣说着，哈哈大笑了起来。昨天深夜一点多钟回到工地"窝棚"，狼吞虎咽将剩菜冷饭填下肚，在被吵醒的伙伴们一连串的"对不起"中，李珏耀才知道他那可怜的半桶水被"共产"了。工地伙房水缸底朝天，满脸满身的尘土只能用毛巾干洗一下，脏兮兮的脚掌用报纸包着，扎上山麻皮钻进被窝。这一夜，李珏耀躺在"树枝床"上很难入睡，浑身像有无数的小虫在咬。

"哈哈，这小李真行。是发明，是发明。不过，这不能推广。"政委也跟着笑起来。

"不，要推广，要向小李学习。"谢副团长也笑了，他说。

"噢！对，要推广。我要向全团推广。"政委好像想到什么。不久，他在团政工会上表扬了李珏耀。

李珏耀如获至宝地拿到大学入学通知书，喜笑颜开地上了大学。

二

国家恢复高考后，规定工农兵大学生除非能通过考试就读硕士研究生，否则，就要重新回校补课。李珏耀是工农兵大学生，他决定直接报考研究生，他胸有成竹。大学三年他没虚度时光，除社会实践课外，他都是读书，读书，拼命多读书。他知道，农场很多知青战友想读书，刘晓绯、钟奕强、钟瑞云……农场里有的知青战友比他优秀，可就没逮到上大学的机会。他告诫自己，一定要好好读书，做名副其实的大学生，才对得起这些知青战友，对得起推荐他上大学的团首长。

专心致志准备报考研究生的李珏耀最近遇到了麻烦。他不知道自己是不是患了"恋爱恐惧症"。恢复高考后第一批招收的大学生，里面就有不少已经成家甚至有了孩子的。在驼江大学招收的大学生中，也有数十位这样的学生。新生入学报到，年龄不小的单身教师李珏耀自然引起同事们的关注。

李珏耀对自己的婚姻大事从来就不太当一回事，瓜熟蒂落、水到渠成，急什么急呀！儿子不急，父母却一直都在为儿子的婚事焦虑，快28岁的人了，女朋友还八字没见一撇。

李珏耀的妹妹李远馨更是"皇帝不急太监急"。李远馨比李珏耀小三岁。哥哥赴海南岛上山下乡后，她被安排在市机电厂当工人。李远馨长得甜美，在机电厂里已经就是有一定知名度的厂花，去年调市广播电视台工作。在家里，李远馨常常风凉话频吹，说哥哥是"两耳不闻婚姻事"，自信"书中自有颜如玉"。有时，她还会嘻嘻哈哈地正话反说："哥，你命好。俗话说，命好不怕运多磨。说不定哪一天，我们家里会突然蹿出一个'田螺'姑娘。哥，到时你享福了可不要忘记我哦！"

李远馨正在谈恋爱，对象是市委宣传部的干部，经常夜里外出约会，与男朋友火热得不亦乐乎。也许是觉得哥哥没对象，自己先结婚说不过去，也不好意思。哥哥不主动，她也就义不容辞地承担起帮哥哥找对象的责任。广播电视台美女多但大多名花有主。最近听说有一位新来的女职工与对象因经济问题分手，她立即就介入套近乎，还瞅准李珏耀在家的时间，将这位女职工作为自己的朋友带到家里与父母见了面。姑娘比李珏耀小四岁，身着时尚，玫瑰色的碎花的确良上衣，搭配着海蓝色的确良裤子。她的长相，按李远馨的话说就是："长得不好看，还能到我们广播电视台当主持人？"可李珏耀对这姑娘的行为举止却不敢恭维，糯糯的发嗲的语气，走路蛇身腰一扭一扭的……李珏耀真不知道她父母是哪路神仙，培养出如此装模作样的女儿，比刚到海南岛时的郭秀芝，还要娇气十倍。李珏耀背地里称她为"嗲小姐"。李珏耀不知道"嗲小姐"就是妹妹李远馨想为他介绍的女朋友。

"嗲小姐"的妈妈绝对不是一盏省油的灯。"嗲小姐"与前对象谈恋爱一年多，对象的父母正式上门求婚，没想到"嗲小姐"的妈妈除要求男方要有房子外，还提出定亲要送女方一枚红宝石钻戒、一条白金项链、一只蓝钻石项链吊坠、定亲礼金2680元。而且，结婚后每月要给父母亲20元，以后涨工资时再增加。男方父母提出能否再商量商量。"嗲小姐"的妈妈带着不屑的表情反问："我家的闺女那么好娶的吗？"又满脸高贵、慢条斯理地说，"我们一家人省吃俭用供她读高中，教育她，培养她。能到广播电视台工作，容易吗？你们没见过名主持人吧！"对方措辞强硬说得男方父母甚为难堪，只好作罢告吹。

"嗲小姐"是幺女，两个哥哥都已成家，成家时都由家里掏腰包向女方送了彩礼。"嗲小姐"的妈妈已打好了如意算盘，"嗲小姐"两个哥哥结婚家里送彩礼的损失，用妹妹"嗲小姐"出嫁收回的彩礼补，所以想狠狠地宰男方家里一刀。养儿防老，养女挣钱，"嗲小姐"的妈妈认为这是天经地义合情合理。"嗲小姐"的妈妈是一家街道小厂的会计，精打细算，甚至算计别人占小便宜。

李珏耀是后来才知道妹妹的好意的，家里人也有意识地了解了"嗲小姐"的恋爱史和家庭情况。李珏耀很反感"嗲小姐"妈妈的做派，他算过一笔账，以他自己每月60来元的工资，就是不吃不喝也要好几年才能凑齐这份彩礼。再说，"嗲小姐"就那么高贵，那么值钱？他很讨厌"嗲小姐"那装模作样的造作和娇气。

李仕翔和袁蜜却对这些问题觉得可以理解。李仕翔和袁蜜都很敬业，工作责任心很强，教学科研一丝不苟，但也很重视家庭的生活质量。他们都认为，家庭是人们生活温馨甜蜜的发酵池。在幸福的家庭里，夫妻间的难言之隐、工作生活中遇到的麻烦事、不顺心的事、力不从心的事，都能获得有效的分解、融化、消除，甚至可以从中产生新的能量。这是父爱、母爱、兄弟姐妹朋友之爱难以代替的，它只有自己置身其中才能感受到。他们希望李珏耀能早日成家，早日享受家庭的甜蜜和温馨。

李仕翔和袁蜜被同事誉为是学校里最恩爱最甜蜜的夫妻。李仕翔教的是英语，也许是阅读了太多的英语原版小说，受欧美文学的熏陶影响，他总让人感到衣冠楚楚，说话斯文，风度翩翩，行为儒雅很绅士。在校内休闲的时光，他常弯起臂肘，挽着袁蜜柔软的臂膀，两人相互拥着，沿着学校绿树成荫、花红草绿的林间小道悠悠漫步。他们喜欢登上抱福山顶，一起远眺驼江市星罗密布闪闪烁烁的灯火，胜似如胶似漆的恋人互相拥抱着幸福。

李仕翔和袁蜜精神焕发精力充沛，夫妻俩脸上常常露着甜蜜的微笑，以致熟悉他们的同事常常调侃他们说，我们是"只慕李袁甜蜜不慕仙"呀。一些老师称李仕翔为"甜蜜兄"，袁蜜的名字单字叫"蜜"，理所当然就被称为"蜜姐"了。私下，袁蜜干脆也给李仕翔改了名，叫他为"李甜"或"我的甜"。

"文革"时，驼江大学的红卫兵批斗老师。李珏耀的父母亲家庭出身都不好，但都没有历史问题，不是叛徒、特务、历史反革命。李仕翔是副教授不是教授，也够不上是反动学术权威，不用戴高帽挨斗。于是，红卫兵决定以形式甜蜜的资产阶级生活方式毒害师生员工为由对他进行了批斗。

批斗会上，李仕翔不慌不忙但又故意表现出诚惶诚恐的样子，谦卑地向主持人请教几个问题：夫妻不能相亲相爱吗？夫妻相爱不就是一种甜蜜的享受吗？革命夫妻的家庭生活不应当很甜蜜，而应当是很痛苦的吗？夫妻之间的事很甜蜜，你们管得着吗？主持人被问得哑口无言狼狈不堪，台下一阵哄笑，批斗会不欢而散。

除了批斗，还少不了劳动改造。李仕翔夫妇同时被送到同一个"干校"劳动改造，但规定他们夫妻不能同居。不过，"干校"劳动改造结束回学校后，他们甜蜜依旧。国家恢复高考，高校也恢复了职称评审。李仕翔积极备战准备冲刺教授职称，袁蜜也积极准备申报副教授。夫妻在甜蜜的生活中又开始了新一轮的比翼双飞。

李仕翔和袁蜜都认为，李珏耀和"嗲小姐"成家以后，两家人就是亲家了，亲家有困难，帮助是理所当然的。他们"文革"期间下放"干校"劳动，只发基本家庭生活费，后来落实政策，把这期间没发的原工资补齐发放，这钱还在，够作彩礼用的。他们都很自信，他们家是书香门第，他们的家风，他们的家庭生活能焕发"嗲小姐"的上进心，自然也能消除她的娇气。

李珏耀则很不以为然，天涯何处无芳草。他讨厌"嗲小姐"的造作，心里一百个不愿意与"嗲小姐"交朋友谈恋爱，可又不想太逆自己的父母，增添他们的烦恼。他曾两次与别人介绍的对象见面谈恋爱，可两次都没成功。李远馨说他的两次约会是惨不忍睹。

去年，妈妈的同事、生物系的丁老师给他介绍了一个对象，叫郝庆红，是驻军通讯连副连长。丁老师说，郝庆红长得像电影《英雄虎胆》里的女特务阿兰，要漂亮有漂亮，要才干有才干。还说李珏耀与她很般配。李珏耀身高1.73米，身材稍瘦，偏呈圆形的脸庞上，鼻子挺拔，略小的嘴巴嘴角微微上翘，给人一种天然的亲切感。略淡的眉毛下，一双椭圆形的眼睛看人时略显腼腆，可又折射出一股深藏其中的莫名的英气。

军人就是军人，作风紧张，办事效率高行动快。两人交换了相片，都对对方长相、条件满意，很快就约定见面。约会地点在海滨路滨海长廊的八角亭。两人准时到达，互道"您好"，互报姓名，握了握手，手分开，侧转身衣袖相挨，各自靠着滨海长廊的不锈钢栏杆面向内海湾。郝庆红身着整洁的陆军女军官服，她告诉李珏耀，说她是军人家庭出身，在部队大院长大，从小就喜欢军队生活，高中毕业后虽没大学可考，但天从人愿光荣参了军。李珏耀也告诉郝庆红，说他中学毕业就上山下乡赴海南岛屯垦戍边，在农场被推荐上大学，是工农兵大学生。

郝庆红建议"我们走走"，李珏耀应允。郝庆红走路步子很快，李珏耀在海南岛生产建设兵团当过连队文书，经历过常常要人工丈量开荒土地面积，以及挑水上山抗旱定植橡胶的磨砺，走路也很快。他们边走边聊，一问一答，简单明了，主要是郝庆红都是问李珏耀的家庭出身问题。李珏耀觉得，这哪里是在相亲、在漫步闲聊，简直就是在锻炼身体！

这次约会以后杳无音信。李珏耀想，郝庆红是不是也跟自己一样不急于谈婚论嫁，是被逼出来相亲的。再说军队很讲究家庭出身，亲戚的家庭出身有点问题都会影响到个人的进步。虽然爸爸解放前三年就在大学供职，个人成分定为自由职业，但爷爷和大伯解放前都是开大纱厂的，都是资本家，郝庆红可能认为这对她以后在军队的发展不适合。

李珏耀也觉得搞笑，丁老师说郝庆红像电影《英雄虎胆》里的阿兰。阿兰个头高、妖媚，眼睛能电人，有着不俗的才情。郝副连长一本正经，满脸严肃，整个约会都面无表情。他想，与郝庆红对上象结了婚一起过日子，以后每天在家，可能就都是立正、正步走，严肃紧张，没有任何情趣可言。

李珏耀相的第二个对象，是他读大学时不同系的同学，中医世家出身的独生女，也是个医生。约会地点就在市中心公园小假山前，大榕树下的花岗岩长靠背椅。刚照面认识，女医生就喋喋不休大讲家庭卫生问题。她对李珏耀说，家里的被褥衣服一定要整洁，家具、门窗、玻璃每天再忙也要擦一遍，地板每天再累也要用不同的拖把先湿后干各拖一遍。说她最见不得家具有灰尘地面有水迹。又绘声绘色地讲了很多她讲究卫生的故事，说有一天夜里11点多了，她发现客厅地板上有水迹，忍受不了，于是用拖把擦掉水迹，又觉得还不行，干脆把整个客厅用拖把再拖擦一遍。还说，她最怕蟑螂。有一次她发现茶几上好像有蟑螂的足印，赶快用抹布擦茶几，又把所有家具重新擦一遍……

女医生津津有味地讲着，李珏耀出于礼貌表面认真听着，实际却心不在焉，脑子里放电影似的不停滚动着当年在海南岛上山下乡的情景……他突然闪出一个念头，应当让这位娇美的女医生穿上他们在开荒大会战期间，曾经穿过的布满汗渍泛起盐花，像铠甲一样的工作服，在大会战工地的"窝棚"里住几个月，参加砍岜、挖穴，用钢钎撬石头修筑环山行就好了。

李珏耀不知曾在哪本书上看过一个古希腊的寓言，讲的是关于人的爱的起源的故事。据说在很久很久以前，人都是双体人，有两个脑袋，四条胳膊，四条腿，由于人类的傲慢自大，被众神之王宙斯劈成两半。"半人"不是"完人"，"半人"痛苦，"完人"幸福。为了能做"完人"，必须找到属于自己的另一半，但被劈开的人太多，找到自己的另一半就成了人类世界最难的事情之一。男人的另一半是女人，女人的另一半是男人，孤独的"半人"执着地在茫茫人海中苦苦寻找属于自己的、与自己契合的另一半，人世间伟大的爱情由此诞生了。

自己的另一半难找，好女人难找，李珏耀深有体会。

李远馨昨天就告诉了妈妈，说今天要带朋友来家，朋友就是"嗲小姐"。她要妈妈把屋里屋外打扫干净，还要把家具最好也擦一遍。

又是"嗲小姐"，真烦，李珏耀心里暗想。今天是星期天，袁蜜昨天就已叮嘱过李珏耀，要他今天在家不要外出。

初夏正是金凤花盛开的季节。中午，李珏耀站在专属于他自己的十几平方米的房间窗前，眼睛眺望窗外。窗外阳光灿烂。不远处，一棵粗壮的金凤树喜笑颜开，满树的葱郁浓密，烘托着一簇一簇绽放得红艳艳的金凤花，仿佛是正在燃烧的烈焰，在微风的吹动中不停地闪烁，释放着炽热的激情。几只欢天喜地的小黄鹂在枝繁叶茂的金凤树上蹦蹦跳跳、叽叽喳喳惬意地打情骂俏。

李珏耀心烦，他现在没有闲情逸致观赏这眼前的鸟语花香。他想安静。他想赶走这几只叽叽喳喳的讨人心烦的小黄鹂。房间里找不到可扔向这几只小黄鹂的小石头或其他的东西，李珏耀狠狠瞪了那几只调皮捣蛋的小黄鹂一眼，无可奈何地走出房间，进入客厅。

李珏耀与李远馨兄妹的房间并列连在一起，位于客厅的右边，房门都对着客厅。李仕翔和袁蜜夫妻住的房间在客厅的另一边，连着小厨房。小厨房旁边有一条小通道连着楼梯。客厅兼作餐厅，摆着一张带八张椅子的大红酸枝八仙桌，显得有点挤。这些桌椅是袁蜜从娘家带来的嫁妆。客厅正面墙上，挂着学校美术系一位教授书写的一幅墨宝，上面写着王安石的名言："贫者因书而富，富者因书而贵。"这幅墨宝诱发了李珏耀的灵感。

对，就这么办。李珏耀朝他父母住的房间说："爸，妈，我上书店去买几本新书。" 李珏耀喜欢读书，读书时又有在书上画杠做记号、写眉批的习惯，因此，很多理论名著都是他自己买的。

"晚上才去吧，客人都快来了呀。"袁蜜着急，边说边从房间走出来。

"不行，我急用的。"李珏耀坚决地答道。

"那你早点回来啊！"

"好的。"李珏耀如释重负，朝母亲调皮地挤了挤眼，赶紧下楼，从楼梯底下推出自己的飞鸽牌自行车。

星期天的书店里人很多，李珏耀好不容易才有机会移来一个二级台阶的木踏板，踏在上面从哲学类书架上取下斯宾诺莎的《伦理学》时，眼睛的余光突然在书店来来往往的人流中看到一个熟悉的身影，正站在经济类的书架旁翻阅着什么。

李珏耀拿着《伦理学》，下意识地走到这位女青年旁边，这位女青年正好也转过头，四目相对，两人几乎同时脱口而出："李珏耀！""刘干事！"他们身旁正在看书找书的人都随着叫喊声，朝他俩投来莫名的眼光，刘晓绯赶快用手势制止了李珏耀可能继续要讲的话。"刘干事"就是刘晓绯。在西泉农场的公开场合，同学们都称刘晓绯为刘干事，私下则直呼其名，叫"晓绯"。

刘晓绯与李珏耀曾同在驼江一中上学，同级不同班，后赴海南岛屯垦戍边，同在四师十八团的不同连队当文书，业务培训开会常见面。后来，刘晓绯提干，在团政治处任干事，李珏耀也被农场推荐上了大学。在西泉农场上山下乡的同学中，他们和钟奕强都被认为是运气最好的人。

书店的确不是可以谈话聊天的地方。自李珏耀上了大学以后，他们已好几年没见面了，都很想能找个地方好好聊聊。李珏耀脑海里霍然蹿出一个主意，请刘晓绯到他家，就在家中聊天，一举多得。他感到一种莫名的激动，天助我也！今天"嗲小姐"不是要来吗？也许现在已经就在他家里了。行，就这样，太妙了！

三

刘晓绯的爸爸刘阳庆现在是驼江市市长。妈妈徐雪蓉是驼江市中心医院党委副书记。刘晓绯是徐雪蓉通过在凤县任县委书记的老战友，调到凤县工作的。刘阳庆知道后，说她是利用职权走后门，发了好大的一顿火，把徐雪蓉狠狠批评了一顿。凤县是山区农业县，距离驼江市100多公里，大多是崎岖的山路并有多少急转弯，乘汽车到驼江市要途经十个左右乡镇上的落站点，要坐大半天的时间。

刘阳庆1938年在中山大学中文系读书时参加共产党领导的抗日游击队。抗日战争时期曾在驼江市福山中学以教师的身份作掩护，从事共产党地下工作，抗战胜利前夕暴露身份奉命撤回游击队，任游击队的支队政委。回根据地不久，刘阳庆与徐雪蓉结婚。徐雪蓉是刘阳庆的部下，支队卫生队的指导员。抗战胜利的第二年，他们生下了一对龙凤胎，为纪念庆贺抗战胜利和对建设新中华的期盼，给这对小兄妹起名叫胜利和建华。儿女还没满周岁，蒋介石公开撕毁停战协定向解放区进攻，战事紧急，部队转移撤出根据地，可怜的小兄妹只能寄托在当地老百姓家，从此杳无音信。

新中国成立时，刘阳庆参加驼江市中国人民解放军军管小组，代表共产党接管市政府，夫妻同时转业。

刘晓绯是新中国成立后的第二年出生的。她的名字是刘阳庆经过认真斟酌后给起的。刘阳庆期盼女儿沐浴着新中国的阳光，与新中国一起幸福成长。

刘晓绯读小学，有一定的阅读能力的时候，有一天晚上，刘阳庆把她叫进书房，拿出《毛泽东选集》第一卷，翻开其中的《星星之火，可以燎原》一文，用红铅笔圈出一段话，教刘晓绯一字一句地朗读："它是站在海岸遥望海中已经看得见桅杆尖头了的一只航船，它是立于高山之巅远看东方已见光芒四射喷薄欲出的一轮朝日，它是躁动于母腹中的快要成熟了的一个婴儿。"

然后，刘阳庆对刘晓绯说："晓绯，你知道吗？这段优美的句子，就是你的名字。"

"我的名字？我的名字这么长啊？"刘晓绯晃了晃扎着两根小辫子的小脑袋，困惑地望着爸爸，美丽的小眼睛眨了眨，惊讶地问。

"不，你名字叫'晓绯'，'晓绯'这个名就包含这段话的意思。"刘阳庆摸着刘晓绯的小脑袋，微笑地向刘晓绯解释着，又情深意长地说，"晓绯呀，你哥你姐都不在了，你是解放后生的，你幸福地活下来了。黑暗的旧社会被推翻，新中国诞生就像天亮拂晓，绯是太阳升起的颜色。那就是'晓绯'，'晓绯'就是你呀！要记住，没有新中国就没有现在的晓绯！"

刘晓绯似懂非懂，后来又听刘阳庆讲过几次，听多了就溶在血液里了。

刘晓绯从小就最崇拜她爸爸。爸爸从事过党的地下工作，当过游击队的支队政委，刘晓绯一直引为自豪。小时候看电影《永不消逝的电波》，她就觉得爸爸像电影中的李侠；看电影《平原游击队》，又觉得爸爸像李向阳……

刘阳庆"文革"前是驼江市委副书记。"文革"刚开始不久，刘阳庆就被认定为"走资派"。刘晓绯因此也被纳入审查对象了……

四

刘晓绯是以"可教育好子女"的身份参加兵团建设的。学校动员学生上山下乡赴海南岛屯垦戍边时，她直接找到学校做动员工作的兵团接兵组长表决心，经研究才被特殊批准成为兵团战士。

在兵团四师十八团，刘晓绯被分配到十连。刘晓绯遇到了好的连队领导。十连指导员何利明是参加过抗美援朝的志愿军转业干部。连长叶春耀资格更老，是东北抗联的排长，抗战胜利后，部队编入中国人民解放军第四野战军，任副营长，从东北一路南下，直到解放海南岛，组建农垦时转业，是农场党委副书记。

叶春耀曾被评为"右派"。叶春耀被评为"右派"很有戏剧性。他是稀里糊涂地当了"右派"。他觉得，刘晓绯的爸爸可能现在也是稀里糊涂地当了"走资派"，他没对刘晓绯另眼看待。刘晓绯分配到连队的第二天晚上，叶春耀和何利明约她到连部谈心。他们希望刘晓绯正确对待家庭在"文革"中的变故，鼓励她要相信党，相信组织，在兵团的大熔炉里接受锻炼和考验。

刘晓绯在驼江一中上学时是学校的团委委员，班里的团支书。"文革"时她虽然从引以自豪的革命干部家庭出身，突然骤变为"可教育好的子女"，但没有波及她的团籍问题，她依然是共青团员。在十连，刘晓绯被选为连队团支部的宣传委员。

刘晓绯没有自怨自艾，她能吃苦也乐于助人，虽是女子身，但能同质同量完成与男知青一样的生产任务。

刘晓绯的通讯稿写得好，连队的宣传报道稿件，几乎都是她利用业余时间写作完成的，而且都被政治处采用了，有的还被地方报纸和《兵团战士报》登载。连长指导员很高兴，觉得她为十连长脸，人才难得。不久，刘晓绯就被提拔为连队文书了。

刘晓绯是文书，要负责出连队黑板报。这天，她提着水桶到水井打水，准备冲洗黑板出版"七一"专栏。突然，她发现连队小山塘边，三个连队幼儿园的小孩拿着树枝正在往水里捞什么东西，旁边没有大人。连队小山塘是用拖拉机推土修筑的一条土坝，将流经连队的一条小山沟截流，蓄水供连队菜地种菜用的小水库，水最深的地方超过三米。

"你们在干什么？快回来，玩水危险。"刘晓绯大声喊着。

"阿姨，琼妹掉在水里了。"几个小朋友七嘴八舌地回答。连队幼儿园只配一名幼师，负责带四个三至五岁的小孩。这天上班时间，幼师偷工回家理家务，几个小孩打开用树枝编的小栅栏门跑了出来，到小山塘边用树枝打水玩，年龄最大的符琼妹不慎滑到水里去了。

"什么？"刘晓绯大吃一惊，放下水桶用最快的速度，急忙就往小山塘边跑边大声呼喊，"快来人啊！快来人啊！小孩掉到水里了！快来救人啊！"

"掉在哪里？"跑到山塘边，刘晓绯气喘吁吁，急忙问。

"在那边。"几个小孩指着不远的水面。

刘晓绯毫不犹豫立即冲下水中，很快就抓到在水中半沉半浮的小琼妹，把她托出水面。刘晓绯不懂水性，幸亏是在旱季，水才正淹及她的胸部。

听到刘晓绯的喊叫声，炊事员和卫生员都跑来了，幼儿园老师也跑来了。几个人赶快把刘晓绯连同小琼妹一起拉上来。幸亏刘晓绯救人及时，已经呛水不省人事的小琼妹最终脱离了生命危险。

两个月后，十连党支部过组织生活同时讨论发展新党员问题，大家都觉得刘晓绯入党的条件成熟。会上，叶春耀对何利明说："老何，我建议我们俩负责培养刘晓绯，介绍她入党时，我当第一介绍人，你当第二介绍人，出了问题我负责，就说是我一定要你当介绍人的。"

何利明说："没问题，连长，出事我们一起扛。我们一起找团长政委。"

第二天，叶春耀和何利明直接到团部找团长政委。团长政委认真听取了叶春耀和何利明的意见后，又叫来了政治处主任一起研究。他们都认为，对刘晓绯真正负责，就必须负责任地调查了解她爸爸的问题。团长政委决定，派十连指导员何利明和政治处江干事前往驼江市，对刘晓绯的家庭和主要社会关系进行政审调查。

大约过了半个月，何利明二人完成任务回来，他们把刘晓绯的政审材料交给了杨政委……

不久，刘晓绯光荣地加入了中国共产党；不久，她被提干调政治处工作；不久，传来了刘阳庆"解放"的消息。

五

在兵团四师十八团上山下乡的同学中，李珏耀男的佩服钟奕强，女的佩服刘晓绯。刘晓绯和他在不同连队当文书，两人的文书业务都从未有过差错，常受机关职能部门的表扬。李珏耀至今仍记得，他们一起参加团生产处组织的连队文书业务培训，闲暇聊天时，刘晓绯告诉他，说她赴海南启程的前一天，到驼江市"走资派"学习班向她爸爸辞行时，她爸爸希望她能承受得了委屈，不要报怨任何人；不管身处什么环境，不管别人怎么说，只要是自己认定要做的事，就一定要做到最好。刘晓绯没有辜负她爸的期望。李珏耀很佩服刘晓绯忍辱负重吃苦耐劳的精神。

刘晓绯调政治处不久就参加了以杨政委为组长，政治处柳主任、生产处施处长为副组长的工作组到三连蹲点。第一次大会战全团大田定植的两万多亩橡胶，在"老挝风"的肆虐摧残下，平均成活率不足50%。三连情况更为严重，橡胶平均成活率只有30%左右。工作组的任务是分析原因，找出问题的症结，寻求解决的办法。工作组组织团生产处的技术员与下放在三连劳动的兵团橡胶研究所的两位研究人员，经过分析研究，决定双管齐下，加强橡胶林段防风林管理，促使木麻黄树增速生长成林，提高橡胶林段抗击"老挝风"的能力；在苗圃班试验低洼篮播育苗，提高大田定植的胶苗质量，应对"老挝风"的严酷摧残。刘晓绯自始至终都在苗圃班参加劳动，参加试验。

低洼篮播育苗与常规的苗圃育苗不同。常规的苗圃苗床一般要凸出地表20厘米，而低洼篮播育苗的苗床是凹入地表，就是人工挖出深约40厘米、长约4米、宽1.5米的苗床，将高50厘米、宽30厘米的专用塑料育苗袋填满混合着基肥的表土，植入已经芽接芽片成活的胶苗，再把它们排列有序地置放在苗床中，精细管理，待长出五六厘米新芽后，连袋挖出搬运到已经挖好橡胶穴的林段，再剥去塑料袋种植在橡胶穴中。采用这种方法定植，种下的橡胶能成功挺过"老挝风"的肆虐期，成活率100%，长势良好。团召开现场会推广。

低洼篮播育苗试验成功，杨政委很高兴。他要刘晓绯结合总结的经验，负责执笔写团党委中心组学习马列著作的体会。杨政委与柳主任叫来刘晓绯一起研究，确定文章的标题为"辩证法的伟大胜利"，副标题是"党委中心组学习《反杜林论》哲学篇的体会"。70年代初期，中国社会政治运动接连不断，党中央要求全国县团级干部学习七部马列著作，《反杜林论》是其中的一部。

刘晓绯接受任务，她废寝忘食用四天三夜的时间写出8000字的初稿，交由杨政委征集修改意见后，再用一天的时间完成修改定稿。刘晓绯运用低洼篮播育苗在干旱地区种植橡胶成功的实例，论述了恩格斯在《反杜林论》哲学篇的真理性，深刻体会做好工作必须坚决贯彻辩证唯物主义路线，就是要严格遵循恩格斯在《反杜林论》中提出的关于"原则不是研究的出发点，而是它的终结……原则只有在适合于自然界和历史的情况下才是正确的"，以及"自由是对必然的认识"的观点。又以此为基础，阐述了如何坚持以毛泽东在《实践论》中关于"实践出真知"的论点为指导，总结教训寻找问题产生的症结，再以在低洼篮播育苗试验的过程中克服困难，取得成效的经历，深刻体会科学的实践必须以正确认识为基础，科学驾驭"实践—认识—再实践—再认识，循环往复以至无穷"的认识运动的总规律，并在其中强调，作为领导者，在实践中学习、掌握和驾驭认识运动的辩证法，特别要注意在引导知识分子走与工农相结合的道路时，发挥好知识分子的作用。

这篇学习体会，由杨政委在师政工会上发言作学习交流，立即引起与会者强烈反响。师政工简报全文转载，地方报社和兵团战士报都派记者采访。

刘晓绯有扎实的理论基础，她喜欢读书。在连队，她没让时光在闲聊、打扑克、侃大山泄私怨中流失。连队文书都住从单身汉的茅草房宿舍隔出的一个十几平方米的单间，这里兼供处理文书业务使用，配有办公桌椅、马灯等，每月还供给两斤煤油。利用这些条件，刘晓绯通读了《毛泽东选集》，还学习了艾思奇的《辩证唯物主义历史唯物主义》、苏联的经济学家列昂节夫的《政治经济学》等政治理论书籍。调政治处工作后，她参加了由后勤处助理员老章发起组织的机关青年读书小组。老章是现役军人，是60年代初期毕业的大学政治经济学系的高材生，大学毕业时由国家分配，入伍在军队政治院校任教。"文革"爆发时莫名其妙被扣上宣传执行资产阶级军事路线挨批判，兵团成立时调到兵团并被下放到团后勤处当助理员，一直到70年代初期才落实政策被恢复原职务。老章调回部队院校工作时，把自己读书时使用过的大学五年整套的课程教材都送给了刘晓绯，还帮她拟订了读书计划，到部队后又不时给她寄来各种学习书籍和资料。

李珏耀佩服刘晓绯的才华，更佩服刘晓绯的人品。当年，在他接到大学入学通知书的前后几天里，他就听到了许多团党委常委讨论推荐工农兵大学生的各种传说。他内心很敬佩刘晓绯，感谢刘晓绯。

刘晓绯在团政治处工作，早就知道大学招生的事，她也很想读书，就是没有找过政委或主任提出过自己的要求。李珏耀一直认为，刘晓绯各方面表现都很优秀，有很高的知名度，当年只要她提出上大学读书的要求，就一定是非她莫属。李珏耀离开农场上大学时，刘晓绯和农场的其他几位同学一起为他送行，他忘不了同刘晓绯握手告别时，刘晓绯带着真诚祝福的笑靥。刘晓绯是一个能够承受自己吃亏，不计较自己个人得失，心胸开阔的好人。

这几年，尤其是兵团撤销后，通过各种渠道回城的知青越来越多，曾在同农场上山下乡后来病退、困退回城的同学，在城市的各个角落里当小商小贩的，踩三轮车拉板车的，当环卫工人打扫卫生的，修鞋补锅的，在居委民办工厂当工人的，从事最简单手工劳动的……大多在艰难地为生计奔波。农场的知青都说李珏耀命好，有个教授爸爸，能被推荐上大学，毕业后又能在高校任教。李珏耀觉得他好像被这些同学当成了异类。大家见面时客客气气，实际上又似乎相互之间阻隔着什么。钟奕强离开红阳区纸盒厂时，曾到驼江大学找过李珏耀，告诉他说自己已辞职，要到社会上闯出一条属于他自己的路。李珏耀请他在学校教工食堂用饭，还喝了几瓶啤酒。李珏耀知道，按照钟奕强的秉性，如果他没能闯出一条新路，他们是很难有机会再见的。李珏耀开始感受到"知交半零落"。

书店偶遇刘晓绯，李珏耀感到由衷的欣喜。刘晓绯在离驼江市100多公里外的凤县工作，是县委办公室副主任，她是以兵团四师十八团团委副书记的职务，通过干部调动离开海南岛的。

刘晓绯还是当年兵团战士的做派，说干就干，说走就走，干脆利落。那天在新华书店相遇，李珏耀请她到他家聊天，刘晓绯爽快应允，两人随即骑着各自的自行车，很快就到了李珏耀的家。

下车并架好车。李珏耀说了声"跟我来"，拉上刘晓绯就走。刘晓绯觉得莫名其妙。

客厅里，李远馨正陪着"嗲小姐"分坐在李仕翔和袁蜜身旁，边聊边等着李珏耀。

"爸、妈，我回来了，"循声望去，只见李珏耀拉着刘晓绯手匆匆进了家门，说道，"你们看，是谁？"

话音刚落，李远馨高兴地喊了声"晓绯姐"，便起身迎上去。

"远馨记性真好！"刘晓绯欣喜地拉起李远馨双手说道，并朝着李珏耀的爸妈喊了声叔叔阿姨好。还笑笑地向"嗲小姐"点了点头。

　　"都忘介绍了，这是我电视台的同事，"李远馨向刘晓绯介绍了"嗲小姐"，又对着"嗲小姐"说，"晓绯姐是我哥的同学，同农场的海南农垦知青，兵团战友。"

　　这时，袁蜜起身招呼刘晓绯到她身旁，边打量着边说道："几年没见，越发斯文秀气，更漂亮了！"

　　刘晓绯身高一米六三，不胖不瘦，皮肤光滑白皙，配着一头齐耳短发显得很干练；一张瓜子脸上泛着愉悦的光彩，眉梢稍稍上扬，双眸充满热情；鼻梁小巧而直，嘴唇厚薄适中，两边的嘴角略为上扬形成自然的笑意，释放着一种谁见谁都能感受到的亲和力。刘晓绯上身穿着一件白底碎花的确良短袖上衣，深蓝色府绸长裤，脚穿胶底植绒黑布鞋，不显山不露水可又洋溢着知性的感觉，行为举止总让人感到舒适。

　　虽然，刘晓绯以前到过李珏耀的家，与李珏耀的爸爸、妈妈和妹妹都认识。但此时李珏耀带刘晓绯来到家里，李仕翔和袁蜜都感到突然，有点丈二和尚摸不着头脑的感觉。

　　李仕翔示意刘晓绯坐在自己身旁。李珏耀也搬来凳子紧挨刘晓绯坐下，双眼不停地望着刘晓绯。刘晓绯羞涩地瞪了李珏耀一眼，细声说："你怎么了？"这状况没逃过大家眼睛，袁蜜和李仕翔会心对望了一眼。

　　大伙坐在一起喝茶聊天气氛热烈。刘晓绯知书达理、说话得体，有深度、有风度，让人感到愉悦。"嗲小姐"相形见绌感到无趣，便告辞了。

　　李珏耀和刘晓绯是聊天的主角。李远馨发现，哥哥李珏耀和刘晓绯彼此有很多共同语言，很能说得到一块儿。大家聊天凡涉及在海南岛屯垦戍边的知青生活时，两人的眼睛里都闪烁着交织着异常刚毅的愉悦和感慨良多的灵光。当年他们经历的艰辛，现在都化成了荡气回肠的最难忘的记忆。李远馨心里骤生羡慕，这些经历是花钱也买不到的精神财富。同时，她也感觉到哥哥和晓绯姐之间的友谊非同一般。

　　人逢喜事精神爽，话逢知己说不完。时间在大伙兴高采烈的聊天交谈中快速流逝，墙上挂钟的指针已悄悄移过下午五点。李远馨悄悄地朝李珏耀眨了眨眼，做了个鬼脸。李珏耀领悟，抬头看了看墙上的挂钟，对刘晓绯说："晓绯，难得见面，留下在我们家吃个便餐，怎么样？"

　　"对，晓绯，你是稀客，晚上在我们家用餐。我们有现成菜，做饭很方便。"李仕翔和袁蜜都笑着说。

　　"晓绯姐，留下吧。"李远馨走过来拉着已站起身的刘晓绯的手，摇了摇，接着她爸妈的话，也笑着说。

　　"伯父、伯母、远馨，谢谢。我没跟我妈说晚上在外面用餐，留下来不大方便。"刘晓绯笑着解释。

刘晓绯单身在凤县工作。近几年，热心的上级、热情的朋友曾给她介绍了几个对象，可她总找不到感觉都放弃了。刘晓绯通常是每两三个月休假四五天回驼江市看望父母。这次回驼江市休假的第二天下午在新华书店遇见李珏耀，她很高兴。

离开李珏耀家推着单车走在驼江大学的校道上，刘晓绯问送行的李珏耀："刚才怎么回事？"

"我妹介绍那个女孩子，我不想，所以……"李珏耀满脸通红，不好意思地支吾着。

"哦，真有你的。你真坏！" 刘晓绯瞪了李珏耀一眼，她没生气。两人都笑了起来。

下午奇巧的阔别重逢更拉近了他们之间的距离。两人约定，明天上午滨海公园再见。

短短的三天假期里，李珏耀与刘晓绯两人见了又见，他们都觉得对彼此有说不完的话，心很近。李珏耀没教学任务，自由支配的时间比较多。他觉得，刘晓绯读了很多书，知识面广，与她交谈是一种高品位的精神享受，可以得到意想不到的收获。

李珏耀与刘晓绯谈得最多的是汗洒天涯的兵团知青生活。刘晓绯告诉李珏耀，她赴海南岛时是"可以教育好的子女"，爸爸仍被关押在学习班，家庭突然的变故让她很受伤，很无奈。在连队劳动生活都很艰苦的日子里，她很感谢连长指导员不仅没有歧视她反而鼓励她，她因此没有心灰意冷一蹶不振。她还告诉李珏耀，说她在政治处工作，印象最深的就是柳主任说过的一句话："跟着一位好的领导，本身就是一种幸福。"刘晓绯说，这句话很实在也很深奥，她反复琢磨，什么是好的领导？她认为好领导不是宠你，包庇你，而是严格要求你，给你提供机会创造条件施展才能，做好工作，发展和提高素质。她觉得自己很幸运，在海南岛，她跟着的都是好领导。李珏耀很赞赏刘晓绯的观点。

李珏耀也告诉刘晓绯，说他近期很烦闷。他是工农兵大学生，国家恢复高考后，与新录取的大学生相比，他们好像天然就低人一等。于是，李珏耀决定直接考研，他有把握，他要用实力证明自己并不比别人差，他是名副其实的大学生。刘晓绯很支持李珏耀的决定，她把自己的人生体会都告诉了李珏耀：不怕别人看不起，就怕自怨自艾自己看不起自己。

李珏耀觉得这几天的日子过得很阳光。刘晓绯是他敬佩的兵团战友，虽然回城后相遇恨晚，但终究还是相遇了，而且，他越来越有一种异样的感觉和情愫在胸中缠绕、燃烧。他终于有了有共同的兵团知青经历、志同道合、可敞开心扉交流思想的挚友。他感到自己已经把"知交半零落"的感觉倒入内海湾，抛进太平洋。他觉得，必须为自己庆贺。

　　这几天闲暇的时光，李珏耀的脑海里常常浮现送别他上大学时，刘晓绯带着真诚祝福的笑靥，以及聊天时刘晓绯看着他时专注的眼神。李珏耀骤然感到自己来了诗兴，糅合着知性和浪漫的诗句从脑海里不断飘逸浮现。他停停写写，写写改改，很快就定稿了。站在自己的房间窗旁的办公桌前，李珏耀心情愉悦，凝视着窗外那棵喷发着红彤彤的烈焰，激情满怀的金凤树，轻轻地吟诵着自己得意的诗作——《思念》：

思　念

曲径通幽

曾在风雨苍茫中漫步遐想

曾在短促人生途中苦苦寻觅

登上柏拉图的殿堂

我曾寻到"知音"

陶醉其中

但接受康德的批判

直陈现实

却又结下重重的"心囚"

朝思暮想的希冀

似熟悉

又陌生

在虚拟的天际中飘忽

然而

不经意的碰撞

灵光闪烁

突忽奏响苍茫人生路上

刻骨铭心的欢歌

迷惘中曾热切期盼的女神

经历迂回曲折

在逶迤的延伸中螺旋跃迁

终于惊现在眼前

我感叹

灵感的喷发

我惊讶

直觉的闪光

我遗憾

高贵的雅典娜呀

你为什么总是姗姗来迟

我看到丘比特调皮的笑靥

没有月圆花香

感悟飘飘欲仙的牵手依偎

却有情感怡然贯通

没有风和日丽

充满诗情画意的野外怡情

却有灵魂相互触摸

理智不期邂逅

传递悄然飘至的神圣

绚丽的倩影吟唱着悦耳的温馨

带来了诗人的浪漫

哲人的深邃

似汩汩甘泉滋润荒漠的心田

在欢愉中浇灌睿智和胆识

于是

沉闷的生命

重新弹出色彩斑斓的欢跃

相知拓展了情感的张力

相携搭构起奋发的强力支撑

理性的神奇

奇妙地溶解着世俗的拘囿

情愫在灵犀相通涌动的憧憬中荡漾

编织着思绪至高的唯一

不是连理枝

胜似比翼鸟

我惊叹"二律背反"的深沉

走出弥漫在莫愁湖畔

无奈的迷惘

我看到丘比特露出了调皮的笑靥

献给你

仰望苍穹

远的幽沉凝重

近的秀气清澈

充溢着张扬的才情和理智的淡定

这是爱——

震撼心田的呼唤

这是情——

永恒青春躁动的闪烁

神圣的梦幻

在天籁的愉悦声中辗转

凝练成神奇的珍贵

彰显着情感智力的强劲勃发

托起心中共同追求的磅礴

为生命的美妙添彩

感恩蹉跎

怡情眺远

我愿以不凋的理念

弹奏一阙平凡而又远见未来

执着作为的情歌

把怀柔思念的芳馨

献给你

神韵典雅的女神

但愿你看到

飘溢其中的因子

就有女娲补天的壮举

精卫填海的刚毅

兴致勃勃地朗读完自己的诗作，李珏耀感觉很好。在农场，李珏耀曾写过也发表过几首抒情哲理诗。他觉得，现在的这首《思念》写得最好，知性浓厚，热情洋溢，强烈地表达了作者拥有知心益友的期盼和喜悦。

人生难得是知己。李珏耀感到，他和刘晓绯有共同的人生追求，有同层次的文化知识素养，能成为彼此的知己。李珏耀决定把这首《思念》送给刘晓绯。他抬头望窗外，映入视野最显眼的，依然是那棵粗壮的老金凤树；金凤树上，依然有几只小黄鹂蹦蹦跳跳、叽叽喳喳。它们在为绽开的金凤花纵情欢歌，它们在向李珏耀表示祝福，它们在给李珏耀输送着悦耳的舒心和惬意。

第四章

胡秋生主持连队政治学习讲话时出错，被杨森怀上纲上线揪住不放，驻队政治处副主任、现役军人贾威裕巧为其解围。胡秋生老婆文海娇暗恋贾威裕主动投怀送抱。纪德芬为上大学失身。贾威裕事发获刑。纪德芬不堪涉事受辱，用婚配交换被招工回城，但终被发现，成丈夫仕途不畅的泄怒对象，屡遭家暴想轻生；后被同农场顶父职回城开电动三轮车的杜振彬遇上，劝其暂住曾秀玉家。胡宏彬受流言挑拨怀疑曾秀玉失贞，释疑后主动认错越发敬重曾秀玉。

一

曾秀玉怎么也想不到，美好温馨的家庭生活突遭暗箭袭击。有的放矢，曾秀玉成了"的"。而拉弦"放矢"的竟是对她信誓旦旦说爱她都来不及的胡宏彬。

胡宏彬出差好几天了，下午要回家。早上吃完早餐，曾秀玉开始忙着打扫房间，在整理书籍时，不经意发现一封市中心医院的检查报告，压在一叠文学杂志下。曾秀玉心存疑虑，拿出来打开一看，竟然是胡伟杰的DNA亲子鉴定证书。胡伟杰是胡宏彬和曾秀玉的儿子。再看鉴定日期，竟然是一个多月前的事。曾秀玉火冒三丈，气不打一处来。

这是怎么一回事？简直就是晴天霹雳！曾秀玉陷入沉思。这家伙表面老实巴交的，对她一往情深，看不出竟然这么有心计，一声不吭地就干起了这龌龊的事。这背后一定隐藏着什么事。她深深地吸了一口气，把心中的怒火强压下去。"行，我到我妈家住两天，看这家伙回来怎么交代。"曾秀玉打定主意不动声色。她把亲子鉴定证书压在书房书桌的台灯下，简单收拾了几件衣服，走进婆婆的房间，说："妈，伟杰麻烦你照顾两三天，我要到我妈家，有事。"

"好嘞！你忙，放心吧！"胡二婶微笑地应道。胡宏彬的爸爸生前在家排行老二，被村里人称为二叔，胡宏彬的妈妈也就被称为二婶了。胡伟杰已满周岁，开始咿呀学语，很讨人喜欢。奶奶爱孙子、孙子喜欢跟奶奶，二人整天黏在一起其乐融融。

胡家村位于驼江市西面，由郊区管辖。从驼江市汽车站向西朝鸡冠山方向约五公里，向左拐入一条乡村公路再向前约两公里就是郊区西关大队胡家村。胡家村有400多户人家。

胡宏彬的家有点像北方的四合院，近300平方米，很宽敞，坐落在距村口不远的村道西面。一进大门是前厅，前厅两边各有一间房子；连接前厅的天井两边又各有一间房；天井后面是大厅，大厅两边也各有一个大房。家里有这么多的房子，曾秀玉建议用一间作书房，胡二婶和胡宏彬立即答应了。胡宏彬只有小学文化程度，村里人都说他土。与曾秀玉结婚后，他下决心要让所有人知道，他不土。曾秀玉曾劝他闲暇时间要多认字，学会看书看杂志，说读书能滋养和塑造人的精神世界，去掉俗气和土气。

胡宏彬懂木工，他找来胡宏泰和胡宏建做帮手，买来木料和各种配件就开工了。三人合作很快就做了两个书橱，一张1.5米长、80厘米宽的书桌和两张办公椅。这张书桌有多种用途，可以在上面设计裁剪衣裳，也可以在上面绘画练书法。经过胡宏彬他们的布置打理，天井右侧的房子变成了书房。

胡宏彬是胡家村的名人。胡宏彬的父亲解放前在驼江市西门街临街租了一间20多平方米的小铺面，自己买木料做木门窗框出售。驼江市解放，郊区农村土改，胡宏彬的父亲回胡家村老家的老屋住。1960年，胡宏彬的父亲得肺结核病死了。60年代，肺结核病没有特效药可医治，治愈的概率很低。

胡宏彬是独生子，从小就不安分，从来就不是循规蹈矩的主。在同龄农村玩伴中，胡宏彬上树掏鸟下河摸鱼战绩往往是名列前茅，村里小孩打架也总少不了有他的份，没几天就会有人找上门告状，闹得家里很难安宁，胡二婶含辛茹苦真是操碎了心。还好，他是孝子，听妈的话，最见不得妈妈掉眼泪，才没有被蛊惑交上损友走上邪路。

胡宏彬根本就不是读书的料，上课说话，变没完没了的花样搞小动作，老师对他很头痛。他花了八年时间读完小学六年级，毕业没考上初中干脆就不读书了，成了公社社员。

"文革"开始时，胡家村里有几个青年也学城里的红卫兵，组织了一个贫下中农赤卫队，要批斗大队党支部书记夺权。村民们不知道为什么他们的书记好端端的，突然就成了"走资派"要挨批斗，因此，响应的人很少。

老书记在村子里口碑好威信高，说话做事能一呼百应。胡宏彬从小就认定老书记是好人。胡宏彬的爸爸去世后，老书记总是悄悄地要生产队队长安排胡二婶一些不费力但又能挣工分的活，还经常对有意见的人说，在我们村呀，要数二婶家生活最困难，乡里乡亲的，适当照顾一点是应该的，没什么好说三道四。三年国家经济困难时期，大家都饿肚子，老书记家里人也常常吃不饱，可有时还节省几个番薯、几个菜团子叫孩子送到胡二婶家给她们母子充饥。

后来，农村发展多种经营，大队成立副业组，办起了塑料厂，生产一些简单的家庭塑料用品，主要是室内穿的塑料鞋。老书记力排众议安排胡宏彬在塑料厂当供销员，负责生产原料的采购和产品的推销。

胡宏彬的长相有点憨，给人朴实的感觉，实际上很聪明，胆子也大，采购营销业绩显著，人脉广朋友多。私下借助这些人脉关系，他有办法拿到钢材、铝合金、塑料甚至汽车、拖拉机等一些紧俏商品生产厂的拨货单或政府部门的买卖批文，按国家的计划价格提货，比市场价格要便宜很多。这些紧俏商品很抢手不愁没人要，转手卖出，价格通常要涨一倍以上。在人们每月工资只有几十元，还没开始仰望万元户的时候，他已经不显山不露水地聚财十几万。

二

胡姓在胡家村是大姓，宗族人口多，在村子里建有一个大祠堂。胡家祠堂前面有一个近十亩面积的大池塘，祠堂左边距池塘约20米的地方，一棵两人合抱粗的大榕树枝繁叶茂，榕树下零散置放着三张花岗岩石桌和几张石椅。农村人民公社成立以后，祠堂成了驼江市郊区西关大队队部。

祠堂不再是祠堂，大榕树却依旧在孜孜不倦地创造出宽阔的树荫。夏天，村里人喜欢在祠堂前的树荫下围着石桌打扑克下象棋，坐在树底下的石椅上纳凉侃大山，小孩喜欢在池塘里戏水游泳。张家长李家短，各路消息在这里汇聚，经加工整理后扩散开来，迅速走进村里的各家各户。

胡二婶喜欢带小孙子到榕树底下纳凉凑热闹。小孙子已一岁多了，眉清目秀的，正在蹒跚学步。大家都称赞胡二婶命好娶了个城里的漂亮媳妇生了个漂亮孙子。孙子不怕生，见人就笑，手舞足蹈的，小嘴咿咿呀呀，已能清晰地叫"奶奶""老婶""阿姨"，人见人爱。很多人喜欢抱他，人多时轮流抱他逗他，瞧着他漂亮的小脸蛋大家各抒己见地评论，其中就有人说他越长越不像胡宏彬，有的甚至说既不像胡宏彬也不像曾秀玉。议论多了，传开了，慢慢地就衍生出各种各样的猜想。胡宏胜也听到村里人的这些议论，以他的人品和思维方式进行思考，问题就来了。

胡宏胜总认为自己比别人聪明，城府深见识广，考虑问题周到。他不满意自己的家庭生活，觉得老婆是别人的好。胡宏胜的老婆叫谢秋娟，与胡宏胜同村同岁，同在郊区中学读书，同样是初中毕业没能考上高中回家当了农民。胡宏胜嘴甜能说会道，一来二往两人就恋爱上了，不久就结婚了。谢秋娟长相一般，身材偏矮比较丰满，生了两个孩子后就更臃肿了，胖乎乎的像一个大油桶。村里的老人都说，这种身材好，胖墩墩的能聚财。胡宏胜不晓得他老婆给家庭带来什么财源，反正有老婆就有家，农村的夫妻生活简单，日子也就一日复一日紧巴巴地过着。

胡宏胜长的是倒三角脸，谈吐显得很精明，宴请客人时在席上显得很活跃，又能编些七荤八荤的故事，人们喜欢跟他在一起，他能制造欢乐的气氛。但人们又不喜欢与他共事。胡宏胜坚信人是自私的，对自己的利益问题考虑很精细，爱耍小聪明，与他合作干活稍有不注意，你就吃亏了，而且是吃"哑巴吃黄连，有口说不出"的亏。胡宏胜有时也是精明反被精明误。他与胡宏彬一起负责大队副业组的供销业务，两人相比，他的业绩很差，言谈举止满脸的精明往往让客户感到不踏实，放心不下担心受骗上当。

胡宏彬和胡宏胜两人一起在外时也曾找过小姐，钱由胡宏彬付。胡宏彬认识曾秀玉后下决心改邪归正，从此这类事也就再也没发生过了。胡宏彬结婚后常常对别人说，"老婆是自己家的好"。胡宏胜对他的这句话曾反感好长一阵时间，说胡宏彬是饱汉不知饿汉饥。

人比人，气死人。胡宏胜常常感叹老天不公，自己怀才不遇。他长相帅气，初中毕业，文化程度比只有小学毕业的胡宏彬要高出一大截。可是胡宏彬不仅是财运亨通，而且是美女在怀。曾秀玉身段玲珑丰满凹凸有致，皮肤白嫩，在村子里的女人中鹤立鸡群，靓丽照人。显然，她把胡宏彬深深迷住了。过去他们哥们几个打牌，经常一玩就是到半夜，特别是星期天更是整天玩。现在，胡宏彬常常或以有事或想看书为由推辞，牌桌上已难寻其踪影。

胡宏胜嫉妒胡宏彬也羡慕胡宏彬。一次偶然的"亲眼见"让他眼界大开，也理解了胡宏彬为什么总说"老婆是自己家的好"。

那是一个星期天的早上八点钟左右，胡宏胜吃完早餐觉得在家无所事事，想到胡宏彬家串门聊天。胡宏胜与胡宏彬是铁哥们，相互串门很随意，很少事先约定。那天，胡二婶带着孙子一早就到大榕树底下侃大山去了，小孙子喜欢人多热闹。小孙子已断奶喜欢跟奶奶睡，两人都习惯早睡早起。

胡宏胜径直走到胡宏彬的家，推开掩着的大门刚想张开嘴叫"宏彬"，就被眼前意想不到的画面震住了，惊讶得说不出话来。胡宏彬和曾秀玉正在忘情地缠绵，见胡宏胜推门进来，胡宏彬双手往曾秀玉腰背上托起，曾秀玉顺势往胡宏彬胸前一靠，滑下站立在地。胡宏彬不好意思地说："是宏胜呀！来，来，进大厅坐。"胡宏彬脸色红红的。

倒是已经站立在地的曾秀玉大大方方，好像没发生什么事似的，脸不红心不跳。她笑嘻嘻地对胡宏胜说："宏胜，愣着做什么？不认识啦！快进来坐。哎呀！有什么不好意思的，我们两人在闹着玩呢。"

停顿了一下，见胡宏胜似乎还愣愣的，曾秀玉笑得更加灿烂了。她接着说："宏胜，看见就看见，这又不是什么见不得人的事，没什么好大惊小怪的……"曾秀玉很淡定，一口气说了很多。家里没有其他人的时候，胡宏彬这样抱着她从后厅进天井再到前厅往返兜圈，曾秀玉已经记不得有多少次了。

胡宏彬与曾秀玉缠绵滋润富有创意的情趣，牢牢地定格在胡宏胜心中，让他产生了诸多联想，也使他好几个晚上睡不着觉。可仔细一想又似乎不明白，他有些疑惑，胡宏彬的形象虽然不能算很丑，但确实并不怎么样，曾秀玉会心甘情愿与他配对结婚？曾秀玉是不是图他的钱，逢场作戏？听说她在海南岛就已经有男朋友了，男朋友长得帅也回城了，但家里生活很困难。最近，他听到的村里人对胡宏彬儿子各种各样的议论，似乎为他的这个疑惑提供了依据。他突然想到，如果这个疑惑成立，这可就是现代农村版本精彩的"明修栈道，暗度陈仓"了。

胡宏胜私下找了胡宏彬，把听到的议论和自己的疑惑都告诉了他。他们是铁哥们，有什么话都可以直说。

胡宏彬其实早已听他妈妈讲过村里人议论他儿子的事，他压根儿没当一回事，我自己的儿子长得像谁不像谁，碍你们这些人什么事？更何况，曾秀玉一向很贤惠，孝敬婆婆善理家务，家中里里外外都收拾得干干净净、整整洁洁的，婆媳关系很好。

儿媳妇漂亮，有文化又新潮，胡二婶脸上添彩感到由衷高兴，她一再叮嘱胡宏彬必须身在福中要惜福，要好好待曾秀玉。胡宏彬也明确告诉他妈妈，说他现在是天天爱曾秀玉还来不及呢！哪有待她不好的道理。他要他妈妈一百个放心。

胡宏胜说出的疑惑让胡宏彬顷刻陷入两难困境。沉默片刻，他对胡宏胜说："宏胜，你可以不知道，但我很清楚，我们结婚时，秀玉可是货真价实原汁原味的处女呀！"结婚初夜，床上的白毛巾清清晰晰沾有血迹。

胡宏胜眼神流露出神秘，说："为什么就不能在结婚后呢？宏彬呀！人心叵测，没准他们俩旧情复发，神不知鬼不觉地生个孩子让你给养大，你岂不是傻帽一个，成了冤大头。这种事情，以前有过，现在也有。"胡宏胜显耀着他的博学多才，建议胡宏彬去做DNA亲子鉴定，活得明白。他不相信曾秀玉对胡宏彬会有真心实意的感情投入。

胡宏彬很为难。结婚前，曾秀玉就大大方方地告诉他，她在海南岛时就有对象，现在依然是朋友，现在去做亲子鉴定，明摆着就是对曾秀玉的不信任，甚至可以说是人格的侮辱。可是，不做亲子鉴定，拿什么能堵住众口，"口水也能淹死人"。自己的铁哥们都有这种疑惑，村里的其他人就更是可想而知了。

"宏胜，你看这样行不行？你帮我到中心医院找熟人联系，找个机会，在秀玉值班的时候，我带伟杰去做鉴定。这件事我们悄悄地办，你知我知……"胡宏彬考虑再三，终于下了狠心。

胡宏胜应允，忙开了。

一个多月后，胡宏彬与胡伟杰的DNA亲子鉴定证书出来了，上面明晰可见，他们俩就是父子关系。一向自以为是，总觉得比别人聪明的胡宏胜顿感颜面尽失。胡宏彬也为自己一时冲动、伤害了曾秀玉而感到羞愧。

胡宏彬原想把这份亲子鉴定证书烧掉，可冷静一想又觉得不行，说不定什么时候，不知在哪里又会有什么长舌妇出来无中生惹是生非，留下它有备无患。

三

小别胜新婚。挂念曾秀玉，在外出差的胡宏彬办完事就立即往家里赶。推开大门，后厅里，胡二婶蹲在地上，正在指导着小孙子摇摇晃晃地学走路。听见门响，小伟杰停步转身，见是胡宏彬进来，两只小手立即不停地上下挥动，张开小嘴，露出上下各两颗乳牙，笑个不停地叫"爸爸！爸爸……"胡宏彬见状哈哈大笑，立即快步迈进后厅，放下旅行袋，喊了声"妈"，就一把抱起小伟杰亲了一口。"臭宝宝，想爸爸啦？"胡宏彬说完又亲了一口。这把小伟杰乐得咿咿呀呀笑着，小手还鼓掌欢迎呢！

胡宏彬抱着儿子，逗着他玩着笑着，一会儿，缓过神来发现不见曾秀玉，便问胡二婶："妈，秀玉不在家？"胡宏彬知道曾秀玉在旅店工作的排班日期，今天她不用值班。

"哦，她说回她妈家两三天。"胡二婶回答说。

"嗯，知道了。"胡宏彬应着，心里却纳闷，秀玉怎么啦？她知道我回来却回娘家，她向来不是这样的，今天反常了！会不会她家里出了什么事……想着想着，突然灵光一闪，他感到大事不妙。

胡宏彬让胡二婶接过小伟杰，快步走进书房。他愣住了，书房台灯下压着他与胡伟杰的DNA亲子鉴定书。胡宏彬的第一反应就是："糟糕！这丑事还是让秀玉知道了。"他担心曾秀玉会大吵大闹，心里很着急。他连忙到大队副业组把出差回来应该处理的事全部办妥。晚上回家，他向胡二婶如实交代了做亲子鉴定书一事的来龙去脉，被胡二婶骂了个狗血喷头。

第二天上午，胡二婶抱着孙子带着胡宏彬搭乘电动小三轮车到顺兴路曾贵达家。曾贵达上班去了，苏启英一人在家。国家恢复高考后，学校要提高教学质量，曾贵达很忙。曾贵达现在是学校教导主任兼数学教研组组长。倒是苏启英现在的小日子过得很滋润，小家庭没多少家务可理，也不用做手工挣钱了，胡宏彬和曾秀玉每月会以各种不同方式给她补济。现在，她学会了打麻将，近来又在学跳交际舞。

昨天上午，曾秀玉带着满腹怨恨回娘家，告诉了苏启英，说胡宏彬背着她做胡伟杰的DNA亲子鉴定。苏启英一听，怒火中烧，气急火燎地说我们上门找胡宏彬算账，问个明白。中午，曾贵达下班回家。他听完了曾秀玉的诉说，略作沉思，就劝说苏启英母女下午在家好生休息，晚上大家一起商量后再作定夺。曾贵达学校下午有会，他是主持人。

家丑不可外扬。晚上，曾贵达、苏启英和曾秀玉吃完饭洗完澡后，一起来到了中山公园湖心亭。家住的小院子晚上人很多，洪兴勇一家子人都在家，曾秀玉的弟弟和妹妹也回家了，有些事、有些话让邻居，让还不很懂事的曾秀玉的弟妹听到，传出去影响不好。

三个人坐定，点了一泡杭州西湖"龙井"，边泡茶边分析研究，商量对策。曾贵达觉得事情蹊跷，他说："胡宏彬自卑，觉得自己长相很不怎么样，比秀玉差得很远，听到外面的议论，又有人挑拨离间，心里压力很大。估计这事是有人给他出的馊主意。"

苏启英附和着说："对！结婚前他与马素锦来我们家，在我面前就有好几次说自己长得不好看，我有好几次都忍不住差点笑出声来。不过，长得不好看就能胡来？得好好修修他。"

"对，对！要修修他！这明摆着就是怀疑我出轨，怀疑我乱搞胡来。爸、妈，你们知道，谎言重复多次也会成真的。"曾秀玉一肚子委屈，一肚子愤懑。

"是的，秀玉，宏彬是做得不对。但是，你在他们村子里很惹眼的，有人羡慕，有人嫉妒，有人怨恨，对你造谣无中生有，无事生非诽谤你，我想都是可能的事……"曾贵达一边品着"龙井"，一边慢条斯理地说，"秀玉呀！爸爸是过来人，我告诉你，这人呀，一辈子没被人嫉妒过，肯定这个人就是很不怎么样，人生也不精彩。启英，你也是过来人，你说是不是？"曾贵达来了一个长篇阔论，他以一种特殊的方式平息了苏启英和曾秀玉胸中的怒火。

"对啊！有道理。"苏启英好像突然想到什么，面露喜色笑眯眯地回应。苏启英年轻时性感漂亮，总会有些人在她背后评头论足，多次无端遭遇风言风语。她和曾贵达都不理睬，常常是一笑了之。

三个人就这样你一言我一语地边喝茶边议论、商量着。曾贵达认为，事情已经发生了，如果胡宏彬道歉认错，这事就翻篇不再提了，他建议想办法把这坏事变成好事。

沉默了一下，曾秀玉想出了办法。她说："就这样，说听到外面的议论，我很生气，就与胡宏彬商量，为了孩子的未来，让胡宏彬带胡伟杰去做了亲子鉴定。我们把这鉴定书公开。"

曾贵达和苏启英一听，都说这办法好，既掩饰胡宏彬鲁莽的过失，又能有效地制止村子里的流言蜚语，还能提升曾秀玉泼辣勇敢、敢作敢为的良好形象。

曾贵达估计胡宏彬明天一定会上门找曾秀玉，他建议曾秀玉外出回避，免得尴尬，由苏启英一人在家相机行事。

果然不出所料。听到门响，见胡二婶抱着孙子走进院子，胡宏彬喊"妈"，苏启英立即从房子里快步走了出来。

见到苏启英，胡伟杰在胡二婶的怀抱里向前挺了挺身子，满脸笑容挥舞着小手，连连叫唤："姥姥！姥姥抱抱……"苏启英快步向前从胡二婶怀抱里抱过小外孙："来，来，伟杰乖，想姥姥啦！来，姥姥抱抱！"见胡宏彬提着大包小包紧跟其后，又对胡二婶说，"哎呀！亲家母，你们怎么这么客气呀！来，来。快进屋里坐。"胡二婶、胡宏彬随抱着小外孙的苏启英进屋。

苏启英边逗外孙玩边吩咐："宏彬啊！你沏茶，茶叶就在茶几上的铁罐里。"

"好的。"胡宏彬点燃了茶几上的煤油炉，开始烧开水。

胡二婶刚在沙发椅上坐下，迫不及待立即就说开了，"亲家妹啊！想必你也知道了。我这儿子不懂事，丢人呀！村里人多嘴杂难免有时有的话也臭。宏彬做了不该做的事，对不起秀玉，也对不起你，我向你赔不是了。"苏启英不显老，年龄又比胡二婶小。胡二婶称她为"亲家妹"，她觉得合适，乐意接受。

胡二婶话音刚落，胡宏彬眼里噙着泪，也接着说："妈，是我不好，我向你赔罪，向秀玉赔罪。我认打认罚。我是以小人之心，度君子之腹。我错了！"胡宏彬包揽了全部的过错，他没提及胡宏胜。

"是啊！亲家母，宏彬做这事就不对了，做得太过了。秀玉很生气，说这是在毁她，传出去，你叫她以后怎么做人呀！"苏启英和颜悦色平声静气地接连说道，"宏彬啊！这事你不对，要向秀玉道歉。你们年轻人就是不懂事，夫妻之间有什么事不能好好商量……"苏启英心里暗自高兴，曾贵达的料事如神让她底气十足。她想，晚上一定要好好犒劳犒劳曾贵达。

胡二婶和胡宏彬一再认错，再三道歉。苏启英有教养，通情达理，豁达大度而又得体地表现出对晚辈过失的宽宏大量。

小伟杰挣扎着滑出苏启英的怀抱，在地上脚步蹒跚，兴高采烈地挥手跺脚。他嘴里学着大人讲话，咿咿呀呀地乱叫，调皮地在三个大人中间来回穿梭。一会儿，他摇摇晃晃地走到胡二婶的身边，投入她的怀抱叫"奶奶"，一会儿又抱着胡宏彬的大腿叫"爸爸"，再盯着苏启英的脸叫"姥姥"。小伟杰不停地在房子里制造着愉悦的欢笑。

四

接受爸爸的建议，曾秀玉吃完早餐，就骑上凤凰牌女装自行车前往驼江大学。她要拜访李珏耀，已经好几年没见面了。

身正不怕影子斜。没做亏心事，不怕半夜鬼敲门。昨天晚上，在中山公园湖心亭与爸爸妈妈在一起分析讨论后，她再也不把胡宏彬给孩子做亲子鉴定的事放在心上了。

最近，曾秀玉听到一个消息，说不少地方的农村不仅在大办多种经营，发展工业企业，而且还在大搞土地承包，分田到户。如果这些消息是真的，那么，她相信，这股风很快就会吹到他们胡家村。李珏耀是高校政治老师，消息灵通，对国家的政策理解深透，曾秀玉想听听他对时局的判断。

曾秀玉对自己现在的工作环境很厌烦。她供职的华裕旅店是一家小国营单位，主管赵树兴颐指气使的霸道作风，常使曾秀玉联想到她在海南岛西泉农场时那位令人讨厌的指导员胡秋生，而且觉得赵树兴更坏。赵树兴色眯眯的每天都喜欢与一些年轻的服务员开黄色玩笑，竟然也有人投其所好，令人作呕地向他献媚，以博取他的青睐，捞评先进奖升工资的好处。

曾秀玉心性耿直，她看不起赵树兴的为人。更何况，赵树兴对被苏启英狠狠扇了一记大耳光一直记恨在心。自然，在他的领导下，曾秀玉就没好果吃了，工作干得再好再积极也是白搭。

曾秀玉带着尴尬和无奈上班、下班，一直都是得过且过，等待机会离开。听到土地承包、分田到户的消息，她似乎看到可以在胡家村承包工厂、自办企业的端倪。她也似乎懵懵懂懂地觉得，现在已经具备条件能走出一条自己的路，干成就能在其中如鱼得水。

憧憬着美好的未来，曾秀玉兴致勃勃地骑着自行车走进驼江大学大门，又向右拐走进校园生活服务区，她想买些东西作手信。曾秀玉在一家水果店前下车，驻足刚停好自行车，就听见有人叫："秀玉！曾秀玉！"

曾秀玉循声望去，不禁大喜，大声说道："珏耀，你好！"从距离十多米的邮政所里出来的李珏耀，正朝着她走来。

李珏耀这几天心花怒放。刘晓绯上周休假时他们奇妙相遇的经历，常常跳跃浮现在他眼前。命运对他似乎很眷顾，人们都说知己难寻，可他李珏耀就能寻，而且得来全不费工夫。

几次约会几次真情流露的交流，使他们更感到彼此的亲切和默契。四天前，他把自己沉浸于幸福的思绪中，灵感勃发写成的诗作寄给刘晓绯。想不到昨天，他就接到刘晓绯的来信。在信中，刘晓绯表示感谢这次休假与他的相遇和约会，说她很期待他考研成功。最让李珏耀感到心跳和激动的，是刘晓绯在信中说："你的诗作让我感动，可里面那句'不是连理枝，胜似比翼鸟'，为什么要'不是'而不能就'是'呢？"昨天晚上，李珏耀连夜给刘晓绯回信，他带着羞涩，红着脸在回信中特意画了一张一男一女相拥相抱的素描。刚才，他到邮政所把信寄出，出来就见到曾秀玉。

"秀玉，今天有空来我们学校视察，欢迎啊！"李珏耀打开自行车锁，推着自行车走到曾秀玉跟前，打趣着说。

"哎呀！冤枉啊！大教授讲大官话把我吓死了。小民女拜见大教授，只期盼能沾沾大教授的灵光，吸吸高校的灵气。"曾秀玉嘴巴不饶人。

听着他们的对话，站在他们旁边的水果店女老板被逗得嘻嘻地笑了起来。曾秀玉猛地想到，只顾说话忘记了买水果，连忙改变语气，对李珏耀说："行，行！不开玩笑了。对不起，你等我一下，我买点水果。"

"你干什么？到我这里还买水果，生分啦！不要买，不要买！"李珏耀再三拉住曾秀玉。曾秀玉只好作罢。

两人推着各自的自行车边走边聊天。曾秀玉对李珏耀说："珏耀，我今天真走运，想找你立即就能见到你。哦！对了，你刚才有事？"

"对！我到邮政所给刘晓绯寄信。"李珏耀禁不住内心的喜悦，脱口而出，但立即发现说漏了嘴。

"刘晓绯？你们有通信联系？"曾秀玉有些惊讶，"想不到呀李珏耀，挺会保密的。好啊！市长的千金配教授的公子……"曾秀玉扮着老气横秋的语调，慢条斯理地说着。

"秀玉，你别乱讲！"李珏耀急忙打断曾秀玉的话，"我们什么都没有……"

"没有什么？有又能怎么样？你呀！我的小孩都一岁多了。"

"是啊！有又怎么样？"李珏耀心里嘀咕着，张口说道，"祝福你，秀玉！勇敢的兵团女战士！"

"我也祝福你，珏耀，晓绯很优秀，快追呀！不追就来不及了。"见李珏耀脸红红的，很不好意思，曾秀玉连忙转过话题，"好了，好了，不开玩笑了。不过，珏耀，如有，就一定要公开，喜讯共享。对了，请代向晓绯问好！下次晓绯回来，一定要告诉我，我们好久没见面了。"曾秀玉对李珏耀认真地说。

"这个当然，我一定会的。"李珏耀一本正经地说。

李珏耀接着说："秀玉，咱们说句公道话，刚才说勇敢，我觉得，当年在海南岛，最勇敢的要数钟奕强和钟瑞云，在我们同一个农场的同学中，他们是谈恋爱的第一对。"李珏耀转移了话题。骤然，他想到了什么，沉默了一下，长长地叹了一口气，"可惜啊……"

提到钟瑞云，曾秀玉停住了脚步，她们曾在同一个连队，有很深的情谊。钟瑞云阳光大度，很有教养，是曾秀玉心里佩服的对象。钟瑞云走了，走得很不应该。曾秀玉一想到钟瑞云就心里难过。她心里突然喷涌出一股强烈的情愫，她觉得自己的喉咙突然被堵住，她哽咽着。曾秀玉拼命控制自己的情绪可就是力不从心，眼泪哗地一下就掉下来了。

李珏耀也随曾秀玉停住了脚步，他掏出一片纸巾递给曾秀玉，默默地陪着她。

良久，慢慢调整好了心态，平息了情绪，两人推着自行车继续向前走。"对不起！刚才心里好难受，我失态了。"曾秀玉轻声说。

"没什么！我也是，说到钟奕强，我常常自然就会想到在我们团牺牲的，我们的好同学好战友钟瑞云，常常感到心里很难受。"

曾秀玉侧转过头，看李珏耀一眼，接着动情地说："钟瑞云是好人，老天爷不长眼，好人短命。我在工地曾带头唱歌骂指导员，钟瑞云也跟着唱，那人的确不是东西。后来回宿舍，钟瑞云劝我以后不要这样，说我们是知青，现在干活不在行，容易被人抓把柄。说我们要想办法让他找不到我们的茬子。我觉得她的话有道理。"

迎面男男女女走来了几位大学生，见到李珏耀和曾秀玉，都主动让路并向他们致意，说："老师好！"

曾秀玉也情不自禁跟着李珏耀向他们点头回礼说："你们好！"回头见这些学生已走远，曾秀玉笑着对李珏耀说，"珏耀，我今天很幸福，我当了几秒钟大学老师。"李珏耀跟着也笑了起来。大学是曾秀玉向往的地方。"我读不成大学但不能让大学瞧不起我"，曾秀玉暗自下了决心，她想，待会到李珏耀家，就请李珏耀的爸爸给自己制订一个英语学习计划。李珏耀的爸爸是英语教授。

两人继续着刚才的话题边走边谈。曾秀玉告诉李珏耀："我很烦现在的工作。不过还好，在旅店工作不顺心的时候，我就会想到钟瑞云，想到她说过的话，耐心忍着，机会总会有的。"

曾秀玉叹了一口气，接着说："珏耀，杨森怀你认识吧？"见李珏耀点头说认识，曾秀玉又接着说，"杨森怀与我们的想法不同，他说我们逆来顺受是胆小鬼，活该遭人欺负。说对胡秋生这样的人，我们要找他的茬子，甚至设圈子让他钻，出他的洋相看他的笑话，打打他的威风。我们后来还听说，杨森怀真的抓到胡秋生的把柄……"

"经常在六连蹲点的贾副主任也出事了……"李珏耀接着曾秀玉的话说。

两人边走边谈，不知不觉走了两公里多的校道到了教授楼区，来到了李珏耀家。

五

　　杨森怀是在胡秋生组织连队政治学习时，抓到他的把柄，让他出了洋相的。

　　兵团突出政治，要求加强连队的政治学习。连队除每天下午开工前一小时的"天天读"外，每月还有半天的政治学习时间，一般安排在星期六下午。"天天读"顾名思义，就是读马列、毛主席著作，读报刊的社论和重要文章，了解国内外大事。"天天读"由连队党支部组织，可以全连集中，也可以班为单位进行，内容除团政治处规定的外，其他基本都是由连队党支部决定。胡秋生很喜欢组织全连"天天读"，他觉得这样做能显示指导员的地位和作用，提高指导员的威望。有时，即使是文书代念报纸，他也有事没事非要上台作一通报告，随心所欲讲一些他认为要讲，听者很难理解，甚至是离题十万八千里的话。

　　每月半天的政治学习主要是辅导学习马列、毛主席著作，组织"斗私批修"大会，包括参加团组织召开的各类批判斗争大会。"天天读"和政治学习是胡秋生最感兴趣、最风光的时光。他最得意、最自豪的是连队里来自不同城市的20多名知青，乖乖地坐着要听他这位来自农村，只有乡村小学文化程度的人的训示。

　　参加"天天读"和政治学习不用遭风吹雨淋，不用被太阳暴晒还要拼体力干繁重的劳动，知青倒也很乐意。反正，坐在小板凳上，胡秋生讲他的，我思想开小差想我自己的，甚至还可以闭目养神，权当成是休息。

　　工作组进驻六连队，整顿学习纪律，对连队"天天读"和政治学习从内容、时间和组织形式都作了详尽的安排。贾副主任提出要用连队政治学习的时间，组织学习马列著作。六连是由贾副主任负责的机关挂钩点。贾副主任让连队党支部发动全连干部战士搞义务劳动，盖了一幢160平方米左右长方形茅草房作为连队政治学习活动室。室内讲台上放着一张办公桌配一张办公椅，一般由听众自带短板凳，以班为单位列纵队坐着听课。贾副主任说，学习室的建立，改变了连队过去在大芒果树荫下组织"天天读"的落后状况。

　　星期六下午，在学习活动室组织第一场马列著作学习会，贾副主任要亲自给全连干部战士作学习辅导。指导员胡秋生坐在讲台上精神抖擞作动员："同志们，今天下午，我们有幸请到政治处的贾副主任给我们作学习马列著作的辅导，学习列宁的伟大著作《右派也有病》。这个学习很重要。现在很多人身上都有这个那个毛病。我说的这个病，不是身体的病，不是感冒发烧，而是思想病。这不得了啊！有病就得好好治。我们连队很多人就有病，不好好接受再教育，出工不出力，我希望……"

　　胡秋生还没说到鼓掌欢迎贾副主任作学习辅导，杨森怀已经在座位上站了起来，大声问："指导员，你刚才说我们下午要学习列宁的什么著作？"贾副主任坐在听众后面的一张办公椅上，心里叫了一声"不好"。他不知道胡秋生为什么会胡扯出这么一个乱七八糟的书名，他本想待会儿作辅导报告时再作纠正，没想到半路杀出了个杨森怀。

"是啊！学什么，都有病？"大伙稀里糊涂地听着胡秋生的学习动员，也都听得一愣一愣的。杨森怀有时到连部看报纸，他知道列宁有一本书叫论什么病，具体的书名他也记不起来，但绝不是叫"右派也有病"。他要让这个在连队俨然不可一世的人在全连队的人面前出洋相。

贾副主任站起来，刚想开口帮忙，不料胡秋生抢先大声答道："学《右派也有病》，列宁的著作。怎么啦，杨森怀！你没好好听课吗？"胡秋生狠狠瞪了杨森怀一眼，脱口而出。胡秋生心里想，"你这小子，别太得意，待会儿就会有你好受的！"他最记恨杨森怀，他已经准备好了，待贾副主任做学习辅导后，就以批"出工不出力"为理由，狠狠整杨森怀一阵子。

"住口，不许污蔑无产阶级伟大的革命导师！"杨森怀厉声喝道。贾副主任心中暗叫"糟糕"，他替胡秋生捏了把汗。

副指导员钟奕强参加师里的政工干部培训班去了。连长走到杨森怀身旁低声劝阻："不要这样，有话慢慢说。"

"不！连长。我们决不能让他散布反革命言论，这是阶级立场的问题。"杨森怀很讨厌胡秋生平日的装腔作势。胡秋生经常是鸡蛋里找骨头在连队知青里找茬，动不动就大会点名批判。杨森怀早就想能给他也来一个挑刺找茬，让他在众人面前出丑，今天逮了个正着。他学胡秋生整知青的做派，给胡秋生上纲上线。

"对！对呀！不能让他散布反革命言论。"好几名知青给杨森怀助威。连队的其他人都愣住了。他们心中无底，不知谁对谁错。

贾副主任急忙走上讲台，摆摆手，说："好了，好了，都不要说了。杨森怀同志，你坐下。同志们，我们今天要学的是列宁的著作《共产主义运动中的"左派"幼稚病》，在这篇著作里，列宁批的是'左派'病。学习要理论联系实际，我们现在批林批孔，批林彪，批孔子，批什么？就是批形左实右。老胡呀！你讲得太快，两句合成一句，就把大家搞糊涂了。杨森怀同志觉悟高，学习认真，听出了问题，值得表扬。"

"贾副主任，他是有意的，我们不许他污蔑革命导师！我们强烈要求对他作严肃处理。"杨森怀俨然义愤填膺。

胡秋生眼皮低垂满脸通红。他感觉丢人现眼，心里满满地充塞着对杨森怀的愤怒，可又自觉理亏，不能做声。他无计可施，不知道应该说什么，也不好说什么。

"好了，好了，老胡的这个口误影响很坏，要批评，要教育。老胡，你今天晚上写个检讨，明天交给我们工作组，要深刻。"贾副主任就这样打了个圆场。

六

星期天上午，胡秋生一早就到工作组宿舍向贾副主任交书面检讨。回来时，文海娇在茅草厨房里忙着杀鸡。胡秋生受到批评没精打采的，回房子里睡觉去了。

工作组的宿舍毗邻胡秋生的住房，连着连部办公室和连队仓库，整幢茅草房没安排其他人入住，静悄悄的。这几天，工作组两个组员回机关处理有关业务，只有组长贾副主任一人留守。贾副主任很忙，要组织政治学习，组织革命大批判，还要促生产。

文海娇昨天夜里做了一个梦，梦见她与贾副主任两人赤身裸体紧紧地拥抱着接吻。文海娇感到很舒服，笑醒了。身边，胡秋生半张开觜，一声高一声低打着鼾仍在沉睡。胡秋生很困，熬夜刚写完检讨，上床不久立即就呼呼睡着了。文海娇侧转身，眯着眼，美滋滋地回味她刚做的美梦。文海娇很迷信，她认为这是神灵的启示，命中注定她与贾副主任有缘。

贾副主任名叫威裕，是现役军人。贾威裕的老婆是医生，带着读小学的女儿在梧州医院供职，夫妻两地分居，每年只在探亲时才拥有短暂的团聚。贾威裕正处三十如虎四十如狼的年纪，有时见到农场的女知青，他会有冲动，甚至在六连工作组时见到文海娇，他有时也会想入非非。文海娇有点丑但婀娜多情。有时贾威裕与她相遇，文海娇会趁别人不注意，偷偷给他抛个媚眼，他也会用一闪而过的微笑深情瞥她一眼表示感谢，态度暧昧。贾威裕曾听胡秋生在无意中夸奖自己的老婆，说文海娇虽然文化程度低，但喜欢看报纸，是个爱学习有思想的人。贾威裕对文海娇有模模糊糊的好感。

贾威裕风度翩翩一表人才，穿着一套整洁的军装蛮有风度和儒雅。贾威裕常到六连蹲点，第一次在全连大会上作报告，文海娇就被他略带磁性的男中音迷住了。贾威裕的报告生动很有吸引力，拿他与当指导员的丈夫比较，文海娇感到害羞，胡秋生真的就是没什么尿水。文海娇有时甚至会想，如果让她也当指导员，她不比胡秋生差。胡秋生配有《海南日报》和《兵团战士报》两份报纸，文海娇每天必读，遇到不认识的字，她会不知疲倦地查字典。文海娇记性好，慢慢的，要查字典的字越来越少，她的文化素质在不知不觉中提高了很多，国内外大事也知道不少，胡秋生看文件有些不认识的字反过来还要问她。有一次，胡秋生不知怎么搞的在连队"天天读"时说："欧洲有个社会主义国家叫'嘀笃嘀笃'……"

回到家里，文海娇翻出一份《海南日报》，拧着胡秋生的耳朵，指着报纸上的一条通栏黑体字问："你刚才说的'嘀笃嘀笃'是不是这个？"

胡秋生心里紧张，看着报纸说："是！里面有几个字忘了。喂！你别太用力，痛呀！"胡秋生想掰开文海娇的手，文海娇不让。

"你会痛？你会胡来，你忘了就能乱讲？"文海娇拧着胡秋生的耳朵不松手，"你听好了，叫捷克斯洛伐克。"文海娇一字一字地读着。从此，胡秋生佩服文海娇，言听计从。

那天"天天读"，幸亏连队大多数人在打瞌睡，都不在乎胡秋生在讲什么，才没惹出什么麻烦事。

文海娇喜欢听贾威裕作报告，更喜欢观察他作报告时一张一合的嘴。贾威裕的嘴唇厚实饱满，文海娇觉得很性感。文海娇自己的嘴唇就比较厚。

文海娇把蒸熟的母鸡剔骨，肉切成均匀的小块装在一个口盅里，浇上蒜苗醋盖好盖，准备中午午休时到贾威裕住的宿舍送给他。文海娇早就有单独与贾威裕接触表示热情的念头，可惜没机会。昨天下午胡秋生出洋相，贾威裕略施小计就轻描淡写平息了一场可能被掀起的轩然大波，帮胡秋生解了围也给文海娇创造了上门向贾威裕表示感谢，可以单独相处的机会。"如果贾副主任是知情识趣的人，那就……"文海娇美滋滋地想着，她很自信……

文海娇的投怀送抱诱发了贾威裕一发不可收拾的邪念，他思想和行动得到统一，再也不是有贼心无贼胆的人了。贾威裕像吸了海洛因的瘾君子一样不能自已。文海娇是人妇，有诸多不便，可当邪念勃发又压抑不住时，他把目光投向了漂亮的兵团女知青。终于自己毁了自己，兵团军事法庭以奸污多名女知青罪判他六年有期徒刑。

七

贾威裕被判刑重创了涉事女知青，她们曾经糊涂但已来不及后悔了。纪德芬就感到，她现在身上似乎背着一副永远甩不掉的十字架，精疲力竭遍体鳞伤，在坷坎跌宕的人生路上艰辛地爬坡。她好累。

纪德芬早回城也早结婚，女儿三岁多了，正在上幼儿园。纪德芬是由林煦俊通过他妈妈一位当市交委副主任的远房兄弟，以照顾夫妻关系为名，几经周折把她招工回城的。纪德芬当时的人生正处在一个灰蒙蒙的阶段，心里只有一个意愿——回城！

只要能回城，做什么都可以。她的父母甚至为了她能回城，干脆利落放出招工招亲的风声，说有城市户口的本市青年谁如有办法帮纪德芬招工回城，他们就做主把女儿嫁给谁。纪德芬的爸爸是驼江四中的校工，已退休让纪德芬的弟弟顶职。妈妈是家庭妇女。纪德芬探家向父母说了在农场发生的事，想回城。父母很焦虑但力不从心，四处奔波到处碰壁，百般无奈之下匆匆忙忙之中想出了这个主意。可怜的是，一招不慎，全盘皆输，按招工招亲的承诺办了纪德芬和林煦俊的婚事，最终演绎出了他们家庭生活不幸的悲情结局。

纪德芬与刘晓绯是驼江一中的同班同学，同是第一批赴海南岛屯垦戍边，在同一农场上山下乡的兵团知青。纪德芬在同学中也被公认人长得漂亮，她的漂亮与钟瑞云典雅文静的古典美不同，纪德芬的美释放着一种奔放的野性。

本来，漂亮是女人的资本，但纪德芬的漂亮给她带来的却是麻烦，是厄运。纪德芬在驼江一中读书时在班里学习成绩中上，但她是学校文工团的团员。"文革"期间，她参加"驼江市红卫兵联合造反司令部毛泽东思想宣传队"，到处宣传演出，在驼江市小有名气。在西泉农场上山下乡，团新兵连培训一结束，她就被分配到团宣传队。被分配到宣传队是当年知青羡慕的美差，不用在生产第一线承受烈日暴晒、体力严重超支的劳动，外出演出还能享受好菜好饭的招待。要被调到宣传队并非易事，它要求要有一定的天赋，并不是单纯的思想好劳动积极就能做到的，纪德芬曾由此感到风光无比，认为自己在同学中将最有发展前途，心里暗暗高兴。纪德芬在驼江一中文工团是独唱团员，她的音质清澈圆润，韵味十足。驼江一中的音乐老师说她有唱歌的天赋，极有可能考上音乐学院。

纪德芬是一个好高骛远、争强好胜的人，行为举止常常会流露出内心笼罩着的虚荣心。她的同学钟奕强和刘晓绯提干对她产生了很大的心理冲击。她开始不满意自己在宣传队了，觉得宣传队上不沾天下不着地，虽好但难获得迅速发展。她精明地盘算着，当基层干部很辛苦，自己没有钟奕强和刘晓绯的那股干劲和忘我的精神，不适合也难有希望。她很纠结，她不甘人后，她要出人头地，她觉得最好是能被推荐上大学。想到就要做。纪德芬开始活动。她悄悄地与政治处分管宣传教育的副主任贾威裕套近乎。

纪德芬主动向贾威裕汇报思想。贾威裕开始认为她是想争取进步想入党，后来才知道，纪德芬是想通过他的关系上大学。美貌的纪德芬主动上门有事相求，贾威裕就像饥饿的猫突然闻到鱼腥味一样喜出望外。终于在一个星光暗淡的晚上，在团部水库旁边的防风林里，贾威裕与纪德芬做了不应该做的事。

贾威裕照样不准宣传队的知青谈恋爱，不准宣传队的人一男一女单独相处或外出。贾威裕积极推荐纪德芬上大学，结果事与愿违，无果而终。

贾威裕因奸污女知青被判刑，纪德芬一失足成千古恨。她悔青了肠子，可惜世界没有后悔药。纪德芬被调到十一连，这是一个三面环山新建的橡胶连队。纪德芬没有经历过严酷的开荒大会战，没有参加过繁重的体力劳动，面对连队生产班要完成的各项劳动定额，她傻眼了，束手无策。晚上放下蚊帐，一向逞强的纪德芬暗暗垂泪。

纪德芬的副班长叫庄振鑫，是一位比纪德芬还晚一年到西泉农场的退伍兵。庄振鑫老家在内陆农村，未婚。他不在乎纪德芬的过去，常常帮她完成各项劳动任务，而且，有意无意地在连队一些公开场合表现出对纪德芬的关心，使纪德芬的情绪度过了波动最激烈的时期，慢慢稳定了。庄振鑫还在众人面前制造他们在谈恋爱的感觉。纪德芬心怀感激但不想发展感情。

然而，好景不长。庄振鑫向纪德芬大献殷勤不忘要展示才干。他在部队时射击成绩优秀，枪法很准。十一连周边的山林常有野猪、黄猄等野兽出现。一些黎族老百姓来这里打猎也常有斩获，他们常常把斩获物拿到十一连就地销售，曾经就有几位本地职工合伙凑钱向他们买了两只猎杀的猴子，在宿舍后面的山坡上挖土灶，燃火煮了七天七夜熬制成猴膏。两年前，团组织在这里开荒大会战，十连在分工的地段砍岜，就曾连续两天每天都砍杀到一条大蟒蛇，抬回工地伙房用大称一称，一条120多斤，一条近80斤。蛇肉煮黄豆，连续两天全连品尝美味佳肴，大饱口福。

庄振鑫不知从哪里弄来一杆猎枪，想打猎斩获一些猎物作为惊喜送给纪德芬。庄振鑫出师未捷就被误杀。夜里的山林，枝繁叶茂的大乔木阻拦着暗淡的月光，山林里漆黑一团，伸手不见五指。庄振鑫悄声前往搜索猎物，却被当地也在潜伏打猎的黎族老百姓当成夜行的野兽开了枪，猎枪集束的散装钢珠弹击中脑袋，当即身亡。

肇事的老百姓逃跑了，庄振鑫的尸首两天后才被发现。处理庄振鑫后事的当天，纪德芬发现一个怪异的现象，连队的小孩一见到她都迅速躲开，逃得远远的。那些来连队帮子女带小孩的老太太见到她，也立即拉着孙子走开回避，就像见到了化成美女的毒蛇，唯恐一不小心就会被咬上一口立马毙命。

傍晚黄昏时刻，纪德芬洗完澡才到连队饭堂打饭，回宿舍路过连队晒场旁边，见几个老太围在一起，正聚精会神地听一位身材矮小干瘪的老太嘀嘀咕咕地说事，谁也没注意正从饭堂走过来的纪德芬。说事的老太叫郝姆，是一年前从农村老家来农场帮女儿女婿带小孩的。

纪德芬隐隐约约感到郝姆一定是在说庄振鑫的事，还与自己有关，于是，她不动声色悄悄地驻足静观。纪德芬耳尖，她听到郝姆绘声绘色正说着："我告诉你们啊，你们看她的那双眼睛，水灵灵的，很漂亮，是吧？可那是一双勾魂眼，很厉害，好毒的。这样的眼睛很迷人，人一被它迷住，灵魂很快就会被勾走，就一定会死。"

"什么？德芬这么漂亮的妹子长的是勾魂眼，那不就是妖怪吗？勾魂眼？没听说过，有这么厉害？"几个老太听着，被吓唬得傻了眼，急忙问。

郝姆煞有介事，神秘地说："我早就听说了。我老家的村子里以前也出了一个，很漂亮，村子里很多花心的汉子成天围着她转。你们猜，怎么样？把她丈夫害死了还不算，连丈夫家里的人都遭了大殃，一家子被勾死了好几个。后来，我的老叔公做主，把她当作瘟神从村里赶走了，才平安无事。"

满腔怒火的纪德芬一手提着水桶，一手拿着装满饭菜的饭盆悄悄移步走来，几位老太还毫无知觉，郝姆继续说："你们都听说了，被她迷住的那个场部的大官，不就是被她勾到监狱里去了，离死也差不多了。最可怜的是振鑫这个后生仔，一被她迷住，命就没了……"

"说够了没有？"纪德芬一声喝问，把几个老太吓了一跳。没等回答，纪德芬放下水桶，走向前，把装满饭菜的饭盆往郝姆头上就一个反扣，零散的饭菜立即撒落在郝姆的头发上、脸上、脖子里，狼狈不堪。纪德芬看都不看一眼，冷冰冰地说："你辛苦了，估计肚子也饿了，这饭菜就送给你吃了。"说完，提起水桶，拿着空饭盆走回宿舍，留下后面几个老太的一片骂声。

纪德芬回到宿舍，一句话也没说就躺在床上，眼泪禁不住一串串淌了出来。老天不公命运恶作剧。同宿舍的人都知道她心苦，同情她但不知道如何劝慰她。

"骚货，专门勾引男人的骚货！"宿舍外面传来了挟着骂人的声音，乱哄哄的。大伙快步走到宿舍门口，郝姆带着女儿、女婿和那几个听说事的老太一群人也几乎同步来到宿舍门口，他们想冲入女宿舍但被拦了。

"纪德芬，你出来！"郝姆的女婿大声叫喊，郝姆也指着宿舍门大骂，"烂货，摆在街上没人要的烂货！……"不堪入耳的脏话铺天盖地。郝姆在老家就是村里有名的泼妇，最能张口喷臭，惹是生非。

纪德芬躺在床上一动也没动，任凭宿舍外面一塌糊涂的乱哄哄，她什么都没说，她什么都不想说。同宿舍的几位女知青不知他们刚才在外面究竟发生了什么事，她们拦住想进入女宿舍闹事的人，但也只能是无所适从左右为难地劝说这些人息怒。

叫骂声引来了连队其他很多人围观。连长指导员也来了，他们把闹事的人全部叫到连部。指导员要几个刚才在晒场听说事的老太详细说清楚事情发生的经过。

几个老太说完后，指导员问郝姆："是不是这样？"

郝姆低头撅着嘴，歪着脑袋一言不发。

连长的火爆脾气来了，他冲着闹事的一帮子人，指着郝姆发火吼了起来："你以为你是谁啊！你嫌我们连队还不乱吗？胡说八道！庄振鑫身亡是违法事故，我们连队要检讨，要背处分，你懂什么呀？你有没有良心，尽往人家伤口撒盐。饭菜扣在你头上，没打你一顿就很好了……"闹事的一班子人无话可说。

两天后，纪德芬要求探家获批。纪德芬探家超假未归。半年后，纪德芬经团党委研究，特殊批准被招工回驼江市，刘晓绯帮她办理了全部的调动手续。

八

纪德芬招工回城被安排在市木材公司当统计员，搬运木材是重体力劳动，公司几乎都是粗壮的男性工人，纪德芬一枝独秀，上班时过着众星捧月的日子感觉特别好。不过，她不张扬漂亮，也不拒绝赞美，听工人有时拿她开玩笑讲荤味的故事，她也只是笑笑而已。她只想当个贤妻良母，过平平常常的日子。

纪德芬与林煦俊结婚的时候，"文革"还在进行中，林煦俊是驼江市重型机械厂革委会的宣传科科长，踌躇满志，事业正如日中天。林煦俊曾写过几篇革命大批判文章在报刊上发表，自我感觉良好，就飘飘然起来了。林煦俊迷恋纪德芬的美貌，他自诩与纪德芬结婚是才子配佳人。

"文革"结束，林煦俊被撤销宣传科科长职务，下放到车间当工人。林煦俊开始酗酒宣泄。他的女儿也在这时候诞生。

把纪德芬推向厄运深渊的是郝姆。郝姆长得猥琐丑陋，最见不得别人的姑娘、媳妇长得漂亮，夫妻恩爱。郝姆嘴臭，凭借想当然每天就能喷出成吨的流言蜚语，在西泉农场十一连恶意中伤纪德芬后，又接连喷射流言制造出几宗邻里交恶的事端，被连队领导警告，害得女儿、女婿多次挨批评，四处赔礼道歉。郝姆在农场待不下去了，只好回农村老家。

郝姆同村有个青年叫郝序良的，在市木材公司当临时工，与纪德芬同单位。国庆期间，郝序良回村休息，同几位玩伴在自家院子里侃大山吹城市逸事，几位玩伴饶有兴趣地听着。郝序良说他单位有一个大美人，生了个女儿，每天好像闷闷不乐的，好些奇怪。

听到郝序良遇见美女，几个玩伴立即起哄，有的说："哎呀！序良，怜香惜玉呀！上呀！"有的说："序良，勇敢点！来个烽火戏诸侯，机会就是你的呀！"有人立即把这编成了郝序良艳遇的黄段子，大家哄堂大笑。

郝姆好事，从流经村子旁边的小溪洗完衣服，回家路过郝序良家院子，听到里面传来的笑声，也走了进去，说："哎呀！序良，回来了。你们这么高兴，笑什么呀？"

"没什么，没什么。郝姆，你坐。"大伙回答。大伙对郝姆没好感，见她提着一竹篮子刚洗好的衣服，说句请坐的客气话，本以为她必须赶回家晾衣服，不可能在这里参与聊天。可想不到的是郝姆真的坐下来。

说三道四是郝姆的特长。郝姆一坐下就讲海南逸事，讲着讲着，就讲到纪德芬，就讲到勾魂眼，说纪德芬很迷人，很淫荡，是谁想上都可以上的"公共汽车"……郝姆尽其所能发挥着邪恶的想象力，把纪德芬说成是十恶不赦、人尽可夫的荡妇。郝姆对纪德芬恨之入骨。

郝序良结束休假回单位，立即把听到的郝姆的话告诫几个哥们，要他们千万不能被纪德芬的美貌所诱惑，否则将有被勾魂毙命之灾。纪德芬是荡妇能勾魂的流言在木材公司迅速传开。

林煦俊是在大约一个星期后，在一次与几个酒肉朋友打牌时听到这些流言的。林煦俊职场失意后破罐子破摔，每天几乎都在喝酒打牌中消磨时光自我麻醉。听到这些流言，林煦俊怒火中烧，费了好大劲招工回来结婚的纪德芬，原来是一个能害人的烂货，难怪结婚后自己这么倒霉。别看林煦俊写革命大批判文章时通篇都是气壮山河的豪言壮语，实际上他骨子里就是个地地道道的小人。林煦俊立即离开牌局，转身就走。

"德芬，你给我起来！"林煦俊一回到家推开房门，立即气势汹汹大声吆喝。

"什么事？"纪德芬一愣，但很快就明白，事情终于来了。纪德芬正侧躺在床上哄女儿睡觉。这几天上班，她见人们瞧她时的眼神怪怪的，心里已有预感，人们在她背后传说着她的什么流言，是否与她在海南岛做过的糊涂事有关，她不得而知，但可以肯定不会是好事。她本想过几天找林煦俊好好谈一谈。纪德芬在做了那事被发觉后，总觉得自己心中似乎被种上了一棵毒刺，它不断分泌出带着污垢的黏液，污染自己的身心，又不时散发出秽气，使自己的亲人蒙受耻辱。纪德芬很想把这棵毒刺连根拔掉，可就是找不到好的办法。结婚时，她曾想把自己做过的这件糊涂事告诉林煦俊，但总觉得心虚不好意思开口。后来林煦俊职场失意，更觉得不便告诉他了。是福不是祸，是祸躲不过。躲不过的事终于来了。

"告诉我，你在海南岛干了什么见不得人的事？"林煦俊走到床边，一把揪住她的前襟，野蛮地把她拖下床，紧接着一拳就打了过去，击中纪德芬的额头。纪德芬摇摇晃晃的，一下子就跌倒在地。女儿"哇"的一声大哭起来。

"神经病，你打人！"纪德芬气喘吁吁，很快站起来。她杏眼怒睁，用一只手死抓林煦俊的胳膊不放，另一只手在林煦俊的脸上用力挠出几道血印子。林煦俊抡起巴掌一边拦着，一边向纪德芬的头脸胡乱打去。

林煦俊的妈妈、妹妹都从各自的房间跑了过来，问发生了什么事。邻居那对小夫妻也跑过来劝架，用力把他们拉开。林煦俊的爸爸是市汽车长途货运公司的司机，下午刚出车，要过几天才能回来。

林煦俊住的是一座由四间房屋构成的四合院，里面带有一个天井和后厅，除进门左侧一间是一对刚结婚不久的青年夫妻居住外，其他三间分别由林煦俊与纪德芬，林煦俊的父母，他妹妹分别居住。

"没事，没事！不好意思，影响你们休息。" 林煦俊对劝架的那对小夫妻说，把他们送出房外，又转身对着房子里说，"妈，你过来，到你的房间，我有话对你说。"

没多久，林煦俊妈妈住的房子里就传出了林煦俊妈妈的哭声："哎呀！我苦命的孩子呀！这天杀的害人精呀……"

林煦俊的妈妈很迷信，林煦俊职场失意，她立即到处问卜算命，还花大钱请来一尊佛像，每天早晚两次神情严肃、虔诚地向佛像点香烧烛磕头祈祷来福消灾，又请来风水先生，把家里炉灶的方位改了。听林煦俊讲述外面的流言，她便认定纪德芬是扫帚星，要不，这几年家里怎么会这么背运。她庆幸听到这些流言早，否则，说不定家里还要招来什么横祸，甚至有可能是血光之灾……

纪德芬第二天醒来已经是上午近十点了，头很晕，左眼乌青肿了起来，撕裂般发痛。见妈妈醒了，女儿战战兢兢地走过来，轻声叫了声"妈"，眼泪就哗哗地流了出来。

纪德芬起身，给女儿擦干眼泪，问："吃饭没有？"女儿摇摇头。早餐已被吃得一点不剩。小院子里静悄悄的，林煦俊的妈妈、妹妹都不在。见林煦俊与纪德芬莫名其妙地打架，那对小夫妻赶紧回避回娘家住了。

傍晚，蒙受皮肉之苦的纪德芬依然照旧煮好一家五口人的晚餐。她想，昨晚林煦俊已经把她打了一顿，该消气了，今晚吃完饭与他好好沟通，讲清楚事情的真相。毕竟夫妻一场。

纪德芬做梦也想不到，她等来的是更大的厄运。婆婆和小姑回来了，看都不看她一眼，捅开七星煤炉自己另行煮饭，二人自己吃饭。林煦俊回来了，纪德芬迎上去问："回来啦！吃饭没有？"

林煦俊不理纪德芬的问话，反而恶狠狠地瞪着纪德芬，凶巴巴地说："怎么？还有脸赖在这里，还不赶快滚！我们家丢不起这人。"林煦俊已在工厂食堂吃过晚饭。

"你们家？这个家我没份？"纪德芬热脸贴上了冷屁股。纪德芬气得心里发颤，但她强压住心中的火气。

"有你的份？你不害臊！"林煦俊走向前，一手揪住纪德芬的长头发，一手左右开弓朝纪德芬脸上狠打。纪德芬挣扎着，喊了一声"流氓"，就双手攥紧拳头往林煦俊身上乱打，但很快手腕被林煦俊抓住使不出劲。整桌饭菜被推倒了，女儿吓得"哇哇"大哭。

林煦俊的妈妈、妹妹袖手旁观一声不吭。林煦俊的妹妹正在上高三，与她妈妈一样，她不仅认为纪德芬做的事让她哥哥脸面丧尽，而且更觉得纪德芬是一颗撞入他们家门的扫帚星，给他们家带来的只能是灾难。

打累了，林煦俊松开了揪住纪德芬头发的手，把她推倒在地，对着哭泣的女儿大吼："哭什么哭？再哭，连你也一起打！"女儿吓得不敢哭出声。纪德芬嘴角淌着血，身上的衬衣被撕破好几处，肩膀上和后背露出好几块淤青。纪德芬想站起来，但四肢无力，一阵眩晕又重重地摔倒在地上。女儿跑了过来，扑在她怀里，哽咽地叫着"妈妈"。

第二天，除她们母女外，其他人都外出了，整个小院静悄悄的。纪德芬躺在床上冥思苦想，是谁又造出什么流言要置她于死地。俗话说恶语伤人，可她感到的是恶语比刀枪还厉害，能杀人。她刚煮了一点稀饭给女儿吃。她自己不想吃也不想喝。

"妈妈，喝水！"懂事的女儿端着一杯开水递给她。女儿还不满三岁。纪德芬接过开水，眼泪禁不住哗哗地流了出来……

晚上八点左右，在厂里吃完晚饭后的林煦俊回到家，又开始了新一轮寻衅滋事，出手比昨天晚上还狠。房间里，床上被子、枕头等物被扔得乱七八糟，好多衣物都被甩到地上。林煦俊把纪德芬野蛮地推到小院门外，放出狠话："你敢回来，被我见到了就打！"说完，恶狠狠地拴上小院大门，转身又对哭着的女儿吼叫，"哭，再哭把你也推出去！"

隔壁小院走出一位大妈，好心地走过来上前帮纪德芬敲门，好半天不见回应。纪德芬艰难地站了起来，说："江婶，谢谢了。不要敲了，我走了。"说着，迈开脚步，慢慢地走了。

茫茫的细雨飘飘洒洒地下着，十月的天气已有了寒意，纪德芬身上只穿了件长袖薄衬衫，刚才又被撕破了好几处，已经是衣不遮体了。不时吹来的阵阵冷风，使她身体不时顿生鸡皮疙瘩，痉挛发抖。

纪德芬朝城西方向摇摇晃晃地挪动着脚步，她不想告诉父母，她不想给别人再招麻烦，她想到鸡冠山上一了百了。沙土公路上行人绝迹，偶尔有汽车开着大灯从身旁呼啸而过，谁也没在意孤独夜行的纪德芬。细雨依然飘飘洒洒，似乎为她流淌着同情的眼泪；公路两旁稀稀拉拉高高耸立的木麻黄不时发出沙沙的声响，似乎在为她的苦难发出无可奈何的感叹。鸡冠山到了，白天郁郁葱葱的松林，现在阴森森的，似乎有一团深不见底的混浊的地府阴气，好像是在兴致勃勃地迎接她，又好像是要恶狠狠地吞噬她。纪德芬浑身湿漉漉的却毫无知觉，只是机械麻木地迈着双脚，走着，走着……

"德芬姐！德芬姐！"纪德芬迷迷糊糊中觉得仿佛有人在什么地方叫她。她机械地停下脚步，晃晃脑袋定了定神。

"德芬姐！你要去哪里？"一个更大的声音从身体左侧传来。纪德芬循声转头一看，身边不知什么时候站着一个打着手电筒，打着雨伞为她遮雨的人。

"德芬姐！我是杜振彬，武装连的。"

纪德芬目光呆滞，表情木讷。

"德芬姐，我看过你演阿庆嫂，听过你独唱。德芬姐，你怎么了？"杜振彬进一步提高语调说。纪德芬在团宣传队是独唱队员，曾在折子戏《智斗》中饰阿庆嫂。

杜振彬与纪德芬是驼江一中的同学，纪德芬是高中部的学生，杜振彬是初中部的学生，杜振彬比纪德芬小三岁。当年，二人同批赴海南岛上山下乡，同在四师十八团。杜振彬的父亲是驼江市顺兴三轮车社的职工，退休让杜振彬顶职回城。杜振彬回城后踩了几个月的三轮车，一年前改驾电动三轮车。顺兴三轮车社准备购置一批小汽车组建出租汽车公司，杜振彬现在正在业余学开汽车，准备拿驾照。今天晚上，杜振彬驾驶电动三轮车载客到郊区，回来路上，见一女子孤零零地在公路上走，很面熟，好像是纪德芬。他担心这位女子会出意外，便调转车头慢速跟着，在距这位女子不远的地方熄火停车，下车快步跟上来一看，真的是纪德芬。纪德芬怎么了？印象中她容貌俊俏，长发披肩，身材窈窕，现在怎么头发蓬乱，神情恍惚，一脸疲倦，衣衫褴褛？杜振彬心中疑惑重重。

纪德芬麻木地看着杜振彬，好久才眨了眨无神的眼睛，颤抖着声音说："振彬，你让我走。"说着迈脚正想向前走，一个趔趄差点摔倒，杜振彬急忙用手扶住，说："德芬姐！你这是干什么呀？我送你回家。"

杜振彬的这句话触动了纪德芬的神经，家庭已支离破碎，她不禁失声痛哭。哭着哭着，纪德芬将头靠在杜振彬的肩上，杜振彬也用一只手轻轻地扶住她的肩。好久，她才慢慢地停止哭声，哽咽着说："振彬，不要拦我，我不想活了。"

"不行！德芬姐。什么事我们到车厢里说。"杜振彬说着，不管纪德芬同不同意，拉过她的一只手搭在自己的肩上，搀扶着纪德芬就走。

车厢里，杜振彬收起雨伞，脱下穿着的外衣披在纪德芬身上，紧紧握住纪德芬的手问："德芬姐，发生了什么事？"

纪德芬"哇"的一声又恸哭起来。一会儿，她脱开杜振彬的手，拿过打开着的手电筒照着自己的脸和穿着破烂衬衣的身体，对杜振彬抽泣着说："你看，你看看，他打的。"原本漂亮迷人的纪德芬被打得惨不忍睹：额头被打伤流出的血已经凝固，右眼乌青肿了起来，脸上、身上、手臂上到处都是清晰的、青一块紫一块的淤青。

杜振彬心里一阵难受，他骂了句："王八蛋！这么歹毒。"又接着说，"德芬姐，不要难过。留得青山在，不怕没柴烧。坏人总要遭报应的。" 杜振彬心里想，当时如果他在场，他一定会狠狠揍林煕俊这畜生一顿的。毛毛细雨还在不停地下着，车厢外面一片漆黑。

"德芬姐，这里离秀玉姐胡家村的家很近。秀玉姐已经辞职了，她在这里承包村里的土地做苗圃。她一定在家，我们一起去找她。"见纪德芬的情绪慢慢稳定下来，杜振彬对纪德芬说。他觉得，两个人这样在车厢里坐着总不是办法。曾秀玉的家就在附近，同是兵团战友，她们又都曾一起赴海南岛，是在同一个农场上山下乡的女知青，纪德芬有的事不方便对他说，可能对曾秀玉就可以说了。打定主意，他没等纪德芬点头应允，跳下车厢跨进驾驶室，径直就把车开到曾秀玉的家门口。

杜振彬擅自做主把纪德芬安置在曾秀玉家里。胡宏彬、曾秀玉二话没说，满口答应，热情接待了纪德芬。

第五章

不甘心作为工农兵学员被歧视，李珏耀博取考研，考试后赴凤县向刘晓绯示爱受到热烈欢迎。两人闲暇谈恋爱散步时，联手打击为非作歹的流氓并在凤县扬名。李珏耀准备与刘晓绯结婚，曾秀玉表示祝贺。曾秀玉从旅店辞职，与胡宏彬在郊区联合几家农户承包土地创办园艺场，经营本地腊石挣得第一桶金。

一

汽车满负荷"呼呼"地喘着粗气，以每小时不到20公里的速度在凤凰岗的盘山公路费劲地爬行着。公路是沙土公路，汽车在上面摇摇晃晃、颠颠簸簸地行驶着。盘上凤凰岗，下山不到五公里就到凤城了。凤城是凤县的县城，有七万多人口。驼江市到凤县的班车每天只有一班。上午九点发车，下午一点左右到达，两点再从凤城返回驼江市。

李珏耀坐在靠窗的座位上惬意地观赏车外的景色，凤凰岗的盘山公路像一条金黄色的玉带蜿蜒盘旋在碧绿的陡坡上。公路的一边是人工削成的屏风似的山壁，山壁上爬满的藤科植物经历了冬天的干枯后，现在已发芽长叶复绿。公路另一边是陡峭的山坡。山坡上栽种着成片的杉木树，在阳光的照耀下涌绿滴翠碧波荡漾，偶尔有不知名的小鸟在杉木树丛中闪飞而过。公路两边栽种着成行的相思树，随着微风吹过的节奏，摇曳着柔软的枝条，领着枝头正绽开着的一簇簇小黄花，踩着娇柔的舞步轻声吟唱，富有诗情画意。

汽车发出"呼呼"的声响慢吞吞地沿着盘山公路孤零零地行驶着。李珏耀转头看了看周围，车上的旅客大多在摇摇晃晃中眯着眼打瞌睡，唯有自己精神焕发毫无倦意。想起前天刚完成三天紧张的搏研考试，昨天稍作调整休息，今天就兴致勃勃匆匆忙忙地乘班车赴凤县探望刘晓绯，李珏耀心里美滋滋的。

上个月，曾秀玉到驼江大学找他，离开时李珏耀送她走出校门步行在校道上，推着自行车步行的曾秀玉突然对他冒出一句话："珏耀，我要告诉你，'千金难买晓绯爱！'"曾秀玉一字一字拖长着声音说。李珏耀听了哈哈大笑并不在意。想不到曾秀玉竟然驻足，表情严肃提高声调，对着李珏耀一本正经地发问："珏耀，你是真不懂，还是假不懂？"

"不懂什么？"李珏耀似乎还没开窍。

"榆木脑袋，不可理喻。求婚呀！"曾秀玉以过来人的身份教训李珏耀。

"别，别！你不要乱说，八字还没一撇。"李珏耀连连摆手。李珏耀认为，恋爱是男女双方的两情相悦，即使他对刘晓绯有爱意，但只要刘晓绯没应允，两人没正式确定关系，就不能乱说。再说，这是他与刘晓绯两人的私事，他不想其他人掺和。

"等你有了那一撇，黄花菜都凉了。哈哈！还说你是勇敢的兵团战士呢！"曾秀玉见状笑了起来，末了，又强调地说，"记住哦，'千金难买晓绯爱！'这是我发明创造的名言。"

今天到凤县找刘晓绯算是要干什么？"求婚！"太迂腐，太难听了。一心一意准备搏研考试，李珏耀一直没仔细考虑过这个问题。不过，他觉得他与刘晓绯似乎是灵犀相通。上个月，他在给刘晓绯的去信中特意画了一张一男一女拥抱的素描，想给刘晓绯来一个浪漫的幽默。没几天就接到刘晓绯的回信，内容很简单，要他不要胡思乱想，下决心保证搏研成功；还说欢迎他到凤城，见面时要找他算账。

李珏耀搏研，他们的通信中断了一个多月。前天下午研究生考试结束，当天晚上，李珏耀就告诉李仕翔和袁蜜，说自己准备到凤县探望刘晓绯，李仕翔和袁蜜当即表示支持。刘晓绯举止高雅，内涵丰富，展现出知性、亲和力的良好素质，给他们留下极佳的印象。

李仕翔和袁蜜对自己的家庭生活很满足很享受，但又一直为儿子的婚事着急。他们曾与李珏耀探讨恋爱婚姻家庭问题。也许是从小就在父母甜蜜恩爱的家庭生活中接受熏陶，李珏耀很反感"结婚是爱情的坟墓"的说法，也不赞同"家庭是夫妻生活的避风港"的观点。他认为，爱情是鲜活的，婚姻是温馨的，二者整合，一加一大于二，家庭就应当既是夫妻生活中的"稳压器"，能化解来自配偶身上种种的消极情感；又是夫妻事业发展进步的"动力源"，能激励夫妻互相帮助互相提携共同发展。

李仕翔和袁蜜把李珏耀这些观点概括为家庭理想主义，他们担心自己的儿子掉入家庭理想主义的陷阱不能自拔，错过成家立业的美好时光。他们劝告李珏耀，说爱情可以培养，对自己的婚姻问题要实际些，不要好高骛远。

李珏耀主动要到凤县探望刘晓绯，李仕翔和袁蜜骤然醒悟，如果儿子家庭的女主人是刘晓绯，儿子的家庭理想主义完全有可能成为活生生的现实。青出于蓝而胜于蓝，父母总希望自己的儿女能比自己强，比自己幸福。想到这些，李仕翔和袁蜜感到由衷的高兴。

听说李珏耀要到凤县探望刘晓绯，李远馨很高兴，立即凑向前对李珏耀说："哥，你这次相亲，只许成功，不许失败！我喜欢晓绯姐。"

"去！去！没大没小的。再乱说，看我揍你！"李珏耀对李远馨晃了晃拳头。李珏耀表面似乎在生气，实际上内心甜滋滋的。他唯有与刘晓绯相处时才能获得甜蜜的感觉。

李远馨机灵地把脑袋一闪，说："行！我不乱说，我正说、好说，明天我负责准备送给晓绯姐的礼物。"说完，李远馨朝李珏耀眨了眨眼，扮了个鬼脸哼着欢乐的曲调，走进自己的房间。

第二天傍晚，李远馨带回一件短袖的丝麻手绣连衣裙，淡淡的天蓝色，间隔着红黄白几朵手绣的牡丹花，V形领，衣领边、袖口都绣着白色的小花边。它是驼江市抽纱公司生产的珍品，美观雅典大气，据说出口外销在海外很抢手。

李远馨把它递给李珏耀，说："哥，给！这是我送给晓绯姐的礼物。晓绯姐是精致女性，穿上这件连衣裙，配上蓝宝石吊坠的白金项链，一定会产生轰动效应。"李远馨在广播电视台工作人脉广，她是找人通过内部关系好不容易才买到这件连衣裙的。李远馨得意洋洋，秀目微挑，耸了耸漂亮的鼻子，抿着嘴调皮地说："项链嘛，本姑娘给你留下一个表现的机会，你可要珍惜噢！回来以后，就自己负责解决啦。"

这件连衣裙现在就放在李珏耀座位底下的小手提包里。

一路的汽车颠簸，一路的思绪勃发；一路的景观欣赏，一路的惬意怡情。李珏耀完全没有独自一人乘长途汽车跋涉奔波的劳顿和寂寞，他越来越强烈地觉得有一种奇妙的感情在心中集聚。

阵阵山风拂过成片的翠绿，弹奏着优美轻盈的曲调，簇簇绽开垂挂在相思树上，格外妖娆的小黄花闻曲，旋动着柔软的腰身，翩翩起舞。它们绽开美丽的笑靥，伴随山风阵阵的节奏舞步翩跹，婀娜舒袖向李珏耀致意，欢迎他到凤城来。

李珏耀惬意地观赏着车外的美景。心中有爱，竟能发现其貌不扬、从不起眼的相思树花蕴含着如此深刻的情调。想着很快就要与典雅大方、和蔼可亲的刘晓绯相见，李珏耀怦然心动。他默默地想着：山高路远阻碍不了他对刘晓绯的思念，这条盘山公路应改名为相思路。

二

李珏耀在给刘晓绯的信件中那幅一男一女相拥的素描画，底下附有一行小字，注明李珏耀搏研考试后打算到凤城见刘晓绯的日期。随着这个日期的临近，刘晓绯总觉得时间过得很慢，有时站在办公室的阳台上，她恨不得能用一根长竹竿立即就把太阳捅下山。

刘晓绯很羡慕李珏耀有机会参加研究生考试，当其他知青战友千军万马还在狭小的高考独木桥上拼杀的时候，李珏耀不仅跨越了这座独木桥，而且还胜利地冲上人生新的制高点。她期盼李珏耀搏研成功。

刘晓绯在驼江一中读书时就立下要考上大学的理想，但"文革"和上山下乡，使她的大学梦变成了一朵缥缈的浮云。她调凤县工作不久，国家恢复高考且工龄满五年还能带薪入学。到新单位工作时间不长，刘晓绯觉得这时要求报名参加高考，对组织对个人都会产生不好的负面影响。也许，这就是命运。也许，她的大学梦注定要托付在李珏耀身上。

命运是什么？命运是必然性中的偶然性。这句话是李珏耀说的。李珏耀是哲学专业的工农兵大学生。刘晓绯上个月回家休假，临返回凤县的前一天晚上，李珏耀到她家送别，刘晓绯从家门口领他走进客厅时，恰好刘晓绯的爸爸妈妈也都在客厅里坐着，李珏耀一见就有点紧张。李珏耀早就知道刘晓绯的爸爸是市长，妈妈是市中心医院的党委副书记，两人都是老革命。

李珏耀心怀崇敬，脸色微红，有点羞怯怯地走向前说："刘市长好！徐书记好！"刘阳庆热情地招呼李珏耀在褐色的双人皮沙发椅上坐下，徐雪蓉起身倒了两杯茶水，她示意刘晓绯也坐在双人皮沙发椅上，把两杯茶水放在李珏耀和刘晓绯面前的红木茶几上。

刘阳庆不愧是人民军队的老政委，共产党的模范思想政治工作者，与李珏耀坐下聊天没几分钟，李珏耀原先的紧张情绪在不知不觉中就已经完全消解了。李珏耀觉得刘阳庆和徐雪蓉没有官腔没有架子，十分和蔼可亲。

刘阳庆赞赏李珏耀直接搏研的选择，说大学是生产理论和知识的地方，大学老师义不容辞负有学习、学习、再学习的历史使命，而且学了就要用，要会用。他还说，社会本身也是一所大学，要向社会学习，但更要有勇敢的作为，积极创造出能促进社会健康发展的理论和知识。

刘阳庆是大学生，读的是汉语言专业。刘阳庆上大学是在抗日战争时期。他告诉李珏耀，说当时他和学校里的不少同学因此义无反顾从戎走上抗日战争的战场。

李珏耀也告诉刘阳庆，说他读大学时期，班里同学的文化程度参差不齐，不少同学只有小学毕业的文化水平，老师给学生上课，特别是要上好哲学原著课的难度很大。他说他读大学时主要是在图书馆自己读书。

刘阳庆与李珏耀一老一少兴致勃勃地谈起了中国不同历史时期的大学生活。刘阳庆半开玩笑半认真地向李珏耀请教："珏耀，我们中国很多人都喜欢讲命运，你能不能告诉我，什么是命运？"

刘阳庆的请教让李珏耀一怔，他似乎在回答老师的课堂提问，稍作停顿，立即满脸严肃地回答："我认为，从哲学上讲，命运是必然性中的偶然性。刘市长，不知道我这样的理解对不对？"李珏耀暗自庆幸，这两天他与刘晓绯就讨论过这个命题。上山下乡赴海南岛屯垦戍边，他们俩都被农场的其他知青战友公认为是命好的人。

刘晓绯转头从侧面看着李珏耀满脸的严肃紧张，心里涌出一种调皮的好笑的感觉，不过，她没表现出来。她站了起来，提起茶壶，往爸爸、妈妈和李珏耀的茶杯里加了点茶水。爸爸是市长，李珏耀与爸爸能在这样的气氛中聊天，的确不容易。

"有道理……"刘阳庆略作思索，点头笑着说。

听着爸爸与李珏耀一老一少饶有兴致地聊天，刘晓绯打心里高兴：爸爸喜欢李珏耀。

今天是李珏耀要来凤城的日子。吃过早饭，刘晓绯照样一早就投入紧张的工作，她立即踩自行车到县农科所，准备按吴副县长的要求，请农科所长派技术员到鹊岗公社取样土进行土壤成分分析。

昨天下午，刘晓绯向吴副县长请了三天假，说要接待探望她的朋友。上个月休假结束回凤县，刘晓绯就参加了县委组织的"发展农村多种经营工作组"，进驻鹊岗公社豹尾村已将近一个月了。工作组六人，吴副县长是组长，刘晓绯和县农业局副局长是副组长，其他三名组员是县直机关干部。鹊岗公社的水田都是山坳田且占全公社土地面积不足20%。旱地土地面积约占10%，种植着玉米、番薯等粮食作物。其他都是山坡地，都栽种杉木树。长期以来，县政府靠收购砍伐的杉木为主要的经济来源，农村农民生活贫困。过去公社搞过发展的副业生产，大多是被动式的就地取材，或上山采集一些山货，或编些藤椅、竹篮、竹筐等手工产品。这次工作组提出发展多种经营，要变被动为主动。

在经过近一个月走访农户，深入田间、林地，对鹊岗公社的社情进行比较全面调研，掌控了基本情况后，前天上午，在工作组正副组长与公社领导联席的问题研讨会上，刘晓绯提出"种植中草药材，发展山区畜牧业"的多种经营发展思路。在海南岛，刘晓绯看过一些农场在一两年树龄的橡胶林段里，利用未成林橡胶六米宽行距的土地，栽种一两年生长期的其他经济作物，搞立体种植的情况通报；见过团生产处安排机耕地给团卫生队种植的中草药园；遇过农场附近农村的农民背着简单的行李，两三个人赶着数十头甚至上百头黄牛，成群结队在环岛公路旁边的小山坡上放牧……

刘晓绯认为，在幼龄的杉木林中间种中草药材和发展山区畜牧业有机结合起来，还可以形成新的动植物种养生物链，掌握发展多种经营的主动权。她想不到，当年在海南岛为团党委写读书经验总结，曾经向生产处的技术员借读过《植物学》和《动物学》，头脑中现在还模模糊糊记得的一些知识点，今天还能派上用场。

刘晓绯提出的思路引起与会人员从资金、人才、环境以及是否具备现实可行性等诸多方面的激烈争议。联席会议开了一整天，吴副县长最后拍板，决定从易到难组织试点，先在幼龄的杉木林中间种与本地环境相适应的中草药材……

刘晓绯情感丰富但不张扬，给人一种沉稳的感觉。近来，刘晓绯惊奇地发现：自己只要眼睛一瞄到"李珏耀"三个字就心跳加速；自己每天都会不由自主地拿起李珏耀寄来的那张素描画看了又看，心里甜蜜蜜的。李珏耀是走进她生活里能吸引她的第一个男性。刘晓绯虽然已过谈婚论嫁的最佳年龄，但她不可能简单地为生儿育女、老有所依而找一个人结婚，也不可能仅仅满足于"他爱我！"她认为，爱人必须是"他爱我，我也爱他"的人。

刘晓绯很敬业，工作认真负责，一丝不苟。不过，她始终觉得，学习、工作再紧张，生活也要有情趣。她看重的是夫妻彼此能有共同的志向，共同的情趣，共同的语言，能说得到一块儿，你进步我发展，共同彰显人生价值。她认为，夫妻相互之间如果都能感觉到"你是我的骄傲，我为你而自豪"，这样的家庭是最幸福、最让人羡慕，也是很难拥有、可遇不可求的。

刘晓绯对李珏耀的好感，源于在海南岛兵团同一个团上山下乡同为连队文书时期。李珏耀勤奋好学，为人处世庄重踏实。李珏耀是从四连调到七连当文书的，当时团里组织的开荒大会战正处于砍岜阶段，连队用的砍刀损耗很严重。刘晓绯听说，李珏耀到七连报到放下行李时已是上午十点多了，得知工地需要砍刀，立即驾起连队牛车，到团后勤仓库领砍刀直接送到会战工地。到达工地时已经是下午两点多了，错过午餐时间找不到吃的，他也二话没说，扛起砍刀就参加劳动。刘晓绯还听说，在大会战工地，晚上处理完文书业务，李珏耀总是喜欢窝在"窝棚"里的"树枝床"上，借着马灯暗淡的灯光，一个人悄悄地学习《青年自学丛书》。这套丛书是他爸爸寄给他的，他与陈根秋互传着轮流学习。

李珏耀上大学，刘晓绯调凤县，两人各奔东西。后来奇妙地在驼江市新华书店邂逅，此后开始约会。两人都没有恋爱对象，两人似乎都在寻找什么，等待什么。

李珏耀直接搏研的行为选择让刘晓绯感动和钦佩。刘晓绯知道，当年的工农兵大学生中，有的人文化功底浅薄，虽持有大学生身份而实际只有中学生的文化水平。李珏耀直接搏研不仅体现出他的大学学历货真价实，而且更表现出他奋发向上的人生态度。刘晓绯很赞赏李珏耀曾对她说过的话：在高校当老师，首先要面对的是上不完的大学，无止境的知识更新。刘晓绯崇尚奋发向上，有理想有追求的人生，也发自内心喜欢有才学的人。当年，她到"走资派"学习班探望她爸爸的时候，刘阳庆就曾告诉她，说在自己最喜欢的《解放军进行曲》中的第一句歌词："向前！向前！向前！我们的队伍向太阳……"他要刘晓绯不管在什么时候，不管遇到多大的困难，都要乐观向前。刘晓绯与李珏耀在约会聊天，探讨问题时就已感悟到彼此的志趣相同和积极向上、奋发作为的人生选择了。

收到李珏耀的抒情诗《思念》，刘晓绯感到心灵的触动，李珏耀真有才，具有不俗的"诗人的浪漫"。不久，刘晓绯又看了李珏耀给她寄来的那幅素描，心灵更受到震撼。她觉得，李珏耀是一个有理想、有志向，值得信赖，可以依靠而又富有情趣的人。她甚至懵懵懂懂地设想，如果她与李珏耀在一起，他们一定有能力创造出内涵丰富，充满鲜活情趣和温馨的家庭生活。想着想着，刘晓绯感到心跳加速脸红发烫，嘴角露出甜蜜的微笑。

刘晓绯住在凤县县委机关的单身干部宿舍。这是一座坐北向南，三层水泥结构的筒子楼。整栋楼的每间房子的格局都一样，15平方米，一人一间。每间都被隔成两半，后半间作卧室，前半间兼作客厅、食厅。楼房的第一层和第三层是男宿舍，第二层是女宿舍。一层楼一条走廊，一圈水泥栏杆搭成公共阳台，每层楼的中间是楼梯通道，楼梯左右两边都各有六间房，最右边的房间是厕所，兼作洗澡间、洗漱间。

刘晓绯住在第二层楼靠楼梯左边的第一间房。刘晓绯准备到县汽车站接到李珏耀后，就带他来这里，她安排李珏耀住在自己的宿舍，自己到隔壁房间与他人挤床。

<h1 style="text-align:center">三</h1>

曾秀玉到驼江大学找李珏耀，用她的话说是挣了个盆满钵满，满载而归。她不仅收获了对"土地承包，分田到户"问题的更好理解和更深刻的把握，而且，李仕翔被她自学英语的强烈愿望感动，送给她一整套《大学英语》，还答应让她到学校听课。

在李珏耀家，曾秀玉与李珏耀议论"土地承包，分田到户"的话题时，恰好李仕翔在家也加入了问题的议论。

李仕翔说："这完全有可能。最简单的道理就是，'文革'批判的，现在很多都恢复了，像高考，像工厂发奖金。包产到户过去在三年经济困难时期实行过，据说对农业发展很有效，恢复的可能性很大。现在农民种田，大家都想承包，争着要承包，就只能搞分田到户了。"李仕翔是推测，实际上他对国家的政策也吃不准。

李珏耀认为，目前一些农村搞"分田到户"传说很多，但也都没听到高层制止的声音，估计很快就会普及。他对曾秀玉说："包产，分田以后可以做很多事，你必须知道别人已经在做什么，而你自己能干什么，要干什么？"他建议曾秀玉找村子里的干部了解情况，灵活应对。

他们都认为，胡家村也会搞"土地承包，分田到户"。

曾秀玉对"分田到户"心中有底了，告辞了李珏耀，她打算立即与胡宏彬商量，自己想辞职。曾秀玉在华裕旅店当服务员，每月也就是三十来块钱的工资，还要时刻提高警惕与不怀好意的主管赵树兴相处，早就不想干了。她祈盼能自由自在地干自己想干、能干的事情。她听说，外地在实行"分田到户"时都有一条规定，嫁出的女性，如果没有从事其他的职业工作，就可以在夫家的所在地分田。她还听说，分到户的田地，可自主栽种其他经济作物，提高经济效益。她下定决心，现在不辞职更待何时！

胡宏彬现在是妇唱夫随。胡宏彬为自己擅自给儿子做亲子鉴定，伤害了曾秀玉的感情而深感愧疚。今天上午到岳家负荆请罪，他毕恭毕敬地接受岳母苏启英的训示。中午，他向从驼江大学回娘家的曾秀玉诚诚恳恳地认错，表示道歉。下午，曾秀玉才与他一起随胡二婶，抱着儿子回到胡家村家里。

当天晚上，吃完晚饭料理完家务洗完澡，小伟杰已经跟奶奶睡觉了。胡宏彬和曾秀玉两人换上睡衣上了床，曾秀玉背朝胡宏彬摆着一副不搭理的样子。

已经有好几天没与曾秀玉亲热了，胡宏彬很猴急。胡宏彬扳着曾秀玉的肩膀，轻轻地舔着曾秀玉的耳垂，悄悄地说："对不起啊！秀玉，不要生气啦！我是一时糊涂……"胡宏彬边说边用手爱抚着曾秀玉的小腹和腰身。

曾秀玉推开胡宏彬的手，说了声"讨厌"。转过身子，盯着胡宏彬的脸，说："你是什么东西？当面说好话，背后下毒手。"

"我冤枉啊！"胡宏彬哭丧着脸，又扮了个鬼脸，"老婆大人，你这么一说，我可就真的就是有冤无处申了。"胡宏彬说着，紧紧地搂抱着曾秀玉，"我已经知道我错了，我知错则改还不行吗？"说完，他给曾秀玉来了一个昏天暗地的热吻。

良久，曾秀玉松开感觉有点酸麻的嘴唇，用手拧着胡宏彬肥厚的一只耳朵说："你讨厌，你无赖！"

枕在胡宏彬肥软的肚皮上，曾秀玉告诉胡宏彬，说自己想辞职，分田到户后就在胡家村干自己的工作。胡宏彬表示坚决支持，他早就希望能天天与曾秀玉在一起。曾秀玉要胡宏彬了解村里有关实行"分田到户"的情况，胡宏彬满口应承。

第二天，曾秀玉一大早就上班去了，她要连上夜班。傍晚，胡宏彬拧着四瓶茅台酒上门拜访老书记。胡宏彬现在家里总存有几箱茅台酒，每箱装有12瓶。

老书记正在家里开着收音机收听中央人民广播电台的《新闻联播》，见胡宏彬进来，他关闭了收音机，与胡宏彬坐着就一起聊起了天。胡宏彬是老书记家的常客。

老书记对全国不少地方在实行的"分田到户"并不看好，他很反感。老书记土改时是村里的贫协（贫下中农协会）主席，参加过农民斗地主分田地的土改，组织过农业合作化，经历过办高级社，办农村人民公社。

胡家村人多地少，就是把旱地按2∶1折合成水田面积计算，人均也不到半亩。老书记向胡宏彬谈起解放初期单干农民走合作化道路的往事，谈起组织农民大兴农田水利的壮举，谈起要在全村实现农业机械化的远景。老书记担心，分田单干，种田需要浇灌用水，现有连接千家万户的水利工程怎么管？搞不好工程荒废，要重新过靠天吃饭的日子。他还担心，一家一亩多的土地，机械设备很难派上用场，只能退回到过去靠畜力、人力的时代了。两年前，胡家村已用大队副业组办厂的赢利购买了一台东方红54履带拖拉机，两台东方红40胶轮拖拉机，都带有配套的机用农具。两台胶轮拖拉机还都各自配有一个可拉一吨半货物的两轮拖斗。

老书记叹了长长的一口气，对胡宏彬说："宏彬，我老了，不顶用了。分田到户后，我们也没用了。原来一心一意想能看到我们村用拖拉机种田，现在看来是没希望了……"

第二天晚上，在书房，胡宏彬把拜访老书记的情况与坐在对面办公椅上的曾秀玉交流。胡宏彬很敬重老书记。老书记是好人，一辈子呕心沥血、勤勤恳恳总想把大队的工作做好，让大家过上好日子。他们都觉得老书记的担忧有一定的道理，一家守着一亩多的土地的确很难有大的发展。他们又觉得，有了自主经营的一亩多的土地，各家各户肯定会倾其所能，各尽其力在土地上追求最大的发展。

曾秀玉从老书记向胡宏彬谈合作化的往事中得到启示，她对胡宏彬说："宏彬，老书记说的合作化，我们寻找适合的搭档，合作经营，不也就是生产合作化了吗？"

"对呀！老婆英明！"胡宏彬频频点头，接过曾秀玉的话头，他高兴地说，"我们找几个哥们合作，再买一台拖拉机，就是合作化加机械化了。"说着，胡宏彬站起身，绕过办公桌走到曾秀玉跟前。

曾秀玉双手环抱着胡宏彬的脖颈，轻声地问："宏彬，你说，分到了土地，你想干什么？"曾秀玉想起李珏耀的话，要知道别人在干什么，更要知道自己能干什么。曾秀玉想另辟蹊径与众不同，干别人现在还没想到的事。但她现在还想不出最适合自己干的是什么。

"要干什么？像过去那样种田？"胡宏彬还真的是没考虑过这个问题。他仔细一琢磨，觉得曾秀玉说的有道理。村子里的土地分完了，大队副业组的塑料厂估计也要完蛋。找几个人合作经营，经营什么？首先必须有确定了的项目。再说，曾秀玉已向单位递交了辞职书，她要干成的事业肯定不是像过去那样，在分到的田地里简单地栽种农经作物。"不行！那要干什么呢？"胡宏彬和曾秀玉一时都拿不出主意，两人都感到为难。

"当、当……"后厅里的挂钟敲响十下，胡二婶的住房里轻轻地飘浮着香甜的鼾声。书房外，十五的月亮把乳白色的光亮柔柔地洒向人间，铺满天井。栽种在天井花坛里已多年的老桂花树披着米色的薄纱，幸福地张扬着老来俏的韵味，源源不断地输送出醉人的幽香。

"秀玉，我们到天井闻桂花香赏月，月亮娘娘会给我们好运的。"胡宏彬仰头望月，轻声对曾秀玉说。

曾秀玉点头称好。两人立即步出书房，走进天井。

"嘿！有了！有了！宏彬，我们找表舅，他一定有办法！"曾秀玉似乎突然茅塞顿开，她用手轻轻地敲了敲胡宏彬的脑袋说。

"对呀！我真笨！"胡宏彬也似乎是恍然大悟。他用手拍了一下自己的脑袋，差点要大叫起来。

"小声！"曾秀玉伸出一只手指轻轻地按了按他的嘴唇，"不要吵醒妈。"

胡宏彬伸了伸舌头，朝胡二婶的房间扮了个鬼脸，一把搂过曾秀玉，压低声音对她说："秀玉，我真不知怎样感谢你？你这一说，我才想到，表舅是农业大学毕业的。"说着，双手捧起曾秀玉如花的脸庞，迫不及待地拥吻起来。

四

李珏耀到凤城，第一天刚刚获得了爱情的大丰收，第二天就与刘晓绯一起在凤城扬名了。

刘晓绯在凤城汽车站接到李珏耀，两人一起回到刘晓绯住的宿舍时，还不到下午机关干部上班的时间。刘晓绯让李珏耀在外间单人木沙发坐下。刘晓绯宿舍的外间配置有两张单人木沙发，一只木茶几，宿舍门后立着一个杉木层架，上面放着各种各样的日常生活用品。

刘晓绯从木层架上拿下一个陶瓷杯，冲了一杯浓浓的香喷喷的麦乳精放在茶几上让李珏耀先喝。麦乳精是刘晓绯昨天晚上在中山街百货商场刚买的，在当时是奢侈品。

李珏耀端起麦乳精还没喝，门外已传来了一阵女声大合唱："晓绯姐，男朋友来啦？"

"刘副主任的男朋友，肯定没说的，让我们瞧瞧呀！"

"晓绯姐，快向我们介绍介绍呀！我们想见见！"

很快，女声中就夹有男声："刘副主任，来朋友啦！"

"晓绯姐，有没有事需要我们帮忙？"

昨天晚上，刘晓绯的几个女伴就已经知道李珏耀今天要来的消息了。今天上午，这个消息又发酵，整幢单身干部宿舍楼都知道了。

刘晓绯站在自己宿舍前的公共阳台上迎接上下左右邻居、热心好奇的男男女女，在自己的宿舍进进出出。李珏耀站在沙发前，大大方方地笑脸相迎，嘴里不停地说着"你好！""你好！"刘晓绯宿舍的外间空间很小，来人多没地方坐，只好站着寒暄几句，盯着李珏耀看了几眼就告辞了。

下午上班的时间到了，整幢宿舍楼转瞬静下来。李珏耀和刘晓绯彼此微笑着、对望着，有些激动，又有些拘束。刘晓绯控制着自己的情感，让李珏耀重新在沙发椅上坐下，喝刚才冲的麦乳精，自己又变法术似的从另一只沙发椅下取出一盏煤油炉，拿到宿舍门外的阳台上点火，用铝锅很快就把从木层架上取下的六个肉包子蒸热，端出让李珏耀当午餐。

看着忙活的刘晓绯，李珏耀感到很不好意思，想帮忙又插不上手，只能说："谢谢！谢谢！"

刘晓绯听了，笑着瞪了李珏耀一眼："谢什么？生分啦？把这包子吃了，这是午餐。"

李珏耀不好意思地看着刘晓绯："你也吃点。"说着，他站了起来，走到木层架前，从架上拿下一个陶瓷杯，对刘晓绯说，"我借花献佛，你也喝一点麦乳精，再吃些包子。"

"嘿！珏耀，真行呀！反客为主，什么时候学的？"刘晓绯温情脉脉地看着李珏耀，噘着嘴微嗔地说，"行啦！你坐下，我自己来。"说着拿过李珏耀手中的陶瓷杯，自己动手冲了一杯麦乳精，坐在另一张木沙发上悠悠品尝，陪李珏耀吃午餐。

李珏耀用完餐，刘晓绯又拿出水桶、新毛巾和香皂。她往水桶里倒了三瓶热水，对李珏耀说："珏耀，你拿上要换的衣服，我带你去洗个热水澡，消除疲劳。"刘晓绯上午已经借了几位女同伴的热水瓶，灌好开水作了储备。李珏耀实实在在感受到刘晓绯对他发自内心的盛情，他心里不断地赞叹刘晓绯真是里里外外一把手。他没有办法，在这里，一切行动只好听刘晓绯的指挥了。

李珏耀洗完澡换上了干净的衣服，提着装着换下的衣服和其他杂物的水桶走回刘晓绯的宿舍，刘晓绯又取出一条干毛巾给他擦干头发。她对李珏耀说："珏耀，你这几天考研很辛苦，今天又坐了大半天的汽车，你下午就在我床上好好补补觉。我去洗你换下的衣服。"说完提起装着李珏耀换下的衣服的水桶就要往外走。

李珏耀急忙拦住："晓绯，不行！不行！衣服我自己洗。"

"什么行不行的？不要争了，我说行就行！"刘晓绯俏皮地说着。

"噢！晓绯，差点忘了，"李珏耀拿过带来的小提包拉开拉链，取出李远馨送给刘晓绯的礼物，递给刘晓绯，"晓绯，这是远馨送给你的。"

刘晓绯拿出连衣裙，高兴地说："好漂亮噢！远馨会买东西，我喜欢，谢谢！"说完，又把连衣裙重新叠好收起，对李珏耀说，"听话，下午好好在这里补觉，你的眼眶都有点青了。晚上我们再出去看街景。"

躺在刘晓绯的床上，带着疲惫，眼神中挂着憔悴，慢慢地进入了梦乡，一觉醒来已经是华灯初上的时候了。

晚上，李珏耀和刘晓绯一起吃了一餐美滋滋的晚饭。大米饭是从机关饭堂打来的，菜是刘晓绯点煤油炉在阳台用铝锅烹饪的。菜很丰盛：春笋炒冬菇、煎荷包蛋、猪腊肉片炒大椒、红烧狗肉、青菜瘦肉汤。腊猪肉是楼下的小周送来的。小周家在深山农村，春节家里杀了一头自养的猪，小周上周回家休假，回来时带来一些家里腌制的腊猪肉，见刘晓绯朋友来凤城，他送给刘晓绯一节两斤多重的腊猪肉，让她招待李珏耀。红烧狗肉是县委办公室主任老潘送来。下午在办公室听说刘晓绯来了男朋友，下班时他特意拐回家，带了一口盅红烧狗肉到刘晓绯宿舍看望。

老潘五十来岁，是解放战争中淮海战役的解放兵，新中国成立初期从部队转业到凤县工作至今。他与刘晓绯二人取长补短互相支持，工作开展得很顺利。他想会会刘晓绯的男朋友。刘晓绯是凤县唯一还未婚配的科局级干部，"稀为贵"。老潘曾想当"红娘"，给刘晓绯介绍一名部队干部，但刘晓绯连见面都不肯。老潘下班到刘晓绯宿舍时，李珏耀仍在沉睡中。老潘不让刘晓绯叫醒李珏耀，坐了一会儿就告辞了。

吃完晚饭，收拾好餐具洗好澡，刘晓绯换上一身素净整洁的衣裤。山城初春的晚上有点寒意，刘晓绯上身穿一件玫瑰红的紧身薄毛外套，下身着一件蓝色西裤，脚穿胶底植绒黑布鞋，显得亭亭玉立格外好看。

刘晓绯陪李珏耀逛城区看街景。凤城的主街道是一条南北走向，用石板铺成的宽不足6米、长约1公里的大街，叫中山街。中山街两边布满了各种各样的店铺。与中山街平行，距离约500米的地方是凤城的东堤大道。东堤大道是防洪大堤。凤江在崇山峻岭中蜿蜒奔流400多公里来到凤城，形成近300米的比较宽的江面，再绕过凤凰岗向南流约60多公里汇入驼江。凤江绕凤凰岗江水流过的地方流口收窄，因此，凤城的雨季常常伴有洪水灾害。东堤大道的主要功能是防洪。东堤大道高出凤江水面约3米、堤面宽约4米，又兼有公路功能，汽车可直接在上面行驶。

中山街往西方向200多米距离平行的另一条街道叫西兴街。西兴街路面宽不足4米，路两边的店铺主要卖五金杂物，以及各种家具、农具。

以中山街为中轴向东西两个方向，衍生出的一条条弯弯曲曲的小巷，把东堤大道和西兴街连接起来，构成了凤城城区建筑的主体。城区小巷里的旧房子拥挤不堪。

刘晓绯领李珏耀横穿一条小巷转入中山街。他俩都觉得刚才漫步在西兴街很没意思。西兴街路灯暗淡，店铺很早就打烊了，街面冷清清的少有行人，不时还会有从你身边突然冒出的店铺看门狗吓唬路人，歇斯底里地狂吠，吓你一大跳，令人心烦败兴。

中山街与西兴街截然不同。中山街不愧是凤城的中心大街，店铺齐刷刷的，满街的灯光亮堂堂的，到处都是熙熙攘攘的人群，显得无比繁华。街边的小店铺充溢着连绵不断的讨价还价声，一片喧嚣。

刘晓绯与李珏耀肩并肩，默默地随流动的人群移动着脚步，走在街上。李珏耀身穿一整套银灰色的青年装，脚穿一双黑色皮鞋，在行走的人群中别具一格，与刘晓绯在一起就更显眼了，常常引来街上路人的注目。

刘晓绯和李珏耀今天与往常不同，显得有些奇怪。以前在驼江市两人在一起时，好像总有说不完的话，海南的往事、回城的经历、现在的工作、未来的理想追求，愉快的、不愉快的，还有碰壁的、成功的……而现在两人都觉得很拘谨，好像都不知道要说什么，只是傻乎乎地随街上的人群慢悠悠地流动，有时肩膀碰在一起，立即就触电般地赶紧分开。偶尔有人与刘晓绯打招呼，李珏耀也会感到不好意思。

爱情享受是心仪男女双向相吸相悦，彼此间优质情感的精华凝聚的升华，很奢侈。心中有爱，祈盼能爱，渴望被爱，李珏耀和刘晓绯两人都心照不宣。其实，在他们心灵深处，早在同赴海南岛屯垦戍边的艰苦奋斗中滋生萌发的缕缕情愫，经过他们微妙的约会交往迅速滋长，已经破茧化蝶，情深意切地集结成他们彼此心知肚明的倾慕，爱神隔着一层莫名的薄纸在相互招手。李珏耀想捅破这层薄纸。他认为这是男人的责任。

李珏耀侧转头，深情地凝视着愉悦的刘晓绯，说："晓绯，这里很嘈杂，我们到比较清静的地方走走，怎么样？"

"嗯！"刘晓绯应着。她早就有这个意思了，她领着李珏耀七拐八弯走上了东堤大道。

东堤大道是沙土路面，夯得扎扎实实的。东面临江的斜坡，砌着一层大花岗岩石头墙，城区地段还砌有两条供下江和上堤双向使用的石阶。现在不是凤江汛期，东堤大道与江水之间隔着100多米宽的沙滩。东堤大道朝凤城城区的斜坡种满绿草，斜坡顶大堤边上，每隔100米设置一盏亮度很低的路灯，灯光幽幽勉勉强强能给行人照路。大堤路面，行人稀少，空气清新，李珏耀和刘晓绯都感到心旷神怡。

这里真的是适宜谈情说爱的好地方。幽暗昏黄的灯光掩饰着人间的羞怯，习习江风拂面，荡漾着李珏耀和刘晓绯心中的一泓春水。不知在什么地方从什么时候起，也不知是谁主动，李珏耀与刘晓绯已经是手牵着手在东堤大道上款款而行了。

刘晓绯的亲昵让李珏耀感到从未有过的激动，他高兴地拉着刘晓绯的手，踏着石阶走到沙滩中央坐在沙滩上。天上没有月亮，稀稀拉拉的星星俏皮地睁着美丽的大眼睛，满脸微笑，惬意地感受着人间爱情的愉悦；灰蒙蒙的夜空铺开一层层轻柔的薄纱使得李珏耀和刘晓绯美妙的身躯若隐若现。李珏耀的身体呈L形坐在沙滩上，他拉着刘晓绯让她分开双脚坐在自己的大腿上，两人面对面地坐着，拥抱着。他们决定，待李珏耀拿到研究生录取通知书的时候就登记结婚，来一个双喜临门。

五

李珏耀和刘晓绯确定了恋爱关系，现在，他们春风满面幸福满满。

这是李珏耀到凤城的第二天。上午，李珏耀和刘晓绯游览了凤城公园，又到凤江沙滩漫步观赏江景。中午，刘晓绯请李珏耀吃凤城坑粉。吃坑粉使刘晓绯和李珏耀在凤城出了名。

坑粉是凤城著名的土特产，用凤县山区种植的番薯制成的淀粉，与凤县特有的山泉水调配蒸制而成，口感爽滑、有劲道。煮熟的坑粉上面浇上一层凤县小辣椒混合其他香料卤制的牛羊杂，成了著名的地方小吃。中山街有十几家卖坑粉的小吃店。

刘晓绯与李珏耀沿着中山街走到兴隆巷口，进了一家牌号叫"凤香"的坑粉小吃店，要了两大碗坑粉。两人刚吃完准备付款的时候，"砰"的一声响，重力摔瓷器在地的声音从店里爆出，紧接着就听见大声的唾骂声："臭娘们，还不快过来！"刘晓绯与李珏耀一怔，循声往里抬头看，小吃店最里面的那张餐桌，两个二十来岁的青年，耳朵都夹着一根香烟，一个蹲在椅子上，摔碗的那一个双手叉腰，恶狠狠地站着，一副不可一世的样子。不过，明眼人不难发现，这个人不过是个跟班随从，他要看蹲在椅子上的那个人的眼色行事。

"来了！"女店主战战兢兢走向前说，"有什么事好好说，干吗要发脾气呢？"

"我们吃完了，等你们这么久了，你们该怎么办？"站着的青年瞪着女店主，不等回答，"砰"的一声，又拿起一个装坑粉但已经吃完了的瓷碗，用力往地面摔。

店里七八个正吃着坑粉的顾客见状，都匆匆忙忙离开了。李珏耀拉住已经站起来想上前的刘晓绯，轻声对她说："等一会！"

"干吗摔东西？你们讲不讲理啊？吃完了想再吃，告诉我们就得了。"站在小吃店灶台前忙活的男店主发话了。

"关你屁事！不认识我啦？再不闭嘴，有你好受的。"蹲在椅子上的青年指着男店主，猛拍了一下桌子，野蛮地威胁着。

蹲在椅子上的青年绰号叫"凤岗豹"。凤县山区民国期间曾发现有一头豹子，经常出没山村咬死猪牛羊，山民们为此组织了专门的打豹队，连续几年兴师动众的但不见斩获，这头豹子竟也不知为什么跑得无影无踪了。

"凤岗豹"三年前中学毕业，被安排在凤县木材公司当放排工。"凤岗豹"的父亲就是放排工。凤县盛产杉木，砍伐的杉木运到凤江用竹篾扎成木排，顺凤江漂流转入驼江再流至驼江市。随木排漂流并住在上面掌控木排的工人叫"放排工"。

"凤岗豹"承受不了放排工生活的艰苦，干不到一年就擅自撒手再也不干了。他纠集了五个小混混结拜为兄弟，自称老大；崇拜凤县曾经出现过的那只豹子横行霸道的威武，又自起绰号叫"凤岗豹"。这伙人"专拣软柿子捏"，在凤城胡作非为，常常对中山街的小店铺白拿白吃。遭殃的小店主往往忍气吞声，祈盼"花钱消灾"；没受侵害的小店主大多抱着"多一事不如少一事"的心态，不想招惹麻烦。"只扫门前雪，不管他人瓦上霜"，甚至门前雪也不扫的窝囊和软弱，助长了"凤岗豹"的嚣张。

"凤香"小吃店是一对来自凤县山区农村的小夫妻经营的，开张仅一个多月。这两三年，城里的农贸市场繁荣了，见城区人来客往做生意的人很多，小夫妻把三岁多的孩子寄托在父母家照顾，两人来到凤城租房子开起了坑粉小吃店。小吃店自然少不了受"凤岗豹"的胡搅蛮缠。女店主长得有些姿色，经常受"凤岗豹"当面讲荤话的语言调戏，有时还有意无意地搞事，肢体上磕磕碰碰的。女店主认为自己是乡下人，在凤城没亲戚、朋友，只能夹着尾巴做人，低调处事。她以洁身自好为原则息事宁人，"凤岗豹"反而得寸进尺。

"三位，你们是不是要再来两碗？"男店主搁下手中的忙活，急忙过来，赔着笑脸问。男店主老实巴交，信奉"和气生财"，对"凤岗豹"一伙无可奈何，一直是打掉了牙齿往肚子里咽。

"嘿！你当我们是猪啊？来，拿钱来，20块，还我们每人10块。如果要收我们刚才吃的账，就来十九块六。"小混混不理男店主，冷笑着对女店主说。在凤城，煮熟的坑粉通常每碗收一两粮票或一毛五；没粮票的，收两毛钱。那时，城镇居民粮食实行定量供应。工人的工资也很低，中小城市普通工人的月平均工资通常只有40元左右。20块钱对于做小本生意的小食店，无疑不是小数。

"什么？还你们20块，我们欠你们的？你们吃了我们的坑粉不给钱，我们还要倒贴钱？这，这是什么逻辑？！你们几个人来这里吃坑粉都从来没给过钱，你们讲不讲理？"男店主愤怒地与"凤岗豹"论理。

"凤岗豹"站起来了，"什么？我们不讲理？我们最讲理啦。"他指着男店主的脸，大吼，"我们在你们这里吃粉是看得起你们，是给你们面子，是在为你们招来生意。"说着，拿起桌面上一个装酱油的瓷瓶，猛地摔在地上，眼露凶光瞪着男店主问道，"你说，你是不是应该感谢我们？"紧接着，又突然降低语调，嬉皮笑脸转向女店主，伸手往她脸上一摸，色眯眯地说，"你说，我说的话是不是有道理呢？"女店主被逼到店里最后靠边的两张饭桌中间。

"你，流氓！"男店主上前想阻拦，被"凤岗豹"用力推开，见惯了男女店主的软弱，"凤岗豹"从不把他们看在眼里。

"晓绯，我们碰到泼皮无赖在撒泼了，"李珏耀用手肘碰了碰刘晓绯身体，愤怒地说，"这些人欺软怕硬，跟他们没理讲，他们只怕力气大的。我在海南岛遇过。"李珏耀在四师十八团当连队文书时，有一次星期天随团里拉大米的汽车到县城买东西，在县农贸市场门口，遇到三名被当地老百姓称为"烂崽"的小混混，正围着两位买了东西走出市场门口的省城女知青动手动脚，推推搡搡的。"烂崽"会耍赖，心狠手辣惹不起，路人怕报复没人出面制止。两位女知青似乎已经是束手无策了。

李珏耀急步上前推开一个正拉着女知青的手的小混混，喝道："住手！"又对两个女知青喊："你们快走，上公路等汽车。"县城的农贸市场距离海南岛的环岛国防公路不足30米。

两名小混混转身紧紧抓住两位女知青的手臂，两位女知青力气小挣脱不了，难以动弹。为首的小混混恶狠狠地瞪着李珏耀嚣张地喊着："你敢管我们的闲事！"话音刚落，一拳就朝李珏耀脸上打来。李珏耀身体机灵地一闪避开。李珏耀读中学时起，就跟随妈妈袁蜜，每天清晨在驼江大学的山顶操场，跟着体育系的教师学太极拳。

公路上传来汽车的喇叭声，李珏耀见力量对比悬殊，急忙脱身跑上公路，正巧迎面开来的是团拉大米的汽车。李珏耀站在公路中央摆手大喊："快停车！快停车救人！有流氓在欺负我们团的知青。"

司机认识李珏耀，立即刹车。几位坐在车厢内装着大米的麻包上，随车当搬运工的男知青一听说，立即跳下车，跟随李珏耀跑向农贸市场。见李珏耀带着几位彪形大汉跑来，三个小混混撒腿一溜烟跑了。

现在在凤城见到泼皮无赖滋事，李珏耀怒火中烧，他悄悄地对刘晓绯说："我在这，你去叫人。"李珏耀很恼火这家小食店男女店主遭流氓欺负时低三下四、不争气的怂样。

"不行！我们在一起。流氓只有两个，我们加上店主夫妻四人，对付得了他们的。"刘晓绯坚定地说。

李珏耀与刘晓绯一起走上前。李珏耀目光犀利直逼"凤岗豹"，大声喝道："不许胡闹！"

"你们这样无法无天的，想干什么？"刘晓绯也提高声调指责。

"我们想干什么？好笑！你们是什么人？想干什么？有眼不识泰山，不认识我们豹哥呀！"小混混怪声怪气地说。

"哎呀！这公鸡啼母鸡叫的很热闹。这小娘们人美声甜，生气训人的声音也很好听呀！'""凤岗豹"避开李珏耀如剑的目光，歪着头斜眼看着刘晓绯，阴阳怪气地笑着。

刘晓绯不示弱，目光炯炯地瞪着"凤岗豹"，威严地说："放肆！我正告你们，我是县委机关干部，不许你们在这里无理取闹。你们赔偿摔烂的碗瓶，交还吃了的坑粉钱，立即走人。"刘晓绯正气凛然。

"嘿！县委机关干部？我豹哥还是地委机关干部哩。"小混混阴阳怪气嘲讽着。

"凤岗豹"哈哈大笑。"凤岗豹"心里想，假的，今天是星期六，机关要上班。再说了，这些闲杂碎事机关干部哪会管。他们的事从来就没见有人问，有人管过。

"别笑！听见没有？"李珏耀为刘晓绯助威，眼喷怒火大声喝道。

妻子受辱，见有人助阵，男店主悄悄转身回到食店灶台间，操起一根长80厘米、直径约4厘米的樟木擀面杖，急步跑来，大喊一声"我打死你流氓"，对准"凤岗豹"的脑袋就要劈下。

李珏耀见状，急忙跨步上前死死抱住男店主，对他说："冷静些！冷静些！"刘晓绯也走上前夺下男店主手中的擀面杖。刘晓绯在海南岛干过多种重体力劳动，抡过丁字锄在碎石地上挖过橡胶穴，用过钢钎撬石头筑过环山行……她身体壮硕，手劲大。

李珏耀和刘晓绯担心，这擀面杖击中脑袋，轻则头破血流，重则脑袋开花，要出人命。男店主挣扎着想摆脱李珏耀的制压，李珏耀坚决不松手，他不让男店主与"凤岗豹"有机会发生肢体冲突，甚至酿成械斗。

"凤岗豹"见男店主被李珏耀紧紧抱住，气焰更为嚣张，"好啊！流氓！我就是流氓！"说着，肆无忌惮手就往女店主胸脯伸去。被逼在两张饭桌中间的女店主没有退路，神情紧张双手交叉护住胸部。

真是欺人太甚！"兔子急了还会咬人"，老实巴交的男店主已出手，要打架就打架吧！见"凤岗豹"一副厚颜无耻的模样，刘晓绯忍无可忍火冒三丈，她瞄准"凤岗豹"再次伸手摸向女店主胸部的时候，大喊一声"我就揍你这流氓！"并急速挥起手中的擀面杖，用力猛地就朝"凤岗豹"的手肘狠狠劈下。

"啊！"一声大叫，"凤岗豹"被击中，痛得龇牙咧嘴，捂着手肘大声叫唤，夹在耳朵上的香烟也掉落在地。

"打流氓！揍流氓！打死他……"小食店突然涌入了一大批人，走在最前面的是周围几家店铺的店主，大伙呼喊着。两个小混混蔫了，"凤岗豹"涨红着脸，没了往日的嚣张气焰，女店主上前就给"啪"的一记大耳光。

从小食店门外进来了两位民警，其中一位民警认识刘晓绯，急忙问："哎呀！刘副主任，你在这里呀！你没事吧？"

"没事！好好管教管教这两个混蛋。"

"好的！你放心，我们会的。"民警带走了两个小混混。

"凤香"小吃店的男女店主分别拉着李珏耀和刘晓绯的手，连声道谢。刘晓绯连忙摆手说："不用谢！不用谢！不用客气。"她转身对大伙说，"大伙都看到啦，人心齐，小流氓没什么可怕的。"

走在回宿舍的街道上，无人处，李珏耀搂过刘晓绯，往她脸上就是一个热吻。刘晓绯急忙推开，轻声说："小心，街上有人。"

两人肩并肩继续走着，紧挨着手臂十指相扣。李珏耀对刘晓绯说："晓绯，在欧洲，为了心爱的女人，男人曾经喜欢用决斗的方式来争取爱情。今天，我们为了维护社会正义，打掉了流氓的嚣张，昂首挺胸走上结婚的殿堂。"

刘晓绯侧转身瞅了李珏耀一眼，给了李珏耀一个用力的拥抱，娇柔地说："就你会说话。"两人继续朝前走着。

当天下午，李珏耀和刘晓绯在"凤香"小吃店镇住流氓的故事，经过各种各样的艺术加工，成为人们茶前饭后的谈资，在凤城迅速传开了。

六

听到李珏耀和刘晓绯准备结婚的消息，曾秀玉比自己结婚还高兴。她认为，在同农场上山下乡的知青战友中，李珏耀和刘晓绯都是志存高远、有理想有追求的人，她发自内心地祝福他们，希望他们能有所作为。曾秀玉已经辞职。她辞职不是想养尊处优，当全职太太。她想干一番自己的事业。现在，她每周一、三、五上午都到驼江大学外语系听英语课，她还托人找关系自费参加市汽车运输公司驾驶员培训班的学习，再过一个月就可以参加考试了。

曾秀玉学开汽车是与胡宏彬一起上门拜访表舅时经过深思熟虑后做出的决定。胡宏彬的表舅叫宋浩林。宋浩林是胡二婶的远房表兄弟，血缘关系较远，来往较少。

宋浩林是50年代初期江南农业大学园艺系的高材生。毕业以后一直在驼江市中山公园工作，是高级园艺师。

宋浩林长期在无可奈何的感叹中从事园林技术工作。新中国建立在一穷二白的战争废墟上，建设资金短缺，城市园林建设很难引起关注。60年代初期，国家经济生活困难，公园的花圃、草地甚至改种番薯、花生和蔬菜，有些亭阁还改建成猪圈养猪……国家经济困难时期度过后，才逐步复原。可惜好景不长，没过多久又来了"文革"，批"毒草"把"香花"也砸了，公园里的花卉、盆景、园艺再次遭殃。

"文革"结束之后，人们的爱美之心重新被唤醒，家庭开始养花种草，适合家庭栽种的花卉在节日期间常常供不应求。宋浩林发现，园艺技术、花卉种植开始引起了人们的关注。他相信，随着社会生活水平的提高，这个产业一定会有大的发展。当胡宏彬和曾秀玉上门拜访，话及想在现有土地上发展多种经营时，宋浩林立即鼓励他们搞园艺，种植花卉以及城市和道路绿化树苗。宋浩林还提到运输，说它是发展苗圃、花卉产业容易被忽略的环节，他建议胡宏彬和曾秀玉，说如果真的要搞苗圃花卉产业，最好有一部小吨位的人货两用车。

曾秀玉感到宋浩林的话很在理，她决定利用现在一切还没开始，有闲暇时间的时候学习汽车驾驶，艺多不压身。

拜访宋浩林让胡宏彬和曾秀玉开了窍，他们商定，分田到户后，就自主经营发展苗圃花卉业。他们开始积极谋划，又几次上门请教宋浩林。宋浩林说的发展苗圃花卉业要有一定的规模，要有一定面积的土地空间，胡宏彬觉得这问题不大，组织几个家庭将分田到户的土地连接起来，统一经营就行了，难的是资金问题。由他拿出七八万现金出来没问题，可这投资怎么计算收益？收益归谁？再说了，胡宏彬觉得他赚的这钱不好公开。虽然，他没贪污，也没损害胡家村大队的集体经济，但买卖批文、倒卖紧俏商品属于"投机倒把"，尽管管理部门对此似乎睁一只眼闭一只眼，但干这些行当的，几乎都是偷偷地搞地下交易。胡宏彬觉得这钱赚得不光明正人，不光彩，谁也说不准会不会出事，哪天会出事。

曾秀玉劝说胡宏彬找朋友商量，他们决定先与胡宏胜和谢秋娟夫妇谈谈，胡宏胜点子多。听说分田到户后要自主经营苗圃花卉业，谢秋娟立即表示赞同。

胡宏胜则脸挂犹豫，他说："这好则好，我们再拉胡宏泰和胡宏建二家子合作，规模经营问题不大，可钱呢？资金哪里来？这年头谁家有余钱？"胡宏胜说的是实情。这几年，胡家村的大队副业发展是全公社最好的，可年终生产队分红，每个工的工值也只有一块一，强壮的男劳力一年的收入，最高的也就是200多元。

"什么钱从哪里来？合作经营需要的钱，大家摊派就得了。"见胡宏胜犹豫，谢秋娟插嘴说。

"说得容易！大家的家里有钱吗？" 胡宏胜瞪了谢秋娟一眼，不满地说。胡宏胜心里早有盘算，胡宏彬有钱，拿出几万没问题。他想用哥们义气激胡宏彬无偿垫资。谢秋娟这一掺和，把事情搅黄了。

曾秀玉支持谢秋娟的意见，补充说："大家摊派的钱，年终应该有红利。"

"对呀！这个应该。"谢秋娟接过曾秀玉的话说，"这个好。红利要超过1个点，现在有人在村子里放贷，要的利息是2个点。"谢秋娟兴高采烈地说着，"这样，每家摊派的钱如果自家没有，可以向别人借，把利息让给别人就行了。"1个点就是1%，摊派1万元，每月就有100元的收入，比普通干部的月工资还高。

"嘿！这样好，大家都有份，也等于是工资。"胡宏彬表示赞同。胡宏胜只好无奈地同意。

他们又找来胡宏泰和胡宏建一起商议，大伙都同意分田到户后，土地合作经营苗圃花卉业。趁热打铁，大伙决定成立领导小组，组长胡宏彬，副组长胡宏胜，成员胡宏泰、胡宏建，都同意每户出一万元作为发展启动资金，统一支配使用。推选曾秀玉为会计，谢秋娟为出纳。

不久，胡家村实行分田到户，曾秀玉也以嫁入胡家村、没有正式职业的身份参加了分田。当大伙都为争分到水田忙得不可开交的时候，胡宏彬、胡宏胜、胡宏泰和胡宏建四家都高姿态统一提出，他们只要旱地不要水田，他们只希望分到的土地能连在一起。他们很快就如愿以偿。

要旱地不要水田在一般人眼里是傻帽吃亏，那时，很少有人懂得搞多种经营向土地要效益，旱地的变数更大，承包旱地更合算。旱地与水田按2∶1计算，分到的土地面积能增加一倍。胡宏彬、胡宏胜、胡宏泰和胡宏建四家分到的旱地连成一片，面积近20亩。

胡宏彬又以每亩十元的价格，承包了90多亩寸草不生，全村没人想要的砂岩地。这片砂岩地毗邻穿过村子北边的一条小溪流，光秃秃的，冬天北风呼呼，夏日烈日炎炎。胡宏彬说准备在上面建鸭棚养鸭子。村里人都觉得好笑，说他傻，都说那地没用。大伙说的也没错，那地几百年，甚至可以说上千年都没有被人用过。

到户的土地确定了，就要开始自主经营了，曾秀玉想起她在海南岛上山下乡时连队实行过的岗位责任制，她要胡宏彬召集大家商议进行责任分工，建立工资制度和资金使用制度。胡宏彬听了不以为然。他们四人从小就是玩伴，后来又成了铁哥们儿，合作经营就是有活大家一起干，赚了钱大伙一同分。他认为，搞这些东西是互相不信任，会伤感情。他不想干无情无义的事。他对曾秀玉说："秀玉，这些事依我看是不是先放一放？今晚到表舅家，请他帮我们好好规划规划。"

宋浩林建议胡宏彬把土地使用划为大树移植区、苗圃区和盆景区。移植区主要是养育买到的各类大树；苗圃区主要是自己采购种苗，按一年生、二年生、三年生的规格种植、培育树苗和花卉；盆景区主要是培养盆栽植物，生产适合各类会议使用或家庭摆设的盆景和花卉。

他赞同曾秀玉的想法，建议胡宏彬把现有人员分为外勤与内勤。外勤人员负责市场预测，采购和联系客户销售；内勤人员负责园林的日常管理事务，包括生产繁忙季节外请人员的管理。强调要按人员分工建立责任制和收入分配制度。

宋浩林还向胡宏彬和曾秀玉提供了一条重要信息，说距这里30多公里外的燕子岭苗圃场长年亏损，现在已被人承包。承包者已经把它改成果林场了，全部种上水果。场里还有一些没处理的城市道路绿化树苗和花卉，可以去那里联系采购。

回到家里，曾秀玉对胡宏彬说："宏彬呀，真想不到你这么糊涂。我姥爷做了一辈子的生意，我听他常说的两句话，一句是'亲兄弟明算账'，一句是'先小人，后君子'，你真是死脑筋。"曾秀玉用手指轻轻地戳了一下胡宏彬的脑袋，接着说："谁说我们不要重交情讲情义啦。可是，我们是合作经营，不能把分工负责叫计较。要不，一旦出了什么事情谁负责？没错，我们大家是朋友，有困难要互相帮助不计较，但是，经营的问题不同，经营要担当责任，这就叫'不计较但又必须计较'，不计较容易浑水摸鱼，让老实人吃亏。"

曾秀玉不冷不热地长篇大论，胡宏彬一句不吭地静静听着。其实，胡宏彬又何尝不懂呢？最计较的人往往会以"不计较"为掩护，说着大方的漂亮话，实则占尽老实人的便宜。一旦老实人不想吃亏，游戏也就玩完了，散伙了。胡宏彬碍的是情面。曾秀玉说了，表舅也说，"搞合作经营不能只讲情面"，胡宏彬觉得他们讲的都很有道理，这些规章早定比晚定好。他对曾秀玉说："秀玉，你说得对，我们几个明天一起商议，定它几条。"

"最好把他们的老婆也一起找来。"曾秀玉补充说。

"好嘞！"胡宏彬爽快地应允。

第二天，参加合作经营的四户人家都夫妻双双地来到胡宏彬家，在后厅围坐在一起商议开了。曾秀玉忙着泡茶招待，谢秋娟负责记录。在各抒己见畅所欲言的热烈争议中，最终统一了意见，都同意进行人员的内部分工：胡宏彬总负责，胡宏胜和曾秀玉跑外勤，其他人负责内勤。每年将赢利的40%作为工资发放，分四个等级：一等胡宏彬，二等胡宏胜，三等胡宏泰、胡宏建、曾秀玉和谢秋娟，其余为四等；每个等级相差5%；外请工按社会行情支付工资。20%为股份红利，每亩地算100股，按各家实际分到的土地面积计算。采购的树木、花卉等销售，扣除成本后赢利赚的钱，奖励采购者和销售者各10%。

大家喜笑颜开。曾秀玉起身给大家添茶水，回坐到自己的椅子上，说："我觉得还有两件需要大伙合计合计。我们叫合作社，还是叫什么？要有个名号。还有，我们都是外行，我们看电影都看过有些电影里面就有美国顾问。我想是不是我们也应该有顾问？我建议请宏彬的表舅当我们的顾问？"曾秀玉向大家介绍，说宏彬的表舅是驼江市职称最高的园林技术人才，园林设计又是内行，能帮助我们分析什么地方需要什么品种的绿化树和花卉，而且，他人脉关系多，能帮我们找到更多的货源和买主。曾秀玉还特别强调，挪大树是一门技术活。到山村买了大树，砍掉树冠，只剩下粗粗的树干，打好包装移植，还要保证成活，必须由有丰富经验的技术人员现场指导。

曾秀玉娓娓而谈。她刚说完，胡宏彬立即拍了一下大腿，感慨地说："对啊！我怎么就没想到呢？"

胡宏胜笑着说："宏彬，你用不着想呀！你鼻子大，会赚钱；耳根软，听老婆的话。"大家听了，哄堂大笑。

"喂！喂！宏胜，你可不要乱讲噢！我可没有要宏彬做什么的呀！"曾秀玉眨了眨美丽的眼睛，笑着抗议。

"好！好！秀玉，我早就知道了，宏彬胆大，宏彬从来就是不听你的话。"胡宏胜扮了个鬼脸，笑着说。大家又是一阵大笑。

"行！行！宏胜，你怎么说都行。我们说正经事吧，"胡宏彬显得有点不好意思，他摆摆手，要大家不要开玩笑，"我们说正经事。我觉得我们真的是有必要请我表舅帮忙。还有，我们的组织必须有个名号，办理工商登记，才能领到可出具的发票做买卖，这两个问题大家议一议。"

很快，大家都同意聘请宋浩林作顾问，请他星期天来指导苗木花卉的栽培、移植、运输。按他在中山公园的工资给薪酬。大家觉得给组织起名号的事先放一放，大家都先好好想一想，过段时间再商议定夺。

宋浩林愉快地接受了邀请。他正感到自己有技术没地方发挥，有力无处使。接受邀请的第一个星期天，宋浩林与胡宏彬、胡宏胜、曾秀玉一起乘坐电动三轮车到燕子岭苗圃场。在车上，由胡宏彬建议，大家都同意，到苗圃场采购树苗和花卉的事交由宋浩林全权处理。宋浩林二话没说就应承了，他认为这是理所当然。车是曾秀玉租的，开车的是她在海南岛时同一个团同在武装连的知青战友杜振彬。

说明来意，果林场主很高兴。苗圃场已全部改种水果，现已改名果林场。场里还有原来作为苗圃场时剩下不多的绿化树苗和花卉，混杂在水果林中，他很想尽快把这些绿化树苗和花卉处理掉，但一时难以找到买主。

果林场主领着宋浩林几个人转果林看货源：近千棵直径碗口粗的蝴蝶花树；直径十厘米左右的金凤树、槐树、桂花，法国梧桐、水杉、棕榈、芒果树等十多个种类的树苗，每种树苗的数量从十多棵至上百棵不等；二畦长得密密麻麻的二年生桃树苗和梅花树苗起码各有近400棵；3棵直径10多厘米、高4米以上，开着紫红色花的三角梅。这些树苗和花卉全部包揽一码价，果林场主开价3万，经讨价还价，最后以2.5万成交，果林场派人起苗包装和搬运上车。车辆运输由胡宏彬自己解决。

从果林场回来的路上，宋浩林满脸高兴，这是他当顾问参与的第一次采购，他想不到这么顺利，他估计，这些树苗和花卉一出手，起码可以赚两倍以上的利润。他告诉胡宏彬、胡宏胜和曾秀玉，说定购的这些树苗中，有近百棵紫薇树、香樟树，十多棵非洲楝，都是名贵树种，长大以后枝叶茂密，冠大荫浓，树姿雄伟，是城市绿化使用最广泛，也是最适宜人行道绿化的优良树种，都能卖个好价钱。他感叹，苗圃场的承包者是种水果出身的，对绿化树苗和花卉是十足的外行。宋浩林说得大家兴高采烈。

一路载着欢笑，在驾驶座上开车的杜振彬心情愉悦，他大声地说了一句："秀玉，日后发财了记得要请客，不能独吞呀！"

"放心吧！振彬，请客少不了你。开车集中精神，注意安全啊！"……

一个多月以后，在燕子岭果林场采购的树苗和花卉分批全部运到，全部按宋浩林设计的苗圃土地使用规划移植完成。宋浩林向内勤人员交代了不同树苗花卉不同的管理要求，还指导胡宏泰和胡宏建，把三棵三角梅按不同尺寸，用木工锯锯树干截树枝，将带树根连着少许枝叶的三节主干，移植入三个大花盆作为盆景培育，余下近200节粗细有别、大小不一的树干和树枝，分类栽种在一畦苗圃地上，分类作插枝繁殖培育。

七

园艺包含石艺。绿化树和花卉苗圃初具规模，宋浩林又建议胡宏彬抓紧时间同时收购本地腊石。他告诉胡宏彬，在腊石的价值还未引起关注，人们不看重、不看好的时候，最好能抓住先机采集收购一批作为储备。

腊石因石表层内呈现腊油状釉彩、腊质感强而得名，是比较出名的观赏石种。上品腊石释放着玉脂光泽，细腻温润且坚韧，呈"漏瘦皱"，如果具有天然的，能隐隐约约地显示出人物或动植物形状，给人以想象的空间，就更为珍贵了。本地腊石块头大比较粗放，腊质感不强品位较低，主要产在杭田镇坑田村和水蛭村。宋浩林告诉胡宏彬，本地腊石不适合作房间里的摆件，但适合作园林用的石材。

胡宏彬很为难，摊派来的4万多元资金，不到两个月就已用了3万多，再要收购本地腊石，哪来的资金？他不想找银行贷款。据朋友说，银行贷款要的回扣起码10%以上，还要招待吃饭，陪玩陪乐也要花费一笔不小的开支。再摊派也不行，大伙家里都没什么积蓄，为第一次摊派，胡宏建就已悄悄向他借了5000元了。胡宏彬感到力不从心。曾秀玉倒是干脆。她对胡宏彬说："没什么了不起的，我们再垫资两三万就行了。这不是占便宜，是我们吃亏，大家会同意的。"

问题顺利解决。宋浩林向大家讲解了腊石的基本常识。腊石的优劣、价位有很大的随机性不好把握。宋浩林只有星期天才有空暇，他不想让自己工作单位的人知道他有偿在帮胡宏彬搞园林。曾秀玉自告奋勇到坑田村和水蛭村，负责采集收购工作，她有好几个表兄弟姐妹就住在那里，可以帮忙。她很自信。

胡宏彬和曾秀玉要收购大腊石，在坑田村和水蛭村都是新奇事。以往来这里收购腊石的，都只要一些个头小、成色好、上品位的小腊石，回去配上红木底座做成家用小摆件。山坳里、山坡上、田园边上的大块头腊石，很少有人理会。现在分田、分山林、分鱼塘到户，这些东西也等于分到户了。

过去很少有人理会的大腊石现在可以卖钱，村民们热情高涨，胡宏彬和曾秀玉忙得不可开交。胡宏彬和曾秀玉在出发前随宋浩林到滨海长廊，观看了几块零零星星点缀在绿草坪上的腊石，只有听他讲大概的直观感受。现在，他们必须装扮成十足的内行对腊石进行鉴别，与出售者讨价还价。两天多的紧张忙碌，在众亲戚朋友的热情帮助下，胡宏彬和曾秀玉收购了40多块本地腊石。这些腊石堆放在坑田村口，里面有不少就是块头大、腊质感强、有可能联想形状的。

过两天就是星期天了，胡宏彬让曾秀玉留下住亲戚家，自己回驼江市联系运输车辆。

胡宏彬一走，曾秀玉就遇上了麻烦。村民曾黑头上门找曾秀玉，说有一块好大的腊石想出售，腊石就在他家的池塘里。曾黑头历史上当过伪镇保安团副团长，虽也曾为非作歹鱼肉百姓，但没有命案，没有血案，新中国成立后被判五年有期徒刑，刑满释放后就一直在坑田村当村民，安分守己。50多岁的曾黑头明显老了。原先满头乌黑浓密的头发，现在大部分已被霜染成白头，但村里人依然沿袭过去的称呼叫他为"曾黑头"。

曾黑头承包的鱼塘是"文革"期间大队组织"学大寨"运动时挖的，水面面积约20亩。当年挖鱼塘的时候遇到一块大腊石，4米长、1米多宽、80厘米左右高，呈不规则形。这块石头太笨重了，众人齐心协力好不容易才把它挪到池塘边，就再也没人理睬了。大腊石在池塘边没什么作用，有时还碍手碍脚的，现在有人要收购，赚了钱还清除了障碍，真是天上掉馅饼的好事。

曾黑头有心计。胡宏彬和曾秀玉收购腊石时，他不动声色却悄悄地打听行情，他探听到一件高约2米、圆形底座直径约90厘米，呈葫芦形的腊石，收购价就1200元。他想，他的那块大腊石，一定能卖个好价钱，他在找机会。

胡宏彬刚离开，曾黑头就认为难得的机会来了。他想，女人心软，避开胡宏彬，凭他的口才与曾秀玉软磨硬磨，一定能磨出好价钱。在曾秀玉表姐家，曾黑头大讲他如何不经意就当了曾秀玉爸爸妈妈的红娘。到了他承包的池塘边，他又吹嘘，当年省里有一位领导到他们村考核"学大寨"的成效，路过这个池塘见到这块石头时，还停下脚步观赏一番，说这块腊石是块宝，价值起码在一万元以上，余兴未尽又问其他地方有没有这么好的腊石。曾黑头东拉西扯，讲的尽是不着边际，无法考证的东西。

曾秀玉看着、摸着这块底部还有一部分浸在水里的巨大腊石，感觉良好。腊石没裂痕，成色不错有光泽，看着形状似乎还像什么，但她也说不清楚。凭直觉，曾秀玉觉得这是件好货。

曾黑头狮子大开口出价要1万。曾秀玉一愣，"什么！1万？"

曾黑头眯眼看了曾秀玉一眼，不紧不慢地说："是的，没错！是1万。秀玉，你想想，你们收购了一块1200块钱的腊石，这块腊石我见过。我的这块，体积起码顶它5块，而且是没裂痕的一整块，开价1万元不算多。还有，几年前，来这里的省领导就已说它值1万多元了。"

见曾秀玉犹豫不决，曾黑头转头看了看两位一起来看货源的曾秀玉的表哥，又建议说："你们最好与宏彬商量商量。"曾黑头善于察言观色，他担心过了这村就没这店。他已经盘算好了，如果曾秀玉要砍价，他准备先降下10%；如果还不行，就再降10%，他估计8000元能成交。他私下已打听过了，胡宏彬和曾秀玉对乡亲们出的开口价，砍的都不多。

"行！1万就1万。不过，你们要负责搬运装上汽车。"曾秀玉心一横，豪爽地答应了。她决定冒险赌赌运气。

曾黑头出乎意料倍感惊喜。他连忙说："好！好！把这块石头搬运上车我负责。秀玉爽快，真是女中豪杰。佩服！佩服！"略作深思，又说，"不过，秀玉，我们的交易不要外传。"他找了几个壮劳力，用这里的杉木作工具搬运装车，用几十块钱就能搞定，小事一宗。他不想让人知道他已经是万元户了，他是过来人，他亲眼见过很多的"钱多招灾"。

买下了这块大腊石，曾秀玉立即赶回驼江市，她担心胡宏彬租用的汽车承载不了这块大腊石。坑田村现在到驼江市已开通了公路。公路是沙土路面，质量不高，但交通条件比过去好多了。

听曾秀玉说买了一块1万元的大腊石，胡宏彬先是一愣，紧接着脸就变阴了。他担心曾秀玉没经验受骗。不过，这块大腊石他没见过，不好说。再说了，就是见了，他也说不准。看来，只能认了，听天由命吧！

胡宏彬忧心忡忡与曾秀玉一起约了宋浩林，他们要随拉腊石的汽车一起到坑田村。这是一辆调换了大梁和钢铁弹簧板东风牌载重汽车。前天晚上，胡宏彬和曾秀玉一起到驼江市汽车货运站站长家，说星期天想租用载重汽车拉腊石，请他支持。他们送给站长一台四个喇叭的收录机。当时社会流行的收录机普遍是两个喇叭的，四个喇叭的属于比较珍贵的物品。收录机是曾秀玉向杨森怀要的，杨森怀和钟奕强二人现在合租房子，就住在顺兴路一横巷，离她爸爸妈妈家不远。曾秀玉从杨森怀那里要了四台四个喇叭的收录机，杨森怀在做收录机的买卖。

站长再三推辞，最后还是收下了。听曾秀玉说最大的一块腊石估计重量要超十吨，站长第二天就派人将载重汽车开到修理厂，按可承载十吨的要求进行改装。

宋浩林看了所有买到的腊石，他出人意料地决定，先运走池塘边那块最大的腊石，他指挥搬运装车，随车先回。然后再运载其他的。

腊石全部运到胡宏彬承租的那片砂岩地上。第一车运载的大腊石一到，宋浩林指挥胡宏胜等一班子人仔细御车。汽车返回坑田村再拉腊石后，他又指挥大伙把这块大腊石树立起来并做好固定。他心中大喜。

曾秀玉大胆豪爽的冒险，意想不到的是它竟然敲开了好运连连的大门。

一个多月以后的一天上午，一位港商带着一名秘书，坐着一辆小汽车来到胡家村，他听说这里有很多优质的本地腊石。港商找到曾秀玉，请她带路观看。港商一眼就看中"好运来"。

"好运来"就是曾秀玉冒险收购的那块大腊石。这块大腊石树立起来固定后，浸在水中沾着泥沙的部分，经过用水仔细冲刷，终于掀掉了让它长期蒙受委屈的遮羞布，笑吟吟地向世人露出了绚丽的真面目。宋浩林见了敞怀大笑，他满脸笑容，深情地抚摸着这块大腊石，感慨大自然的鬼斧神工，他招呼胡宏胜等一班负责御车的人过来，说："你们的好运来了。"

大伙好奇地走过去仔细一看，也都惊愕了：大腊石释放着油脂的光泽，腊质感明显，在阳光的照耀下给人丰润富贵的感觉。更为可贵的是，这块四米长的大腊石，精美的外形就像一只巨大的母猴抱着一只小猴在哺乳，还有一只手捧仙桃的小猴，调皮地爬在母猴的肩上。三只猴子五官清晰，脸部表情丰富，不同的视觉还能显示着不同的形象，拥有无限的遐想空间。他们当场就把这块大腊石命名为"好运来"。当天晚上，宋浩林就向胡宏彬和曾秀玉道喜，说这块腊石值十几二十万。

这个港商正在驼江市建筑一座大酒楼，希望进入酒楼庭院的园林要有大的气派。港商迷信风水，他看中"好运来"，希望这块腊石能给他带来好运。他还看中那块形似宝葫芦的腊石，葫芦能吸财聚财。他开价20万想买这两块腊石，暗示有回扣。曾秀玉稍作思考当即就拍板同意了，但告诉他不用回扣。港商很高兴，他说要半年后才派车来运载，曾秀玉也答应了。港商立即要秘书拍下这两块腊石的相片，附上体积尺寸，然后，又要秘书与曾秀玉签订买卖协议书，当场就开了一张八万人民币的支票作为定金。

曾秀玉人美声音甜，性格豪爽，没有商人斤斤计较尔虞我诈的做派，并罕见地拒绝回扣，让这位港商产生强烈的好感。有人告诉这位港商，说曾秀玉是从海南岛回城的兵团知青，港商听了感慨万千地说了句"怪不得"。对曾秀玉这代内陆知青，他早有所闻，但似懂非懂，他同情上山下乡经历蹉跎岁月的知青。在驼江市，他见过很多回城知青为生存孜孜不倦地付出苦涩的艰辛：每天早晨推着粪车收粪水的、推着板车吆喝卖菜的、摆地摊卖杂货的、拉三轮车载客的，还有带着儿女在山坡上住"窝棚"的……他听说，在这些人当中，就有曾经在中学时期学习成绩优秀，后来因"文革"中断了学业上山下乡的中学生。他为这些人感到惋惜。

曾秀玉是他打交道的第一位当了商人的知青。曾秀玉不卑不亢、豪放干练的气质，似乎又让他明白了什么。他明显感到，在这些知青的身上，有一种说不清道不明的自觉担当。不久，他让秘书带话给曾秀玉，说他们的酒楼落成后，门楼庭院需要的所有的绿化树和花卉，都请他们供给。

曾秀玉的事业顺利起步，但她感到有点忧虑。她很难想象，她简单地一出手就能获取这么丰厚的利润。她不知道，这是否合理合法。她准备与李珏耀好好探讨。她还准备送李珏耀一份彩礼，祝福他与刘晓绯喜结良缘。

第六章

刘晓绯在凤县参与组织农村改革发展中草药种植业，工作繁忙，李珏耀前往看望，两人闪电结婚。刘阳庆赞赏其勇敢。刘晓绯回驼江市度婚假，与钟奕强、曾秀玉等知青结伴，成功制止发酵传播纪德芬涉事的流言，但对纪德芬的婆婆及丈夫的劝说工作失败。苏启英施媚功游说区工商局局长，帮助宏裕园艺场工商登记成功。园艺场业务发展顺当。李珏耀与刘晓绯旅行结婚回农场，场长书记热情接待。众人回首当年知青生涯，感慨万千。

一

"爸、妈，你们看，哥哥的新房，我设计的，水平如何？"李远馨得意洋洋地拉着父亲李仕翔的手，走进哥哥李珏耀新分配、新装修、新布置的房子。李珏耀和妈妈袁蜜跟在他们后面也一起走进来。

李珏耀的房子位于抱福山西坡，一房一厅带有小厨卫，约20平方米，睡房面积占了一半。南墙，也就是外墙开有一扇一米见方的窗子，以这扇窗子为中轴，左边安一张1.38米的睡床；右边，连着客、食厅兼用的房门排列着一个书柜和一个大衣橱。

"远馨，书桌呢？"李仕翔环顾了一眼房间的摆设，没见可作为书桌用的办公桌，感到不理解。李仕翔大学毕业后在驼江大学工作，除了到"干校"劳动的日子，他每天的生活都离不开书桌，看书、备课、写论文。

"爸、妈，哥的这间房子比你们住的，面积小很多，"李远馨指着大床与窗子之间仅有的80厘米宽的地方，"这个位置只能靠墙摆上一个小五斗柜，已去定做，过几天就运来。如果摆上一张办公桌，整间房子就显得特挤压，人会感到很难受。"

李仕翔说："也是。"

李远馨又拉袁蜜到窗前，指着窗外说："爸、妈，你们看窗外，风景美不美……"窗外，斜阳把薄薄的金黄洒向满坡的碧绿，零零星星的几棵三角梅伸着长长的嫩枝，缠着松树斑驳的树干正在奋力爬高，枝条上挂满的粉红色小花点缀着成片的郁郁葱葱，舒展着数不清的温馨的柔情。一只不知名的小鸟闪飞而来，停在不远处的一棵松树上。

"哥，你也过来看，小鸟！"李远馨高兴地指着站在松树上的小鸟，对李珏耀说。

见有人观赏，小鸟得意地在树上张扬地跳了几下，朝着敞开的窗户，伸长脖子对着站在窗户边的人群，热情地叽叽喳喳打了几声招呼，拍了拍翅膀，又闪飞而去。

"爸、妈，哥这个地方真好，有看不完的风景。"李远馨转身对李仕翔和袁蜜说，"你们想，哥和晓绯姐每人手里端着一个装葡萄酒的高脚酒杯，就在这地方，相偎倚窗品酒赏景，是不是很浪漫？"

"喂！远馨，你胡说什么呀？就你话多……"李珏耀脸露不快但内心高兴。他用手拍了一下李远馨的肩膀，制止她继续发挥。

李仕翔与袁蜜相视而笑，他俩有温馨浪漫、夫妻生活甜蜜的切身体会。袁蜜赞赏李远馨的安排布置，笑着说："远馨懂生活、懂浪漫、懂享受。我知道了，食厅那张长方形饭桌是兼作书桌用的。这样的安排，好！"

"妈妈英明！我们是母女所见相同。"李远馨依偎着袁蜜，冲着李珏耀嘟嘴眨眼，调皮地说，"哥，你与晓绯姐享受浪漫，不要忘记妹妹我的功劳啊！"

"好了，好了，远馨，就你话多。"李仕翔慈祥地笑着劝止李远馨。

"爸、妈，怎样？你们现在可以放心吧！"李珏耀笑着问李仕翔和袁蜜。

李仕翔高兴地说："挺好的，我们放心啦！"李仕翔笑着望了袁蜜一眼，袁蜜点头称是。

李珏耀到凤城探望刘晓绯回来，向家里人公开了他与刘晓绯的恋情，一家子人乐开了怀。李仕翔和袁蜜立即忙着张罗帮助儿子准备婚事，他们坚持要与李珏耀对换住房，把他俩住的大房间让给李珏耀作新房，他们住小间。李珏耀坚决不同意。

李珏耀不是那种娶老婆要完全依靠父母的人。再说，李仕翔是副教授，现在正忙着准备申报教授职称，袁蜜是讲师，也正准备申报副教授职称，教学科研都很忙。李珏耀不想因自己的婚事给父母带来太多的麻烦，更不愿意因自己结婚换大房子而给父母生活增添不便。李珏耀还考虑到，爸爸妈妈都很敬业，备课和科研都需要比较清静的环境，而他与刘晓绯结婚后，原来一起赴海南岛上山下乡同在一个农场的知青战友，肯定会不时前来拜访，必然会影响爸爸妈妈的教学科研。况且，他和刘晓绯也希望结婚后能有一块属于两人的小天地。

李珏耀向学校行政处提出准备结婚的要房申请很快就被批准了，分给了一套旧房。行政处派人略作修缮，李珏耀又请人装修，还添置了一些家具。

哥哥要与刘晓绯结婚，李远馨特别高兴，她为哥哥高兴，也为自己高兴。她觉得，李珏耀与刘晓绯是天生一对，她自己早就喜欢晓绯姐了。她对李珏耀说："哥，你和晓绯姐结婚，我也要表示一下。这样吧，你们的床上用品、窗帘台布和餐具我帮你选购，包晓绯姐满意。"李远馨毛遂自荐，李珏耀也乐意顺水推舟。

很快，利用星期天的休息时间，李远馨大清早请了她的几位好朋友打扫卫生、整理内务、布置房间；哲学系几位青年教师也前来帮李珏耀清理房子周边的环境。新房有了，现在就等新娘刘晓绯了。

可惜，刘晓绯没能按时履约，在李珏耀如愿以偿收到研究生录取通知书的时候，她正忙得不可开交。刘晓绯的工作组从鹊岗公社豹尾村撤队已经十几天了。凤县农村到处正忙着分田到户、分山林到户，原来雄心勃勃准备在"大寨田"改种、在幼龄杉木林间种、在已开始砍伐的老杉木林套种，并且已经规划好地域，因地制宜分别组织种植天麻、田七、石斛和金银花等中药材，发展多种经营的计划只能暂时搁浅。

刘晓绯对他们辛辛苦苦制订的在鹊岗公社试点栽种中药材的计划的流产感到惋惜。选择栽种的这几种中药材，市场价格高又不愁没销路，经济效益好。刘晓绯一直祈盼着试点成功，全县推广，迅速增加山区农村的经济收入，农民能过上好日子。如今计划被耽搁，她感到有些沮丧。

在由刘晓绯执笔编制的规划中，把种水稻的"大寨田"改种中药材是鹊岗公社党委谢书记提议的。吴副县长主持召开工作组正副组长与公社领导联席会的第二天一早，谢书记就踩着自行车到豹尾村找吴副县长，提出了这个建议。

鹊岗公社有1000多亩"大寨田"。"大寨田"是凤县当年在"学大寨"运动中得来的成果。

大寨有过大队党支部组织农民从山下担土到石山上造田，在山顶上开辟蓄水池，"万里千担一亩田"的壮举。凤县当年学大寨，也盲目轰轰烈烈地组织凿坡修造梯田，每个生产队少则十几亩，多则100多亩，并全都命名为"大寨田"。这些梯田，每块的单位面积都不大，多数在半亩以下，由于水利跟不上，基本都是"靠天"田。靠老天下雨灌溉，水稻根本就无法插秧栽种，种植其他农经作物，产量也都很低。

在吴副县长主持召开的联席会议上，谢书记在听取刘晓绯的建议发言时，脑海里就闪过在"大寨田"上栽种中药材的问题，但他没在会上提出。谢书记"文革"期间当过"走资派"挨过批斗仍心有余悸，他担心这个建议一公开提出，可能会惹出意想不到的问题。全国农村都在贯彻"以粮为纲"，要保证按计划面积完成水稻插秧任务，"大寨田"改种中药材显然与这些原则相悖。谢书记是长年在农村工作的基层干部，早就反感"大寨田"只允许栽种水稻和其他粮食作物的做法。谢书记白天在会上没说，晚上回家反复琢磨，他决定找吴副县长一起探讨。

吴副县长很重视谢书记的建议，他带领工作队认真调研分析，经过和公社、大队干部的充分探讨，决定除在合适的杉木林套种、间种中药材外，把鹊岗公社现有的"大寨田"也全部改种中药材，发展多种经营。

现在搞分田到户，分山林到户，显然，按原计划组织集体种植集体经营已经不现实了。不过，吴副县长相信，即使是这些土地分到户，农户自主经营也会搞中药材种植的，因为他们工作组已进行过种植中药材，发展多种经营的宣传、规划和培训工作，可以说是家喻户晓了。

刘晓绯也和吴副县长一样，相信他们工作组几个月的工作不会白干。她认为，农户在现实的效益比较中觉得划算，他们就会选择栽种这些中药材。刘晓绯建议吴副县长组织县农科所和县药材公司联手，在鹊岗公社有意识地扶持几家栽种中药材的专业户。

吴副县长接受刘晓绯的建议。他要县农科所按原来的规划继续加强对人工种植这些中药材的研究，尽快熟悉这些中药材的生长规律，掌握它们的种植栽培技术，随时能为有意栽种中药材的农户提供技术指导。他强调，这是对凤县农民负责，拓展山区经济发展，增加农民收入的新路，是实实在在地为人民服务。

吴副县长分管农业，农村搞分田到户、分山林到户爆出了基层不少社会问题。有人写信告状基层干部以权谋私，上访反映情况，因分地不公诱发肢体冲突甚至发展为宗族械斗。吴副县长建议成立农村改革领导小组，下设办公室。他向县委书记建议，由刘晓绯任办公室主任。刘晓绯任劳任怨，工作认真负责，尤其是关键时刻有定力、有主见，敢作敢为的良好表现给他留下了良好的印象。

刘晓绯被借调到县农村改革办公室任主任。她接待信访，组织情况分析，带队到基层处理由分地到户引发的各种矛盾和冲突，因此很忙，常常要加夜班，很累。

稍有闲暇，刘晓绯常常会思念李珏耀。她为拥有李珏耀的爱情感到骄傲，也为自己变换工作岗位，工作繁忙而耽误了与李珏耀的婚期感到遗憾。刘晓绯的顶头上司、县委办公室主任老潘一听说李珏耀考取了硕士研究生，当即向刘晓绯表示祝贺，开玩笑说她有本事，找的如意郎君不只是"天之骄子"，而且是"天之骄子中的骄子"。说正等着要吃她的喜糖。当年，国家恢复了已经中断了十来年的高考，创造出千军万马挤"独木桥"的壮观。然而，知青能挤上"独木桥"，幸运考上大学的，只有极少数，堪称是凤毛麟角。那些年，大学生被视为是社会的瑰宝，被称为是"天之骄子"，即使是在政府机关，拥有大学学历的干部也为数不多。李珏耀考上研究生，在"天之骄子"之上更上一层楼，刘晓绯为他高兴，为他自豪。

刘晓绯很想念李珏耀。在凤城短短的三天日子里，她与李珏耀彼此开诚布公敞开了心扉，感情有了质的飞跃。

二

昨天夜里加班赶材料，中午补觉，刘晓绯迷迷糊糊中隐约听到"咚咚咚"的敲门声。刘晓绯睁开眼睛定了定神，听清楚了，是有人用手指在叩她的宿舍门，每次三响，每间隔几秒钟再叩一次。

"来啦！"刘晓绯应着，赶紧穿好衣服起身拉开房门。"你怎么来啦？"刘晓绯一愣，站在宿舍门口的，竟然是李珏耀。

李珏耀两个多月前到凤城探望刘晓绯回驼江市后，不久，他就收到了驼江大学的研究生录取通知书，紧接着又分到了房子，有了属于自己的小天地，他俨然有成家立业的感觉，心情特别好，每天哼着欢乐的曲调，热切地期盼着刘晓绯。

李珏耀与刘晓绯每周至少有一次通信往来。李珏耀总是深情、认真、详细地阅读着刘晓绯的每封来信。他从信的字里行间读懂刘晓绯工作的繁忙,感受到刘晓绯处理棘手问题的才干,理解着刘晓绯对他的思念。他觉得,刘晓绯绝不会是沉湎于感情缠绵之中的爱情至上主义者。他又觉得,刘晓绯干起工作很忘我,她一定很疲劳,她肯定需要他,需要他的爱。他们彼此钟情,彼此都感受到爱情的力量。

李珏耀报考研究生以后,系里给他安排的课很少,他有比较多可以自主安排的时间。父母对他的婚事一直就比较着急,妹妹李远馨更是翘首以待。而在李珏耀心里,自从他与刘晓绯确定了恋爱关系以后,他就已经把刘晓绯当作爱人了。爱人工作繁忙,自己哪有袖手旁观的道理,李珏耀决定再到凤城。他决定事先不告诉刘晓绯,想给刘晓绯一个惊喜。

李珏耀满脸春风,目光深情地盯着刘晓绯。在宿舍门口,四目相对,两心碰撞,两人心里都乐滋滋的。刘晓绯一手接过李珏耀手中拎着的旅行袋,说了句"快进来呀!"转身就走进了宿舍。李珏耀跟着刘晓绯跨进宿舍门。刚掩上门,她突然好像想到了什么,连忙问,"哎呀!我差点忘了。珏耀,你中午吃饭了没有?"

"吃过了,一大碗坑粉。"汽车一到凤城,李珏耀下车后,就在车站旁边的一家小食店买了一碗坑粉,解决了午餐问题。然后,搭载客的自行车直接到刘晓绯的宿舍。七八十年代,自行车是稀缺的交通工具,一些人把自行车的后架加长加实,用它载客赚钱。

"哈!有长进了!"刘晓绯笑着,又拖长声调一本正经地说:"现在,你已经吃好午饭了,先听我说……"刘晓绯告诉李珏耀,说她正在赶两份书面材料,一份是自己执笔写的,刚完成,待会儿上班就要交给吴副县长;另一份是由办公室几个人合写的,放在里间的办公桌上。第二份材料的逻辑设计、行文结构、标题表述都要做较大的修改。刘晓绯对李珏耀说:"珏耀,我先到办公室,一会就回来。你自己在宿舍先休息。"说完,刘晓绯紧紧地抱着李珏耀,给了李珏耀一个久久的甜蜜的吻。

刘晓绯在吴副县长的办公室把写好的材料交给了吴副县长。刘晓绯觉得,吴副县长今天看她的眼神有点怪怪的,就急忙说:"吴副县长,另一份材料我还要做些修改,明天上午可以搞定交给你。没什么事,我就先走了。"

"晓绯,你急什么呀?爱人来了还保密?来!来!你坐下。"吴副县长拉过一张办公椅让刘晓绯坐下。吴副县长是"文革"前毕业的江南农业大学的高材生,他很看好刘晓绯的发展潜质。他带工作组在鹊岗公社蹲点期间,曾在回凤城休息时,把刘晓绯提出的在鹊岗公社试点栽种中药材和发展畜牧业的主张告诉爱人罗倩虹。

罗倩虹是凤县农业局副局长,她与吴副县长是大学的同班同学。罗倩虹感到惊讶,不是科班出身的刘晓绯不仅能提出建议,而且还能据理力争与人辩论坚持己见。

她很赞赏刘晓绯的主张，她建议先组织中药材种植，再组织发展畜牧业；发展畜牧业最好能投入资金引进良种牲畜，种植牧草搞圈养。罗倩虹对吴副县长说，她觉得，刘晓绯这个姑娘不简单。吴副县长有同感。

刘晓绯以为吴副县长在开玩笑，她不好意思地争辩着："吴副县长，别开玩笑了。哪是什么爱人呀？八字还没一撇。"

"什么八字没一撇？依我看，你八字都有两撇了。上次，你们在一家小食店做了一件大好事。你知道凤城的人怎么传说的？大家都说你们夫妻镇住了小流氓。"吴副县长说着，又加重了语气，"晓绯，外面的人都说你们是'夫妻'。"说着，哈哈大笑，"晓绯，这几天你常加班很辛苦，材料过两天再给我。这两天你补休。"吴副县长对"天之骄子"情有独钟。他知道李珏耀已经考取了研究生，他为刘晓绯高兴。

"不用！不用！吴副县长，材料明天上午就给你。"刘晓绯说的那份材料，是凤县三个多月来农村搞分田、分山林到户的经验总结。这份材料是地委指定要的。凤县分田、分山林后不是撒手不管放任自流，而是积极引导科学经营，尤其是有意识地培养扶持经营专业户的做法，地委认为有推广价值，要求写成书面材料上报，限期完成。这份材料分三部分，由农村改革办公室三位干部分别执笔，初稿完成后，由刘晓绯负责统稿。昨天下午，材料三部分的初稿都已完成，刘晓绯为夜里加班方便，把它带回宿舍。刘晓绯知道，她早一天完成统稿，县里的领导就有多一天斟酌修改的时间。尽力把自己负责的工作做到最好是刘晓绯一贯的工作作风。刘晓绯不允许私事影响工作。

"不要'不用！'你'不用'，大家会说我无人情味。噢！对了，听说你们还没登记，还磨蹭什么？磨磨蹭蹭可不是你刘晓绯的性格。下午就去民政局办登记。"吴副县长抬手看了一眼他那只上海牌手表，"下午来不及了，明天上午带着你的那位到民政局去登记。我等一下就给老潘打电话，叫他给你出证明，由他督促你把这事办了。晓绯，我可要告诉你，好男人难找啊！"

说曹操，曹操到。刘晓绯走出吴副县长的办公室就遇见县委办公室主任老潘。刘晓绯还没来得及打招呼，老潘已经开口了："晓绯，听办公室的人说，你爱人来啦？"

"哎呀！潘主任，不要总是'爱人''爱人'的叫呀！现在还不能算爱人！"刘晓绯赶紧把老潘拉到过道的角落。

"你'哎呀'什么呀？凤城的人都说你们是'夫妻俩'。上次珏耀来的时候我就想说了，你们干脆在这里先登记，以后回到驼江市再举行婚礼。晓绯，我帮你办这事，等会我回办公室，我与民政局联系，你们明天上午就去办。还有，下班的时候我顺路到你宿舍。你不好意思开口，我开口，我负责跟珏耀谈谈。还有，你今晚也不要再去跟别人挤床了。你知不知道？办公室的人都在说你呢。"老潘一口气说了很多。刘晓绯不好意思、心怀感激地听着，她很感谢领导和同事的关心。刘晓绯是县委机关的名人，大家都很关心她的婚事。

"谢谢你啊！潘主任。行！行！那好吧，我听你的。我回去自己与珏耀谈就可以了。"刘晓绯脸色有点发红。吴副县长说了，现在潘主任也这样说，她与李珏耀也有这个意思了，她想听从吴副县长和潘主任的主意，就在凤城与李珏耀登记结婚。她相信，李珏耀一定会同意的。

刘晓绯回到宿舍，李珏耀已洗好澡换上了干净的衣服。他坐在刘晓绯宿舍临窗的办公桌前，聚精会神地正埋头帮助刘晓绯修改材料。他用铅笔在认为需要修改的地方做上记号，又在另一张纸上详细写下修改的建议，供刘晓绯作参考定夺。

听到宿舍的推门声，李珏耀转身抬头一看，见刘晓绯回来，立即放下手中的笔迎了上前，说了声"回来了！"随手掩上宿舍门，随即伸张双臂，身子略为弯曲，双手环着刘晓绯的臀部把她整个人抱了起来。刘晓绯忍不住咴咴笑出声来，她大大方方双手抱着李珏耀的脖子，双腿轻巧自然地盘上李珏耀的腰间。

李珏耀抱着刘晓绯走进里间。刘晓绯一眼就瞄见办公桌上被翻开的经验总结材料和李珏耀写的修改意见，她从李珏耀身上挣脱下来，翻动着李珏耀刚书写的修改意见。她好感动，轻声地对李珏耀说："谢谢你啊！珏耀。"

"谢什么谢？为老婆服务义不容辞。"李珏耀神采飞扬，一副责无旁贷的模样。李珏耀说着，又想抱起刘晓绯。刘晓绯笑着摆脱了。她拉开办公椅，按着李珏耀先坐下，要他双腿并拢，自己则又开双腿，与李珏耀面对面，坐在李珏耀的大腿上。

刘晓绯双手捧着李珏耀的脸颊，双目深情凝视着李珏耀。她微微张开性感的嘴唇，吻了一下李珏耀，又附在他的耳边妩媚地说："珏耀，我们就这样坐着说话好不好？"刘晓绯的语气含羞带怯。

"好！好呀！这样说话浪漫。"李珏耀搂紧刘晓绯的腰身，"晓绯，材料我拜读了。材料三大部分，第一部分我还没修改完，要修改的意见，我都另外写在纸上了。"李珏耀朝桌子上稿纸努了努嘴，"我提的这些意见不知对不对，你看了再说。"

"珏耀，你真伟大，你真好！"刘晓绯轻轻地抚摸着李珏耀的脸腮。稍作停顿，她似乎觉察到什么，又轻柔地说，"珏耀，我很沉，压在你的腿上我很舒服，可你很辛苦，我下来吧？"刘晓绯说着，侧身一脚着地就要下来。

"不，不！我不辛苦，这样好，抱你我有的是力气。"李珏耀双手用力扳住刘晓绯的腰身，双眼闪烁着深情逗趣的笑意，柔软的嘴唇贴着刘晓绯的耳朵，悄悄地说，"我告诉你，这叫刘晓绯式的浪漫。"

"什么我的浪漫？不是，不是我一个人的，不是我的浪漫，是我们的浪漫。好，就听你的。我们的浪漫我们自己享受。"刘晓绯拉长着的语调迸射着旖旎情愫，她双手环抱着李珏耀的脖颈，重新坐在李珏耀的大腿上。

李珏耀踮起脚尖，大腿用力上下抖动，刘晓绯惬意地享受着被有节奏摇晃的温柔和浪漫。她柔声地对李珏耀说："珏耀，现在都快到下班吃饭的时间了，我们把材料先放一放，晚上再一起修改、定稿，好吗？"说着，刘晓绯松开环抱着李珏耀脖颈的双手，捧起李珏耀的俊脸，调皮地轻轻地咬了一下他的鼻子。李珏耀回给刘晓绯热烈的深吻。

四唇分开，刘晓绯接着说："珏耀，我还有个事要与你商量……"刘晓绯略拖长声音，明媚的眼睛飘溢着柔情显得有点羞怯，她下决心似的捋了捋头发，略俯下头贴着李珏耀的耳鬓，向他说了吴副县长和潘主任希望他们能在这里先办理结婚登记，以后再举行婚礼的事。

"好！我同意！"听了刘晓绯的话，李珏耀喜上眉梢，他心花怒放喜气洋洋，立即表态赞同。他坐不住了，他激动得抱着刘晓绯就直接站了起来。

三

结婚是人生的一件大事，李珏耀结婚了。李珏耀不知是哪世修来的福气，冥冥之中的月下老，竟然会用手中的那根姻缘红线，把他与人品高尚、才情双馨的刘晓绯紧紧缠绕在一起。

昨天下午机关下班，办公室主任老潘来到机关单身干部宿舍，给刘晓绯送来了刘晓绯和李珏耀未婚的户籍证明，并告诉他们，说已与民政局局长通了电话，要他们明天到民政局办理结婚登记手续。今天上午，刘晓绯一上班就把修改好的经验总结材料交给了吴副县长，汇报了修改意见。办完公事回宿舍，她与李珏耀急忙赶到民政局办理结婚登记手续的时候，已经临近机关中午下班的时间了，他们匆匆忙忙办理完各项手续，领取了结婚证。

走出民政局大门，李珏耀和刘晓绯到中山街最豪华的一家餐厅，点了四个凤县特色菜：红烧扣肉、白切鸡、爆炒桂花鱼片、凤岗竹笋炒青椒红萝卜木耳，外加一份豆腐番茄汤。他们还要了两杯每杯约三两的凤岗糯米酒。最后各一小碗甜甜的汤圆。他们给自己庆祝喜结良缘。

用完午餐回到刘晓绯的宿舍，一踏入宿舍门，李珏耀和刘晓绯立即紧紧地拥抱在一起，热烈地亲吻着。他们已经以最好的形式实现了彼此最完美的结合，他们将更深刻地感受彼此生命的精彩所创造出的无尽的幸福。刘晓绯对李珏耀说："珏耀，你先去洗洗脸擦擦身，我整理一下床铺，然后，我们一起休息。"

"好的。"李珏耀顺从地松开环抱着刘晓绯腰身的双手，提着水桶拿着毛巾，欢天喜地地到了洗漱间。

凤城的初春季节，即使是在中午阳光明媚的时光，也充满着阵阵的寒意。刘晓绯抖开一床粉红色的棉毛毯，把它铺在床面上。刘晓绯宿舍的睡床是一张只有一米宽的架子床，适合单人用的棉毛毯铺在上面正合适。

棉毛毯是刘晓绯调离海南岛时带回的，上面留有知青上山下乡浪迹天涯的印记。当年上山下乡赴海南岛，政府供给知青随身携带的生活用品也就是一只铁桶、一个洗脸盆、一床单人用的棉被和一床蚊帐。海南岛冬季时间短，需用棉被的时间不长，可春秋两季的夜里，睡觉不盖点东西容易着凉，盖棉被又太热。于是，很多知青都到团部的小卖部买棉毛毯。刘晓绯的这床棉毛毯就是刚到农场不久买的。

价钱只有七八块钱的棉毛毯有多种用途。冬天，当地的少数民族老百姓既可把它披在身上当棉衣，赶着牛车进深山伐木打猎，也可用它裹着身体绻着躺在牛车上睡大觉，任凭识路的老牛拉着，慢悠悠地走在回村寨的道路上。

知青参加大会战普遍都带着棉毛毯，棉毛毯有时能发挥难以想象的作用。刘晓绯第一次参加团里组织的开荒大会战，住在"窝棚"里半夜遇到突然降临的第一场大暴雨。当"啪啪"的闪电夹着轰隆巨响的惊雷，把沉睡在"树枝床"上的刘晓绯惊醒的时候，倾盆大雨已从天而降，透过"窝棚"的缝隙顷刻就把她上上下下全身都淋湿了。睡在她旁边，年仅16岁、来自南昌市的女知青方洁被吓得"哇"的一声哭起来。刘晓绯赶紧点亮了"窝棚"里的小马灯，同宿一个"窝棚"下被闪电、惊雷、大暴雨惊醒的其他四位女知青，赶紧拿起水桶、洗脸盆，用双手苦撑承接透过"窝棚"大芒的缝隙，不断哗哗倾泻的雨水，狼狈不堪。

"别哭啊，方洁。有我们大家呢！"刘晓绯边接雨水边劝慰方洁。

"都湿了，全都湿了！我们明天怎么办？"方洁抽泣着。

"没事，方洁。明天我们再想办法。我们会有办法的。"刘晓绯借着马灯的光亮，看了看周围，全湿了。人被淋得像"落汤鸡"，所有的东西都湿漉漉的，一片狼藉。"窝棚"外面漆黑一团，老天爷凶神恶煞般地狂泻着暴雨。

都湿了，全湿了。外面下大雨，"窝棚"里面下小雨，不，是下中雨。大家在淋雨，反正湿了。刘晓绯脑海里突然蹦出一个主意，刘晓绯拉出自己铺在"树枝床"上的棉毛毯，对大家说："我有办法了……"

刘晓绯领着住同"窝棚"的几个女知青，用粗树枝把她的棉毛毯撑开，铺在"窝棚"顶的大芒上，再压上树干。方洁回"窝棚"里又拿来了她的棉毛毯，大家用同样的办法，把它撑开压在"窝棚"的另一边。树枝、树干是现成的。大会战的砍岜阶段，连长、指导员要求把可开板作门窗、可作桁条用的树干留下抬回住地，供以后连队自己盖瓦房用。连队工地的伙房，每个班要负责供应一个星期的柴火。这些基建用的木料和伙房烧火用的木柴，都堆放在"窝棚"的旁边。

大雨毫不留情稀里哗啦不停地下着，披上了棉毛毯的"窝棚"，里面似乎停了漏水。免除了自身淋雨，还要用双手苦撑着水桶、洗脸盆去接倾泻的漏水的辛劳，姑娘们苦中作乐，七嘴八舌都说她们是"水中仙女"下凡人间……方洁也被大家逗乐了。

困了、累了，终于可以迷迷糊糊闭目养神了。打着手电筒检查安全的连长指导员来到这里，他们也被这里的"景观"惊愕了。

棉毛毯现在成了新婚的床上用品。刘晓绯抚平了铺在床面上的棉毛毯，又把准备盖身用的薄棉被打开，放在棉毛毯上。她感到有点疲劳，她很想躺在这床上美美地睡一觉。连续几天，刘晓绯都在加夜班赶写材料。

昨天夜里，李珏耀在宿舍外间，她在宿舍里间，两人分工合作一起修改经验总结材料。李珏耀延续昨天下午的思路提出修改意见完成初稿，刘晓绯审查、定稿并重新抄写。凌晨三点多，李珏耀完成了修改初稿。李珏耀心里乐滋滋的，他第一次实实在在地帮了刘晓绯的忙。他把修改初稿交给刘晓绯，站在办公桌旁深情地看着全神贯注在定稿和抄写的刘晓绯。刘晓绯对工作一丝不苟。他感到遗憾，刘晓绯的定稿和抄写他插不了手，帮不上忙。他走到外间，为刘晓绯重新泡了一口盅凤岗绿茶，端回里间，把它放在办公桌的右角边上。

刘晓绯抬头看着李珏耀，她端起口盅，揭开盖，喝了一口绿茶，微笑地说："谢谢！珏耀，辛苦你了。你先休息吧，我还要再干一会儿。"

"行！你辛苦。我先睡了。"李珏耀脱下外衣，上床躺下，不知不觉慢慢地入睡了。

刘晓绯转身看了看已经入睡了的李珏耀，她站起来轻声走近床边，深情地给李珏耀掖好棉被，又重新坐在办公桌前，聚精会神、专心致志地工作着。

晨曦微露，完成了经验总结材料的修改、定稿，全部重新抄写完毕，刘晓绯抬起头伸了伸懒腰，她看了一眼办公桌上的小闹钟，指针已指向早晨五点半了。刘晓绯转头看了看还在睡梦中的李珏耀，她不想打扰沉睡中的李珏耀，她和衣伏在办公桌上……

李珏耀提着满满的一桶水回到刘晓绯宿舍。他刚刚洗了一个冷水澡，精神焕发。李珏耀在海南岛上山下乡时就已经有了洗冷水澡的习惯。农场连队生活比较艰苦，冬天洗热水澡比较困难。图方便，李珏耀在连队就开始锻炼冬天洗冷水澡，后来成了习惯。回城后，他仍然坚持这个习惯。

李珏耀心里充满幸运、如意、美妙的喜悦，他为妻子骄傲。从昨天到凤城到现在的一整天里，他确确实实亲身感受到刘晓绯办事的干练和处事的利索，他实实在在亲眼见识了刘晓绯工作起来可以达到的忘我境界，以及充满热忱的独特个性。

李珏耀放下水桶，他从宿舍门后的杉木层架上拿下热水瓶，往放在茶几上的洗脸盆倒下热水瓶里全部的开水，再从水桶里舀了几口盅冷水兑上，调好水温，又从门后的挂钉上取下刘晓绯使用的毛巾，然后端着洗脸盆走进里间，把它放在办公桌上，对刘晓绯说："晓绯，洗个脸吧！来，给！"李珏耀捞起洗脸盆里的毛巾，拧干后递给刘晓绯。

刘晓绯正略俯着身子忙给床上的枕头换上新的枕巾。她站直了身子，漂亮的脸庞绽开着绚丽的笑容。她转过身向前跨了一步，双手搂着李珏耀的腰身，上身稍稍后仰。她对李珏耀柔声说："我要你给我洗！"李珏耀愉快地答应了。

已经是夫妻了，李珏耀和刘晓绯都无所顾忌。李珏耀刚给刘晓绯洗好脸，刘晓绯随即松开环抱着李珏耀的双手，踮着脚尖用手环绕着李珏耀的脖颈，两人热烈地拥吻在一起。他们用肢体语言热情地传递着彼此的深厚情意。

"珏耀，我们上床休息，好吗？"嘴唇分离，刘晓绯悄声问李珏耀。

"好的。"李珏耀高兴地回答。

刘晓绯解开李珏耀的外衣外裤的纽扣，让李珏耀自己脱下。她把李珏耀推到床上躺下，为他盖上薄棉被。她看着放在办公桌上，盛着刚才洗脸用过的水的洗脸盆，对李珏耀说："珏耀，你先躺着，我到洗漱间把这些洗脸水倒掉。"说着，刘晓绯拧干了在洗脸盆里的毛巾，走到外间挂在宿舍门后的挂钉上，返回里间端起洗脸盆走出了宿舍。

四

本地腊石的第一宗买卖让曾秀玉美誉盛传，谢秋娟称她为"美丽的女财神"。

出售"好运来"拿到的定金，解决了资金流转紧缺的问题。宋浩林建议曾秀玉，趁热打铁一鼓作气再到坑田村和水蛭村采购本地腊石，说腊石是不可再生资源，过了这村就没这店的，以后竞争肯定很激烈，再想要就困难多了。大家都觉得宋浩林说的有道理。

腊石买卖如此暴利，精明的胡宏胜自然不会放过。他想沾曾秀玉的财气，他要求随曾秀玉一起负责做采购。可惜，这一次的再采购的难度很大，货源枯竭。到手的6立方多的腊石，品质下降，价格上涨，明眼的一看就清楚，里面不可能再有藏匿的"好货"了。胡宏胜感叹老天不公自己运气不佳，他一直都祈盼着天上掉馅饼，自己能一夜暴富。

胡宏胜羡慕曾秀玉、妒忌曾秀玉。运回采购到的腊石，从坑田村回到家，傍晚吃完饭理好家务洗了澡，胡宏胜与谢秋娟夫妻俩在客厅里坐着喝茶闲聊。

"唉！"胡宏胜长长地叹了一口气，摇着头对谢秋娟说，"我这个人就真是运气不好，只能看秀玉吃肉我们喝汤了……"胡宏胜带着怨气向谢秋娟讲述了这次与曾秀玉一起采购本地腊石的事，牢骚满腹地说，"秋娟，你说这气不气人？秀玉用我们这次收购腊石做人情。在村子里，她认识的人多，亲人也多，那些卖腊石的，不管开价多少，她几乎都照收，很少有砍价的。"

胡宏胜讲的是实情。"好运来"卖出了好价钱，这等暴利让曾秀玉赚到了。曾秀玉感到高兴也觉得不安。坑田村和水蛭村有很多农民一辈子没走出过大山，消息闭塞不识货，她占了人家的便宜，人家还千恩万谢地感激她。面对老实巴交的山村农民，曾秀玉觉得与他们讨价还价很不好意思也很不应该。

曾黑头卖腊石总喜欢最后一个出现，货物也总是最好的。曾黑头找人用挂拖斗的拖拉机拉来了一块体积超一立方米，呈现不规则形的腊石，开价要800元，曾秀玉不假思索就成交了。

曾黑头洋洋得意。上次卖腊石，他已成为"万元户"了。据他所知，村子里也只有他一人是"万元户"，他的这个"万元户"得来全不费工夫。现在卖掉这块腊石，更是超"万元户"了，曾黑头沾沾自喜。钱财再多不嫌多，谁不爱钱啊？"有钱能使鬼推磨，无钱寸步难行"是千真万确的真理，只有傻瓜才不懂，曾黑头心里想着。他还想挣一把。他略歪着脑袋看了曾秀玉一眼，说："秀玉，我家院子里还有一块腊石，我回去拉来全卖给你算了。"

曾秀玉说："好啊！"

曾黑头再次拉来的腊石，体积不到一立方米，成色、质地与刚被收购的那块腊石相比，明显差了很多。腊石御下车后，曾黑头笑眯眯地对曾秀玉说："秀玉啊！我这块腊石可以说是村子里最后一块腊石了，想卖腊石赚点钱过日子，以后没机会咯！"

"谢谢你啦！曾老伯，你想卖多少钱，开个价吧。"曾秀玉和颜悦色地说。

"好，秀玉豪爽！"曾黑头在村子里算是见过世面的人，点子多。曾黑头心里早做好了盘算，与自己刚卖出手的那块腊石相比，这一块最多能卖400元。不过，要卖出400元，就必须出更高的价钱。村里的人都说了，曾秀玉嫁了个有钱人。脸皮薄赚不了钱。

曾黑头满脸堆笑，对曾秀玉说："秀玉，那我就不客气了。我想卖与刚才我卖出的那块腊石一样的价钱。"曾黑头闪眼看了看胡宏胜，稍作停顿，又对曾秀玉说："秀玉，我这可是村子里最后的一块腊石，这压轴价应该有个好结果，你呀，也就有了个好彩头……"曾黑头斜着脑袋盯着曾秀玉，琢磨着曾秀玉是否能接受。曾黑头准备以50元为一挡递减与曾秀玉讨价还价。

胡宏胜上前摸了摸曾黑头拉来的腊石，心里充满厌恶，觉得这个干瘦黑老头很狡诈，堪称是老奸巨猾，明显就是想诈曾秀玉。他不想先开口，他想看曾秀玉如何应对。这次外出采购腊石，他主动提出，腊石采购时的随机定价由曾秀玉负责，他协助，领导小组几个人议论了，都同意。胡宏胜抬头瞪了曾黑头一眼，转身向曾秀玉轻轻摇头，又用单只眼睛朝曾秀玉眨了几下，暗示曾秀玉他觉得太贵了。

曾秀玉依然笑容可掬，她似乎没领会胡宏胜的暗示，她朝胡宏胜笑吟吟地点点头，对曾黑头说："曾老伯，行啦。你也是辛辛苦苦的，就按你的开口价，800元。"曾黑头笑逐颜开，胡宏胜乌云满面。

胡宏胜对谢秋娟说："这个秀玉啊，我是真的看不出有什么能耐，除了运气好，还是运气好，瞎猫撞上死老鼠……"

谢秋娟静静地听着，她觉得不以为然，她说："依我看，这就是能耐。我觉得秀玉这个人很好，她是很有能耐的。下午她说了，她买进了一块很差劲的腊石，卖主就是上次卖给我们'好运来'的，开的价比较高，她认了。她说，如果亏本，由她负责垫上。"

"她好？好什么？"胡宏胜粗鲁地打断了谢秋娟的话，愤愤不平，"她当然好了，她做人情，我当'杨白劳'。""文革"期间，在被列为八个样板戏之一的《白毛女》中，杨白劳是戏中的一个贫佃农，租种地主的地还不起地租被残酷逼死。后来，人们就用他的名字暗喻付出辛劳而一无所获，也就是"白白"地付出劳累。

"宏胜，我说你呀，就只知道为自己。我还没告诉你呢，这几天你不在，我们向宏彬道喜。说他可以得到很多提成，你猜他说什么？他说，秀玉说这份奖金应分一半给表舅；另一半，她要给公家买一辆人货两用车，也算是一个纪念……"

"什么，要买人货两用车？"胡宏胜感到惊愕，他第一次听到有人自己掏腰包买汽车给大家公用。他早就听胡宏彬说过，曾秀玉在学开汽车，只差最后的路考就可拿到驾照了。胡宏胜还私下算过一笔账，第一笔本地腊石的买卖，按规定，采购者和销售者可各奖利润10%，曾秀玉就可拿到3万多元，等于宋浩林这个高级农艺师在中山公园近20年的工资。

"对啊！宏胜。我是佩服秀玉的，她年纪比我们小，可比我们懂事。还有，你知道吗？她有个兵团战友在驼江大学当教师，这个战友的爸爸是教外语的，她现在在学《大学英语》，每周有几个半天要到驼江大学听课。她私下还跟我说，约我和她一起报名考市夜大，学《工业会计》，我还没跟你说呢。"谢秋娟温婉地对胡宏胜说。

胡宏胜无可奈何地叹了一口气，"宏彬命真好啊！自己会赚钱，又娶了一个女财神，宏彬要大发了……"胡宏胜也佩服过曾秀玉的才干，移植从燕子岭苗圃场买来的树木，要挖深和宽都是60厘米的长沟，曾秀玉干得可不比胡宏胜、胡宏泰和胡宏建几个从小就在农村长大的男子汉差。

那天，胡宏泰和胡宏建的老婆没干多久就都汗流满面气喘吁吁，不得不靠边休息。参加挖沟的另外几个女伴中，只有谢秋娟可勉强与曾秀玉相比。谢秋娟当过生产队的妇女队长，在农业"学大寨"运动中曾被公社誉为"铁姑娘"，红极一时，只是结婚成家后忙于家务，参加社会活动少了。

几位男子汉都觉得不可思议，农村姑娘干农活竟比不上这城里姑娘？胡宏建上前问曾秀玉："秀玉，你不觉得累吗？"

曾秀玉拄着锄头，用毛巾擦了擦脸，淡淡一笑，说："不累！这比我们在海南岛的大会战轻松多了……"

五

今天是星期一。一大早，胡宏彬让胡二婶带着小孙子到外面玩耍去了。星期一上午是驼江市宏裕园艺场领导班子召开例会的时间。这次领导班子会议的地点在胡宏彬的书房，书房里的书桌就成了会议桌。

宏裕园艺场的名号是胡宏彬想出来的。胡宏彬说："我们哥们几个在村里属'宏'字辈。'宏'字代表我们；'裕'就是富裕，就是有钱，我们大家都有钱。'宏裕'就是这个意思。"

胡宏胜跟着说："好！宏彬提议的这个名号好。我们做买卖、做生意，要的是财源滚滚，要的是通四海达三江，这些概括起来也叫'宏'。'宏裕'就是大家都发财，就是大家都像秀玉那样，运气大大的好，财源大大的有。"胡宏胜现在做事说话总要扯上曾秀玉。

胡宏彬和胡宏胜这么一说，胡宏泰和胡宏建也都表示赞成，园艺场的名号也就正式确定了。

宏裕园艺场已经具备了相当的规模。园艺场售出"好运来"后，在社会上名气大开，已经有一些酒店、宾馆、学校，甚至工厂企业主动上门选购本地腊石。园艺场以东西走向规划了一条三米宽的道路，汽车可直接驶入。道路的一边，规划了适合城市道路和景区建设需要的林木区。它以从燕子岭苗圃场移植过来的林木为基础，补充了绿化树和花卉的品种和数量。3000多株直径10厘米以上、高2米多，插枝栽培成活，具有强势吸收二氧化碳的榕树，已被市公路局定购，被指定为市郊区15公里新公路两旁栽种的绿化品种。道路的另一边，新规划的家庭盆栽观赏植物批发区，已分木本、草本批量种植了玫瑰、石榴、山茶、杜鹃、郁金香、百合等十几个品种的花卉，生长茂盛。在村里收购桃核、芒果核，种植培育的一亩多苗圃地，桃树苗、芒果树苗长势良好。主要租赁给宾馆、旅店、学校和机关的盆景植物，也培育了大中小近十个品种。

在这个片区，根据宋浩林的建议，胡宏彬和胡宏胜还专门到海南猴子岭农场购买了一批黄花梨木种子，播种了近300平方米的黄花梨木苗圃，他们还把买来的四棵已有一米多高黄花梨木引种在园艺场的入口处。这几棵黄花梨木已成为当地独一无二的珍贵树种。现在，园艺场资金周转流畅，盈利丰厚，实力是今非昔比了。

曾秀玉现在是领导小组副组长。曾秀玉参加领导小组是谢秋娟强力推荐的。谢秋娟说曾秀玉是福星附身，总能带着大家发大财。"好运来"确实给大家带来了好运，园艺场的各项业务顺顺当当运作起来了。曾秀玉拗不过大家，只好应允。胡宏胜又提议曾秀玉当副组长，胡宏泰和胡宏建表示支持。

选购"好运来"的港商姓冯。冯老板是军人出身，曾在国民革命军任中校营长。解放战争期间，他所在的部队在淮海战役中被解放军击溃。冯营长没有重返军队，而是悄悄回家收拾软细，带着老婆南下跑到香港。当时中国时局大乱，没人追究这位擅自离开军队的营长。

冯营长利用从军期间盘剥积蓄的财富在香港购房产办起了旅馆业，奋力打拼发展到现在已颇具规模，业务拓展到东南亚一带。冯营长理所当然就成冯老板了。

冯老板让秘书带话给曾秀玉，请她供给酒楼门楼庭院需要的绿化树和花卉。曾秀玉接话后，立即请宋浩林做出设计并一起组织落实。宋浩林以冯老板选购的两块腊石为主景分出两个不同的区域，栽种不同的植物群落。"好运来"区域主要栽种桃树、石榴和栀子花，形成四季常青高低错落的植物集群；宝葫芦状腊石为主景的另一个区域，主要栽种香樟树间种杜鹃花；整个地面的草坪零散置放几块金黄色的本地小腊石，寓意遍地黄金。冯老板很赞赏这个设计，宋浩林和曾秀玉立即落实货源。

冯老板第二次到园艺场，当他听完曾秀玉的介绍，又看到为他专门到邻县果林场购买移植的六棵直径约15厘米，树冠形态各异的桃树时，他被曾秀玉为满足顾客要求，认真负责一丝不苟的工作态度深深感动了。他赞赏曾秀玉。宏裕园艺场物优价廉、服务到位的好名声在社会上传开，开始引人注目。

园艺场经营运作顺利，领导班子成员个个喜气洋洋。今天的领导班子会议有两个议题：一是讨论奖励宋浩林的股份问题；二是研究园艺场注册登记、申请营业执照问题。

曾秀玉拿出六个白瓷杯，给参加会议的每个人泡上一杯凤岗绿茶。茶叶是李珏耀送给曾秀玉的，是李珏耀到凤城探望刘晓绯时带回的凤县特产。曾秀玉每周有两三天上午要到驼江大学听英语课，她常常到李珏耀家拜访李仕翔。

给宋浩林奖励股份是曾秀玉提议的。会上，曾秀玉详细地讲述了宋浩林对园艺场建设和发展做出的突出贡献，她建议，按合作经营每亩地年终分红折100股的规定，奖励宋浩林200股。也就是说，给宋浩林的奖励，是2亩地入股每年才能分到的红利。她认为让宋浩林也拥有园艺场股份，是对他劳动的尊重，也是对他人格的尊重。曾秀玉用的是她向李珏耀请教问题一起侃大山时，李珏耀说过的一句话。

曾秀玉说完，没人开口接着发言，大家都沉默了。胡宏胜、胡宏泰和胡宏建心里都嘀咕着：没地的也要分红利，这样行吗？以后我们算什么？宋浩林是胡宏彬的表舅，胡宏彬也不好开口表态。

见会议上鸦雀无声，负责会议记录的谢秋娟站了起来，提起桌上的热水瓶为曾秀玉续了茶水，坐回原位后就说开了，"今天怎么啦？我不是领导，我没资格讲话，可我今天就是要说。你们可以把我说的话不当话，不听，但我还是要说。我觉得，我们园艺场贡献最大的是表舅，其次是秀玉。没有表舅，我们很多事不懂做，不会做，做也做不好。有点土地怎么啦，不懂使用，不会用，有也等于没有。我说你们几个男子汉，不会说这是'妇人之见'吧！你们同不同意都应该表个态，都要说说。"宋浩林是胡宏彬的表舅，大家也随胡宏彬称宋浩林为表舅。谢秋娟一向不喜欢小肚鸡肠、心胸狭窄的人。

老婆都说了，而且说得也在理。这不是要分走你的土地，只不过是把年终红利摊薄一点，也少不了多少。胡宏胜脑筋转得快，他说："秀玉说得有道理，表舅给我们的帮助很大，贡献也最大。我同意秀玉的提议。"

胡宏泰和胡宏建见胡宏胜表态同意，心里都想：曾秀玉的提议，胡宏彬肯定是支持的。他现在没明说，但如果要举手表决，他肯定举手赞同。同意的已经有三票，占多数了，他们俩即使都反对，也已没什么用。他们也附和着胡宏胜，表态赞同曾秀玉的提议。

会议紧接着研究园艺场注册登记、申请营业执照问题。宋浩林昨天告诉胡宏彬，说市政府对市区的几条主要街道的绿化都要重新进行规划和改造，突出美观、讲究实用。他希望胡宏彬能拿到这个工程。与市政府机关部门打交道，做买卖、搞施工的资金往来都需要正规的票据，不是经过工商局的注册登记，拥有经营执照的正规企业，不可能有这些正规票据，也就不可能拿到政府的工程，也就难以迅速发展。

胡宏胜自荐负责办理工商注册登记、申请营业执照，但他要求要有一些公关活动费。大家经过研究，也都同意了。

六

胡宏胜忙着活动开了。胡宏胜精明点子多。他没贸然到郊区工商局提出申请注册登记，而是先打听了解情况。他打听到办理工商注册登记、申请营业执照很难，先批慢批、拖着不批的概率很大。胡宏胜想走上层路线少走弯路。他人脉关系比较广，很快就打听到郊区工商局的金局长喜欢跳舞，还有金局长经常惠顾的舞厅。他有办法了。

金局长喜欢跳舞但讨厌舞厅的小姐陪舞，金局长喜欢有品位的舞伴。他的舞伴多是同事或下属，也有一些工厂企业的女厂长、女经理请过金局长跳舞，说是"以舞交友""以舞会友"。胡宏胜琢磨着，曾秀玉人美身材好，可惜就是不会跳舞；自己的老婆虽初中毕业算有点文化，可身材胖墩墩的根本就不是跳舞的料；苗圃场的其他几位女性土得够呛，更是不用说了。唯一上得了台面的只有曾秀玉的妈妈苏启英。他知道，苏启英会跳舞，苏启英人美舞姿也美。如果她愿意帮忙，十有八九就可大功告成。

请苏启英帮忙胡宏胜不想让其他人知道，他只找曾秀玉。他找了个只有曾秀玉一人单独在家的上午，上门找曾秀玉。他向曾秀玉说了自己的想法，还特别强调说："秀玉，办我们苗圃场的营业执照，没有你的大力支持可能很难。"

"什么？找我妈帮忙，我妈能办事？"曾秀玉感到不可理解。她知道现在社会上托关系"走后门"的风气很盛，花点钱办成事也未尝不可。但是，她对胡宏胜的办法持怀疑态度，她第一次听到"以舞交友""以舞会友"。

"是啊！权当是请你妈参加一场舞会。秀玉，你先跟你妈打一声招呼，我再请她。"胡宏胜似乎已经是稳操胜券成功在望。他告诉曾秀玉，金局长是政府官员，堂堂正正的，可尽管放心。胡宏胜说服了曾秀玉。

当天下午，胡宏胜骑着自行车载着曾秀玉到顺兴路曾秀玉娘家。曾贵达上班不在家，苏启英正摇着缝纫机在缝衣服。曾秀玉现在每月给苏启英补济的钱不少，照理，苏启英不缺买成衣的钱。但她总觉得，与丈夫曾贵达一起设计，自己动手缝纫的衣服，比外面卖的成衣要时尚得多。况且，自己的衣服自己缝纫，穿起来很有成就感，也能获得一片赞美声，她很自豪。

胡宏胜和曾秀玉一进门，苏启英起身忙着沏茶请他们坐。三人刚坐下，胡宏胜立即对苏启英就是一番近乎肉麻的吹捧，说苏启英美丽贤惠，多才多艺，培养的女儿人品高端……他说得苏启英心花怒放，心里乐滋滋的，苏启英连连说着："谢谢！谢谢！……"

"哎呀！宏胜，你别再说了，胡扯这些干什么呀？我们说正事。"曾秀玉听着胡宏胜的赞美，感到很不好意思，适时制止了胡宏胜没完没了的吹捧。她向苏启英说了想请她帮忙，协助胡宏胜为苗圃场办理工商注册登记、申请营业执照的事。

"行！我去！这事我能做。"曾秀玉没想到，苏启英听完她的话，二话没说，立即爽快地答应了。她对胡宏胜说："宏胜，什么事需要我帮忙，你尽管说。只要是我能做到、能办到的，我都做。"

胡宏胜把自己的想法完完整整地告了苏启英。苏启英听完，笑眯眯地对曾秀玉和胡宏胜说："没问题，小事一桩。"……

第二天是星期六。郊区工商局刚上班不久，苏启英和胡宏胜就来到距离工商局不远处的一条小巷相遇，然后一起走进工商局。苏启英今天的打扮很时尚：枣红色底色黄牡丹花的扣领长袖棉布衬衣，外罩一件米黄色的风衣；下身着一件黑色的薄呢西裤，脚穿一双黑色的中跟皮鞋。苏启英今天施了淡妆，披肩大波浪秀发烘托着美丽的脸庞，浑身散发着一种淡淡的幽香。

苏启英左臂弯挎着一个小皮挎包走在前面。胡宏胜身穿一套深蓝色的西装，白色的内衬衣上打着一条蓝色的麻花领带，脚穿一双黑皮鞋，手里提着一个黑色的皮公文包。胡宏胜紧跟在苏启英的左后边。

走进郊区工商局，苏启英礼貌地向工作人员询问了金局长的办公室。苏启英点头道谢，径直走到金局长办公室门前。

"咚咚咚……"苏启英微屈着手指轻轻地叩了叩房门，用柔媚的语调问："金局长，在吗？"

"请进！"金局长回应道。他刚到办公室，脱下西装换上制服就听到叩门声。金局长长得俊逸潇洒，没有苏启英讨厌的大肚腩。

"你好！金局长！"苏启英优雅地伸出右手，与金局长握手。苏启英闪着漂亮的大眼睛，凝视着金局长的俊脸，柔声说，"金局长，我们在海员俱乐部跳过舞。你的舞姿好极了。"在驼江市，海员俱乐部舞厅比较高档，金局长喜欢约上舞伴到那里跳舞，金局长舞姿优雅，常常能吸引其他舞友的眼光，有时也会有一些女士主动邀请他共舞。当然，这些女士的舞姿自然也是上得了大场面的。在舞厅，跳舞就是跳舞，很少有打听身份的。金局长也很少记住自己与什么女士一起跳过舞。苏启英从未与金局长跳过舞，但按昨天晚上与胡宏胜一起商定的主意，她要对金局长说他们曾一起跳过舞。

"你坐！你坐！"金局长避开苏启英炽热的眼光，他请苏启英坐在办公室的单人木沙发上。金局长办公室进门靠墙的一边，摆着两张单人木沙发，中间夹着一张木茶几。金局长从茶几上放着的装有小袋茶叶的纸盒里，拿出两小袋，泡了两杯茶水，放在茶几上，对胡宏胜说："你也坐。"

胡宏胜转身拉过一张办公椅，坐在办公椅上。另一张单人木沙发留给了金局长。见金局长坐定，苏启英说："金局长呀！我们只有跳一曲舞之交，你看！我就给你找麻烦来了。"苏启英脸上挂着迷人的笑容，媚眼瞄着金局长。

"不客气！不客气！一回生，二回熟嘛。"金局长看着这迷人的少妇。苏启英年近五十但长相显年轻，看起来好像只有三十多岁。金局长拼命回想什么时候与这个妇人跳过舞。他想，这也许是几年前的事，自己给忘了。他问苏启英："你们找我有什么事？"

苏启英说了要办理工商注册登记、申请营业执照的事。她还说："我的一位朋友告诉我，说金局长您是这里的领导，我就来找您了。金局长，与您跳舞的感觉就是不一样，很舒服。海员俱乐部我后来又去了几次，可是很遗憾，都没见到你。"苏启英不是演员胜似演员。子虚乌有的事她能说得头头是道，有声有色又恰如其分。

"哦！对不起了！"金局长盯着天生丽质的苏启英，他似乎被苏启英的热情感动了。他的嘴唇微微露出笑容，问苏启英："你们办理注册登记的材料带来了没有？"

"带来了。劳驾金局长过目。"苏启英微笑着回答。

胡宏胜打开公文包，他想拿出带来的申报材料递给金局长。金局长向他摆了摆手，说："不用了。这样吧，你把这些材料送到业务股，让他们审查。"金局长端起茶杯，喝了一口茶，微笑着说。

"好的！好的！"苏启英对胡宏胜说，"宏胜，你把这些材料送到业务股，按金局长说的，请他们给我们看看是否齐全？"说着，她侧转头瞄了金局长一眼，"我与金局长再聊聊。听金局长讲话真的是很享受。"……

胡宏胜带着申报材料找到业务股。他告诉业务股长，说金局长让他把材料送过来请股长审查。胡宏胜身上带有三个红包，一个100元，一个60元，一个40元。胡宏胜递申报材料给业务股长的时候，悄悄塞给他一个60元的红包，转身又塞给不远处坐在办公桌前的一位办事员一个40元的红包。那个100元的红包，他准备待会儿送给金局长。在当时，60块钱相当于股长一个月的工资了。胡宏胜办事总要赚便宜，他早已打好了自己的如意算盘。他准备事情办成后，说送红包花费400元，自己私吞200元。

当天晚上，胡宏胜陪苏启英到海员俱乐部舞厅。苏启英与金局长在舞池中的搭配，可谓是强强联合。金局长身着蓝色长西裤配白衬衣，苏启英身穿黑底玫瑰红小花长袖连衣裙。金局长带着苏启英准确地踏着音乐的节奏，轻松地变换着各种舞步，在人群中自如地穿梭。

几天后，胡宏胜如愿领到了园艺场的营业执照。

七

刘晓绯回驼江市度婚假。李珏耀和刘晓绯不打算在驼江市举行婚礼。在凤县登记结婚的第二天，他们就向各自的父母去信报告情况。很快，他们就收到了各自父母的回信。袁蜜来信批评李珏耀，说结婚是人生的大事，必须好好谋划，不能粗心大意；登记结婚前必须由他们亲自向刘晓绯的爸爸妈妈求亲，李珏耀向刘晓绯求婚；还说他们已经准备好了向刘晓绯的爸爸妈妈求亲时要用的彩礼。

徐雪蓉给刘晓绯的来信很简单，只是向他们表示新婚的祝福，还说女儿长大了，也该成家了，他们相信女儿的眼光。

徐雪蓉在家里接到刘晓绯的来信时，已是傍晚时分。家里的保姆还在厨房里炒菜。她拆开信看后走进书房，对刘阳庆说："阳庆，晓绯结婚了。"

"什么？结婚？我怎不知道？"刘阳庆正在看文件，听说刘晓绯已经结婚，他一愣。

"你自己看。"徐雪蓉把刘晓绯的来信递给刘阳庆。

刘阳庆看完信哈哈大笑："好事！好事呀！这晓绯，像我……"

"是，像你！全像你，不像我……"徐雪蓉不满地盯了刘阳庆一眼，也跟着笑了起来。

刘晓绯在凤县完成负责的工作告一段落，获批假回驼江市。李珏耀傍晚时分到市汽车客运站接她。他们一起先回到驼江大学的新房。40平方米左右的房子，分内外间还带有厨房和洗澡间，刘晓绯感到很满意。他们随后到李珏耀爸妈家用晚餐。

一到李仕翔家，刘晓绯就大大方方地跟着李珏耀喊起了"爸、妈"，把李仕翔和袁蜜乐得笑容满面。李远馨就更是高兴得不得了，一个劲地"晓绯姐""晓绯姐"叫个没完。刘晓绯想尽媳妇的职责理些家务，但一整天什么都插不上手，连吃完饭后想帮洗碗都被李远馨劝开。李远馨对她说："晓绯姐，你现在是在糖分含量最高、甜度最浓的蜜月里，好好享受享受呀！我们都说好了，在你俩的蜜月期，你就免动尊手只管享受你和我哥的蜜月。洗碗等家务事呢，我在我包，我不在我妈包。"刘晓绯深切感受到这个家的温馨、甜蜜和幸福。

第二天是星期六，吃完晚饭，刘晓绯笑着向还在洗碗的李远馨道别，然后与李珏耀回新房洗完澡，一起回娘家。

刘阳庆和徐雪蓉在客厅里笑吟吟地迎接女儿和女婿，向他们表示新婚祝福。刘晓绯的两个弟弟今晚都在家，他们都想认识姐夫。国家恢复高考后，他俩都没能考上大学，现在一个在电力局工作，一个在电信局供职，他们都想见识见识这个考上研究生的姐夫。

"小李，晓绯回来度婚假，你们的活动安排能否说给我们听听，我们也给你们参谋参谋。"一阵寒暄后，刘阳庆一边问李珏耀，一边接过徐雪蓉递给他的茶水。

刘阳庆坐在三人座皮沙发的一边，他给徐雪蓉留了旁边的位子。他们面前是一张红木茶几，茶几上摆着4个直径约15厘米精致雕花的玻璃盘子，上面分别盛着白兔牌上海奶糖、带壳炒花生、香蕉和削了皮切成小块的苹果。李珏耀和刘晓绯并排坐在茶几另一侧的双人皮沙发上，刘晓绯的两个弟弟在他们对面，各自坐在单人皮沙发上。

"给，小李。吃糖，吃水果，不要客气啊！自己动手，自己拿着吃。"徐雪蓉泡了一杯茶递给李珏耀。

李珏耀接过杯子，说了声："谢谢妈！"他把茶放在茶几上，转身对刘阳庆说，"爸，是这样的。我爸说明天晚上他要和我妈一起来你们家，说要向你们补上彩礼，与你们商量选一个好日子举行婚礼。"李珏耀小心翼翼地说。他心里没底，他不知道刘晓绯的爸爸妈妈对他们结婚有什么要求。

"爸、妈，我与珏耀有商量，我们不打算办婚礼，我们想去海南，回原来上山下乡的农场一趟，也算是旅行结婚吧！不知爸爸妈妈是否同意？"刘晓绯补充说。

"好啊，非常好！有意思！"刘晓绯刚说完，刘阳庆立即表示赞许。他转过头问徐雪蓉："老徐，你说对不对？"

"对，晓绯他们的主意好，又大方又有纪念意义！"徐雪蓉也表示赞同。刘阳庆与徐雪蓉早想到，他们如果大肆张扬操办刘晓绯与李珏耀的婚事，肯定会有人借此送礼，刘阳庆一向讨厌官场上拉拉扯扯、吹吹拍拍、请客送礼这套不良风气。

"小李，你都听到了，这就是我和老徐的意见。还有，告诉你爸你妈，我们时刻欢迎他们，也请转告他们，不要搞什么送彩礼的，他们的心意我们领了，我们也不给晓绯送嫁妆了。"刘阳庆喝了一口茶，又接着说，"小李，你和晓绯结婚，我和老徐没什么好东西可送给你们，就送'希望'。你现在读硕士，我希望你读完硕士考博士。晓绯从小就想读大学，现在你们结婚了，你可要帮助她啊……"刘阳庆今天特别高兴，话特别多。

八

听说刘晓绯回来度婚假，星期天早上，曾秀玉口里哼着"红红的太阳起得早，小鸟对我吱吱叫……"的少年歌曲，开着她那辆新买的人货两用车就上路了。曾秀玉开车通常只挂二挡，偶尔挂三挡，时速不超过30公里。她拿到实习驾照还不到一个月。

曾秀玉春风满面朝气蓬勃。售购"好运来"和"宝葫芦"两块本地腊石拿到的提成奖励，她让一半给宋浩林后，买了这辆人货两用车给园艺场公用，奖金还有剩余。宋浩林对这份提成奖金，再三推辞最终才不得不收下。但他也仿曾秀玉，买了一台柴油抽水机，配齐全部设备送给苗圃场，计划以后园艺场全部实现抽水浇灌。

宏裕园艺拿到营业执照后，业务发展蒸蒸日上。在宋浩林的帮助下，胡宏彬拿到了驼江市区主要街道绿化改造近一半的工程合同。一些机关事业单位召开的会议，也开始向他们租用场景布置需用的盆景花卉。一些零售花贩已提前向他们批量定购了各类家庭盆栽观赏植物。苗圃场生意红红火火，经济收入直线飙升。

今天曾秀玉开着人货两用车要到驼江大学。她要亲手给刘晓绯戴上一条带蓝宝石吊坠的白金项链；她要与李珏耀和刘晓绯一起商量、策划，想办法帮助纪德芬摆脱家庭情感困境。

曾秀玉已有好几年没与刘晓绯见面了。以前在海南岛，她觉得钟奕强和钟瑞云在上山下乡的同学中是最般配的一对，可惜，让人疼心的是钟瑞云走了。现在，她最看好李珏耀和刘晓绯的结合。

曾秀玉是见到别人幸福自己就高兴的人。李珏耀和刘晓绯结婚，曾秀玉很高兴。她为李珏耀终于有了理想的爱人高兴。她知道，刘晓绯已经不是当年赴海南岛，在兵团屯垦戍边时的刘晓绯了，那时，她是"可教育好的子女"。现在，她是市长的女儿，又是农场极少数能调干回城的知青。刘晓绯论才有才，要貌有貌，品位高端，据说追求的人成连成排的，可说起来也奇怪，就是没有一个是她中意的，她似乎在等什么？姻缘就是这么奇妙。曾秀玉有时在心里说："此乃天意也！"

曾秀玉也很羡慕刘晓绯，但她心知肚明，与李珏耀结婚，刘晓绯比她更合适，两人门当户对，从事的职业又有很强的互补性。曾秀玉是过来人，以她的经验她甚至可以判定，李珏耀和刘晓绯结婚组成家庭，他们肯定能实现事业与爱情双丰收。

曾秀玉羡慕但不嫉妒。李珏耀在凤县与刘晓绯登记结婚回驼江市，曾秀玉得知后，立即到驼江大学向李珏耀表示祝福。她送给李珏耀一个四喇叭收录机和一条带蓝宝石吊坠的白金项链。

李珏耀拒绝接受，说："秀玉，你这是干什么呀？送这么贵重的礼物。"看着曾秀玉送来的东西，李珏耀有点惊讶。

"什么干什么？珏耀，你与晓绯结婚，我送点礼物表示祝福，人之常情，怎么，不行吗？"曾秀玉说。

"秀玉，这不是一点东西，是大东西。我不能接受，晓绯也不会接受。"李珏耀仍不接受，"秀玉，我们是好朋友，你这样做，太生分了！"

"珏耀，你是我最好的朋友。你给了我那么多的帮助，还有，我来这里旁听英语，常常要麻烦你爸爸。你和晓绯结婚，我表示一下祝贺不行吗？你不是说过什么'只许州官放火，不许百姓点灯'吗？我看你就是。"曾秀玉有点激动。

半年前，曾秀玉托李珏耀转送600元给陈根秋。陈根秋家庭生活很困难，曾秀玉想送点钱帮助他渡难关，可担心自己送会遭陈根秋拒收，于是请李珏耀转送。不久，她收到陈根秋的信说感谢她送给他1200元。聪明的曾秀玉随即明白了，李珏耀在帮她把钱送给陈根秋时，又自己再掏腰包，并以她的名义加送陈根秋600元。当时李珏耀每月的工资才60多元。

曾秀玉埋怨自己，不该请李珏耀转送钱给陈根秋。她拿了600元钱一定要还李珏耀。李珏耀只是微笑地回答："你送他600元，我也送他600元。怎么，你是'只许州官放火，不许百姓点灯'？"坚决拒绝收下曾秀玉的还钱。

"秀玉，这事和那事没可比性……"李珏耀正说着，李远馨进来了。

见曾秀玉和李珏耀两人神情怪怪的，好像吵架。李远馨走到曾秀玉的身边，关切地问："秀玉姐，你怎么了？我哥欺负你了？"

"不是。远馨，你给评评理……"曾秀玉把事情的经过说了。

李远馨听完，对李珏耀说："哥，你真的是惹秀玉姐生气了。我想这样行不行？哥，你们和晓绯姐都是同学，都是兵团战友，收录机你就收下吧，秀玉姐可是一片美意。你以后找个机会也买一件礼品送给秀玉姐就行了。不过，秀玉姐，这可是下不为例啊！还有，项链是送给晓绯姐的，秀玉姐，这个最好你当面送给她。"

曾秀玉对李珏耀有强烈的好感。曾秀玉与陈秋根分手后，与胡宏彬结婚，后来辞去在旅店的工作搞起了园艺场；又与胡宏彬想方设法在分地时只要旱地不要水田、租用被人废弃砂岩地，卖本地腊石一转手就赚大钱。曾秀玉总担心会被人指责"薄情寡义""唯利是图"。她向李珏耀请教。

李珏耀对问题的理解和给她的解释让曾秀玉钦佩。他告诉曾秀玉，说她与胡宏彬结婚如果只是为了有条件纵情于物质享受，那可就不好说。可她不是，她是为了更好实现自己的人生追求、更好地干事业，本身已就无可非议，何况现在已初有成就，他相信大家能理解，也相信陈根秋会支持。

李珏耀还举例分析告诉曾秀玉，说买卖双方在商品交易中的讨价还价，是双方的你情我愿并不构成伦理关系。他又运用政治经济学家的价值理论，向曾秀玉讲述他们在村子里分地时，只要旱地、租用砂岩地的行为不是什么与大伙争利，而是为了有可能更有效地利用资源，争取更大的发展，合情、合理、合法。李珏耀赞赏曾秀玉在经济领域洋洋洒洒崭露头角，他热切期盼曾秀玉拿出兵团战士的勇敢，在激烈的经济竞争中傲立、发展。

与君一席话，胜读十年书。曾秀玉口服心服，理直气壮。曾秀玉很高兴自己拥有李珏耀这样有知识的朋友。曾秀玉有话愿意与李珏耀讲，有事愿意与李珏耀商量。

纪德芬家里爆发情感危机在单位、在邻里影响恶劣，李珏耀搏研考试结束后，曾秀玉曾与他探讨如何帮助纪德芬，两人都感到很棘手。回城的海南农垦知青有人同情但普遍没什么社会地位，大多数人可以说是生活在社会底层，到单位、到纪德芬婆家说话很难产生较好的效果。社会世俗的眼光是"官大一级压死人"，干部讲话可能有人听。他们都觉得，最好是与刘晓绯商量，在同农场回城的知青朋友中，只有她一个人是当官的。

九

终于看到挂有党支部、大队部、民兵营三块木牌子的祠堂了，驾驭着小出租汽车的杜振彬对坐在车上的人喊了一声"我们到了！"就把车靠边停在祠堂前的大榕树下，李珏耀、刘晓绯、钟奕强和曾秀玉从车上走下来。

造谣一张嘴，辟谣跑断腿。昨天上午，曾秀玉与李珏耀和刘晓绯就已经商议了，帮助纪德芬摆脱家庭情感困境，就必须与她的丈夫林煦俊、郝姆和郝序良等面谈，消除坏影响；李珏耀和曾秀玉都认为，谈话最好以刘晓绯为主，其他人协助。刘晓绯曾在西泉农场政治处工作，知道贾威裕的案情。刘晓绯也认识郝姆。当年在西泉农场的政工会上，十一连指导员以郝姆在连队的劣迹所产生的坏影响为例，提出加强连队家属教育问题。会后，柳主任派刘晓绯到十一连找郝姆，进行了一次严肃的谈话。

李珏耀建议，纪德芬的事已被搞得沸沸扬扬，可联系曾在同农场现已回城的知青，多些人参与。曾秀玉建议叫上钟奕强，乘坐杜振彬的出租车到木材公司，到郝姆所在村的大队，到林煦俊家。

杜振彬现在已不开电动三轮车，改开小出租汽车了。不过，他还在驾驶实习期间，只能在市区内单独驾驶。曾秀玉购买了人货两用车，又拿到汽车驾驶的实习执照后，自己开车运载花草树木、运土拉肥，以及购买运载培育盆景用的大陶瓷花盆的时候，她常会请杜振彬坐在副驾驶座上压阵，陪着指导。杜振彬比她多几个月的驾龄。昨天下午，曾秀玉找到杜振彬说明来意，杜振彬立即满口答应。杜振彬很同情纪德芬，他觉得，尽管纪德芬有错，但也不应该这样对待她。林煦俊连自己的小孩都不要，是个地地道道的小人。

上午，杜振彬开车送大家到市木材公司。他们一行人走进木材公司办公室。这是一间面积十多平方米的长方形平房，四张办公桌拼拢摆在房子中间，入门左右两边，靠墙各置放着一张木制长沙发，沙发边上都配置一只木茶几，上面放着一个热水瓶和一盒袋装茶叶。刘晓绯上前轻声细语地向一位坐在办公桌旁，长得五大三粗的中年汉子打听："同志，你好，请问你们书记的办公室在哪里？我们有事找书记。"

中年汉子瞄了大伙一眼，瞪着刘晓绯傲慢地说："你们是什么人？找书记有什么事？"

刘晓绯心里猜想，这个人可能就是书记了。她笑着回答："噢！是这样的，我们都是海南的回城知青，"刘晓绯略为停顿，笑着问，"我们能不能坐着说？"连坐都不让，架子够大的，刘晓绯心中不满但她没表现出来。

"行！坐着说。你现在在哪里工作？"中年汉子问刘晓绯。

"我在凤县工作，"刘晓绯刚作回答，曾秀玉就插话了，"她是县委办公室的副主任，是我们刘市长的女儿。"看着中年汉子傲慢的气势，曾秀玉忍不住说出了刘晓绯的身份。

"哎呀！对不起了！刘主任，你为什么不早说呢？我就是这个公司的书记，我姓周，你叫我老周就行了。你们找我有什么事？"中年汉子一得知刘晓绯的身份，立即改变了语气。他招呼办公室的工作人员给刘晓绯一行人上茶。

刘晓绯说了纪德芬的事，她请周书记帮助教育郝序良。周书记立即叫办公室的人找来郝序良。

郝序良被叫到办公室，一进门就挨周书记一顿猛训："郝序良，你这小子吃饱了没事撑着难受是不是？狗嘴里吐不出象牙！你到处乱造谣乱害人……"

"没有呀！周书记。"郝序良感到莫名其妙，他争辩着。

"没有？你这小子还说没有！我问你，你造纪德芬什么谣？你自己对刘主任说。"周书记对郝序良吼叫着。

"噢！周书记，你说的是这事啊？我是听我们村的郝姆说的……"郝序良说了郝姆在村子里散布的对纪德芬的种种恶言恶语，还说，"郝姆说，纪德芬是个不要脸的女人，是个害人精，你要讲臭她，要让大家都知道她臭，让她没好日子过……"

"好你个郝序良，你浑蛋！郝姆要你杀人，你就杀人啦？你害死人知道不知道？"周书记瞪着郝序良，愤怒地说。

"周书记，我错了。我一定改，我保证改。"郝序良心里害怕，他很担心，他不知道周书记要怎样处理他。

"周书记，我说两句。"刘晓绯看了周书记一眼，盯着郝序良说，"郝序良，你好糊涂呀！纪德芬是一时糊涂，心里已经够苦的了。你还到处传播那些无中生有的谣言，这不是把人拼命往苦海里推，把人逼上死路吗……"刘晓绯语气凝重，不紧不慢地说着。

郝序良毕恭毕敬地听着，连连说着："是！是！我错了，我一定改，我保证改。"

"刘主任，回头我一定好好教育他。"周书记瞪了郝序良一眼，郝序良垂头丧气地站着。周书记对刘晓绯说："刘主任，你有什么要求，尽管说。"

"谢谢周书记！我们打扰你了。"刘晓绯没提纪德芬工作的事。刘晓绯估计，纪德芬是木材公司的统计员，现在可能已被公司除名了。刘晓绯听曾秀玉说过，纪德芬不想回木材公司工作。刘晓绯站了起来说："周书记，谢谢你的支持。"刘晓绯与周书记握手告辞。

上午到木材公司找郝序良谈话很顺利，下午找郝姆估计会很精彩，杜振彬心里充满着期待。

杜振彬关好车窗上好车锁，跟在曾秀玉后面走进大队部。

郝姆来了。听书记派来的人说外面来人要找她，郝姆不知有什么事。她换上一件银灰色的薄呢上衣，下着一条黑色的薄呢长裤，脚穿一双黑色的绣花绒布鞋，稀疏的银白头发还特意抹上一层薄薄的发油。

郝姆眯着细小的眼睛扫视了坐在大队部里的人一眼。大队书记坐在一张长木条椅子上抽着烟，表情冷淡，不打招呼也不开口说话。

"郝姆来啦！请坐！"刘晓绯第一个站起来与郝姆打招呼。

郝姆仔细地端详着刘晓绯，眼睛里满是警惕，她觉得很面熟。她终于想起来了，"哎呀！这不是刘干事吗？大老远地来我们村，找我这老太婆有事？"

"郝姆，你先坐下，我们有事慢谈。"刘晓绯指着旁边的一张办公椅，对郝姆说。

"郝姆，他们一行人来这里，是想找你谈谈。你为什么到处无中生有、乱造谣，诬蔑他们的朋友纪德芬？"刚才不说话的大队书记开口了。

"噢！是说纪德芬的事呀？在海南岛，谁不知纪德芬是个骚货，是个害人精？！这个纪德芬现在怎么啦？骚女人一个……"郝姆伶牙俐齿，做出不屑一顾的样子。听说大队部有人来找郝姆，不少村民感到好奇，一窝蜂地前来观看。

刘晓绯严肃地打断了郝姆的话，"郝姆！对不起，我不得不打断你的话。你这么大的年纪了，本来我们应当尊重你。但是，你不值得我们尊重。郝姆，你应该不会忘记我曾代表政治处到十一连找你谈话吧？你很记恨纪德芬往你头上倒扣饭菜，但她为什么扣你，你心里不明白吗？你往人家身上泼了多少脏水，无中生有造了多少谣呀！……"

"什么？我造谣？造谣是要被割舌头的。"郝姆打断刘晓绯的话，她干瘪的脖子上爆出青色的粗血管，歇斯底里地说，"刘干事，我郝姆一向黑就是黑，白就是白；是就是是，非就是非，说话做事向来都是黑白分明、是非分明。刘干事，你可不能冤枉我呀！我告诉你，乱说话、冤枉人是有罪的。我想你也知道，中国有句老话，说'天日昭昭，为恶难逃'，你们说，我不懂这理？我会无中生有、我会造谣？我造谣做坏事是会遭雷击、不得好死的……"郝姆一向油嘴滑舌，嘴巴从不饶人。几个月后雷雨季节的一个下午，郝姆在村子旁的一个山坡地上种花生，被突然爆出的闪电击中，顷刻变成一节黑乎乎油腻腻的，不足一米长的焦尸，惨不忍睹。这是后话。

"郝姆，我真的是服你了！你是恶人做坏事还能倒打一耙……"李珏耀看着郝姆的丑陋表演，心里骂了声"无耻！"李珏耀很讨厌郝姆这种胡搅蛮缠、擅长地痞思维的人。

他觉得，郝姆这类人尖酸刻薄、死皮赖脸的，没有廉耻感，你越讲人格尊重她就越嚣张。只有公开，在众人面前，尤其是在熟人面前揭发她的丑陋，才能镇住她的嚣张。李珏耀把上午在驼江市木材公司，郝序良说的郝姆在村子里是如何捏造、造谣伤害纪德芬的事，都抖了出来。他问郝姆："这不都是你捏造的吗？你如果真的会怕'遭雷击'，担心'不得好死'，你就不会做这些丑陋的恶事了。"李珏耀说到"遭雷击""不得好死"时加重了语气。

郝姆一时乱了阵脚，哑口无言。站在祠堂天井和走廊上的村民发出了一阵阵哄笑和嘘唏声。郝姆是村里有名的长舌妇，喜欢说三道四背后嚼舌头，无中生有将鸡毛蒜皮的事添油加醋到处惹是生非。

李珏耀刚说完，钟奕强又接着说："郝姆，我也是海南的回城知青，我叫钟奕强。在西泉农场，我是六连副指导员，我至今仍清清楚楚地记得，十一连指导员曾在团政工会上，说了你来到农场你女儿家后，在十一连接连发生好几宗信口雌黄、无中生有、惹是生非的事，搅得十一连家属的邻里关系乱哄哄的。"钟奕强问郝姆，"郝姆，那些事你难道忘了？要不要我说说给大伙听听，怎么样？"

"别，别！"郝姆神情紧张，连连摆手。郝姆蔫了……

当然，刘晓绯明白，郝姆蔫了不等于纪德芬的丈夫林煦俊就不会胡闹。在回驼江市的路上，在车上，刘晓绯要大家心里有准备，说晚上的工作最难做。

当天晚上七点半，大家各自用完晚餐，准时在林煦俊住家靠大路方向的小巷拐弯处聚齐。

曾秀玉来过林煦俊的家几次。她领着大家走到林煦俊的家门口。林煦俊住家小院子的门斗上方，新挂着一个直径约20厘米的圆形玻璃镜，据说已开光，叫照妖镜。门斗上方的墙上，粘贴着粉红的和蓝灰的颜色，长约30厘米、宽约15厘米，上面布有零星白麻点的纸片。在小巷路灯昏黄的光亮中，模模糊糊可以看到纸片上用毛笔画着一条条弯弯曲曲的、类似蚯蚓的图案，这是花了不少钱买来的避邪符。

林煦俊住家小院子的大门掩着没上栓。曾秀玉上前"哐、哐"拍了两下大门的门环，朝院子里喊："煦俊，在家吗？我是秀玉。"曾秀玉认识林煦俊。纪德芬受家暴想寻短见，杜振彬把她送到曾秀玉家的第二天，曾秀玉就来到这里找过林煦俊，她想调和他们夫妻的矛盾，无果而回；一个星期后，纪德芬挨打的皮肉伤基本愈合，她又一次来这里找林煦俊，同样没有结果。

"噢！是秀玉呀！门没栓，你自己推门进来。"林煦俊在家，他对门外的曾秀玉喊着。

曾秀玉推开大门，五个人一起直接走过天井，进入后厅。院子里的另一户住家，房间的门锁着，外出不在家。

见进来的是五个人，林煦俊有点发愣。林煦俊的妈妈、妹妹也从各自的房间里走出来。林煦俊的爸爸出车跑长途又不在家。

"阿姨，你好！"见林煦俊的妈妈从房间出来，刘晓绯走向前问好，林煦俊的妈妈爱理不理地瞅了刘晓绯一眼不吭声。刘晓绯转身向林煦俊的妹妹点头，说："小妹，你好！"林煦俊的妹妹也与林煦俊的妈妈一样，昂着高傲的脑袋不吭气，刘晓绯讨了个没趣。不难看出，林煦俊的妹妹是一个自以为是，以自我为中心的任性姑娘。

"阿姨、煦俊、小妹，我向你们介绍一下……"曾秀玉把一行人向林煦俊家里人做了介绍。见主人态度冷漠依然没吭气，曾秀玉不客气地充当起主人，"来！来！大家都请坐……"李珏耀、钟奕强、杜振彬都各自拉开了圆形饭桌旁的木方凳坐下了。

见林煦俊的妈妈和林煦俊兄妹没坐下，刘晓绯也站着。刘晓绯对他们说："阿姨、煦俊、小妹，纪德芬的事，你们有气好理解。可是事情并没有像外面说的那么严重啊！纪德芬出事的时候，我还在团政治处工作……"刘晓绯单刀直入说了事情的经过。

刘晓绯说话的时候，曾秀玉从饭桌旁拉出三张木方凳，分别放在林煦俊的妈妈和林煦俊兄妹俩的身边，逐个拉着他们的手，请他们坐下。又转身从后厅的墙边拿来两张木方凳，放在刘晓绯的身边，她让刘晓绯坐着讲话，自己也坐在刘晓绯的身旁。

刘晓绯转身对曾秀玉轻声说了句"谢谢"，回过头见林煦俊和他的家里人都已坐下了，她也坐下继续说。刘晓绯向林煦俊家里人说了上午找郝序良、下午找郝姆的事。

林煦俊的妈妈坐在饭桌旁边。刘晓绯在说话的时候，她叫女儿到自己的房间拿来一包三五牌香烟，抽出一根叼在嘴里，用打火机点燃，猛吸两口，又把香烟用手指夹着。她略歪着脑袋，眼珠上翻注视着饭桌正上方那盏懒洋洋散发着光亮的电灯，泄愤似的朝它恶狠狠地喷出几个冉冉上升的烟圈。

面相随心转。林煦俊的妈妈胖乎乎的，但不是那种心宽体胖、慈眉善目、笑容满面的人。林煦俊的妈妈脸上的笑肌显然已经退化，已经僵硬横向发展成横肉，一看，就知道不好对付，肯定不是一个善茬。林煦俊的妹妹给她妈妈拿来香烟后，干脆就站在她妈妈身后，双手按在她妈妈的双肩上，表情冷漠。她虽在读高中，在今天在座的所有人中年龄也最小，但她既不给来客上水也不吭声。

刘晓绯话刚说完，林煦俊的妈妈瞅了刘晓绯一眼，藐视地从嘴里蹦出了两声"哼、哼"。她用傲慢的语气，对刘晓绯说："我说这位同学啊，什么是'一时糊涂'？什么是'上当'？阿姨懂，阿姨都懂。什么事小，什么事大，女人'饿死事小，失节事大'……"林煦俊的妈妈又点燃了一根香烟，慢悠悠地抽着，慢悠悠地说着。

"阿姨，纪德芬中学读书的时候，我们的音乐老师就说她有天赋，将来能上音乐学院。后来'文革'，再后来上山下乡到海南岛……"钟奕强讲述了纪德芬中学读书时曾经的憧憬，讲述了在海南岛兵团连队劳动、生活的艰辛，"阿姨，德芬想读书，想离开海南岛才会产生一时的糊涂。再说，她与煦俊结婚后，工作、理家务都是很不错的。"

"奕强说得对。德芬很想读书，她上进心很强，但一时犯糊涂，想读书求上进的方法错了。不过，这也不能全怨她呀……"李珏耀补充着钟奕强的话。

"嘿！她结婚后怎么啦？还求上进，骚货！我最看不惯的就是她的骚气。"林煦俊的妈妈反驳钟奕强和李珏耀。她猛抽了一口烟，喷出烟雾生气地说："这个骚货把我们家害苦了。不孝有三，无后为大。"

刘晓绯听明白了。林煦俊虽有妹妹但只有他一个人是男的，是独丁；纪德芬与林煦俊结婚生的不是男孩，按中国的封建世俗，女孩不能传宗接代，这是林煦俊的妈妈愤恨纪德芬最根本的原因。当时，国家严格执行计划生育政策，规定夫妻双方如果不都是独生子女的，只许生一胎。纪德芬生女孩，但这也不是纪德芬的错呀！

刘晓绯正想说，突然，一直坐着不吭声的林煦俊咬牙切齿大吼一声："这个烂货，我坚决不要！被人扔掉的破鞋，谁要谁捡去！"林煦俊的吼叫让刘晓绯一行人几乎同时感到一怔。林煦俊在借机宣泄积怨，他不自量地把自己在职场的不如意、不得志的全部怨恨，都记在纪德芬身上。林煦俊的妈妈"哼、哼"地冷笑了几声，她向林煦俊表示赞赏。

曾秀玉气得差点就要撒泼骂人。她瞄了一眼坐在身边的刘晓绯，刘晓绯秀眉紧锁，抿着嘴，眼睛带着鄙视淡定地坐着。她又望了望钟奕强和李珏耀。他俩满脸苦笑，悄悄地相互摇了摇头。

曾秀玉压着心中的怒火，对林煦俊说："煦俊，我想不到，你怎么能这样？你怎么能说这样的话？你还有女儿呢！"

"我怎么啦！我就是这样。女儿，什么女儿？我不要……"林煦俊拿出了杀手锏，撒泼耍赖。

＋

西泉农场党委副书记何利明陪着李珏耀和刘晓绯，乘坐一辆北京牌吉普车从场部出发，直奔十连。

经过1500多公里的舟车劳顿，昨天下午，李珏耀、刘晓绯终于到达海南岛西泉农场。刘晓绯在场部招待所还没登记住宿，就被招待员认出来了。招待员立即打电话报告了何利明。

农垦体制改变，兵团撤销，恢复农场，现役军人都调回原部队。谢吉庆副团长调海口医院任党委书记，他的爱人、团卫生队指导员王淑兰也随调到海口医院当行政科长。刘晓绯的老连长叶春耀离休回黑龙江了。老指导员何利明被提拔为农场党委副书记。

何利明是刘晓绯上山下乡在西泉农场十连时的指导员，又是她的入党介绍人。接到招待员的电话，何利明随即放下手头的工作，他把李珏耀和刘晓绯回农场的消息告诉了农场党委书记兼场长施瀚雄后，就急忙来到招待所迎接李珏耀和刘晓绯。没多久，施瀚雄也来了。

施瀚雄是海南籍的部队转业干部。中国抗日战争即将胜利时，蒋经国组建国民党青年军，施瀚雄闻知，立即前往设在海南岛的报名处报名应征入伍，后被编入北平傅作义指挥的国民党部队。解放战争时期，解放军发起平津战役，北平和平解放，傅作义的部队被改编，施瀚雄成了解放军的战斗员随军南下。解放军发动解放海南岛的渡海战役时，海南籍的施瀚雄被抽调到参战部队做向导。他经历了惊心动魄、富有传奇色彩的解放军"木船打军舰"的海上战斗。海南岛解放后，施瀚雄转业投身参加组建海南农垦，发展祖国天然橡胶的事业。

天然橡胶是重要的军事战略物资。国际上认定，北纬15度以北不能种植橡胶，中国被视为天然橡胶的"种植禁区"。新中国一成立，敌对国家就立即对中国的天然橡胶进口实行严密的封锁。突破敌对势力的封锁，保证国防和工业建设需要，就必须争取橡胶自给。党中央决定，组建中国人民解放军林业工程第一师、第二师，分别在海南岛、湛江地区开始了建立我国橡胶种植基地的艰苦奋斗。

施瀚雄被调到第一师，他亲历了中国天然橡胶从无到有、从小到大发展的艰苦历程。大面积种植橡胶需要大量的橡胶种子。当年，橡胶种子成了"富贵如生命，价值超黄金"的紧缺资源。第一师发出了"一粒种子，一两黄金"的战斗号召。施瀚雄带领农垦战士深入深山老林，寻找数十年前华侨在海南岛创建橡胶园，经营失败的残存的橡胶树。在橡胶种子收获的季节，他们风餐露宿，不管白天黑夜24小时守候在高大的橡胶树底下。只要听到橡胶种子成熟剥落发出"啪"的声响，他们就一定要找到落地的橡胶种子，捡起装进特制的袋子里加以保护。为防止敌对人员破坏和山猪等野兽偷食橡胶种子，施瀚雄曾经为保护橡胶的播种育苗，在橡胶苗圃地持枪站岗。从艰苦采集橡胶种子育苗开始，施瀚雄和千千万万的海南农垦人经历千辛万苦，克服了风、寒、旱等自然灾害，总结出一套种、管、养、割、制的科学经验，冲破天然橡胶的"种植禁区"，在北纬18度至24度的地区大面积种植橡胶，创造了世界橡胶种植的奇迹。我国也由原来的天然橡胶空白国，一跃成为世界天然橡胶生产大国。

兵团时期，施瀚雄是团生产处处长。杨政委任组长，带工作组在三连组织橡胶低洼篮播育苗试验时，施瀚雄是工作组副组长，刘晓绯是组员。施瀚雄对刘晓绯认真负责的工作作风很赞赏、很满意。

当天晚上，施瀚雄和何利明就在招待所设便宴，招待李珏耀和刘晓绯。席间，刘晓绯从施瀚雄口中得知，农场知青大多回城了。

谈起知青回城，施瀚雄感慨良多。他对刘晓绯说："晓绯，你们知青多好啊！有知青政策，可以回城……"他告诉李珏耀和刘晓绯，说农场有几个原先在内陆的大中城市参加革命的抗战干部，南征北战后转业到农场工作，现在到了离休年龄，要求回原籍城市落户，农场多次派人前往联系，可就是解决不了户口问题。施瀚雄感到很不理解也很无奈。新中国成立以后，全国建立了根据地域和家庭关系，划分农业户口和非农业户口的户籍管理制度。"农转非"，尤其是户口转入大中城市受到严格控制，入户很困难。

"这几位抗战老干部的离休安置问题，农垦局组织处很重视，决定上报上级，并派人与我们政治处的组织干事一起前往联系解决。这个工作一定要做好……"何利明插话说。

施瀚雄叹了一口气，随即调整好情绪。他转换话题，对李珏耀和刘晓绯说，他觉得，大批知青来兵团，给农垦发展注入了新的活力，也带来了农场基层文化生活前所未有的活跃和丰富。他还多次加重语气，说知青为祖国天然橡胶事业的发展做出了巨大的贡献，功不可没。他请李珏耀和刘晓绯回去后，转告原在西泉农场上山下乡的驼江市知青，说农场不会忘记他们，欢迎大家回农场看看。施瀚雄要何利明这几天多陪李珏耀和刘晓绯。

何利明陪李珏耀和刘晓绯到十连。坐在吉普车上，李珏耀和刘晓绯心情激动，泥土公路两边，是已经开割的成片橡胶林。坐在副驾驶座上的何利明转过身子，对刘晓绯说："晓绯，你知道吗？这几年我们农场的橡胶成长起来了以后，最讨厌的'老挝风'，每年随橡胶的生长刮风的次数越来越少，风力也越来越小，今年竟然消失了。"

"哦！太好了！"消灭了肆无忌惮为非作歹的"老挝风"，李珏耀和刘晓绯都拍手叫好。

刘晓绯被眼前成片的橡胶林所陶醉，向何利明说："何副书记，我们下车，走路穿过橡胶林步行到连队，好吗？"

"好主意！"何利明立即表示赞同。他让司机停车，与李珏耀和刘晓绯下车后，他要司机把车开到连部。然后就与李珏耀和刘晓绯一起走进了橡胶林。

橡胶树正处于停止割胶时期，林段四周的木麻黄防风林高高耸立，齐刷刷的、枝叶繁茂威武地保护着已经在橡胶枝头抛头露面，惬意生长着的橡胶嫩叶，不时有小鸟从林段上空飞过。刘晓绯踏着灰褐色枯干的橡胶落叶沙沙作响，兴高采烈地在前面走着。何利明和李珏耀走在后面，何利明不时地在向李珏耀说些什么。刘晓绯曾是十连文书，连队的橡胶林段她熟悉。

刘晓绯走到一个小山坡的环山行上停了下来。这里的橡胶，长得比林段其他地方的橡胶粗壮。何利明和李珏耀也从后面赶上来了。

"晓绯，这地方你记得吗？"何利明笑着问刘晓绯。

"当然记得，何副书记，何止是记得，简直就是刻骨铭心。"刘晓绯俏皮中带点刚毅，笑着对何利明说。当年，连队在这里打环山行挖橡胶穴，刘晓绯所在的八班在这里碰到碎石头地。八班是以知青为主的连队女子班，全班九人，七人是女知青。班长是来自湖南长沙的女知青姚娴妮，刘晓绯是副班长。姚娴妮是"文革"前的高中毕业生，比刘晓绯大三岁，早刘晓绯两年到农场上山下乡。姚娴妮名字娇柔，但身高近一米七，长得人高马大，砍岜挖穴打环山行不比连队的男子汉差。兵团体制改变后，姚娴妮顶父职回长沙，后来参加高考成绩不理想，落榜了。

在碎石头地上挖穴难度很大，使用锄头用力挖地，常常会随着"当"的一声响反弹起来，震得虎口发麻。姚娴妮和刘晓绯找来了几把丁字锄，连长、副连长扛着钢钎也前来支援。啃这块"硬骨头"，女知青们的体力严重透支，都很累，甚至握着锄头柄的手有时都会不自觉地发抖。连队收工了，她们拼命干仍没能完成任务。连长要派其他班帮忙，但全班没人愿意。她们觉得，其他班的任务也很繁重，完成任务也很不容易，都很渴望有多点的时间休息。姚娴妮和刘晓绯经过商量，决定劝说班里两位本地籍的女职工先回连队，她们都已成家，都有小孩。连长、副连长和七名女知青在工地上接着又干开了。

何利明从团部开会回来，听说八班还在工地上不完成任务不收工，很感动。他随连队炊事员送饭到工地，又要司务长把连队的汽灯油壶里加满煤油点亮抬上工地。那天晚上，连长、指导员、副连长与八班的几位女知青一起，点着汽灯打环山行挖穴，一直干到晚上九点多钟才完成任务。十连八班女知青夜里点着汽灯，在碎石头山坡上加班打环山行挖穴的事情，很快在团里引起了轰动。

"晓绯，你知道吗？这事过后我常常在想，我当年提出'当天任务当天完成'的口号，是不是对大家的要求太严太狠了？"何利明用手拍着旁边一棵粗壮的橡胶树的树干，对刘晓绯说，"我也有点不理解，团里生产任务那么繁重，劳动强度很大，一般的男知青都很难承受，何况是你们女知青。"何利明叹了一口气，继续说，"我估计呀，你们会在背后骂我！"

"没有啊！何副书记，我没听说过有人骂你呀！不过，现在，我有时也会想我们的大会战，想我们打环山行挖穴种橡胶的大干、苦干、拼命干，有时也感到不可思议。"站在当年曾经出大力、流大汗的橡胶环山行上，刘晓绯满脸凝重。

"真的是不可思议。大会战、大开荒又累又辛苦，可是一想到我们是兵团的先进连队，好像就觉得这苦这累是应该的。先进单位总是与苦、与累连在一块的，大家都习惯了。"何利明凝视着眼前这些在环山行上茁壮生长的整整齐齐的橡胶树，深有体会地说。

"何副书记，不知对不对？我想，这就是人的荣誉感，我们说的革命英雄主义，我们战胜困难的法宝。何副书记，我调团部机关工作后，曾多次随团长下连队，也多次听团长讲'塔山阻击战'和他在北京西苑机场接受毛主席、朱总司令检阅的故事。团长讲这些故事时，总是神采奕奕，脸上充满自豪……"刘晓绯说的，是兵团时期在西泉农场的现役军人沈团长。沈团长是放牛娃出身的老八路，在解放战争的辽沈战役中，他所在的部队在"塔山阻击战"中立下不朽功勋，被誉为"塔山英雄团"。沈团长一直为自己参加"塔山阻击战"而骄傲，为接受过毛主席、朱总司令的检阅而自豪。

登上山坡，再平缓下坡穿过四个橡胶林段，十连就到了。何利明和刘晓绯并排走着，李珏耀跟在后面。何利明突然想起了什么，他停下脚步，对刘晓绯兴奋地说："噢！对了，晓绯，我忘记告诉你了，那个大会战哭鼻子的江西小女知青，去年考上师专，到江西读大学了。"

"嘿！方洁上大学了，太好了！"刘晓绯激动得差点大叫起来。报名高考的人那么多，高考那么难，方洁能考上，真了不起！刘晓绯太高兴了，她为战友高兴。方洁只有"文革"前小学五年级的文化程度，年仅15岁就上山下乡到海南岛，是知青中年龄最小的。方洁与刘晓绯在十连曾住同一隔间茅草房宿舍，见刘晓绯写日记，她也跟着写，坚持写。写着写着，又到场部中学找了一些初中、高中的课本自学。

何利明陪李珏耀和刘晓绯在十连的橡胶林段里走着、看着、说着。李珏耀和刘晓绯一路感受着当年苦涩的幸福。他们很激动，他们以特有的方式，在心中奏响只有他们自己才能意会的《婚礼进行曲》。

第七章

康健楼民国时期就被流言传为是凶宅，田慧从不信邪。她经历痛失爱女，插队下乡的儿子莫名失联，丈夫因此精神恍惚在马路上被汽车撞死的人生不幸，仍不失尊严倔强地工作生活。杨森怀父亲被溃退的国民革命军抓丁，胡秋生将此作为其政治污点时常找茬批斗他，杨森怀后来困退回城做走私物品生意。他拉钟奕强入伙，获利金盆洗手。胡秋生参与偷挖金矿被炸死。钟瑞云的坟墓常有当地老百姓前往拜祭。田慧与钟瑞真从钟瑞云的日记中感到钟奕强的优秀，母女商议要帮助他就业。

一

早晨六点，太阳刚一露脸，驼江制药厂工程师田慧准时起身，准备到"康健楼"前的庭院里打太极拳。

康健楼是一座中式院子和西式洋楼组合的二层结构小洋楼。楼前有近200平方米的草坪，周围是高约3米、留有不规则形窗口的墙面，连着小洋楼围成略显长方形的小院。

进小院大门，一条用鹅卵石铺成一米多宽的小道直接连接小楼底层大厅。小道左边，栽种着一棵粗壮的杜鹃花树和一棵茂盛的大桂花树，两棵粗壮的花木中间置放着一张直径超一米的石桌，旁边对称置放着四张石鼓椅。小道右边，栽种着一棵龙眼树和一棵桃树，粗壮的树干直径都超过30厘米了。两棵果树中间，有一个用60厘米的方块红泥砖铺成的约20平方米的红砖埕。

田慧着一身白色长袖太极服，黑发盘起，就着舒缓悠扬的乐曲，在红砖埕上轻柔缓慢、绵绵不断、行云流水般地打着太极拳。

钟瑞真从小洋楼里出来，悄悄走在鹅卵石小道上。她对田慧挥了挥手中的尼龙丝网兜，示了个意，就出门了。田慧知道女儿要去买菜，但她依然神情专注地打拳。钟瑞真的爸爸钟诚去世了，偌大的康健楼只住着田慧和钟瑞真母女俩。

康健楼的围墙阻隔了外面街道的喧嚣。清晨的小庭院里鸟语花香。在高高的龙眼树繁茂的枝丫上，已经修筑了两个窝的小黄鹂倾巢出动，在院子里的四棵花果树间不时穿梭飞行，叽叽喳喳地纵情欢歌春天；高大茂盛的桂花树满树冠挂着黄澄澄的小桂花蕊，不停地输送出阵阵浓烈的花香；桃花谢了，蚕豆般大小的桃子掀开羞答答的面纱开始露面；枝繁叶茂高大粗壮的杜鹃花树，满树绽开着密匝匝的深红色的杜鹃花，似乎要与俊美的田慧比俏丽。

50多岁的田慧身材匀称，长得很漂亮。她体态丰满但不臃肿，打太极拳时呈现出柔美的曲线；精致白净的瓜子脸上，弯弯的柳叶眉配上一双丹凤眼，微挺的鼻子加上一张丰润性感的小嘴，既文静又风情。岁月没在田慧身上留下太多的痕迹。田慧的皮肤没见松弛；她的眼角只有在她笑起来的时候才会出现些许鱼尾纹，额头也只有在她眉头稍皱时才会有浅浅的横纹。但这些却更增添了一种优雅高贵的端庄，雍容华贵中透出几分成熟、几分娇媚的风韵。

小小的庭院簇拥着满园的浓绿。田慧优雅地舒展着太极拳的柔美，与争妍斗艳的杜鹃花相互映辉，构成了一幅生机勃发的画卷，可谓是"杜鹃田慧相映丽"。

田慧坚持每天早晨打太极拳已有三年多了。以前，她晨练都是到虎头山公园。

走出康健楼小院的大门，向右沿着虎头街步行不到100米，就是虎头山公园的侧门。近一个月来的时间里，田慧每天早晨已经不在虎头山公园，而是在自家的庭院打太极拳。田慧在回避老江。

老江是刚退休不久的市工商局局长。江局长天庭饱满、地阁方圆，长得一副福相，肥胖的苹果脸上永远挂着微笑。

江局长丧偶已经有五年多的时间了，他多次流露出想找配偶再组家庭的意愿，因而，不少热心人主动充当红娘向他介绍对象：医生、中小学教师、企业厂长副厂长、技术员、机关干部等等，都是四五十来岁，容貌俊美，上得厅堂的丧夫或独身的女士，素质都比较高。

江局长退休了，无所事事。一个星期天的早晨，他到虎头山公园散步，无意中看见打完太极拳，正在广场边上的蝴蝶花树下，与几位女伴聊天的田慧，立即被吸引住了。江局长挺着微凸的将军肚，迈着慢悠悠的小方步凑上前，热忱地向众人打招呼："你们好！早上好！"他双手下意识地按在微凸的肚子上，"打太极拳好哦！健身运动，既锻炼身体，又怡养情操。我以后也跟大家一起打太极拳。我不懂，你们不要笑我哦！我拜你们为师。"他笑眯眯地瞄着田慧，很有礼貌地作自我介绍，"我在市工商局工作，刚退休。我姓江，叫路捷，江路捷。不是清洁的'洁'，是大胜利、大捷的'捷'，人生发展，一路大捷。你们叫我老江就行了。"……

从此，江路捷每天清晨都到虎头山公园的广场，跟在田慧身后打太极拳。江路捷总是虚心地向田慧请教，他很喜欢田慧用软软的手，手把手帮他纠正动作的感觉。没过几天，江路捷就开始向田慧大献殷勤，他赞美田慧打太极拳是公园里最靓丽的晨景，对田慧说"如果我是市体委主任，我一定会授予你驼江市'太极女神'的称号"，还不时地说田慧的脸鲜嫩白皙细腻如煮熟剥了壳的鸭蛋；眉毛像公园湖边被春风爱抚正在惬意生长的柳叶；嘴巴像绿油油地漂浮在九曲桥下的莲叶生长出来的莲角，又像是熟透了的樱桃丰润性感；牙齿是难得的标准的石榴牙、贝牙，人见人爱。

田慧对江路捷的赞美谈不上喜欢，也说不上讨厌。言过其实心必伪。她对江路捷保持适度的警戒，她觉得江路捷庸俗。

田慧还没退休要上班，除星期天有比较充裕的时间外，每天的晨练总是来去匆匆。江路捷多次邀请田慧喝早茶，田慧再三推辞，最终推脱不了，在一个星期天的早上接受了邀请。

江路捷在驼江市最豪华的驼江大酒店订了一个临内海湾的包厢。田慧准时赴约。田慧身着浅米色薄呢长袖连衣裙，脖子上的黄金项链挂着翡翠吊坠格外醒目。脚穿黑色中跟皮鞋，左手臂弯挂着一个黑色的小包，在酒店服务员的引领下款款步入包厢。

江路捷喜出望外连忙起身迎接。他很绅士地拿过田慧的小包挂在包厢的挂衣架上，又为田慧拉开椅子，双手按着田慧的双肩请她就座。

江路捷请田慧吃燕窝。他们边吃边聊。

江路捷赞美田慧天生丽质，魅力四射，把他给深深地迷住了。田慧听了心生反感但又不动声色，口称："谢谢！"

也许是听说田慧是老牌大学生，江路捷向田慧不断摆谱显示知识渊博，大讲为官之道。见田慧不吭声，他又接着说："田工，你呀！有贵夫人的相，可上半生没官太太的命……"

"什么？真是岂有此理！那我的后半生呢？"田慧耳朵听着，心里想着，"难道只有攀上你，我才能时来运转？好意思说出这话，不是没水平，而是没人格。太不尊重别人了。"田慧对江路捷这些低俗的高谈阔论不屑一顾，她感到恶心。她甚至觉得，与江路捷这类人交往会降低自己的人格，但她的教养又告诉她，对江路捷猛烈的情感进攻应采取礼貌的回避策略，避免让江路捷颜面尽失。

田慧应邀纯粹是出于礼貌，她对江路捷并没有好感。江路捷为人处世圆滑，擅长观言察色，见人说人话，见鬼说鬼话，田慧以前就有所听闻但她不关心，也没兴趣打听。不久，她又听到江路捷不断变换着身边的女人，有人把他称为"西门庆"。她决定迅速摆脱江路捷的纠缠。田慧以上班工作繁忙为理由，不再到虎头山公园晨练打太极拳了。

二

田慧每天早晨坚持打太极拳是厂长曲焕彪建议的。几年前，田慧心灵遭受重创，心绪波动激烈。曲焕彪在田慧心绪渐渐平静了以后，建议田慧打太极拳。

曲焕彪是新中国成立第二年从江南医科大学毕业的大学生，刚毕业时被分配在驼江市卫生局工作。1956年"康健堂"公私合营，改名为"驼江制药厂"，曲焕彪被派往任厂长。

曲焕彪出身于富裕农民家庭，但不是地主富农，不是新中国成立后的专政对象。曲焕彪的父亲是嗜钱如命的守财奴。曲焕彪上大学前，父母给他定下了一门亲事，对象是邻村的一位富家女，一定要他拜堂成亲后才能上大学。曲焕彪一开始不从父母令，说自己年龄还小不想马上结婚；还说他自己准备在同学中找对象谈恋爱。

父亲听后勃然大怒，用长烟筒敲着他的脑袋说："你小子反啦！长大有本事啦！娶媳妇干什么？你懂吗？生孩子！你懂不懂？生孩子，传宗接代，耀祖光宗。洗衣煮饭伺候公婆。你小子不要不知福，你媳妇还是她们村里的第一大美人哩。"他父亲狠狠瞪了他一眼，又用长烟筒敲了敲桌子，大声吼道，"好哇！你小子长大啦！有本事啦！老子的话敢不听啦！你想找同学，想得美。告诉你，没门！同学有什么好？'女子无才便是德'。你嫌人家不识字。不识字怎么啦？不识字不会生孩子啦？……"

除上中学几年在镇里，读高中时在县里，曲焕彪长期生活在交通不便、消息闭塞的小山村。自己所见所闻也只是"日出而作、日落而息"。他也真的说不清娶媳妇除了要生孩子、伺候公婆，还要做什么？何况，父亲不可理喻，与他论理只能自惹麻烦。曲焕彪屈从了，他在上大学前遵从父母之令结婚成了家。曲焕彪的老婆和三个孩子现在依然在农村。

曲焕彪很羡慕钟诚和田慧夫妻二人。他们三人都毕业于江南医科大学，曲焕彪是学弟。在驼江制药厂，曲焕彪是厂长，钟诚是副厂长，田慧是制药工程师。

田慧家在几年前接连出了大事。钟瑞云上山下乡赴海南岛屯垦戍边后，按政策，钟瑞真被安排到市抽纱公司工作。三年后，小儿子钟瑞腾高中毕业，又被动员上山下乡到驼江市附近的山区县插队接受再教育。钟瑞腾上山下乡第二年，钟瑞云因爆破事故身亡。钟诚接到市知青办转来的消息时，田慧主持的治疗心血管病的中成药"博心丸"系列研发工作正处紧张的认证阶段。担心影响田慧的心身和工作，钟诚与女儿钟瑞真商量约定，对田慧暂时封锁消息。

田慧原是苏杭地区一家大丝绸纺织厂主的千金小姐，从小思想开朗，追求现代女性生活。在江南医科大学读书时，与驼江市康健堂制药厂厂主的大公子钟诚同班。帅男美女善读书敢恋爱，学习成绩优异，很快就成了江南医科大学众多大学生令人羡慕的一对。临毕业时，抗日战争爆发，不久大学停办，紧接着，田慧的家乡沦陷。任性的千金小姐跟随钟诚来到驼江市。他们结婚了。一年后，他们的大儿子钟瑞祥出世了。

日军进攻驼江市的时候，田慧带着刚断奶的大儿子钟瑞祥随婆婆到山区农村避难，路上遭遇日本飞机轰炸，婆婆受伤儿子被炸死。痛失长子，悲怆欲绝的田慧心一横，在乱石岗上掩埋了儿子，搀扶着婆婆跌跌撞撞回到家。她下定决心不再流浪了。好歹一家人，要死就死在一块。田慧每天都穿着破烂的难民服，脸上涂上膛灰化装成丑妇。她幸运地逃过了日军的蹂躏。

田慧对孩子疼爱有加。抗战胜利后的第二年，田慧又怀孕了。长女钟瑞真出生后，公婆打算雇佣保姆带孩子，田慧坚决不同意，她不允许孩子有任何闪失。随后出生的钟瑞云和钟瑞腾，她都坚持自己带在身边一直到上幼儿园。

田慧貌美才高，行为举止处处显示着名媛风范，上得厅堂下得厨房，学有所成。

她与钟诚结婚的时候，康健堂的主打产品只有治疗"跌打损伤"骨科类的药酒和药膏。田慧与钟诚共同研究，一起以原有的中药剂方为基础，研制出专门治疗跌打损伤的内服"浓缩丸"；又把驼江市民间流传的以消除幼儿肠胃淤积为主要功效的"四顺茶"配方，开发成糖浆剂口服液和中药饮片，并以此为基础研制出治疗几种幼儿常见病的中药糖浆剂口服液和中药饮片，疗效显著，迅速发展为康健堂的另一主打产品。康健堂的知名度大幅提升。

钟诚是在钟瑞云出事的第三天，田慧主持研发的中成药"搏心丸"通过了认证的当天晚上，告诉田慧说钟瑞云出事的。

那天晚上，钟诚头脑乱哄哄的，他一再强制自己冷静。认证顺利通过，田慧兴高采烈喜气洋洋。钟诚向妻子表示祝贺心里却充满苦楚，女儿没了，永远地走了，他心如刀绞。妻子这几天工作很忙，很劳累，刚刚可以喘口气休息，要不要把这不幸的消息告诉她？钟诚心里很矛盾。

晚上睡觉时，钟诚上床没熄灯。钟诚像往常一样，一只手臂从枕头旁田慧的脖颈下伸过，手肘曲起，用小臂弯紧紧地搂抱着面对面的田慧，另一只手爱抚着田慧的脊背。田慧幸福地眯着眼睛。她没说话。她感到很疲劳，她想在钟诚的怀抱里放松身心，好好地休息休息。

钟诚和田慧默默地相拥着。好久好久，钟诚的心一直都感到忐忑不安。他觉得没有理由也不能再对田慧隐瞒钟瑞云的事了。在已成年的三个儿女中，钟瑞云不仅是形象，而且连性格都与田慧十分相似。他深深地吸了一口气，下决心把钟瑞云的事告诉田慧。他用手摇了摇田慧的肩膀，刚开口说："田慧，有个事要告诉你，我们要坚强。瑞、瑞云……"钟诚话没说完，眼泪就已经控制不住哗哗哗地一个劲往下掉。

"什么事？发生了什么事？"田慧大吃一惊。这几天，她就觉得家里怪怪的，钟瑞真有时愣愣地在发呆。田慧这几天工作很忙，她没过多地细想追问。

"瑞、瑞云出大事了，她、她没了……"钟诚哽咽着。

"什么？瑞云？你说瑞云怎么了？"田慧摆脱钟诚的怀抱，一股脑儿坐了起来，瞪大眼睛问钟诚。钟诚紧跟着也立即坐了起来，避开田慧的眼光，一把将田慧抱在怀里，泣不成声断断续续地说道："瑞云走了。"

田慧毫无思想准备，她难以承受这巨大的精神冲击。"不会的！我不相信！"田慧大声喊着，见钟诚认真的泪眼才又问道，"怎会呢？什么时候的事呀？！"

钟诚紧紧地拥抱着田慧，他强制着自己不再流泪，轻轻地说："三天了。"

"为什么要瞒我？你们为什么要瞒我呀！"田慧泪流满面，她哭着，她双手攥紧拳头，拼命地捶打钟诚的胸膛。

田慧对几个孩子都很疼爱，但在她的心目中，她最看好的是钟瑞云。她在钟瑞云身上看到自己年轻时的影子：任性但待人热情、积极向上；凡事说干就干从不拖泥带水，而且一定要干好，一定能干好。为参加红卫兵，钟瑞云把田慧的金首饰作为追求资产阶级生活方式的用品，交给造反派组织，田慧得知后很惋惜，钟诚很气愤。但田慧她要钟诚不要责骂钟瑞云，说女儿年幼小不懂事，长大后一定会"吃一堑长一智"。

田慧连续几天神情恍惚，厂长曲焕彪要她在家休息，钟诚也不让她上班，还要女儿钟瑞真请假在家陪妈妈。

钟诚把痛苦深藏在心里，他觉得自己有责任减轻田慧的痛苦。每天下班回到家里，他都尽丈夫的职责以各种方式安抚田慧。如果田慧坐在椅子上，他会走上前轻轻地拉着田慧站起来，然后把田慧紧紧拥抱在怀里；如果田慧躺在床上，他就会走到床边，坐在床沿俯下身，给田慧一个能吸走苦涩的热吻；晚上睡觉，钟诚总是紧紧地搂抱着田慧。连续几天，田慧总是难以入睡，常在半夜里哭醒泪流满面，钟诚就起床用温湿毛巾给田慧洗脸擦泪。每天晚上睡觉前，钟诚总是在床头柜上事先放上热水瓶、小洗脸盆和毛巾。钟诚默默地用丈夫特有的深情抚慰着田慧苦楚的心灵。田慧的心绪渐渐地平静了下来。

屋漏偏逢连夜雨，田慧家祸不单行。几天后，听说姐姐在海南岛身亡，钟瑞腾立即从插队的山区农村赶回家。他紧锁眉头，阴着脸打开由农场派人送来的钟瑞云的遗物，默默地站着看着，不一会儿，就一声不吭地跑回自己的房间蒙头大睡，整整一天不吃不喝。第二天一大早，钟瑞腾就回农村了。不知为什么，钟瑞腾的性格与开放乐观的钟瑞云相反，沉默寡言，任性内向。钟瑞腾上山下乡到农村后，家里还保留着他原有的住房。

与钟瑞腾一样插队上山下乡，在同一农村生产队的有四名知青，全是男的。生产队把他们都安排住在队里的饲养间。饲养间距离生产队养牛的饲养栏不远，过去是饲养员住的。知青来了以后，老饲养员搬回家里住，饲养间就成了知青的集体户。

知青插队后，被取消了城市户口，也取消了粮食供应指标，口粮标准和经济收入与生产队的农民同工同酬。钟瑞腾插队的生产队经济落后，年终结算每个劳力每天工值不到三角钱。钟瑞腾体质较弱，只能算70%，分配的口粮又根本不够吃。钟瑞腾每个月都回家一次，田慧总是给钱给粮票，还准备一些熟食让孩子带回农村。粮票是田慧通过地下票证交易买的。钟瑞腾在家是幺子，又是唯一的男孩，从小就受到父母和两个姐姐的宠爱，生活自理能力比较差。作为母亲，田慧最牵挂的是钟瑞腾，有时想着想着，鼻子一酸，忍不住泪水就会夺眶而出。

可怜天下父母心。田慧心绪刚恢复平静，她立即就给钟瑞腾写了一封信寄出，信中夹着十斤省内流动粮票。田慧迷迷糊糊地记得，钟瑞腾只拿了送给他的钱而说粮票用不着。

田慧焦虑地等待着钟瑞腾的来信。一个月过去了；两个月过去了；三个月也都过去了。钟诚和田慧好几次想给钟瑞腾插队的生产队队长去信询问情况，可是又担心这样做可能会产生不必要的联想，对儿子带来不好的影响，因而又都搁笔，但又总是放心不下。他们隐隐约约感觉到：钟瑞腾出事了。

钟瑞腾真的出事了。田慧连续给钟瑞腾去信，一直都没收到他的回信，钟诚和田慧都急了。钟诚向厂里请了几天假，乘班车到钟瑞腾插队的生产队。钟诚给生产队队长带去了两瓶竹叶青、两条大前门香烟和一条一斤多的腊猪肉作为手信。

钟瑞腾插队所在的生产队队长是个壮实的中年汉子，姓范。范队长在家里接待了钟诚。范队长的家是两间各约20平方米的瓦房农舍，连着一间简单的厨房。范队长夫妻住的房间兼作客厅，置放着一张雕花的老式木睡床、一个旧式的大衣橱、一张新式的配有办公椅的办公桌、一张直径一米的圆形饭桌围着六张木方凳兼作茶几。大床距墙不到一米的空间横挂着一条布帘，布帘后面是一家人大小便的地方，放着一只马桶和一只大木桶。马桶和木桶里装的粪便就是自留地用的最好的农家肥料。木桶没加盖，阵阵尿酸味不时从里面飘出。

范队长和钟诚坐在吃饭桌旁的木方凳上谈话。范队长给钟诚泡了一大玻璃杯茶。范队长告诉钟诚，说钟瑞腾自从听到他姐姐在海南岛出事，请假回驼江市后就再也没见踪影了。范队长说，在这里插队的四名知青，经常请假回家，常常一两个月不回来，生产队也懒得管。队里不缺劳动力，不出工就不记工。

"唉！"范队长叹了一口气，"这些城里的孩子娇嫩，在这里又没什么亲人，很难适应这里的生活。"

"可是，他没回家啊！"钟诚自言自语道，"不在家，不辞而别！瑞腾这孩子会跑去哪呢？"一种不祥之兆迅速从他的脑海里蹿出：孩子"逃港"了。"逃港"就是非法跑到香港。六七十年代，常有内地居民、知青"逃港"。钟诚心里想着嘴里不敢说出来，他想听听范队长怎么说。

"跑了！十有八九是跑了。"范队长不假思索就作了肯定的回答。"跑了"是"逃港"的代名词。不久前，他们生产队就有一名知青"逃港"不成功，被边防派出所逮住，教育了几个月后被遣送回生产队，要求队里对他加强管教。这位知青的"逃港"时间与钟瑞腾请假回家的时间不相上下。

范队长对钟诚说："唉！钟厂长，这是大事呀！对我们生产队影响都很大……"

生产队知青"逃港",他不仅挨了批评,而且还背了个党内警告处分。范队长是共产党员。县领导要求对知青加强"再教育",可怎么教育?范队长心中没底。范队长在生产队曾组织过几次"忆苦思甜"活动,大家吃用番薯叶和野菜混合煮的"忆苦餐",又找了几位"苦主"诉解放前的苦,再让大家思新社会的甜。可是这些活动对知青教育的效果不大,知青照样有事没事常常找各种借口请假回家。他们不要生产队的工分,常常超假。范队长觉得这对知青的"再教育",说起来容易做起来特别难。

钟诚满脸烦恼地听着。他垂着眼皮,略低下脑袋,向范队长表示歉意:"对不起了,范队长!我们家这个浑小子真的干了浑蛋事,他伤害了你们,我们做家长的有责任呀!我感到很惭愧。"他接着又忧心忡忡地说,"范队长!这事对我们来说,来得很突然,可能不仅会对你们,而且也会对我们家庭带来巨大的冲击……"

"唉!这事肯定对你们家长有影响,不过,事情发生了,我们也只能是先认了。"范队长喝了一口茶,叹着气对钟诚说,"钟厂长,我想这样,你们就当瑞腾还在我们这里,我们也当他回城探亲。只要没被遣送回来,我们大家就都装成什么都不知道,什么也别打听,什么都别问。钟厂长,你看这样行不行?……"

钟诚昏昏沉沉地回到家里,他精神备受熬煎感到筋疲力尽,他放下行李就和衣躺在床上。昨天傍晚,钟诚搭乘载人的自行车到公社,住在小镇的一家旅店里,今天一早就乘坐班车回驼江市,下午三点多钟就到家了。钟诚心烦意乱,他默默地强忍着有苦不能说、打掉牙齿往肚子里咽的苦楚。

田慧下班回家,见庭院的大门没锁,知道钟诚回来了。钟瑞真吃午饭时告诉过她,说晚上要加班不回家。

田慧推开大门,把自行车推进院子里,在龙眼树底下架好,拿下在自行车手把上挂着的黑色小皮包,转身掩上大门,沿着鹅卵石小道走进小洋楼,她叫了声:"钟诚!"没人应,又边走边叫了几声。

"他去哪了?"田慧心里嘀咕着。过去,只要钟诚在家,田慧回来一到小洋楼底层大厅,迎接她的往往都是钟诚热情的拥抱。田慧走上二楼,钟诚的行李袋放在皮沙发椅上人却不在。田慧走进她与钟诚的睡房,只见钟诚在修装台前发愣。

"钟诚,回来啦?"田慧把手里拎着的小皮包挂在房间里的挂衣架上,问钟诚。钟诚愣愣地看着田慧,没吭声。田慧心里一颤。她估计,儿子出事了!她急忙走到钟诚身边,颤抖着声问:"你怎么啦?瑞腾,瑞腾没出事吧?"田慧急了,有点语无伦次。

钟诚一把将田慧紧紧拥进怀里,止不住的泪水喷涌而出。

钟诚和田慧心里忍受着巨大的痛苦,每天一起骑着自行车照常上班下班。钟诚感到这辈子过得好累、好累。

钟诚事业心很强。他一直祈盼着中国的中成药能有大的发展，让世界瞩目，但他社会地位低下，说话不响难有作为。他一直祈盼儿女能继承自己的事业，学有所成，使家庭成为真正的医药世家，可理想丰满现实骨感。女儿钟瑞云在海南岛不幸遭遇事故身亡，儿子钟瑞腾又失踪了，不仅梦想不可能成真，而且说不定哪一天还有可能发生什么自己意想不到的大事。钟诚在厂里是分管生产的副厂长，每天工作都非常忙。那一段时间，厂里的生产任务繁重，钟诚强忍着接踵而至的精神打击，连续几天没日没夜地组织加班生产。他感到筋疲力尽精神恍惚，而又只能苦苦地支撑着。

这是一个黑暗的星期天。这是到钟瑞腾插队的生产队，与范队长交谈回来后的第一个星期天。这一天，抽纱公司赶出口任务钟瑞真要加班，家里的大米吃完了。下午，钟诚拿着一个棉布口袋到粮店买大米。当推着驮了一大包大米的自行车，拖着疲惫的双腿，在返家横过虎头街人行道的斑马线时，被一辆疾驰的吉普车撞倒，当场身亡。

不幸的事接连不断。听到这个消息，田慧当即昏倒在地，连续两天两夜不省人事。在半年不到的时间里，田慧痛失丈夫和爱女，儿子又失联。田慧心力交瘁。

钟诚的后事几乎全部都是由厂长曲焕彪操办的。钟诚和田慧的老家都在外地，老家的亲人赶到驼江市，路程最近的也要三天以上的时间。钟诚和田慧都是曲焕彪同大学的学长，是厂里的顶梁柱，曲焕彪一向都很尊重他们。

田慧在医院昏迷的两天里，曲焕彪忙里忙外。他安排钟瑞真为钟诚守灵，还派了厂里的两位女工陪她。他征得钟瑞真的同意，亲自找抽纱公司的经理商量，再向市劳动局申请，把钟瑞真调到厂里的中成药研发室当工人，以便照顾她妈妈。

夜里，曲焕彪就到医院里协助护理田慧，他担心田慧再次遭遇"天有不测风云"。他常常拉着昏迷不醒的田慧的双手，俯身对田慧说："田工，你很坚强！你很优秀！我们的"搏心丸"成功了，我们的"搏心丸"是中成药的一个大突破。田工，你很了不起。我们厂需要你，你的女儿瑞真需要你……"

有时，他搛紧田慧的手对她朗诵《假如生活欺负了你》，他对田慧说："慧姐，这是你喜欢的普希金的抒情诗。我把它改了。我把'欺骗'改成'欺负'。慧姐，你很能干，生活想欺负你，一点门缝都没有……"田慧曾告诉过曲焕彪，说钟诚和她都很喜欢这首诗，钟诚还抄了这首诗寄给上山下乡在海南岛的女儿钟瑞云。

终于，田慧醒过来了。

三

虎头山市场熙熙攘攘的。钟奕强推着自行车随人流慢慢地走着。钟奕强自行车的车把上挂着一个小布兜，兜里放着一些大青椒、洋葱头、大蒜头、小红辣椒、生姜、一包白糖，还有陈年老醋、酱油和花生油各一瓶。钟奕强在一个鱼摊贩前停下脚步，他想买一条青草鱼。

几天前，李珏耀和刘晓绯重返农场回来，曾秀玉建议组织一个小聚会，祝福他们喜结良缘，也听听农场现在的情况。毕竟，那是他们结束学生生涯，走上社会的第一个人生驿站。曾秀玉建议就在李珏耀的新房聚会、聚餐，参加聚会的人每人做一道自己最拿手的菜，自己准备食材和配料，就在李珏耀的厨房里加工。大家都同意曾秀玉的建议。

钟奕强原先准备做一道"白斩鸡"，后来听说这道菜纪德芬要做，就改成做"糖醋鱼"了。纪德芬是在杜振彬的再三劝说下才答应参加这次小聚会的。

钟奕强买了一条二斤多的青草鱼，他让鱼贩去鱼鳞、开膛破肚洗干净，刚付好钱，就听见身边有人叫"奕强！"

钟奕强接过鱼贩递过来的鱼，转身一看，高兴地说："喔！是瑞真姐呀！"奕强把鱼放进兜子里，握着车把子，接着说，"瑞真姐，见到你真高兴。阿姨好吗？"见到钟瑞真，钟奕强立即想到钟瑞云。钟瑞真长得与钟瑞云很相似，钟瑞真略胖、略矮一点。钟奕强现在仍保留着一件刻烙着钟瑞云印记的衣服。当年，钟奕强临时加入抬棺行列，顾不上领肩垫，穿着草绿色的陆军上衣抬棺为钟瑞云送行。钟奕强抬棺时，棺材刷着的红油漆未干，他的军装上衣右肩膀处因而沾上了巴掌大的鲜红油漆渍。钟奕强洗不掉，也不想洗掉。衣服上的红油漆渍现在已变为灰褐色。这件衣服一直放在他的手提旅行袋里。

钟奕强忘不了钟瑞云，也忘不了钟瑞云的妈妈田慧和钟瑞云的姐姐钟瑞真。不过，他总觉得，自己应该有了正当的职业，才有脸面见田阿姨。

"好！好！我们都很好。奕强，这么早，你怎么到这里来买菜？要回家？"钟瑞真知道，钟奕强住的妈祖庙离这里起码两公里多的路程，住在那个片区的人很少有到这里来买菜的。钟奕强的老家距这个市场比较近。钟瑞真手里提着一网兜买好的鱼菜肉。这几年，市场繁荣，不用票证供应的鱼菜肉价格贵了些。钟瑞真家离这个市场很近，她是步行上市的。

"不！不是要回家。瑞真姐，珏耀和晓绯你认识吧？他们结婚了。他们到海南岛原先上山下乡的农场旅行结婚回来了，我们几位同农场的朋友今天组织了一个小聚会，要聚餐，听说这个市场卖的鱼品种多又新鲜，我就到这里来买鱼了。"钟奕强把今天聚会的事告诉了钟瑞真。

"珏耀和晓绯？哦！我认识。你们聚会真好！奕强，见到他们，代我向他们表示祝福！"钟瑞真微笑地看着钟奕强，稍作停顿，又接着说，"还有，奕强，有空就来我们家坐坐，我妈有时还念叨着你哩！"

"好的。瑞真姐，我一定去，你先代我向田阿姨问好！"

"行！奕强，你忙。不影响你了。"钟瑞真与钟奕强握手告别。这一天是星期天。

钟奕强到抱福山麓李珏耀新房的时候，新房子门前不远处一棵高大的相思树底下，纪德芬坐在一张矮板凳上，给一只刚杀的大公鸡褪毛。纪德芬当媳妇多年，在婆家逢年过节，林煦俊总是推说厂里宣传工作忙，要出墙报、黑板报，要组织文体活动，因此杀鸡杀鸭几乎都由她操刀，褪毛、开膛破肚是一把好手。她今天带来的是一只鲜活的大公鸡。

纪德芬是坐杜振彬开的出租汽车第一个到的。杜振彬用车送纪德芬到抱福山麓通往李珏耀新房的小道旁，纪德芬下车后，他把车子匆忙掉头又开走了。他请纪德芬转告大家，说他要把出租车交给另一司机接班，可能要晚一些时间才能到来。

见钟奕强推着自行车走过来，纪德芬放下手中活，站起来说："奕强，你来啦？"见钟奕强只有一个人，又问，"森怀呢？还没来？"她听杜振彬说，杨森怀要与钟奕强一起来参加聚会。

"哦！德芬，你好！"钟奕强把自行车推到一棵松树底下打好架，拿下挂在车把子上的布兜，走上前对纪德芬说，"森怀他早上临时说有事，他托我向大家请假。"前天晚上，曾秀玉到顺兴路找钟奕强和杨森怀，建议组织小聚会，请他们参加，杨森怀当时答应了。昨天晚上，他又改变了主意，准备今天去找郭秀芝。杨森怀是在找理由回避。在海南岛，他是连队的落后战士；回城后，他一直不务正业。他觉得在李珏耀和刘晓绯面前有失脸面，他想混出个模样以后再参加战友们的聚会活动。

"奕强，你来啦，欢迎呀！"听到钟奕强的声音，刘晓绯从厅堂里走了出来，在房门口边说边接过钟奕强手中拿着的兜子，迎他进厅堂。厅堂的饭桌上放着一堆整理好的蔬菜。刘晓绯刚才在摘菜。

"奕强，你好！"曾秀玉从厨房里探出半个身子向钟奕强问好。没见杨森怀，又问："奕强，森怀不来啦？"曾秀玉今天要做的菜是"清蒸龙虾"。她买了一只两斤多的大龙虾和两斤牛肉丸，正在厨房里处理龙虾。

"森怀今天恰巧有事，说对不起，来不了了。"钟奕强没见到曾秀玉的丈夫，问，"秀玉，你先生呢？"

"你问宏彬呀？他不来了！他说我们都是同学，都是兵团战友，他来了不知要说什么，很尴尬……"曾秀玉说着，从厨房里走了出来，刘晓绯把手里拿着的兜子递给她。纪德芬拿着处理好的光鸡进来，她与曾秀玉一起走进厨房。

李珏耀家的厨房小，很难容两个人在里面操作。纪德芬从厨房里走出来，她向大家建议，说按顺序，她第一个做"白斩鸡"；钟奕强轮第二，做"糖醋鱼"；曾秀玉第三做"清蒸龙虾"；最后刘晓绯炒青菜和做牛肉丸汤。

正说着，李珏耀和杜振彬一起走进来，声随人到，说"好"。杜振彬手里拿着用塑料薄膜袋包装的熟卤鹅肉，他把熟卤鹅肉放进厨房。李珏耀把提着的一大兜东西放在餐桌上，他打开兜子，从里面拿出几个大陶瓷盘子、几听啤酒、几个精致的玻璃酒杯和一些水果。陶瓷盘和玻璃酒杯是从他老爸家拿来的。曾秀玉带来两瓶茅台酒，"葡萄美酒夜光杯"，美酒要配好酒杯。李珏耀特地找来了精致的水晶酒杯。

刘晓绯把几个大陶瓷盘子拿进厨房，出来时对大家说："这厅和厨房连在一起，都很小，我建议，除做菜的人外，其他人都到外面聊天。"李珏耀房子前面有一块十多平方米的草坪。老天作美，这一天是阴天没太阳，阵阵春风不断输送着凉爽，身体舒适度很高。

赞同刘晓绯的建议，纪德芬走进厨房开始做"白斩鸡"，女主人刘晓绯协助。其他人都从客厅里各自拿着椅子到房前的草坪围在一起，开始聊天。李珏耀是聊天的主角。

李珏耀兴高采烈地介绍农场的所见所闻，大家兴致勃勃地听着他讲农场现在的事情。李珏耀动情地说："我和晓绯觉得农场现在变化最大的是我们当年定植的橡胶开割；我们最讨厌的'老挝风'被赶跑了。我和晓绯感到最震撼有两件事：一件是六连指导员胡秋生死了；一件是农场附近的少数民族村落，不时有一些老百姓到钟瑞云墓前祭拜……"

胡秋生死了的事是何利明告诉李珏耀和刘晓绯的。西泉农场附近发现零星的黄金矿石，附近农村的农民随即蜂拥而来。他们用土办法挖出黄金矿石，将它们敲碎磨成粉，又用山沟水冲洗出黄金粉，再加工成黄金块或金戒指，一些人因此发了大财。胡秋生见钱眼红，他每天晚上也都悄悄地外出参加挖黄金矿石。胡秋生是连队指导员，白天随便找个借口就能在家休息，晚上干工不累。

胡秋生能弄到雷管炸药，很多挖矿的人都想与他合作，他因此也赚了很多。兵团体制改变后，对干部的管理没像过去那样严格，胡秋生晚上外出挖黄金矿石近一个月没人过问，他的胆子越来越大。后来听说国家要在这里建立矿区，机不可失、时不再来，胡秋生想趁最后的机会拼命干多捞一把。胡秋生骗说连队要开饲料地，自己跑到农场的后勤仓库领了40公斤TNT炸药，并配齐雷管和导火索准备大干一场，狠狠挣一大笔。可惜事不如人愿。当天晚上排哑炮，胡秋生被当场炸死。

"唉！胡秋生这个人平时凶巴巴的，总喜欢没事找事，动不动就上纲上线，整人好像很威风，实际上这辈子他是过得够可怜的。"听着李珏耀讲胡秋生的故事，钟奕强叹了一口气，他感慨万千，轻轻地摇着头说。

"唉！想不到他是这样死的，真的是够可怜的。"曾秀玉接过钟奕强的话，也跟着说，"胡秋生念念不忘抓阶级斗争，最喜欢讲'斗私批修'，总板着面孔说我们知青资产阶级思想严重，私心大、杂念多。依我看，在我们连队，私心最大的就是胡秋生。你们看，这不，现在连命都搭上了。"

"其实，胡秋生讲'斗私批修'实际上是鹦鹉学舌。报纸讲什么，上面讲什么，他也就积极地跟随着讲什么，是典型的应声虫。这个人没有信仰，头脑空虚也不懂做人，真的是够可怜的，也真是的，不知农场领导怎么会让他当上这个指导员的。"李珏耀也跟着说。

大家正聊着，客厅里传来了纪德芬的喊叫声："奕强，我的菜做好了，轮到你的了。"

钟奕强闻声正想离座，曾秀玉已经站起来了。她对钟奕强说："奕强，我去吧！你在这里继续聊天。你的'糖醋鱼'我去做，包大家满意。"

"不！不！秀玉，还是我去做。放心，'糖醋鱼'我会做，做得很好。"钟奕强争着说。

"奕强，不要争了，真的。珏耀的家我常来，你是稀客。还有，你不是托珏耀和晓绯给瑞云扫墓吗？你们正好聊聊。"曾秀玉离座说着。

"行！行！奕强，就让秀玉代你做'糖醋鱼'吧。我们继续聊。"李珏耀和杜振彬都接着曾秀玉的话跟着说。

刘晓绯一行人到林煦俊家的那天晚上，走出小巷口，得知李珏耀和刘晓绯要去海南岛原农场，钟奕强拜托他们给钟瑞云扫墓。

李珏耀和刘晓绯到农场的第二天下午，何利明陪他们到叶荣海和钟瑞云的墓地扫墓，向叶荣海和钟瑞云献花圈。农场附近商场没有卖传统的香烛祭品，李珏耀和刘晓绯用木麻黄树的枝叶扎成两个花圈，上面点缀着一些白色的纸花。木麻黄是常青树。

钟瑞云的墓地依然在当年开荒大会战种植的橡胶林段的防风林旁。林段的橡胶已开割，木麻黄已成林高高耸立。当年的牛车路，现在已修成二车道的泥土汽车路。钟瑞云的墓地周围长满成片的飞机草。

李珏耀和刘晓绯感到很惊讶，钟瑞云墓地这成片的飞机草不是人工种植，而是钟瑞云身亡下葬后自然生长出来的。飞机草是给橡胶树压青最好的绿肥，兵团时期，团里曾动员在橡胶中小苗林段的周围种飞机草。飞机草有个奇特的功能：有飞机草生长的地方就没有茅草。茅草是橡胶树的大敌。茅草根系发达，穿透力强，能大量吸收土壤中的养分。茅草多的地方，橡胶树枝叶枯黄，长势萎靡。李珏耀曾在地方报纸的文艺版上，发表过散文《飞机草赞歌》，文中写道："飞机草不起眼，它们是渺小的，又是伟大的。它们倾尽所能，奋力阻击茅草入侵橡胶林段，又不惜自我毁灭粉身碎骨为橡胶树输送养分。"钟瑞云墓地成片的飞机草，枝头零零星星正开着雪白的小花。白色的飞机草花美丽但不妖娆，它们在春风的爱抚中摇曳，它们在向钟瑞云致敬。

李珏耀和刘晓绯向钟瑞云墓献花圈，在墓前鞠躬致哀。

钟瑞云的墓前有燃烧残存的香烛。何利明告诉李珏耀和刘晓绯说："这几年，你们知青差不多都回城了，附近农村的一些老百姓有时会有人到这里给钟瑞云扫墓。这些残存的香烛就是他们烧剩的。"

"哦！"刘晓绯突然觉得喉堵，眼中满是悲伤，当年追悼会的场景历历在目。她用牙齿咬住下唇，控制着自己不流泪。她从带来的小棉布包里掏出毛笔和红油漆，深情满怀小心翼翼地撰写钟瑞云的墓碑文。

"晓绯，我还要告诉你，附近农村有的老百姓家里有人病了，他们也来祭拜钟瑞云，有时还带祭品，祈求钟瑞云给他们消灾祛病。他们说这办法很灵。"何利明赞叹说，"钟瑞云的确很优秀，她给我们农场长脸啊！"

"嗯！瑞云真的很优秀，真的是好人！"刘晓绯含着眼泪应着。她清楚地记得，当年钟瑞云多次到农村送医送药。在当年的追悼会上，还有一些老百姓按少数民族习俗，向钟瑞云吹号、跪拜告别。

何利明接着说："晓绯、珏耀，有时我在想：如果在古代，老百姓祭拜多了，传开了，钟瑞云说不定还能被封号立庙。"李珏耀和刘晓绯都觉得有道理。

刘晓绯红着泪眼返回停在路旁的吉普车上，拿了一条湿毛巾，再走到墓前，不舍地、一遍遍地仔细地擦拭着钟瑞云的碑牌；她心里默默地说着："安息吧瑞云，我的好同学、好姐妹、好战友！你永远活在我心中……"

当天晚上在场部招待所吃完晚饭、洗好澡，李珏耀和刘晓绯散步到场部水库的大坝上。天空没有月亮，只有几颗零零落落的小星星散发着昏黄的闪光，大坝下平静如镜的库面，折射着白色的闪光，不时有鱼跃出水面，打破宁静发出"咚"的声响。

李珏耀和刘晓绯停住脚步，循声凝视着昏暗中折射出白光的库面。刘晓绯心绪凝重，她感到有点冷，站到李珏耀跟前，背靠李珏耀的胸膛，微微地扬起下巴，说："珏耀，下午给瑞云扫墓，我既难过又感动，瑞云真的很优秀、很可惜。"她深深地吸了一口气，控制着自己的情绪，转过头，看着珏耀说，"珏耀，我们要好好工作，好好活着，活出我们生命的价值，活出我们生命的质量……"

李珏耀一双手掌紧紧地贴在刘晓绯的小腹上，双手臂弯用力紧紧搂抱着刘晓绯，说："晓绯，我也很激动，不，是很震撼。我们在十连看到的，我们听何书记说胡秋生的事，我们下午扫墓的所见所闻，都给我很大的震动。晓绯，你说得对，我们要好好地活着。我们回城了，但我们依然是兵团战士，我们要用我们活出的生命高质量，显现我们兵团战士生命的高价值。"李珏耀边说着，边扳过刘晓绯的身子，把刘晓绯紧紧地拥抱在怀里。

讲述回农场与刘晓绯一起给钟瑞云扫墓的经过，李珏耀很动情，他说："瑞云很了不起！她的生命很短暂，但她的一生很阳光，当地的老百姓很怀念她，她的生命很有质量、很有价值，我和晓绯都为她骄傲。"

"珏耀说得对，我们为瑞云骄傲！"纪德芬眼里含着泪水，接过李珏耀的话说，"当年新兵连培训结束，她本来也是分配到宣传队的，可团部有人说她家庭出身不好，才重新把她分配到六连的，她没怨气。可我……"纪德芬说着，眼泪止不住夺眶而出，泪水顺着脸颊不停地流出来，她抽泣着，用手捂住嘴，怕哭出声来。纪德芬轻轻地摇着头，她说不下去了。

听着李珏耀讲述给钟瑞云扫墓的经过，听着纪德芬的感慨，钟奕强心里受到很大的冲击，他与钟瑞云相亲相爱、互敬互勉的往事历历在目。他站了起来，轻轻地搂了一下纪德芬的肩膀，连声说："德芬，不要哭！冷静，不要哭！"说着，自己的眼泪却喷涌而出。

四

钟奕强已经进入了众人羡慕的"万元户"的行列了，但他仍觉得自己很落魄。不久前，海南福滨农场的一位回城知青，到邻县海边收购当地一些渔民走私的服装倒卖，被公安机关现场抓获，以"投机倒把"罪获刑三年。这位回城的海南农垦知青与杨森怀有过交往，也一起倒卖过收录机和电视机，他没供出杨森怀。钟奕强和杨森怀虽是平安无事，但缺乏安全感。

钟奕强和杨森怀在顺兴路一横巷10号合租同住一间小房子，已经一年多了。一横巷10号是一座面积100来平方米的小院，进入门斗打开大门，天井两侧的厢房叫前房；跨过门第是后厅，后厅两侧的房间叫后房。前房面积较小，只有十多平方米；后房面积较前房大约大三分之一。钟奕强和杨森怀合租居住的是朝东的前房。小院里其他三间房子分别住着三户人家，显得很拥挤，东西堆得很杂乱，不时还有老鼠窸窸窣窣地在院子里的各个房间跑来窜去。顺兴路的房子都很陈旧，路面破烂比较脏，居住条件差但杨森怀喜欢。他中意的是这里小横巷七弯八拐，又相互连接贯穿，发现情况可迅速撤离。

钟奕强和杨森怀合住的这间小房子原先是杨森怀一人租住的。杨森怀是个遗腹子，妈妈怀有他不久，做泥瓦工的爸爸顶着呼啸的寒风，在收工步行回家的路上，被正要从大陆撤退的国民党部队抓丁，拉到台湾。家中的经济台柱倒了，杨森怀的家横遭灭顶之灾。杨森怀的妈妈出身农村贫困家庭，与杨森怀的爸爸结婚后进城，一直在家带孩子理家务，听到丈夫被抓丁到台湾的消息，当即昏倒在地。

从此，杨森怀的家主要靠他的妈妈帮人洗衣服，做些小手工的微薄收入维持生计。

第二年，驼江市解放。不久，杨森怀出生，杨森怀的妈妈带着一对幼小的儿女艰难度日，不少亲人都劝她改嫁，但她总担心这样做会委屈孩子，更何况，丈夫生死不明，因此都被她拒绝了，她一直祈望着她的丈夫能回家。

为照顾特困家庭，驼江市劳动局安排杨森怀的妈妈到火柴厂工作。杨森怀的妈妈白天在火柴厂上班，晚上就在家里做些小手工。白天妈妈上班的时候，一岁的杨森怀由他五岁的姐姐在家照管。他们的家是城基路番薯巷一间不足八平方米的小房子，属政府的公租房。

穷人的孩子早当家。家庭生活困难，杨森怀从小就懂得帮助妈妈承担家庭生活责任，从他懂事的时候起，他就开始在家做手工糊火柴盒。开始长大了，读小学了，有力气了，他就到内海湾码头扫轮船装卸煤炭时撒落在地面上的小煤块和煤粉，供家里生活燃煤需要，政府定量供给的煤炭票，由妈妈拿到地下票证交易市场卖出。星期天，他经常到内海湾的滩涂上捕捉小鱼小虾卖些零钱；从高小的时候起，他开始利用暑假到一些建筑工地打工。

杨森怀天资聪颖，少年生活艰难，但不影响他学习成绩优秀。小学升中初考，他是班里为数不多的几位能考上驼江一中的学生。杨森怀很自豪地告诉妈妈，说他一定会读好书，将来考上大学多挣钱，让妈妈过上好日子。长年的劳累，杨森怀的妈妈身体严重受损，刚过40岁就提前退休，由杨森怀的姐姐顶职。杨森怀的姐姐读完初小就辍学，在家做了很长时间的手工。

"文革"爆发，刚开始，杨森怀也热血沸腾参加了红卫兵，可是好景不长，不久，他就被人揭发出他父亲的问题而被开除出红卫兵队伍。杨森怀从未见过面的父亲开始成了不明不白压在他身上脱不掉的、沉重的政治包袱。学校停课了，没书读了，过去团结友好的同学分成了势不两立的两大派，各自联合社会相同派别的组织互相攻击，杨森怀无所事事成了逍遥派。他捕捉鱼虾、到建筑工地当帮工、到车站码头当临时搬运工、在家糊火柴盒……直到学校通知复课闹革命。回校复课读书一个学期，他成了高中毕业生，也成了上山下乡对象，随上山下乡的知青队伍赴海南岛，到兵团屯垦戍边。

杨森怀被安排在西泉农场六连。六连是新建连队，搞营区建设、盖茅草房、挖菜地，对于童年生活艰苦的杨森怀来说，虽不是拿手活但也不是什么多大的难事，他干得并不比人差，更没叫过苦。他觉得，连队的生活并不比他家里的生活差多少，好歹每月有固定供应的40斤大米和半斤花生油；每月的工资很少，但也算是有经济收入了，他再也不用去码头扫煤粉、捕捉小鱼小虾卖零钱了。他想积极干，干出名堂，给家里长脸，给妈妈长脸。

然而，不幸的是，他遭遇专横跋扈、令人讨厌的连队指导员胡秋生。胡秋生对知青总是以当之无愧的教育者自居，趾高气扬地强调要"时刻不忘阶级斗争"，对连队知青吹毛求疵般地找茬。

杨森怀是在盖茅草房时让胡秋生抓到茬子的。这本来就不是什么大事。知青刚到六连，连队只有三幢茅草房，60多名在职人员。连队还要增加人员，因此须加盖两幢。作集体宿舍的茅草房通常长32米、宽5米，中柱高4.5米、边柱高2.5米，分8个隔间，中间的6个隔间带门的墙体向内挪进60厘米左右，形成一条狭长的通廊。

连队盖茅草房通常是连队派工与各班义务劳动相结合完成的。茅草房盖顶用的茅草片，往往是连队向各班下达义务劳动任务，由班长组织班里人员割茅草、砍山麻，像编辫子一样，编成宽80厘米左右的茅草片上交统一使用。

同样，茅草房的泥墙也是各班按划分的墙面骨架，利用星期天休息的时间组织义务劳动，在茅草房附近挖土坑，往被挖松的软土坑浇水，人赤脚把湿土踩成稀泥，再和上割来的茅草或其他山草，以墙面骨架的木条为依托，挂上和着草的稀泥，用手抹平就行了。

为盖好这两幢茅草房，连队抽调了三位本地籍的老工人和杨森怀组成临时基建组。杨森怀在连队挖菜地中间休息侃大山时，吹嘘自己会爬树，又曾在基建工地上当过帮工，被连长听到后调到了基建组。基建组主要负责到连队附近的山林砍伐适合做茅草房需要的中柱、边柱、桁条；用这些材料搭建好整幢茅草房的框架，并绑好墙面骨架的木条，把各班交上来的茅草片统一使用盖房顶。

　　能受连长器重，杨森怀很高兴。伐木是繁重的工作，但杨森怀精神焕发干得挺欢的。他运用几何学知识，计算出茅草房两侧的大隔间和中间小隔间搭"人"字架尺寸，以及不同格间横梁所需的桁条的不同长度。没几天，两幢茅草房的木料全部备料完成，基建组开始转入搭茅草房框架。他们用洞铲垂直打出略大于做茅草房支柱用的树干直径的洞穴，竖起了中柱、边柱，再用Ⅱ形马钉打好"人"字架，接着就开始上桁条。杨森怀带着铁锤和马钉，身手利索第一个爬上了"人"字架，基建组长老巫也跟着爬上了同一隔间对应的另一个"人"字架，准备钉由在下面的另外两名工人递送上来的桁条，搭建茅草房的房顶框架。

　　杨森怀是组里的开心果。他干活勤快肯出大力，还能活跃气氛，有时，他向老巫学点海南话，故意发音不准把大家逗得哈哈大笑；有时，他又把海南话与家乡土话来个比较，演绎出略带荤味的小故事。

　　与杨森怀一起干活，精神愉悦容易忘记劳累，劳动效率很高，团生产处批准的计划用工，估计起码可节省三分之一。

　　杨森怀背运，在上侧房隔间中梁桁条的时候，一个不小心，一根四米多长的桁条在他手中脱落，从房顶掉了下来，"砰"的一声响，把一个装开水的水桶砸烂了。开水桶是老巫向炊事班借的。基建组搭建茅草房框架时正值"老挝风"肆虐的季节，赤日炎炎，基建组员爬在茅草房的木框架上经受热风呼呼的灼烤，流了很多汗。老巫请炊事班多烧些开水装到木水桶里，每天上下午上班时，他都叫上杨森怀一起把开水抬去工地。

　　听到"砰"的一声响，胡秋生从茅草房宿舍里出来，走到基建工地看发生了什么事，他大声责问，"谁干的？怎么回事？"这是下午上班不久的时间，胡秋生正在家里备课。晚上，连队要开大会，他要作形势报告。前几天，胡秋生参加了团组织的指导员学习，听过杨政委作的国内外形势报告。

　　"我不小心没把住，桁条掉下去把水桶砸了。"杨森怀闯祸似的感到不好意思，他人还在茅草房框架顶的"人"字架上。

　　"不小心，说得轻巧。这是'不小心'吗？这是事故，你懂吗？你给我下来！"胡秋生怒眼圆睁，对着杨森怀大声训斥。

　　"是的，幸亏没砸到人。我以后小心就是了，我不是故意的。"杨森怀满脸悔意，顺着中柱从"人"字架上爬了下来。

　　"什么，没砸到人？砸到人你高兴？你想砸到人？杨森怀，你行啊！你想在我面前诡辩，没门！"胡秋生愤怒地斥责着。

　　"指导员，我向你检讨，这事我也有责任。小杨平时的劳动表现不错……"老巫护着杨森怀，他很反感胡秋生小题大做不可理喻。

"老巫，你不要说了。你知道他是什么人吗？"胡秋生野蛮地打断了老巫的话，又对杨森怀大声喝道，"从明天起，你回原来的生产班，这里的基建不需要你，"胡秋生狠狠地瞪着杨森怀，离开工地时又用手指着杨森怀，恶狠狠地抛了一句，"听到没有？"……

当天晚上连队政治学习，胡秋生东拉西扯讲了一大通国内外形势大好后，联系实际讲连队阶级斗争问题。这是胡秋生最感兴趣的问题。胡秋生夸大其词讲起了下午的基建事故，用敏锐的阶级斗争观点分析了事件的严重性，说："这不是'小心'与'不小心'的问题，"他强调，"我们搞基建，一定要让政治上可靠的同志负责，否则，让坏人钻了空子搞破坏，我们高高兴兴住进去了以后，房子倒塌，大家被砸死砸伤，谁高兴？阶级敌人高兴！"他特别提高语调说，"这就是阶级斗争。我们要提高警惕！要特别警惕那些有父母在台湾，与国民党反动派有千丝万缕联系的人……"

一盏大汽灯挂在三根约十厘米直径的小桁条搭成的支柱上，发出刺眼的光亮嗡嗡作响，胡秋生坐在用办公桌当成讲台后面的办公椅上，唾沫横飞信口雌黄。杨森怀耷拉着脑袋，垂头丧气地坐在自己用小木棍钉成的小板凳上，脑袋嗡嗡作响乱成一团麻。他咬着牙，心里气鼓鼓的：胡秋生这个混蛋讲的是什么乱七八糟的混蛋逻辑，我这一不小心就成了阶级斗争对象？按照这个混蛋逻辑，说不定还会给我来个上纲上线，说是要配合我那从未见面的爸爸反攻大陆。

杨森怀自认倒霉，他遇到的是蛮不讲理，以整人为乐、为荣的连队指导员。"父亲被抓丁，可能在台湾"就像一副套在他身上，脱不掉的、沉重的、压得他喘不过气的十字架。他不知道自己可能还会碰上什么倒霉事被胡秋生逮着。他觉得，在胡秋生手下，劳动再积极，再拼命也没用；稍有闪失，胡秋生就会把他往死里整，他杨森怀是永远翻不了身的了。杨森怀刚到海南时的满腔热忱被胡秋生熄灭了。他开始浑浑噩噩过日子，出工不出力，能混就混，能马虎就马虎，能偷懒就偷懒。

杨森怀莫名其妙但又无可奈何地背着沉重的政治包袱，他似乎看破红尘，死猪不怕开水烫。他自诩自己就是一棵厚皮树。

厚皮树也叫厚皮麻，是漆树科厚皮树属的木本植物，因树皮厚，在烈日下能有效减少植物的水分蒸发，耐干旱而著称。厚皮树材质很难谈得上有什么用途，甚至因树皮厚，树干又含有带油质的黏液很难晒干，当地老百姓几乎都没人愿意砍它作薪柴。在海南岛西部干旱地区荒芜的茅草地带，树木难以成长，偶尔见到的只有零星的厚皮麻迎着酷热，顶着"老挝风"与恶劣的生态环境抗争，顽强地生长着。

杨森怀感到自己应当拥有厚皮树一样的厚脸皮，才能有效地抗击胡秋生肆无忌惮的嚣张。他没少暗地里给胡秋生找麻烦。当然，也有好几次反而自己惹上了麻烦；同一连队，已经提升为副指导员的钟奕强也没少千方百计想方设法为他化解麻烦、摆脱困境。杨森怀心知肚明，他打心里感谢钟奕强。

五

命运似乎喜欢把钟奕强和杨森怀联系在一起。钟奕强和杨森怀前后相距不到半年时间，都从海南岛困退回城。

钟奕强背着由一床小棉被、棉毛毯和单人床蚊帐打结成的小长方块背包，手拎着装有几件衣服的绿色帆布手提包，离开红阳区纸盒厂，跨过海滨路，沿着花岗岩台阶拾级走上滨海长廊。依偎着不锈钢栏杆，望着内海湾，钟奕强在心里与钟瑞云默默对话。太阳笑眯眯地跃出海面，把成片的橙红洒向人间。

内海湾晨风拂拂，滨海长廊的蝴蝶树、金凤树、大榕树上，小鸟欢跃着，高歌着，朝气蓬勃的新的一天又开始了。

钟奕强无心观赏内海湾美丽的晨景，他抿着嘴，神情凝重地看了一眼冉冉升起的红日，又沿着石阶走回海滨路，匆匆埋头赶路。他想把行李先放在家里，然后到驼江大学找李珏耀。钟奕强家人多住房面积小很拥挤，他不想给家里添麻烦，他准备在市区临时租房后再把行李拿回，然后到车站、码头当搬运干点临时工，他没有明晰的目标。他想不到，回城后的日子会这么艰难。钟奕强有一些困惑的问题想找李珏耀探讨，听听他的意见。毕竟，在同农场的回城知青中，李珏耀分析问题比较理性，看问题也比较有深度。当然，他也知道，要求李珏耀帮自己找工作是强人所难。同农场病退、困退回城的知青有几十人，找工作几乎都处处碰壁。钟奕强和李珏耀都是曾经同被农场的知青战友羡慕的"幸运人"，钟奕强觉得，应该把自己在纸盒厂辞职，准备闯荡社会的决定告诉李珏耀。

钟奕强想着、走着，恍恍惚惚听到有人在后面叫他的名字，他下意识地停下了脚步。刚转身，杨森怀骑着自行车已来到他身旁。

杨森怀笑着问钟奕强："奕强，要去哪？出差呀……"杨森怀大清早出了两批货，他刚刚又挣了个钵满盆满。

"还出差呀。"钟奕强满脸苦笑。他告诉杨森怀，说自己已经不在纸盒厂干了，想听天由命到社会闯闯。

"好呀！奕强，不是我说你，你早就该出来了。"杨森怀说着，架好自行车，把钟奕强的背包和手提包放在自行车的后架上，又接着说，"奕强，你家房子面积小，人又多，很挤。你看这样好不好，我在顺兴路租了一间小房子，自己一个人住，你先把东西放在我那里，然后踩我的自行车去找李珏耀。"

钟奕强应允。杨森怀把钟奕强带到自己在顺兴路租住的小房间。

困退回城这几年，杨森怀一直在倒卖走私物品：收录机、电视机、电子表、衣服等等。杨森怀有他的理论，他觉得，自己是名副其实的无产者，想干成自己喜欢的事，身上没钱寸步难行。杨森怀读过《政治经济学》，《政治经济学》的"资本主义政治经济学"部分有个资本原始积累的理论，这个理论在现代社会、在中国理所当然行不通。可他又觉得，要挣钱靠走私，走私挣钱可以完成资本的原始积累。沿海地区一些渔民靠走私发家给杨森怀提供了诱人的启示。

饿死胆子小的，撑死胆子大的。杨森怀下决心赌运气，决定先冒险走私物品挣一笔钱后，再好好规划自己的人生发展方向。

杨森怀委婉拒绝了到居委会生产组报到的工作安排。他通过买卖走私物品结交了几个从事走私行当的老板，另起炉灶独自干开了，很快就成功获得第一桶金。没多久，他就进入了角色，买卖顺利频频得手。

钟奕强从驼江大学回来的当天晚上，杨森怀用自己的道理说服了钟奕强。钟奕强心里忐忑不安，但又无可奈何地跟杨森怀一起干起了倒卖走私物品。这些走私物品主要是家用电器、服装、手表等。

杨森怀从小家庭生活艰难，小小年纪就要想方设法挣点小钱帮助家庭，到海南岛上山下乡又不得不经常与令人讨厌的指导员胡秋生交锋，坎坷的经历铸就了他过人的胆识，也使他由此获得了丰富的人生经历。

杨森怀头脑灵活点子多。人们常说"狡兔三窟"，而杨森怀动用各种人脉关系，起码有"十窟"，轮船客运码头、火车汽车客运站的旅客行李存放处，市搬运公司和一些工厂企业的仓库都存放过杨森怀的走私物品。分散存放走私物品提高了走私买卖的安全度，即使一个地方被发现，也不会导致全军覆没。杨森怀警惕性高，他在自己的租用住房及其附近，都不存放任何走私物品。

杨森怀倒卖走私物品坚持积少成多的策略，极少做大宗买卖，因而也没引起他人注意。况且，少量倒卖走私物品如果不慎被抓了现行，也可进行狡辩，强调生活困难不懂法，只想搞点小买卖挣点钱糊口，这往往能获得同情，以下不为例避免刑事处罚。

佛争一炷香，人争一口气。在杨森怀的心目中，钟奕强是一位有理想追求、勤奋好学、不甘心于得过且过糊涂人生，而想闯出自己的事业、具有很强使命感的人。社会上现在也开始有了私人的商铺，他的同学、知青战友曾秀玉还创办了私营的园艺场。杨森怀不愿看见钟奕强走投无路的落魄，他招呼钟奕强一起倒卖走私物品，想帮钟奕强挣点钱垫资再寻找其他的出路。这只是权宜之计。杨森怀也清楚，走私违法，稍有闪失就会身败名裂，他决不能让钟奕强因此毁灭前程，毁灭自己。

杨森怀对钟奕强说："奕强，干我们这个行当风险很大，不过，你放心，我有经验，我为主，你协助，我们挣的钱平分……"

"行！你为主，我协助，我听你的。不过，我们挣的钱三七分，你七我三，'按劳分配'。"钟奕强不同意杨森怀提出的挣钱平分。

"奕强，在海南岛你帮我，不时地护我，那时有什么'按劳分配'呀！"杨森怀笑着回驳钟奕强。

杨森怀只让钟奕强做些放风、联系搬运等比较安全的事。联系买主卖主、货物交接、随车押运等风险性较高的事几乎都由他一个人独揽。走私往往要"抓活的"，这几个环节最容易出事。杨森怀是"滴水之恩当涌泉相报"的人，懂得感恩。他在特殊时期以特殊的方式表示了对钟奕强的感谢。

杨森怀精确算计，钟奕强密切配合。他们风里来雨里去地东奔西跑，提心吊胆地东藏西躲，挣了近两年的黑钱。

倒卖走私物品容易挣钱，能挣大钱诱发了"羊群效应"，政府也加大了打击走私的力度。他们及时刹车，决定金盆洗手。

六

逝者安息，生者要活出生命有价值的高质量，这是对逝者最好的纪念。这是在李珏耀家里小聚会聊天，怀念长眠于海南岛的同学、战友，大家都认同了的生活理念。李珏耀讲西泉农场附近有老百姓给钟瑞云扫墓，这对钟奕强心里形成了巨大的冲击。

参加小聚会后的第二天晚上，钟奕强上门拜访钟瑞云的妈妈和姐姐。这几年，钟奕强总觉得自己处境落魄不好意思再见她们，担心会被瞧不起。昨天早晨在虎头山市场遇到钟瑞真，听说田阿姨有时还在叨念自己，钟奕强很感动，钟瑞真脸挂笑容充满真诚，钟奕强觉得自己是以小人之心度君子之腹。田阿姨不是势利小人。

钟奕强困退回城被安排在红阳区纸盒厂的时候，曾到康健楼看望田慧，告诉她自己已安排了工作，可之后因工作不顺心就再没来过了。他总是期盼自己有峰回路转柳暗花明的一天，可现实总让他感到山穷水尽难尽人意。他曾以"三十年河东，三十年河西"自我安慰，可人生有多少个30年呀？钟奕强责怪自己，觉得对不起钟瑞云，对不起她的妈妈。田慧家前几年接连出大事，失去了三位亲人，社会上又有一些好事之徒还不时添乱，散布说康健楼是一座"凶宅"，里面阴森森的充满杀气，甚至绘声绘色地描绘阴天还能在里面看到鬼影，晚上更可怕。钟奕强不迷信但心里清楚，田阿姨心里承受的痛苦，比他更甚。

钟奕强拎着一个小网兜，里面装有两瓶麦乳精、两瓶炼乳作为手信，来到康健楼前。康健楼大门两边，依然置放着的两个油麻石雕琢成的石豉，在昏暗的路灯下，黑嘛嘛的显得有点阴森。钟奕强踏上门斗。

对康健楼钟奕强并不陌生。钟奕强和钟瑞云从小学到中学都是同班同学，小学时还在同一学习小组。他和学习小组的同学都喜欢到钟瑞云家，来康健楼宽敞的庭院里写作业，玩捉迷藏。钟瑞云的爸爸妈妈对来康健楼的钟瑞云的同学都很热情。他们都是外地人，驼江市的本地话说得结结巴巴的，同学们听了都觉得很有趣。在海南岛，钟奕强和钟瑞云恋爱，钟瑞云曾向钟奕强讲过康健楼传奇故事。

康健楼是由钟瑞云的爷爷买下一座二进厅的小院后改建的。神秘的康健楼见证了钟家坷坎的家运，隐藏着钟家的秘密。

钟瑞云祖居京津地区，爷爷钟盛顺是个小郎中，懂中草药，对医治跌打损伤、骨折骨痛自己有一套治疗的办法，在当地小有名气。光绪年间，先是八国联军进攻北京，皇帝西逃，后又爆发辛亥革命，紧接着军阀混战，时局动乱。钟盛顺带着妻儿一家来到素有"省尾国角"之称的驼江市寻发展，在番薯巷租一间平房住下。

驼江市旧城区西北方向有一个批发集市，主要买卖番薯、花生、玉米，以及各类蔬菜、水果等农产品，每天早晨四点开市，中午收市。番薯巷是毗邻这个集市的一条小巷，巷道两边都是低矮的平房，邻集市边沿的房子前后两边都开门。

钟盛顺租的是邻集市边沿的房子。他用薄木板把房子隔成前后两个半间，靠巷道的半间住人，邻集市半间作诊所，兼卖中草药和凉茶。

钟盛顺精明有经济头脑，他选对了地方。批发集市不是讲文明讲斯文的地方，每天的熙熙攘攘中就夹杂着粗鲁的吵架声，偶尔还爆发打架斗殴，受伤者往往就近问诊治疗，钟盛顺的诊所通常就是首选；街道熙熙攘攘，讨价还价，买主卖主往往都口干舌燥，常常到钟盛顺的店前来一碗凉茶；批发集市收市后的正午和下午，市场静悄悄的，空旷的地面又是晒中药材的好地方。

钟盛顺医治跌打损伤有拿手的办法。他的凉茶价钱便宜，一文钱一碗。他的凉茶最有特色的是将一些中药材晒干磨成粉，按中药剂方剂量调制成具有不同疗效的粉末，用水冲服。凉茶分类可治各种民间常见病，疗效不错。小诊所、小药店名声大噪。他开始挣钱了，有钱了。他把租在番薯巷的平房买断，又买下左右两间隔房，建成二层小楼，底层作诊所、中药铺和凉茶铺，上层作住家、中药材仓库和药膏、药酒以及中药材粉剂的加工厂。他把小楼冠名"康健堂"，雇用了四个伙计。

有钱惹麻烦。番薯巷片区有个小流氓头子叫"红痣"的，开始盯上康健堂了。他们要钟盛顺交保护费，钟盛顺"花钱消灾"就照给。渐渐地，"红痣"的胃口越来越大。

这天下午，"红痣"带着十个小流氓，气势汹汹来到康健堂。

"红痣"让小流氓列队在门口站好，自己走进诊所，抱拳大声喝道："喂！外地佬，恭喜发财呀！"

"红痣"长得三大五粗，满脸横肉，两条手臂上各文着一条大青龙，因脸颊下巴处生有一块铜钱大小红色的胎记，所以就被起了个绰号叫"红痣"。"红痣"从小就喜欢在番薯巷一带聚众打架斗殴，长大了也不务正业。纠集十多个小混混称兄道弟，在批发集市周围欺行霸市为非作歹。他发横财不忘孝敬警察，仗着有警察保护，作恶多端肆无忌惮。

"哎呀！是大兄弟来呀，有失远迎，有失远迎！请坐，请坐！"钟盛顺正在给一名患者抓药，抬头一见是"红痣"，忙打招呼请坐，又对妻子杨菊香喊道，"菊香，上茶！有客。"

"红痣"听了，摆手制止说："不忙！"他阴阳怪气地对钟盛顺说，"我今天来，是想给你提个醒。江湖上大家都讲义气，'有福共享、有难同担'，这个道理你应该懂！""红痣"晃着肥硕的大脑袋，慢条斯理地说着，"你呢！不够朋友，发财独享，有钱应该是大家共同花呀！"

"大兄弟！我有交保护费啊！"钟盛顺一头雾水。

"没错！是有交保护费。我没说你没交保护费呀！我的意思是你挣得多交得少。"

"你说要交多少？"

"不多！你挣的钱我们平分。我们人多，你人少。你合算啊！""红痣"歪斜着脑袋，眼露凶光，恶狠狠地瞪着钟盛顺，"我每天派两个弟兄来这里保护你们，顺便也看看你们每天挣多少钱。"

"岂有此理！你们不要欺人太甚。"钟盛顺咬紧牙关，目光炯炯直逼"红痣"，冷冷地说着，"你们想得真美！可是，这得先问问我的这根棍子同不同意。"钟盛顺指着身后中药柜旁一根一米多长、直径七八厘米的棍子。

"这好办，我也得问问我门口的弟兄。""红痣"咬牙切齿，恶狠狠地说着。

钟盛顺懂拳术，他喝退想帮忙的伙计，手操刚才他指着的那根棍子，准备单独应对十来个提棍拿刀的地痞流氓……

一场恶斗下来，四个被打得小腿骨折的小流氓躺地呻吟。"红痣"左肩膀重重地挨了一棍，疼得龇牙咧嘴狼狈不堪。他用右手捂着阵阵发痛的左肩膀，竭尽全力喊了声"走！"带着其他被打得头破血流的小混混，扶起躺在地上叫苦不迭的小流氓抱头鼠窜。钟盛顺毫发无损但被赶来的警察拘捕押往了警察局。

听说钟盛顺治疗骨科疾病拿手，国民党驼江市市长让警察署署长把钟盛顺带到他家，一番装腔作势地对着钟盛顺说："钟盛顺，你打人有罪，但如果你能治好我老妈的病，我赐你无罪……"市长的老妈患风湿关节炎，膝盖常年红肿，不仅不能走路，而且疼痛难忍苦不堪言。

钟盛顺应允。钟盛顺给市长老妈贴药膏、喝药酒、熬中药，再辅之以推拿按摩，20天不到，市长老妈关节消肿，运动自如。

病治好了，老太太特别高兴，她问钟盛顺："钟医师呀？听说你带着家眷住在番薯巷，是吗？"老太太坐在一张太师椅上伸直脚，钟盛顺坐在另一张矮木板凳上给她的关膝盖做推拿按摩。

"是的。"钟盛顺应着，推拿按摩的动作并没有停下。

"哎呀！钟医师，那地方哪是人能住的呀！像你这样的名医师，是有身份的。不能住在那里。那是穷人住的地方。"

"没什么，习惯了，"钟盛顺笑着说着，"再说，我也是穷人呀！"

"哈哈哈！玉娇，你听听，你听听，这个医师真会逗乐。钟医师，你跟他们是不同的。"玉娇是市长夫人的名字。钟盛顺给她婆婆推拿按摩时，她一直都在身边忙前忙后的。见婆婆听了钟盛顺的话哈哈大笑，她也跟着笑了起来。钟盛顺专心致志于推拿按摩，低头不语。

老太太接着说："玉娇啊，那个跑回湖北老家的什么长，不是在虎头山那边留给我们一套小院吗？你有空时带钟医师去看看。如果钟医师中意，就让给他。噢！对了，价钱要便宜……"

老太太所说的小院，是驼江市警察署副署长送给她儿子的一座二进试的老式庭院。

这是一座带有传奇色彩的小庭院。它原先是清朝末年驼江府驻军总兵派副将对当地一位商人连哄带骗，用很低的价钱买下送给他的小妾的私宅。总兵已有三房姨太太，这位小妾是四姨太。

四姨太原是驼江市"艺香"戏班的名伶，艺名叫"媚香"。媚香是到总兵家中唱戏，被总兵看中强逼为妾的。总兵年过六十，四姨太刚满十八，老夫少妻。总兵含在嘴里怕化了，捧在手里怕摔了，他对这位小妾有求必应。四姨太不愿与三房太太住在一起，总兵立即买了这座小庭院送给她。

四姨太身材高挑，美若天仙，白净的瓜子脸上，两条弯而细的眉毛下睫毛曲卷，一对丹凤媚眼水汪汪，微翘鼻子鼻头尖尖，丹红的樱桃小嘴红唇欲滴。四姨太把总兵迷得团团转，总兵每天总想与她黏在一起。

总兵的副将出面出力把媚香变成总兵的四姨太，自己也迷上了四姨太。副将每天有事无事总喜欢往四姨太住的庭院跑，总说有事要禀报总兵，实际上是想寻机接近四姨太，博四姨太的欢心。总兵确实老了，与四姨太在一起总感到体力不支，头昏眼花。四姨太生活富足，每天除了打扮还是打扮，百般无聊时，最多也就是哼哼几句戏曲。四姨太不满足总兵的老朽，眉宇间总有淡淡的哀愁。

饱暖思淫欲。四姨太水性杨花，副将正值壮年。男有心女有意两人很快就勾搭成奸。

副将到总兵四姨太家时身边总随身带有一名亲兵。这名亲兵负责为副将与四姨太偷情站岗放哨。亲兵正值青春年华，盯着妖媚的四姨太与副将打情骂俏拥抱热吻……亲兵看得热血沸腾垂涎欲滴。他暗下决心，要让此等好事也能落在自己的身上。

也许是被四姨太掏空了身子，也许是副将与四姨太勾结联合暗下毒手，总兵娶四姨太不到一年的时间，突然被称暴病身亡。小庭院还是那座小庭院，媚香还是那个媚香，只不过媚香已由总兵的四姨太变成了副将的三姨太。

然而，不久，辛亥革命爆发，革命党人收买了副将的亲兵成功暗杀了副将。

亲兵如愿占有了垂涎已久的媚香，同时也占有了媚香住的小庭院。他与媚香结为夫妻，他把家安在这座小庭院里。亲兵暗杀清朝驻军副将革命有功，被国民政府委任为驼江市警察署副署长。副署长与媚香年龄相当但婚后好景不长。两年后，媚香突然得一种怪病，每天夜里总是全身痉挛不断怪叫，久治不愈不久仙逝。据风水先生说，副署长与媚香住在这座小庭院里是虎口夺食，风水不佳。

民国初期社会混乱，乱象丛生。警察署副署长利用职权为所欲为挣足了，捞够了，为非作歹坏事干多了。他怕遭报应遇暗算，干脆辞职回湖北老家置田买地享清福。他把这座小庭院作为礼物送给了市长。

钟盛顺感谢市长老妈的好意买下了这座小庭院。钟盛顺保留了这座小庭院的外围墙和门楼，把里面的旧建筑物拆了，请人重新设计，改建成带有小花园的二层结构的小洋楼。他在庭院门斗的大门顶，在花岗岩石板上刻上"康健楼"三个大字。

钟盛顺敢与流氓斗殴，打败流氓，又能医好市长老妈的老病引起轰动，周围的居民对钟盛顺刮目相看，驼江市的地痞流氓也退避三舍。钟盛顺一家搬进了康健楼。此后，番薯巷的康健堂又进一步扩建，伙计由4人增加到20多人。

七

田慧在康健楼二楼的客厅热情地接待钟奕强。

康健楼上下两层楼房间的装修风格和家具配置迥然不同。底层楼房是中工装修配置中式红木家具。二楼的装修倾向西式。二楼的客厅很宽敞，面积80多平方米。客厅的一侧是一间50多平方米主房，主房距客厅后墙2米的地方，设计成里外两个面积均等的卫生间，里面的一间连着主房，外面的一间连着客厅。

客厅的另一侧是两间次房，每间20平方米，两间次房间隔两米的地方同样建有两个面积均等的卫生间，分别与两间次房连接。客厅的大门入口是一条长超10米、宽约2米的阳台，靠次房一侧是楼梯口。

客厅里面，紧靠后墙的地方置放着一个酒柜，时年已久，上面的白漆开始斑驳脱落。酒柜上方墙上挂着一张毛主席像。一组五件套棕色的皮沙发，一架黑色的钢琴摆在主房一侧略靠后墙的地方。田慧和钟瑞真都会弹钢琴。二楼客厅曾举办过家庭舞会，田慧曾弹钢琴演奏舞曲。

康健楼上下两层房屋总面积400多平方米，只住田慧和钟瑞真二人，全面打扫卫生很费劲也很麻烦。田慧和钟瑞真现在住在底层，二楼因此也较少清洁打理了。昨天早上，钟瑞真从虎头山市场买菜回来告诉田慧，说在市场遇到钟奕强，田慧似乎感觉了什么。昨天是星期天，母女俩把楼上楼下都整理得干干净净。

钟奕强坐在单人皮沙发上。田慧给他冲了一杯浓浓的麦乳精，放在他座前的茶几上。田慧坐在三人座长沙发上。

"阿姨，我好久没来看你，很不好意思。请你原谅。"钟奕强看了田慧一眼，略带羞怯地低着头，轻声地说。

"奕强，来！吃苹果。"钟瑞真端着一个玻璃器皿走进客厅，器皿里面装着刚削皮切成小块的苹果，泡着一层薄薄的淡盐水。刚才，她接钟奕强到客厅后，就到底层的厨房里削苹果。钟瑞真把器皿放在茶几中间，用小不锈钢叉从器皿里叉起一块苹果递给钟奕强，钟奕强接过。钟瑞真又用另一把小钢叉，叉了一块苹果递给田慧，说："妈，你吃。"

田慧接过。田慧对钟奕强："奕强，你吃呀！到阿姨家不用生分。"田慧说着，又把身子往边上挪了挪，用左手拍了拍自己坐着的长沙发，对钟瑞真说，"瑞真，来，坐这里。"钟瑞真现在驼江市制药厂工作，与田慧同科室，母女俩一起上下班，几乎形影不离。

钟瑞真挨着田慧坐下，田慧叉了一块苹果递给钟瑞真说："你也吃。"

田慧慈爱地看着钟奕强吃下手中的苹果，微笑着问："奕强，昨天参加同学聚会啦？"田慧对钟奕强很有好感。田慧对钟奕强有好感源于钟瑞云的日记，田慧闲暇时喜欢打开、阅读钟瑞云留下的四本日记。她相信女儿的眼光，她相信钟奕强是个优秀的青年。

"是的！阿姨，昨天我们几个从海南岛同农场已回城的知青组织了一次小聚会……"钟奕强向田慧和钟瑞真介绍了他们聚会的情况，他有点激动。

"奕强，喝口麦乳精，慢慢说。"田慧眼里闪着泪花。听到有老百姓祭拜钟瑞云，她很感动。她眨了几下漂亮的大眼睛，控制着自己不掉泪。钟瑞真伸出右手臂搂紧妈妈的腰身，抚慰着妈妈。

钟奕强喝了一口麦乳精，稍作停顿，压低声调说："阿姨，这次聚会我有很大的收获，大家都认同了一个道理，说只有创造出高质量的生活，才是对逝去的战友的最好的告慰。"

"对！这话说得对。"田慧接过钟奕强的话，动情地说，"当年，政府给我们家送来了革命烈士证书的时候，婆婆哭得死去活来。小姑牺牲了，叔叔又下落不明。后来，公公对婆婆说，人死不能复生，我们还要活着，我们要好好地活着。几年前，我们家遭大难……"田慧说着，眼泪控制不住地涌了出来。

见田慧掉泪，钟奕强愣了。他后悔自己在不经意中触及田慧的悲痛引起她的伤心。他像做了错事的孩子，连忙道歉。他轻声地说："阿姨，对不起！我不该说……"

"不，奕强，你没错。一切都过去了。你们说得对，我们活着的，一定要活出生命的高质量。"田慧很快恢复了平静，微笑又重新挂在脸上。

"阿姨，你真伟大，也很坚强。"钟奕强深情地望着田慧。他惊讶地发现，田慧的音容笑貌和钟瑞云几乎是一模一样。

"奕强，别瞎说！"田慧摆手打断了钟奕强的话，也让钟奕强晃过神来。

"阿姨，你们家是烈属？"钟奕强问田慧。钟奕强只知道钟瑞云出身于资本家家庭，从没听说过她们家是烈属。钟奕强把交谈引向了另一个话题。

钟瑞真说："是啊！我奶奶没去世前是烈属，政府每年都要来我们家慰问。奶奶去世以后就没有了。"她有点沮丧，停了一下，又接着说，"我小姑解放前就参加革命，抗美援朝时在朝鲜牺牲了。"钟瑞真对钟奕强还说，"奕强，我告诉你吧。我小姑钟英参加革命还跟我妈有关系呢。"她依偎着田慧，转过头说，"妈，你说是不是……"

抗战胜利时刻，国民政府向各沦陷区派出了一大批接收大员。这些接收大员巧取豪夺，"劫收"金子、房子、票子、车子、女子，实现"五子登科"。

到驼江市的接收大员叫范烊。范烊长得高高瘦瘦的，戴着一副金丝眼镜，说话慢条斯理，给人文质彬彬的感觉，实际上是一个面善心恶的人物。范烊看上了田慧的美丽，到驼江市的第二天，就宣布康健堂为敌产，派宪兵到康健楼抄家并抓走了钟盛顺和钟诚。

钟盛顺和钟诚被定汉奸罪，钟家上下都感到莫名其妙。驼江市沦陷前夕，钟盛顺的二儿子钟勇就带国民革命军转走了大批贵重中药材。钟勇是国民革命军军医，随战地医院流动，参加过多次抗击日军的会战。抗日会战惨烈，钟勇曾在卫队的防线被日军突破，医院暴露的危急关头，不顾刚为伤员做完手术的疲惫，冲出医院的手术帐篷，从牺牲的战友身上拿起一把美造卡宾枪迎敌而上，一横扫就把冲在最前面的几个鬼子兵撂倒；又跃起进入防线阵地，操起轻机枪，单独顶住日军进攻掩护医院转移，直到援军的到来。

钟勇医术高超，作战勇猛一直被战区的官兵传颂，他多次受战区司令长官的表彰和嘉奖，被誉为战区"模范军医"，破格晋升为上校副院长。为庆祝抗战胜利，《驼江晚报》还曾以《英雄军医》为题，报道了钟勇在抗战中的英雄事迹。

钟盛顺和钟诚被套上汉奸罪名抓走，杨菊香和田慧急坏了。她们到处求人托关系，又登门拜访范烊请他明鉴。范烊打着官腔接见她们，他满口爱国可又心不在焉，金丝眼镜后的一双眼睛色眯眯地盯住田慧，赤裸裸地暴露了他抓走钟盛顺和钟诚的目的。杨菊香和田慧的请求毫无结果。愤恨范烊的无耻，愤恨国民政府的腐败，钟英于是离家出走，参加了共产党领导的游击队。

范烊心狠手辣，制造冤案轻车熟路信手拈来。他为霸占田慧荒谬地采用"先抓人后取证"的策略，准备抓走钟盛顺和钟诚后，收买几名地痞流氓作伪证，处决钟盛顺和钟诚后，把康健堂作为汉奸财产没收并霸占田慧，劫财劫色。范烊读过登载在《驼江晚报》上的《英雄军医》通讯，但觉得那是一篇几年前采写，现在才发表的旧文。范烊没听说过钟勇与家里有什么联系，战争残酷，可能钟勇早已战死沙场了。他想，即使钟勇万一活着能回来，要追查，他也能拿出天衣无缝的伪证让钟勇哑口无言。范烊做冤案拿手，要定什么罪就能定什么罪，需要什么证据就能有什么证据。天下地痞流氓多的是，收买容易得很，范烊有的是手段。范烊从未失手过。

范烊"大意失荆州"。他派人抓走钟盛顺和钟诚的当天傍晚，钟勇夫妻带着两名卫兵乘坐一辆军用吉普车回驼江市看望父母。抗战胜利，战地医院伤员少了，医务人员有较多的空暇，钟勇夫妻请假探望父母当即获批。

听说父亲和大哥被以汉奸罪抓捕，问明缘由后，钟勇怒火中烧，他不顾旅途劳顿，立即带着卫兵乘坐吉普车直奔范烊居住的豪宅。

钟勇愤怒地推开范烊家门口站岗问话的卫兵，直闯大厅。范烊住的是一座前面带有花园，建有高墙围起的庭院。范烊刚用完晚饭，坐在一张黑酸枝木制作的八仙桌旁的太师椅上，慢悠悠地品尝茗茶。范烊到驼江市当接收大员没带家眷，带家眷"劫收"女人不方便。

一名身材魁梧体魄健壮的军官，带着几名穿戴美式装备的军人，气势汹汹地闯入大院，来到大厅，范烊见到便忙放下茶杯起立，赔着笑脸问："兄弟，你们是……"

"我叫钟勇！你是范烊？"钟勇右手从左上衣袋掏出军官证，在范烊面前晃了晃，"我现在就要在你的这个大厅里，会会我的父亲和大哥……"钟勇说着，把军官证又放回原口袋。

"是的，是的！鄙人就是范烊。"范烊心里一怔，来者不善，但他老奸巨猾，很快就平息了心里的紧张，他微笑着说，"哎呀！是钟院长啊！我们的抗战英雄。久仰大名，幸会，幸会！"范烊伸出手想与钟勇握手，钟勇不理，他讨了个没趣，忙说，"钟院长，请坐，请坐！有话坐下谈，坐下谈。"

"坐下谈？"钟勇猛地拍了一下八仙桌子，喝道，"你凭什么抓抗战将士的家人？"他咬紧牙关，怒目圆睁瞪着范烊，压低声调狠狠地说，"你真行啊！范大员，我们在前方提着脑袋抗日打鬼子，你在大后方享清闲。好呀！现在抗战胜利了，你出来了，你出来胡作非为发横财了。你为非作歹也不看看，老子不好惹！我告诉你，我现在就是要在这里，见我爸和我大哥……"

钟勇正说着，他的妻子孙丹燕一步上前，眼明手快拎着范烊的左手腕，反手用力往上提；右手拔出挂在腰身武装皮带上的左轮手枪，打开保险盖，用枪口顶着范烊的脑袋，威严地喝道："听见没有？我可告诉你，我的枪打过鬼子。我的枪不吃素！"孙丹燕与钟勇在同一医院任职，是上尉护士长。这位山东姑娘，身上带有一种野性的美丽。孙丹燕最看不起那些平日里仗势欺人鱼肉百姓，日本鬼子来了就带头撒腿往后跑的政府官员。孙丹燕应征入伍时曾接受过擒拿格斗的训练。

大厅喧嚣，长官被围，范烊的卫兵想进入大厅为长官解围，但被钟勇的卫兵用卡宾枪喝住，又见来人势头不小不敢随意得罪，只好乖乖站在大厅的门槛前不敢轻举妄动。

范烊右手腕被扳着，头被手枪顶着，他像虾米一样弯着身子，狼狈地抬起头说："大妹子，少安毋躁，少安毋躁！好痛呀！你轻点，轻点！听我说，听我说……"

"我听你说？"孙丹燕把范烊的手腕又往上一提，喝道，"你听着，我现在就要你叫人把我爸和我大哥请到这里！"说着，孙丹燕又用枪口顶着范烊的脑袋，轻声地说，"你听好了，我的枪有时是会走火的……"

"好，好！我立即叫人去办……"范烊软了。他心虚。范烊当上接收大员到驼江市的第一天，就把驼江市伪保安团团长羁押入狱，而把他那位"千人颠万人迷"、还曾舍身慰劳驼江市日本驻军司令的保安团长的姨太太给霸占了。前天下午，他无意中看到站在"康健楼"前观看庆祝大胜利民众游行的田慧，立即就被田慧的风韵深深地迷住了。他觉得田慧更漂亮，他色欲熏天、色迷心窍，想出了这个下三滥的阴招。他功亏一篑，刚派人抓钟盛顺和钟诚，还来不及策划找人作伪证，钟勇夫妇带着卫兵就到了。钟勇逼他拿出钟盛顺和钟诚是汉奸的证据，他傻眼了，不得不承认千虑一失倒大霉。

第二天，钟英的同学发起集会游行，热烈欢迎抗战英雄钟勇。

"解恨！阿姨，太解恨了。"钟奕强被田慧讲的故事吸引住了，他觉得很痛快，他问田慧："后来呢？小姑呢？"

"奕强，你看！这是小姑的相片。"钟瑞真拿着一本打开的相集递给钟奕强。刚才田慧给钟奕强讲故事的时候，钟瑞真到田慧的房间找出这本相册，相册里有两张钟英的相片：一张是钟英进城时穿着解放军装的相片，胸前还挂着一枚立功勋章；一张是抗美援朝时着志愿军装的相片。两张相片里的钟英，英姿勃发、美丽潇洒。

钟瑞真难过地对钟奕强说："我小姑入朝作战的第二年就牺牲了……"

八

钟瑞真做完练习题，合上《高等化学》教材，今天的自学任务完成了。

钟瑞真在自学医科大学药物专业的课程，教材是田慧通过她在江南医科大学任教时的学生要到的。"文革"爆发当年，钟瑞真在驼江市一中高中毕业，正忙于准备参加高考。钟瑞真高中课程各门功课的学习成绩都是优秀，化学成绩特别好，钟诚和田慧都希望她能考上医学院，学他们上大学时学习的专业，继承自己的事业。他们也都觉得钟瑞真有把握考上医学院。遗憾的是事与愿违，"文革"爆发，高考、中考都中断了，紧接着红卫兵运动的是知识青年的上山下乡。钟瑞真和"文革"爆发时初中毕业，后来经过半年复课就算是高中毕业的妹妹钟瑞云都属于知识青年，都是上山下乡的对象。钟瑞云豪爽地对爸爸妈妈说，她下乡，姐姐留城照顾家庭。

钟瑞云赴海南岛屯垦戍边，钟瑞真被安排在市抽纱公司当质检工。家里接连出事后，曲焕彪想办法费好大的劲才把钟瑞真调到驼江市制药厂，安排在厂里的研发室，在田慧身边工作。高考恢复后，钟瑞真没报名参加高考。经历了家庭的变故，妈妈身边只剩下她一位亲人了，她觉得自己于情于理都不能离开妈妈独自外出闯社会。

正规大学上不了就自学。田慧对女儿钟瑞真要求很严格，要求她按高考恢复后医科大学药物专业的必修课程设置，把大学五年学完的课程设计为三年完成，开始辅导钟瑞真自学。知女莫如母。钟瑞真有"文革"前高中毕业，各门功课学习成绩优秀的文化基础，在工厂的研发室工作又可以弥补非正规院校教育实践教学设备不足的缺陷。更重要的是，钟瑞真从小对爸爸妈妈从事的中成药研发有浓厚的兴趣，"文革"前她想读大学要报考的专业，就是医科大学的药物专业。田慧对钟瑞真走自学的道路，能学好会学好信心满满。

钟瑞真看了一眼办公桌左上角上放着的小闹钟，时针正指着晚上十点。她整理好桌面上的书籍、笔记本和文具，端起放在桌面右上角的口盅，喝了几口茶水。放下口盅走出房间，来到主房门口，喊了一声"妈"，就直接走了进去。钟瑞真住在康健楼二楼靠楼梯口的次间。

"瑞真，今天的练习题做完了？"田慧正坐在书桌前看药物杂志，见钟瑞真进来，她抬起头问钟瑞真。田慧住的主房很宽敞，进门右边，四片山水画组合的红木小屏风，隔开了里面的更衣室和卧室；进门左边的十来平方米是书房，正面的边墙对着房门的位置放着一个五斗柜，紧靠五斗柜摆着两个书柜；毗邻的侧面边墙放着两张单人皮沙发，中间置放着一只红木茶几。书房中间放着一张平板书桌，配两张靠背椅。田慧一直住这间房子。钟诚的爸爸妈妈都很喜欢田慧。钟诚和田慧结婚时，二老不顾钟诚和田慧的强烈反对，做主坚决用主房作新房，自己住到楼下的房间。家里接连出事的这几年，田慧曾住在楼下的房间。一个多月前，钟瑞真告诉田慧，说在市场遇到钟奕强，钟奕强要来家拜访，母女俩打扫卫生整理房间后，田慧又重新回主房居住了。田慧不知为什么突然蹦出这样一个念头：康健楼不能暮气沉沉；康健楼应该是朝气蓬勃，应该拥有富有活力的新气象。田慧请人重新调好了钢琴，傍晚或星期天闲暇的时光，她会兴致勃勃地弹奏《蓝色多瑙河》《欢乐颂》等名曲，优美的钢琴声又在康健楼里荡漾飘出。

"完成了。"钟瑞真走到田慧旁边，依偎着田慧，"妈，这么晚了，你还没休息？"今天是星期四，过两天星期六晚上，她和钟奕强有约会。她想给钟奕强一个惊喜。

钟奕强一个多月前来康健楼看望田慧，临别时钟瑞真送他到家门口，两人都感到有点依依不舍。以后，他们俩开始有了约会，他们都感到彼此的亲切，开始敞开了心扉。钟奕强甚至把自己与杨森怀一起买卖走私物品的事告诉了钟瑞真。钟瑞真很惊讶又感到能理解。她很同情钟奕强，不过，她劝告钟奕强，说应当有自己正当的职业，不要再走这条路了。

钟瑞云留下的四本32开红塑料封面日记本，钟奕强的名字频繁地出现在里面。钟瑞云到海南岛后每天都坚持记日记，钟瑞云记日记很详细很大胆。田慧和钟瑞真从这些日记里知道了"大会战""窝棚""疟疾""知青'共产主义'"……读懂了蹉跎岁月中的知青情怀，也感悟到了钟瑞云在海南岛屯垦戍边的知青生活中，曾经有过的情深深意切切的爱的享受。钟瑞云日记的字里行间都洋溢着"爱人"和"被人爱"的幸福。

钟瑞真看妹妹的日记也能从中得到启发。有一篇日记被田慧在角上画了个五角星，她还在旁边标注"真正的男子汉"：

今天，"老挝风"还是不停地呼呼刮着。晚上，奕强到卫生队看望大会战中中暑的住院的工人后到宿舍找我。一个多月没见面，奕强变得又黑又瘦。团里组织的挖穴大会战，他们连队由他和连长带队参加，已进行了十多天了。奕强说，他们连队的任务很艰巨，一片面积30多亩的乱石山坡地，要垒成反倾斜15度的环山行，难度很大。

为完成任务，他们连队挑选了十多名身体强壮的青年组成了青年突击队，奕强是队长。突击队每三人为一小组，每人一把锄头，一把丁字锄，每个小组再配一把钢钎。突击队员每餐加半份定量的饭菜，每人还发一本单行本的列宁著作《伟大的创举》。

奕强说，突击队员都是好样的，他们即使是手掌磨出血泡，流淌着血水也无所畏惧，硬是用钢钎撬出一块块比自身体重还重的大石头，用锄头和丁字锄修筑出一层层适宜橡胶种植标准的环山行。过几天就要完成任务了，想不到下午出事了。在工地上昏倒的是一名省城的知青。奕强说，他刚才遇见我们的王指导。王指导狠狠批评了他，说他们玩命，说他不懂得爱护战士，他感到很难过。

我把自己宿舍里剩下的白糖，和粤兰下午刚买的还没开封的一听红烧猪肉罐头送给他。他一再推辞。奕强把我气得对他大吼了一声"你一定要收下！"他才接受了。

不知是谁主动，我们紧紧地拥抱在一起，我们久久地吻着。

奕强离开后，我的眼泪不断地涌出来。我不知这是为什么？我不知我流的是什么泪？

钟瑞真佩服妹妹。钟瑞云对家里报喜不报忧，从未说过苦。钟瑞真隐隐约约感到自己对妹妹有一种从未有过的羡慕，对钟奕强似乎也有一种说不出的感觉。上个星期天下午，她与钟奕强一起看电影，钟奕强告诉她，说曾秀玉找他想让他到她的园艺场协助管理，他感到难为情。曾秀玉的园艺场办得红红火火的，凭什么要他去管理，他们夫妇呢？其他合伙人呢？他能管理得了吗？

钟瑞真听后，略作思索就对钟奕强说："奕强，你过去是她的副指导员，她见你现在还没正当合适的工作，她想帮你。秀玉是好人。你不去但要感谢人家……"钟瑞真清楚，钟奕强到过车站码头咨询，可那里的临时工人数都有指标限制，虽然说缺员可顶班但要等到通知，而且这终究也不是长远之计；钟奕强想卖鱼肉菜，钟瑞真觉得不合适，她要钟奕强不着急，说办法慢慢想，工作慢慢找。

这几天，钟瑞真琢磨出了一个好办法，不过，这个办法不仅要钟奕强同意，而且更要田慧支持。

"妈！我有一个办法可以让钟奕强顶职。" 钟瑞真搂着田慧的肩膀，俯着身子说。

"哇！什么办法？说说，我听听。"田慧转过身子抬起头看着钟瑞真，笑呵呵地问。钟瑞云的日记已经明明白白地告诉了她，在海南岛，钟奕强已经就是她的准女婿了。钟奕强现在就业遇到困难，她这个曾经的准岳母岂能袖手旁观无动于衷。在这段日子里，田慧知道钟奕强与钟瑞真在约会，她没过问但心里支持，她认可钟奕强的素质。这几天，她也正在考虑钟奕强的就业问题。她想与钟瑞真商量，再征得钟奕强的同意，由她出面找曲焕彪，安排钟奕强到驼江市制药厂当临时工。

第八章

农场干旱，开荒大会战劳动艰难，程善刚克服困难探究连队水井出水规律，定期爬下井底舀水增加工地的开水供应，受表彰被培养成拖拉机手。程善刚干活拼命，疟疾复发身体严重受损，杨森怀偷钓鸡为他补充营养。郭秀芝与程善刚恋爱未婚先孕，两人急忙困退回城，租房开摩托车维修店，生活艰难。留守知青唐欣潮与文海娇相互有好感后成亲。程善刚肝癌晚期以赴海南会唐欣潮为由出走壮烈自杀。杨森怀痛苦万分。杨森怀曾对胡秋生泄恨并败坏连队声誉，深夜潜入茅草房女宿舍恶作剧要流氓，郭秀芝深受其害。

一

程善刚接连两天两夜没回家急坏了妻子郭秀芝。郭秀芝找遍了亲戚朋友家都没见到人，也没有听到有关他的行踪的消息。

"善刚会到哪里去呢？"郭秀芝心扑通扑通地跳，但又只能尽量地让自己平静，仔细地疏理着最近家中发生过的事，她确实找不到能导致丈夫不辞而别、离家出走的原因。前几天，程善刚的弟弟程善毅来过铺子里找哥哥，说他妈妈要程善刚回家一趟，有事商量。程善刚回来后生过一阵子闷气。郭秀芝问他发生了什么事，程善刚皱着眉头叹了一口气，没回答。程善刚从他妈妈家回来后时常生闷气，郭秀芝没在意。

程善刚和郭秀芝带着三岁多的女儿程琼青，一家三口住在荣兴街兴隆巷口一间十多平方米的平房里。房子是租的，租金比较贵但地理位置好，带门的东墙靠荣兴街，南墙靠兴隆巷。程善刚租房时曾与屋主商量，希望屋主能同意他把房子自费改装成店铺。见租客是一对困退回城的海南农垦知青，屋主毫无顾虑就爽快地答应了。

程善刚把东、南两面墙推掉改装上拉闸门，又以西、北墙为依托搭建了一个三角形的小阁楼，作为晚上一家人睡觉的地方。这间房子也就这样成了程善刚既是住家，又是修理单车、摩托车的店铺了。

平时，郭秀芝通常把女儿寄托在她爸爸妈妈家，由她爸爸每天接送小琼青上幼儿园，她和程善刚就在店里专心致志地经营着单车、摩托车的维修服务了。

程善刚对机械维修有技术优势。程善刚上山下乡的兵团四师十八团是新建团，成立的机耕队调进的拖拉机比较多，但拖拉机手缺乏不能适应大开荒大发展的需要。程善刚在新兵连培训结束分配到五连不到三个月，就被调到机耕队当上了拖拉机手。程善刚开的是东方红54履带拖拉机。

与在连队抡砍刀舞锄头相比，能到机耕队开拖拉机是令知青羡慕的职务。程善刚是因在连队表现优秀被调到机耕队的。

程善刚被分配到五连没几天，连队炊事班有位炊事员患病住院，程善刚被派顶班。当时，正是"老挝风"肆虐，大会战正酣的日子。团决定在五连片区开荒近万亩，五连就地参加大会战，虽可不用住工地"窝棚"，但同样遭遇地下水位下降，连队水井干涸，生活用水困难的苦恼。团部派汽车、拖拉机送水，分配到连队，能保证连队煮饭做菜，但没法保证大会战工地的开水供应。炊事班想方设法节约用水，才能勉强每天上下午各烧一挑开水供应工地。这挑开水一到工地，立即就被舀光了。

大会战劳动强度大，缺少开水供应，战士们出大力流大汗口渴难耐，大家对炊事班意见很大。

程善刚听说了，心里很不好受。他试图使用"吊窝"打水，但只听水桶碰到井底"嘭"的声响，不见能打上井水。

"吊窝"距井台不足2米，由埋在地里的两根间隔距离约40厘米，都是高约3米、厚15厘米、宽30厘米，在距顶端约20厘米的地方分别钻一个约6厘米圆孔的原木作支架，一根直径20厘米、长约5米的桁条，在桁条长度4：6的位置同样钻一个约6厘米圆孔，桁条夹在两根原木中间，用粗钢筋穿过三根木头的圆孔固死。桁条以圆孔为中点，偏长的部分顶端捆绑着一节粗麻绳，麻绳连接着一根长竹竿的一端，竹竿的另一端绑着一只水桶。桁条直立时，竹竿末端的水桶正好点触到井台。桁条较短的一端则绑着一块大石头。"吊窝"是运用杠杆原理制作，在深井打水省力方便的工具。"吊窝"是当地老百姓对这种工具的习惯叫法。

水井不能打水，没办法烧出开水满足大会战需要，程善刚觉得自己失职。他琢磨着，不能用"吊窝"打水，能不能爬到井底舀水呢？当然，关键是井底要有水可舀。

五连的水井呈圆形，直径1.5米、深约7米，井台高出地面约50厘米。水井现在没水但平时蓄水的部分深约2米，蓄水部分的井壁用不规则形的花岗岩石头砌成。蓄水部分上面的井壁和井沿是用红砖砌的。红砖井壁上的井梯是由两条平行、间隔60厘米，垂直距离每50厘米就留有一个以红砖厚度为高，宽约15厘米、深约10厘米的缝隙，两条平行线上的缝隙以等腰三角形为规格错开，一直延伸到井底组成的。

这是程善刚到炊事班的第三天，早上，连队开工了，打扫好了连队厨房的卫生，程善刚把自己的想法告诉炊事班班长，并自告奋勇要下井底舀水。炊事班班长稍作思考，说了句"注意安全！"同意了。

炊事班长和程善刚带着两只水桶、一个吃饭盆和一张小木板凳来到井边。程善刚对班长说："班长，15分钟后你叫人到井边，如果我在井底能舀到水，你们就把水提上来。"

"好的。"班长刚回答，程善刚已跨过井沿，身体像壁虎一样紧贴着井壁，四肢并用沿着井梯爬下井。

"善刚，注意安全。井壁上有青苔，很滑。小心啊！"班长伸长脑袋，对程善刚叮嘱。

"好的！我知道。"程善刚应着。

程善刚安全到达井底，抬头向班长喊了一声"有水"。班长听着，高兴地说了声"好嘞！"用绳子吊着，放下了两只水桶，水桶里装着一个舀水用的饭盆和一张小木板凳。

程善刚在井底下接着。他摆好水桶，坐在木板凳上，用饭盆舀水。班长双手按着井沿。伸长脖子，紧张地望着井底。大约十分钟的时间，程善刚舀满了两桶水，井底下的水也舀干了。班长用麻绳把水吊上来，程善刚也顺着井梯爬上井沿。

舀到两桶水，炊事班兴高采烈的，大家都很高兴。刚过一个小时，程善刚又说："我再下去，看看井底的出水情况。"

程善刚又下到井底，随程善刚一起到井边的班长，又放下了两只水桶。程善刚接住水桶，把它们放好，很快又爬了上来。

"怎么样？"班长急切地问。

"水不多，还不够一桶呢。"程善刚摇着头，回答说。

又过了一个小时，程善刚又爬下井底，很快，他又爬上来了。见他上来，班长忙问："怎么样？水多不多？"

"跟我第一次下井时的水，差不多一样多。"

"那你怎么不舀上来？"

"班长，我想掌握井底的出水情况，待会儿我再下去看看，这水井能不能出更多的水。"

过了一个小时，程善刚又爬下井底，他发现，井底似乎停止出水，没再多出水了。他没舀水，又爬了上来。又过了一个小时，已经是第四个小时了，程善刚再次爬下井底，井底的水并没增加。这次，他舀水了。同第一次一样，舀满了两桶水，井底下的水也就舀干了。程善刚掌握了这口井的出水规律。

炊事班经过研究做出下水井舀水的时间安排：上午8点和10点，下午4点，夜里2点和4点。大会战期间，连队早上6点30分开工，中午收工回到连队大约是12点；下午2点开工，回到连队差不多要6点。程善刚说："连队现在生活用水很紧缺，见我们下井底能舀到水，其他人也会跟着这么干……"

炊事班舀水的时间是程善刚建议的，他认为这样安排，不浪费水又都能舀到一些水。程善刚还向班长要求，下井底舀水的任务由他承担，其他人配合。

班长同意。班长还决定，以后每天上下午都增加两次开水供应，各挑三次开水上工地，每次间隔1小时。

五连炊事班受到了大会战指挥部的表彰，政治处还把他们的事迹制成幻灯片进行宣传，程善刚受到了人们的关注。机耕队要求增加新拖拉机手，团参谋长立即点名调了程善刚。

程善刚学习刻苦认真。他上新拖拉机手培训班一周后，即上车跟班实际操作实习，不到一个月的时间就独立驾驶拖拉机。程善刚还想办法找到一些相关的书籍，从理论上进一步学习、掌握拖拉机的工作原理，一些小的机械故障他能自己动手排除。

不到半年时间，他就已经能独立操作，熟练完成推岜以及犁地、耙地等作业，质量和效率可以与老拖拉机手相媲美了。

程善刚的机组只有两个人，车长和他。车长是一个老退伍兵，叫祝宏柱。祝宏柱技术上乘，为人处世圆滑，私心比较重。他喜欢打猎、喝酒。打猎一有斩获，就会干上几杯竹叶青。祝宏柱夜里打猎精神抖擞，白天干工精神疲惫，往往都是程善刚替他顶班。程善刚把顶班当作是加强学习的机会，他没有怨言。程善刚的技术越来越好，祝宏柱就越放心，他让程善刚顶班的次数也越多。

程善刚是在他被派往六连，负责新开荒的机耕林段收尾工作时，与郭秀芝对上象、谈上恋爱的。

六连距机耕队八公里，踩自行车约要半个小时，步行则需要一个半小时。"将在外，君令有所不从"。到六连单车作业，祝宏柱自由多了。祝宏柱爱人在团部附近的畜牧队上班，家在机耕队，有一部自己安装的自行车。他通常每天傍晚吃完晚饭就踩着自行车回家，第二天下午再踩着自行车到六连，有时与程善刚打个招呼干脆不来，由程善刚顶班，程善刚从没计较。程善刚是单身汉，他带着简单的行李住在六连。程善刚已有四年驾龄，在机耕队可以说是老拖拉机手了，他的各项技术指标都比较过硬。

程善刚住在六连的时候，郭秀芝已经是六连小学的教师了。六连这几年新增人员数十人，其中有家属，也有十名小学适龄儿童。六连距附近有小学的连队超过三公里，太小的儿童每天步行从家里上学、放学回家都很不方便。政治处决定在六连建小学初小部。柳主任到六连直接找胡秋生告诉他政治处的这个决定，还告诉他已决定由郭秀芝当小学教师。郭秀芝在探家途中无偿献血又不张扬的事迹给团领导留下了深刻的印象。柳主任认为，这就是最好的"为人师表"。

六连的连队小学实际上就是一幢两个隔间的茅草房，讲台、课桌椅都是按规格用洞铲在地面上打洞，埋上一定高度的树干作桩，在上面钉上一片合适的木板就成了。

六连的连队小学只有郭秀芝一名教师，教三个年级六名学生，一、二、三年级的学生人数分别为3、2、1人。郭秀芝通常是上了一个年级的一节课后，布置作业让这个年级的学生独立完成，又上另一个年级学生的课，又给这个年级的学生布置作业，再上另一个年级学生的课……

连队教师业务受团部中心学校管理，但教师属连队的干部编制，仍要参加连队的义务劳动。郭秀芝最怕的义务劳动是割茅草和砍山麻。连队周围的荒山野坡经过大开荒，都规划成林段种上了橡胶和防风林，茅草和山麻要到还没开发的荒野才能找到，离连队比较远。

程善刚住六连，钟奕强找了杨森怀，他拿了十块钱交给杨森怀，让他组织安排一次同学聚餐，杨森怀愉快地答应了。

星期六晚上，杨森怀把从附近农村买来的一条狗做成了红烧狗肉，程善刚买来了两瓶竹叶青，几个老同学借用连部的办公桌就干开了。程善刚和车长祝宏柱住在连部隔壁的茅草隔间。祝宏柱从没在六连过夜。

"来！秀芝，你也喝！"程善刚拿过郭秀芝的口盅，打开酒瓶盖，就往口盅里灌酒。老同学聚餐，他们都自带口盅、吃饭盆、调羹和筷子。

"不要，不要！我不会喝酒！"郭秀芝急忙伸手抓住酒瓶不让程善刚倒酒。

"不！今天不能'不要'，一定要喝！"杨森怀掰开了郭秀芝的手。

"秀芝，难得善刚来我们连，难得我们同学聚会。喝！喝一点！"钟奕强拿过酒瓶往郭秀芝的口盅倒了一些酒。

"喝吧！秀芝。你不会喝酒，喝一点意思意思就是了。"唐欣潮也跟着劝说。唐欣潮是二班班长。

五位老同学围着办公桌，站着喝酒聊天吃红烧狗肉。杨森怀好像想起了什么，他突然问郭秀芝："噢！对了，秀芝，你义务劳动割茅草和砍山麻的任务完成了没有？我们都完成了。"连队最近又搞割茅草和砍山麻的义务劳动。杨森怀和唐欣潮是利用每天管理林段收工前的时间，到林段周围没开荒的荒野找茅草割、找山麻砍，积少成多完成任务的。

"还没呢？"郭秀芝显得不好意思，红着脸轻声回答。

"秀芝，明天我帮你砍山麻，茅草你自己割。"杨森怀拿着口盅抿了一小口酒，说。

"谢谢！森怀，你是好人。"郭秀芝拿起桌面上的酒瓶，往杨森怀的口盅里续酒，拿起自己的口盅，"森怀，我借花献佛，为你是好人，我们干！"郭秀芝说着，与杨森怀碰了一下口盅，一口气就喝干了自己口盅中的酒。

"咳！咳！咳……"郭秀芝呛口，她转过脑袋涨红着脸，不停地咳嗽。

"森怀，你不能欺负秀芝呀！"钟奕强笑着说，"我们喝酒随意。"

"副指，你冤枉好人呀！"杨森怀争辩着说，"善刚、欣潮，你们说是不是？"

"对不起！对不起！是我不会喝酒，我自己一口气把酒干了呛着的。"郭秀芝停止了咳嗽，红着脸急忙说。

"你们听听，你们听听，我们的秀芝就是公正。秀芝，你砍山麻的任务我全包了。"杨森怀豪气冲天，大声地说。

"好啊！来，森怀，我敬你，我们干！明天星期天，我帮秀芝割茅草。"程善刚拿起自己的口盅，对杨森怀说。

"不！不！谢谢你们的好意。善刚，你开拖拉机难得有一天休息，"郭秀芝连连摆手，"茅草我自己能割，我自己会割。"

"秀芝，你不要客气，让他们帮你。"钟奕强举起口盅提议，"来，为老同学，为老同学的友谊，干杯！"

第二天吃完早餐，程善刚立即找郭秀芝，两人沿着牛车路穿过林段，走进荒野找茅草、割茅草。从此，程善刚和郭秀芝开始了约会。

程善刚完成了在六连的任务后回机耕队，但他的心已被六连留住了。准确地说，是被郭秀芝吸引了。只要是节假日有休息的时间，他常常会到六连找郭秀芝。他们恋爱了。

二

程善刚被派到附近少数民族的村寨，帮助修公路，任务还没完成就患"疟疾"住院了。程善刚住的那个村寨属海南岛的"高症区"，但他大意没按时服用防治疟疾的特效药氯喹。

郭秀芝常常晚上骑自行车到团部医院看望他。程善刚在六连完成任务回机耕队后，他想办法托关系买了一些自行车零配件，自己动手安装了一辆女装自行车。女装自行车郭秀芝使用方便。70年代，自行车是稀缺物资，需要凭证供应，购买后还要编号登记上车牌，程善刚的自行车无牌证，只能在农场内部的道路上使用。

杨森怀也到医院看望程善刚，但他带的慰问品与众不同。钟奕强、唐欣潮他们带的通常都是罐头、炼奶或白糖。杨森怀送的是一大口盅炒鸡肉，而且几乎是隔天就来一次。两三次后，郭秀芝感到疑惑。一天晚上，杨森怀又到医院看望程善刚，她把杨森怀拉到医院外面橡胶林段的防风林旁，压低声音严肃地问："森怀，怎么回事？你经常买鸡，有鸡肉吃？"

"嘻嘻……"杨森怀嘻嘻哈哈、漫不经心地说，"是啊！秀芝，这就叫本事。你不要管鸡肉是从哪里来的，叫善刚尽管吃，养好病，身体健康才是关键。"

"森怀，你不要嘻嘻哈哈的。你不告诉我这些鸡肉的来路，我就叫善刚不接受你送来的鸡肉。他不能吃你这些不明不白的鸡肉。"郭秀芝泛红着脸，生气地对杨森怀说。

"行！行！你一定要知道，好吧，我告诉你，我的鸡是钓的，是钓胡秋生家的……"杨森怀告诉郭秀芝，说他与同宿舍三位来自湖北和江西的知青，一起发明了钓鸡的方法。杨森怀探家的时候带回了一包大号的钓鱼钩和一捆搭配的钓鱼线。要钓鸡的时候，就把连在钓鱼线上的鱼钩挂上蟑螂、蚯蚓或大米饭团，线的另一头打活结捆在小灌木的树枝上，鸡张口咽下钓钩上的钓饵，喉咙里卡着鱼钩，叫不出声又吐不出……

　　杨森怀下钩钓鸡的地方，是连队周围杂草茂盛的地区，胡秋生家的鸡常到这些地方吃草籽、吃小虫。胡秋生家养了多少只鸡？胡秋生夫妻谁也说不清楚。杨森怀就听文海娇说过，说他们家有的母鸡在灌木丛中下蛋，孵出小鸡后会自己带着一群小鸡回来；说他们从来没清点过鸡窝里有多少只鸡。杨森怀他们每月只钓一两次鸡，每次只下一个钩，每次都是天黑了以后才收钩捉鸡。杨森怀讲义气。程善刚患"疟疾"住院，他才改为每隔一天钓一次，把钓到的鸡炒成香辣鸡肉送给程善刚滋补身体。

　　杨森怀高兴地对郭秀芝说："钓鸡很容易、很省力，也很隐蔽很安全。"他还理直气壮地对郭秀芝说，他们这不是在偷鸡，他们是在帮胡秋生割资本主义尾巴。"文革"期间，农场职工、兵团连队的随队家属，如果自己养猪种菜、自己饲养超过规定数量的家禽，都会被说成是滋长资本主义尾巴，要受到严肃的批判处理。

　　杨森怀还告诉郭秀芝，说他们已经想好万一被发现了怎么应对。说一旦被胡秋生发现，他们就胡搅蛮缠，就一定要胡秋生拿出他家的鸡被偷的证据，一定要他说出他们家养了多少只鸡，又被偷了多少的具体数量。杨森怀说："团里对家属允许养多少只鸡有明确的规定，胡秋生严重超标肯定心虚。"

　　郭秀芝听了也觉得有理。她甚至还觉得，凭什么有家属的就可以养鸡吃肉吃蛋，连队伙房缺肉少油的，知青就只有干瞪眼的份。不过，郭秀芝心地善良，她劝告杨森怀，要他千万小心，适可而止。说不管怎样，钓鸡被发现总不是一件光彩的事。

　　程善刚出院了。程善刚刚出院，他的车长祝宏柱就出事了。

　　祝宏柱在程善刚面前常倚老卖老，在上级领导面前却是百般奉承。每年政治处到机耕队考核基层领导干部如开座谈会，祝宏柱总是带头唱赞歌。祝宏柱打猎有斩获，也忘不了给领导家送点猎物。因此，机耕队领导对祝宏柱工作三心二意，时常要程善刚顶班的事虽有所闻，但也睁一只眼闭一只眼不当一回事。

　　祝宏柱以前熬过"猴膏"，现在，他不知从哪里听来的消息，说"三公膏"比"猴膏"对人体更滋补。"三公膏"就是把公羊、公狗、公鸡开膛破肚去毛，斩成小块放在生铁锅里，加入适量的水，先是猛火，后是文火，不停火地熬七天七夜直至成膏。

　　祝宏柱从附近农村买了一只大公羊、一只大公狗和几只大公鸡，在团部水库的防风林旁，用几块石头垒了一个大灶，拉了两牛车柴火，还向畜牧队借了一个煮饭的生铁锅。雨季刚过，"老挝风"还没刮，祝宏柱选择熬"三公膏"的日子正当时。他对前来观看的程善刚说："善刚，这我要熬'三公膏'，要忙几天。很不好意思，又让你辛苦了。"又轻轻地拍了一下程善刚的肩膀，压低声音说："如果你觉得累，我们想办法搞个故障报修……"

"没事！车长，你忙。"程善刚热血心肠，满口答应，又对祝宏柱说，"小心啊，不要出事！"说完，道了一声"再见"，就离开了。

在海南岛开拖拉机，尤其是在"老挝风"肆虐的日子里开拖拉机很辛苦。拖拉机的发动机、水箱紧挨着驾驶室，驾驶室没有降温设备。在大开荒的工地上，发动机启动散发的阵阵热浪，"突突"作响的马达声不断地被输送入驾驶室，无情地灼烤着在驾驶室里的拖拉机手。滚动的履带碾压着新开荒的土地，扬起灰蒙蒙的泥土粉末笼罩着整部机车，更在"老挝风"恶作剧的"呼呼"狂叫声中，大量灌入驾驶室，使拖拉机手更为难受，大热天在灼热的驾驶室里接受烘烤，还不得不捂上一个大口罩。

程善刚热天值班开拖拉机通常赤裸着上身戴着一个大口罩，下身只穿一条西式内裤，脚上没穿袜子套一双脏兮兮的解放鞋。一个班次四个小时下来，蓬头垢面、全身汗淋淋的，粘连着黄澄澄的泥土粉末，活脱脱就是一只泥猴，好不难受。如果再继续顶祝宏柱的班，那真是够他受的了。程善刚默默地承受着劳累，他读过拖拉机相关的知识原理，知道他开的东方红54履带拖拉机，推岜、犁地、耙地开荒的工效，相当于100个农业劳力用锄头挖、用砍刀砍的人工开荒的工作量，而且完成的质量更好。

七天七夜的操劳，祝宏柱的"三公膏"熬成了。第二天晚上，兴高采烈的祝宏柱请三位好友喝酒品尝"三公膏"时就出事了。过量进补大吃"三公膏"，一位朋友身体承受不了被送到团部医院，竟想不到不治身亡。

这次事故暴露了机耕队领导管理上的缺陷，机耕队长、指导员受党内警告处分；祝宏柱的"三公膏"被没收，人被调往边远山区生产连队。祝宏柱鸡飞蛋打，损失惨重。

程善刚被提拔为车长。程善刚当车长是光杆司令，手下没有兵。他照样一人顶两人开着拖拉机轰鸣在开花的工地上。拖拉机手领的是月固定工资，一人顶两人干不能领双份工资但程善刚愿意。他认为，在大开荒中不发挥拖拉机的优势，是对劳动力最大的浪费。

程善刚满腔热忱不辞劳累开着拖拉机轰鸣在大开荒的工地上，没被斩尽杀绝、潜藏在程善刚血液中的疟原虫也虎视眈眈，千方百计想方设法正寻找机会制造邪恶。它们得逞了。

那天下午，程善刚开着拖拉机在开垦畜牧队的饲料用地。推岜过程中，程善刚就觉得身体不舒服，昏昏沉沉的，眼前有时还会飘浮着几颗亮闪闪的小金星。程善刚抿着嘴唇，摇了摇几下脑袋，用手掌左右开弓抽了自己几个耳光，强打精神操作着拖拉机。

饲料地中间还剩下一棵直径约30厘米的大树没处理。程善刚手把操纵杆，脚踩离合器，他控制好推土铲的高度，挂上加力挡，先左前侧，又右前侧，再正前方，几个进退来回就把大树撼斜，露出一侧的树根。程善刚把拖拉机退车到距大树几米的地方，挂上空挡停车，他喘着气喝光了"行军水壶"里剩下的冷开水，又用车上那条已经沾满泥土粉尘的毛巾擦了擦脸上的汗水。放下毛巾，他把推土铲的高度降低，深深地吸了一口气，操作着拖拉机对准大树被撼出的根部，加大马力直冲过去。机车轰鸣发出"呼、呼、呼"的怒吼，终于把大树推倒了。程善刚又一鼓作气把它铲到路边。他提前完成了畜牧队饲料地开荒的推垱任务。

收工回机耕队，昏昏沉沉的程善刚到伙房向炊事员要了一桶热水洗澡，想吃饭没胃口干脆把饭打回宿舍，喝了半口盅白糖水就上床休息了。他感到很疲惫，迷迷糊糊的很难受不能入睡。他觉得很热，不一会儿又觉得很冷，冷得全身直打哆嗦。程善刚预感到，"疟疾"又来了。同宿舍的两名拖拉机手不知到哪里串门去了。程善刚竭尽全力喊了几声"来人啊！"又竭尽全力手脚并用踢打床板，发出"嘭、嘭、嘭"的声响……

程善刚"疟疾"复发又再一次住院了。郭秀芝尽可能地安排时间到医院协助护理。程善刚感到身体酷热时，郭秀芝不时地用毛巾浸井水为他擦身、敷贴额头；程善刚感到身体发冷，冷得发抖时，郭秀芝会扶程善刚坐在床上，紧紧地搂抱着程善刚，为他减轻痛苦。

"疟疾"对身体的伤害很大，加上连日来过度的劳累，程善刚面色苍白，人很清瘦显得很虚弱，走路无力。郭秀芝看着心疼，她觉得仅给程善刚增加营养并不能真正解决问题。她以自己是程善刚的女朋友的身份，直接找了机耕队的指导员，说程善刚是一个干起活来不顾自己身体的人；说以程善刚现在的身体状况承受不了开拖拉机的劳累；她说程善刚曾获兵团"优秀知青"的称号，组织上要关心他，就应当让他改行当修理工，还说这也是她向组织提出的要求。

机耕队的指导员认识郭秀芝。当年，在团政工会上，杨政委、柳主任都表扬了郭秀芝探家途中无偿献血、无私奉献专门利人的勇敢精神。团报道组还把郭秀芝的事迹写成通讯，发表在兵团和地方的报刊上。

机耕队指导员觉得郭秀芝提出的要求合情合理。

三

程善刚在修理所工作，星期六晚上，他总喜欢骑着他那辆自己安装的自行车，到六连与郭秀芝约会。郭秀芝是连队小学教师，住茅草房单个隔间，进进出出不会影响到其他人，但说话不方便。在茅草房隔间里说话，正常的音量左邻右舍几乎能听到；说悄悄话无疑又会给他人以无限的想象空间；拘束地坐着四目相对，更是毫无情趣可言。他们喜欢骑自行车，郭秀芝坐在车后架上，触景生情欢乐地哼着"一条小路又弯又长伸向前方"等俄罗斯歌曲的小调，程善刚边踩着自行车边吹着口哨和着。他们沿着牛车路到连队边远的林段，把自行车停在防风林里，两人则相依相偎坐在防风林边数星星看月亮。

郭秀芝至今仍清晰地记得：在那个星稀月明，没有"老挝风"的星期六晚上，她和程善刚二人在连队最边远的47号林段的防风林带边，并肩坐着谈未来。程善刚伸展着右臂膊搂着郭秀芝的右肩；郭秀芝用左手环抱着程善刚的腰身；程善刚的左手与郭秀芝右手十指相扣紧紧地牵在一起。

程善刚对郭秀芝说："秀芝，我爸退休我回去顶职，可能我要比你先回城了。"刚才，程善刚踩自行车载着郭秀芝走在牛车路上的时候，程善刚已把刚收到家里来信，说准备让他顶父职回城的事，告诉了郭秀芝。这几年，各地上山下乡的知青都已开始陆陆续续返城了，六连原有20多个知青，已走了近三分之二。程善刚的父亲是驼江市航运公司的职工，母亲是家庭妇女。程善刚是长子，下有一个弟弟和两个妹妹。当年动员上山下乡，程善刚赴海南岛屯垦戍边，第二年，他的妹妹中学毕业，按政策安排在市商业系统当上了售货员。

程善刚感叹着说："秀芝，如果我们俩能一起回城，该多好啊！"

"不！善刚，这没什么不好的。"月光下，郭秀芝美丽的双眼一眨一眨的，她乐滋滋地说，"我觉得这挺好的。善刚。你想，你顶职回城了，我们登记结婚。那时，我就以夫妻分居为理由申请工作调动，不是更容易吗？……"郭秀芝在家是幺女，父亲是小学校工，早已退休；母亲是工厂的临时工，没有可让儿女顶职的休可退。郭秀芝不想困退回城，到居委会成为待业青年。她是在职教师，属于干部编制。她认为，教师调动应当比干部调动容易。

"对！我先回城。我一回城就找房子、租房子，开始布置我们的家。秀芝，我把家布置得漂漂亮亮的，做好准备迎接你……"

"好的！一言为定。到那时，我们一起好好经营我们的家。"郭秀芝略作沉思，好像突然想起了什么，兴致勃勃地问，"善刚，对了，我们还要一个孩子，你喜欢男孩还是女孩？"

"男孩女孩都一样，都是我们的孩子，我都喜欢。"程善刚搂紧郭秀芝，动情地说。

"我也是。善刚，我们现在就约定，如果生男孩，他的名字由你起；如果生的是女孩，她的名字就由我起了。"郭秀芝调皮地说着。

"好！同意！"程善刚说着，扳过郭秀芝的身子。两人相拥在一起。

程善刚把接到要他顶父职回城的消息告诉了郭秀芝。想不到十几天后，他接到通知，要他过海到省城附近的龙岩农场参加农垦局组织的为期一个月的技工培训。程善刚一再推托，但说不过修理所指导员，又不好说自己不久将顶父职回城，便只好收拾行装到培训班报到。

程善刚又一个想不到，他参加培训班不久，他的弟弟程善毅竟坐数百里的班车到龙岩农场培训班找他，向他诉说自己在居委民办小厂做小工的种种不如意。程善毅中学毕业后没上山下乡，在家待业一年后被安排在一家居委民办木箱厂做小工，很不情愿也很无奈。程善刚帮助弟弟在农场招待所登记了住宿。兄弟俩坐在招待所房间的单人沙发上，各自泡了一杯茶水就聊开了。程善毅对哥哥程善刚说："哥，我在居委工厂很难受，我想与你商量，爸爸退休的职，由我顶。"程善毅样子好像很可怜，说得很客气。

程善刚感到问题很棘手。不久前，他与郭秀芝说好了回城的规划，二人心里都乐滋滋的。现在背着郭秀芝变卦，他感到对郭秀芝起码是不礼貌的。程善刚心里明白，爸爸退休由他弟弟顶职，他爸爸的工作单位不可能又再给他一个招工指标，他爸爸也没能力从市里其他招工单位争得指标让他能被招工回城。被招工回城是很多知青梦寐以求的祈盼。很多知青家长想方设法托关系走后门，千方百计为自己当知青的儿女争取招工指标。让弟弟顶父职，程善刚的返城之路就只剩下困退一条了。程善刚犹豫着，这可是他人生中的一个重要节点，极有可能影响他一辈子。

见哥哥眉头微皱沉默着，程善毅感到有点为难，从情理上说，哥哥赴海南上山下乡，爸爸退休的职，应该由哥哥顶。他早也听说过，驼江市工人退休，普遍都是由他们上山下乡的子女顶职回城的，有的家长甚至制造各种理由提前退休让在农村或农场的子女能早日回城。

程善毅感到为难，但他不会觉得不好意思。他从小就被家里人溺爱，尽管家里经济拮据，但对他依然是有求必应，慢慢地他就滋长出了任性。他觉得，在家里，哥哥吃亏让弟弟享受是天经地义的事。妈妈就曾经公开说过"幺子不宠要遭雷击"，程善毅在家里是幺子，程善毅对妈妈的这句话可以说是牢记在心，因此，在家里"小霸王"似的任意任性，对此感到是天经地义理所当然。

这次他在家里说他想要顶爸爸的职，妈妈告诉他，说已写信给在海南岛上山下乡的哥哥，准备让他顶父职回城了；如果他想要顶职，必须与哥哥商量。凑巧，程善刚写信告诉家里，说他要过海到省城附近的龙岩农场参加技术培训。龙岩农场距驼江市超千里，一心想顶父职，从居委工厂脱离的程善毅听到这个消息，迫不及待就来到龙岩农场找哥哥程善刚了。

程善毅有备而来。他对程善刚说："哥，我的确是没有其他的办法才向你提出这个要求的。"他似乎有点害羞，脸色微红羞怯地说，"哥，我交了一个女朋友，她嫌弃我，说我在居委厂工作……"程善毅脸上流露着无奈的可怜。程善毅来龙岩农场找程善刚之前，就与他的女朋友商量过，两人想出了这个逼程善刚答应的"杀手锏"。程善毅低着头，喃喃地说着："我真没用，我如果有本领、懂技术，我早就离开这破民办厂，自己干了……"

"行！你别说了，你顶职！"程善刚端起茶几上的茶杯，抿了一口茶，他下了决心，程善毅乘车超千里来找他，他不好意思让他失望而归。而且，他还考虑到，以他认识的程善毅的德性，如果没满足他的要求，回家肯定要向父母撒泼，家里肯定会被闹得不得安宁。

"真的！"程善毅感到惊讶，"那……那你回城怎么办？"

"怎么办？能怎么办？困退呗！"程善刚心里清楚，他想回城，只能走困退的道路了。可是，郭秀芝怎么办？怎样对她说？程善刚把忧愁埋在心里。

程善毅目的达到，心满意足地告别哥哥程善刚，兴高采烈地离开了龙岩农场回家了。

程善刚把弟弟到培训班找他，把同意让弟弟顶父职的事，写信告诉了郭秀芝。郭秀芝复信说理解他的决定；还说这没关系，只不过是把回城的道路由顶职调整为困退，其他方面并没受到多大的影响。程善刚心中悬着的一块石头落地了。

命运好像很喜欢与程善刚开玩笑。几个月后，程善刚正准备办理困退手续回城的时候，郭秀芝突然发现自己怀孕了。这无异于一个炸雷，一个只能自己默默承受，在各自的心中发出闷响的炸雷。未婚先孕在当时是一件大事，农场其他连队就曾有两位知青因此被开除了团籍。程善刚和郭秀芝都是共青团员，郭秀芝还是连队团支部副书记，他们都是具有强烈责任感的人。出事了，但他们没惊慌。他们心心相印互相安慰，冷静地应对着。他们觉得，这是他们人生中幸福的事，"天下无难事"。他们已经谋划好了，他们要争取在郭秀芝的肚子还不明显还能隐瞒时办理好手续困退回城。

在郭秀芝住的茅草房隔间里，程善刚坐在办公桌旁的椅子上，笑嘻嘻地对坐在单个人架子床沿的郭秀芝说："秀芝，我很高兴，我们的孩子很懂事，要祝福自己父母圆满成亲……"程善刚和郭秀芝已公开了他们的恋爱关系，连队的人对程善刚来找郭秀芝已经习惯了，没人会感到新奇，没人会刻意加以关注。这是星期天上午，大清早，程善刚就到六连找郭秀芝。

"我也高兴。不过，善刚，我担心回城后找不到工作，或者找不到好的工作，我们怎么养孩子？"郭秀芝站了起来，走到程善刚身旁，用略带糯糯的语气，嘟着嘴撒娇说，"善刚，我担心，我们的孩子会跟着我们受苦。"她与程善刚已商量好了，她立即申请困退，二人一起困退回城，一回城就立即结婚。程善刚顶职回城的美好祈盼砸了，她调动回城继续当教师的理想也吹了。她和程善刚家境都不宽裕，很难资助他们。

程善刚紧紧地搂着郭秀芝，他满脸幸福信心满满。他嘴唇贴着郭秀芝的耳际，轻轻地说："不会的，秀芝，我们也有两只手。你不记得啦？当年动员我们上山下乡的口号里就有'我们也有两只手，不在城里吃闲饭'。你放心，我们现在有的是'两只巧手'，这两只手当然不能闲着，也不会闲着。秀芝，我们一定能过上好日子！我一定要让你和我们的孩子过上好日子！"程善刚已经做好了打算，一些困退、病退回城的知青摆地摊当起了小商贩，他也准备开个小维修店，修理摩托车、自行车。他自信，以他现有的技术水平，摆弄这些机械应该不成问题。

程善刚和郭秀芝二人一起困退回了城，二人一回城就立即登记结婚了。很快，他们又租到了房子；接着他们的维修店也开张了。他们开始了全新的生活。

四

早上8点30分，兴隆巷居委会主任廖大婶迈着慢悠悠的步子准时到居委会上班。在办公室，她与治安主任商量了几件事后，正打算到街道办事处找工业办主任，为居委的待业青年多争取几个临时工指标。程善刚叫了声"廖主任"，走了进来。他请廖大婶批准开一张居委会的介绍信，说他要去海南岛原农场看望朋友。80年代初期，赴海南岛买车船票，城市居民需要有街道居委会开出的介绍信；农村的农民需要有生产大队的介绍信。

听程善刚说要去海南岛看望朋友，胖乎乎的廖大婶笑眯眯地对程善刚开玩笑说："善刚，你要到海南看朋友？嘿！坦白交代，是不是在海南有相好的？"

"廖主任，你不要冤枉我呀！我一向可都是模范丈夫啊……"程善刚强装笑脸，他心里很苦。他有苦说不出，他有苦不能说。

"善刚，大婶开玩笑的。你的秀芝呀，漂亮贤惠能干，你娶到秀芝这样的媳妇，是你的福气。我为你感到高兴。"这几年，不断有困退、病退的知青在居委待业，居委的民办小厂都安排满员了还不能满足要求，廖主任常以程善刚和郭秀芝为榜样动员居委的待业知青自寻门路谋生。她很喜欢程善刚和郭秀芝这对勤奋、有胆识、敢想敢干、任劳任怨的小夫妻。

"廖主任说得对！秀芝是我的好老婆，也是我的福分。"程善刚还没说完，"哗"的一声，居委会里的人都哄堂大笑。

郭秀芝是几天后才知道程善刚要去海南的。这一天是星期天，郭秀芝正用扫把在店前打扫卫生。程善刚出走下落不明，郭秀芝强压心中的郁闷依旧开店。不过，她只能干些给自行车打气、补胎、换零件等简单的活，摩托车的维修业务不敢接，她没维修的技术能力。杨森怀不时来店里，顺便帮干一些活。

廖主任上街买早点路过，见郭秀芝正在店前打扫卫生，她笑呵呵地上前搭讪："秀芝，打扫卫生啊！"

"噢！是廖主任，你好！"郭秀芝停下手中活，挂着扫把说，"廖主任，星期天休息不用上班，你还起这么早哦！"

"是啊！习惯了。"廖主任笑吟吟地回答，又问，"秀芝，善刚来信没有？"

"善刚来信！"郭秀芝感到惊讶，"廖主任知道善刚在哪儿？"她尽量平抑着乱跳的心，脸上挂着不自然的微笑，"是啊，不知他现在已经到达什么地方了？"郭秀芝随机应变。

"你看你，才分开没几天，就急了。"廖主任自言自语说了句"星期二找我开介绍信"，略有所思，对郭秀芝说，"秀芝，你们到海南通常要走四天的时间，你别着急，这两天他会给你来信报平安的。"

"是的！廖主任。善刚到一定会给我来信的。"郭秀芝一脸雾水。

"秀芝，善刚说要去海南岛看望朋友。你们知青呀，朋友就是多。"

不辞而别去看朋友？朋友是谁？郭秀芝脑海里突然闪过一个身影：唐欣潮。在同一批赴海南岛屯垦戍边、在同一农场上山下乡的同学中，唐欣潮很特别。可是，程善刚现在要找唐欣潮干什么？

唐欣潮的确很特别，当年，与他一起同在海南岛西泉农场六连的原驼江一中的同学，都以各种方式回城了，而他现在仍然还在六连，而且，更让人想不到的是，他竟然与文海娇结婚了。

唐欣潮不是不想回城，回城几乎是所有知青的祈盼。那年头，知青回城的背后，普遍都有一定的家庭背景，有点门路、有些来头的，都想尽办法把儿女招工回城，最没门路的就是困退。当年唐欣潮是仰慕"兵团是解放军的战斗序列"，积极报名赴海南岛屯垦戍边的。现在，兵团早已撤销，体制改变又称农场了，唐欣潮有很强的失落感。唐欣潮心里很纳闷，这么大的事说变就变，他有被糊弄、被人耍了的感觉。

国家恢复高考后，唐欣潮连续两年报名参加高考，遗憾的是，两次高考都落榜了。年龄已大，不可能有第三次高考的机会了。得知第二次高考又落榜，唐欣潮请假探家。

唐欣潮的爸爸是驼江市果蔬公司的职工，在国营菜市场卖蔬菜；妈妈是家庭妇女，一有时间就在家里为抽纱公司做抽纱挣钱。唐欣潮的弟弟在街道民办厂干工；两个妹妹一个初中毕业后在皮革厂当临时工，一个还在读高中。唐欣潮的父母弟妹一家五口一起住在驼江市解放大道杏花里，一座三层楼"回"形楼房底层地下的右厢房。

唐欣潮背着两个沉重的旅行袋，经历四天三夜的车船劳顿到家的时候，已经是夜里十点多钟了，爸妈一家人已经熄灯睡觉了。

唐欣潮熟悉地走到家门口，他轻轻地敲了几下厢房的门，叫着："爸！妈！"

"哎！"里面，唐欣潮的爸爸应了一声，"是欣潮呀！等一下。"随后就是一阵窸窸窣窣杂乱的整理床铺的声音。

不久，门打开了。厢房十几平方米的面积挤着五个成年人显得很拥挤。正对着房门的里墙边，放着一张小办公桌，入门左边靠墙的位置，置放着一张一米宽的单层架子床，是唐欣潮弟弟唐欣豪睡觉的地方；唐欣豪睡床的对面，是唐欣潮两个妹妹睡的一张上下二层的架子床；单层架子床上面，用杉木板搭建了一个约五平方米的小阁楼，阁楼边沿挂着一大片布帘恰好从中间把两个架子床分开。阁楼是唐欣潮爸爸妈妈睡觉的地方，也是堆放着全家人衣服的几个木箱、几床棉被的地方。一张可折叠的木饭桌和几张木方凳堆放在二层架子床脚的墙角边。正面墙顶中央安装着一支40瓦光管。

唐欣豪接过唐欣潮手里拎着的两个旅行袋，放在自己睡的架子床上，说："哥，你坐这。"他让唐欣潮坐在自己的架子床上，又走到门外的走廊，打开七星煤炉的底盖，一股呛人的煤气味立即涌入房间。唐欣豪想烧热水好让哥舒舒服服地洗一个热水澡。

"哥！你先坐着，我去给你买点夜宵。"唐欣豪在走廊朝房子里的唐欣潮说。没等唐欣潮应允，他已经走了。

唐欣潮打开旅行袋拿出里面的物品，他把自己的衣物叠好放在架子床上，把带来准备作手信送给亲戚的物品放在办公桌上。没多久，唐欣豪买了夜宵回来了。小吃店就在离家门口不远的地方。

　　唐欣豪一手拿着装沙茶牛肉干面的饭盆，一手拿着盛牛肉丸汤的小口盅，对妈说："妈！你把吃饭桌拿过来。"

　　唐欣潮帮妈妈拿过折叠式饭桌，打开架好。唐欣豪把手里拿的东西放在饭桌上，对唐欣潮说："哥！你吃，这是你喜欢的。"

　　唐欣潮毫不客气端起饭盆，吃面喝汤就干开了。

　　看着唐欣潮心满意足地吃完夜宵，唐欣豪对爸爸妈妈说："爸！妈！今晚我到厂里过夜。"转身又对唐欣潮说，"哥，今晚你就睡我的床铺。"唐欣潮想说什么，但又不知要说什么，见爸妈缄口应允，也只能机械地点了点头说："嗯！"凭直觉，他隐隐约约地感到，他再回到这家里已是不合适的了。

　　唐欣潮第一次感到探家的日子不好过，带着满脑子的困惑，他决定提前归队。连队的知青差不多都回城了，已经没有家长要他托东西带给自己在海南岛的儿女了，唐欣潮的行李很简单，旅途顺利很快就回到了连队。

　　唐欣潮现在与一位本地籍的职工住同一隔间宿舍。几年前，连队自己动手组织盖瓦房，过去的茅草房宿舍已经全部换上了瓦房宿舍。瓦房宿舍的平面面积与茅草房宿舍的面积相等，隔间的设计也差不多。

　　与唐欣潮住同隔间宿舍的职工叫巫开金，比唐欣潮长几岁。巫开金个头不高，体形长得很像胡秋生。巫开金家住距离农场20多公里远的农村，有一个十来岁的孩子。当地农民结婚早，18岁就结婚成家生孩子的比比皆是。当年西泉农场成立，他被招为农场职工，但老婆、孩子都留在农村家里。

　　巫开金喜欢喝酒。节假日休闲时光，他常常会到附近的少数民族村寨晃悠，如果买到村民打猎的斩获物或者猪牛羊狗肉，他常常会叫上几位同村的老乡，在宿舍里点着煤油炉用钢精锅加工煮熟，然后一起喝酒吃肉。遇到这种场合，唐欣潮常常回避。

　　兵团撤销后，也许还有大批知青已回城，没了可接受教育的对象，连队的政治学习少了许多。晚上闲暇时光，唐欣潮有时会一人站在连队公路旁的大芒果树底下发愣。不时有农场知青回城的消息传来，唐欣潮一会儿心里波涛汹涌，一会儿冷静下来又觉得心里空荡荡的，似乎六神无主不知该怎么办。钟奕强困退回城后给他来信，告诉了他自己回城后的处境和感受，要他对回城"三思而后行"，唐欣潮觉得有道理。不过，他心里清楚，大批知青回城，农场的机耕队、汽车连、学校和医院等单位的一些骨干力量走了，一些岗位人员空缺，工作秩序、生活秩序受到相当的冲击。唐欣潮明白，这些技术岗位的补缺，农场领导不可能从仍然留在农场的知青中选拔，因为，他们担心，说不定什么时候，被选拔出的知青又会突然递上一个回城申请。

　　回连队已经两天了，唐欣潮没出工。他是提前三天归队的，按规定，还有一天的时间可自由支配。这次探家，唐欣潮最大的收获是理顺了自己的思绪。回城的同学大多在为基本的生计拼搏奔波，大多不尽如人意；自己家里爸妈、弟妹的日子也过得很辛苦。他下定决心，自己的道路自己寻找自己走，一切顺其自然。

唐欣潮把探家带来的花生米、牛肉丁、炒沙茶与巫开金共享。他发现，这两天晚饭后洗好澡，巫开金总是匆匆忙忙外出，不久又怒气冲冲回来，嘴里用海南话骂叽叽。唐欣潮听得懂海南话，他知道巫开金在骂文海娇，骂文海娇不近人情。他推想，一定是巫开金到文海娇的小伙房缠文海娇不受欢迎。在农场连队，宿舍隔间的面积都不大，通常都作睡房，职工搭建的小伙房往往兼作会客房，有的里面甚至还住人。唐欣潮一向不喜欢打听别人的闲杂琐事，他没向巫开金开口问。不过，巫开金的骂骂叽叽让他想起了文海娇，他想，也许，文海娇也在想他呢！

文海娇已经不是过去的文海娇了。胡秋生骗取炸药参与挖金矿被炸死，文海娇的连队幼师生涯也宣告结束，她被调到生产班，她二话没说，服从安排。

胡秋生参与附近农民挖金矿，一开始文海娇并不赞同，也劝阻过。但没几天，胡秋生带回了几根小金条，夫妻俩也就都见钱眼开了。胡秋生出事，印证了"人为财死"，文海娇就是再后悔也来不及了。

文海娇认命，她默默承受老天对她的惩罚，她把精力都投在对儿子的关爱上。家中的支柱倒了，她下决心要凭自己努力顶上去，要活得比其他人好，不能让别人瞧不起。

连队橡胶中小苗林段管理定年增长量实行岗位责任制，承包到人。唐欣潮承包的是47号林段，文海娇承包的是毗连的46号林段。这两个林段是连队最边远的林段，她一言不发接受承包。文海娇从小生活在农村，长大以后又到农场，管理橡胶中小苗林段对她来讲，并不是什么困难的事。

唐欣潮一开始对文海娇也没有好的印象。胡秋生在连队吹毛求疵，寻找一切机会整知青。恨夫及妻，文海娇作为胡秋生妻子由此也沾上了骂名，知青恨胡秋生自然也反感文海娇。

唐欣潮和文海娇在毗连林段管理橡胶各干各的不相往来，后来，他们慢慢开始互相打招呼有了往来，休息时一起在防风林边坐着聊天。再后来，接触多了，相互了解多了，唐欣潮慢慢改变了对文海娇的看法，开始对文海娇有好感，甚至隐隐约约觉得自己好像喜欢上了文海娇。胡秋生去世两年多了，文海娇开工管林段，收工做饭洗衣、养鸡种菜，里里外外样样精通。文海娇的儿子胡海根现在县城读初中，期末考试各科成绩在同农场的职工子女中，常常名列第一。

五

六连46号、47号林段西面方向交界的防风林旁，有一条牛车路，牛车路边有一棵高大的麻栎树，环抱粗直径的树干有十多米高，繁茂的枝叶中间有一个很大的乌鸦窝。时常有一些乌鸦站在麻栎树的枝叶间"啊！啊！"地呼叫着。劳动休息时，唐欣潮和文海娇喜欢坐在防风林褐色的针状落叶上，一边看着扑打着翅膀，"啊！啊！"叫唤着的乌鸦，一边海阔天空地侃大山。

唐欣潮第一次感受到文海娇与众不同，感激文海娇，是在与杨森怀同宿舍的两位省城知青招工回城的第二天产生的。那天上午，他们在各自承包的橡胶林段里翻茅草，休息时又并排坐在防风林边侃大山。文海娇很理解唐欣潮想回城的心情，说："欣潮，叫你们这些城里人来这里，说是接受再教育，我说是受苦。"文海娇喝了一口水壶里的冷开水，用工作服的衣袖抹了抹嘴，见唐欣潮没作声，又接着说，"欣潮，昨天回去的这两位知青很调皮。"

"怎么了？"唐欣潮看着文海娇问道。

"我告诉你一个秘密，他们和你的同学杨森怀，不时在连队伙房后面牛车路旁的灌木丛中钓鸡。好几次我看见他们正在抓鸡。"文海娇眼里带着一种善解人意的温柔，深情地看了唐欣潮一眼。

唐欣潮听了一愣。杨森怀曾吹嘘说他们的钓鸡干得天衣无缝无人知晓。唐欣潮急忙道歉："对不起，阿姨！我知道他们钓鸡，我吃过他们钓到的鸡的肉。"唐欣潮感到很不好意思，脸色微微发红。

"瞧你说的，"文海娇微笑地说，"欣潮，没什么对不起的。要说对不起，我倒觉得是秋生对不起你们知青。秋生是大老粗，人也走了，我想请你们知青能原谅他。"文海娇突然觉得喉堵，她用牙齿咬了咬略显肥厚的下唇，控制着情绪，带着忧伤的叹息接着说，"欣潮，秋生脾气暴躁，自以为是工作方法简单。我几次看见杨森怀他们钓鸡，我都没告诉他，我怕出事。"文海娇心里荡漾着一种复杂的情感，她眯着双眼，又说，"欣潮，不要叫我阿姨，叫我姐，好吗？姐只大你四岁，姐命苦！"文海娇哽咽着，眼泪顺着眼角淌下来。

唐欣潮感到措手不及，忙问道："海娇姐你怎么哭了？"

文海娇越发哭得厉害。唐欣潮慌了，他连忙转过身，左手拉着文海娇的右手，右手轻轻地擦拭掉文海娇脸上的泪水，不停地说："海娇姐，不要哭，不要哭！海娇姐，你会幸福的，你会好的！"唐欣潮有点手忙脚乱语无伦次。文海娇止住了泪水。

一粒成熟的麻栎果从树上掉落，砸到唐欣潮的头上，弹到草丛中。唐欣潮一怔，急忙松开拉着文海娇的手，喊："谁？"唐欣潮担心有人藏在周围的树丛里偷窥，向他扔东西。

文海娇双眼迅速扫描着周围，最后落在地面上。她笑着说："没有谁，是麻栎果。"周围的草丛中，防风林的落叶上零零星星散落着几粒棕褐色的麻栎果。麻栎果是麻栎树的果实，形状与板栗差不多，但比板栗小，经过加工后可以吃。在西泉农场的荒山野岭中，时常可以见到麻栎树的踪影。

唐欣潮和文海娇都站了起来。唐欣潮笑着对文海娇说："如果是板栗就好了，板栗炒鸡肉很好吃。"

言者无心，听者有意。第二天开工的时候，文海娇带来了一口盅炒鸡肉给唐欣潮品尝。他们成了朋友。唐欣潮钦佩文海娇的耿直、干练、有主见；文海娇赞赏唐欣潮勤奋、刚毅、不随波逐流。他们无话不说。

唐欣潮第二次参加高考，文海娇暗地里为他祈祷。唐欣潮高考落榜，文海娇心里很难受。那天，他的儿子胡海根回到家里，没头没脑地冲着她说了句："妈妈，唐叔叔考不上大学，他读中学时的学习成绩不好。"文海娇生气地用食指戳了一下胡海根的脑袋，责备他说："不许这样说叔叔。叔叔是初中生考大学，容易吗？你现在是初中生，你去考个大学给我看看！"胡海根满脸委屈地看着妈妈。胡海根在县城一中读初中，已经15岁了。文海娇16岁结婚，17岁生下胡海根，胡秋生比文海娇大8岁。当年结婚的时候，为了领取结婚证，文海娇的年龄多报了2岁。

唐欣潮请假回驼江市探亲，文海娇心里五味杂陈。一方面，她希望唐欣潮能找到回城的门路，与其他知青一样能回城，享受城里人的生活；另一方面，她又感到自己似乎已经离不开唐欣潮了，她祈盼自己能常常见到他，与他在一起。唐欣潮探亲提前回来，她很想上他的宿舍找他，但是，她讨厌与唐欣潮同宿舍的巫开金。巫开金最近无事找事总喜欢纠缠她，她不想与巫开金见面。

连续两天，文海娇都提前出工到林段，她就是想早点与唐欣潮见面。不知为什么，这两天，文海娇总是在工作服里面加穿一件无袖低胸的乔其纱衬衫。这件衣服，是她的大姑妈送的。

文海娇的大姑妈夫妇是泰国华侨，在泰国开热带水果批发档。去年春节，文海娇的大姑妈回国探亲。见到大姑妈，文海娇立即傻眼了。60来岁的她衣着时尚，烫着波浪式的过肩中发，化着淡妆打扮得体，看起来好像只有40多岁，与文海娇在一起好像是一对亲姐妹。像是姐姐的大姑妈品位高雅雍容华贵；而文海娇显然就是一个老土妹。文海娇在陪大姑妈到海口、三亚、文昌等地游览的几天里，耳濡目染受益匪浅。大姑妈告诉文海娇，女人幸福要有爱，关键是要自己能干，有好的事业、嫁对郎；还说女人要学会打扮自己，打扮自己是热爱生活。她提醒文海娇要注意减掉自己的肚腩。大姑妈与文海娇差不多一样的身高，回泰国时，她送给文海娇好几套自己穿过的时尚的衣服。

漂亮的女人最能吸引男人。轮番穿上大姑妈送的衣服，文海娇骤然感到，连队的男人，结婚的、没结婚的，都普遍对她行注目礼，连看起来老实巴交的老连长见到她，也似乎一愣。有一次傍晚收工，文海娇单独走在回连队的牛车路上。突然，旁边防风林里冲出一个人把她拦腰紧紧抱住。文海娇猛地用力挣扎脱身，转身扬起右手狠狠扇了对方一记大耳光，痛得对方用手捂住发红的脸腮叫了一声"哎呀！"文海娇听见耳熟，定神一见是连队的六班班长。她把锄头往地面用力一拄，厉声喝道："我警告你……"随即转身扬长而去。这位六班班长不久带着妻子被调往工程连。

这事发生以后，文海娇把这些衣服都收起来了，只是穿工作服上工地。这两天，不知为什么，文海娇又把这些衣服拿出来穿上，而且是挑最暴露、最性感的。不过，她在这件衣服的外面罩上一件工作服，到工地后才把工作服脱掉。

连续两天赖床，唐欣潮感到厌倦。他隐隐约约感到，文海娇一定在那棵高大的麻栎树底下，焦急地等着与他见面。离别近一个月的时间，他们有许多话要说。唐欣潮放弃了第三天休息的时间。早上，连队开工的钟声一响，他扛上锄头就上林段了。

唐欣潮管理的林段离连队最远，走路要超过半个小时。走进47号林段的防风林，唐欣潮远远看见文海娇站在46号林段西面防风林的边角，愣愣地在想什么，她的工作服挂在木麻黄树杈上。唐欣潮高兴地喊了一声："海娇姐，这么早就上林段啦！"

听到唐欣潮的喊声，文海娇转过身子，高兴地应着："哟！是欣潮呀，探家回来啦！"文海娇兴奋之情溢于言表。

唐欣潮快步走到文海娇跟前，放下肩上的锄头，又叫了声："海娇姐！"唐欣潮眼睛愣愣地盯着文海娇，他从未见过文海娇穿得这样性感。

文海娇上身穿着一件淡紫底色，印着黄色玫瑰花的无袖低胸开襟的乔其纱衬衫，下着一条深蓝色的确良西裤，脚穿一双黑色绣花布鞋。

第一次近距离地欣赏脱掉了肥大工作服的文海娇，唐欣潮惊讶了。他想不到文海娇的身材是如此性感、如此迷人。过去，文海娇的体形是胖乎乎的。文海娇也为自己胖乎乎的体形自豪。中国庙宇里的神像，哪一位不是凸着大肚腩，一副胖乎乎的、笑眯眯的形象。文海娇认为，自己的肥胖显示出来的是一种福相，是富态有福气的象征。

女人哪有不喜欢漂亮、不爱美的。文海娇身高比郭秀芝略高一点，但没有郭秀芝玲珑，因此反而显得比郭秀芝还矮。文海娇喜欢漂亮、要让自己美，她决心减掉肚腩。

这几年，由于在生产班参加体力劳动，同时也按照她大姑妈所说的办法，坚持每天做100个仰卧起坐，文海娇的肚腩缩小了很多，个子似乎高了，体形也开始凹凸有致，越来越有女人味了。

唐欣潮情不自禁地赞美说："海娇姐，你真好看，真漂亮！"

"谢谢！欣潮！"文海娇笑逐颜开洋洋得意。

文海娇最记恨有人说她丑。当年，贾威裕被宣布逮捕法办不久的一个夜里，在床上，胡秋生拥抱着文海娇想与她亲热。不知为什么，胡秋生突然附在文海娇的耳边，轻声念着："家有丑妻是个宝。"

"你说什么？"文海娇一听，立马火了，双手用力推开胡秋生，还朝胡秋生的身子狠狠地踹了一脚。

"你干什么呀？"胡秋生忙用手挡住。他挪着身子再次靠近文海娇，"你听我解释。海娇，我是想说，幸亏你不是很漂亮，贾威裕才没向你下毒手。"胡秋生可怜兮兮地解释着，他想再次搂抱文海娇。

文海娇再次用力推开胡秋生，用手戳着胡秋生的额头，怒气冲冲地责问："我丑，我不漂亮！你说，我凸额凹鼻、咧嘴龅牙了吗？"文海娇又踹了胡秋生一脚，接着说，"我是脖子短了一点，身材胖了一点。可你呢？你不是圆滚滚的像一头猪，比我更难看吗？！"文海娇一口气说了很多。文海娇又想起了她与贾威裕偷情时贾威裕对她的赞美，她恨贾威裕人面兽心是条大色狼，糟蹋了那么多女知青。想着想着，她脱口而出骂了一句"胡蠢猪……"那天晚上，文海娇坚决不让胡秋生挨身。她连续两天不理胡秋生。

人靠衣裳马靠鞍子。文海娇记住大姑妈对她说过的话："女人不会打扮自己，等于白活。"文海娇有悟性，她甚至进一步领会到，女人要真正打扮得好，必须以身材好、皮肤白为基础。文海娇每天上工地坚持戴草帽，穿宽大的工作服，就是要避免皮肤被太阳暴晒过早衰老。文海娇的容貌悄悄地发生着改变。

文海娇性格豪爽。她第一次在唐欣潮面前穿着如此暴露，第一次听到唐欣潮亲口赞美她漂亮，心里乐滋滋的。她对唐欣潮说："欣潮，谢谢你。你说我漂亮，你喜欢，我今天就让你看个够。我们上午聊天，下午才干工，怎么样？"连队实行岗位责任制，个人承包中小苗林段管理，连队只下达每个阶段要完成的任务，没规定每天具体要完成的工作量，承包者对劳动时间的把握有较大的自主权。

"行！海娇姐，听你的。"唐欣潮愉悦地接受文海娇的建议。他在与文海娇的交往中已欣喜地感受到文海娇的大胆和有主见，感受到与文海娇在一起的感觉很好。

　　唐欣潮和文海娇各自背靠木麻黄树干，面对面地坐着，愉悦地对视着。唐欣潮介绍了探家期间了解到的回城知青，尤其是困退、病退知青的情况，当他说到一些原来在农场当拖拉机手、当教师、当医务人员的知青现在仍是无业游民时，文海娇叹了一口气，不解地问，这些人为什么这么着急要回去呢？

　　"海娇姐，你不知道，当年动员我们，说是到兵团屯垦戍边，说是培养革命事业接班人。我们来了，可没多久，兵团就撤销了，我们也不知道我们是不是接班人。一些家庭背景好的知青先走了，都回城了，留下家庭没背景的。海娇姐，你说这公平吗？"唐欣潮眉宇间显现出些许淡淡的哀愁，他略垂下头又接着说，"海娇姐，我不怕苦，我怕的是不明不白。同学们都怕政策变，就不管三七二十一拼命往回跑，要回城……"唐欣潮滔滔不绝一口气讲了很多，他宣泄着自己心中的不满。文海娇静静地听着。

　　"欣潮，你是不是也想一定要回去？"文海娇轻声地问。她迷恋唐欣潮，可唐欣潮喜欢她吗？她心中没底。

　　唐欣潮向文海娇说了他家里的情况，告诉文海娇说："我不强求一定要回城，我想顺其自然。"

　　太阳慢慢在爬高，文海娇静静地听着唐欣潮讲他家里的事，讲他探家见到的人和事。想到自己，文海娇脸上的笑容消失了。她站了起来，走到唐欣潮身旁坐下。她靠着唐欣潮的胸肩。两个人这么近距离，彼此都可以听到越来越明显的呼吸声。唐欣潮情不自禁地搂紧了文海娇。

　　文海娇亲吻唐欣潮的脸颊并问："欣潮，我想躺一下行吗？"

　　"行！你躺下吧。"

　　文海娇一个侧身头枕唐欣潮的大腿就在地上躺了下来。地面上有一层厚厚的木麻黄落叶，干净柔软。文海娇拉着唐欣潮的一只手轻轻地抚摸着，她问唐欣潮："欣潮，我很沉，压在你的大腿上你会不会感到很不舒服？"

　　"不会！没问题！"唐欣潮与文海娇第一次肢体接触，他有点不知所措，他一动也不敢动。

　　文海娇眯着双眼似乎很享受，她对唐欣潮说："欣潮，我觉得你的决定很实在。按我的脾气，你不欢迎我回去，我还不想回呢！这有什么了不起的。"文海娇睁大眼睛看着唐欣潮，对他调皮地眨了眨眼，接着说，"欣潮，我们不说什么'接班人'不'接班人'的。按你们家的情况，我想你回去还不如不回去好。你说，我们在这里为什么就不能自己争取进城，我们就可以争取到海口……"文海娇温情脉脉、不紧不慢地说，"再说了，你们不回城就说是不公平，我们呢？我们没城可回就公平吗？"

文海娇无意中说出了一个重大的社会现实问题，唐欣潮心里感到很大的震撼。探家期间，他与回城的知青战友也探讨过回城问题，答案总感到不尽如人意。文海娇简单扼要的几句话，就理清了他那"说不清、理还乱"的思绪。唐欣潮搂紧文海娇，他想吻文海娇，他压抑住冲动的情感深情地看着文海娇，说："海娇姐，你真行，你说得很在理。"

"是吗？欣潮，这叫'旁观者清'。"文海娇娇媚地说，眼睛里闪烁着兴奋的光彩。她向唐欣潮讲了她大姑妈在泰国开热带水果批发档的事……

已到中午时间了。文海娇脸挂娇柔，婀娜地向唐欣潮撒娇："欣潮，你抱我起来。"

唐欣潮听了，一愣，随即就振奋起来。他身子一挺一用力，抱着文海娇站了起来。文海娇双脚一着地，立即踮起脚尖，双手捧着唐欣潮的脸庞，她给了唐欣潮一个久久的热吻。

四唇分开，文海娇转身取下挂在木麻黄树杈上的工作服穿上，又拿起放在防风林旁的锄头，走到唐欣潮身旁，笑眯眯地对还有点发愣的唐欣潮说："欣潮，我们回去吧。下午再见！"

他们约定，从下午开始，两人合作一起干工。

六

连续几天，唐欣潮和文海娇各自上工，一起管理橡胶林段，一起收工。不过，他们在一起时，心里都觉得怪怪的，说话似乎少了。有时相视一笑，但眼光都赶紧移开。

这几天，尤其是夜晚的时间，文海娇眼前总晃动着唐欣潮那中等偏瘦的身材，略带英俊的面庞。有时，她想象着她正凝视着唐欣潮线条分明、流露出一种自信的眼睛娇媚地微笑着；有时，她想象着自己正用小指勾画着唐欣潮笔挺的鼻子，亲吻他那棱角分明的嘴唇；有时，她会在想象中羞怯地喊一声："欣潮，我爱你！"

文海娇对唐欣潮的好感由来已久。胡秋生当指导员的时候，对知青的要求十分严苛，常鸡蛋里挑骨头找茬整知青，可就是始终抓不到唐欣潮的辫子。六连20多名知青，只有唐欣潮唯一没受过胡秋生的整。文海娇怨恨丈夫对知青近似变态的苛求。然而，也正是这样，她又觉得，能承受得起这苛求的唐欣潮本身就不简单，真正的了不起。连队的知青陆陆续续回城了，唐欣潮自然有所心动但他处事冷静，没有怨天尤人闹情绪"窝工"，没有偷懒照常开工劳动。唐欣潮与她聊天时说他对回城问题不会一味强求，在一棵树上吊死，他要顺其自然。文海娇觉得唐欣潮不一般。文海娇发现自己爱上唐欣潮了。不过，唐欣潮会爱她吗？文海娇心里嘀咕着：她的年龄比唐欣潮大；她还带着一个孩子。她甚至后悔，几天前心血来潮、激情高扬、穿着暴露性感，做出感情冲动的事是不是太唐突……

这几天，唐欣潮对文海娇的好感飙升，他佩服文海娇的大胆和有主见。晚上躺在宿舍的床铺上，他的脑海里不时闪出与文海娇在一起的情景。他觉得，与文海娇聊天有内涵，他们谈得很投机、很投缘，他读懂了文海娇的优秀。他觉得，文海娇是一位很有味道、很有个性的女性。他喜欢文海娇身上散发出的独特的媚态。他不时想起文海娇热烈的拥抱，想起文海娇甜蜜的亲吻，他怨恨自己懦弱，他下决心要勇敢、要主动。

这天中午，天气很闷很热，唐欣潮在床上躺不住，他干脆起床，到房门后拿出自己的锄头提前开工上林段。连续几天与文海娇一起干工，文海娇总比他早到工地。

唐欣潮想不到，他到他负责管理的橡胶林段时，文海娇戴着草帽，穿着宽大的工作服早已在胶带里大块翻茅草干开了。唐欣潮好感动。他放轻脚步，悄悄从文海娇左后侧走到她背后，轻轻放下手中的锄头，猛地环手抱住了文海娇的腹部，把她整个人搂抱在怀里。

文海娇被吓了一大跳，她用力挣扎着，回头一看见是唐欣潮，她松了一口气，怪嗔地说："看你，把我吓得心都快蹦出来了。"说着，文海娇放下锄头，脱掉草帽。

唐欣潮凝视着站在跟前的文海娇，心跳加剧。他调皮地说："就是要吓你。"他抿紧嘴，把文海娇紧紧地拥抱在怀里，不顾文海娇微红的脸上还在流着汗珠，略低着头就吻上了文海娇略为肥厚的、性感的嘴唇。

唐欣潮的勇敢让文海娇一愣，她感动了，她激动了，她身子轻轻地颤抖着很快就有了回应。文海娇双手紧紧地搂抱唐欣潮的身子，微启双唇迎接唐欣潮的亲吻。他们惬意地吸吮着。

很久、很久，四唇分开，文海娇愣愣地盯着唐欣潮，眼泪不知不觉又流了出来。

"怎么啦？海娇姐，我惹你生气了？"唐欣潮"丈二和尚摸不着头脑"，他慌忙用手擦掉文海娇脸上的泪水。

"不，不是你惹我生气，"文海娇摇了摇头，哽咽着，"我，我难受……"文海娇隐瞒着一件难以启齿的事。这件事天不知地不觉，只有当事人二人知道。唐欣潮对她表示出痴迷，她总觉得应该敞开心扉向唐欣潮公开这件事。可公开了又会产生什么样的结果，文海娇无法预料，她很矛盾。她爱唐欣潮，她总觉得自己好像欠唐欣潮什么似的，很对不起他。她下决心向唐欣潮公开这件事。

"海娇姐，什么事？你说呀！"唐欣潮急得坐了起来，他用力让文海娇横躺在自己的大腿上，轻轻地抚摸着她的头发，柔声说，"海娇姐，别着急，有事慢慢说。"

"欣潮！"文海娇泪眼婆娑，她双手紧紧地环把着唐欣潮的腰身，"欣潮，你能原谅我吗？"文海娇断断续续地讲了她与贾威裕的事。

唐欣潮静静地听着，神情严肃。他很快就缓过神来，语气坚定地说："海娇姐，过去的事情就让它过去吧！这样的事情，以后再也不会发生了。"唐欣潮俯下头，轻柔、诚挚而又坚定地说，"海娇姐，我爱你！"

文海娇的眼泪涌泉般地流出来，她控制不住自己，她环抱着唐欣潮的脖颈，在唐欣潮的脸膛上热烈地用力地吻着……

七

唐欣潮和文海娇开始了频繁的约会。唐欣潮陶醉于文海娇隐隐约约显现出来的良好的潜质，痴迷于文海娇性感娇媚但不俗气的激昂豪放的气质。像城里情侣漫步公园谈恋爱一样，他们在胶园里散步。他们一会儿相互搂抱着慢悠悠地沿着防风林带的边沿走着，兴致勃勃地欣赏夜幕下各种不知名的小虫欢天喜地地纵情高歌；一会儿停下脚步，四目相视会心一笑，紧紧地拥抱在一起。

又是一个星期六的晚上，他们躺在离那棵高大的麻栎树不远的防风林边沿数星星，看月亮，侃大山。

"欣潮，我们在一起，我感到很满足，我很幸福。"文海娇一只手肘着地，手掌托着脸腮，双眼充盈着暖暖的爱意，温情脉脉地凝视着平躺在地面上的唐欣潮。

"海娇，我也很高兴我能爱你，能得到你的爱，我也很幸福。"唐欣潮侧转身双手用力把文海娇抱到身上躺着，他们面对面俏皮地互相凝视着。唐欣潮说："海娇，我们在一起肯定会幸福的。"

"对！欣潮，我们在一起一定很幸福。"文海娇妖娆地对唐欣潮眨了眨眼，轻声又很自信地说，"欣潮，我们一定要好好发展，为了爱你，我还要好好打扮自己，漂漂亮亮的给你长脸，在你们城里人面前，在你的同学面前……"

"海娇，你说什么呀！"唐欣潮腾出一只手捂住文海娇的嘴，"海娇，我就觉得你很优秀，你不比城里人差。"

"是吗？欣潮，你这么说我很高兴。"文海娇笑眯眯的，心里乐开了花。

"是的！我亲爱的海娇，我就是这样认为的。"唐欣潮抚摸着文海娇的头发，轻轻地说着。

文海娇惬意地享受着。

"海娇，你说过要办的事，我想了，我觉得有道理。"唐欣潮转换话题，对文海娇说。文海娇曾经向唐欣潮讲过，说海南岛有的农场种植的水果，收成后被直接运到北京，成为中央部门的特供水果；说她的大姑妈就说过，向内陆发展海南水果批发，销售前景肯定很好。她还建议文海娇找人合作，可以试一试。

"嗯！"文海娇应着。她的两条手臂略为弯曲手掌撑地减轻身体对唐欣潮的压力。她说："欣潮，我很沉，我先下来。"说着，不管唐欣潮愿意不愿意，一个侧翻，身子从唐欣潮身上翻了下来，躺在唐欣潮身旁。她扳过唐欣潮的身子，两人面对面地躺着。他们四条腿交叉缠在一起，胸膛稍为分开。他们都用一只手肘着地，手掌托着脸腮，另一只手在对方的脊背上轻轻地爱抚着，彼此惬意地享受着。文海娇说："欣潮，这当然是好的啦！可是，你想过没有？我们对做水果生意一窍不通。"

"这没什么！"唐欣潮用食指轻轻点了一下文海娇的鼻子，又往下移，在文海娇略显肥厚的下唇轻轻地摩挲着，"海娇，不懂可以学啊！这不是多难的事。我们在一起，没有学不会的事。"他略作沉思，接着说，"海娇，我担心的是资金。我们没钱……"

"这问题不难解决。到时，我们想办法就是了。"文海娇狡黠地眨了一下眼，她胸有成竹。她手头秘密地握有一笔资金，她暂时不想告诉唐欣潮。

"是啊，我放心！我有亲爱的文海娇，还有什么办不到的呀！"唐欣潮搂紧文海娇。

看着唐欣潮与文海娇常常一起开工、收工，一路上说说笑笑，晚上还经常到林段约会，巫开金气鼓鼓怒火中烧，每天总阴着脸瞪着唐欣潮。巫开金曾几次到文海娇的小伙房看望文海娇，想与她聊天套近乎，可文海娇就是不理不睬，不买他的账，连茶水都不让他喝，有时甚至连招呼都不打就自己走离伙房，把巫开金一个人孤零零地晾在伙房里。巫开金受不了这个气，恨得牙痒痒的。

巫开金终于忍不住了。这天是星期六，晚上，巫开金尾随唐欣潮，躲躲闪闪来到文海娇的小伙房。伙房门开着。里面，唐欣潮、文海娇和文海娇的儿子胡海根三人正坐在一张圆形的饭桌旁，每人面前都摆着一个盛着海南绿茶的陶瓷杯，唐欣潮与胡海根正在讨论一道数学题，文海娇饶有风趣笑眯眯地听着。

胡海根是县一中的住校生。今天下午，见农场有汽车到县城拉大米，他搭上顺路车就回家了。胡秋生很反感知青，可他的儿子正相反，很喜欢知青叔叔阿姨。连队来了知青叔叔阿姨，热闹多了。知青叔叔阿姨打篮球、弹吉他、唱歌，他喜欢上前凑热闹。胡海根读小学时的老师，很多就是知青叔叔阿姨。很多知青叔叔阿姨回城了，连队一下子变得冷冷清清的，他感到不习惯，他难受。唐欣潮有时到他家里来，他很高兴，他欢迎。他喜欢缠着唐欣潮问这问那。

巫开金径直走进文海娇的小伙房，他不与任何人打招呼，指着唐欣潮就破口大骂："唐欣潮，你这个流氓！到处勾引拐骗妇女……"巫开金似乎失去了理智。

"你想干什么？你胡扯！"唐欣潮气得浑身冒火，愤怒地站了起来。

"我想干什么？我胡扯？唐欣潮，你以为我不知道？你乱搞两性关系，我要揭发你。"

"你浑蛋……"唐欣潮正想说，被站起来的文海娇按住了，她按唐欣潮坐下。

文海娇怒目圆睁直逼巫开金，愤怒地说："巫开金，我们干什么？我们干什么要你管？要你乱嚼舌头！"

"文海娇，你不守妇道假正经！你以为我不知道吗？你们乱搞男女关系。"巫开金气急败坏，狂喊着。

"是啊！巫开金，我们搞男女关系，搞得关系很好。怎么啦？你眼红啦？"文海娇猛地拍了一下桌子，大声说，"我告诉你，我们搞男女关系但不乱。哦！怎么啦？我没丈夫，他是单身汉没老婆，我们恋爱了！听见没有？我们恋爱了！"文海娇目露凶光，恶狠狠地骂着，"巫开金，你这个挨千刀的。你说，我要守什么妇道？我们谈恋爱，是我们的权利，碍你什么事，要你来这里乱嚼舌头，你不得好死！"文海娇压低声调，咬牙切齿狠狠地说，"巫开金，我知道你想干什么！你最好撒一泡尿照照自己，你配吗？"

文海娇怒气冲冲、气势汹汹一口气抛出了很多狠话。巫开金一时反应不过来，脸红红的不知如何是好。

胡海根不知从哪里找来了一根擀面杖，递给文海娇，说："妈妈，给，揍他，把他揍走！"又偎依在唐欣潮身边，"唐叔叔，不要怕！不要走！"胡海根的脸也被气得红红的。

"海根，没你的事。"文海娇轻声制止胡海根。

"文海娇，你敢……"巫开金回过神来开口就骂。

巫开金话没说完，就被一声威严的"住口"镇住了。连长指导员走进来了。现场一下子静悄悄的。

文海娇走到连长指导员面前，对着众人，大声地说："连长、指导员，我和唐欣潮要结婚。我们明天就去登记。"说着，她鄙视地瞪了巫开金一眼，冷笑着说，"怎么样？巫开金，你嚼舌头吧！我欢迎。"

八

　　程善刚真的是要去海南。他在省城客轮售票厅排了三个多小时的长队，好不容易才买到了一张开往海南岛四等舱位的船票，随身带的50块钱七七八八花剩下只有十多块钱了。肝区又开始发痛了，程善刚赶紧离开售票口，他右手掌紧紧压住肝区，缓慢地走出售票厅，扬手拦了一部小出租车，乘车回旅店。程善刚不敢乘公共汽车，他担心公交车上人多，一旦自己肝区剧痛发作"露马脚"，被好心的乘客发觉强制送到医院，那么一切就糟了。

　　拿到居委会介绍信的第二天，程善刚到驼江市中心医院，求秦医生开药方，在医院药房买了六天剂量的杜冷丁并配齐了注射器。

　　秦医生50多岁，身材略胖，对病人富有同情心。几个月前，秦医生心里很不愿意，但又不得不接受程善刚的病情诊断结果。几次问诊，秦医生对程善刚的履历和家庭情况有了基本的了解，他很同情这位强忍着病痛，仍在为生存勤奋拼搏的回城知青。

　　程善刚一再请求秦医生告诉他真实病情，说不管得了什么病，他都能承受得了。秦医生压低声调严肃地说："小程，你的病情很严重。"

　　"哦！我有预感。秦医生，是癌症吗？"

　　"是的，小程，"秦医生表情严峻，缓慢地对程善刚说，"肝癌晚期。"

　　程善刚听了一怔，他沉默了。不过，他没有显示出六神无主惊慌失措的样子。他咬住下唇眉毛紧锁，深深地吸了一口气，平静地说："秦医生，我有两个请求，请你无论如何能答应我。"

　　"请说。"

　　"一是我的病情，请对我的家里人保密；二是不要求我住院。"程善刚竭力控制着自己的情绪，断断续续地向秦医生谈起了自己目前的家境……

　　秦医生含着眼泪默默地听着，他答应了程善刚的要求。

　　程善刚回到旅店。程善刚住的是宿费便宜的里弄小旅店。这家小旅店只有五层楼，厕所、洗澡间是公用的，洗漱用品旅客自备。程善刚住的是旅店的底层，一间十来平方米房间里置放着三张上下铺的架子床，住六个人。程善刚在这家小旅店已住两天了。

　　已经是中午时间12点多了，程善刚强忍着剧烈的肝疼尽量装成若无其事，走进旅店附近的一家小食店。他吃了一碗一角钱的猪红汤，二两米饭没吃几口咽不下只好作罢。他吃力地走回旅店，躺在床上，从挂包里拿出随身带的《欧阳海之歌》。

《欧阳海之歌》这部小说是程善刚读中学时在驼江市新华书店买的。当年，程善刚小学毕业考上驼江一中，在市航运公司当水手、大字不识一个的老爸感到脸上添彩。驼江一中是省里的名校，中考、初考录取的分数线都很高。航运公司的工友纷纷向程善刚的老爸表示祝贺，说他儿子有出息，为老爸争气。程善刚的老爸听了，心里乐滋滋的特别高兴，下班回到家里，老爸立即宣布，每个月给程善刚五角钱的零花钱。老爸每月的工资只有六十来块，家庭生活拮据。程善刚每个月有五角钱的零花钱，已经是很不错的享受了。

程善刚喜欢读书，爱看小说，每月有五角钱零花钱，他很高兴，他终于有能力买自己喜欢的书了。《欧阳海之歌》是程善刚自己买的第一本长篇小说。这部小说描写新中国成立后，解放军战士欧阳海在人民解放军这所革命的大熔炉里接受锻炼茁壮成长，短暂而又光辉的一生。程善刚买的《欧阳海之歌》是农村版，分上下两册，印刷纸张的开本小一些，但价钱只要九毛钱，比普通版便宜三毛钱。当年，新华书店销售的小说类图书，通常分精装版、普通版和农村版，农村版最便宜。

程善刚崇拜欧阳海。欧阳海生相属虎，程善刚也是。在军旅生涯遇到的困难面前，欧阳海总喜欢说"我是属虎的"。身材瘦弱"属虎的"的欧阳海，凭借"虎虎生威"的勇敢和坚韧藐视困难，压倒困难，竟能在射击、投弹、与大个子拼刺刀的全军大比武中，屡屡夺冠；当一匹拉炮车的马听到火车的汽笛声受惊，挣脱缰绳托着钢炮架跑上火车轨道，奔驰的客运列车正呼啸而来，眼看就在车翻人亡的危急关头，欧阳海舍生忘死，"脸不发红心不跳"冲上去奋力推开马匹，避免了一场重大的伤亡事故。欧阳海牺牲了。

《欧阳海之歌》这本小说，随程善刚上山下乡赴海南岛屯垦戍边，又随程善刚困退回到驼江市。程善刚已记不清自己看了多少遍，他熟记小说的每一个情节。不管遇到什么困难，程善刚也学欧阳海，会在心里默默地念叨着："我是属虎的。"可现在，他翻阅着《欧阳海之歌》，他看不下去。

"唉！"程善刚叹了一口气，他不想"想"，他掩上小说……

程善刚起身下床，他把随身带的黄色小挂包里的东西全都倒了出来。程善刚离家出走时只带了这只小挂包，里面装着一件米色短袖衬衫、一条深蓝色薄布长西裤、一件背心、一件蓝短裤；还有一条毛巾包着牙刷、一只铁制喷釉的小口盅。为了节约，他没带牙膏，切下的一小片丰收牌肥皂用信纸包着，也放在这个挂包里。明天就要永远离开了，程善刚想好好洗个澡，里里外外都换上干干净净的衣服。省城七月盛夏季节，天气炎热，程善刚仍想洗热水澡。

浑身上上下下打着肥皂洗了个热水澡，里里外外换上干净的衣服，程善刚感到舒服多了。回到旅店房间，他把换下的脏衣服整整齐齐叠好放在架子床尾的边上。他摊开了床上的棉毛毯，又从挂包里拿出小口盅。这几个月，这只小口盅他一直随身带着，当肝区剧痛旁边没人时，他就用这只小口盅使劲顶着肝区止痛。前天乘长途汽车，程善刚好几次咬紧牙关，一手拿着毛巾擦脸上因疼痛流出的汗水，一手用这只小口盅使劲顶着剧痛的肝区，嘴里默默地反复念着"我是属虎的""我是属虎的"，以减轻痛苦。驼江市距省城近千里。当年的长途客运汽车时速很难超过60公里，况且，公路几乎都是泥土沙面路，有的路段坑坑洼洼的，从驼江市乘客运汽车到省城，往往需要十小时以上。

躺在旅店的床铺上，程善刚思绪万千、心如刀绞，眼前浮现的，尽是妻子郭秀芝和女儿程琼青的倩影。程善刚从未有过妄自菲薄的消沉情绪，而现在，他面对的是痛苦的无奈，他只能采用这种独特的、近似残酷的行为，来表示自己对郭秀芝的深厚的爱情。

沉浸在往事的回忆中，程善刚的眼泪从眼角悄然溢出，顺着耳根流下。脚底方向不时传来轻微的"叽纠、叽叽纠……"的声音，程善刚拿过放在床头的毛巾，擦干脸颊上的泪水，循声望去，脚底方向上下床铺床柱中间，一只小老鼠睁着绿豆大小的眼睛，正惊愕地凝视着他。小老鼠嘴里"叽纠、叽纠"地叫着，不知是在嘲笑他还是在劝慰他。

程善刚没驱赶老鼠。他放下毛巾，伸手从枕头边的小纸袋里掏出一块糖果，面无表情地朝小老鼠扬了扬，然后把它扔到地上，小老鼠友善地望了程善刚一眼，高兴地大叫了声"叽、叽"，迅速地窜到地上，叼起糖块跑了。两天前，程善刚在旅店附近的一家小食品店里买了一小包上海白兔牌奶油糖。这两天肝区剧疼，他加大剂量，过去是每12小时给自己注射一次杜冷丁，现在是8小时一次，每次注射完后喝几口开水，再剥一块奶油糖含在嘴里。小纸袋里还剩有十来颗奶油糖，他准备留着明天用。

往事历历在目，程善刚一直为自己能与郭秀芝结婚感到自豪。当年在机耕队，有一次连队政治学习，指导员在传达团政工会议精神，介绍郭秀芝探家途中，在客轮上献血救人的先进事迹时，在讲台上大声问了句："程善刚！郭秀芝不就是你同学吗？"

坐在小木板凳上，在下面听报告的程善刚一愣，随即大声回答："是！是我的同学。"……

程善刚想着、想着，眼睛又湿润了。当年，为挽救一条即将出生的新生命，他的爱人郭秀芝在客轮上无偿献血救人；现在，也正是在这些往返于省城与海南岛的客轮上，他却要终结生命。他觉得，命运好像与他开了一个天大的玩笑。肝区又开始作痛，程善刚拿过小口盅顶着肝部侧身躺着，他满脸哀伤。

程善刚感到他这辈子最对不起的是郭秀芝。郭秀芝是里里外外一把手，有能力闯社会的女性。郭秀芝身高不足1.58米，身材偏瘦。她生就一副瓜子脸，眉梢稍微扬起、细长的柳叶眉下，一双水汪汪的大眼睛惹人怜爱；小巧的鼻子搭配着一张厚薄适中的嘴唇，两边略为上翘的"莲角嘴"散发着天然的笑意；椭圆的下巴小巧圆润递送着阵阵善意。更为特别的是，郭秀芝一笑起来两腮就浮现出两个迷人的小酒窝，很引人注目。程善刚称她是碧玉型美女。

繁重的体力劳动，艰苦的连队生活彻底改变了郭秀芝原本的娇气。她拿起锄头能挖穴，挥起砍刀能砍岜，再不落人后能按质按量完成各项劳动任务。郭秀芝练就了与她外表相悖的坚韧。她具有出乎意料镇定地承受着一切的心理抗压力，在艰难面前始终保持乐观的心态。

程善刚的爸爸退休前几天最后一次在船上值班，恰逢驼江市遭遇特大强台风，台风引发的大海啸把航运公司停泊在内海湾的很多船只掀翻，程善刚的爸爸不幸殉难。程善刚为不能回家奔丧深感痛苦，程善毅却缠着妈妈要求把爸爸的抚恤金用来改建装修房子，说是自己即将结婚要用。这是一间面积20多平方米的小产权平房。程善刚和郭秀芝困退回城时，这间房子已加层改建装修完毕，但也欠下了一大笔债。自然，程善刚也从自己的退职金中拿出一部分帮助家里还债。不过，很快，程善刚就发现，改建的房子似乎根本就没考虑他要入住的份。两间完整的隔间，一间程善毅占着，说是准备给他作结婚用的新房；一间是妈妈住的。如果程善刚结婚一家子搬进来，妈妈就只好住到与伙房、卫生间毗邻的客厅兼餐厅里了，程善刚于心不忍。程善刚感到愤怒，感到程善毅的无情，程善毅根本就没考虑到哥哥要回城。他觉得很对不起郭秀芝。

郭秀芝不以为然。她心地善良，对周围的世界总是充满善意。她对程善刚说："善刚，别生气了，我们就暂时住在我爸妈家。我去说，他们肯定同意，他们会听我的。"郭秀芝说话带着娇娜的韵味，这是到海南岛上山下乡至今仍没改变的，也许就是改变不了的。不过，这柔美甜润的语气让人听了舒服，程善刚也喜欢。程善刚好几次心中燃起的怒火，就是被郭秀芝这带娇娜韵味的声音扑灭的。郭秀芝又说："善刚，不要管这些了，我们按商量好的计划赶快找房子，结婚，开店……"

终于找到了合适的房子，交了定金、租金，程善刚和郭秀芝身上的退职金就全都用完了。

郭秀芝家里经济并不宽裕，她只好找曾秀玉帮忙。曾秀玉豪爽地答应了，她说："秀芝，你跟我还要讲客气？生分啦！我们都是兵团知青朋友，你需要我帮助什么？

你尽管说……"曾秀玉当即就答应借钱给郭秀芝，还约程善刚和郭秀芝一起找伍秋盛。伍秋盛是从西泉农场工程连被招工到驼江市工程设计公司的，与曾秀玉是读中学时的同班同学。

当晚，程善刚和郭秀芝乘坐曾秀玉开的她那辆人货两用车，到伍秋盛的家，伍秋盛热情接待满足应承。

第二天，伍秋盛立即帮助程善刚设计装修图纸，组织装修。很快，一间全新的铺面开张了。程善刚和郭秀芝住在店里，他们已经登记结婚，领取了结婚证，他们没经济能力办婚宴。

维修店生意兴隆。程善刚修理摩托车、自行车的技术过硬，价钱合理让人放心；郭秀芝性格温和待人和气，腆着微微隆起的肚子给程善刚当帮手。她操着柔美甜润的声音，脸挂微笑热情地与来客打招呼，本身就产生了很强的吸引力，维修店的"回头客"很多。程善刚和郭秀芝亲密协作，小夫妻只想通过辛勤劳动多挣钱。

郭秀芝腆着大肚子一直到临产的前一个月，程善刚坚决再也不让她到店里当帮工了。驼江地区有一个古老的风俗习惯，嫁出去的女儿不能回娘家生小孩，说女儿在娘家坐月子，会破坏娘家的风水，影响娘家的财运。郭秀芝只好回到程善刚的家，与婆婆住在一起。

肝区又是一阵剧痛。只剩下三支杜冷丁了，程善刚作了精细的使用计划：今天晚上打一支，争取能睡个好觉明天精神好些；明天上午打一支，争取上客轮时身手能利索些；明天下午四点也即最后再打一支。

可现在，不能再用杜冷丁了，只能用意志力止痛。

程善刚艰难地侧着身子，伸手从枕头边拿了毛巾，颤颤颠颠地擦掉额头上冒出的汗水。他深深地吸了几口气，咬紧牙关，用手用力压着肝区起床，慢慢地移动脚步走到房门边的木方桌旁，颤颤抖抖地拿起房间里唯一的那个热水瓶，倒了半口盅温开水饮下，又颤颤抖抖地回到自己的床位。他用毛巾包着小口盅，把它放在床铺的草席上，肝区压着小口盅侧身躺下，他又想起了他的郭秀芝……

程善刚很怀念郭秀芝怀孕前后他们相亲相爱的日子。他觉得，那段日子是他们充满浪漫色彩，生活情趣最丰富、最值得怀念的美好时光。

程善刚到龙岩农场参加技术培训，回到西泉农场的第二天，立即到六连找郭秀芝。他送给郭秀芝一件水红色小方格的确良短袖衬衫，这是他路过省城时买的。这天是星期六，当天晚上，他没回机耕队，他干脆就在六连与唐欣潮搭床过夜。第二天是星期天。上午，他们睡了个懒觉。下午，程善刚踩着自行车载着郭秀芝，带了一些饼干和罐头食品到野外。他们要过一个浪漫的星期天。

他们在六连最边远的47号林段那棵高大的麻栎树下下车，略作休息，又推着自行车，沿牛车路并排步行，走到这条牛车路尽头的一个小山坡前。牛车路在这里分叉朝两个方向延伸，一边延伸至一个少数民族村寨；一边延伸进入深山。一头老水牛拉着一辆载着一大段木头的牛车，发出"咿呀、咿呀"的声响从深山方向缓慢地走来，牛车后面跟着一位少数民族村民。这位村民扎着一条黑色的头巾，穿着一套宽大的黑色衣服，肩上扛着一支火铳猎枪，背着一个小背篓，里面放着一把砍刀。牛车沿着少数民族村寨的方向缓慢地走着。从程善刚和郭秀芝面前经过时，那位少数民族村民却驻足，他向程善刚和郭秀芝点头致意，嘴里不知说了一句什么话，礼貌地走了。程善刚双手把住自行车前轮的车把，站在牛车路边让路，郭秀芝依偎着程善刚。他们也微笑着向这位少数民族村民说："你好！"他们不知道这位少数民族村民是否能听懂他们的问好。

少数民族村民走后，程善刚指着通往深山的牛车路，对郭秀芝说："下个星期天，我们早上就来，沿着这牛车路到深山里玩。"

"好哇！"郭秀芝高兴地应允。

程善刚和郭秀芝顺着一条小山路，推着自行车爬上了小山坡。小山坡顶上零零星星长着一些灌木丛，他们在一小片茅草地上驻足。郭秀芝意外发现了一大片盛开的黄槐花，她兴高采烈地跑了过去，很快就手捧一大束黄槐花回到程善刚身旁。程善刚刚解下车把上的食品袋和水壶放在茅草地上，把自行车推到一棵灌木丛旁放倒。

程善刚看着郭秀芝手捧的黄槐花，赞叹说："哇！有花，真美！"

"给！"郭秀芝双眼笑眯眯地看着程善刚，调皮地把手中的花递给程善刚。

"好哇！给我献花呀！"程善刚笑容满面。

"想得美！拿着！"程善刚接过郭秀芝递给的黄槐花。郭秀芝接着娇媚地说："我是要你向我献花。"

"好，我献花。"程善刚说着，左脚跪地，右脚弯曲，双手高举着黄槐花，大声地说，"秀芝，我爱你！请接受我的献花。"

郭秀芝笑吟吟刚接过程善刚手中的黄槐花，程善刚已经站了起来，他一步向前把郭秀芝横抱在怀里。郭秀芝会意，双手搂紧程善刚的脖颈。程善刚横抱郭秀芝就地就转起圈来。郭秀芝挥动着手中的黄槐花，高兴地笑着闹着。

转了几圈，程善刚感到有点累，他放下怀抱中的郭秀芝，轻轻地喘着气。他脱下身上的白衬衫铺在茅草地上。郭秀芝从挂包里拿出一条小毛巾给程善刚擦汗。她怪嗔地说："看你，那么激动干吗？汗流那么多。"

"我能不激动吗？秀芝，你真美。"太阳西斜开始落山，阵阵小山风吹过送来了凉爽。程善刚四肢伸展，仰面躺在灌木丛树荫里的茅草地上。郭秀芝蹲下身子，看了看周边。她发现，他们的身影正巧被几簇并排的灌木丛遮住了。从山坡底下往上瞅，根本就不可能看见他们。郭秀芝无所顾忌了，她侧身躺在程善刚的身旁。微风吹过，身旁的茅草发出"沙沙"的声响。郭秀芝轻轻地抚摸着程善刚壮实的胸肌，心里充满踏实感。她双眼含情，带着羞怯，娇柔地叫了声："善刚……"

"唉！"程善刚轻声应着，他侧转过身子与郭秀芝面对面拥抱着，眼光灼灼，说，"秀芝，你真好，善解人意。我好感动。"

"嘿！什么？我真好，善解人意？"郭秀芝有点发愣，眼带困惑看着程善刚。

"怎么？你忘了？我同意我弟弟顶爸爸的职自己准备困退，你能理解……秀芝，我得好感谢你，你大方、大度。"程善刚轻轻地爱抚着郭秀芝。

"哦！你说的是这事啊。善刚，你不要赞美我大方、大度。说实在的，你的这个弟弟呀，也真的是太小人精了。你们家也真是的……"郭秀芝眼神露出一些责怨，接着说，"后来，我冷静一想，这是你们家里的事，你都同意了，我还能说什么？"郭秀芝用手轻轻地摩挲着程善刚的嘴唇。她喜欢看程善刚微笑时，嘴唇微启露出两排整齐洁白的牙齿。她又说："我想，如果我回信批评你的做法，只能给你心口添堵，精神添烦……"

"对不起了，秀芝。"

"善刚，事情已经过去了，别提它！"郭秀芝说着，她收回了摩挲着程善刚嘴唇的手，给了程善刚一个温柔的亲吻……

不久，他们爱情的结晶程琼青顺利诞生了。程琼青的名字是由郭秀芝起的。郭秀芝告诉程善刚说："我们的女儿就叫程琼青。她是我们上山下乡赴海南岛，在屯垦戍边中产生的爱情的结晶；我们的爱情像海南岛一样一年四季青翠浓绿；我们的青春在海南岛荡漾，海南岛刻录有我们的青春岁月。"

程琼青一出世就不受奶奶的欢迎。程善刚的妈妈是典型的重男轻女，当年在妇产科医院，听到媳妇生了个女孩子，脸上立即乌云密布，又听说孙女的名字必须由郭秀芝起，脸色就变得更难看、更黑了。

郭秀芝坐月子需要增加营养，程善刚加倍翻番拿钱给妈妈，不幸，这成了他妈妈的习惯。为了交房租、为了还店铺装修的借款、为了给郭秀芝母女增加营养，程善刚拼命地挣钱。他常利用晚上时间到附近农村帮助维修汽油机、柴油机、拖拉机等各种机械设备。程善刚体力严重超支，他感到有些吃不消但他不敢放弃，他硬撑着、熬着。

哥哥程善刚多拿钱给家里，弟弟程善毅认为机会来了，他精明地盘算着，先说谈恋爱花钱多；接着就是准备结婚；结婚后又要添置家电、家具，连续几年一毛不拔，在家"白吃""白拿""白用"，还恬不知耻说自己住在家里虽在经济上没给母亲赡养费，还要吃家里的，但他给母亲的是亲情，亲情是用多少金钱都买不来的；又说这比每月都拿钱赡养母亲，资助家庭但没住在家里的哥哥，他对家庭的贡献更大……

程善刚几次想找程善毅理论，但都被郭秀芝劝阻了。郭秀芝的善良使得程善毅得寸进尺。家里添置洗衣机、电冰箱都打着给妈妈用的旗号，背后指使妈妈向程善刚伸手要钱。程善刚困退回城遇到了一头无法喂饱的"白眼狼"。

面对现实的生活压力，程善刚感到全面的紧张。程善刚和郭秀芝少了很多浪漫，生活中的情趣也减少了许多。程善刚懂得：爱，尤其是男人的爱要讲责任、讲能力。他讲责任很爱郭秀芝，但他没有爱的能力。想着他亲爱的妻子和可爱的女儿，程善刚哭了。

第二天上午，程善刚给自己注射了一支杜冷丁，乘坐小出租汽车到达客轮码头。码头上的旅客熙熙攘攘。程善刚迈着像被灌了铅一样沉重的两只脚慢慢地走着。他深情地、留恋地看了最后一眼周边的世界。

"行行好！行行好……"一个衣衫破烂、跪在地上的老人向他伸出一只干枯的手，他静静地凝视着。他掏出衣袋所有的钱，留下四毛，其余的，数也不数全部送给了这位老人。客轮餐厅里，午餐、晚餐都有面条供应，每份两毛钱。

他听到后面这位老人喋喋不休念叨着："好人，好人！我今天遇到了大好人，好人有好报！好人一生平安……"老人流泪了。程善刚强忍着泪水。

他突然对自己大喊一声："不许流泪！"周围的旅客都大吃一惊，向他投来了惊愕的目光。他急忙向大家说："对不起！对不起！"

他默念着"勇敢些！'脸不发红心不跳'"，一狠心，咬紧牙关径直走向候船室入口处的验票员……

九

杨森怀得知程善刚离家出走特别难受，他心中总有一种不祥的预感。几个月前，杨森怀路过程善刚的维修店，顺便走了进去，他想会会老同学。他不经意地看到，程善刚靠在墙上，脸色发黄额头冒汗，双手叉腰在做深呼吸，一副痛苦的情状。杨森怀急忙走上前问："善刚，怎么啦？哪里不舒服？"

"没有啊！"程善刚一见杨森怀，立即放下手，脸带笑容回答说。

"善刚，你的脸色很不好，我想，你最好到医院看看，检查检查身体。"

"没事，森怀，我没事。"

"善刚，你可不要大意啊！这样，要不你定个时间，我陪你去。"

"谢谢！森怀，我真的没事。"实际上，程善刚已经知道自己的身体有事，是大事。他隐瞒着所有人。他对杨森怀说："刚才可能是这几天太累了，感到有点不舒服，休息一下就好了。"

"善刚，你可不要太拼命了。把身体搞垮了得不偿失。'留得青山在，不怕没柴烧。'"杨森怀劝告程善刚，又说，"善刚，要不，你上阁楼先休息一下，我在这里替你看店。"

"好的。谢谢！"

"不用客气，我们还讲什么客气。"

那天，杨森怀帮程善刚看了几个小时的店，还接下几宗摩托车修理业务。过后，杨森怀也没在意，没向其他人提起。他只知道程善刚很累，日子过得很艰苦。

那天，郭秀芝在娘家照料女儿，程琼青发烧。在程善刚家坐月子，郭秀芝日子过得很难受。小叔子程善毅脸上的肌肉结构好像有欠缺，少了笑肌似的，整天阴着脸，在家像是天马行空，独来独往进进出出与谁都不打招呼。家里人宠着，郭秀芝也只好缄口任其所为。满月了，她立即带着小琼青回娘家。

小琼青长得活泼可爱，整天笑眯眯的，被人称为"喜妹"，与妈妈一样，小巧的俊脸一笑，就显现出两个可爱的小酒窝。小琼青现在已上幼儿园了，每天由姥爷接送。最近一个多月，小琼青常常感冒发烧，郭秀芝听从程善刚的"劝告"，主要在家照料小琼青。郭秀芝好后悔。

这几天，杨森怀常常到维修店陪郭秀芝。郭秀芝告诉他，程善刚到居委会开介绍信说要到海南岛看望朋友，他的第一反应就是事情不妙：程善刚到海南岛看望朋友的理由不成立。程善刚只带内外衣服各一套和小说《欧阳海之歌》，银行存折里的180块钱没动，只拿了店里收维修费临时存放的钱，最多也就是几十元。程善刚想干什么？他不愿意往坏的方面想。

听说程善刚要到海南岛看望朋友，郭秀芝冷静一想大吃一惊。她脑海不知为什么突然闪出一个残酷的词汇：跳海。

早在海南岛她与程善刚热恋期间，程善刚曾告诉过她，说他探家从省城乘客轮返回海南岛农场，夜里客轮航行经过香港附近海域时，客轮四等舱有一个旅客跳海想偷渡到香港，被乘警发现抓回。他说，如果这位偷渡者不抓住乘警扔下的救生圈，可能不会被抓回，但也可能在海里被大鱼吃掉……

郭秀芝慌恐不已，但实在没有什么办法，只能强忍着。她在心里祈祷着"但愿不是这样！"对外人则尽力掩饰内心的痛苦，行为举止尽量保持镇定。

程善刚不在，维修店的业务顷刻减少了很多，显得有点冷清。杨森怀与郭秀芝分别各自坐在一张矮木板凳上，中间隔着一张小木茶几。杨森怀估计程善刚已出事，他担心郭秀芝再出事。杨森怀做过一些坏事、蠢事，伤害过一些人。他觉得，他最愧疚的是郭秀芝，郭秀芝是受他伤害最重的人。

杨森怀干了一件特别出格的事，那是在兵团时期，杨森怀到海南岛的第三年。

兵团时期，每年都要评兵团、师、团三级的先进连队。那年，春节一过，政治处副主任贾威裕，就带工作组来到六连，指导创建兵团先进连队。指导员胡秋生在连队动员会上强调，要在贾副主任的领导下，拼命大干一年，一定要使六连成为兵团先进连队。那一年，连队政治学习多了，胡秋生常常莫名其妙地联系实际，杨森怀也常常莫名其妙当了"冤大头"。

要被评为兵团先进连队，其中有一条最基本的要求是：当年连队在生产、生活各方面都不能出任何事故。杨森怀下定决心，一定要制造出事故，让胡秋生想当兵团先进连队指导员的美梦泡汤。

他在海南十月份一个月光皎洁明亮的深夜，悄悄潜入女知青宿舍，乘她们极度劳累而沉睡的时候，上演了一出剪女知青内裤裤衩、甚至还剪了其中一位阴毛的恶作剧。

第二天清晨，女知青宿舍传来了一片哭声、惊叫声和叫骂声，全连的人都被惊醒了，都惊愕地跑到那里询问发生了什么事。女的跑到里间，一边忙着劝慰被剪了裤衩的女知青，一边破口大骂："这个挨千刀的不得好死！""这个鬼斩头的要遭雷轰。"……

男的围在女宿舍前面骂骂叽叽、义愤填膺地议论着。杨森怀也跟着大家在女宿舍门口破口大骂。他在大伙的一片咒骂声中难受地得知，被他剪了阴毛的这个女知青就是郭秀芝。

驻连工作组和连队干部来了，专案组也来了，可惜现场已被严重破坏了。专案组一筹莫展，案件最后也只能是不了了之。

杨森怀严重伤害了郭秀芝，他心里很难受，见到郭秀芝，他总感到心里五味杂陈，直骂自己是"浑蛋"。他一直默默地为郭秀芝祈福。

程善刚离家出走，杨森怀很着急，他找李珏耀、刘晓绯、钟奕强和曾秀玉一起商量过，大家都想不出什么好办法，认为只能静观几天后再说。听郭秀芝说程善刚到居委会开介绍信要到海南，杨森怀甚至想赶到省城拦住程善刚问清楚这是为什么。可冷静一想，时间已过好几天了，程善刚早已不在省城，去了也白搭，只好与郭秀芝一样听天由命，焦急地盼着有可能接到程善刚的来信，知道程善刚确凿的消息。

墙上的挂钟已指向上午十点多了。杨森怀尽量找些题外话引郭秀芝搭讪与他聊天。他告诉郭秀芝，钟瑞云的妈妈田慧要钟奕强到她们家里住，还认钟奕强为干儿子，自己退休让钟奕强顶职，钟奕强现住在田慧家；说自己现在想开店，但开什么店还拿不定主意。

郭秀芝听了，只是简单地回应"嗯！"和"啊！"她内心很痛苦，根本就没有心思聊天。

杨森怀依然不厌其烦，尽量找一些新鲜的话题讲给郭秀芝听。他只想分散郭秀芝的注意力，他担心郭秀芝会钻进死胡同发生意外。

"信，郭秀芝，信！"店前，推着载有邮件包的自行车的邮递员朝店里喊着。

杨森怀起身快步走到店门口，他接过邮递员手中的信，说了声"谢谢！"把信递给跟在他身后的郭秀芝。

信是程善刚从省城寄来的。郭秀芝拆开信，刚看了几眼，身子就像骨头散了架失去依托似的直往下坠。杨森怀见状，一个大跨步走到郭秀芝身旁，半抱半扶起郭秀芝坐到刚才离开的小木板凳上，转身拾起飘落在地上的信封和信纸。他把信封放在小茶几上，站着就看起了信。他大吃一惊，程善刚的信是这样写的：

秀芝，亲爱的：

永别了！我走了。不要问我到哪里去？不要找我。我知道，这样做很对不起你，很荒唐，但考虑再三，我仍觉得应该这样做，我愿意这样做。

三个月前，我被诊断出肝癌晚期，我隐瞒着你，悄悄地吃药止痛。病魔很猖獗，欺负我无能。前几天，医院诊断我身上的癌细胞已经扩散并出现腹水，我患的是不治之症。我不走肯定会被你发现，你就一定会送我住院，我也就一定是走不了的了。我不想让家里因我毫无意义的医治而背上沉重的债务。

秀芝，有你的爱，我这辈子虽短但我很幸福很知足，可又感到很无奈、很愧疚：我给你的不是幸福，而是痛苦……

杨森怀愣住了，他想大哭。他跌坐在刚才坐着的小木板凳上，头脑乱哄哄的一片空白。他不敢看目光呆呆、脸上的肌肉好像僵化了、毫无表情的郭秀芝。

门外又飘来了一声男中音："噢！森怀兄，你也在这里啊！"随即，程善刚的弟弟程善毅跨进了店里。见没人搭理，又对郭秀芝说："喂！你们这个月给妈的钱还没给呢！"程善毅从未叫过郭秀芝为"大嫂"或"秀芝姐"，只称为"喂"。"喂"成了程善毅对郭秀芝的称谓。郭秀芝没计较。她觉得，与没教养的人计较，受气的只能是自己。奇怪的是，程善刚的妈妈、妹妹也从来没觉得这有什么不妥。程善毅已经结婚了，生有一个男孩，在家里更是洋洋得意趾高气扬。

他在家里依旧是自己的工资收起，一分钱不掏，过着"白吃""白拿""白用"的日子。家里生活消费主要靠程善刚的资助和他妈妈做些手工的零星收入。程善毅的孩子还在哺乳期，他时常为要求给妻子增加营养，嫌妈妈的伙食差而大吵大闹。程善刚每个月都定期送钱资助家庭。这个月，已超期几天了还不见郭秀芝送钱，他就找上门来了。

"森怀，麻烦你帮我把对面架子上的那个铁盒子拿过来。"郭秀芝控制着悲痛的情绪显得有气无力，她轻声地对杨森怀说。

杨森怀对程善刚的这位弟弟很反感，他早就听说过程善毅在家里的"精明"。他觉得，程善毅就像程善刚家里的"讨债鬼"。

杨森怀领教过程善毅的无情无义。上个月的一天晚上，杨森怀路过程善刚的老家。程善刚的家临路，门开着，程善刚的妈妈和程善毅正坐在木沙发椅上喝茶聊天。杨森怀走向前问好，随之又坐下来一起聊天。程善刚承受巨大的经济压力，出于无奈不得不夜以继日地拼命挣钱，杨森怀多次想帮助都被婉拒，只能在心里暗暗着急。杨森怀知道程善毅的"一毛不拔"，也知道当年程善毅找程善刚，要哥哥让他顶爸爸的职的事，他想劝程善毅在家庭经济上多分担一些。他对程善毅说："善毅，你们国营单位好哇！有固定工资，休息时间有保证，还能公费医疗，不像你哥，没日没夜拼命，有点病痛的，还全部要自己挣钱。"

"森怀兄，你不知道，我们的工作也很辛苦。哎！这怎么说呢，岗位不同，工作不同……"

"善毅，你可要好好谢谢你哥呀！当年，是他让你顶你爸爸的职的……"

"哈哈！森怀兄，你错了，我顶的是我爸的职，可不是我哥的职呀！"程善毅暴出一阵大笑，打断杨森怀的话，说。

"对，这没错。可是，你哥是长子，又在海南岛上山下乡……"杨森怀压制自己心中的怒火，心想，"难怪有人说他是一头'白眼狼'。"

程善毅又打断杨森怀的话，说："森怀兄，你又错了，顶父职没规定说只有长子，只有上山下乡的知青才能顶……"

"善毅，那我可要问你，当年，你到龙岩农场找你哥干什么？"

"到龙岩农场？我到龙岩农场做什么？"程善毅撒泼。

杨森怀真真实实地感受到了什么叫厚颜无耻。

现在，这个程善毅又来了，来要钱。杨森怀慢吞吞地站了起来，走到程善毅面前，问："你是来要钱的吗？给！"随即扬起右手，朝程善毅的左脸腮狠狠地扇了一记大耳光。很快，一丝鲜红的血从程善毅的左嘴角缓缓地流了出来。

程善毅摇摇晃晃脚跟不稳后退了一步。他很快就缓过神大喊："你凭什么打我？"说着，挥起拳头扑向杨森怀。

避过程善毅的拳头，杨森怀大喊："我替你哥揍你！揍你这头害人的'白眼狼'。"说着，也抡起了拳头。

见维修店里有人打架，很多路人都驻足上前围观。

"别打了！别打了……"郭秀芝站了起来，歇斯底里地喊着。她泪流满面。

"都住手！"廖大婶和居委治安主任从人群中走了进来，廖大婶厉声喝道："有什么事不好好说，要打架？"她们刚参加街道办事处召开的治安工作会议。会议结束要回居委路过程善刚的维修店，见这里吵吵嚷嚷的，就急忙上前看发生了什么事。

杨森怀和程善毅都停住了手。杨森怀转身走到小茶几前拿过程善刚的来信，递给治安主任。他的手微微发抖。他控制不了自己的感情，眼泪喷涌而出。

治安主任看着信，满脸悲伤。她神情凝重，把信递给了廖大婶。廖大婶看着信，抬头愤怒地瞪了程善毅一眼。她紧抿着嘴，泪水从她的眼角，顺着她的脸腮流淌而下。

杨森怀暗下决心向郭秀芝坦白自己的罪过。

第九章

纪德芬做家政服务时遭性骚扰，拒当金福大酒店老板秘书的「二奶」，到歌舞厅当歌手又遭调戏。回城在市设计院工作的知青伍秋盛上夜大放学回家，路见不平打流氓致伤被拘，刘晓绯帮助解围。刘晓绯调回驼江市任街道主任，李珏耀帮其出主意，吸引港商办企业化解知青就业难题。金福大酒店老板冯国昌夫妇鼎力相助，并热情答应通过在港台的国民革命军同事帮助寻找钟瑞腾。

一

刘晓绯现在是驼江市郊区抱福街道办事处主任。早上一到街道办事处上班，她立即给滨海派出所的周所长挂了个电话。

昨天夜里将近12点，李珏耀和刘晓绯刚上床休息，听见门铃声两人急忙下床，开门见是杜振彬。杜振彬说纪德芬在"百花香"歌舞厅当歌手唱歌遭遇流氓调戏，伍秋盛上夜大读书放学回家途中路见不平，上前为纪德芬解围，与流氓发生剧烈的肢体冲突，流氓被打伤，但伍秋盛也被歌舞厅所在地辖区的滨海派出所民警带走；纪德芬跟随到派出所，她要证明是那个带着小流氓的老板调戏她，她不从，两个小流氓拦她、拉她，不让她离开还先动手打伍秋盛的；纪德芬说，不放伍秋盛，她就在派出所不出来陪着伍秋盛……

听完杜振彬的叙述，刘晓绯当即在家打电话到滨海派出所值班室。值勤民警认识刘晓绯，简单告诉了她事情的经过，说被打的两个人，一个一只手肘脱臼；一个左脸被打肿，左眼眶一大片淤青，上医院处理创伤后现在也由民警带回派出所等候处理。他建议刘晓绯如果有什么事，明天上班时打电话给他们所长。

在驼江市，百花香属比较高档的歌舞厅。里面的大厅能供200人左右跳舞，还有20个大小不一的包厢可供租客自娱自乐。港商冯老板的秘书曾带纪德芬到那里跳过舞。

纪德芬在百花香歌舞厅大厅当歌手已有一年多时间了。到百花香歌舞厅娱乐，大厅跳舞的门票是每人五元；包厢按面积大小、内部配置设备不同另计收费。聘用在歌舞厅大厅唱歌的歌手每唱一首歌可获佣金三元，但规定每次出场只能唱两首，每个晚上出场不能超过三次。歌手到包厢陪租客唱歌，每夜可获歌舞厅给的佣金十元，租客给的小费不计。纪德芬在大厅当歌手，每月林林总总收入都有300元以上，按她的话说，她的收入远比李珏耀当教授的爸爸还要高。李仕翔已评上教授职称升了工资，但每月工资仍不足200元。当然，在歌舞厅当歌手吃的是"青春"饭，缺乏安全感。

到歌舞厅受聘当歌手，有些时候还要整天周旋于这个圈子，纪德芬并不喜欢。这是她多次想找稳定的工作无门，多次碰壁后无奈的选择。她很少到包厢陪唱，有时逼不得已也能勉强应付。

到歌舞厅租包厢点歌手陪唱的，大多是这几年不三不四发大财的土豪，趾高气扬得意忘形。他们当中的一些人财大气粗，凭借有钱出手大方，调戏玩弄陪唱歌的女歌手是家常便饭。一些稍有姿色的女歌手也乐意到包厢陪唱、赔笑、陪玩捞小费，于是便有了"男人有钱就变坏，女人变坏就有钱"这句坊间流行语。

这天是星期一。晚上，到百花香歌舞厅大厅跳舞的人稀少。纪德芬第一次出场第二首歌唱完刚走下唱台，大厅厅面女经理走过来对她说："纪小姐，18号包厢的客人指名要请你陪唱歌。" 女经理姓邓，三十来岁，人长得清秀，也可说得上是颇有姿色。歌舞厅有陪舞女郎，客人每请一位陪舞女郎陪舞，必须交歌舞厅20元的佣金，歌舞厅给陪舞女郎12元。邓经理是大厅陪舞女郎的领班。

"18"的谐音是"要发"，很多土老板迷信，讲风水玩数字游戏，很喜欢这个数字。"18"包厢里面的设备在百花香歌舞厅所有包厢中最豪华，收费最贵，但租用仍然很抢手，往往需要提前预订。租18号包厢的人通常都是比较有钱的，对陪唱女歌手出手大方，是歌舞厅一些眼里只认钱、只图多挣钱的放荡女歌手向往的地方。

"经理，我不喜欢到包厢陪唱。我不想去。" 纪德芬婉拒。

"纪小姐，我想还是去吧！客人的态度很诚恳，他说他最近长时间在外业务很忙，这次回来想好好放松放松。听说你歌声甜美，很想与你合唱，向你学学唱歌。" 邓经理拍了拍纪德芬的肩膀，接着说，"我听说这个人出手很大方。"

纪德芬抿着嘴唇犹豫着。纪德芬今晚穿着一件水蓝色软丝短袖连衣裙，连衣裙的领口开得稍微低了一些，脚穿一双中跟革凉鞋，脖颈上挂着一串大颗粒的白水晶项链，在歌舞厅昏暗的七彩灯下熠熠生辉。

这件连衣裙是几天前，纪德芬和杜振彬一起逛街时买的。试穿这件连衣裙的时候，纪德芬感到满意，杜振彬也说穿着这件连衣裙更能显出她姣美的身材。他不好意思说纪德芬穿上它显得更性感、更迷人。杜振彬开出租小汽车，自由支配的时间比较多。空暇时间，他时常会去看望纪德芬。纪德芬租房独立生活的时候，钟奕强和曾秀玉就吩咐过杜振彬，要他注意不要让人欺负纪德芬。他们也不时到纪德芬租住的地方与纪德芬聊天。他们想以同为回城知青、同是兵团战友的友情，让纪德芬尽快把先前受到的伤害，把那些林煦俊家里人刻薄的话和在林煦俊家遭受的痛苦淡忘。

在歌舞厅当歌手，纪德芬衣着打扮向来都比较保守，她怕引人注目招惹麻烦。今天是星期一，歌舞厅大厅跳舞的人少，她才穿上这件新买的连衣裙。刚才在歌台上唱歌的时候，她已明显感到有些跳舞的男士看她时，色眯眯的眼光就明显带有侵略性。她担心在包厢里会遭遇性侵。

见纪德芬犹豫不决，邓经理笑嘻嘻地说："不就是唱歌吗？怎么？谢老板能把你吃掉？！"谢老板是一个身材偏矮、肥硕的中年汉子，曾几次来歌舞厅租用过这个包厢。这几年，谢老板发了大财，但人们不知他在干什么，也不知他在哪里发的财。

"好吧！我去。"纪德芬应允。

纪德芬随邓经理来到18号包厢门前。18号包厢今晚的客人很少。坐在长皮沙发上谢老板上身穿丝绸印花白衬衫，下身着丝绸黄色大裤衩，粗短的脖子上挂着一条粗大的黄金项链，怀抱里正拥抱着一个上身穿着齐脐白背心，下身着红色超短裙，嘴巴涂得猩红的风骚女郎。谢老板嘴里叼着一根点燃的香烟，不时从鼻孔里喷出的两道长长的白色烟雾，悠悠扬扬地缠绕着风骚女郎的俏脸冉冉升腾。还有两位身着花花绿绿衣服，身材适中，满脸痞子气的青年，一位正在播放机前选歌曲；一位坐在另一张长沙发上，带着羡慕的眼神色眯眯地看着谢老板与风骚女郎打情骂俏，一副垂涎欲滴的样子。这两个青年是谢老板的马仔。

这时，包厢门响起了"咚咚咚"的敲门声。

"谁？"谢老板抬头往包厢门缝瞄了一眼，身子一挺，大声问。风骚女郎识趣地离开谢老板的怀抱，坐在他身旁。

"谢老板，你要请的歌手来啦！"门外传来了邓经理造作的娇滴滴的声音。

"去，去那边！"谢老板朝坐在另一张沙发上的两位青年努努嘴，轻声对身边的风骚女郎说。风骚女郎不情愿地起身离开，走到两位青年中间坐下。

谢老板站了起来，走到包厢门旁拉开门，做了个欢迎的姿势，说："喔！是两位美女。欢迎，欢迎！"

纪德芬随邓经理走进包厢。

18号包厢呈长方形，面积20多平方米。靠墙对角呈凹形置放着两张可坐可躺的长皮沙发和一对单人皮沙发，沙发前的长方形黄花梨木茶几上，放着四瓶红葡萄酒、四个长脚玻璃杯、四碟饮酒用的配料食品。一个精致的玉石小烟灰缸、两包熊猫牌香烟放在茶几的右边角上。凹形沙发正对面摆着一台立式背投48寸电视机，一套高级音响置放在电视机左侧的墙角边。四张红木情侣椅放在包厢入门处一个空旷的、可供人即兴跳舞的地方。包厢里面设有洗手间。

邓经理表情夸张语气娇柔地对谢老板说："谢老板，我祝你晚上在我们这里玩得愉悦。"她卖弄风情地朝谢老板眨了眨眼，笑眯眯地说，"需要什么服务，你尽管吩咐，不要客气啊！包你满意。"又转过头对纪德芬说，"纪小姐，我有事，先告辞了。"说着，邓经理扭腰转身离开包厢。

"好，好！你慢走。"谢老板满脸堆笑送走邓经理，顺手关上包厢门，转身对纪德芬说，"纪小姐，你请坐！"

纪德芬面无表情，她看了坐在两位青年中间的风骚女郎一眼，问谢老板："老板，你们这里已经有人陪唱歌了，还要我来干什么呀？"

"哦！纪小姐，你误会了。"谢老板说着，转身从放在长沙发上的小皮包里拿出4张10元的人民币递给那位风骚女郎说，"没你的事了，你可以走了。"10元是当年面值最大的人民币。城市普通工人的月工资也只有40元左右。

风骚女郎不情愿地站了起来，嘟着嘴接过钱，走到纪德芬面前狠狠瞪了纪德芬一眼，夸张地扭着屁股，拉开包厢门走了。一个马仔赶紧上前把包厢门掩上。

"嘟嘟、嘟嘟……"长沙发边上一部砖头大小般的移动电话机响个不停。谢老板对纪德芬说了声"对不起，我先接个电话"，走到沙发前，弯腰拿起电话机就大声说了起来："哦！是周老板呀！你好，你好……对，对！是发了点小财……哎呀！你过奖了，过奖了……不，不，哪能跟你比呀……对，对！共同发财……今天晚上，我就是想好好娱乐娱乐，放松、放松……对，对！好，好！再见！"谢老板边打电话眼睛边瞄着纪德芬。见到纪德芬，谢老板就像猫看见鱼似的，眼神闪烁着贪婪的、喜悦的绿光。

谢老板打完电话，把移动电话机重新放在沙发上，走近纪德芬说："你看，你看！我呀，就是忙！好不容易想放松娱乐都很难。"谢老板自言自语，他诚恳地问纪德芬，"纪小姐，我们先喝杯葡萄酒，怎么样？"

"谢谢！我不喝酒。"纪德芬婉拒。

"好，好！随意！我们唱歌。"谢老板色眯眯地看着纪德芬。

"对，老板！唱歌！唱歌好，唱歌能消愁解困，唱歌能有益身体健康。"一个马仔说着，拿来了两支话筒分别递给谢老板和纪德芬，献殷勤地说，"老板，歌我已经选好了，《夫妻双双把家还》，你喜欢的。"

"好，这歌好！我喜欢。"谢老板向马仔打了一个眼色。马仔会意，立即把灯光调暗，包厢只剩下七彩灯亮着，勉勉强强能看清人脸和包厢里的东西。

谢老板似乎很开心，嬉皮笑脸地对纪德芬说："纪小姐，你人美歌甜，美名我早已听说。《夫妻双双把家还》，我们如果真的是夫妻，我谢某就是洪福滔天了。"说着，伸出右手就搂住纪德芬的右肩膀，被纪德芬用手用力掰开。谢老板讨了个没趣，只好松开手。

"老板，我们唱歌就唱歌，不要动手动脚的，好不好？"纪德芬斜目瞄了谢老板一眼，一双招风耳，满脸横肉，身高只及她的耳朵。纪德芬心里暗想，"真好笑，夫妻！有钱就能是夫妻？真的是不自量力的痴痴想。"

感受到谢老板饱含垂涎的眼神，纪德芬心里涌现出一股厌恶和害羞。一曲下来，她如释重负，急忙走到长沙发前坐下。谢老板紧跟纪德芬，挨着她坐下。

他一个劲地夸纪德芬，说她的歌唱得比原唱还要好。他端起一杯红葡萄酒说："纪小姐，庆祝你的歌唱得好，我们干一杯如何？"本来，他是想说，庆祝我们唱《夫妻双双把家还》，我们喝一杯"交杯酒"，但见纪德芬循规蹈矩比较严肃，他想性急吃不了热豆腐，才改了口。

"谢谢！谢老板，我真的不会喝酒。我酒一沾口头就发晕，歌也就不能唱了。真的对不起。"纪德芬担心喝酒出事，她只能撒谎。

"好！随意，随意！纪小姐，要不要叫一些饮料？"

"谢谢！不用，不用！"纪德芬摆手称谢。

"好，好！我自己喝。"谢老板盯着纪德芬高挑丰满凹凸有致的性感身材，体内的荷尔蒙就像大海的波浪一样涌动，他压抑着冲动的情感，告诫自己不能轻举妄动，他隐隐约约地感觉到纪德芬与歌舞厅里的其他歌手不同。但谢老板自信，他有钱，在歌舞厅，他还没见过哪个歌手是不爱钱的。他要让纪德芬感动、主动。

谢老板呷了一口葡萄酒，紧接着就把牛皮吹开了，说他是如何勇敢机智把握机会发财；说他与好多领导是朋友，回来的这几天忙得很，今天和这位领导吃饭，明天又要与另一位领导喝酒，他们的关系很铁；这些领导，有中央部委的、有省里的；说市长做一些重要的决策，有时还要打电话咨询他的意见。纪德芬只当自己遇到了一个无聊的牛皮大王。她静静地听着，有时不得已也就是点点头笑笑而已。纪德芬听谢老板吹了老半天牛，她听不明白谢老板究竟是干什么的，她不感兴趣也不想打听。

纪德芬不为谢老板英勇的发家致富的事迹所激动，反应不明显，谢老板停止了自我吹嘘。他从茶几上拿过一杯红葡萄酒递给纪德芬，说："纪小姐，这酒不论如何你一定要喝，喝一小口也行。"纪德芬推辞不了只能接过。

谢老板自己又拿起一杯红葡萄酒，碰了一下纪德芬拿着的酒杯的杯沿，说了声"干！"仰头一口干光。纪德芬也只得勉强抿了一小口。

见纪德芬喝酒，谢老板放下手里拿着的酒杯，边鼓掌边连声赞美："好！好！好！"两位马仔也跟着鼓掌起哄："好！"

谢老板转换话题对纪德芬说："纪小姐，我说这人生啊，不要太严肃，放开点！这人嘛，第一要挣钱，会挣钱；第二嘛，就是有了钱就要享受，好好享受。你呀，要放开点……"纪德芬听了不置可否，只是笑笑。

朦胧的七彩灯下侧面观赏微显着怯迷离的纪德芬，谢老板顿感口干舌燥，欲火难忍。他接着说："纪小姐，说实在的，你很漂亮、很迷人，比邓经理还漂亮，还迷人。我这个人呀，不喜欢那些妖娆的小青年，我喜欢'妈咪'。我和邓经理都……嘻嘻……"谢老板吞吞吐吐的，似乎有点不好意思，他摆了一下手，显示出很享受的样子，"好啦！不说了。"

纪德芬听了心里怦怦直跳："这谢老板想干什么？"

谢老板伸手拿过放在茶几上的小皮包，从里面抽出一沓面值10元的人民币，数也不数就把它对折，随即一手搭在纪德芬丰满滑润的肩膀上，一手滑向她的前胸，伸入纪德芬略低的连衣裙前襟中，插入胸罩内。纪德芬难为情地推开谢老板的双手，她心里估计，这沓人民币起码有100元。

谢老板笑嘻嘻地松开手站了起来，又笑嘻嘻地问："纪小姐，我们继续玩，是唱歌还是跳舞？"

"唱歌吧！"拿了人家的钱不好意思拒绝，纪德芬站了起来，伸手拿起茶几上的话筒，轻声回答。胸罩里插着一沓人民币，纪德芬感到很不舒服又不好意思拿出来。

"好，我们继续唱歌，"谢老板痛快地说，"就来个《敖包相会》。"

调好灯光，《敖包相会》的曲调响了起来，两位马仔悄悄溜出了包厢。

纪德芬身上飘逸出的阵阵体香撩拨着谢老板喷涌的情欲。谢老板善于把握时机，纪德芬没把钱摔掉他认为时机已成熟。歌还没唱，谢老板伸手搂过纪德芬的腰身。以前，他用的就是这种办法。他刚一搂邓经理的腰身，妖娆的邓经理立即攀上了他的身子。

谢老板这个办法对纪德芬不灵。纪德芬用力掰着谢老板的咸猪手。这下子，谢老板可不答应了，他猛一用力把纪德芬搂了过来，胸膛紧贴着纪德芬的脊背。

纪德芬挣扎着，她厉声地问道："你！你！你想干什么？"

"我想干什么？我给你的钱，你拿了。你得到了我的好处就必须为我服务，这才公平啊。我想摸你，嘻嘻，我还要……"谢老板一副死皮赖脸。

"你敢？"纪德芬愤怒地说。

"我不敢？我就是敢，怎样！告诉你，就我这样的身份，要说整治你，还不是想怎样整治就怎样整治。"谢老板不松手，死皮赖脸带着嘲弄的语气说，"怎样？你报警，你报啊！我告诉你，我现在打一个电话给公安局局长，就能把他叫来。"

说着，一手绕过纪德芬的腋下从连衣裙的前襟插入……

《敖包相会》的曲调在包厢里悠扬地播放着，没人和着曲调唱歌，谢老板和纪德芬正紧张地拉扯着、搏斗着。

纪德芬可不是那种"老实好欺负"的人，她挣扎着。连衣裙被撕开了一道口子，插在奶罩沟的人民币也洒落一地。她喊了一声"流氓"，扭头朝谢老板的肩膀狠狠咬了一口。

谢老板痛得"哎呀"大叫一声松开了手。纪德芬乘机拉开包厢门拔腿就跑……

听说包厢里出事，刚才不知跑到哪里逍遥的两个马仔立即跑回包厢。谢老板捂着被咬的肩膀，对他们狠狠地说："快！快！快追！把这臭女人拦住，不要让她跑了！"

　　歌舞厅门口，两个马仔追上了纪德芬。歌舞厅门口是繁华的杏花大道。两个马仔与纪德芬气喘吁吁怒目相对，双方对视着，引起了不少路人驻足观看。

　　谢老板分开众人，腆着将军肚走到纪德芬跟前，恶狠狠地瞪纪德芬说："跑！我看怎么跑？"又对两个马仔"嗯"了一声。两个马仔会意，上前就要拖纪德芬。

　　"来，来！谁敢上来我就跟谁拼！"纪德芬声嘶力竭地喊着。纪德芬攥紧拳头，来了一个不怕死。双方僵持着……

　　"住手！"人群里传来一声威严的吆喝声。两个马仔一怔，抬头打量来人。那人中等偏高偏瘦的身材，不是很英俊的脸庞显露着刚强的坚毅，剑眉下一双大眼睛炯炯有神，流露出一股逼人的英气。

　　来人就是伍秋盛。伍秋盛在市夜大读工程建筑设计函授大专班，下课踩自行车回家路过百花香歌舞厅，见路边围着一大圈子人，里面吵吵闹闹的似乎有人在打架。伍秋盛不是那种路见不平掉头就走的孬种。他下车把自行车靠着路边一棵树上好锁后，随即挤进人群，走上前准备劝架。

　　见连衣裙被撕破的纪德芬和两个马仔怒目相对。伍秋盛一愣，他认识纪德芬。他们是同校同届不同班但同赴海南岛，同在兵团四师十八团屯垦戍边的兵团战友。伍秋盛随即迈上前对两个马仔说："小兄弟，有什么事不好好说？忍一时风平浪静，干吗要动火呢？"见是伍秋盛，纪德芬往后退一步走到伍秋盛身旁。

　　"你是什么人？要管我们闲事？"其中一个马仔气势汹汹地逼问。

　　"我们是同学，都是回城的海南农垦知青。"伍秋盛双手交叉搂在胸下方，平声静气地说，"有什么事摆开，大家都让一让，退一步海阔天空，不就好了吗？"伍秋盛不知发生什么事，但凭直觉，他相信纪德芬不会做坏事。

　　站在旁边，一手拿着一个小皮包，一手捏着肥厚的下巴，一直没吭气的谢老板气得咬牙切齿。刚才纪德芬在他肩膀上咬了一口，他觉得这是他的奇耻大辱。他从来没受过这样的气，吃过这样的亏。他向另一位马仔丢了一个眼色。这位马仔会意，喊了一声"我教训教训你这不识好歹的什么鸟友！"使出一个掏心拳冲着伍秋盛狠狠打来。

　　纪德芬刚大喊"小心，秋盛！"伍秋盛已灵巧一闪避开，旋即逆向就是一个扫堂腿，这位马仔立即来了一个狗吃屎，跌倒在地。围观的人群发出"哇、哇"的呼叫声。

　　见打架，纪德芬急得直跺脚大喊："来人啊！请帮帮忙叫警察！请帮帮忙叫警察……"

　　倒地的马仔迅速爬起，重新扑向伍秋盛，另一个马仔也挥舞拳头冲向伍秋盛。伍秋盛沉着应对。他左手拉住一个马仔的手腕，右手一拳打中那个从地上爬起来的马仔的左眼角，又原地蹿起一个旋风踢，脚尖直踢对方的胸膛。这位马仔眼冒金星，捂着胸口跟跟跄跄走了几步，终于跌倒在地。伍秋盛肩膀又一沉，弓着马步，猛地来了一个九天揽月，一下子就把另一个马仔的身子急速揽住扛起，身子一挺加力摔了出去，这个马仔也落了一个仰面倒地。人群又再次发出了"哇、哇"的呼叫声，有人甚至鼓掌，连声喊："好！好！真解气，太好了！"两个马仔一副痞子相，人见人恨。

伍秋盛会拳术。伍秋盛的父亲是建筑工人，解放前叫泥瓦匠。驼江市的泥瓦匠解放前有个帮会组织叫"灰斗帮"。"灰斗帮"的成员普遍都习武会拳术，有时结群斗殴用武力保护自己行会的利益。驼江市解放后，"灰斗帮"组织被公安机关解散了。

伍秋盛的父亲解放前曾参加"灰斗帮"，学过拳术。伍秋盛从小就跟父亲学打拳，也会拳术。上山下乡到海南岛，在西泉农场工程连，伍秋盛每天都坚持练一个小时的拳术。这个习惯回城后他仍然坚持着。

纪德芬想不到他会拳术，她心里为伍秋盛喝彩。不过，她意识到，虽然伍秋盛一对二把谢老板的两个马仔打倒，谢老板马上会叫人支援，到时，吃亏的肯定是伍秋盛。她趁谢老板没注意她，瞅了个空隙挤出人群，跑到附近店铺的电话出租处，打电话报警。

果真，两个马仔都被打倒在地，谢老板颜面大失，他正想打电话叫人，但立即被几声威严的"都住手！谁都不许动！"的喊声镇住了。

三位民警分开人群走了进来，他们是接到报警电话，开着摩托车迅速赶到现场的。

二

纪德芬独自租住在民兴路一横巷一间约十平方米的小平房。纪德芬住在这里已经快两年了。

这间上盖瓦片、地铺红泥砖的房子很陈旧。墙头上长着的一株小榕树，树根顺着墙的裂缝扎入墙体向下伸展，显示着这间房子历经风霜，已经进入了风烛残年。

房屋里面的家具很简单：一张用铁丝捆绑着一条断腿的单人睡床，一张1米长、60厘米宽的桌子和一张双人坐的木板凳；房子入门的左墙角，放着一个七星煤炉和一个置放碗筷杂物的小木柜。住这种房子，如厕要跑几百米远的公共厕所；洗澡则只能关上门在入门右墙角边进行。右墙脚边打有一个直径约5厘米的小洞，洗澡水通过这个小洞流出房子，流入靠房子墙边的污水沟。污水沟宽约20厘米、深约10厘米，露天贯通整条横巷。入门房顶横架着一根晾衣服的竹竿，常常是衣服上的水滴滴答答的，下面的石板湿漉漉的。民兴路的横巷全部都是石板路。整条横巷混杂着油烟、尿骚等难闻的气味。每日三餐时间，到处都充斥着锅碗瓢盆撞击声、大人呵斥小孩声和小孩的哭叫声。

当年，纪德芬遭家暴想寻短见，被杜振彬拦劝到曾秀玉家住了几天。皮肉伤一好，尽管曾秀玉一再挽留，她都坚持要自己到外面租房住。

这间房子是纪德芬和曾秀玉、杜振彬一起找的，几经比较，纪德芬坚持要承租的。理由是租金便宜，说她在海南岛虽然没住过大会战的"窝棚"，但住的也就是茅草房；现在这样的房子，没有什么不能住的。

租好房子，刚整理好房间，林煦俊的妹妹提着一个大手提袋，牵着纪德芬的女儿找上门来了。她阴着脸走进房间，把手提袋往床上一搁，对纪德芬的女儿说了句"你以后就跟你妈妈过了"，说完扬长而去。手提袋里装着纪德芬母女俩的一些衣服。

女儿见到妈妈，冲过去抱着妈妈的大腿，满肚子的委屈，立即大哭起来。她小手擦着眼泪，嘟嘟喃喃不停地说："妈妈，我怕，我怕……"

纪德芬弯腰把女儿抱起，她控制着自己的情绪紧紧抱着女儿，不停地说："乖！别哭，别哭！不要怕，妈妈在……"

"叽纠、叽纠、叽叽纠……"一只大老鼠爬在木板凳上，摇着长尾巴，睁着一双绿豆般大小的红眼睛，正好奇地瞪着纪德芬母女俩。长方桌上，几只大蟑螂晃动着触须正在窃窃私语。

听到老鼠的叫声，纪德芬的女儿双手紧紧搂抱着纪德芬的脖颈，惊愕地转过头看着老鼠和蟑螂，又赶快把脑袋埋在纪德芬的怀抱里，轻声地说："妈妈，我怕，我怕老鼠，我怕蟑螂。"纪德芬紧紧抱着女儿，她控制不住自己，泪水喷涌而出。

第二天，纪德芬带着女儿回娘家，她请自己的爸爸妈妈帮带女儿。

纪德芬拿了十块钱给妈妈，说："妈！女儿无能，让你也受拖累了。以后女儿发达了，再孝敬你老人家。"

"德芬，你放心，孩子妈帮你带，需要家里捎什么，你只管说，但钱你留着自己用。"纪德芬的妈妈一再推辞，最后不得已收下。纪德芬确定租房的时候，曾秀玉帮她预付了房租，还送给她40块钱，纪德芬说了声"谢谢"收下了。

纪德芬用剩下的30块钱添置了一些最简单的生活用品，她开始找工作。她记住战友们在她困难时期对她的帮助，下决心走自己的路，她要活出自己的精彩。

纪德芬找到的第一份工作是做家政，每月15元的工钱包吃不管住。这家人的家景不错，男的姓邢，是市财政局副局长，五十来岁的年龄。妻子姓徐，是市教育局的办公室主任。大儿子是军转干部，已成家自立门户，夫妻都在市公安局工作；女儿在读高中忙于准备高考。纪德芬每天早上九点负责到市场买菜带到邢副局长家，然后开始理家务，晚上八点回自己租住的房子。

邢副局长相貌堂堂，很有男子汉气概。徐主任虽谈不上靓丽，但也是长相清秀，行为举止端庄的知识女性。纪德芬与他们的关系融洽，两三个月的时间很快就过去了。

慢慢地，纪德芬发现邢副局长对她越来越关心、越来越热情。有时，他会泡好一杯茶，走到纪德芬身旁递给她说："干活不要太累，喝杯茶休息休息。"老婆不在家的时候，邢副局长时不时总喜欢在纪德芬身边呐咐这呐咐那，且常常与她肢体接触，碰碰臀部摸摸臂膀，有时甚至碰到纪德芬的胸部。纪德芬总是挪动着身子回避，红着脸没作声。邢副局长对纪德芬的热情引来了徐主任的不满，纪德芬有所觉察，她说话干活总是小心翼翼。

这天下午，徐主任午休起床上班了，邢副局长还在家，纪德芬正忙着用抹布擦洗皮沙发。邢副局长悄悄走到纪德芬身后，一手搂着纪德芬的肩膀，一手抚摸着纪德芬裸露在外的手臂，附着她的耳际轻声地说："德芬，你好漂亮，很迷人……"纪德芬穿着一件天鹅蓝短袖衬衫。

纪德芬挺直腰站立不动。她正想说"请放尊重些"，话没出口，房门被打开了，徐主任回家拿一份上班忘记带的总结报告，她看到了丈夫搂纪德芬肩膀的一幕。邢副局长住的是套间，房子的入门处直通大厅。

见妻子突然回家，邢副局长立即松开双手。徐主任眼睛冒火心里充满怨恨。她从随身的小提包里拿出钱包，从中掏出两张十元面值的钞票，递给纪德芬，说："给，你的工钱，不要找零，"又狠狠瞪邢副局长一眼，转头对纪德芬说，"你现在可以走了，以后也不用来了……"

当天晚上，恰好曾秀玉和杜振彬相约到纪德芬家聊天。在纪德芬做家政的几个月时间里，他们已好几次来到这里与纪德芬聊天，他们要想办法让纪德芬开心。

无端被解聘，纪德芬感到既生气又好笑。她给坐在长板凳上的曾秀玉和杜振彬每人泡了一杯茶，转身自己坐在床沿上，叹了一口气说："唉！我的工作丢了。"纪德芬向曾秀玉和杜振彬诉说了今天下午发生的事。纪德芬说得有点沮丧。

"哈哈！"曾秀玉听了哈哈大笑，"我说呢！德芬，谁叫你那么漂亮，我都羡慕死了。"

"秀玉，真有你的。我已经是够倒霉的了，你还拿我开玩笑。"纪德芬瞪了曾秀玉一眼。

"德芬，你不要责怪我，我说的是真的。你一笑一嗔，看人的眼神就很迷人。"

曾秀玉说着，转头问坐在旁边的杜振彬，"振彬，你公正地说，是不是？"

"这……这……"杜振彬显得有些腼腆，不知如何回答，一时语塞。

"哈哈！振彬，你是不是被迷住了？"刚才见杜振彬语塞，纪德芬瞄了他一眼被曾秀玉看到，曾秀玉立即打趣。

"没！没！秀玉姐，你不要乱说啊！"杜振彬连连摆手。不过，他心里想，纪德芬的眼睛的确很漂亮，是那种"眼睛会说话"的人。杜振彬急忙转换话题，滔滔不绝地说开了："德芬姐，那个邢副局长真不是东西。我想，他是欺负你现在是单身一个人，不过还好，你没受到什么伤害。他们说不要你，按我说，我还不要他们呢！德芬姐，'此处不留爷，自有留爷处'。"

"对！振彬说得好，'此处不留爷，自有留爷处'，路是人走出来的。"曾秀玉赞同杜振彬的观点，她对纪德芬说，"德芬，由我们提供园艺服务的金福大酒店装修已经差不多了，可能很快就要开业，估计要招聘员工。这家酒店老板的秘书最近常到我们园艺场，我向他打听打听，向他推荐……"

"德芬姐，我觉得秀玉姐的主意好，可以先试一试！"杜振彬觉得在大酒店当员工比做家政好。曾秀玉刚说完话，杜振彬立即劝说纪德芬。最近这段时间同纪德芬接触多了，杜振彬对纪德芬有了更多的了解。李珏耀说纪德芬有很强的上进心，但因过度上进才做了糊涂事，杜振彬很有同感，他同情纪德芬。错了，改了就好，老拿人家的过错说事不是真正的男子汉。他很希望自己能帮助纪德芬，他怨恨自己没能力。

"好的！我试试。谢谢你们。"纪德芬爽快地感谢曾秀玉和杜振彬。

两天后，曾秀玉告诉纪德芬，说冯老板的秘书同意与纪德芬见面，说先熟悉情况后再向冯老板推荐。冯老板的秘书姓曾，三十来岁，人长得清秀，白白净净的，一副文质彬彬的样子。

又过了一天，曾秘书托曾秀玉带话给纪德芬，请纪德芬到曾秀玉的园艺场见面。曾秀玉园艺场的办公室实际上就是曾秀玉家的书房。那天上午，在曾秀玉书房，经过简短的交谈，曾秘书对纪德芬很欣赏。交谈结束，曾秘书开小车送纪德芬到民兴路。在车上，曾秘书对纪德芬说："纪小姐，明天我想请你到驼江大酒店用早点，不知能否赏光？"

"谢谢！"纪德芬愉悦地接受邀请。

"明天我开车接你。"

"不麻烦你了，我自己到酒店。"……

第二天一早，杜振彬开着出租小汽车到民兴路接纪德芬。一见面，杜振彬愣住了。他笑嘻嘻地说："德芬姐，你真漂亮，我都被你迷住了。"

"是吗？"纪德芬发出清脆的笑声，"哈哈，我能迷你，那你就要小心喽！"纪德芬身穿一件深蓝底色点缀着朵朵白牡丹花的短袖乔其纱连衣裙，柔软的质地清晰地展示着凹凸有致、匀称流畅的曲线美；浓密乌黑的披肩秀发烘托着俊美的脸庞，白皙颀长的脖颈、圆润光滑的手臂散发着丰腴的软度和娇嫩的质感；脚穿中跟露趾皮革凉鞋更突出姣美的身材。

"德芬姐，我不怕你迷。上车吧。"……

见到纪德芬，坐在酒店大厅沙发上等待的曾秘书一愣：这是两天前见面的纪德芬吗？他怕认错人没吭声，直到纪德芬走到跟前与他打招呼，才回过神来。

曾秘书预订了一个精致的小套间，与纪德芬边用早点边聊天。曾秘书不停地赞美纪德芬，说纪德芬是人才难得；又半认真半开玩笑地说像纪德芬这么漂亮，是一出场就能给男人长脸的女人，在职场工作，要干就是高级白领，要不就根本不要工作，在家看看书、喝喝茶、打打牌，或者唱歌跳舞陪陪丈夫就行了。

曾秘书今天好像打了兴奋剂，喋喋不休地赞美纪德芬。纪德芬不厌其烦静静地听着。她很少插话，心里嘀咕着：这曾秘书怎么了？我还没正式工作，他也没见过我工作，就说我是难得的人才？纪德芬感到曾秘书有点油嘴滑舌，在向她灌迷魂汤。好久没听到别人对她的赞美，纪德芬因此没感到讨厌，反而感到一丝温馨。

曾秘书不断地向纪德芬献殷勤。又过了几天，他买了一件水红色白暗花天然丝短袖连衣裙、一双白色皮高跟凉鞋送给纪德芬，说名牌服饰就是为高雅女性设计的，是为了让高雅女性更优雅，也只有高雅女性才搭配得了名牌服饰；高雅女性搭配名牌服饰才对得起自己，对得起众人，对得起社会。纪德芬一再推辞不收，但曾秘书说是专门为她买的，买了不能退。纪德芬说不过曾秘书，最后只能收下。

当天晚上，曾秘书邀请纪德芬到百花香歌舞厅跳舞，纪德芬穿着曾秘书送的连衣裙和皮凉鞋，还特意搭配上一条水晶项链。那天是星期六，歌舞厅跳舞的人很多，唱歌台上一个女歌手吐音不清但底气十足，一手挥舞一手拿着话筒，提高音调起劲地唱着。纪德芬与曾秘书搭配起舞。曾秘书深蓝西裤黑皮鞋白衬衫玫瑰红领带，淡定自若的姿态和纪德芬旁若无人的娇媚，在舞厅里引起不小的骚动，有的人甚至发出"啧啧"的赞叹声。纪德芬出足了风头，可也被曾秘书吃了不少豆腐。跳慢步舞灯光昏暗人很拥挤，曾秘书贴着纪德芬的耳朵悄悄说了声"我们也跳一个情人舞"，没等纪德芬回答，就把纪德芬搂得紧紧的，动情地说："纪小姐，你真漂亮，比我们的老板娘还迷人。"还不时悄悄触吻纪德芬的耳垂、眼睛，隔着连衣裙轻轻触摸纪德芬的乳房。纪德芬不时地挪动着身子，提醒他注意。

曾秘书的老板娘叫唐燕环。唐燕环原是金陵女子学校的学生，个性倔强。抗战胜利劳军，唐燕环恋上了国民革命军军官冯国昌。冯国昌刚入大学遭遇抗战爆发，他毫不犹豫弃笔从戎参加国民革命军投身抗日战争。国民革命军军官中的青年才俊冯国昌与唐燕环一见钟情，两人未经父母同意先斩后奏闪电结婚。唐燕环的父亲在上海开一家印刷厂，强烈反对女儿嫁给国民革命军，把唐燕环狠狠责骂了一顿，唐燕环赌气离家出走。军旅生活流动性大，唐燕环在上海郊县租一间房子居住。内战爆发，国民革命军节节败退的各种坏消息满天飞。担心丈夫安危，唐燕环整天提心吊胆过日子，直到随冯国昌到香港。不久，唐燕环的父母也迁居香港。

唐燕环很反感"女子无才便是德"的说法，她要与丈夫一起走出一条人生的新路。生活稍为安定，儿子满月，她便考取了香港大学专修法律，后来又获法律硕士学位。学业完成后，她时常跟在丈夫身边参加各种商务活动。唐燕环良好的专业知识使冯国昌在各类商务中少了不少麻烦。

曾秘书暗恋唐燕环。50多岁的唐燕环，身高1.6米左右，肥瘦适中。也许是她的名字的缘故，冯国昌的同行都说她是中国古典美女的化身，是赵飞燕和杨玉环的合体。在各类商务活动中，面相俊美高雅、身材凹凸有致、言行举止得体的唐燕环总能给丈夫冯国昌脸上增光事业加分，让他更有把握稳操胜券。

曾秘书羡慕冯老板。他曾几次有事到老板办公室，无意看见老板夫妻正站在落地窗前，相拥着观赏窗外的风景，曾秘书曾由此心中飘出丝丝莫名的妒意。曾秘书的老婆是香港一家医院的护士，个子瘦高，平时工作很忙，生活中少有闲情逸致。

曾秘书现在单身一人到内地，常常感到寂寞难耐，他觉得纪德芬的长相很像他的老板娘唐燕环。唐燕环是他的梦中情人。

近十天的时间一晃就过去了，曾秘书缄口不提酒店招聘的事，纪德芬心里有些着急，她很想知道曾秘书"葫芦里卖什么药"。凭直觉，她觉得曾秘书并不欢迎她到酒店受聘。

又是一个星期六的晚上，曾秘书约纪德芬到海滨影剧院看电影。电影散场时，曾秘书对纪德芬说："纪小姐，现在时间还早，我们去逛公园，怎样？"

"已经快十点了，太晚了。"纪德芬不想晚上与曾秘书在一起待太久的时间。刚才看电影时，曾秘书不时伸手悄悄抚摸她的大腿，有两次甚至想摸她的胸部，都被她用手推开。纪德芬已经有过教训吃了大亏，她不想重犯过去的错误。她对曾秘书的行为很反感，但现在自己正在求人办事，逼于无奈只能笑脸相迎。纪德芬今天穿一件黑色的丝绸八分裤，搭配一件浅灰色棉麻混纺的半袖衬衫，身体遮掩比较严。

"那我们是不是就近到滨海长廊走走？"

"行！"纪德芬赞同，她想散步时问清楚酒店招聘的事。

夜晚的滨海长廊，海风习习适时地输送着惬意的凉爽。昏暗的路灯透过长廊绿化树摇曳的枝杈，向地面洒着斑斑点点的微弱的光亮，撩拨出缕缕的甜情蜜意。一对对情侣相依着、相偎着，脸挂舒心的微笑观赏着内海湾夜晚的风景。一条货轮正缓缓驶向外海，船头船尾灯光闪亮，正向驼江市道别奔赴远方。

纪德芬驻足望着正缓缓行驶的货轮思绪万千。这里的情景勾起了她脑海中的印记。当年，她和她的同学就是从这里搭乘这样的货轮，奔赴海南岛屯垦戍边的；当年，这滨海长廊栏杆边拥挤着的是她的爸爸、妈妈和成千上万的她的同学们的父母、兄弟姐妹，他们挥舞着双手，向搭载在缓缓行驶的货轮上，就要奔赴海南岛屯垦戍边的亲人告别……

看着眼前这些正沉醉于谈情说爱，再也不用上山下乡的年轻人，纪德芬心中五味杂陈。

"纪小姐，看什么？走，我们到那边走走。"曾秘书伸手拉过纪德芬的手，说。

纪德芬勉强让曾秘书牵着手往前走。旁边一个小八角亭里，一对情侣正在拥抱接吻，见有人走近，连忙身子分离，相拥着离开。曾秘书朝亭子努了努嘴说："我们进去里面坐。"

"嗯！"纪德芬应着，随曾秘书走进亭子。

纪德芬走到亭子脚跟还没站稳，曾秘书猛地一个转身就把她拥入怀里，嘴唇也随即贴上前轻轻舐吻纪德芬的唇肉，不时嘟嘟喃喃地说："德芬，我好想你！德芬，我好爱你！"

"别！别！曾秘书。"纪德芬一愣，很快就回过神。她紧抿着嘴，双手环抱在自己的胸部，右小手臂略为朝上伸出食指压着曾秘书的嘴唇，轻声但严肃地说："曾秘书，请自重。我不是随便的人。"

曾秘书尴尬地松开手，说了声"对不起"，身子往后退了一步，坐在亭沿的石板椅上，对纪德芬说："我们坐着说话，好吗？"纪德芬没生气，曾秘书觉得还有机会。

"好吧！"纪德芬坐在离曾秘书旁边一人距离的位子上。

"对不起，纪小姐，见到你我总是很冲动，我觉得自己已经爱上你了，无法自拔。刚才很激动控制不了自己……"曾秘书伸手握着纪德芬的手，轻轻摩挲着。

纪德芬面无表情。良久，她收回自己的手，冷冷地问："曾秘书，我拜托的受聘的事呢？"

曾秘书看了纪德芬一眼，似乎很难为情地说："纪小姐，我实话实说吧！我们酒店的确是要招聘一批员工，但部门负责人要求要有专业的业务知识。我们主要从香港招收一些接受过专业高等教育的人，在驼江市只招服务员。我觉得你有管理天赋，不应该从事这些下人干的工种。"略作停顿，又接着说，"纪小姐，不知你是否愿意？我想与你一起生活，过一段时间后，就送你到香港读大学。"曾秘书想包纪德芬为二奶，做他在内地的"妻子"。

"什么？一起生活？"纪德芬知道曾秘书在香港有妻室有孩子。纪德芬明白了，她冷冷地对曾秘书说："曾秘书，我是海南的回城知青，现在工作没着落，我们很多回城知青现在生活艰难，但我还没听说有哪一位女知青被人包养当二奶。请你尊重我们，我们兵团战士人穷志不短。"纪德芬觉得这是对她的侮辱，说着站了起来，丢下一句"我们以后不要再联系了"，转身迈步离开小亭，走了。

曾秘书望着纪德芬的背影，呆若木鸡。

过了两天，纪德芬到百花香歌舞厅找歌舞厅经理，自荐说要当大厅歌手。

三

纪德芬是受害人，随民警到派出所与伍秋盛一起，在派出所蹲了一个晚上。第二天，派出所做出处理意见：纪德芬的连衣裙被撕破，罚谢老板赔偿100元；两个马仔的医药费自理；伍秋盛见义勇为受表扬。曾秀玉开着刚买不久的本田小汽车和杜振彬一起到派出所接伍秋盛和纪德芬。为避免谢老板报复，大家都劝纪德芬再也不要到歌舞厅当歌手了。

连续几天，纪德芬都在家陪女儿。女儿已经上幼儿园了，每天有妈妈接送，高兴得摇头晃脑的，一到家就缠住妈妈，给妈妈讲幼儿园里小朋友的事，给姥爷、姥姥和妈妈表演唱歌跳舞，整天喜洋洋的。

女儿与妈妈在一起很高兴。纪德芬陪着女儿欢乐，但自己心中总浮出淡淡的忧愁，总觉得自己对不起父母，给他们脸上抹黑。近两年里，林煦俊从未问过她们母女俩的事，显然是铁了心。

纪德芬在歌舞厅出事的第二天傍晚，曾秀玉和杜振彬两人一起到林煦俊家。林煦俊和他妈妈在家，林煦俊的妈妈嘴里叼着一根香烟不停地吞云吐雾，曾秀玉费了老半天的口舌，她板着一副木乃伊式的脸，硬邦邦地从嘴里蹦出几个字："出去了，就不要回来了。"

林煦俊满脸痞子气，咬牙切齿地说："破烂货，扔在地上没人要的破烂货。"

杜振彬看着林煦俊的妈妈，悄悄地对曾秀玉说："老巫婆。"杜振彬给林煦俊的妈妈起了个绰号叫"老巫婆"。他曾对曾秀玉说，他一见到林煦俊的妈妈，立即会联想到安徒生童话中的"千年女巫";还说纪德芬倒霉,碰上了一个恶婆婆。

人倒霉的时候,喝开水都塞牙。纪德芬觉得自己很背运。在百花香歌舞厅当歌手被欺凌侮辱,她很感谢伍秋盛等兵团战友出手相助。不过,问题虽然解决了,但歌手也肯定当不成了,她一时找不到生活的方向感。曾秀玉和杜振彬都劝她利用这段时间好好解决家庭问题。

前天晚上,曾秀玉开车接纪德芬到李珏耀家小聚聊天。李珏耀和刘晓绯现在与爸爸李仕翔一起住在教授楼。两年前,李仕翔和袁蜜如意分别评上了教授和副教授,夫妻俩互相祝贺,不久,女儿李远馨结婚,媳妇刘晓绯怀孕,一家子都感到生活充满阳光、幸福满满。可惜人生无常,祸兮福兮、甜兮苦兮,老天眼红,祸从天降。袁蜜乘车前往凤县看望怀孕的媳妇刘晓绯,途中汽车不慎翻落山涧,袁蜜不幸身亡。因担心爸爸悲伤过度,李珏耀干脆住在教授楼陪伴李仕翔。

曾秀玉师从李仕翔学英语,现在,英语口语已能应对自如,书面语也基本能过关。李仕翔佩服曾秀玉的学习精神,告诉她说英语只是一个语言工具,建议她选自己喜欢的其他相关专业读函授。曾秀玉和谢秋娟正准备报考驼江大学的工业会计函授大专班。

在车上,曾秀玉对纪德芬说:"德芬,你来我那里干吧!我们没什么好讲客气的。"曾秀玉的园艺场在驼江市已小有名气,承包了市里几条主要道路的扩建、改建后的绿化工程业务,本地腊石的销售很抢手不说,培育的海南黄花梨木苗也意想不到很受欢迎。这几年,用海南黄花梨木做成的家具,价格成倍飙升。海南黄花梨树被传说为是聚财树,不少单位、企业竞相到园艺场抢购,一些农户也在自家院子的门口栽种,还传说这样做能聚集财气;有些甚至还提高价钱定购。宋浩林建议再到海南岛采购一批种子,把留下的近千棵两年生的海南黄花梨木苗袋装栽培,过两年后再出货。园艺场的业务迅速发展,曾秀玉想让纪德芬协助管理跑业务。

"谢谢!"纪德芬犹豫着。在歌舞厅当歌手,不管怎么说经济收入比较多,纪德芬省吃俭用,还清了曾秀玉帮她预付的房租和送给她的40块钱,还有一些小积蓄,够她一两年基本的生活费用。她不想给曾秀玉添麻烦,园艺场搞的是股份制,股东就有好几个,凭什么她纪德芬就能搞管理而另外几个股东就要被管理。再说,以她现在的处境到曾秀玉的园艺场,不可避免立即会成为被指指点点的对象,至少会被当成走投无路投靠曾秀玉的可怜虫。当年,遭家暴在曾秀玉家小住几天,很快就被村子里的一些好事的人猜疑到处议论,成为村里人茶前饭后的谈资。

"怎么啦?德芬,你总是谢谢,谢谢!"见纪德芬犹豫,曾秀玉又说,"德芬,我们是庙小供不了大菩萨呀!"曾秀玉很同情纪德芬,对她是一片真心实意。在同农场回城的知青中，她被大家说成不仅是"事业有成"，而且是有经济实力能帮助别人的人。

"不！不！秀玉，我可没这个意思啊！你不要乱想呀！……"

到李珏耀家刚坐下，刘晓绯就对纪德芬建议说："德芬，我建议你与林煦俊做个了断。然后，先成家再找工作。"刘晓绯的话还没说完，就被门外一声"珏耀"打断了。伍秋盛和杜振彬来到家门口，他们是杜振彬的工友开出租车送来的。

"哇！欢迎，欢迎！我们的英雄来了，快进来，快进来！"李珏耀打开门欢迎伍秋盛和杜振彬，曾秀玉站了起来，噼里啪啦地鼓起掌来。

"别，别！没什么，没什么，我应该做的。你们遇见了，也会出手相助的。"伍秋盛边摆手边说。

纪德芬连忙站起来，离开座位走到伍秋盛跟前，连声说："秋盛，那天晚上幸亏有你，谢谢！"

"秋盛，你是英雄救美在台前，晓绯是运筹帷幄在幕后。来，我们为晓绯鼓掌！"说着，曾秀玉又率先噼里啪啦地鼓起了掌，纪德芬和杜振彬也跟着鼓掌。

"喂，喂！秀玉，你胡扯什么呀？我给派出所打了个电话，就运筹帷幄啦？"刘晓绯瞄了曾秀玉一眼，笑着说。她拉开长方形饭桌旁的两张木靠背板凳，对伍秋盛和杜振彬说："来，秋盛、振彬，你们坐，大家坐！"长方形饭桌上摆着两个陶瓷盘子，一个装着切成小块的苹果，一个装着翠绿的、被剪成一小串一小串的新疆无核葡萄。几个玻璃杯子里泡着绿茶。这些水果是刘晓绯下班时到市场刚买的，同农场的知青到家里来聊天，她都热情招待。今天晚上，担心影响爸爸，李珏耀和刘晓绯请大家到抱福山麓他们自己家中的小厅里小聚聊天。

大家刚坐下，曾秀玉就继续说开了："晓绯，你不知道，你那电话起关键作用……"

那天，听说纪德芬出事，伍秋盛被带到派出所，曾秀玉一大早就赶到派出所，被值勤民警拦在值班室门口。值班室里，派出所周所长正在接电话。电话是市公安局一位姓蔡的科长打来的，说谢老板是他的朋友，曾秀玉竖起耳朵聚精会神地听着。

她听到周所长在电话里说："蔡科长呀，你知道吗？你朋友的事很棘手啊！找小姐，也不看看找的是谁？那是什么小姐呀，人家是唱歌的不是小姐。刚才，抱福街道的刘主任来电啦，说那是她的一位兵团战友，是与她在海南岛时同一个团的团宣传队队员。"似乎对方在说什么，周所长停了一下，又接着说，"是刘主任！刘主任你不认识？告诉你吧，是我们刘市长的大小姐。你告诉你的朋友，息事宁人吧……"

"秀玉，真有这事？"刘晓绯笑着问。

"真的，晓绯姐，你不知道，现在办事很多都要找关系，要不，有些事就会是黑被说成白的，白的被说成黑的。"杜振彬接过曾秀玉的话，"那天我也到派出所，秀玉姐走过来对我说'没事，我们到外面等着接人'，她告诉我她听到周所长打电话的事。"

"谢谢你啊，晓绯！我谢谢大家！我给大家添麻烦了。"纪德芬脸微微发红，她向大家致谢。

"德芬，不用客气，都在海南岛同个农场回来的，谢什么呀？不过，德芬，歌舞厅那地方比较乱，你现在是一个人，我看你最好不要再去了，找其他工作不好？"伍秋盛对纪德芬说。

"对！德芬，你一个人在歌舞厅那些地方不合适。秋盛，你们还没来的时候，晓绯就说了，与林煦俊了断，不要拖了。两年多时间了，就像是粪坑里的石头，又臭又硬。自己的孩子都不要不管，还是男人吗？德芬，天下男人多的是，找一个比他好的。"曾秀玉愤愤不平地说。

说到家，纪德芬百感交集，脸上露出一丝伤感。纪德芬曾是父母的骄傲，从小到大都积极参加各种团体：小学合唱队、市文化宫少先队员合唱团、驼江一中文工团、兵团四师十八团宣传队。向亲戚朋友介绍自己的女儿时，她的爸爸妈妈都充满自豪感。

"唉！难啊！"纪德芬叹了一口气，轻轻地摇了摇头。原先她曾设想，有了家庭，有了情感，心灵的创伤就能治愈。想不到，现在心灵的创伤被野蛮撕开，林煦俊和他的家人还往血淋淋的伤口再撒盐。

"给！葡萄是甜的。"李珏耀从盘子里拿了一小串葡萄递给纪德芬，"德芬，有决心就不难。找一个你爱他、他也爱你的人，就能把过去的一切都忘掉。"

"珏耀，像你们一样就好了。这是天意，也是缘分。"在座的除了杜振彬，除了她这号称有家庭的，其他的人都已成家，都有孩子，家庭生活美满。纪德芬想说，自己的声誉都被林煦俊搞臭了，哪还能找到好男人。她说不出口，她咽下了想说的话。

"德芬，说句你不中听的话，爱情这东西，没有天意，有缘分。可是，缘分不是等来的，缘分要创造，能创造。"不知有意还是无意，李珏耀说这话的时候瞄了杜振彬一眼。杜振彬坐在李珏耀的对面，又恰好坐在纪德芬旁边。杜振彬脸色微微泛红，他睨视了一眼坐在旁边的纪德芬，没有作声。

"对！有道理。珏耀说话就是有水平，缘分不能听天由命，傻乎乎地等，缘分要创造。我就是相信德芬有能力创造缘分。"坐在李珏耀旁边的曾秀玉，看见杜振彬一闪而过的脸红，心里"咯吱"一下："有戏！"她说话的时候故意盯着杜振彬，杜振彬的脸又红了。

那天在驼江大学李珏耀家的小聚会，有叙不完的战友情，说不完的知青故事。李珏耀和刘晓绯热情招待，战友们用了午餐再用晚餐，聚会到晚上才结束。

四

驼江大学距抱福街道约两公里。清晨，李仕翔到山顶操场锻炼身体，打太极拳去了，李珏耀还在床上沉睡。看着李珏耀轻微打鼾舒适沉睡的样子，刘晓绯笑了，她不忍心叫醒李珏耀。昨天晚上，李珏耀熬夜赶硕士论文。刘晓绯调驼江市工作后，李珏耀与刘晓绯解决了夫妻分居问题，现在生活在一起，他们通常是早上一起起床，家务劳动两人一起干。他们用电影《天仙配》的曲调，自己改了歌词，有时边理家务边哼着："你炒菜来呀我煮饭啊，你洗碗来啊我拖地板……"边干边说笑，琐碎的家务劳动也能生出欢乐的情趣。夫妻搭配，理家务不烦。

刘晓绯洗漱完毕，到学校教工食堂买回了一些包子、馒头和豆浆，自己简单吃完早餐，把留给李仕翔和李珏耀的用钢精锅盛着放在七星煤炉上保温。今天是星期一，是街道党委召开例会的日子，她要早一点到办公室做准备。

一个多月前，刘晓绯在党委会上提出引进港商到街道辖区投资办厂的设想，但没获得其他委员的支持，没有被通过。知青还在不断地回城，各居委的待业青年在不断地增加。而且，街道的一些工厂产品单调，品质落后没有销路，已经经营不下去了，工资发不了，这些工厂的工人实际上也成了新的待业人员。刘晓绯作为街道主任，她感到责任重大。

引进港商投资办厂缓解待业难题，是李珏耀在家里向刘晓绯提出的建议。李珏耀硕士学位论文的选题是《经济视阈下矛盾同一性的社会学意义》。读硕士研究生不到两年，他运用研究德国古典哲学矛盾生成理论的成果，融入中国古代哲学"和而不同"的理念，探讨商品内在属性的矛盾运动，连续在国内著名的学术期刊上发表了《差异初探》的《利己思辨》两篇论文，引起了学术界的关注，又引发了不同学术观点的争鸣。李珏耀写的论文，刘晓绯通常是第一读者，而且也参与一些学术观点的商榷。刘晓绯在工作中遇到的难题，他们喜欢一起商讨，共同寻求办法加以解决。

李珏耀完成硕士论文开题报告的那天晚上，理完家务洗好澡，刘晓绯换上一套杏黄色两件套短袖丝质睡衣，趿着一双塑料拖鞋，坐在李远馨房间办公桌前的靠背椅子上，看李珏耀刚写完的论文开题报告。李远馨结婚后搬出去与丈夫住在一起，李珏耀赶硕士论文时就用她的房子作临时书房。

刘晓绯身上穿的丝质睡衣，是婆婆袁蜜留下来的。袁蜜很注意形象，不同季节不同款式的高级睡衣就有十多套。袁蜜的服饰，大多是李仕翔外出参加各种会议和各类学术活动时买的。李仕翔认为，妻子打扮得漂漂亮亮的，让人见了心旷神怡，作为丈夫，这是一种福气。袁蜜也觉得，会打扮是身为人妻的一种责任，衣着时尚得体不仅体现着对生活的热爱，而且更是妻子对丈夫的尊重。

李珏耀洗好澡，身着一件宽松的蓝色短袖棉T恤衫和一条白色宽大的大裤衩，脚跟着一双塑料男拖鞋走进房间。他走到刘晓绯身后，双手按着她的肩膀，问："晓绯，这开题这样写怎样？请提意见。"

"我觉得挺好的，你辛苦了，"刘晓绯站了起来，双臂搂住李珏耀的脖子，献给他一个吻，接着说，"不过，我不是你的导师，我说的不算。"鲜艳的丝质睡衣柔坠而光滑，衬托出刘晓绯姣美凹凸的身段，使她曲线尽显，更加高雅迷人。

"我的晓绯说行就一定行。"李珏耀双手环抱着刘晓绯的腰身，在刘晓绯耳边轻轻地说。

李珏耀的硕士论文开题报告是晚饭前完成的。晚餐的饭菜都是刘晓绯一人做的，饭后，李珏耀让刘晓绯先洗澡自己清洗餐具。明天是星期天，他要和刘晓绯一起回娘家。他们的儿子李之扬已经一岁多了，李之扬断奶后就一直由姥姥徐雪蓉带着。徐雪蓉已离休。

李珏耀环抱着刘晓绯，说："晓绯，你还记得吗？我们曾经一起学过《社会主义政治经济学》，你常唠叨的就业问题，我觉得有一条解决的新路。"

"什么新路？"刘晓绯双手环住李珏耀的头颈，转过头脸略为后仰，瞅了李珏耀一眼，"你快说给我听。"

"好，我说，找港商到你们那里投资办厂招收工人……"李珏耀抚摸着刘晓绯的头发，轻声地说开了。

李珏耀话刚停，刘晓绯扬起秀眉，高兴地说："珏耀，说你是'智慧泉'真的没错。这个好办法确实好，一举多得，明天我们就说给爸爸听听，看爸爸怎么说。"

"晓绯，你高抬我了。" 李珏耀搂紧刘晓绯，接着动情地说开了，"我写论文的时候，你不也是提出了不少见解，提供了不少可供分析的实证材料吗？你也是我的'智慧泉'；还有，你的朝气、你的勤奋也感染着我，你还是我的'动力源'啊……"

"哇！哇！"刘晓绯故作惊讶，"不愧是大学老师，说起话来滔滔不绝。好啦！好啦！我们不是说过'你进步我发展'吗？我们都是彼此的'智慧泉'和'动力源'，这样公平了吧！"

刘阳庆很赞赏李珏耀的观点。他告诉李珏耀和刘晓绯，说冯国昌到市里投资开大酒店是省里的特许；对港资投资办厂的问题上级还没有具体的政策；不过他个人认为可以试一试。他还对李珏耀说："珏耀，我建议你硕士毕业后继续读博士，就考全国最高学府京华大学的博士生。"

"爸，我与晓绯商量一下。"李珏耀担心，他离家赴京读博，会让刘晓绯承担太大的家务压力，况且她现在工作很忙，还要准备函授专升本的考试。

刘晓绯读函授是她在凤县工作时，吴副县长对她提的建议。

刘晓绯与李珏耀结婚不久，吴副县长和他的爱人、县农业局副局长罗倩虹分别被越级提拔为凤州地区副专员和凤县副县长。吴副专员赴任前一天晚上，夫妻俩请刘晓绯到家里做客。吴副专员知道，凤县县委高书记是刘晓绯爸爸的老部下，当年，他受刘晓绯妈妈之托把刘晓绯从海南岛调到凤县工作，挨了老首长好大火气的一顿批评，并要他对刘晓绯的工作严格要求。

吴副专员做过一段时间刘晓绯的领导。他觉得，刘晓绯没有通常一些干部子女身上带有的自以为是、自由散漫的傲气，也没有一般女孩子怕苦、怕脏、怕累，养尊处优贪图享受的娇气，而是勤奋好学思维活跃，对工作认真负责。他特别赏识刘晓绯敢于对领导工作提出不同见解的勇气，以及身上有一股认准了就干、要干好的血性。

那天晚上，刘晓绯准时赴约。吴副专员大儿子在部队，小儿子正在读大学，夫妇俩住二房一厅的套房。吴副专员夫妇热情接待刘晓绯，他们坐在客厅的木沙发椅上边喝茶边聊天，罗倩虹还买了一些糕点作茶配。

他们聊天的范围很广。吴副专员告诉刘晓绯，说他们夫妻俩这次同时得到越级提拔，主要得益于他们都是"文革"前的大学生，他说："晓绯，现在提拔干部，社会上都在流传'年龄衫、文化裤'，我看，这以后会成为一种趋势。晓绯，不管怎么说，我都希望你能想办法上大学，有一个自己的大学文凭。"

刘晓绯感谢吴副专员对她的关心，她说："吴副专员、罗副县长，谢谢你们！我是很想上大学的。我读中学的时候就希望能上大学，我爸我妈对我也很期待。可是，后来发生'文革'，接着又到海南岛上山下乡。不过，我并没停止过读书，在海南岛，我们农场有一位解放军政治学院的教员……"

"晓绯，给，你尝尝。"罗倩虹用牙签叉了一小块凤岗芝麻糖软糕递给刘晓绯。刘晓绯接过，边喝茶边小口吃着软糕。

罗倩虹接着说："晓绯，老吴在家里多次提到你，说你很有潜质，很有发展前途。不过，晓绯，你要懂得，推选干部的时候，人家往往要看文凭，没有文凭，在书记碰头会或常委会上就很难通过。虽然我们都知道这很不合理，但这就是现实。像这次提拔干部，组织部门就只从大专以上文凭的干部中选择，我和老吴就这样被越级提拔了。"

"倩虹说得对！晓绯，我们的意思是要你尽快补一张文凭，我建议你报考驼江市的电大或函大。"吴副专员觉得应该尽快解决刘晓绯与李珏耀夫妻分居的问题。

不久，驼江大学成立了函授部，开始招收函授生。不久，刘晓绯如愿考取了驼江大学函授法学专业大专班。

现在，刘晓绯读函授已两年多，再过半年就大专毕业，她想继续读本科。

刘晓绯很赞同爸爸的建议，她坚决支持李珏耀报考京华大学博士生。她对李珏耀说："珏耀，我爸说得对。你尽管放心，你爸、我们的儿子，还有我们的家，我会照料得很好的。你忘啦？我们曾经是兵团战士，家务这些小事，没问题。"她又半开玩笑半调皮地接着说："珏耀，你读书其实也是我读书。你在本校读硕士，时常给我讲你的课程内容，我觉得我也在跟着你一起读硕士。你到京华大学读博士，我想我起码也能跟着你读半个博士，我就是候补博士啦！"刘晓绯深情地望着刘阳庆，接着说："爸，你不是常常要求我要与有知识的人交朋友吗？现在，我呢，是与有知识的博士成夫妻。"刘晓绯说得大家都笑起来了。

如同刘阳庆所料，刘晓绯第一次在街道党委会提出讨论争取港资投资办厂解决待业人员的工作出路时，就碰到了一个软钉子。刘晓绯详细地介绍了自己提出的工作意见，但她意想不到的是，会议冷场好长一段时间，没人开口。会前，刘晓绯曾与街道党委书记老于交换过意见，老于不想多惹事，只说大家讨论讨论，态度暧昧不置可否。老于解放战争时期参加共产党领导的地方游击队，50年代中期从军队转业到地方，一直在街道工作。老于50多岁，一向处事谨慎，但"文革"中仍被打成"走资派"挨批斗，现在仍心有余悸，做什么事都小心翼翼，不求有功，只求无过，更不想干上级没指示、别人没干过的事。

也许是对大家鸦雀无声的冷漠感到不好意思，街道党委组织委员老吕打了个圆场。他说："刘主任说的事不是没道理，可是，大家对做这件事的政策都吃不透，也可以说没政策可作依据、可掌握，要讨论大家的确是心中无底。再说，现在各街道的待业人员都很多，估计上级会统筹考虑，很快就会出台政策进一步做出安排的。所以，我建议，这个问题以后再讨论。"

老于同意老吕的意见，他决定把这个问题暂时搁一搁。老于的这"搁一搁"，一个多月的时间就过去了。

刘晓绯有一股认准了就干，而且要干好的犟劲。在这一个多月里，她几次与李珏耀探讨，共同梳理思路。他们心里都明白，理论上虽没错，可没有上级的红头文件，谁说了都不算。

李珏耀建议刘晓绯，最好是能找到机会，争取港资先办比较小的企业，这样，即使是错了或者出了意外，处理起来比较容易。

刘晓绯觉得李珏耀说的有道理。她找曾秀玉请她帮忙联系冯老板，说有些工作中的问题想请教他。冯国昌夫妇热情地接待了刘晓绯。

刘晓绯又与于书记做了比较充分的沟通，并承诺说如果有什么事，就由她一人承担责任，决不连累他人。最后，党委书记和主任的意见统一了，刘晓绯的提案在街道党委会上的讨论顺畅多了。

五

冯国昌和唐燕环第一次与刘晓绯接触，立即就被她朝气蓬勃的精神面貌感动了。刘晓绯是他们遇到的第一个为争取港商投资办厂请他们帮忙的内地干部。那年代，照章按习惯的思路办事，办工厂都要纳入国家计划。所谓的街道企业，农村的副业生产组，大多数上面都有它们所依附的国营的或集体的工厂。

刘晓绯由曾秀玉陪着到金福大酒店总经理办公室见冯老板夫妇。冯老板的办公室在金福大酒店的最高层，在第16层楼东南方向的一个80多平方米的套间，其中两间房供冯国昌和唐燕环作办公用，外加一个会客厅。刘晓绯在会客厅与冯老板夫妇交谈。

冯老板的30多平方米的会客厅布置得很简洁。推开会客厅大门，正面的墙上挂着一幅6米长、60厘米宽的，由精致潮绣手工绣成的"清明上河图"；右面墙上挂着四幅每幅长1.5米、宽50厘米的梅、兰、菊、竹陶瓷板画。左边是四扇枣红色的雕花红木推拉门，连着冯老板夫妇的办公室。

会客厅靠近正墙的位置，置放着一组豪华的十件套皮沙发，棕色的牛皮沙发搭配枣红色的高级红木茶几。客厅入门的右侧墙边，置放着一个电冰箱和一个壁橱。透过玻璃的壁橱门，可以清晰地看见里面的层格上放着不同的茶叶、咖啡和葡萄酒，以及各种精致的杯具。一位酒店女服务员悄声推门走了进来，给他们每人上了一杯热咖啡。

服务员给刘晓绯上咖啡的时候，刘晓绯轻声向她说了声："谢谢！"

服务员轻声地回了声："不客气！请慢用。"说完，悄声离开会客厅。见刘晓绯向女服务员致谢，冯国昌脸上露出一丝满意的笑容。

刘晓绯请冯老板夫妇帮助引进港资。她向冯老板夫妇从宏观上分析了港商在内地投资的可能性；说港商在内地投资很有发展空间，肯定能赚钱。

　　刘晓绯提出的问题让冯老板夫妇感到有点意外。冯国昌和唐燕环饶有兴趣静静地听着，他们有很浓的内地情结，但他们很理智，他们在思考一个问题：港商在内地投资，安全吗？

　　冯国昌和唐燕环对回城的海南农垦知青有好感，他们都听曾秀玉讲海南农场的知青生活，也知道刘晓绯的爸爸是市长，早就对这位初中毕业遇上"文革"，没学高中课程就算高中毕业，上山下乡到海南岛屯垦戍边期间，就自学《资本论》的兵团战士，心怀敬意和好奇。

　　刘晓绯侃侃而谈的时候，冯国昌很注意她的面相和脸部表情。

　　冯国昌迷信相面术，闲暇时，他有时也看一些相面术的书。当年，淮海战役开打前夕，他曾与国民革命军参战部队的一些军官着便服到徐州市区找算命先生算命。冯国昌找的算命先生是一位头戴瓜皮帽，身着灰色长马褂，蓄着山羊胡子，眼戴金边老花镜的干瘪老头，在同行中很有名气。算命先生听了冯国昌自报的生日时辰后，仔细地端详着冯国昌的面相，然后眯着眼睛，嘴唇颤抖，默默地念着常人听不懂的话语，又双手十指碰在一起互相掐捏着。大约十分钟后，他让冯国昌伸出左手，自己用右手拉着详细地观看冯国昌的手掌纹。良久，用右手食指在冯国昌的手掌心画了一个"走"字，轻声地说："先生天庭饱满，地阁方圆，目含星辰，日后必将大富大贵。"他挥了挥手让冯国昌离开，说，"天机不可泄露。"

　　冯国昌偕妻子离开国民革命军到香港，尽管经历过艰辛，但夫妻合力，现在也可以说是应了算命先生的吉言，大富大贵了。

　　刘晓绯不卑不亢，言谈举止表现出一位机关知识女性特有的矜持、稳重、贤惠和毅然，说话在随意中不经意地显示着智慧，很有语言魅力。

　　冯国昌发现，刘晓绯坐在单人沙发上的坐姿很优雅。她双腿并拢腰肢挺直，显示出高雅的立体美，这种立体美加强了刘晓绯的语言魅力。他知道，这是刘晓绯在勤奋学习中积极修炼，将知识转化为素质而显现出来的高贵品位。

　　冯国昌还敏锐地注意到，刘晓绯脸带微笑表情温婉，但平静的气质在含而不露的微笑中，隐藏着矢志不渝的自信和斩钉截铁的刚毅。而且，一说到工作，刘晓绯似乎浑身立即充满着精神和光辉，眼睛里瞳仁黑白分明显得更明亮，仿佛是一泓秋水光波荡漾漾活力展露，可又在无形中让你确确实实地感受到威仪的压力。

　　冯国昌自己曾经就是热血青年，向来也喜欢有事业追求、有个性的青年。仅第一次接触，他就感到刘晓绯的与众不同，刘晓绯为人谦虚低调但绝不是碌碌无为、得过且过的庸俗之辈。没有丰厚的知识基础、没有过人的胆识、没有强烈的责任担当，刘晓绯不可能萌生出如此敏感的工作创意。难怪曾秀玉告诉他，说刘晓绯是他们知青中的佼佼者。

　　冯国昌慈祥地问刘晓绯："刘主任，你刚才说的，是你个人的意见，还是组织的决议？"冯国昌戴着一副金丝眼镜，笑吟吟地凝视着刘晓绯。金丝眼镜后面，那双炯炯有神的大眼睛饱含着热切的关怀。他心里明白，同意港商投资办厂，也就等于同意私人办厂。这在内地1956年改造民族工商业，搞公私合营后，实际上已经是不允许的了。冯国昌熟悉新中国的建设史。

　　"哦！冯先生，对不起，这事是我提出来的，我们街道党委正在广泛征求意见，处于酝酿阶段，还没最后形成决议。"刘晓绯喝了一口咖啡，眼神笃定，望着冯国昌和唐燕环，平静地说。冯国昌和唐燕环坐在正对面的长沙发上。

　　"刘主任，政府的态度很重要。"唐燕环带着赞赏的眼神瞧着刘晓绯，轻声地说。

　　唐燕环打扮新潮。她穿着紫色镶白花的新颖缎质旗袍装，搭配戴着一条珍珠项链；齐耳的黑发烫成大波浪形，脚穿一双白色高跟鞋，举止优雅得体。唐燕环一向不仅认为美是人的天性，而且更认为美是生命的精彩和对他人的尊重。出席各种商务活动、拜会朋友、会见客人，她都注意自己的形象打扮，也帮助丈夫冯国昌设计形象。冯国昌今天身穿深蓝色西裤，浅蓝色衬衫系着深蓝色小红花点的领带，一双黑色的皮鞋擦得锃亮，就是她的建议。冯国昌和唐燕环两人的服饰搭配，可谓是中西结合端庄雅典，给人的感觉是事业有成、生活精致富足。

　　乍一见到冯国昌和唐燕环，刘晓绯立即对自己今天的衣着感到不满意。她觉得，自己应该穿着李远馨送给她的那件天蓝色的短袖丝麻连衣裙，戴上曾秀玉送的那条配蓝钻石吊坠的黄金项链，再从婆婆留下的那几双皮凉鞋中，找出一双适合自己的穿上。而且，不能肩挂那个从海南岛带回来的黄色军用挂包，而要手拎婆婆用过的那个紫色的女式小皮包。刘晓绯的身材很好，是一个无论穿什么样的衣服，都能让人感到养眼的人。她上身穿的是白衬衫，下着蓝西裤职业装，显得有些呆板。刘晓绯第一次对自己的打扮不满意。

　　唐燕环曾与驼江市政府一些官员打过交道，有些官员遇事推诿，哼哼哈哈的，"一份报纸、一杯茶水"，无所用心混日子，给她留下很不好的印象。作为政府的基层官员，刘晓绯处理问题思维深邃视野开阔，工作负责敢于担当，给了唐燕环一种全新的感觉："小荷才露尖尖角"。她实实在在地感受到刘晓绯良好的发展潜质。她想帮助刘晓绯，很愿意帮助刘晓绯，但她又觉得必须提醒刘晓绯。

　　唐燕环告诉刘晓绯，说他们开发国外市场以及与外国人打交道，都要求自己必须熟悉所在国相关的法律条文，尊重当地的风俗习惯；说她目前还没看到内地有关于港商投资的相关法律条文……

唐燕环对刘晓绯说："刘主任，我很钦佩你的胆识和对工作认真负责的敬业精神，我们都很愿意尽力帮你的忙。我们担心的是，帮了这个忙会不会给你带来不好的影响，会不会增添你一些不必要的麻烦？"

"谢谢！冯太太，你说得很在理。我们现在的确还没有港商投资的相关法律条文，没有支持的，也没有禁止的。我和我爱人私下就讨论过这些问题……"

"冯老板、冯太太，晓绯的爱人是驼江大学的老师，叫李珏耀。他与我们都是同一农场的海南农垦知青，正准备着今年报考京华大学的博士生。我们农场的知青都觉得他一定能考上。他一定会成为我们农场知青中的第一位博士。"曾秀玉瞅空插话。曾秀玉坐在刘晓绯旁边的单人沙发上。

"哦！好啊，这可是个大好事，刘主任！年轻人就是要有追求，我为你高兴，祝你爱人如愿考上博士生。"曾秀玉刚说完话，冯国昌立即向刘晓绯表示祝贺。

唐燕环也跟着笑着说："刘主任，我真的为你高兴。内地现在的大学生不多，你的爱人是未来的博士。下次，我们请你爱人也一起来，我们也见见你的博士。"

"刘主任，你能否把你们夫妻对这个问题讨论的观点，说说给我们听，让我们也长长见识。"冯国昌兴致勃勃，笑着接着说。

"谢谢冯老板，谢谢冯太太！你们过奖了，珏耀考博士现在八字还没一撇呢。"刘晓绯脸色微红，显得有点不好意思。她向冯老板夫妇表示感谢。

"刘主任，你客气了。你爱人一定会考上的。"冯老板夫妇微笑着，异口同声。

"谢谢！谢谢！"刘晓绯再次表示感谢，接着，就满腔热忱滔滔不绝地讲开了，"冯先生、冯太太，其实说起来，我们对这个问题的讨论很肤浅……"她说，30年代，美国政府就曾组织过庞大的考察团到苏联参观学习，有的美国学者还提出"人民资本主义"的理论；说十月革命胜利后不久，列宁就积极组织引进外资，他亲自会见美国当时的大企业家哈默，鼓励他到苏联投资。刘晓绯用普利高津的"耗散结构理论"，讲述了在现在的国际环境中，引进港资以及学习西方国家在发展中的积极因素，对摆脱当前知青大量回城引发的就业难题等经济发展的战略困境，具有重大的意义……

刘晓绯还说："要促成国家对港商投资问题的早日立法，就要有人敢于先行一步，去走没人走过的路……"

冯国昌和唐燕环神情专注、静静地听着，不时点头称是，不时相互对视交换眼神表示赞赏。他们都觉得，刘晓绯知识丰富、思维超前、胆识过人、有雄才大略，是一个不可多得的人才。

会客厅里开着空调，温度凉爽宜人。曾秀玉一直在旁静静地聆听着刘晓绯与冯老板夫妇的交谈，她感慨万千，她为刘晓绯自豪。她觉得今天下午在这里，真的是既如沐浴春风身心愉悦，又眼界大开学到不少经营知识，收获很多。

六

刘晓绯提出的引港资办企业的提议，在街道党委会获得通过。当天下午，她就打电话把这个消息告诉了冯国昌。冯国昌向她表示祝贺。

冯国昌和唐燕环有个共同的爱好，就是喜欢与有志青年交朋友。他们都认为，青年有朝气、有活力，与他们交朋友能保持心态年轻，防治思维凝固僵化。冯国昌有过军人经历，他还特别崇拜勇敢和刚毅的人。他们第一次与刘晓绯接触交谈，就感觉到刘晓绯不仅有军人的勇敢和刚毅，也有女性的温柔，他们认定刘晓绯是一位可以交往、信得过的青年朋友。

放下电话，冯国昌感慨地对唐燕环说："这个刘晓绯呀，值得钦佩。我想，虽然她提议要做的事没有法律保障，上级政策也不明确，但现在已经可以说是一个组织行为了。冲着她的勇敢，我们应尽力支持她。"唐燕环正坐在电话旁的长沙发椅上看商务杂志。

唐燕环放下杂志，站起来走到冯国昌身旁，冯国昌转身轻轻地搂抱着唐燕环，两人面对面。唐燕环抬头娇嗔地看了冯国昌一眼，说："你呀！还不是惺惺惜惺惺。当年，别人不敢干的事，你认准了，不也是照干不误吗？"

"哈哈！"冯国昌仰头大笑，"我的好太太，还是你理解我呀！"说着，捧起唐燕环秀美的脸庞，献给她一个久久的热吻。

冯国昌和唐燕环忙碌开了。他们专程去了一趟香港，找相关行会的朋友为刘晓绯穿针引线，很快，有20多家港商在他们的说服下表示愿意到驼江市抱福街道投资办厂。

回到驼江市，冯国昌很高兴地打电话给刘晓绯，告诉她这一好消息，邀请她和李珏耀周末到金福酒店他们的办公室喝咖啡，刘晓绯愉快地接受邀请。

李珏耀和刘晓绯星期六晚上打的到金福酒店，乘电梯上16楼来到冯老板办公室的会客厅。李珏耀今天是西装革履，皮鞋擦得油亮，手里拎着一个黑色的小公文皮包，这是他上课时装教材讲稿用的。

见李珏耀和刘晓绯到来，冯国昌和唐燕环立即上前迎接，李珏耀和刘晓绯向冯国昌和唐燕环问好。冯国昌分别与李珏耀和刘晓绯握手，连声说："欢迎，欢迎！"

唐燕环拉着刘晓绯的手连声赞美："哇！刘主任，你这全新的形象我差点认不出来了，真漂亮。"刘晓绯上身穿着一件粉紫色的绸缎长袖V形翻领衬衫，戴一条搭配蓝宝石吊坠的黄金项链，下身穿一条浅黑色的丝麻混纺宽摆长裙，脚穿黑色高跟皮鞋，手肘上挂着婆婆袁蜜的紫色小皮包。绸缎质地的衬衫和高跟鞋更呈现出她亭亭玉立姣美的身材。

唐燕环又与李珏耀握手，微笑地盯着他说："李博士，大帅哥！刘主任和秀玉上次在这里提到你，我很受感动，很高兴能认识你。"唐燕环又看了看刘晓绯，接着说，"你们俩真的是男才女也才，女貌男也貌，堪称天配一对地造一双……"

冯国昌站在唐燕环身旁，笑眯眯地看着李珏耀和刘晓绯。今天，冯国昌穿的是一套天蓝色的休闲服，唐燕环则穿着一件红色的宽松连衣裙，脖颈佩戴着一串大颗粒水晶项链。

"谢谢，谢谢！唐女士，你过奖了，我还是个学生呢！"李珏耀微笑着解释，"我听晓绯说，你是个女强人。我是在读硕士，你是早已毕业的硕士，你比我强多了。"刘晓绯微笑着站在李珏耀身边，脸上飘逸着幸福的温柔。

穿西装的李珏耀的确很帅气。合身得体的西装衬托着他清秀的俊脸，折射出一种尊贵。西装是几年前买的。那时，驼江市刚开始流行西装，袁蜜带着李珏耀到商场挑选，她要给儿子买最好的，说是衣服要好不要多。最后李珏耀选了一套全商场最精致的西装。李珏耀今天穿的，就是当年买下的西装。

"好！好！不要站着，我们坐下说，坐下谈。" 冯国昌伸出左手轻轻搂着唐燕环的左肩，深情地看着她，说。

"对！对！我们坐下说。"唐燕环脸上幸福满满，她转头看了冯国昌一眼，笑着对李珏耀和刘晓绯说。

四人在皮沙发上坐定。一位酒店服务员端着一个盘子走进来，给他们每个人上一杯热咖啡，还在沙发前的茶几上放了一个装满咖啡的壶子，说了声"慢用"，转身悄然离开。

李珏耀觉得，唐燕环说话时的举止神态，与他的妈妈袁蜜很相似。如今妈妈没了，李珏耀心里涌出阵阵的苦楚……

袁蜜是在赴凤县的路上，在凤凰岗盘山的沙土公路上遭遇车祸身亡的。

李珏耀与刘晓绯结婚后不久，刘晓绯怀孕了。那年临放暑假，袁蜜负责的课程期末考试完毕，便急忙请假要前往凤县照料已有5个月身孕的儿媳妇刘晓绯。那时候，李珏耀正忙着准备期末考试。他要妈妈再等十来天后，母子俩一起前往，袁蜜就是不同意。袁蜜与刘晓绯婆媳感情很好，她总担忧怀孕的刘晓绯一人在外，身边没有亲人的照顾会受苦。

袁蜜自己坐班车赴凤县，不幸的事情发生了：一辆满载杉木的东风牌大卡车失控，从凤凰岗直冲而下，把袁蜜乘坐的正在盘山公路上爬坡的班车撞翻。袁蜜的座位靠着班车的窗口，班车翻下山岗，被一截长长的杉木树桩扎入窗口，扎破了袁蜜的脑袋。袁蜜当场身亡。

想到妈妈惨遭车祸身亡，李珏耀的眼睛里充溢着泪水。担心失态，他侧身对坐在旁边另一张单人沙发上的刘晓绯悄声说："我去一趟卫生间。"随即起身离座。

刘晓绯见李珏耀有些怪怪的，感到困惑，心里嘀咕："他怎么啦？"

"刘主任，我们今天喝的是苦咖啡，来！我给你加方糖。"刘晓绯心里正犯疑，听到唐燕环与她打招呼，回过神忙回答，说："谢谢！我知道，我自己来。"说着，动手夹了一块小方糖放进自己的杯子里。冯国昌和唐燕环想让李珏耀和刘晓绯尝新，他们让服务员送来的是苦黑咖啡。

刘晓绯放回夹子，抬头看见唐燕环亲昵地往冯国昌的咖啡杯里夹方糖。刘晓绯明白了，唐燕环的神态，甚至身材都很像婆婆袁蜜，李珏耀一定是触景想到了不幸身亡的妈妈。

刘晓绯很敬重公公和婆婆。婆婆是为了她身亡的，刘晓绯心里涌现出丝丝的苦楚。李珏耀回到座位，刘晓绯与他相视一笑。是苦笑。他们用只有他们自己才能读懂的眼神，传递着彼此的情绪。

"李博士，来，这咖啡苦，我给你加点方糖。"见李珏耀回座，唐燕环用夹子夹起一块小方糖，伸长手放入李珏耀的咖啡杯里。

"谢谢！"李珏耀情绪平静了，他向唐燕环表示感谢。他用小匙子搅了搅咖啡，端起杯子，抿了一口，连声说："好喝，好喝！谢谢！"

冯国昌拿过一本原先放在茶几上的笔记本，打开说："李博士、刘主任，我们请你们俩到这里来，是想告诉你们我们这次到香港，联系港商来这里投资的情况……"冯国昌把这次联系到的、有投资意愿的近20家港商一一向李珏耀和刘晓绯介绍。

刘晓绯很受感动。她想不到冯国昌这么热情，这么负责任，她连连说："谢谢！谢谢……"

"不客气！不客气！"冯国昌端起杯子，抿了一口咖啡，笑着说。

"刘主任，这些商家，开始都多多少少有些犹豫，我们向他们介绍了你上次来说的那些理论，他们比较放心了。"唐燕环笑眯眯地看着李珏耀，"李博士，那些理论可全是你的论文观点，你和刘主任呀，你们的珠联璧合、夫妻共同发展有很新的内涵啊！"

"过奖了，过奖了！我们要向你们学习。"李珏耀谦虚地摆摆手，笑着说。

"珏耀说得对，冯太太，我们要向你们学习。"刘晓绯笑着帮腔。

"谢谢！谢谢！"唐燕环端起杯子，优雅地抿了一小口咖啡，接着说，"刘主任，有个事我觉得应该说，我建议你好好向你们区里、市里的领导汇报，港资办企业不能只局限于在你们的街道……"

"谢谢！我会的。这是应该的。"刘晓绯高兴地接受建议。

"还有，刘主任，我这里有这些商家的一些资料，待会儿我拿给你带回，你先熟悉熟悉，向领导汇报时可作参考，以后他们要来投资办厂，要选址，你们也可事先做个安排，心中有数。"冯国昌对刘晓绯说。

"谢谢，谢谢！太感谢你们了，你们想得真周到，真让我感动。"刘晓绯说。

"刘主任，不要客气，我们都不言谢，好吗？你们这些当过兵团战士的回城知青，我很钦佩……"冯国昌摆摆手，笑着说。

冯国昌夫妇与李珏耀和刘晓绯一起聊起了海南农垦知青，聊起了引进港资的开放理论，聊起了艰苦创业，他们聊得很开心，不时发出爽快的笑声。

刘晓绯见大家聊得很投缘，她拉开放在身旁的小皮包，从里面拿出一封信，打开信封拿出一张两寸的黑白半身照片，双手递给冯国昌，说："冯先生，有件事想麻烦你帮个大忙。"

冯国昌接过相片，仔细地看了看，又把相片递给唐燕环，问："不客气，什么事？你说。"

"这是我们的好战友的弟弟……"刘晓绯递给冯国昌的，是钟瑞腾的相片。刘晓绯向冯国昌和唐燕环讲了钟奕强和钟瑞云的故事，介绍了钟瑞腾的情况，还告诉他们，说钟瑞腾的叔叔和叔母都是抗战英雄。

刘晓绯说："冯先生、冯太太，我们想拜托你们帮个大忙，帮助找找钟瑞腾……"冯国昌静静地听着。他略为沉思，就爽快地说："行！我试一试，尽快打听到他的消息……"

第十章

田慧退休留用，钟奕强顶田慧职在驼江制药厂当工人，并住在康健楼田慧家，又随钟瑞真自学药物学院的相关课程。引港资办企业被上级认可，刘晓绯被提拔为副区长。武装连司务长唐环宏携黎族妻子黎海花困退回城居无定所，加入到在福山公园北坡违章搭窝棚栖身的行列。处理「窝棚事件」的区领导感到很棘手。

一

康健楼连续几天显得很热闹。每天下班，田慧就带领钟奕强和钟瑞真楼上楼下忙着打扫卫生，擦洗门窗上油漆，清除院子里草坪的杂草，修剪果树的枯枝，一派生气勃勃的景象。他们正为钟奕强和钟瑞真结婚做准备。

钟奕强住在康健楼一楼原先钟瑞腾住的房间。康健楼一楼房间的布局与二楼略为不同，大厅正面墙的背后是厨房和洗澡间，两侧对称各两间房子，右侧靠厨房的房子是食厅。钟瑞腾住的是连食厅的房子。钟瑞腾失联后，钟诚和田慧把他住的房间按原状保留着。他们相信，他们的儿子只要是活着，就一定会回来。钟奕强来康健楼的时候，田慧让他住在钟瑞腾的房间。

钟奕强现在是驼江制药厂供销科的供销员，住在康健楼已有一年多时间了。

钟奕强和杨森怀决定金盆洗手，不再干买卖走私物资的行当，可是正当的工作很难找。

田慧和钟瑞真得知钟奕强的困境，都很着急。她们都从钟瑞云的日记中读懂，钟奕强和钟瑞云两人可不是一般的恋人，如果钟瑞云还在，他们肯定早已就是一对恩爱夫妻了。她们相信钟瑞云，钟瑞云对钟奕强人品的赞美，她们自己与钟奕强的接触，都确确实实感受到钟奕强是个优秀的青年，可是如果没有平台，再优秀的人恐怕也只能是空有其才。

田慧和钟瑞真都是热心人，很同情钟奕强。田慧原先设想找厂长曲焕彪帮忙，让钟奕强到厂里当临时工。钟瑞真却不以为然，她对田慧说："妈，让钟奕强到厂里工作，起码也应该与我一样，是正式的国营职工。"

"国营职工？"田慧瞪着钟瑞真，一头雾水，不解地问，"那么容易？"

"妈，没那么难！就让他顶职。"

"顶职？顶谁的职？怎么顶？"

"妈，你退休，就让奕强顶你的职。"

"我退休，奕强能顶我的职？你有什么想法，说给我听听。"

"妈，你想，奕强也姓钟，你认他为儿子，提前退休，儿子就可以顶职了。"钟瑞真狡黠地朝田慧眨了眨眼，"妈，你实际上也退不了休，你正在主持运用细胞破壁技术开发保健药品，厂里离不开你。这样，我们不就可赚一个职位让奕强顶职了？"田慧正在组织研究将名贵中药材丹参、天麻、田七、石斛等制成保健胶囊。这种保健药品具有巨大的市场发展空间，一直被业界看好。这几天，钟瑞真一直在思考如何帮助钟奕强找到更好的工作。

"嘿！瑞真真会想呀！"田慧一听，乐了，她觉得这是一个一石多鸟的办法。她又补充说，"不过，你这是一厢情愿，奕强会接受吗？如果他能接受，他干脆就住在我们家吧！"

"妈，我去与他说说。"

钟奕强一开始对田慧和钟瑞真的建议觉得很不好意思，他觉得这是自己无能给田阿姨家添麻烦。杨森怀却认为这是天大的一件好事。李珏耀和曾秀玉都表示赞赏，都说这样才对得起钟瑞云，他们很高兴能看到这样的结局。钟奕强终于应允了。

田慧找厂长曲焕彪帮忙。他们动用各种关系，打通各个环节，田慧如愿退休留用，钟奕强终于顶田慧的职成为驼江制药厂的正式职工。钟奕强的党员组织关系也从红阳区纸盒厂转到驼江制药厂。

钟奕强开始在驼江制药厂药材前处理车间当工人。药材前处理是中成药制作的第一道工序，负责将采购的中药材按制药要求去根、去毛、去皮壳，清除杂质。驼江制药厂药材前处理的设备比较落后，很多工作需人工处理，作业量大且又脏又累。田慧和钟瑞真曾向钟奕强介绍过制药厂各个车间的具体情况，钟奕强认为，药材前处理车间虽然工作比较苦比较脏，但却是新手入门学习制药最佳的地方。他到驼江制药厂报到时就自荐到药材前处理车间当工人。

到驼江制药厂当工人，有了稳定的工作，钟奕强开始恢复了过去在西泉农场当连队副指导员时的工作热情。他经历过橡胶开荒大会战，药材前处理车间的苦、累、脏对他来说就是小菜一碟。他决心一定要干好，一定要干得最好，给田阿姨脸上增光。

钟奕强每天总是最早到车间上班，最晚下班，他把车间当成学习的场所。钟奕强向田慧借了几本有关中药材的书，白天他把在车间里经手进行前处理的药材，严格按要求清理杂质，晚上回到家里，就翻阅书籍加以对照，熟透这一药材的产地、生长环境要求、性味药效、药理功能，以及如何与其他药材搭配，加工成中成药等知识。他不时向田慧请教，很快就爱上了中成药制作行业。

钟奕强很勤快，他与钟瑞真分不清谁主谁次，两人协作把家务料理得井井有条。每天清晨，田慧起身晨练打太极拳，钟奕强和钟瑞真通常也跟着起床，或烧开水煮饭，或到虎头山市场买菜，晚上吃完晚饭理好家务洗好澡，有时，钟奕强会上二楼与田慧和钟瑞真聊天，更多时候则会在自己的房间看书，抢时间补知识。

钟奕强刚住到田慧家时有些拘谨，慢慢地彼此熟悉了，在一起聊天的次数多了也就感觉自然多了。钟奕强很羡慕钟瑞真自学完成中成药制作的相关大学课程，他对田慧说："妈，我也想能像瑞真姐一样走自学的道路，你辅导我好吗？"

"好啊！奕强，这有什么不好的？妈早就有这个想法了。"田慧笑呵呵的满口答应。钟奕强来了以后，康健楼的人气旺多了。原先与钟奕强在海南岛同一农场上山下乡的知青来找钟奕强聊天，田慧都热情招待。

钟瑞真把学过的课程教材都转给了钟奕强，他们三人聊天的内容由此也扩展了很多。田慧告诉钟奕强，说她和钟诚当年读大学时就立下了学医报国的志向，立志要让中国的中成药在世界扬名。她还告诉钟奕强，说中国的中成药制作还比较落后，还有很多领域尚未有人探索，有很大的发展空间。

在田慧的辅导下，钟奕强开始了顽强的学习。钟奕强没读过高中，他采用学习倒逼法。大学课程中遇到有关涉及高中的知识，钟奕强常常向钟瑞真请教。

二

田慧不喜欢钟奕强和钟瑞真每天晚上都闷在家里埋头读书，她告诉钟奕强和钟瑞真说，学海无边，要不断学习也要懂得生活，学会创造幸福生活，享受幸福生活。节假日和闲暇时间，他们都不安排学习活动，除必要的打扫卫生外，他们常常一起逛公园、看电影……田慧用她在当时显得很独特的生活理念影响着钟奕强和钟瑞真，她希望自己的儿女不要成为书呆子，她希望自己的儿女家庭幸福。

钟奕强与钟瑞真确定恋爱关系是在钟奕强当了供销员以后。钟奕强在药材前处理车间干了一年多，他勤奋尽责，孜孜不倦，虚心学习，对中药材的识别特征、采集要求、收购等级以及产地等有了比较全面的认识。曲焕彪认为钟奕强是个好苗子，要重点培养。他把钟奕强调到厂供销科当供销员。在工厂，供销员是好多人向往的好岗位，机动性大，自由度高，油水多。但钟奕强从未想过利用当供销员工作之便谋私利中饱私囊，他把当供销员当成自己可以进一步学习的机会。

当供销员要经常出差，钟奕强曾赴海南岛上山下乡，出差不成问题，可他觉得奇怪的是，现在出差会有空虚感。闲暇时间，尤其是在晚上，他的脑海里有时会轮番出现钟瑞真和钟瑞云的身影，有时想着钟瑞云，钟瑞真却出现了，他直骂自己是浑蛋。在心里，他对田慧和钟瑞真除了感谢，还是感谢；他不知道这是不是非分之想，不过他又喜欢与钟瑞真在一起。

那是一个周末的晚上，钟奕强出差回来的第二天。吃完晚饭打理好家务洗好澡，钟奕强和钟瑞真来了兴趣，想到公园逛逛。

钟奕强和钟瑞真骑着自行车沿着城河路，朝着虎头山东南方向走了约20分钟的路程，来到市郊的丽湖公园。

丽湖公园因在丽湖畔而名。丽湖的湖面呈S形，湖畔垂柳依依，波平如镜的一池湖水，一直延伸到市郊的山峦脚下，湖畔等距间隔置放着一排双人座的水泥靠背椅。传说中国神话中的"八仙"之何仙姑曾在湖里种过莲花，韩湘子曾在湖畔的柳树下吹过箫。公园里至今还保留着传说中的莲花池和吹箫台。

丽湖公园占地近千亩。公园里分区域栽种着每片区几十棵到数百棵不等的金凤树、木棉树、相思树、梧桐树、香樟树等。不同树木片区中央盖有不同风格不同形状的小亭，一条条幽幽石板小路把这些小亭连通起来。石板小路两旁栽种的月季花、杜鹃花、茉莉花等十几种花木鲜花盛开，散发着阵阵花香。树木片区间间隙的空旷地，是绿油油的草地，蝴蝶在花中舞，小鸟在林间飞。丽湖公园在驼江市很出名，是驼江市青年情侣谈情说爱的"天堂"。

钟奕强和钟瑞真把自行车上好锁存放在公园正门入口旁边的寄车处，买了门票，步行闲聊着跨过一座60米长的木桥，走进丽湖公园。

公园里灯光暗淡，勉强能照明但又稍感黑暗。钟奕强和钟瑞真并排走在石板小路上。钟奕强英俊潇洒。他上身穿着一件白色短袖棉布衬衫，下身穿一条深蓝色的确良西裤，脚穿黑色皮凉鞋。钟瑞真清丽脱俗，她上身穿淡蓝色无袖翻领衬衫，下穿一条黑色乔其纱中长裙，脚穿黑色皮凉鞋。他们的身体偶尔碰在一起，两人不好意思似的又迅速分开。

夏夜的丽湖公园宁静而又喧嚣。月亮在空中翩翩而至，静静流淌着的光波泛着朦胧而诱人的光晕，撩拨起无限的遐想。潜藏在花草树木中的各种小虫不甘寂寞地吟唱着，不时还传出一两声尖利的蝉鸣。

昏暗的灯光洒在石板小路上散发着一种暧昧的美妙，一对对情侣挽手搂腰悠悠而行。公园里的每个小亭都坐满了谈情说爱搂抱接吻的男女。钟奕强和钟瑞真边散步边聊天，毫无目的慢慢地走着。他们一直都没找到能驻足坐下歇息的地方，只好返回到湖畔，好不容易才找到一张空着的水泥椅坐下。

湖边的柳树舒展柔软纤细的枝叶轻轻荡拂着湖面，湖水舒缓有致地泛着轻波，平静地呈现着生命的活力。

钟奕强和钟瑞真凝视着眼前的湖景亲切地交谈着，他们谈到"家"。钟瑞真告诉钟奕强，说她最佩服的人是妈妈。田慧转眼间失去三位亲人，精神上受到巨大的打击，而她却能从容地面对生活的严酷。钟瑞真对钟奕强说："我妈我爸读过好多书，他们不仅读医学，而且还读哲学、文学。他们的生活很有情调……"

"是的，妈妈知识很渊博，与妈妈一起聊天是一种享受。"自从搬进康健楼后，钟奕强就称田慧为"妈妈"。

"奕强，我觉得我妈很伟大，是个很了不起的人。我妈曾经对我说，西方哲学家叔本华说过，'一切生命的本质就是苦恼'。我妈认为这话有道理，人是伴随着苦恼和痛苦成长的。不过，我妈又认为，心灵的创伤和经历痛苦是上帝送给人茁壮成长的礼物，坦然接受、经受考验是为了更好地成长。我妈最喜欢的是普希金的诗：《假如生活欺骗了你》。奕强，这首诗我会背诵，我背诵给你听。"

钟奕强和钟瑞真不约而同站了起来。钟瑞真开始背诗。

钟奕强转过身子，从侧面第一次近距离地凝视着钟瑞真。昏暗的灯光下，钟瑞真脸部曲线清晰，脖子光滑白皙，胸部随着性感的嘴唇背诵诗词，一张一合地波动起伏着。钟奕强看得有点发呆了。他眼前飘浮出当年与钟瑞云约会，钟瑞云在橡胶林段的防风林带朗诵这首诗的情景。钟瑞云也说过，面对各种坎坷艰辛，就应该像这首诗所强调的，"不要忧郁，不要愤慨，不顺心时暂且克制自己"；她说她钦佩诗人的睿智，普希金所说的"一切都是暂时的，转瞬即逝，而那逝去的将变得更可爱"，揭示了人生的哲理：人不能也不会总是生活在忧郁和悲悲戚戚中。

钟奕强情不自禁地转身走到钟瑞真身后，伸出双手环抱着她的腹部。钟瑞真身体略为后仰靠了过来，紧紧依偎在钟奕强的怀里。"咚"的一声响，在他们眼前不远处，一条鲤鱼跃出水面，又落入水中。钟奕强自言自语地说："'鲤鱼跳龙门！'鲤鱼都能'跳龙门！'我们也能'跳龙门'。"

"对，奕强，我们也能'跳龙门'。越过艰难的日子，生活就会出现新的景观。"钟瑞真柔声但又坚定地说。她把目光投向湖面，湖风轻轻地吹拂着湖面，湖水微波荡漾。

钟奕强和钟瑞真恋爱了。结婚了。他们的婚礼简朴但富有新意。婚礼在康健楼二楼的客厅举办，没设婚宴，只准备了各类糖果、水果，各种饮料、茶水、红葡萄酒。参加婚礼的有钟奕强的父母、弟妹和几位直系亲戚，曾与钟奕强一起在海南岛同一农场上山下乡现已回城的近20位知青好友。驼江制药厂厂长兼党委书记曲焕彪和厂工会主席也前来表示祝贺。婚礼选择在田慧生日的晚上举办。

婚礼的节目表演很精彩。新郎钟奕强和新娘钟瑞真合唱《我们走在大路上》，接着，钟奕强朗诵《假如生活欺骗了你》，钟瑞真用钢琴演奏《欢乐颂》；李珏耀、刘晓绯和曾秀玉等知青朋友也献歌祝贺。

婚礼节目最精彩的要数田慧和曲焕彪搭配表演的华尔兹。他们踏着钟瑞真用钢琴弹奏的《蓝色多瑙河》，不时变换着优雅的舞步，向钟奕强和钟瑞真表示新婚的祝福。他们的表演博得了大家热烈的掌声。

婚礼上，杜振彬和曾秀玉看着弹钢琴的钟瑞真，曾秀玉悄悄地对杜振彬说："钟瑞真和钟瑞云姐妹很相像。"

李珏耀和刘晓绯关注的是田慧。李珏耀觉得，田慧的举止神态与他妈妈袁蜜很相像。他对刘晓绯说："田阿姨很高雅。"

"是的，我也有同感，田阿姨确实很高雅。"刘晓绯附和着。她心里想："谁说女人三十豆腐渣？田阿姨已经50多岁了，还是一朵牡丹花，一朵绽开着的彰显出高贵优雅的、鲜艳的牡丹花。"刘晓绯脑子里突然闪出一个念头：只有田阿姨才能配得上她的公公；也只有她的公公才能配上田阿姨。刘晓绯想着想着，开心地笑了。

三

福山区区委书记祝炎智带着区委常委、区委办公室主任卢锐钊和副区长刘晓绯以及区机关干部组成调研组，开始着手准备解决福山公园里的"难民营"问题。

刘晓绯被任命为副区长已有一个多月了。刘晓绯请冯国昌出面帮助引进外来资金办企业，在福山区掀起了一场轩然大波，区党、政机关干部贬褒不一。紧接着，这场风波扩散到驼江市党政机关，刘晓绯成了有争议的干部。市委表态可以试一试。不久，国家政策逐步明朗，刘晓绯被提升为副区长。

"福山"不是"抱福山"。福山是一座海拔300多米的丘陵，距抱福山约5公里。福山南面有一个面积近200亩的湖泊，叫福湖。福山公园包括了整个福山和福湖。

最近，福山公园发生了两起抢劫案。两起案件发生的时间都在晚上十点左右，当时月光明亮，劫匪似乎无所忌讳、十分嚣张。公安机关一时破不了案，人们议论纷纷，都说福山公园的"难民营"藏污纳垢，为犯罪分子活动提供了方便，给公安干警破案增加了障碍。

福山公园的"难民营"形成于知青大回城时期。驼江市知青大回城，起初是单身知青，慢慢地，一些已在海南岛农场、外地农村结婚的知青也加入了回城的行列。这些人有的家里住房本来就已拥挤不堪，根本就容纳不了更多人；有的想租房却找不到房源；还有一些回来时家里已经是贫穷潦倒，又没钱租房的，就只能各显神通自找门路。

福山公园的"难民营"位于福山北坡。

福山分为两个不同的地区，以山顶残缺的旧城墙为界，南坡经过多年的建设，已种满各种草木花卉；几条弯弯曲曲的石板小山道，穿过葱郁的树荫连接着几个小亭，点缀在鸟语花香中，呈"之"字形慢悠悠地蜿蜒到山顶，成为驼江市有名的风景区和休闲胜地。

登上山顶翻过旧城墙，福山北坡比较荒芜，只栽种苦楝树、木棉树、金凤树、相思树、塔柏等乔木，杂草丛生，很少有人管理。一些没房住的知青看中了这个地方，他们利用乔木间隔的空间，在树干上拉起塑料布，围起竹篾稻草搭成简单的窝棚，一家子就住在里面。白天外出打工，晚上回来。

福山公园管理处主任叫张雯霞，50多岁了，儿子不久前好不容易从海南岛被招工回来，现在市公交公司工作。张主任很同情回城后找不到工作的知青。

发现有人在福山北坡搭窝棚居住，已经是好几个月前的事了。那天，公园管理处保卫组发现有人在福山北坡搭窝棚，立即前往劝阻却不想引起冲突，差点儿酿成暴力事件。

张主任接到报告立即赶到冲突地点。在山坡搭棚寮的是两户从海南不同农场回城的知青，他们都是在海南岛农场与当地老职工的女儿结婚，都生有孩子。知青大回城时，一些已婚的知青为了回城被逼离婚单身回城，但他们不忍心这么做，终于千辛万苦打通各个环节举家回城，可父母家住房拥挤根本就无法再接受他们入住。这两家子人把儿子托付给自己的父母，白天男的到车站码头当搬运工，女的挑担卖菜，晚上铺着草席睡地板。

得知来人是公园管理处主任，两对夫妇立即围上前向张雯霞诉说他们回城后的困境，情绪激动地说开了："当年，动员我们到海南，我们听党的话，交五分钱转户口二话没说就上山下乡了……现在，我们回城，就没人管啦！"

"张主任，你摁着良心说，我们愿意住这样的地方吗？我们愿意过这样的日子吗？"

"你们家没人上山下乡，你们家有没有人到海南……"

张雯霞静静地听着。她是知青的妈妈，她理解回城知青。她很矛盾，说服他们离开行不通，强行驱赶又会引起暴力冲突。而且，他们的确是住无居所，生活无着落，但任由他们在这里搭窝棚，就是违反公园管理规定，是自己工作失责。

张雯霞痛苦地做出了决定。她同意这两户知青在这里搭窝棚，但要他们注意防火、注意安全，找到房子立即把棚寮拆掉。

张雯霞话没说完，知青激动得拼命鼓掌，说她是好人、是党的好干部，就差一点要呼她"万岁"了。

张雯霞的仁慈凿开了公园管理的漏洞。见缝插针钻空子，"你行我也行"。几天后，又有三户从外地山村迁回的人家，在这里骂骂叽叽地搭起了窝棚。他们是"文革"爆发时因家庭出身问题，被街道造反派遣送外地山区改造的，他们离开驼江市后，原来租住的政府公租房，已被分配给其他人家居住，他们整家子人回城没处落脚，也只能到这里来搭窝棚了。

　　紧接着，慢慢地，到这里搭窝棚的人越来越多。有的甚至在棚寮里用石头垒起临时灶台煮饭，稍有不慎，一点火星，可能就会"火烧连营"；一些单身汉也加入了搭窝棚的行列。驼江市民称这里为"难民区"，或叫"难民营"。

　　福山公园北坡被搭起成片的窝棚，张雯霞因管理失责，受行政记过处分，工资降一级。

　　祝炎智一行来到福山公园管理处，他听取了张雯霞的简要介绍后，便把调研组二人一组分成三组，要求分开行动，分头到窝棚区看看，与窝棚户聊聊。

　　刘晓绯带着区民政局刚分配来的女大学生小梁登上福山山顶，山顶上残缺的旧城墙有一个一米多高的墙洞，两人弯腰钻墙洞。墙洞出口连着一条约40厘米宽的泥土小山道，山道两旁就是密密麻麻的窝棚。刘晓绯刚钻出墙洞踏上小山道，就看见不远处山道旁的一个窝棚里钻出一个男人。这个男人听到身后有脚步声，警觉地转过头，看见刘晓绯，愣住了，回过神来立即钻进另一个窝棚不见了。

　　刘晓绯只觉得这个人熟悉，但名字叫什么一下子想不起来，也愣住了。跟在她身后的小梁见刘晓绯发愣，问："刘副区长，怎么啦？"

　　小梁问话间，刘晓绯想起来了，刚才见到的是武装连司务长唐环宏。唐环宏与刘晓绯读中学时同届不同校，但搭乘同条船赴海南岛，上山下乡在同一农场的不同连队。四师十八团武装连成立时，被任命为司务长。

　　刘晓绯对小梁说："小梁，我碰见熟人啦！走，我们一起看看去。"

　　刘晓绯和小梁来到唐环宏刚才钻出来的棚寮前，刘晓绯示意小梁不作声，她朝里面问："有人吗？"

　　"谁呀？"里面有女声问。

　　"是我！环宏的朋友。"刘晓绯听杜振彬说过，说他们的连队司务长带着他的黎族老婆和孩子辞干困退回城。唐环宏的爱人是黎族姑娘黎海花。刘晓绯认识黎海花。唐环宏回城后，农场知青组织的小聚会，他都寻找理由推托不参加。刘晓绯想不到在这里会见到他。

　　"哦！欢迎！你们是……"黎海花钻出棚寮。黎海花穿着驼江市普通市民的服饰。与其他黎族姑娘不同，黎海花没文脸，没在脸上文上蓝色的花纹，除眼窝略凹、额头微凸外，很难看得出她是一位黎族姑娘。

　　刘晓绯走上前，伸出右手，叫了声："黎海花，你好！"

　　黎海花与刘晓绯握手，她仔细地端详着这个能叫出她名字的人。很快，她认出来了："哎呀！刘干事，是你呀。"黎海花高兴地叫了起来，"怎么？你来这里，有事？噢！对了，里面坐！"猛地又觉得不妥，连忙说，"刘干事，对不起，里面没得坐，我们就在这里站着谈。"说着，不好意思地看着刘晓绯。

"黎海花，没事。哦！对了，这是我的同事小梁。我们今天一起到公园办事，办完事时间还早干脆逛公园，逛着逛着就逛到这里来了。"刘晓绯向黎海花介绍了小梁，也暗示小梁不要暴露自己在搞调研的目的。黎海花和小梁相互都微笑着点了点头。

刘晓绯接着说："黎海花，我们在这里站着谈话，不就是等于让我们在这里被展览，欢迎人参观呀？"这里的窝棚高不到1.5米，人站着，脑袋都能碰到窝棚顶上，远远就能看见。

"哈哈！"黎海花听了大笑。"刘干事，那这样，里面很脏，也没椅子只能坐地下，"黎海花性格豪爽，"如果你们不介意，我们就到里面坐着谈。"

刘晓绯和小梁弯腰随黎海花钻进窝棚。黎海花在铺着稻草的地方，把卷起的草席摊开，让刘晓绯和小梁坐在上面，说："刘干事，你们先坐，我去打点水，我们煮水喝。"离草席地铺不远的地方，三块石头支着一口小钢精锅。

"别忙！黎海花，我们都不渴，我们坐。"刘晓绯伸手拦住黎海花。

"行，我们不煮开水。我们坐。"黎海花坐在窝棚里的一块石头上。

"黎海花，你们的儿子在哪？"刘晓绯问。

"你问海雄啊？他现在跟环宏的父母住在一起。"

"黎海花，你们儿子的名字起得好。你海花生了个海雄。"

"这个名字是我起的。我告诉你，哈哈……"黎海花话没说完就哈哈大笑起来，笑得眼泪都流出来了。一会儿，她止住笑，说："我告你们，刘干事，环宏给这个孩子起的名字叫'琼黎'，说我是海南岛黎族的，这个名字有纪念意义。我一听，就告诉他说，你干脆叫'骡马'好了，哈哈……"黎海花又大笑起来，刘晓绯和小梁也跟着笑。

刘晓绯自言自语："骡马？"

"是啊！'骡马'就比'瘦驴'强。刘干事，你还不明白呀？'琼黎'就是'穷驴'，不就是'瘦驴'吗？'瘦驴'一只，除了皮能熬'阿胶'外，没什么用。刘干事，你说，我那漂亮的儿子叫'穷驴'，那还不是糟蹋他，多没出息……"自己觉得好笑，黎海花又笑起来。刘晓绯和小梁又也跟着笑了起来。

当年，武装连"天天读"遭雷击，全连被击昏倒地。组织抢救时，当地公社医院一名参加抢救的黎族医生说，用蚯蚓和生姜混合搅烂贴肚脐，对抢救被雷击昏迷者有特效。于是，大家都忙着挖土找蚯蚓，找生姜。受轻伤、轻度昏迷的唐环宏苏醒过来后，立即也加入了挖土找蚯蚓的行列。黎海花当时在团宣传队，也参加抢救工作。唐环宏和黎海花在一个家属小伙房后面栽种香蕉的土堆上，挖土找蚯蚓时认识了。

从此，他们开始有了来往，慢慢地就发展为爱情，结婚了。婚后，黎海花在农场医院生下了一个可爱的男婴。大家把这黎汉通婚生下的男婴称为国内"混血儿"。

"哈哈！黎海花，也真有你的。"刘晓绯和小梁又跟着笑了起来。

"不好意思，刘干事，让你见笑了，"黎海花接着说，"环宏家的住房很挤，跟我们在武装连时住的大隔间差不多，里面又隔出一小间给他弟弟一家人住，我们回来根本就挤不下，外面又租不到房子，只能是海雄和他爷爷奶奶睡床上，我和环宏等人睡地板，碍手碍脚的很不好意思也很不方便。后来，看到有人在这里搭窝棚，我们也跟着来了。"黎海花似乎感到满意，"这里比住在他家好。这里住的多数是从海南回来的，我们有时也相互来往。"

看着这样的居住条件，刘晓绯心里难受。柳主任说过，"跟着一位好领导，本身就是一种幸福"。黎海花的领导是谁？是我吗？她涌出一阵心酸。她十指用力交叉，抑制着内心的不安，平静地问："黎海花，你们现在做什么工？"

"刘干事，别提了。"黎海花说，"环宏想辞干困退的时候，我就劝过他，可他就是不听，说什么如果他回不了城，父母就会被邻居看不起，他在农场也会被人瞧不起。回来了，想不到找工作这么难。他现在每天跟这里的几个海南回来的人，一起到码头挑煤当搬运，我卖菜。我卖菜用的车放在他父母的家里。"刘晓绯默默地听着。

"唉！"黎海花叹了一口气，"海雄这两天感冒，刚好我中午要到婆家陪儿子，如果是平时，现在我还在卖菜。不过，刘干事，我们都相信，我们一定会好的。你听说过没有？你们六连有个叫唐什么的知青，他与指导员的老婆结婚了，现在开始做海南水果买卖，环宏是听这位知青的弟弟说的。我本身就是海南的，我们准备和这位知青的弟弟联手，然后一起搞……"刘晓绯知道她说的是唐欣潮和文海娇。

"黎海花，你们很坚强，我祝你们成功！"

"对了，刘干事。坐这么久，我还不知道你现在在做什么工作。听环宏他曾经在码头遇见他们连的投弹手，那个投弹手告诉他，说你是街道主任。刘干事，这是真的吗？"黎海花说的投弹手是杜振彬。当年在四师十八团武装连，杜振彬曾参加师组织的全师武装连战士军事技能比赛，获投弹亚军。

刘晓绯悄悄伸出右手，轻轻地按了一下身边盘腿而坐的小梁的大腿，暗示她不要开口。刘晓绯说："是的。不过，我最近刚变动工作，与这位小梁现在是同事。"

"噢！刘干事，真羡慕你。"

"谢谢！"见时间不早，刘晓绯说，"黎海花，时间不早了，你还要到婆家陪孩子，我们以后多联系。"说着，和小梁弯腰站起来。刘晓绯伸出右手，轻轻地拉了一下小梁的衣角，手掌向上张开，悄悄地说："钱，全部。"

小梁会意，掏出带在身上所有的钱放在刘晓绯手上，刘晓绯又掏出自己身上所有的钱加在一起。她拉着黎海花的手，一定要黎海花收下。

"不行，刘干事，这不行，我们日子过得还可以。"黎海花一再推托。

"黎海花，收下，我们是朋友。我和环宏都是从海南回来的兵团战士，不要生分。我的生活条件比你们好多了，收下，一定要收下……"

区委、区政府联席讨论解决福山公园"难民营"问题的会议，争论异常激烈。卢锐钊坚决主张动用警力强制驱赶，他激动地说："'难民区'住的所谓困退、病退的知青，都是他们自己要求回城的，自己既然敢要求回城，回城后的一切就要自己负责。现在，那里藏污纳垢隐藏犯罪，存在着很大的治安隐患。而且，一旦发生火灾就要殃及周围的居民的安全……"卢锐钊冷冷地说。

刘晓绯反对动用警力，她强调，住在"难民营"的，大部分是回城知青，若非逼不得已是不会在那里搭窝棚、住窝棚的。她说，知青问题，是我们党、我们政府的问题。她主张找十几二十家国营或集体单位，每个单位都下达一定的任务，要它们在窝棚户中的每对夫妻中，招一人为厂里的临时工，同时为他们提供简易的住处，哪怕是在礼堂里临时隔出小隔间也行。她情绪有些激动，说知青问题牵涉到千家万户，处理不好，可能会导致聚众闹事。

祝炎智静静地听着，在笔记本上做记录。祝炎智是1942年反日军"扫荡"时在胶东解放区参军的老八路，抗战胜利后随部队进入东北，参加过辽沈战役、平津战役。他们部队有一个作风，要求各级军事主官，每打完一仗，都要认真总结，对战场上出现的各种突发事件，必须扪心自问：作为领导，战前你为什么没想到？在你的部队里，是否有人想到向你提出过？如果有，你为什么没采纳？带着这一作风到地方工作，他做事要求事先有规划，事后有总结。祝炎智的一男一女两个小孩都在军队工作，他家里没有子女上山下乡，但他很同情上山下乡的知青。

听完到会人员的发言，祝炎智没组织表决，也没表态。他与区长略作商量后，说："这个问题，明天我们书记碰头会再研究大家提出来的意见。谢谢大家，散会。"

四

刘阳庆已经退休了，他全力支持李珏耀考博，要刘晓绯星期天少回来，说李之扬由他和徐雪蓉负责带尽管放心。刘阳庆还要刘晓绯主动承担家务让李珏耀有更多的时间复习，李珏耀和刘晓绯都笑着答应了。

也许是家庭文化的良性传承，李珏耀与刘晓绯结婚，他们都觉得对方是彼此的另一半，相互支持相互帮助。他们理家务都不是里手行家，煮饭水放多了、放少了，炒菜咸了、淡了，都成夜里夫妻调侃的笑资。刘晓绯不是只顾工作不顾家，整天板着面孔的女强人，被任命为副区长后，工作多了应酬也多了，但只要她一回家、她在家，就立即转换角色成了家庭主妇。她与李珏耀一起，把理家务看成一种只有他们俩才能意会的、浪漫的乐趣享受。刘晓绯在厨房里烧饭炒菜、洗刷餐具忙碌时，李珏耀时常会在旁边帮忙，有时会给刘晓绯一个轻轻的拥抱。李珏耀擦门窗拖地板时，刘晓绯常常会拿着拧干的湿毛巾为他擦汗。李珏耀是大学老师不用坐班，自由支配的时间比较多，平日家里吃用的米面、肉菜和日常生活用品，大多是他在驼江大学的小市场买的。不过，节假日他俩总会肩并肩出现在菜市场。

李珏耀和刘晓绯夫妻恩爱有加，李仕翔感到由衷的高兴，儿子优秀，儿媳也优秀，小两口都敬业，堪称是彼此成就，相映生辉。触景生情，李仕翔有时心里会闪出丝丝的苦楚。袁蜜离开他已经两年多了，生活还在继续，李仕翔总感到日子乏味。但是，他把苦楚藏在心里，控制着自己在李珏耀和刘晓绯面前不流露。

李珏耀读硕毕业，申报副教授也获批，与此同时，驼江大学党委书记找李珏耀谈话，说准备提拔他为系副主任，建议他读在职博士研究生，李珏耀委婉地谢绝了。李珏耀仍准备报考京华大学的博士生，专攻经济伦理，兼修行政伦理。他觉得，作为丈夫，他有责任尽可能帮助从政的妻子化解工作中遇到的难题，并提供理论支撑；他读书、读博士，也应该与刘晓绯共同努力，力促刘晓绯也读书、也读博士。

刘晓绯善于用温婉的做法解决棘手的行政问题，逐渐被上级领导接受、赞赏，也为群众拥护。

福山区党政联席会议讨论处理福山公园的"难民营"问题，刘晓绯反对动用警力强制驱赶、强行拆迁，但对她在会上提出的意见，与会者支持的不多。会议没进行表决，区委书记和区长态度暧昧，会议不欢而散。

那天傍晚到回家里，刘晓绯心情忧郁但脸上强挂着笑容。李珏耀已经煮好了晚饭。

在下午讨论"难民营"问题的党政联席会议上，区委常委、办公室主任卢锐钊措辞激烈，强烈反对刘晓绯的意见，说刘晓绯有严重的知青情结，袒护违法知青；还说刘晓绯有搞宗派主义的倾向，带着这种倾向从事领导工作很危险。刘晓绯默默地听着没反驳。她心里明白，那些回城知青在福山北坡搭窝棚，从法律上说都是不允许的，拆除无可非议。不过，她总觉得情况特殊，特殊情况就应该特殊处理，这些回城知青很值得同情。况且，他们心中都窝着一股莫名的怨气想宣泄，处理稍有不慎可能会引起他们的强烈反抗，甚至爆发激烈的冲突。当然，她心里也清楚，她提出的办法并非完美，政府不可能、也没办法包办一切。不过，她认为她所提出的方案，应该是处理"窝棚事件"比较好的办法。刘晓绯有过知青经历，是知青，也懂知青。她反感卢锐钊的发言，她觉得卢锐钊是"饱汉不知饿汉饥"，她心里感到难受。会上，支持她的意见的人寥寥无几。

卢锐钊在福山区委担任区委常委、办公室主任已经六年了，区长年龄大即将退休，区委的另一名副书记年纪也超过了再提拔的年龄限制。那年代，干部提拔任用都有相应规定的年龄限制，超过这个限制，即使能力再强，工作干得再好也是白搭，提拔升职无门。卢锐钊想当区长，他时刻警戒着竞争对手。刘晓绯被提升为副区长不仅具有年龄优势而且同事口碑好，自然就被他当作竞争对手。卢锐钊平时找不到打击刘晓绯的借口，这次，他认为机会来了，他要借"窝棚事件"狠狠打击刘晓绯。

淡淡的月光裹着丝丝的愁思涌进窗台，房间里灰蒙蒙的，刘晓绯没开灯。吃完晚饭理完家务洗好澡，换上家居便服的刘晓绯，想在黑暗中清理思绪。中箭就中箭，中箭受伤总结经验疗伤就是了，她不理睬卢锐钊在会上针对她的言论，也不打算驳斥卢锐钊，她觉得没意思也没时间去思考这个问题。虽说"口水也能淹死人"，但"群众的眼睛是雪亮的"，时间能还原一切，她不愿意在这个问题上费心思。窗外树杈上草丛中的小虫叽叽叽地叫着。刘晓绯微蹙双眉，抿着嘴冥思苦想着：如果真的动用警力，我该做什么？她还没理出自己感到满意的头绪。

李珏耀悄声走进房间。刚才，他在爸爸李仕翔的房间，父子俩一起讨论欧洲文艺复兴时期的哲学思想。李仕翔正在写作《近代中西文学的哲学思想比较》一书，李珏耀发挥哲学硕士的作用，责无旁贷地帮助爸爸找资料、论证和校对，有时也参加讨论。

今天吃晚饭的时候，尽管刘晓绯在饭桌上像往常一样谈笑自如，但李珏耀还是从她不经意的眼神中捕捉到她一闪而过的忧郁。吃完晚饭，刘晓绯收拾餐具走进厨房洗碗，李珏耀帮爸爸提洗澡水到楼下的洗澡房。驼江大学的教授楼是民国时期修建的，每幢楼只在楼下设有一个洗澡间和男女分开的两个卫生间。李仕翔洗澡的时候，都是李珏耀帮他提水到洗澡间的。

李珏耀在洗澡间放下铁水桶，手里拿着要更换的衣服，还有毛巾、香皂，刚想转身离开洗澡房走上楼梯，刚走下楼梯的李仕翔对李珏耀说："珏耀，我洗了澡后你也下来接着洗澡，洗完澡后就到我房间。"

惦念着刘晓绯遇到麻烦事，李珏耀应了声："好的，知道了！"随后离开洗澡房匆忙走到厨房。刘晓绯还在洗碗。李珏耀走到刘晓绯身子的右侧，伸出左手环抱着刘晓绯的腰身，轻声问："晓绯，摊上麻烦事了？"

"嗯！遇到的是棘手的事。"刘晓绯放下手中的抹布和正洗着的饭碗，转头看了李珏耀一眼，微蹙着眉，略扬起下巴头稍微向左仰起，靠在李珏耀的左肩膀上。

他知道，刘晓绯肯定是碰上很大的麻烦事了。李珏耀和刘晓绯结婚后，夫妻俩遇到不顺心的事，他们都习惯于相互依偎着，向爱人诉说心中的不如意。

李珏耀静静地搂着刘晓绯，两人都没说话，耳边传来了李仕翔登楼梯的脚步声，李珏耀松开搂着刘晓绯的双手，轻声地说："晓绯。我洗澡去。洗完澡，我先帮爸爸做点事。"

"嗯。"刘晓绯睁大微闭的眼睛，松开双手，轻声应着。

银色的月光柔和平静，荡漾着祥和缥缥缈缈地从窗外挥洒进来，朦胧的光亮勾勒出刘晓绯的朦胧美。理好家务洗好澡的刘晓绯身穿一袭橘黄色的、衣长过膝、双开对襟的长袖府绸衬衫。刘晓绯依窗凝望着窗外淡淡月光下的一片墨绿，神色凝重。她很想这时李珏耀能在身边，听她诉说她所遇到的麻烦事。

李珏耀没拉开电灯，借着屋子里朦胧的光亮，他走到正凝视着窗外月景的刘晓绯身旁。

刘晓绯转过身子，轻声问："帮爸的事忙完了？"李仕翔的《近代中西文学的哲学思想比较》已完成初稿，正在做进一步的修改。袁蜜刚走的那几天，李仕翔精神恍惚吃不下饭睡不着觉，好不容易在亲朋好友"节哀顺变"的劝慰下，心绪慢慢地平静下来了，开笔写作《近代中西文学的哲学思想比较》。袁蜜在世时，夫妻俩商定，李仕翔评上教授职称后开始写这本书，袁蜜当帮手。李仕翔开笔写这本书时就下决心，一定要写好，他要把这部著作献给他亲爱的妻子袁蜜。

"完成了。"李珏耀轻声回答。李珏耀左手轻轻地揽着刘晓绯的腰身，深情地凝视着刘晓绯，附着刘晓绯的耳际轻轻地叫了声，"晓绯。"他略为用力，一切皆在无言中。

"嗯！"刘晓绯双手环抱着李珏耀，她享受着，轻声地回应，"钰耀，没事。"刚才，凝视着窗外美丽的月景，她梳理了自己的思绪，理出了一条思路：如果真的要动用警力强行拆迁，必然要提前一两天出告示，她可以用这个时间与钟奕强一起，找杨森怀、童恒、郭秀芝和曾秀玉，请他们帮忙一起做唐环宏和黎海花的工作，让他们配合拆迁；唐环宏和黎海花的工作做通了起带头作用，"窝棚户"抱团对抗引发暴力冲突的可能性就会减少，甚至消除。她想与李珏耀商量，让唐环宏和黎海花住在当年她与李珏耀结婚，驼江大学分配给他们作新房的那套在抱福山腰的小房。反正现在那套小房闲着没人住，她想李珏耀会同意的。

刘晓绯轻轻地吻了一下李珏耀，松开手。李珏耀转身拉着刘晓绯，让她坐在籐椅上。房子里有一对环腰籐椅，中间隔着一只木茶几。茶几上放着一个淡蓝底色喷着绿叶红牡丹花的铁壳热水瓶，一把茶壶，两个带盖的玻璃杯。茶几下隔层，放着两个装茶叶的铁罐。

李珏耀弯腰拿出一个茶叶罐打开，往两个玻璃杯里各放一小撮茶叶，放下茶叶罐，提起茶几上的开水瓶往玻璃杯里倒满水，盖上杯盖放下开水瓶，对刘晓绯说："喝茶。"

"晚上还喝茶？"刘晓绯笑吟吟地看着李珏耀，怪嗔地说。

"夫人遇到难题，为夫不帮忙解决，能睡觉吗？"李珏耀对刘晓绯眨了眨眼，对刘晓绯笑着说。看着刘晓绯脸上挂着轻松的微笑，他知道，刘晓绯找到解决问题的办法了。

"后悔吧！大博士找了一个笨老婆，睡觉都不安宁。"刘晓绯打逗回答。

"哈！哈哈！"李珏耀压低声音笑着，他怕影响爸爸李仕翔的休息，他满脸得意地对刘晓绯说，"据我所知，全世界还没有发现有一个人说我夫人，我的刘晓绯笨。"他端起茶杯，掀开杯盖，抿了一口茶，"喂！刘区长，你也喝呀！"李珏耀放下杯子，"我的同事都说我，说我的夫人是'爱人领导'，他们很羡慕'爱人领导'。妻子才情双馨，爱都来不及。"

"喂！喂！说完了没有？贫嘴，说不过你……"刘晓绯笑着。

刘晓绯把自己的苦恼和想出来的解决问题的办法，告诉了李珏耀。

第十一章

林煦俊与曾同为造反派头头的徐嫚仪同居。纪德芬请杜振彬作陪到驼岗寺为自己的婚缘做『圣杯』占卜，两人情投意合。众知青陪纪德芬到区民政局办理离婚手续，镇住林煦俊要借机向纪德芬撒泼的邪念。『窝棚事件』按刘晓绯提出的建议方案得到圆满解决，唐环宏成为市发电厂的临时工。黎海花返琼参加弟弟的婚礼，在海口遇到文海娇。唐欣潮与文海娇夫妻在海口开水果批发店，开启新的生活。

一

从驼江市往西20多公里的驼头山上，有一座驼岗寺。寺庙面积不大，住寺和尚不足十人，但香火鼎盛。传说寺庙里的菩萨很慈悲很灵验，有求必应，因而不少外地香客不辞旅途劳顿，纷纷慕名前来献香。再加上驼岗寺周围山清水秀，风景如画，因此，节假日这里通常香客拥挤，人来人往，热闹非凡。

错开驼岗寺香客进香高峰的时间，纪德芬乘坐杜振彬开的小车到驼岗寺，杜振彬开的是曾秀玉的本田牌小汽车。

本来，曾秀玉是要同他们一起到驼岗寺的，她与杜振彬约定，陪纪德芬在驼岗寺进香占卜算卦后，三人一起在驼头山游玩。可是曾秀玉突然变卦，她开车接杜振彬时，走出驾驶座，坐到副驾驶座后对杜振彬说："振彬，很对不起，园艺场今天有急事需要我处理，我不能与你们一起去驼岗寺了，你就开我的车和德芬一起去吧。"曾秀玉把车借给杜振彬，让他开车送她回园艺场后再接纪德芬。

"秀玉姐，什么事那么急啊，非你去今天办不可？"杜振彬觉得，就他一个人陪纪德芬到驼岗寺有点别扭。

"振彬，今天场里的事真的非我去处理不可。你就陪德芬吧。你放心，这车我把油加满了，你和德芬尽情开心地玩就是了。"

车到曾秀玉的园艺场门口，曾秀玉下车走到驾驶座旁，对杜振彬扮了个鬼脸，又眨眨眼说："振彬，今天我不想做你们的'电灯泡'。"曾秀玉漂亮的大眼睛里闪烁着"阴谋得逞"的欢乐，"祝你们旅途快乐，再见！"说完转身走了。

听曾秀玉这么一说，坐在驾驶座上的杜振彬不由心里一阵紧张，他不知说什么才好，只是机械地挥了挥手说"再见"。不知怎么地，他突然打了一个很响的喷嚏。

曾秀玉听见了，驻足转身再次走到驾驶座旁，故作玄虚，神秘兮兮地说："振彬，怎么啦？我说得没错吧！这不，喷嚏这么响，有人在想念你啦。好了，我祝你幸福！"曾秀玉对杜振彬眨了眨眼睛，"心情激动，开车要注意安全啊！"说完，转身走了。

杜振彬原先对自己单独一人陪纪德芬到驼岗寺，心里感到有点别扭，现在曾秀玉又这么一说，他不由感到脸有点发烫。他不知道自己怎么了，他在心里骂了一声"该死的喷嚏"。

两年前，纪德芬租房在外独立居住，钟奕强和曾秀玉认为杜振彬开出租车方便，有较大的自由，就要他注意不让纪德芬受人欺负。杜振彬应允的时候，曾秀玉说他荣膺"护花使者"，纪德芬在百花香歌舞厅当歌手时，杜振彬曾几次在风雨天接送纪德芬，曾秀玉开玩笑说他是优秀的"护花使者"。这几年，家里父母亲总催着要他找对象，说结婚成家是人生大事，岁月不饶人。杜振彬不希望别人给他介绍对象，可自己总觉得没能找到合适的。

前两天，钟奕强与钟瑞云的姐姐钟瑞真结婚，在家中举办了简朴的婚礼。纪德芬没参加，说自己目前正处于背运时期，按当地风俗不宜参加婚庆之类的活动，担心参加了会给新人带去晦气。那天晚上，钟奕强与钟瑞真的婚礼结束时间比较早，杜振彬开着曾秀玉的小车与曾秀玉一起到纪德芬家。他们商定，过两天是星期一，杜振彬调班，然后三人一起到驼岗寺。人经历的痛苦太多，疑惑太多，就会觉得人的命运是由上天注定的，天意不可逆。纪德芬惨遭家暴，被婆婆咒骂为灾星，纪德芬想到驼岗寺祈求神灵保佑，帮她转运。纪德芬心诚，期盼到驼岗寺能给菩萨上当天的第一炷香，希望当天能比较早出发，曾秀玉和杜振彬都同意了。

杜振彬开着曾秀玉的小车到约定地点时，纪德芬早已一手挎着一个精致的女式皮挂包，一手拎着一个褐色的棉布手提包等候在那里了。纪德芬赋闲在家已将近一个月了，工作很难找。她曾打算摆小摊卖菜，但找不到合适的摊位。有的病退、困退的知青当起了流动菜贩，每天清晨四五点钟到蔬菜批发市场，选购好蔬菜拉回家，略作清洗整理后，放在自行车或板车上，沿街叫卖。纪德芬曾动过当流动菜贩的念头，但被父母劝阻，杜振彬也说她不适合当流动菜贩，劝她耐心等待机会；说机会总会有的，天无绝人之路。可是，居委会的待业人员随着知青的不断回城越来越多，她不知还会有什么机会。纪德芬有唱歌的天赋，但她就是找不到天赋施展的地方。

杜振彬开车停在纪德芬旁边，喊了声："德芬姐，上车吧！"

纪德芬拉开副驾驶座旁的车门，见车里只有杜振彬一人，问："振彬，还没接秀玉啊？"

"哦！德芬姐，秀玉说有事，她把车借给我，说不来了。"

"这个秀玉，行！振彬，我们走。"纪德芬说着，拎着东西上车，坐在副驾驶座上。

初秋时分，驼江市的天气早晚略有点寒意，杜振彬身穿白色棉布衬衫，外加一件咖啡色夹克衫，搭配一条米黄色的秋裤，脚穿米黄色波鞋。他昨天刚理头发，胡子刮得干干净净的，显得很利索很潇洒。杜振彬觉得自己好像越来越喜欢与纪德芬在一起，他不知道这是不是爱情。他没谈过恋爱。

杜振彬没谈过恋爱但陪过别人谈恋爱。那是在兵团时期，武装连的司务长唐环宏与团宣传队的黎海花谈恋爱。唐环宏与杜振彬同是驼江一中的同学，但唐环宏是高中生。黎海花是农场黎族老职工的子女，参加工作后被调团宣传队。当时，团政治处副主任贾威裕分管宣传队，他明确规定，宣传队不分男女一律不许谈恋爱，若发现谁谈恋爱就立即把谁调往生产连队。唐环宏与黎海花约会时，为了证明他们不是在谈恋爱，总要叫上杜振彬作掩护。杜振彬年龄比较小，还不知什么是恋爱。唐环宏与黎海花到团部水库的大坝坐着聊天，杜振彬就被安排坐在他们两人的中间；唐环宏与黎海花在橡胶林段散步，杜振彬就保持约一米的距离在他们后面跟随着。那时，杜振彬认为，谈恋爱就是一对未婚的男女青年没话找话地聊天。贾威裕获刑后，杜振彬的掩护任务也终结了。

初升的太阳懒洋洋地伸着腰，慢吞吞地洒下橘黄色的晨光，悠悠扬扬地开始驱散迷漫的雾气。道路两旁的榕树、槐树浓绿的青枝绿叶中不时飘出清脆悦耳的鸟叫声。汽车披着橙红色的阳光在通往驼岗寺的道路上奔驰，纪德芬和杜振彬心情愉悦。

"喔！振彬，今天好漂亮，大帅哥一个。"纪德芬笑吟吟地说。她发现，杜振彬今天满脸容光，焕然一新。

"德芬，不要笑我了，我漂亮？跟你这么漂亮的人在一起，不打扮打扮，外人见我们两人在一起，还不把我当成是你的仆人。"

"你笑我呀！"纪德芬伸出左手在杜振彬的臂膀上拍了一下。

"哎呀！好痛。你打我呀，你们这些'老虎婆'好野啊！"杜振彬夸张地叫了一声。纪德芬的生肖属相属虎，在海南岛知青平时的调侃中，属虎的女知青被称为"老虎婆"。

"你敢骂我'老虎婆'？"纪德芬攥起右拳装模作样要砸向杜振彬的脑袋。

"好了，好了！德芬姐，我不敢了。"杜振彬笑着求饶。

"唉！"纪德芬收回拳头，叹了一口气，"振彬，不要说我漂亮。现在一听到别人说我漂亮，我心口就发毛。我是'红颜祸水'。"说着，做了一个深呼吸，闭上眼睛。

"怎么？昨晚没睡好？"杜振彬睨视纪德芬一眼，"德芬姐，你信'红颜祸水'？依我说，你是'红颜福水'。"

"谢谢！"纪德芬睁开眼，她深情地瞄了杜振彬。杜振彬是她的救命恩人，还常常看望她、帮助她。交往多了，慢慢地，纪德芬觉得杜振彬是一个遇事有主见、可依靠的男人。慢慢地，她感到心里似乎多了一种朦朦胧胧的感觉。人们常说世态炎凉，可是与战友们在一起，与杜振彬在一起，她感觉更多的是关怀和温暖。

"德芬姐，你原先是团宣传队的，我听过你唱的歌，很好听。德芬姐，现在车上只有我俩，我开车，你唱歌，怎样？"

"你想听我唱歌？好说。"纪德芬很爽快，"你说，你想听我唱什么歌？"

"唱你拿手的。噢！对了，就唱我们在海南岛时唱的歌。"

"好的。"纪德芬做了一个深呼吸，"我唱，第一首，《兵团战士之歌》。"……

杜振彬开着汽车，载着纪德芬的歌声来到驼岗寺，如愿地成了当天第一位向菩萨敬香的香客。杜振彬泊好车，空手陪纪德芬并肩走向驼岗寺的大门。

二

驼岗寺两扇朱红的大门敞开着，入口的门斗两边各放了一只1.5米高的青石狮子，彰显着神圣的威严，大门上挂着一块横匾，"驼岗寺"三个金光闪闪的大字横立匾中。杜振彬陪纪德芬走上大门斗。他接过纪德芬递给他的皮挂包，拿在手中，两人一起跨过门第就进入了弥勒佛殿。

弥勒佛殿正中的神坛上供奉着全身漆金的弥勒佛塑像。弥勒佛笑眯眯的，袒胸露乳敞开着"有容乃大"襟怀，腆着大肚子昭示"能忍天下难忍之事"。纪德芬从杜振彬手中拿过挂包掏出钱包，抽出两张一元的人民币，投入大门旁边的"功德箱"，把挂包再次递给杜振彬后，从"功德箱"旁边一只盖着黄色台布的供桌上，拿了三炷香点燃，走到弥勒佛塑像前的供桌前，恭恭敬敬地把香献在香炉中，又退一步跪在跪垫上磕了三次头跪拜弥勒佛，然后起身离开。

从弥勒佛殿到大雄宝殿中间隔着一个正方形的天井。天井两边是两条对称平行、长约60米的长廊，长廊连接天井的一边花木茂盛，花香扑鼻。长廊的另一边是墙壁，壁上画着各种佛教故事。天井的凹形地面全部用花岗岩石板铺成。天井靠近大雄宝殿的一边，中央置放着一个高约1.5米、宽约80厘米，用花岗岩石凿成的大香炉；两个边角各生长着一棵挺拔的菩提树；距左边角菩提树不远的地方，置放着一个用红砖砌成的，全身漆上红油漆的，高约3米、底宽直径超1米的葫芦，供烧香烛祭品。

杜振彬和纪德芬走过右长廊，左拐登上大雄宝殿。雄伟大雄宝殿庄严寂寞，正面，三对六扇朱红大门敞开着；正中，金光闪闪的巨大的菩萨威严地端坐在神台上；菩萨塑像前面置放着一张长方形的朱红色木供桌，供桌右后角旁，一只与供桌等高的木架上放着一个木鱼；供桌前面放着两排前后间隔约1米、左右间隔50厘米、每排7个、每个高约20厘米的跪椅。大雄宝殿庄严寂寞，让人自觉严肃。

杜振彬和纪德芬从右边的门进入大殿。纪德芬拿了两张五元的人民币投入右门旁边的"功德箱"，坐在"功德箱"旁，一张方形小桌子后长板凳上的两个和尚站了起了起来，一个从小方桌上拿了三炷香点燃，递给纪德芬，引导纪德芬到菩萨塑像前面供香；一个走到木鱼架旁敲了一下木鱼。

纪德芬穿的是那件和杜振彬一起逛街时买的水蓝色软丝短袖连衣裙，外套一件白色中袖小开衫，脚穿一双白色中跟皮鞋。这件连衣裙在百花香歌舞厅的包厢里与谢老板抗争时被撕裂，曾秀玉把它交给妈妈苏启英修补，苏启英手艺高超，修补后的连衣裙如果不仔细看，根本看不出被撕裂的痕迹。为了今天到驼岗寺，纪德芬昨天下午还到理发店做了头发。

纪德芬光彩照人。站在"功德箱"旁边的杜振彬发现，纪德芬接香火供香的时候，那位引导她的和尚贪婪地盯着纪德芬的身子目不转睛；那位敲木鱼的和尚眼神怪怪的，不知是羡慕还是嫉妒，他狠狠地睨视了杜振彬一眼后，眼睛就一直偷偷地瞅着纪德芬。

纪德芬上好香，引导她上香的和尚殷勤地走上前，搀扶着纪德芬到供桌前第一排跪垫的中间位置，凑近她的身子耳语一番，转身到佛像前的供桌上拿了一副"圣杯"递给纪德芬，然后退到一边。

"圣杯"也叫"胜杯"，由红木制成。"圣杯"长约15厘米，中间粗两边尖。中间粗的部分直径约5厘米，呈月牙形。以中间粗的部分为中点，循一定弧度直径递减向两端延伸，又循月牙形均匀切成对称的两半，内切面代表阳，外表面代表阴，两半合一就组成了一对"圣杯"。

香炉上插着的香火升腾着袅袅的白烟，纪德芬满脸凝重。遵照和尚的叮嘱，她虔诚地跪拜在佛像面前，双手用食指和拇指捏住"圣杯"尖尖的两端，听三次木鱼声磕三次响头。然后，把"圣杯"高举过头，闭上眼睛，心中默默祈祷："佛祖保佑我纪德芬时来运转，能找到好郎君，找到好工作，摆脱厄运；保佑我能爱杜振彬，杜振彬也爱我，我们的家庭幸福美满。"祈祷完毕，纪德芬手指松开，让"圣杯"自然落地。

听到"圣杯"落地撞击红砖地板发出"啪"的声响，纪德芬睁开眼睛低头一看，她高兴得差点要叫出声来——"胜杯"。按照佛教的说法，落地的一对"圣杯"，如果一只"圣杯"的内切面朝上，另一只"圣杯"的外表面也朝上的，就为"胜杯"；两只"圣杯"内切面都朝上的，叫"阳杯"；相反，两只"圣杯"朝上的都是外表面的，则为"阴杯"。"胜杯"表示占卜者祈祷的事神灵赞许；"阴杯"表示占卜者祈祷的事神灵劝阻。

用"圣杯"占卜，占卜者供好香火，确定祈祷佛祖保佑的事由后，必须连续依同一程序用"圣杯"占卜三次，取其中两次相同的结果为定论占卜的依据。纪德芬三次占卜的结果都是"胜杯"。纪德芬舒心地笑了，满脸阳光灿烂。

引导纪德芬占卜的和尚走到她身旁，双手合掌唱了句"阿弥陀佛"轻声表示祝贺："女施主真的是好命好运，佛祖保佑你大富大贵。"

纪德芬模仿和尚也双手合掌，笑眯眯地说："阿弥陀佛！谢谢大师……"

纪德芬喜笑颜开，喜不自禁牵着杜振彬的手走出驼岗寺。

三

人世间有些事总让人感到扑朔迷离，有些人喜欢借神的名义做事。做事罩着神的光环，不管是什么事，好事、坏事，哪怕是惊天动地的事、伤天害理的事，都能让人心里感到坦然，觉得天经地义心安理得。

纪德芬在驼岗寺用"圣杯"占卜算卦，三次都是"胜杯"，祈祷的心愿佛祖赞赏，神灵表示全力支持，她心里乐开了花。她相信，时来运转的时刻到了。李珏耀说：缘分不是等来的，缘分能创造。精明的曾秀玉把小汽车错给杜振彬，自己"违约"回避，为她和杜振彬创造了一个难得的"二人世界"，纪德芬心里很感谢曾秀玉的良苦用心。她觉得，她创造缘分的时机成熟了，属于她的幸福降临了。纪德芬很激动，带着一脸的喜悦，她伸出右手牵着杜振彬的左手。她的右手悄悄加力，向杜振彬传送着她的激动。杜振彬转头凝视着纪德芬，他第一次近距离欣赏纪德芬椭圆形俊雅的脸庞，手牵手享受她轻轻柔柔的鼻息。他心情激动，相牵着的手也相应加力回应着纪德芬，两人相视一笑心照不宣，无所顾忌依偎着走出驼岗寺大门。

早晨的阳光温柔地洒在驼岗寺前的小广场上，纪德芬满脸灿烂。她对杜振彬说："振彬，我先把穿着的开衫脱下放在汽车里，然后我们一起上驼头山。"纪德芬的心情特别好。

纪德芬脱下小开衫，杜振彬也脱下夹克，他们把脱下的衣服放在汽车的后座上，拿出纪德芬带来的小提包拎在手上，小提包里面装的是准备作午餐的面包、饮料，还有洗干净的葡萄和香梨。纪德芬又要杜振彬打开汽车后尾厢，把挎在手肘上的女式皮挂包放了进去，盖好盖，对杜振彬说："振彬，我们轻装上驼头山。"

看着纪德芬俊雅的脸庞挂满愉悦，杜振彬脸上不由自主地荡漾着欢乐的笑意，他对纪德芬说："走！"

柔和灿烂的阳光照着葱郁翠绿的山坡，也照在杜振彬和纪德芬的身上，他们披着橙红色的光泽并肩走着。杜振彬右手拎着小提包，纪德芬走在杜振彬的左边，她右手肘勾住杜振彬的左手肘，双手把抱在胸前，脑袋稍斜依偎着杜振彬的左肩膀，就像一对新婚不久的小夫妻，又像一对处于热恋中的情人。纪德芬好激动，罕见的连接三次"胜杯"激励着她下定决心抓住机缘，排除万难与杜振彬结婚。

　　纪德芬已婚但没经历恋爱，她的婚姻是一桩买卖。林煦俊欣赏纪德芬的美貌，用招工指标与纪德芬的美貌交换，成全了婚姻；纪德芬用美貌交换了林煦俊的招工指标，满足了自己回城的需要。他们有的是肉体的结合，缺的是心灵的交融。日久见人心，患难见真情。纪德芬很感谢一起赴海南岛屯垦戍边的战友，很感谢杜振彬与这些战友一起，在自己深陷困境两年多的时间里，敢于蔑视社会上流传的闲言碎语，多次出面为她打抱不平，总能在她需要帮助的时刻出现。她觉得，杜振彬是一位敢作敢为的男子汉，可以信赖，可以依靠。说来也奇怪，不知为什么，也不知从什么时候起，纪德芬迷茫的时候总想到杜振彬。想着杜振彬，她心里就会感到滋润和充实。她相信，与杜振彬一起生活，他们一定能创造出属于他们自己的幸福。

　　驼岗寺右边，一条用各种石头铺垫的山道，弯弯曲曲每向前走几步就有几级石阶升高，呈S形，缓缓地直通驼头山顶的小亭。杜振彬和纪德芬并肩在山道慢悠悠地走着。晨风习习吹拂，满坡的碧绿迷漫在雾气中散发着绿草野花的香味，又不时传出不知名鸟儿的欢叫，让人情怡神爽。

　　今天是个好日子，整条山道静悄悄的，没见其他人的踪影。纪德芬松开双手，伸出右手绕过杜振彬的后背，大胆地搂着他的腰身，勇敢地向杜振彬示爱。

　　纪德芬穿着一条水蓝色软丝短袖连衣裙。昨天晚上，为了今天与曾秀玉、杜振彬一起到驼岗寺要穿什么衣服，她动了一番脑筋，最后才选定这件连衣裙。这件连衣裙是她和杜振彬一起逛街时买的，杜振彬喜欢。穿着这件连衣裙衬托出她迷人的性感，纪德芬向杜振彬展现着自己身材的婀娜美妙。杜振彬是她的心上人，杜振彬是佛祖刚刚给她钦定的爱人。

　　纪德芬脚穿着一双白色中跟皮鞋，随着她缓慢移动的脚步，敲打着弯弯拐拐的山道上厚实坚硬的青岗石，发出"哒、哒、哒"的声响，像一曲欢乐的乐章在山坡上轻柔地弹奏着。

　　杜振彬看着眼前的纪德芬：波浪形的黑发披肩，嵌在俊美脸庞上的那双"勾魂眼"，水灵灵的波光流动，闪着神秘而诱惑的光芒。杜振彬心里淌涌着一种难以言喻的奇妙的感觉，他觉得纪德芬好漂亮、好迷人。他轻轻地叫了声"德芬"，随即伸过左手紧搂纪德芬的腰身。他第一次叫纪德芬没在后面加一个"姐"字。

　　"嗯！"纪德芬驻足转身，深情地盯着杜振彬，脸上闪出一抹动人的羞笑。她主动将身子贴着杜振彬的胸膛，双手环抱着他的腰身，轻轻地叫了一声"振彬"。

　　他们面对面深情地相互凝视着，情不自禁用力紧紧地拥抱着。杜振彬痴情地凝视着纪德芬漂亮的眼睛，眼神炽热。纪德芬长长的睫毛下，一双明亮的丹凤眼瞳仁黑白分明，水灵灵的波光流动，荡漾着迷人的光彩。杜振彬微笑着对纪德芬说："德芬，你的眼睛真漂亮！"这是他第一次近距离专注纪德芬的眼睛。

"是吗！"纪德芬笑着，"振彬，你知道，我这双眼睛是'勾魂眼'。我现在就'勾'给你看。"说着，调皮地闭上左眼睁开右眼，紧接着又闭上右眼睁开左眼，如此循环反复做了几次，俏皮地笑着，"振彬，我不知道这样是不是'勾魂'，你怕不怕？"

杜振彬松开拥抱着纪德芬腰身的双手，捧着纪德芬的脸庞，说："我不怕！我就是爱你这双'勾魂眼'。"说着，吻向纪德芬那迷人的眼睛。

杜振彬曾在家里讲过纪德芬"勾魂眼"的事，他爸爸听了哈哈大笑，说了声："扯淡！"他妈妈听了，叹了一口气，说："这姑娘好可怜。"在海南岛上山下乡的时候，纪德芬曾与曾秀玉一起到过杜振彬的家，帮带杜振彬妈妈托的沙茶炒猪肉到农场给杜振彬，杜振彬的妈妈对纪德芬有印象。纪德芬遭家暴，杜振彬与刘晓绯一行为纪德芬打抱不平奔波，回家后曾与爸爸妈妈探讨过纪德芬的事，想不到，爸爸说的话与李珏耀的观点差不多。他爸爸还说纪德芬是生不逢时。

杜振彬是无心插柳柳成荫。当年在四师十八团的团部操场，他看团部宣传队演出，欣赏过纪德芬在演《沙家浜》折子戏中扮"阿庆嫂"，他被迷住了。他曾闪过这样的念头，找爱人，找到最幸福的爱人，就是要像纪德芬这样的。纪德芬名花有主，名花受摧残，他感到愤怒。与刘晓绯一行一起为纪德芬打抱不平，他认为这是见义勇为，丝毫没有什么非分之想。纪德芬向他示爱，他感到振奋。如今拥抱着他曾悄悄恋眷的纪德芬，杜振彬陶醉了。他觉得自己是男子汉，不能心有想法不敢说出来。他对纪德芬说："德芬，我爱你！我们结婚，好吗？"

纪德芬抬起头，她的身子似乎因为激动而轻轻抖动着，她爱的人爱她，向她求爱了。她轻轻地点了点头，"嗯"地应了一声。

四

黎海花买了第二天海口到西泉农场的班车票，她手里提着行旅袋，高高兴兴地走出海南长途汽车客运站的售票厅。前天，她坐了整整一天的长途汽车，从驼江市到省城，第二天一早乘公交车赶到客轮码头，凑巧遇到有旅客退票被她买到，搭上当天的客轮，经历了一天一夜的海上颠簸到达海口。黎海花一下船就挤上客轮码头专门接送旅客的小轨道人货列车，直奔海南长途汽车客运站，在售票厅排长队买到了汽车票。黎海花运气好，旅途顺利，没太多的耽搁。

黎海花是接到她弟弟的来信，与唐环宏商量后决定回西泉农场的。黎海花的弟弟来信邀请姐姐和姐夫参加他的婚礼。黎海花的这个弟弟比黎海花小十岁，是她弟妹中年龄最小但又是最有出色的。他考上中央民族学院，大学毕业后分配回海南，在自治州委宣传部工作；对象是邻县的黎族姑娘，省民族学院大学毕业后，在自治州委办公室工作。

黎海花提着行旅袋，不时左右晃动着脑袋，小心翼翼地回避来来往往的车辆，穿过汽车站前面的大马路。黎海花匆匆忙忙赶路是要到车站旅店登记住宿。海口旅店床位紧缺，找旅店晚了，登记住宿慢了没地方住，就有可能要到汽车售票厅门口的石台阶上坐着打盹过夜。车站旅店就在车站售票厅的斜对面，中间隔着一条大马路，马路上汽车来来往往，人行道上路人步履匆匆。

"黎海花！"一声亢奋的女高音从黎海花身后传来，黎海花驻足，转身寻找声源。

"黎海花，在这！"文海娇从人行道旁边的一家水果店里闪出，向黎海花招手。

"哦！海娇，文海娇！"黎海花认出文海娇，边喊边快步走了过去。周围好几个路人脸带惊讶瞧着她们。

"黎海花，真的是你呀！"文海娇高兴地说着。她拿过黎海花手中的手提袋，拉着黎海花的手，带着她走进店铺，把她按在左柜台后、靠里墙的一把木折叠靠背椅子上坐下，把手提袋放在里面的另一把木靠背折叠椅子上。文海娇商铺里面的墙角置放着一只木茶几，茶几上放着一个竹壳热水瓶和两个茶叶罐。以茶几为中心呈直角两边摆着几把木折叠椅。文海娇对黎海花说："刚才你从我店前走过，我觉得身影好熟，很快就想到是你，可又心中无底，我就试着喊了你的名字，你一停步，嘿！对了，就是你。"文海娇边说边从茶几底层拿出两个带盖的白瓷杯，掀开杯盖，放进一些海南绿茶，泡上开水又重新盖上杯盖，递过其中一个给黎海花，"海花，喝茶！"自己则在茶几另一边的一把木折叠椅上坐下。文海娇似乎想到什么，盯着黎海花，带着疑惑问："怎么？就你一个人。"

"对，是我一人。环宏工作忙抽不开身，海雄由环宏的爸爸妈妈照看。我呀，一个卖菜的，自由自在，所以就我一个人来。"唐环宏现在是驼江市火力发电站的临时工。

福山公园"难民营"的拆迁，福山区委最后采用了刘晓绯的办法。福山区委书记祝炎智在区党政联席讨论解决"难民营"问题会议的第二天上午，与区长一起详细研究了会议上提出的不同方案各自的利弊，决定采用刘晓绯提出的方案。下午，祝炎智与区长一起到市政府找市长汇报并提请支持。市长批准了福山区委提出的解决"难民营"问题的方案。随即，福山区委组织相关干部对"窝栅户"住民造册登记，两天后，市政府召开市里几大国有企业的厂长、书记会，向这几家企业下达了盖简易结构住房，从"窝棚户"住民中招临时工的指标。按照"窝棚户"每户招一名临时工的原则，唐环宏被安排到市火力发电厂当临时工。火力发电厂用不到两周的时间，在工厂煤场附近盖了一幢统子楼。统子楼二层，中间楼梯，环形走廊，每层12间房子，分布在楼梯的两边。每间房子的面积约12平方米，中间又用竖砖砌起一面墙隔成两间每间6平方米左右的小房，有被厂里招为临时工的"窝棚户"住民，每户可住进一间小房，抽签分配。唐环宏抽签分配到的，是二楼靠西边的一间小房。

福山公园的"难民营"问题，不到一个月就已完美解决，不仅没人闹事，而且深得人心。后来，唐环宏和黎海花才知道刘晓绯是福山区副区长。采用这种办法帮助"窝棚户"解决困难，是刘晓绯最早提出来的。

接到黎海花弟弟的来信，夫妻商量时，唐环宏对黎海花说："海花，我想，我在电厂干工时间很短，不好意思提出请假，你弟弟的婚礼，我就不参加了，你自己一个人去，代表我向他们夫妇表示祝贺就行了。"

黎海花想了想，答应了。唐环宏到发电厂当临时工只有三个多月，请假到海南来回起码要半个月，她也觉得不好意思向领导开口请假。再说了，两人一起赴海南岛，来回一趟的车船票、住宿费就要花掉唐环宏几个月的工资。他们现在家庭经济还比较困难。

黎海花端起茶杯慢慢地喝着茶，她边喝茶边告诉文海娇为什么自己一个人回海南。

文海娇静静地听着。文海娇听唐欣潮说过知青的困退回城，她想不到黎海花随唐环宏回驼江市还要住"窝棚"，日子过得这样艰辛。她高兴自己"选对郎"，唐欣潮有主见不随波逐流，"人云亦云"。这几年，她与唐欣潮齐心协力，夫妻俩规划创办水果公司的梦想，现在已经可以说是基础夯实开始起步了。这家水果店，盘下还不到一个月，是准备做水果批发展品的，目前兼作零售。

"老板。"一对看似夫妻的青年男女走进店铺要买芒果。

文海娇对黎海花说："你先坐，我过去。"说着，起身迎接顾客。

文海娇的水果店位于马路临街的海南式骑楼的底层，面积约30平方米，前面三分之二的面积中间隔出一条宽约50厘米的过道，过道以两个1.5米长、0.6米宽、1.2米高的柜台为终点，又以终点为起点，置放着用木板制造的形状不一的木格缓慢延伸到距店门口约半米高的地方，木格斗里摆着各种各样的水果，仅芒果就有五六种不同的品种。这对顾客买了近十斤象牙芒。送走买芒果的顾客，又来了买椰子的。文海娇又忙了一阵子。文海娇回到柜台后，重新坐在椅子上对黎海花说："海花，对不起，冷落你了。这店铺有一个帮工，今天随欣潮在仓库出货，他们要中午才回来。"

　　文海娇说的仓库，距海口车站约两公里，在海口市郊的城乡接合部。改革开放，农场也搞林段承包，唐欣潮和文海娇承包了连队的46号、47号林段，那是他们的爱情诞生地，过起了"公离不开婆，婆离不开公"的日子。唐欣潮和文海娇承包的是中小苗管理林段，连队提出橡胶苗木管理的技术要求和生长的增量指标、林段植被和防风林管理达标的要求等，季度验收，不统一开工收工，劳动时间由承包人自由支配。唐欣潮和文海娇早出晚归管理林段，消灭了林段的茅草和恶草后，他们就开始琢磨做海南水果生意的事了。

　　连队有几位原籍内陆农村的退伍兵职工，见唐欣潮和文海娇管理的林段都消灭了茅草和恶草，都找上门说让他们在林段的橡胶行距间种花生等农经作物，并由他们代管林段的橡胶中小苗，保证达标。这些退伍兵职工，几乎都回家乡农村带来老婆，农场没招工指标，他们的老婆只能作为职工家属在连队无所事事，一家子人只能依靠丈夫一人的工资过日子，日子过得很艰难。唐欣潮和文海娇把承包的林段让连队的两位带家属的退伍兵职工代管后，开始四处奔波策划做海南水果生意。他们一起到泰国，请教在泰国做热带水果批发生意的文海娇的姑妈和姑父。

　　文海娇拥有一笔"不光彩"的资金。当年，胡秋生借公济私，以连队需要的名义，领农场的炸药与他人联手偷挖金矿，分到了两根每根约250克的黄金条和大小不一的20多个金戒指。胡秋生在世的时候，在茅草伙房的鸡窝里挖了一个洞，用塑料布把它们包了藏在里面。这件事，只有文海娇一人知道。文海娇与唐欣潮结婚，两人情投意合、幸福满满，文海娇把这事告诉了唐欣潮。再后来，一天黄昏将近时，唐欣潮和文海娇还在林段里挖茅草，防风林外面的牛车小路上来了三位戴黑墨镜的壮硕的汉子，其中一人冲着文海娇喊："胡嫂子……"这三个人乍一看，明显就知道不是善茬。不过，他们并没有气势汹汹。

　　文海娇一愣。那人又大声喊了句："胡嫂子，我们找你有事！"

　　唐欣潮挂着锄头对文海娇说："海娇，找你的。"

　　文海娇反应过来了，她对唐欣潮说："走！我们过去看看。"

　　唐欣潮和文海娇穿过防风林走到牛车路旁，那个人又对着唐欣潮说："这位兄弟，请你留步，我们与胡嫂谈谈，一会儿就好。"

　　文海娇对唐欣潮说："欣潮，你先在这里等等，我去与他们谈谈，看有什么事。"

　　"小心！"唐欣潮轻声叮嘱。

　　"我会的，放心！"文海娇说着，朝十几米外的三个人走去。

十分钟不到，文海娇回到唐欣潮身边，那三个人转身朝牛车路的另一方向走了，一会儿就不见踪影。

"什么事？"唐欣潮焦急地问文海娇。

文海娇递给唐欣潮两根黄金条，说："你看，这是什么？"她向唐欣潮抛了一个媚眼，"吻我，欣潮！我们收工，路上我告诉你。"唐欣潮与她结婚，她觉得唐欣潮吃亏了，她不是黄花闺女，她必须给唐欣潮多多的爱。承包林段后，他们是上午早开工早收工，下午是晚开工晚收工。在林段劳动，文海娇说自己是海南农村长大的，干橡胶林段的活没问题。她不让唐欣潮干重活、累活，搞得唐欣潮很不好意思。

当然，唐欣潮是勤奋的知青。他享受着文海娇的爱，也深深地爱着文海娇，但他并不是每天只沉醉于文海娇温柔乡的庸人。他抢着理家务，争着在林段里干重活，也积极策划着自己人生的发展。他觉得，作为男人，他应该有更大的作为，才对得起文海娇对他深深的爱。

回连队宿舍的路上，文海娇告诉唐欣潮，说刚才来的三个人，是胡秋生最后一次炸金矿的合伙人。胡秋生出事，他们怕被政府抓去，于是都躲藏到外地，现在风声似乎已过，他们打听消息找到文海娇，说按照当初联手挖金矿的协定，胡秋生应分到一根金条，另一根金条是慰问文海娇的。他们还告诉文海娇，如何找到收购黄金的人。文海娇对唐欣潮说，这些东西是不义之财，但若不要，这两根金条在他们手中也不会成为有义之财；拿了就拿了，有什么事以后再说。

胡秋生参与偷挖金矿获得的不义之财，成了唐欣潮和文海娇做水果生意的启动资金。唐欣潮和文海娇四处找关系，买下了海口郊区农村一座面积约400多平方米的小庭院。这座小庭院毗邻村道，汽车可直接开到门口。据说，这里住过一个麻风病人，后来房东的后代没人敢住，房子破损了也没人修缮。唐欣潮和文海娇买下后推倒重建，改建成一座二层的小楼，先作仓储和住家，计划以后生意做大了条件好了再重新装修成公司。到海口发展是文海娇姑父和姑妈的建议，他们都强调，做水果批发生意应该把公司设在海口，海口是内陆与海南岛联系的交通枢纽，经济辐射力强劲。

做水果生意的时效性很强，最难的是水果"保鲜"。海南天气炎热，没有冷藏仓库，进的水果两天卖不出去，大部分就会皱皮生出黑斑，很快就会腐烂。唐欣潮在楼房的底间设计了一个十多平方米的冷藏室，但由于农村民用供电不正常，时常误事，而且也很难找到冷藏柜车，搞远程贩运很困难，唐欣潮和文海娇不得已只能做些小批量的应时水果生意，作仓储的主要是椰子等对保鲜要求不高的水果。上午，有客户要了几千个去皮椰子，唐欣潮带着帮工在他们的那座小楼忙碌着。

文海娇与唐欣潮结婚后，与黎海花的关系很好，两人都是与驼江市赴海南岛屯垦戍边的知青结婚的海南姑娘，丈夫又都姓唐。黎海花要随唐环宏办免干困退回驼江市的时候，曾到六连向文海娇告别。文海娇悄悄告诉黎海花，说她和唐欣潮准备有机会时，要做海南水果生意，说到时条件好了再约黎海花夫妻参加。一晃，两三年就过去了。

"喵"一只老花猫从店铺后墙的窗户跳入，"呼"地一下子窜上了柜台，一双闪着绿光的眼睛盯着黎海花表示欢迎。老花猫是文海娇为抓店铺里的老鼠而养的。

"去去去……"文海娇起身赶走老花猫，抬头看了看墙壁上的挂钟。挂钟显示时间已过十点半。文海娇转身瞄着黎海花笑着说："海花，对不住啊！你瞧，我一高兴，就忘记了，店里没早餐，你肯定是饿着肚子，我先给你下面条。"

"不用、不用！海娇，你忙，我先到前面的车站旅店登记住宿，回来再与你聊。"黎海花站起来想告辞。

"什么？海花，你到了我这里还要去住旅店？"文海娇脸露温怒，"今天你就住这里。你现在先洗澡，换下的衣服放到后面的洗衣机里洗。中午欣潮回来，我们一起吃饭。吃完饭，你先休息。下午三点，他看店，我陪你逛海口，买点东西送你弟，祝贺他结婚。晚上就住在这里。"不容黎海花推辞，"就这样定了，我做主。"文海娇店铺后面是一片空地，紧靠店铺的后墙盖有一个小卫生间和一间小伙房。

"哇！海娇，这么霸道？欣潮宠的！"黎海花笑着对文海娇说。

"没有的事啊！不过，海花，我告诉你，我们做什么事都有商量。"文海娇满脸阳光灿烂，她压低声音对黎海花说，"海花，告诉你，欣潮与我一起回我家，我爸、我妈见了都很满意。村子里的人都说我是'选郎才女'，哈哈哈……"文海娇说着，爽快地笑了起来。

当天晚上，文海娇陪黎海花住在水果店，她俩同床聊天睡觉。黎海花告诉文海娇，说从农场回驼江市的知青中，书读得最多的是李珏耀，官当得最大的是刘晓绯，钱挣得最多的是曾秀玉……

五

曾秀玉找了一个星期六的晚上，带着纪德芬起草的离婚协议书来到林家。这次，林煦俊和他的父母亲、妹妹都在，一家人理好家务洗好澡正围着饭桌坐着喝茶聊天。

林煦俊的爸爸见曾秀玉进来，立即表示欢迎，说："秀玉，来，请坐！"说着，拉过一张木板凳，请曾秀玉坐下。曾秀玉以前多次来过林家找纪德芬，林煦俊的爸爸认识曾秀玉。

"谢谢林伯伯！"曾秀玉在林煦俊爸爸的身边坐下，她双腿并拢，把手上拎着的紫色小皮包放在腿上，朝林煦俊的妈妈笑着点点头，说："你好，阿姨！"

林煦俊的妈妈脸上罩着一层寒霜，木乃伊似的毫无表情，爱理不理一副铁石心肠的模样。她用厌恶的眼神瞪了曾秀玉一眼，脸上僵化的肌肉搐动了几下发出"嗯"的一声，傲慢地把头扭向一边。纪德芬遭家暴后，曾秀玉几次来林家，林煦俊妈妈待人的这副嘴脸她司空见惯，早已不当一回事了。

"呃！你找我们，有什么事？"林煦俊的妹妹绷着脸，嘴角勾勒出一抹嘲讽的冷笑，很没礼貌地问曾秀玉。林煦俊的妹妹没能考上大学，现在长途汽车货运公司当临时工，与她爸爸同一单位。她与她妈妈坐在一起。林煦俊妹妹的性格很像她妈妈，说话语气凌厉、待人刻薄刁蛮，不懂规矩也不懂礼貌。

曾秀玉瞪了林煦俊妹妹一眼，心里骂了一句"小刁婆！"她不想回这个"小刁婆"的话，"小刁婆"不值得她理睬。

"秀玉。来！喝口茶。"林煦俊父亲起身离位，他为曾秀玉泡了一杯茶，递给曾秀玉。

曾秀玉略起身，双腿夹着小皮包，双手接过，说"谢谢林伯伯！"重新坐下，把茶水放在饭桌上，转头严肃地盯着林煦俊，"煦俊，我今晚找你，就是……"

"煦俊，来客人啦？"曾秀玉话还没说完，就被一个声音打断了。一个身材高挑、长相清秀的女人从林煦俊住的房间里出来，招呼也不打就直接坐在林煦俊的身旁。

林煦俊神情有点尴尬，向曾秀玉介绍说："我的朋友，徐嫚仪。"又转头向徐嫚仪介绍，"这就是曾秀玉。"

曾秀玉瞪着徐嫚仪，礼貌地说了声："你好！"

徐嫚仪是驼江市重型机械厂的工人。国家内乱时期，她曾经是驼江市的风云人物。当年，驼江市重型机械厂的造反派在厂里夺权，徐嫚仪是五人"夺权领导小组"的副组长。

徐嫚仪的父亲是驼江市重型机械厂里的老工人，工交系统的劳动模范。见女儿积极参与揪斗厂长，气得吹胡子瞪眼睛，大骂女儿是浑蛋。

驼江市重型机械厂的厂长姓石，16岁就参军是个老八路。解放战争一路南下，驼江市解放时参加军管会工作，后来转业任驼江市重型机械厂厂长。50年代末60年代初，石厂长坚决主张要给劳模多发奖金，经常说他当连长的时候，连队杀猪宰羊、老百姓慰问连队有肉吃的时候，他常常要炊事班给连队的战斗英雄每人多加一勺肉。

石厂长和徐嫚仪的爸爸是好朋友。徐嫚仪考不上大学，成了街道居委会的待业青年。他以照顾老劳模为理由，想办法到上级要指标，把徐嫚仪招为重型机械厂工人。

石厂长爱劳模，主张给劳模发奖金成了他"走资本主义道路"的罪行，被造反派夺权叫到模具车间当搬运工，经常接受批斗。

徐嫚仪批斗石厂长，徐嫚仪的父亲责骂女儿是忘恩负义。徐嫚仪反唇相讥，嘲笑父亲是"保皇狗"。徐嫚仪在家是独女，从小娇惯任性，父女俩在家里见面时常辩论，甚至吃饭时也吵得不可开交，气得徐嫚仪的母亲用勺子敲击锅盘喊叫："不要吵了，不要吵了！要吵，你们到街上吵……"

徐嫚仪当上了驼江工人联合造反司令部的宣传部部长，回家少了，家里也平静了许多，但却更让父母更操心了，每天提心吊胆，总担心徐嫚仪会遭遇什么不幸。后来，驼江市两大派群众组织爆发了武斗，徐嫚仪的父母亲更担惊受怕。他们多次劝说徐嫚仪回家，要她少掺和外面的活动。

后来，徐嫚仪因恋爱对象翁武辉出了意外，也辞去了驼江工人联合造反司令部宣传部部长的职务。

风水轮流转。三十年河东，三十年河西。驼江市革委会成立，两派群众联合，石厂长被"解放"，重新当上了重型机械厂的革委会主任。紧接着，全市开展清理打、砸、抢分子的运动。徐嫚仪成了清查对象。

徐嫚仪的父亲紧张了，急忙找石厂长想办法。徐嫚仪没受到处置依然在厂里当工人，但心里却从此蒙上一层浓烈的阴影。

失意的徐嫚仪一次在百货商店购物时，遇见了同样在购物的林煦俊。两人在"文革"中同是造反派，曾都是辩论、写批判文章的高手，早就认识，现在都感到失意心里充满委屈。

徐嫚仪与林煦俊又重新开始了来往。相似的阅历、相同的感受，互诉苦衷很快就成了彼此的知己，很快就开始了恋爱。最近几个月，徐嫚仪常常在林煦俊的家里过夜。

徐嫚仪阴着脸冷冷地盯着曾秀玉。见曾秀玉问好，也回了声："你好！"

徐嫚仪听林煦俊说过曾秀玉，知道她是回城的海南农垦知青。徐嫚仪心里阴暗。学校的初、高中毕业生被动员赴海南岛垦戍边塞，她幸灾乐祸。她庆幸自己是工人，不是上山下乡对象，不用到海南岛屯垦戍边。知青招工回城她无端忌恨；她厌恶林煦俊说的那些敢为纪德芬叫屈打抱不平的从海南回来的知青，曾秀玉是其中的一个。

曾秀玉没理睬徐嫚仪。她对林煦俊说："煦俊，你与德芬的事应该有个说法。我的意思是应当了结。"说着，打开小皮包，拿出纪德芬委托她带来的离婚协议书递给林煦俊，"这是德芬托我带来给你的，你先看，同意不同意，两天后我再来找你。"

曾秀玉不想与林煦俊费口舌，林煦俊一接过离婚协议书，她立即站起来，对林煦俊的爸爸说："林伯伯，我走了。"她紧抿着嘴唇，冷冷地瞄了其他人一眼，拎着小皮包头也不回径直走了。

六

纪德芬与林煦俊商定，星期二下午到区民政局婚姻登记管理处办理离婚手续，他们是协议离婚的。林煦俊觉得自己意想不到捡了一个大便宜，纪德芬不要财产、不要赔偿，而且，单独哺养女儿不要林煦俊承担抚养义务。

区民政局是一座三层的小筒子楼，婚姻登记管理处在小楼底层，大楼入门处右边，是由两个同向连接的隔间中间墙推倒，装修合成的一个呈长方形的大房间，面积30多平方米。办公室里面设备很简陋：一个旧式的文件柜置放在房间的墙角边；文件柜前面，两张1.2米长、60厘米宽的办公桌，搭配两张办公椅一字摆开，办公桌前分别各置放着一张用长木条板制作的靠背双人椅；文件柜对面墙前，平行置放着三张用长木条板制作的靠背五人座椅，供等候办证的人歇息。

下午，区民政局办公时间刚到，林煦俊就来到婚姻登记管理处。林煦俊身穿一套蓝色旧工作服，在空无一人的管理处东张西望，显得喜气洋洋。他犹豫了一下，坐到五人座的木条椅上。

林煦俊职场失意，身上潜藏的痞子气立马涌现。他赌博酗酒、歇斯底里骂街、回家暴打老婆，把对社会的怨恨悉数撒泼在纪德芬身上。纪德芬出走后没了宣泄对象，他也平静了好多。

最近几个月，林煦俊黏上了徐嫚仪，"同为天涯沦落人"，两人很快就发展到同居，谁也离不开谁。但是，林煦俊就是不提与纪德芬离婚，他要整臭纪德芬、拖垮纪德芬。林煦俊得到他妈妈的全力支持。

几天前，曾秀玉把纪德芬起草的离婚协议书递给他的时候，他手里接着心里却在琢磨如何耍赖，他要百般刁难让纪德芬回不了家也离不了婚。纪德芬母女生活无着落，他幸灾乐祸，打心里高兴。

徐嫚仪在林煦俊的家人面前，对纪德芬起草的离婚协议书没发表任何意见，但当天晚上与林煦俊同床，她就催促林煦俊赶快与纪德芬离婚。已经30多岁了，她觉得自己的婚事没时间再拖再熬了。何况，纪德芬没提任何要求，自愿带着女儿净身离婚，她感到费解又担心夜长梦多，说不定什么时候纪德芬后悔了，打官司把女儿推给林煦俊抚养，那自己可就惨了。

徐嫚仪担心的事没发生。

林煦俊孤零零地坐在婚姻登记管理处长木条靠背座椅上，想着拿到离婚证后如何羞辱纪德芬。

那天，曾秀玉送来离婚协议书刚离开，林煦俊家里人就议论开了。

"唉！"林煦俊的爸爸叹息着，"'家丑不可外扬'。这件事本来就没有必要闹得这么大，到处讲、到处闹，搞得沸沸扬扬的干什么呀？我说……"林煦俊的爸爸向来就反对家里人打骂纪德芬，可他性格怯懦，又长年开长途货运车不在家，家里事通常是老婆说了算。他反感徐嫚仪来家里与林煦俊同居。他告诉过林煦俊，说他有预感，徐嫚仪不是一盏省油的灯。但林煦俊有母亲和妹妹的支持，把他的话当成耳边风，肆无忌惮地我行我素。

"离婚有什么不好？"林煦俊爸爸的话还没讲完，就被林煦俊的妈妈野蛮地打断了，"老头子，你糊涂了。我都问过了，这骚婆是颗灾星。家里来了灾星，能有好日子过？"林煦俊的妈妈满脸深仇大恨，僵硬的横肉随着嘴唇一张一合抽搐着。她恶狠狠地说："离婚就是送'瘟神'，不过，离婚不能太容易，不能便宜这个害人的骚婆。"

林煦俊的爸爸气鼓鼓地听着老婆不可理喻的话，说："'冤家宜解不宜结'，你懂吗？'一日夫妻百日恩'，依我说，关系不要搞得这么僵，行不行？"

"不行！"林煦俊的妈妈霸道地说。

"行，就你行！我不跟你说。"林煦俊的爸爸愤怒地瞪了老婆一眼，站起来背着手走进了房间。林煦俊的爸爸一向对蛮不讲理的老婆没办法。

林煦俊的爸爸一走，林煦俊的妹妹迫不及待就说开了："对，不行！哪有这么便宜的事？！哥，你们就是离婚，也不要让这个害人精有好日子过，要搞臭她，让她臭名远扬，臭不可闻，没人敢要她。"林煦俊的妹妹附和着妈妈。有其母必有其女，林煦俊的妹妹刁蛮刻薄，邻里吵架对骂最在行。昨天晚上，她还一再叮嘱哥哥，要哥哥不要忘记，在民政局也要搞臭纪德芬。

林煦俊打定主意，拿到离婚证书，就破口大骂纪德芬。林煦俊有信口雌黄、无中生有、耍赖撒泼的本领。他想，那时，婚姻登记管理处最好还要有其他人在场。

林煦俊正想着，婚姻登记管理处的杨主任走了进来。刚才，杨主任刚打开管理处办公室的门，就被叫到局长办公室。杨主任是一位略显富态的中年妇女，长相一般，但脸上总挂着笑容，很养眼。她留着齐耳短发、显得很精干。

进门见到正坐在长木条板靠背椅上想心事的林煦俊，杨主任走上前问："同志，你有事？"通常来这里的，不管是结婚的还是离婚的，都是成双成对会齐后才来的。

林煦俊单身一人坐在那里，她感到有点奇怪。

"噢！是的，我在等人……"

林煦俊话没说完，七八位男女拥着纪德芬走进婚姻登记管理处。

见到林煦俊，曾秀玉走到他跟前，说："煦俊，你好啊！"

林煦俊傻眼了，他想不到纪德芬会找来这么多人。他下狠手打过纪德芬，现在纪德芬找人要报复他，要揍他？海南农垦知青重情义。他听说过纪德芬当歌手受人欺负，同农场回城知青伍秋盛路见不平、出手揍小流氓的事。他有一种不祥之感，后悔今天没多找几个人陪自己。

好汉不吃眼前亏。林煦俊掩饰内心的紧张，脸色很快阴转晴。他站起来，强装着笑脸回曾秀玉一声："噢！你好！"又转身向着纪德芬说，"你来啦！"林煦俊突然感到莫名其妙，纪德芬今天着盛装，水蓝色软丝短袖连衣裙，外套一件水红色过腰短装长袖丝质开衫，脖子上挂着一串珍珠项链，脚穿黑色高跟皮鞋。刚做过的及肩秀发夹着一个红蜻蜓发夹，油光闪亮发出阵阵的幽香。

"嗯！"纪德芬盯着林煦俊回答，目光中透出丝丝的轻蔑，没有怒不可遏的样子。

林煦俊又瞄了陪纪德芬来的其他几个人，发现这些人衣着光鲜亮丽、神采奕奕，不像是要寻事打架的。他认识的钟奕强、杜振彬来了，但没见到李珏耀和刘晓绯。他不知道会拳术的伍秋盛来了没有。这群人的到来，打消了林煦俊想在婚姻登记管理处寻衅滋事的想法。

见拥进了一批人，杨主任说："噢！都来了，"她指了指身后的办公桌，"这样吧，来办事的人到那边，其他陪同的人就坐在这里等待。要喝水，自己动手。"五人座长木条椅最后排的椅子旁的墙角边，置放着一张类似小学生上课时用的木桌子，上面放着一个开水桶，开水桶旁边放着几个没加盖的白色陶瓷杯。

杨主任走到办公桌后面，拉开办公椅坐下。纪德芬和林煦俊坐在办公桌前面的双人木条靠背椅上。林煦俊从黑色的小皮包里拿出离婚申请报告、协议书和户口本递给杨主任。

杨主任仔细地看了离婚申请报告和离婚协议书，严肃地问："性格不合，感情不和，就没有调和的可能吗？"

曾秀玉送来三杯热水，分别摆在他们三人面前，轻声说："请喝水。"

杨主任抬头看着曾秀玉，说："谢谢！"纪德芬和林煦俊也向曾秀玉点头表示感谢。

杨主任端起杯子，喝了一口水，接着说："夫妻嘛，吵吵闹闹是常有的事。不过，吵架归吵架，不要轻易提离婚。我建议你们，是不是重新慎重考虑一下。"

"领导同志，我们真的是感情破裂，无法生活在一起了。我想我们还是离婚比较好，都能解脱痛苦。"林煦俊抢先说。林煦俊原本想要羞辱纪德芬，但见到身后不远处，坐着一群回城知青，他怕说了没好果子吃。

杨主任目光盯着纪德芬问："你呢？"

"我觉得我们的确是感情已经破裂无法弥补了。"纪德芬端起杯子，喝了一口水平静自己的情绪，接着说，"我带着女儿在外面租房子住已经两年多了……"

杨主任平静地听着纪德芬的陈述，问："协议书上写的条款，你都愿意接受吗？"

"协议书是我起草的，自然，我愿意接受。我觉得，人强不如自强。女人为什么一定要依附男人？我重新开始，生活会过得很好的。"纪德芬的回答很干脆。

杨主任无语。她略作思考，对林煦俊和纪德芬说："行！你们协议离婚，要求都很强烈，我批准了。"说着，她站起来，转身打开身后的文件柜，拿出两本离婚证书，填好相关的内容后，盖上公章，分别递给林煦俊和纪德芬，"你们离婚了，我希望你们离婚后还能是朋友。"

林煦俊和纪德芬接过离婚证书，都向杨主任表示感谢。

林煦俊把离婚证书、离婚协议书和户口本都装进小皮包，正准备离开。钟奕强和杜振彬朝他走过来。

钟奕强拿出一份大红请柬，递给林煦俊，说："煦俊，我代表杜振彬和纪德芬邀请你，请务必赏光。"钟奕强穿着浅灰色短袖衬衫，搭配深蓝色棉西裤，脚上穿着的皮鞋擦得锃亮。

杜振彬走到纪德芬跟前。杜振彬英姿潇洒。他上身穿白色的确良短袖衫，下身穿米黄色的确良西裤，脚穿米黄色皮鞋。纪德芬站了起来，他们手牵手走到办公室中间。杜振彬转身轻轻地拥吻着纪德芬，说："德芬，我爱你！我们说过，我们要爱得轰轰烈烈。"说着，用力横抱起纪德芬，旋转起来。纪德芬双手环抱着杜振彬的脖颈幸福地笑着，她身上柔软轻盈的水蓝色裙摆、水红色丝质开衫和满头的秀发随着旋转而飘逸，宛如五彩缤纷盛开的鲜花。前来陪同的战友们都站起来，为他们鼓掌。

杨主任愣住了，她不知发生什么事。曾秀玉拿着一小包白兔牌软糖走到她身旁，双手送给她，轻声告诉她说："杨主任，请，这是喜糖。他们现在要登记结婚。"前天下午，杜振彬请钟奕强和曾秀玉到家里，商议纪德芬离婚的事。几次接触，他们都深知林煦俊的德性，林煦俊想方设法羞辱纪德芬堪称是无孔不入、无缝不钻。估计他可能会在婚姻登记处闹事，曾秀玉建议找几位同农场的回城知青，陪纪德芬一起去。

钟奕强提议，办理好纪德芬与林煦俊的离婚手续后，当着林煦俊的面，杜振彬与纪德芬登记结婚。

林煦俊打开请柬，是邀请他参加杜振彬与纪德芬婚宴的请柬。他目瞪口呆，抿着嘴紧握着拳头，狠狠地瞪了这班兴高采烈的回城知青一眼，扔掉请柬，朝地下"呸"的一声，拎着小皮包灰溜溜地走了。

杜振彬和纪德芬的婚宴设在驼香饭店。驼香饭店也可以说是驼江市的知青饭店，由杨森怀和郭秀芝夫妻俩负责经营。

第十二章

童恒在武装连遭雷击时负重伤，病退回城找工作几经曲折，想转租郭秀芝的铺面开牛肉丸店引发郭秀芝的联想。被钟奕强怒斥后，杨森怀向郭秀芝负荆请罪求爱，得到谅解两人结婚。夫妻友善出招盘下铺面周边旧屋。知青集资，由伍秋盛设计改建旧房创办驼香饭店。驼香饭店也被称为知青饭店。杜振彬与纪德芬在知青饭店举办别出心裁的婚礼。纪德芬不甘无业赋闲，联系为陈根秋妈妈做道场的班主当了女法师，杜振彬于心不甘不忍但又无奈，向杨森怀求助。

一

程善刚悲壮地离开了人世，摩托车、自行车维修店难以为继，只好关门，失去生计的郭秀芝骤时感到一筹莫展。哥哥去世，嫂嫂遭遇不幸，程善毅也觉得难受，但他的难受更多的是想到以后，再也不能借妈妈的名义，向哥哥要钱占便宜了。他时刻提防郭秀芝回婆家，担心她从妈妈那里要东西占便宜。

程善毅不欢迎郭秀芝回婆家看望他妈妈。程善刚去世一个多月后，程善毅与郭秀芝终于爆发了冲突。

那是一个星期天上午，身为人媳的郭秀芝带着女儿来到婆婆家，她想看望婆婆并与婆家的人商议自己今后的生计。中午，程善刚的妈妈一再挽留郭秀芝母女留下用午饭，郭秀芝一再推辞，推辞不了只好应允。为了欢迎媳妇和孙女，程善刚的妈妈特地加了两个菜：一条清蒸草鱼和一盘驼江卤鹅肉。

饭菜准备好了，程善毅夫妇带着他们的宝贝儿子从楼上慢吞吞地走下来，小琼青热情地走上前向程善毅夫妇问好，又热情地想拉弟弟的手。程善毅夫妇爱理不理的让小琼青尴尬，程善毅的儿子更是气呼呼地甩了一下手，说："我……我不跟你好。你……你不要拉我的手，我不让你拉手。" 程善毅仍像过去那样，见到郭秀芝从不打招呼，他老婆也只是象征性地向郭秀芝点点头。儿子的不礼貌，他们都视而不见。

小琼青一愣，委屈地跑到妈妈身边，胆怯地抱着妈妈的大腿。郭秀芝轻轻地抚摸着女儿的头，慰抚她说："琼青乖！好了，走，我们一起吃饭去。"

饭桌上的气氛很尴尬。程善毅阴阳怪气，不时装疯卖傻讽刺挖苦。他问妈妈："妈，今天是什么重大节日，加这么好的菜？"

程善毅的妈妈瞪了他一眼，没回答。程善毅夹了一大块清蒸草鱼肉放进自己的碗里，又自言自语："今天真好呀！白吃白喝全都免费的。不吃白不吃。"

"说那么多废话干什么？吃，大家吃！别听他的。"知道程善毅不怀好意，寻机挑事，程善毅的妈妈没理睬他，只是劝大家吃饭。程善毅的老婆忙着用筷子把桌子上的好菜翻拣出来，挟到她儿子的饭碗里。

"妈，你就别打肿脸充胖子了。天天大鱼大肉好饭好菜过大节。当然啦，免费的午餐谁不要？我天天来。"程善毅接连咽下几块卤鹅肉，"哼、哼"冷笑了几声，"我啊，现在也学会不要脸啦！不交钱，白吃饭，还吃好饭！" 程善毅"猪八戒倒打一耙"。他长期在家白吃白住一分钱也不掏。哥哥没了，在众亲人的压力下，上个月，他不情愿又很无奈，第一次拿了十块钱资助家里。

郭秀芝心知肚明，程善毅是冲她来的。程善毅是一个把从自己身上掏出一分钱看成比从自己身上割肉还要痛的人。一个多月前，郭秀芝刚接到程善刚的遗信，程善毅借母亲的名义到维修店要钱时，被杨森怀扇了一记耳光，又挨了几个拳头，之后就再也没向郭秀芝要过钱，但一直怀恨在心。

郭秀芝很怀念程善刚。为了她，为了家里人，程善刚悲壮地走了。她很难接受这个事实，连续几个夜里，她总是梦见程善刚在挥手向她道"永别"，哭着醒过来。在郭秀芝的心目中，程善刚是一个顶天立地的男子汉。程善刚没了，维修店关门没了经济收入，平常没什么积蓄还要交房租，郭秀芝感到生活困难。在海南岛同农场现在回城的知青看望她时，李珏耀、刘晓绯、钟奕强和曾秀玉几次送钱要资助她，都被她婉拒。她认为自己现在还没到"饥寒交迫"，过不了日子的时候。她感到生活迷茫但她不自卑。

郭秀芝在海南岛西泉农场被知青称为"小白藤"。海南白藤是陆地上最长的攀援灌木，生长在山坡灌木丛中或沟边河旁的阴湿地里。白藤茎细长，带鞘茎粗约0.6至1厘米。它以树作为支柱，沿着树干盘旋缠绕；爬上大树顶后，还会一个劲地生长，越来越长的茎往下坠随风摇摆，一碰上大树，就又紧紧攀住树干不放，并很快长出一束又一束新叶，顺着树干继续往上爬，循环往复。海南白藤抗拉强度大，以坚忍不拔、奋发抗争、英勇向上著称。

称郭秀芝为"小白藤"是西泉农场知青对郭秀芝的赞誉。娇柔的郭秀芝以难为的坚韧，度过了繁重的体力劳动关，让战友们对她刮目相看。

郭秀芝刚度过揪心的悲伤期，现在做些小手工挣钱，刚有点绵薄的收入，今天带着小琼青到婆家，比较匆忙没买手信。

郭秀芝冷冷地瞅着程善毅丑陋的吃相，对于他冷言恶语的讽刺挖苦，她默默地听着不吭气。她打心里就瞧不起这类在外面没作为只能垂头丧气，而在家里趾高气扬为非作歹，挖空心思算计别人捞一把的小人。

小琼青气嘟嘟地瞪着程善毅。妈妈没说话，她开口了："我们没白吃饭，我爸爸给奶奶好多好多的钱。"说到爸爸，小琼青"哇"的一声哭了。郭秀芝赶紧哄小琼青："别哭，别哭！"

"你们没给钱。我爸说了，你……你们不要脸，来……来我们家白吃饭。"小侄子拿着筷子指着小琼青，小霸王似的站起来，瞪大眼睛愤怒地说着。小侄子还不满三岁，他的话让郭秀芝大吃一惊。她不知道这小叔子是如何教育孩子的，她心里在滴血。郭秀芝缓慢地站起来，冷冷地说："善毅，请你说话注意些，我们母女是不是白吃饭，你心里明白。"

"你们不是白吃饭，你们吃鸟饭！"程善毅站起来，猛地双手用力掀翻了桌子，盘子、饭碗都打碎了，饭菜撒满地。

午饭被程善毅明目张胆的丑陋搅黄了，郭秀芝把愤怒藏在心里。她脸挂丝丝的冷笑瞄了程善毅一眼，如此小人，不屑一顾。

郭秀芝向婆婆告辞。她把小琼青送到娘家，自己回维修店，泡上一杯茶，坐在饭桌旁慢慢地喝着，她要慢慢地平定心情。程善毅掀翻饭桌侮辱她们母女俩，明明白白地表示瞧不起她，使她心灵受到很大的伤害。她觉得自己应该像爱人程善刚一样，顶天立地站起来，用自己的双手干出自己的事业。可是，能干什么？要干什么？她心中无底。

维修店的租用合同是五年，还有一年多的时间。维修店无法经营只能关门，关门不退租是杨森怀的主意。钟奕强和曾秀玉建议她改变经营内容。经营什么，郭秀芝还拿不定主意。前几天，同农场病退回城的知青童恒找过她，想转租她的铺面。郭秀芝没答应。

童恒与郭秀芝是同校不同届的同学。"文革"爆发时，郭秀芝初中毕业正准备中考，童恒读初二，停课造反闹革命，不用考试也不用读书了。后来复课，读书不到一个学期郭秀芝就作为高中毕业生成了上山下乡的动员对象。童恒读高一不是动员对象，但他见来学校动员初、高中毕业班的学生到兵团，赴海南屯垦戍边的，是戴着红领章、红帽徽的现役军人，立即动心了。那年头，读书没用，再读一年书还是要上山下乡，那还不如现在就报名争取当个兵团战士。他说服父母，找了驻学校的兵团接兵组组长表决心，终于被批准，成了兵团战士。

童恒与郭秀芝乘搭同一条轮船赴海南岛，他们都被分配到兵团四师十八团但不在同一连队。四师十八团武装连成立时，童恒任班长。武装连"天天读"遭雷击，童恒负重伤被送医院，出院后请假探家养伤。

儿子在兵团遭雷击负重伤，童恒的父母铁了心不让儿子重返海南岛。兵团体制改变后，西泉家场按特殊情况处理，批准童恒病退回城。童恒成了驼江市的待业青年。

童恒的爸爸是搬运工人。童恒曾到搬运公司当过临时工，但他遭雷击负过重伤，腰椎承受不了繁重的搬运劳动；童恒也曾推自行车贩卖过水果，但水果保鲜要求高，童恒没经验亏损严重，后来改做牛肉丸，贩卖牛肉丸。

制作牛肉丸需要的工具很简单。童恒买了一块直径70多厘米、厚40厘米的大榕树木砧板，送到铁木加工厂定做了两块砧板。每天晚上，童恒把牛肉和牛筋分别放在砧板上，把它们打成肉茸，再右手拿着小汤勺，把左手捏着肉茸挤压出来的肉丸剥离，让它掉落在盛着温开水的盆子里，再用大锅煮熟捞出。第二天一早，用一辆自制的木架子车推到市场贩卖。

童恒住在父母家。他已成家，妻子是街道一家民办小厂的会计，儿子两岁多了。在家里，每天晚上"乒乒乓乓"捶打牛肉制作牛肉丸，他怕影响爸爸妈妈休息，也影响左邻右舍，心里总感到不安。他很想自己能拥有一个小铺面，专门用来制作和出售牛肉丸。

童恒想转租郭秀芝的铺面改装成牛肉丸铺，使郭秀芝萌发了将维修店重新装修改做餐饮业的念头。她想征求杨森怀的意见，可是，好几天了，杨森怀没来。杨森怀是维修店的常客，时常到店里与程善刚聊天。程善刚离世后，他依旧不时到店里来看望郭秀芝，有时还带点生活用品送给郭秀芝。

<h2 style="text-align:center">二</h2>

杨森怀最近在杏花路四横巷买了一间面积30多平方米，有两个隔间的厢房。房子很破旧，房顶桁条大部分已腐烂，瓦片残缺不全，既透风又漏雨。

杨森怀请伍秋盛帮忙找来建筑工，加固墙体，房顶桁条全部换上新杉木，盖上新瓦片。不到一个星期，房子焕然一新。

杨森怀设想，如果他能如愿与郭秀芝结婚，就把新房安在这里。同时，把妈妈也接来住在一起。以他对郭秀芝人品的了解，他相信郭秀芝会同意的。程善刚去世，杨森怀心里很难受。他把准备向郭秀芝求爱的想法告诉了妈妈，也说了他在海南岛时对郭秀芝造的孽，挨了妈妈一顿臭骂。知青回城，同连队的、同农场的、平日关系比较好的，在较大的节假日里都互相拜访。杨森怀的妈妈认识郭秀芝，她对郭秀芝甜甜的笑靥、糯糯的语调、温婉的举止有着深刻的印象。她不封建，她支持儿子向郭秀芝求爱。

最近，杨森怀对自己日后的发展已经有了初步的定位：把郭秀芝租用的铺面买断，与郭秀芝一起发展餐饮业。昨天晚上，他骑自行车到康健楼找钟奕强征求意见。钟奕强赞同他的打算，不过，他问杨森怀："你打算用什么方式与郭秀芝一起经营餐饮店？"

"森怀，你就不要羞羞答答的了。你是不是想开夫妻店？"杨森怀还没回答，钟瑞真已经插话了。杨森怀到康健楼找钟奕强的时候，钟奕强与田慧和钟瑞真正在二楼客厅，坐在沙发上喝茶聊天。杨森怀加入了他们的聊天。杨森怀多次找钟奕强，与田慧和钟瑞真已经很熟了，彼此说话都有点无所顾忌。

杨森怀略为犹豫，就大大方方地应着："瑞真姐，你说得对，我有这个意思。"

"我一猜就着，说对了吧！"钟瑞真得意洋洋，笑着说。

杨森怀也跟着笑笑，显得有点不好意思。他端起放在茶几上的茶杯，喝了一口茶，接着说："不过，这要劳驾老副指出面了。"在海南岛西泉农场，钟奕强是杨森怀和郭秀芝的连队副指导员。杨森怀觉得，请钟奕强为他们穿针引线，成功的概率很高。

"哇！'厚皮树'和'小白藤'结合，你们的坚韧性天下无敌了。"钟奕强向田慧和钟瑞真讲了在海南岛，杨森怀和郭秀芝为什么被人起这样的绰号。田慧和钟瑞真听了都哈哈大笑，杨森怀也跟着不好意思地笑了笑。

田慧笑着对杨森怀说："好，好，这好！从开夫妻店起步，寻机扩大规模……"田慧早就听说过杨森怀的很多故事，也很同情郭秀芝的遭遇。她转头对钟奕强说，"奕强，这个忙你一定要帮，一定要帮好。"

"谢谢田阿姨！"杨森怀连忙表示感谢，"田阿姨，承你吉言，我一定会努力的。"

钟奕强也跟着说："妈，你放心，森怀的这个忙我一定会帮好的。"

第二天下午，钟奕强和钟瑞真骑着自行车来维修店找郭秀芝。

维修店朝兴隆巷拉闸门的小门开着。店里，郭秀芝坐在吃饭桌旁的小木方凳上发呆。刚才，程善毅嚣张的丑行让她心寒，被人瞧不起、被人欺负的羞辱感还在心里荡漾，她强咽下这股被侮辱的怨气，她要扬眉吐气。

"嗒、嗒、嗒……"郭秀芝听见有人用手指敲铝合金拉闸门的声响，她回过神朝门口问了声："谁啊？"

"是我，奕强！"

"来啦！"郭秀芝走到小闸门前，笑着说，"奕强、瑞真，是你们呀！快请进。"

钟奕强和钟瑞真走进店里，郭秀芝转身弯腰，打开地板上拴着拉闸门的铁锁，抓着拉闸门底下的手把，用力往上一拉，再向上一推，朝兴隆巷的大闸门全打开了，店里光亮了很多。

钟奕强和钟瑞真是熟客，郭秀芝很随意地拉过两张小木方凳，请他们在吃饭桌旁坐下，又给他们每人泡了一杯绿茶。不再经营摩托车、自行车维修，郭秀芝重新调整了店里的摆设，饭桌被挪到中央。平时，郭秀芝就在桌子上做些小手工。她从一些小工厂领料、糊纸板盒、穿塑料彩珠做塑料花等，挣些绵薄的加工费。

战友来访，郭秀芝心情好多了。他们聊天没多久，郭秀芝就说出了自己心里的打算："奕强、瑞真，我想在这里与人合伙开小吃店，你们觉得怎样？"

"这主意好，"钟奕强表示赞同，"秀芝，你准备与谁合作经营？"

"这我还没想好，"郭秀芝回答说，"童恒想让我转租铺面，不过，他是卖牛肉丸的。"

"秀芝，你想找合作者，我觉得森怀可以，"钟瑞真笑着说，"他人聪明，又能吃苦，听说他也想经营餐饮业……"

郭秀芝静静地听着没吭声。这几天，她也想过与杨森怀合作，她钦佩杨森怀对战友的情义，但她听说杨森怀贩卖走私物品赚了一笔钱，她担心被误解是看中了杨森怀的钱。因此，一直没有提出。

见郭秀芝沉默，钟奕强说："秀芝，十多年前在海南岛，我们就在同一连队生活，彼此都很熟悉。森怀有缺点，做过一些错事，你也知道，他做的这些错事是为与胡秋生斗气迫不得已干出来的。不过，他的优点也很明显，胆大心细点子多，对朋友热情，是个可以信赖、可以依靠的人。"钟奕强喝了一口茶，"秀芝，你记得，在农场，我们同学聚会、聚餐的菜，很多就是他搞到的……"

郭秀芝在海南岛时，对杨森怀的印象并不坏。她隐隐约约听出了钟奕强和钟瑞真的话中话。她笑着说："奕强、瑞真，谢谢！你们的关心，我考虑考虑。"

第二天晚上，杨森怀手里拿着一根1米多长、近10厘米粗的木棍来到维修店。程善刚去世后一个多月的时间里，郭秀芝依然住在店里。电灯下，郭秀芝正坐在饭桌旁做塑料花。维修店朝兴隆巷大闸门上的小门开着，兴隆巷行人稀少。

"森怀，你这是干什么呀？拿着棍子，准备要和谁打架？"郭秀芝抬头看了杨森怀一眼，放下手中活，走到墙边拉过一张木方凳让他坐下，又泡了一杯茶递给他。

"这，这是准备挨打的。"杨森怀坐下，心里怦怦直跳，显得有些腼腆。

"哈哈……"见杨森怀支支吾吾的，郭秀芝觉得好笑。她突然想到什么，止住笑，说："森怀，你喝茶！"

杨森怀喝了一口茶，平息了内心的紧张，对郭秀芝说："秀芝，我有一个打算想与你商量。"

"好啊！你说我听。"郭秀芝边做手工，边笑吟吟地说。

"秀芝，我想我们合作，把这里改成饮食店……"杨森怀向郭秀芝说出了自己的打算。郭秀芝静静地听着，不时说"好"表示赞赏。

杨森怀说完，郭秀芝告诉他，说童恒想转租这里的铺面卖牛肉丸。杨森怀建议郭秀芝征求童恒意见，干脆三个人合伙一起干。杨森怀与郭秀芝高兴地交谈着、商议着，憧憬着这里未来将崛起一家驼江市知名饮食店。

"秀芝！"突然，杨森怀满脸凝重站了起来，压低声调说，"我，我，对不起你！"说着，朝郭秀芝双膝一磕，双脚跪下，双手过头举起那根带来的木棍，"秀芝。你用这根棍子捧我吧！我'负荆请罪'。"

"负荆请罪"是钟奕强要求杨森怀做的。前天晚上，杨森怀到康健楼与田慧、钟奕强和钟瑞真聊天，告辞时他请钟奕强一起走。在临近大门的鹅卵石小道上，杨森怀驻足，压低声音对钟奕强说："奕强，我、我心里很难受。我做过一件很坏的事，很伤害秀芝的大坏事。"

"什么事？"钟奕强瞪着杨森怀问。

"奕强，你记得吗？十几年前，我们连队发生半夜有人窜入女宿舍的事。"杨森怀看了钟奕强一眼，羞惭地低下头，轻声地说，"那……那个人，就是我。"

"什么，是你？你浑蛋！"钟奕强怒火中烧，他真想扇杨森怀一巴掌。

"奕强，你小声点，求你了，不要让阿姨和瑞真听到。"杨森怀哀求着，"我、我恨胡秋生，我想整他，我真的是浑蛋……"

"好，我小声点。"钟奕强气得咬紧牙关，压低声调说，"杨森怀，你、你是十足的浑蛋！我真想揍你。你知道吗？那天，我们最担心的是秀芝，担心她出事，一个女青年……我打电话给卫生队王指导员，要她赶快叫瑞云赶来连队陪秀芝，抚慰秀芝。"

"副指，你揍我吧！我坦白，坦白从宽！我向秀芝坦白。"

"啪！"钟奕强用力狠狠扇了杨森怀一记大耳光，"你这个浑蛋，你向秀芝坦白，向秀芝'负荆请罪'。"

杨森怀双手捂着被打痛了的左脸腮，含着眼泪点了点头。

杨森怀向郭秀芝"负荆请罪"，郭秀芝一头雾水大惑不解，她急忙站起来，说："森怀，你……你，你干什么呀？"

"秀芝，我跪着对你说。我爱你，我必须向你坦白……"杨森怀向郭秀芝坦白了十多年前他在女宿舍做的丑事。

"森怀，怎么是你，怎么是你啊？"郭秀芝愣住了，她的眼泪流出来了，不停地哽咽着。

三

把房子出租给郭秀芝的女房东很迷信。程善刚患病失联、去世后，女房东更是认定这间房子风水不好，人居住不吉利。

女房东60多岁，原先与丈夫一起做日杂用品小生意，生有两男一女，夫妻俩辛辛苦苦挣钱，稍有积蓄咬紧牙关买下了这房子。房子40多平方米，分两个隔间。房东一家入住不久，40多岁的丈夫被溃败的国民党军队抓壮丁，从此杳无音信。紧接着，小儿子又患病不治身亡。女房东请算命先生算命，被告知说是这房子风水不好。家境贫困没钱换房，女房东带着一对儿女只能听天由命苦涩度日。如今，女儿长大出嫁，儿子长大成婚，女房东干脆与儿子、媳妇住在一起。后来，房子后隔间的房顶在一次台风中倒塌，女房东也懒得理睬了。程善刚与郭秀芝租的是房子的前隔间。

杨森怀和郭秀芝都不迷信，他们不信这个邪。他们找到女房东母子，几经商议，把郭秀芝租赁的房子连同后面倒塌的隔间一次性全买断了。他们把做摩托车、单车修理店的前隔间，简单装修成小饮食店，童恒每天晚上都在这里制作牛肉丸。

杨森怀与郭秀芝结婚了。儿子终于成了家，杨森怀的妈妈笑得合不拢嘴。郭秀芝温婉可人，杨妈妈认定她是一个贤惠的好媳妇。她告诉郭秀芝，说杨森怀调皮、鬼点子多，要郭秀芝代她好好管教管教他。

郭秀芝满口应承。她笑眯眯地说："妈，你尽管放心就是了，森怀不敢做坏事，也不会做坏事，有我呢！"杨妈妈与郭秀芝感情融洽，其乐融融。杨森怀幸福满满，新的生活开始了。

杨森怀决心善待郭秀芝。他想让郭秀芝每天在家陪妈妈带孩子，理理简单的家务，外面的事情由他一个人担当就行了。郭秀芝坚决不同意，她不屑于每天家长里短、衣食打扮、公婆孩子的家庭妇女生活，她要与杨森怀一起好好规划未来，干出一翻自己的事业。杨妈妈坚决支持郭秀芝。

兴隆巷方向连着郭秀芝小饮食店的，是一座面积100多平方米的小院，住着庄姓兄妹两家共八口人。庄姓兄妹都已40多岁，杨森怀和郭秀芝称呼他们为"庄兄""庄姐"。庄兄和庄姐的丈夫都在区属五金加工厂当工人，庄嫂和庄姐是街道抽纱联社的抽纱女工。这座小院多年失修，房屋顶的瓦片破损严重，一到大雨天，房子到处漏水，院子里经常能闻到一股霉气。

杨森怀看中这座小院，他想买断这座小院，然后连同现在的小饮食店全部推倒重新设计，建成一座规模相当的饭店。他见庄姓兄妹两家子每年大小节日都虔诚地祭拜各种神灵，就连农历每月的初一和十五，也都要虔诚地祭拜"土地福神"，可就是没见到有什么"福荫"降临，两家人经济拮据，日子都过得紧巴巴的，他心中立即有了主意。

杨森怀点子多。他与郭秀芝和童恒商定，小饮食店在没扩大规模经营之前，要给左邻右舍制造出亏损的印象。童恒每天早上依旧推着木板车到菜市场卖牛肉丸。杨森怀和郭秀芝每天在店做的饭菜都很单调，顾客基本上都是一回生二回不来，店前常常是门可罗雀。杨森怀精明，每天做的饭菜量都很少，自产自足，供自己和童恒两家子人享用还有点剩余，有些浪费，但他不计较。他要这里的邻居都知道，这里风水不好，干什么事都不成。杨森怀还在店铺朝荣兴街方向墙上正中位置，搁置一个红色的小供台，上面供着一尊观音菩萨，每天早上开店，都虔诚地供香祈福。

小饮食店每天太阳还没落山就收摊关门，杨森怀和郭秀芝常常利用这段时间偷师学艺。他们经常一起到市区里的各种饭店，品尝、研究这些饭店的特色菜肴，询问厨师这些菜肴的烹调方法。郭秀芝春风满面，微笑时嘴角两边现出两个小酒窝，充满热忱和亲切。他们当天学习当天回家立即就做详细的笔记，又自己购买食材，选用相关调配料，反复练习烹调，还一起研究开发了新的配料和工艺，更显味香色美。几个月下来，杨森怀已得心应手掌握了20多道特色菜的烹调技术。

没有顾客，杨森怀照旧开店营业。每天，童恒从店里推着木板车，到菜市场卖牛肉丸后，郭秀芝到菜市场买菜，杨森怀常常一个人悠然自得地坐在店里的饭桌旁，泡上一壶茶慢悠悠地品尝。隔壁庄姓兄妹两家子人闲暇时也有时过来喝茶聊天。杨森怀有一套驼江朱砂功夫茶具，他们常常是慢悠悠地泡茶、品茶，慢悠悠地闲聊。

喝功夫茶泡的是时间。边泡功夫茶边聊天，一杯茶能喝上一两个钟头。杨森怀常常是板着一个苦瓜脸，在庄姓兄妹面前诉说自己命运不好。很快，他们就有了共同的话题，他们喜欢谈命说运。

杨森怀吹嘘会相命，俨然一个相学大师。他给庄家兄妹两家子人看面相、看手相，大惊小怪地感慨，说他们的本命都不错。他告诉庄姓兄妹，说人的一生中本命很重要，是基础，在相学里面叫"天数"，所以我们常听人说"命中注定"讲的就是这个道理；又郑重其事煞有介事地告诉他们，说命与运是分开的，命为本但是是虚的，必须借助运才能显现，命中的"福分"是通过运气送达的；说有的人喜欢埋怨命不好，这是不懂相学认识上的错误，实际上是命好运不好，甚至是命好运好但住宅风水不好。他特别强调，说每个人在宇宙中都有本命的方位，人的运气就是从这个方位输出来的，但人必须住在风水流向与这个方位相匹配的房子里，才能接到运气。所以，房子的风水很重要。房子的风水不好，不能纳福，你的命再好、运气再好也是白搭。

为了让庄姓兄妹更加迷信风水，杨森怀竟拿郭秀芝的面相说事。

那天，郭秀芝家里有事没来店，杨森怀与庄姓兄妹侃大山时竟这样说："庄兄、庄姐，不怕你们笑话，我想问你们，你们说，我老婆漂亮不漂亮？"杨森怀一口喝下一小杯功夫茶，眼睛直瞪庄家兄妹。

"什么，老板，你傻呀？这还要问？依我说，老板娘打扮起来像仙女，你还要问我们她漂亮不漂亮？"庄姓兄妹异口同声称道。小店开业，他们都称杨森怀为"老板"，郭秀芝为"老板娘"。

"我告诉你们,我老婆的面相是命好运也好的," 杨森怀得意洋洋, "你们都认识她。她的脸啊,永远是笑眯眯的,生气也是笑,生气更好看。" 杨森怀神秘兮兮地说, "我告诉你们,笑能纳福。我老婆脸颊两边还有两个小酒窝,那是女人纳福最好的地方。不过……唉!" 他叹了一口气, "可是,你们看我们现在的样子,亏损,饭店亏损!运气没接住,不知跑到哪里去了?我明白,是风水,是这里的风水不好……"

杨森怀在西泉农场就被人称为是"开心果",侃大山是行家。他这套不知从哪里来的理论,庄姓兄妹听得津津有味,觉得有道理。

庄姓家族原先是开小五金店的,一家子人辛辛苦苦挣钱,好不容易买下了这座小院,入住不久,抗战爆发,晦气、霉气接踵而至。驼江市沦陷时,庄姓兄妹的爷爷和爸爸,被汉奸诬陷给抗日志士提供过武器,被抓进日本宪兵监狱折磨致死,五金店被典当。抗战胜利后,奶奶和妈妈接连相继患病不治身亡……

庄姓兄妹很感谢杨森怀,杨森怀给他们指点了迷津。他们相信,他们住的小院风水不好。

郭秀芝有时也参加他们的聊天侃大山。她理解杨森怀的良苦用心。她不时地提醒杨森怀,要他把握好度,不要太过分,不能让人太吃亏。

要转运就必须迁居。庄姓兄妹动了搬迁的念头,他们请杨森怀、郭秀芝帮忙找房,杨森怀和郭秀芝满口答应。驼江市房源紧张,他们好不容易才找到两处面积30多平方米,有两个隔间的平房。这两处房子的房东都已搬迁,居住在郊区农村,都不想把房子出租,想把房子卖掉。

这两处房子,庄姓兄妹看了都觉得比较满意,虽不在同一街区,但兄妹分开居住也未尝不可。可是,买房子要钱,哪里找钱?兄妹俩同时想到卖掉小院。不过,能否找到买主,卖出好价钱,他们心中无底。

庄姓兄妹决定卖掉小院。杨森怀和郭秀芝听到这个消息,都喜出望外。他们心中有底,按驼江市普通职工工资收入水平,很难有闲钱积蓄,买主难找。

杨森怀和郭秀芝沉得住气,连续几天都不打听也不谈房子的事。那两处房子,有一处是杨森怀帮忙找到的。庄姓兄妹也拉着杨森怀和郭秀芝一起看房子见房东,他们都知道这两处房子的房东想以底价卖掉房子。杨森怀给庄姓兄妹的印象是开店亏损,家庭经济拮据,一提到钱就唉声叹气、一筹莫展、满脸苦涩,根本就不可能有钱,不可能是他们小院的买主。

一个多月过去了,庄姓兄妹一直找不到买主,他们有些着急,又找杨森怀请他帮助想办法。杨森怀和郭秀芝都觉得,买下这座小院是时候了。但采用什么方式买断,郭秀芝提醒杨森怀，说："森怀，我觉得不能用我们的名买。你想，你给他们讲房子的风水，结果，他们觉得这座小院风水不好要卖掉，我们又立即把它买下，这肯定会遭人戳我们的脊梁骨，骂我们乘人之危，暗中搞贼路鼠道算计别人。"

杨森怀觉得郭秀芝的担忧有道理。他脑筋转得快，略为思考，就对郭秀芝说："秀芝，找人代买，用别人的名义买断……"

当天晚上，杨森怀和郭秀芝一起骑自行车到郊区胡家村找胡宏彬和曾秀玉，他们想让胡宏彬出面，以曾秀玉的名义买下这座小院。

胡宏彬和曾秀玉在书房热情地接待杨森怀和郭秀芝。他们把书桌当茶几，两对夫妻分两边面对面坐在靠背木椅子上。胡宏彬给每人泡了一杯上等的杭州龙井茶，摆在每个人面前的桌子上。

老朋友相聚聊天话特别多。曾秀玉满脸正经地问杨森怀："森怀，老实交代，最近又干了什么坏事？"

"秀玉，我警告你，你别总是用老眼光看新人，我现在是今非昔比。"杨森怀看着郭秀芝，做了个鬼脸，嘻嘻哈哈地说，"我呀！现在革命有了领路人，在秀芝的领导指引下，忠心耿耿，每天都在做好事……"杨森怀逗得大家都哈哈地笑了起来。

"你们别听他胡扯。哪有的事……"郭秀芝笑着辩解。

"秀玉，我们是老战友，你知道，我这个人从来都是最听领导的话的，在海南，领导叫干啥，我都傻傻干。现在，我呀！是秀芝叫干啥我就干啥，不过，不是傻傻干，不是干傻事。"杨森怀又把大家逗乐了。

"别听他的，他胡说。"郭秀芝咬牙切齿，伸手似乎很用力，实际上是轻轻地拧了一下杨森怀的脸颊，"我看你胡说。"

"好！好！拧得好！"曾秀玉鼓掌连声说好，胡宏彬也哈哈大笑。

"哎呀！好痛！"杨森怀装模作样咧着嘴捂着脸，"真的，最近我在秀芝的领导下，我们干了一件大事。"

"森怀，你说，什么大事？让我们也开开眼界。"胡宏彬笑着插话。

"好，好！我说……"杨森怀把想买庄姓兄妹小院子的事，前前后后的过程和自己的打算讲了出来。

胡宏彬立即表示："行，没问题！你们是秀玉的朋友。秀玉朋友的事就是我的事，我干！"

曾秀玉露出笑靥，她站起，端起茶杯，说："好啊！森怀，庆祝你搞阴谋诡计成功。我以茶当酒，建议大家为杨森怀的阴谋诡计干杯！"

"别，别！"郭秀芝笑着站了起来，"秀玉，我们不能为阴谋诡计干杯呀！我想，等我们新的饭店开业，我们再干杯，好吗？"说着，笑嘻嘻地坐下。

"对，新饭店开业我们再干杯！"胡宏彬附和着说。

"行，我老公当了叛徒。堡垒最容易从内部攻破，我认输。"曾秀玉朝郭秀芝眨了眨眼，笑着放下杯子，也坐下了。

郭秀芝接着说："秀玉，你这一要干杯让我想到，我觉得，庄兄、庄姐吃亏。他们担心房子卖不出去，告诉我们的底价开得比较低。你知道，一次搬家三分损失。再说了，他们的小院比那两处房子的面积加起来还要大。森怀，我想，如果我们要买断，就在他们开的底价的基础上，再加百分之二十，你看，这样好不好？"

"哇！秀芝，我真的没见过这样做生意的。"胡宏彬端起杯子，喝了一口茶，笑着说，"好！好！量大福大。你们兵团战士，真让我大开眼界。"胡宏彬说着，看了曾秀玉一眼，满脸幸福。

"你看我干什么，不认识啦？"曾秀玉瞪着胡宏彬，"你们兵团战士？我们兵团战士就是这样。我不是早就跟你说过了吗？"曾秀玉转过头，赞赏地看着郭秀芝，"我们的秀芝是好人，在海南岛，她就做了很多不留名的好事，回城后，她默默地承受着不少委屈的事，就是硬扛着。"曾秀玉问杨森怀："森怀，你说呢？"

"我！秀玉，你说得对，秀芝很优秀。"杨森怀拿不准曾秀玉想问什么？他随口附和。

"你！你什么的？秀芝刚才说的，你要表态呀？"

"噢！是这个呀，我服从。秀芝是我的领导，老婆的指示，我当然坚决执行了。"大家又笑了起来。

曾秀玉突然想到什么，她摆摆手说："喂，喂！先别高兴，还有问题呢！"她喝了一口茶，又站起来拿起桌面上的茶壶，边给大家续茶边说，"以我的名义买那座小院子可以。可是，到房管所办理转换房契，新房契写我的名，我觉得不妥，我建议想更好的办法。"

大家都觉得曾秀玉言之有理，又热烈地议论开了……

几天后，杨森怀在小饭店告诉庄姓兄妹，说买主找到了，是一位家住郊区的朋友，这位朋友想到市里发展，要买一套房子自己用。杨森怀说："我没跟他提到价钱，相约是看了房子，中意以后再议。"杨森怀把庄兄拉靠近自己的身边，示意庄姐也靠近一些。他看了看店门前，发现一个人影也没有，于是，压低声音说："你们告诉我的底价我觉得太低了，我建议你们提高百分之三十，到时还要讨价还价的。生意吗，买方一定要压价，就是被压低了百分之二十，成交了，你们还是赚了，比你们的底价也要高百分之十。"

庄姓兄妹觉得有道理，他们很感谢杨森怀，杨森怀处处为他们着想。

几天后，按照与庄姓兄妹商定看房的时间，胡宏彬乘坐曾秀玉开的小汽车如约准时到来。胡宏彬身着一套白色名牌休闲服，脚穿金利来白皮鞋，脖子上挂着一条粗粗的黄金项链，右手不仅戴着一只劳力士手表，中指还戴着一颗镶着一粒大蓝宝石的金戒指。胡宏彬的这身打扮，是曾秀玉昨天晚上特意为他设计的，似乎能让普通市民刮目相看，派头十足。

曾秀玉把车泊在杨森怀小饭店面前的荣兴街旁。曾秀玉今天穿的是天蓝色名牌连衣裙配白皮鞋，V形领口连衣裙，戴着一条精致的白金项链搭配一个镶着红色钻石的金吊坠，在飘逸及肩波浪式秀发衬托下，越发显现出白皙的胸前，闪烁着迷人的光彩。

杨森怀和郭秀芝陪派头十足的胡宏彬和曾秀玉，跨过小院的门第走到天井。天井的两边是厢房，走过天井是客厅，客厅两边是主房，面积比较大。客厅已被一块熏得发黑的木板，在中间等份隔成两部分，被兄妹两家当作各自的厨房兼食厅。

杨森怀向站在天井迎候来客的庄姓兄妹，介绍了胡宏彬和曾秀玉，彼此握手互相认识后，庄兄便向胡宏彬介绍小院的情况，他们逐个走进厢房和主房，边看边介绍边议。

曾秀玉和郭秀芝没参加看房子。她们站在天井中央，手挽着手，笑嘻嘻地说着、议论着。

胡宏彬一行回到天井驻足。胡宏彬对庄姓兄妹说："庄兄、庄姐，你们的房子太旧了太破了，出的价钱也高……"

"嘟、嘟……"胡宏彬的话没说完，手里拿着的黑色小皮包里的"大哥大"响了。胡宏彬看了一下手表，正好是十点，他知道这是胡宏胜打来的。昨天下午，他就与胡宏胜说好了，要他今天上午十点给他打电话，让他有借口可早点脱身。

胡宏彬掏出"大哥大"，对大伙说了声："对不起，我先接个电话。"说着，就走出小院子。

庄姓兄妹看了杨森怀一眼，走到曾秀玉面前，庄兄笑着说："老板娘，这价钱嘛，好商量。"庄姐也附和说："对，好商量，好商量！"他们都担心买卖搞砸。

曾秀玉朝他们优雅地笑着，淡定地说："别急，待会儿我先生打完电话回来，我们再商议商议，大家都不吃亏，好吗？"

"好的。"见曾秀玉与郭秀芝挽手聊天的亲热劲，庄兄感到好奇，"二位老板娘，你们早就认识？"

"庄兄，刚才森怀忘了介绍，我们岂止是认识。我们都是从海南回来的知青，曾经在同一个农场同一个连队，是好姐妹……"郭秀芝笑盈盈地说着。

胡宏彬打完电话走进来，对着大伙说："对不起，对不起！我呀，就是事多。"他瞄着曾秀玉，说出了原先与杨森怀和郭秀芝商定的价钱，装作征求意见似的问曾秀玉，"我看，就这个价买下，行吧？"曾秀玉点了点头。

胡宏彬又转头对庄姓兄妹说："庄兄、庄姐，你们也让一点嘛。"

庄姓兄妹感激地看了杨森怀一眼，心里感叹：这杨老板真行呀！胡宏彬出的开口价正好比自己原先定的底价高出百分之二十。他们隐藏住内心的喜悦，连连说："行，行！就这样。"

见庄姓兄妹同意了这个价钱，胡宏彬爽快地说："好！成交！"他微笑地对庄姓兄妹说，"下午我先付一半的钱，明天到区房管所办理好房契转换时我再付另一半的钱。"他略停顿了一下，看着一直默默无言站着的曾秀玉和郭秀芝，转身对庄姓兄妹说，"庄兄、庄姐，有个事情我还要讲一下，我和我爱人都是农村户口，我们担心买这里的房子不方便。我和我爱人商量过了，秀芝是我爱人的好姐妹，明天到房管所转换房契时，房契上这座小院的户主就先登记在秀芝头上。我们已经跟秀芝讲好了，她乐意帮这个忙……"

"这没问题，没问题，这又不是什么难事……"庄姓兄妹满口应承。这座他们认为风水不好的小院能卖出去，他们高兴还来不及呢！

杨森怀如愿买断了邻居的这座小院。

四

李珏耀和刘晓绯陪李仕翔乘坐曾秀玉开的小汽车，到驼香饭店参加杜振彬与纪德芬的婚宴。

几天前，杜振彬打电话给李珏耀，说他准备到区民政局，在纪德芬与林煦俊办理离婚手续后，当即与纪德芬登记结婚，当天晚上举行婚礼、举办婚宴；说钟奕强、伍秋盛和曾秀玉几个人准备到民政局现场祝贺他们登记结婚，他很期盼李珏耀和刘晓绯也能参加。杜振彬还在电话请李珏耀代他邀请李教授作为同农场的知青家长代表，参加他们的婚宴；说他已邀请了田阿姨和曾秀玉的爸爸妈妈，他们都已接受邀请。杜振彬还请李珏耀当他们的婚礼主持人。

李珏耀在电话里告诉杜振彬，说刘晓绯最近工作很忙，他自己学习也很紧张，到区民政局现场祝贺他们登记结婚，他们都去不了，但婚宴他们一定会参加，他乐意当他们婚礼的主持人，而且，动员他爸爸参加也应该问题不大。那几天，刘晓绯正忙着处理"难民营"问题。

曾秀玉的小汽车到达驼香饭店时，参加婚宴的宾客已来了不少人，郭秀芝引着他们登上二楼走到主桌。郭秀芝今天一袭大红底色，小黄牡丹点缀的绸缎旗袍，一双白色的高跟皮鞋，还戴着一串白色大颗粒的水晶项链。郭秀芝笑靥绽开，脸颊上两个迷人的小酒窝洋溢着满腔热情。她请李仕翔坐定，李仕翔的座位就在田慧旁边。他俩转头相互看了一眼，微笑地点了点头。

李珏耀和刘晓绯站在主桌旁，向杜振彬和纪德芬双方的父母问好，向田慧问好。田慧站起来，离座拉着刘晓绯的手，仔细地端详着刘晓绯喜形于色，说："晓绯，听说你又进步了，阿姨高兴，祝贺你！"李珏耀和刘晓绯几次到康健楼，他们与田慧交谈聊天彼此都感到很投缘。

"谢谢，谢谢田阿姨！"刘晓绯说着，转头对李仕翔，"爸，这是我和珏耀常提起的田阿姨，驼江制药厂的高级工程师。田阿姨很优秀，对我们知青都很好。"

"晓绯，你过奖了，我哪里优秀呀！"田慧打断刘晓绯的说话。

李仕翔听着，从座位上站了起来，眼睛看着田慧，微笑着点点头说："你好！"

"你好！"田慧略转身看着李仕翔，回应着说，"李教授，我家奕强也常提到你，说你教学、科研硕果累累。"田慧说着，她松开与刘晓绯拉着的手，优雅地把右手伸向李仕翔，微笑着说，"李教授，认识你我很高兴。"

李仕翔握着田慧的手，突然感到一种莫名的紧张，说："田工，我也是。认识你很高兴。"他们微笑地相互凝视着。双手分开，李仕翔对田慧做了一个"请"的动作，优雅地说，"田工，请坐！我们坐着谈。"

李仕翔和田慧坐下，两人热情地交谈起来。李珏耀和刘晓绯向各位长辈点头打招呼，两人一起离开主桌。

李珏耀和刘晓绯刚离开，曾秀玉陪爸爸和妈妈跟着郭秀芝来到主桌前。曾秀玉刚才送李仕翔父子和刘晓绯来到驼香饭店后，又赶紧开车回家接自己的爸爸妈妈。曾秀玉向坐在主桌上的各位长辈问好，又向各位长辈介绍了自己的爸爸妈妈。

曾秀玉正说着，伍秋盛和杨森怀走过来了。杨森怀对曾秀玉说："秀玉，婚礼很快就要开始了，你辛苦！"

曾秀玉笑笑，点头表示会意。她向大家说："叔叔、阿姨，你们坐。对不起，我还有事。"说着，离开了。

杨森怀微笑着目送曾秀玉离开主桌，转过头就说："各位叔叔、阿姨，热烈欢迎你们！"杨森怀把伍秋盛拉向前，接着说，"叔叔、阿姨，这座饭店，是我们农场工程连的知青、工程设计专业的高材生伍秋盛设计，并组织施工建造和装修的……"

"森怀，你干什么呀？叔叔、阿姨，你们别听森怀乱说，我只是夜大的大专生，刚毕业。"伍秋盛打断杨森怀的话，急忙说，"叔叔、阿姨，我的设计和装修都很不到位，请叔叔、阿姨多多指教……"

驼香饭店是由杨森怀牵头集资创办的。创办餐饮业第一次投资的需求量很大。杨森怀买下庄姓兄妹的小院后，一边请伍秋盛帮忙做改建成饭店的设计并进行资金预算，一边到处筹钱。买小院已经把他过去挣的钱基本用光了。

郭秀芝主张先修建后隔间，与现在做维修店的前隔间连接，装修成饭店，以后慢慢发展了，再扩大规模。

杨森怀不赞同郭秀芝的主张，他要连同小院全部推倒重建，一鼓作气改变颓势，创造一番新景象。

伍秋盛赞同杨森怀的主意，他们一起说服了郭秀芝。伍秋盛给杨森怀做的是三层楼设计，先建二层，中档装修但突出气派。他们一起给饭店起了个名号，叫"驼香饭店"。

驼香饭店采用股份制的形式创办。杨森怀在相对经济状况比较好的、比较熟悉的回城知青中，以每股200元的价格定位悄悄开展集资，余下的资金缺口向银行贷款。因此，有人称驼香饭店为"知青饭店"。

杨森怀按伍秋盛的设计，由伍秋盛组织施工，花了前后大约半年的时间，建成了一座崭新的饭店。伍秋盛和童恒都入了股并参加集资。童恒的牛肉丸也起了个名，叫"驼香牛肉丸"。

杨森怀请曾秀玉帮忙，到她爸爸妈妈的山区老家杭田镇，请了两位男青年和两位女青年到店里当帮工，就这样驼香饭店开业了。一个多月过去了，饭店经营略为亏损，不过，状况在慢慢开始好转。

杨森怀和郭秀芝精心策划了这次婚宴。他们和钟奕强、曾秀玉一起，多次与杜振彬和纪德芬商议，他们要让纪德芬享受足够的体面，婚礼主持人是大学老师李珏耀；除常规的新郎、新娘及双方家长讲话外，增加了田慧作为知青家长代表的讲话和新娘的才艺表演；整个婚宴确定的12道菜，全部由饭店的服务员从厨房里端出，再由郭秀芝和曾秀玉接手到各席位上菜；他们要求郭秀芝和曾秀玉衣着时尚亮丽，展示兵团女战士另一面的英姿风采。

扩音机播送着优柔乐章，婚礼开始了，俊美的郭秀芝和曾秀玉迈着轻柔优美的脚步，优雅地端着盘子到各个宴桌开始上菜。

郭秀芝和曾秀玉上的第一道菜是拼盘。与其他饭店不同，驼香饭店的大拼盘中央是十粒油炸驼香牛肉丸，意寓完美的幸福生活开始了。曾秀玉已脱下刚才开小车时穿的休闲服，换上了一件鹅黄底色、绿叶红玫瑰点缀的绸缎旗袍，脖颈上戴着一串珍珠项链，脚上穿着一双白色的高跟皮鞋，正好与郭秀芝互为映衬。

婚宴在二楼大饭厅举办，设十席，呈正三角形摆开。穿着红、黄不同颜色同一款式的绸缎旗袍，展现着曲线玲珑姣美的身材，郭秀芝和曾秀玉脸上荡漾着愉悦，像两只纷飞的彩蝶，在婚宴中翩翩起舞，庄端而又妩媚，引人注目但不喧宾夺主，缓缓交叉穿行于宴席间，不断地向宾客输送着欢乐的喜庆。

曾秀玉和郭秀芝俩身上穿的旗袍，都是曾贵达设计、苏启英缝纫的。曾秀玉现在正忙着筹办服装厂，要为一位港商加工"红浪漫"女式服装。曾贵达和苏启英都支持女婿和女儿办服装厂，他们都自告奋勇要到厂里当师傅。

曾贵达美滋滋地欣赏着穿着他设计的旗袍的郭秀芝和曾秀玉，他闪出一个念头，在为港商加工"红浪漫"女式服装的同时，动员女婿和女儿创办发展自己的服装业，创造自己的服装品牌。

伍秋盛夫妇与钟奕强、钟瑞真被安排在最后边角的席位，他们提防林煦俊撒泼到婚礼现场滋事。刚才在一楼最里面的包厢，来了四位身穿奇异服饰，染着红头发的青年，说是要来这里用饭，可就是慢悠悠地吸着烟，一直坐着不点菜。驼香饭店呈长方形，二层楼两边平行各设有五个包厢。一楼的包厢设在从荣兴街入门的最里面；二楼的包厢则靠近荣兴街。

参加婚宴的杨森怀听到消息，立即约了伍秋盛一起走到楼下，他们边走边聊来到一楼最里面的包厢前旁，杨森怀对伍秋盛说："秋盛，晓绯现在当副区长了，你听说没有？"

"你呀！怎么搞的，这是新闻？都老掉牙了的消息了，我早就知道了。告诉你，森怀，晓绯是分管公安局的副区长。"伍秋盛神秘兮兮地说，"她很忙，最近听说正在策划打击流氓犯罪活动……"

旁边的包厢门开着，伍秋盛略转头睨视了里面坐着的四位青年，正巧，脸朝外的两人他认出来了，就是上次在歌舞厅想欺负纪德芬，挨他揍的小流氓。两个小流氓抬头，正好也撞到伍秋盛瞄他们的眼神，心里一愣。他们听说纪德芬在这里举办婚礼，准备在她的婚宴上滋事让她出丑，报曾经被打之仇。

"噢！是吗？这很好。流氓就要狠狠打击。"杨森怀说，"难怪，刚才我看她，精神就是有点疲倦。晓绯对我们这些回城的海南农垦知青，就是战友情谊重，什么事都可以找她……"杨森怀话没说完，四位青年径直走出包厢，气势汹汹地走了。

婚礼按程序欢乐地进行着。林煦俊没来，徐嫚仪来了。徐嫚仪的家住在兴隆巷中段，离驼香饭店不远。她回家路过驼香饭店，见里面热闹非凡，二楼还飘出京剧《沙家浜》选段"智斗"中"阿庆嫂"的唱段，她以为是在放唱片。可是，立即就听到热烈的掌声中有人喊："好！好！德芬，再来一个。"二楼婚礼上，新娘纪德芬正在展示才艺。

"林煦俊的前妻！歌是她唱的。"徐嫚仪一怔。她停步，一眼看到一块红色的立匾，就知道是杜振彬和纪德芬在这里举行婚礼办婚宴。她深深地吸了一口气，咬着牙，恶狠狠地朝二楼瞪了一眼，一气不吭走了。

五

缘分真的很奇妙很美妙。杜振彬与纪德芬结婚，杜振彬的爸爸妈妈对纪德芬的过去毫不在意。他们觉得，这就是缘分。纪德芬与林煦俊无缘。尽管他们阴差阳错拜天地结婚，但无缘就是无缘。纪德芬是杜家的媳妇，走过一段曲折婚姻路的纪德芬，最终还是杜家的人，他们要让纪德芬重新感受到家的温暖。

纪德芬成了街道的无业人员。纪德芬心里清楚，与其他病退、困退的回城知青不同，她是被市木材公司招工回城成为国营企业的职工，而又被企业除名的，街道已经不把她当成回城待业的知青了，希望政府安排工作已经不可能，在街道待业的回城知青有很多。

杜振彬家里经济收入比较宽裕。杜振彬的爸爸妈妈退休了都有退休金，杜振彬承包了公司的小出租汽车效益很好，收入比过去翻番。杜振彬很宠纪德芬。老天长眼，他在海南岛西泉农场一直暗恋的纪德芬，现在成了他的妻子。他不在乎纪德芬的过去，他认为，纪德芬长得漂亮，漂亮没错，要说有错，主要也是贾威裕的错，林煦俊的错。纪德芬把离婚判给她的女儿的名字改了，女儿随她的姓叫纪重悦。

杜振彬家的房子用厚纸板隔有一大一小两个隔间。原先，杜振彬爸爸妈妈住大的，杜振彬住小的。杜振彬结婚的时候，他爸爸妈妈把大隔间改成新房让杜振彬和纪德芬住，自己搬到小隔间，又在小隔间安了一张小床，让小重悦可睡觉。杜振彬拗不过爸爸妈妈，只好如此了。杜振彬的爸爸妈妈对待小重悦，就像对待自己的亲生小孙女一样。

纪德芬很感激杜振彬的爸爸妈妈不但没计较她的过去，反而对她疼爱有加。他们都同情儿媳妇，纪德芬颜面俊美，身材娇美，还天生一副好嗓子，可在社会上就是到处碰壁到处受人欺负。杜振彬的妈妈不让纪德芬插手多做家务，她要纪德芬只管带好小重悦就行了，说家里经济收入还可以，日子过得去，有工作没工作不要紧，闲暇时在家看看书就行了。当然，纪德芬身为人媳，她主动尽量多分担家务，家务打理得井井有条。

纪德芬时常上菜市。那天上午在菜市场，纪德芬正在一个菜摊前买菜，旁边传来一个熟悉的声音："这油菜花一斤多少钱？"摊主还没回答，纪德芬转头一看，一愣，很快就定下神来叫了一声："阿姨！"

那人抬头看到纪德芬，同样也一愣，很不好意思地开口："哇！是德芬啊，你也买菜？"那人是林煦俊的妈妈，纪德芬过去的婆婆。几个月不见，过去油光满面胖乎乎的林煦俊妈妈消瘦了很多，脸上肉嘟嘟的横肉松弛耷拉，显得苍老了很多。

林煦俊的妈妈看了纪德芬一眼，很快就垂下眼皮，匆匆忙忙买了两斤油菜花就与纪德芬告别走了。

林煦俊与纪德芬离婚与徐嫚仪结婚，林家真正引进了灾星。林煦俊与徐嫚仪结婚的时候，徐嫚仪已有三个月的身孕。结婚前，徐嫚仪对林煦俊一家人都客客气气的，结婚后马上来了个180度的大转弯，不仅对煮饭洗碗、扫地买菜等家务事一概不理，而且不侍候公婆反而要林煦俊家里人侍候她。徐嫚仪要林煦俊从每月的工资中拿出20元给林煦俊的妈妈，作为她与林煦俊结婚后与公婆住一起的生活费，其余交给她保管，说控制林煦俊的工资，是要改掉他经常在外面喝酒的坏习惯，同时以防他在外面赌钱。林煦俊想揍她，可又担心她肚子里的胎儿，而且，在"文革"中当过驼江市工人联合造反司令部宣传部长的徐嫚仪参加过武斗，家庭夫妻打架对她来说，不过是小菜一碟。

林煦俊对徐嫚仪没办法，林煦俊的妈妈更是受气。过去，林煦俊的妈妈当纪德芬的婆婆，养尊处优，每天抽烟、喝茶、听收音机的戏剧节目，有时也串门与邻里聊天，家务事全都抛给纪德芬，还常常吹毛求疵找纪德芬的不是，不时责骂纪德芬，一副高高在上的家庭霸主形象。

现在，横的碰上愣的，刁蛮刻薄的婆婆遇上了"造反派"出身的儿媳妇，家庭霸主地位动摇了。徐嫚仪耍起"造反派"的脾气，经常与林煦俊的妈妈互拍桌子对骂，在纪德芬面前盛气凌人的林煦俊的妈妈，在徐嫚仪面前很快就败北了，徐嫚仪完完全全当上了舒舒服服的甩手掌柜，对家务琐事一概不理。林煦俊的妈妈做饭炒菜，徐嫚仪心安理得还不时找茬，挑剔菜好菜坏、菜咸菜淡、煮饭水多水少、饭干饭稀，讽刺挖苦说林煦俊的妈妈这也不行，那也不会，说得林煦俊的妈妈气鼓鼓的。有一次吃饭时实在受不了，林煦俊的妈妈唠叨了一句："我不行？我不会？你就自己动手做做呀！整天挑三拣四、嫌这嫌那……"

话没说完，徐嫚仪狠狠地盯着林煦俊的妈妈，阴阳怪气地说："怎么？有意见！本媳妇每天上班，肚子里还怀着你们林家的孩子，当婆婆的煮一餐饭就不行啦？地主婆！"说完，搁下饭碗赌气回屋子里了。

不想在饭桌上吵架，林煦俊和他妈妈都不吭声，默默地继续吃饭。林煦俊结婚不久，妹妹也出嫁了。林煦俊的爸爸已到退休年龄但被单位留用，继续跟长途经常不在家。

吃完饭，林煦俊收拾餐具擦干净餐桌到灶台洗碗筷，林煦俊的妈妈点燃一根香烟坐在饭桌旁抽闷烟。想着刚才被骂成"地主婆"，越想越气，看着不争气、"妻管严"的儿子洗完碗筷走过来，林煦俊的妈妈气鼓鼓地说："熙俊，你的老婆你要好好说她。这样下去，那还了得？"

"妈！你别气，我会的……"

林煦俊话音刚落，冷不防徐嫚仪带着冷笑从屋里走出来，恶狠狠地瞪着林煦俊母子，冷冷地说："好啊！煽阴风点鬼火，母子密谋！"说着，转身走向灶台。林煦俊还没反应过来，就听到"嘭"的一大声响，徐嫚仪端起装着他刚刚洗干净了的陶瓷餐具的塑料篓子，往地面狠狠地一摔，满篓的陶瓷餐具顷刻粉身碎骨。

"你！你……"林煦俊的妈妈气得喘着大气，说不出话来。

"你，你给我滚！"林煦俊用手指着徐嫚仪，大声吼着。林煦俊很想上前狠狠揍徐嫚仪一顿，但他不敢。不久前夫妻吵架，他曾煽过徐嫚仪一个耳光，结果，手被徐嫚仪抓住，狠狠咬了一口，痛得"哇哇"直叫。更何况，徐嫚仪现在有身孕，他怕打伤她肚子里的孩子。

"什么？好大的口气，我滚？熙俊，你懂不懂婚姻法？这家、这财产是你的吗？"徐嫚仪不紧不慢地说，"这是你的家，也是我的家，懂吗？"说完，扭身走进房间，拴上门。

林煦俊的妈妈气得大病一场，身子瘦了一大圈。

"唉！"看见明显苍老，满脸憔悴的林煦俊妈妈，纪德芬不由叹了一口气。世事无常，三十年河东，三十年河西。纪德芬庆幸自己配对了郎，不过，她也总感到憋屈，她不愿做每天只在家相夫教子、洗衣做饭等丈夫上班回来的家庭妇女。

杜振彬的爸爸曾找街道工业办主任，请他帮助安排纪德芬在街道企业工作，这位主任答应了，可杜振彬的妈妈坚决不同意。儿媳妇俊美，男人对俊美的女人敏感度很高，她听说这位主任曾因作风问题受过处分，担心纪德芬不安全。

纪德芬坚信自己身正不怕影子斜。她担心的是自己曾经是国营企业职工，一下子变成街道民办企业工人，民办企业职工中有为数不少的长舌妇，她们常常无端质疑、无事生非。纪德芬担心自己会被她们讽刺挖苦，揭伤疤再撒盐损害自己的尊严。她觉得她最理想的是能"自己走自己的路"，自己创业，做自由职业者。她想自己开成衣店，但找不到合作伙伴；她想摆摊卖菜，但杜振彬不愿意纪德芬太辛苦太劳累，他要纪德芬先在家耐心等待机会，无聊时读诗文看小说。

六

纪德芬等来了她认为的机会。陈根秋的妈妈多年患严重的尿毒症，引发肾衰竭并发症病逝，陈根秋依妈妈的遗愿，为逝世的妈妈做一次道场。

陈根秋现在是港务局航修厂副厂长，船舶机械维修技术精湛且一专多能，机械维修技术是多面手，但家庭经济拮据，生活困难，不得不时常利用节假日和晚上加班，在市区、到郊区为各类用户维修汽车、摩托车，甚至拖拉机、抽水机，不辞劳苦拼命挣钱为母亲治病。陈根秋孝敬父母，工作认真负责，对技术一丝不苟精益求精，感动了厂里一位青年女工。这位女青年爱上了陈根秋，她不顾家里人的强烈反对与陈根秋结婚，不过，婚后他们决定，暂时不生孩子。

曾秀玉是陈根秋的初恋，见陈根秋生活困难，不时出手给他资助但总遭陈根秋婉拒。陈根秋妈妈临终前，曾秀玉前往看望，知道老人有一个心愿：希望自己逝世后家里人能给她做一次比较隆重的道场。曾秀玉觉得，应该满足陈根秋妈妈这个心愿。她告诉陈根秋，说做道场的费用由她负责。陈根秋妈妈病逝时，曾秀玉送来一个大纸仪，对陈根秋说，这是满足老人家的心愿用的。陈根秋收下了。

按照驼江市的习俗，为去世亲人做追思亡灵的道场都在晚上，而且要持续到第二天凌晨，整个过程很喧哗。做道场那天，陈根秋在港务局职工宿舍前的开阔地，用尼龙彩条薄膜搭了一个简陋的灵栅。陈根秋爸爸是港务局的老职工，很有人缘，左邻右舍关系很好，在职工宿舍前做道场，没遭到什么反对。

做道场那天晚上，曾与陈根秋同赴海南岛，在同农场上山下乡的一些回城知青参加了，不少职工也过来围观。唱追思亡灵歌曲的法师是女的。女法师是驼江市地方剧团的演员，剧团经济效益不好，不得不在业余时间应一些民间聘请，在道场上唱追思亡灵的歌曲，在驼江市小有名气。

女法师唱腔清晰圆润，随着伴奏乐器的节拍，时而敲木鱼，时而摇弄铃，时而打净板，边歌边舞表演很精彩，博得陈根秋的亲人和不少围观者的赞赏，道场上有些人交头接耳悄声称赞。

杨森怀第一次看做道场。他觉得，做道场好像是在组织一次小规模的文艺汇演，弹唱、跳舞、念白……表演形式多样。他坐在一张双人座木条板凳上欣赏女法师精彩的表演，忽然闪出一个念头：如果让纪德芬来表演，肯定更精彩。他转过头，对同坐在一条板凳上的钟奕强悄声说："奕强，这些歌曲如果换成德芬来唱，肯定更棒！"

女法师正在表演歌舞《担经》。女法师唱腔音调与纪德芬难分上下，但身材偏矮略胖舞姿一般，容颜也没纪德芬漂亮。

"别胡说……"钟奕强转头瞪了杨森怀一眼，悄声斥责。

"真的！"杨森怀前左侧不远处，纪德芬、曾秀玉与郭秀芝三人挤在一条二人座的木板凳上坐着。她们后面另一条木板凳上，坐着杜振彬、伍秋盛和童恒。杨森怀瞄了纪德芬背影一眼，说："你又不是不知道，德芬唱歌就是唱得比这个女的好听，舞也跳得好……"

"森怀，这个场合不要乱说。"钟奕强不满地瞪着杨森怀，压低声调说，"小心振彬听到揍你。"杨森怀做了个鬼脸，不作声了。

纪德芬也被女法师的表演吸引住了。她聚精会神地看着听着，觉得女法师像是在做歌舞表演，表演并没有完全到位。她脑海里突然闪出念头，觉得做一次道场就像是一场文艺表演，自己若参加这样的表演，应该不比这位女法师差。纪德芬心里涌出一阵莫名的激动。那天道场结束，纪德芬向做道场的班头要了联系电话……

"阿庆嫂"变成了"纪仙姑"。在当年赴海南岛屯垦戍边、兵团时期，纪德芬是团宣传队的台柱，因精彩扮演当年革命样板戏《智斗》中"阿庆嫂"，被知青战友起了个绰号叫"阿庆嫂"。纪德芬身材高挑人长得漂亮，做道场时，头发编成长辫子盘起，戴着黑色道帽，着黑色长道袍，舒袖广舞仿佛是仙姑下凡。纪德芬把当年表演"阿庆嫂"的唱功，跳《红色娘子军》的舞功，融入到道场表演中，博得同行刮目相待。

驼江市有一个陋俗，家庭经济条件稍好的人家办丧事，做道场也总喜欢讲排场，想方设法吸引其他人前来观看。越排场、越热闹、越能吸引人，就越代表这个家庭人丁兴旺，死者风光走得安详。纪德芬唱《十月怀胎歌》字正腔圆，音质脆亮悠扬悦耳，抑扬顿挫感情丰富，让亡者亲人听着耳边余音袅袅，眼里泪光闪闪。纪德芬表演歌舞《洗马》《散花》《担经》，腰身柔软舞步轻盈，显得婀娜多姿。她把手指翘成"兰花"状运手挑眉毛，眼睛顾盼运眼闪烁着一种独特而美妙的神采，舞出追思亡灵歌曲中的悲欢离合，既能缓和亡者亲人的悲情，又能让观看者获得精湛艺术的享受。很多道场组织的班头竞相争聘纪德芬，纪德芬的出场价不断上涨。

妻子当法师，杜振彬心里一百个不愿意，可是，他拗不过纪德芬。能歌善舞是纪德芬的天赋，身为丈夫，杜振彬很理解纪德芬怀才不遇，赋闲在家无所事事的苦闷。不过，妻子成为迷信职业者他感到很别扭，他想劝阻纪德芬，他向回城的知青战友求助，可是适得其反。

杨森怀劝慰杜振彬说："振彬啊！德芬只不过是把做道场当成是文艺表演，像在农场一样在表演文艺节目，别人怎么说，德芬不在意，你也没必要在意。"

郭秀芝也说："德芬是一个闲不住的人，你让她在家无所事事，还不是要把她憋出病来。德芬当法师是逼不得已的事，依我看，先让她干干再说。"

钟奕强很佩服纪德芬的勇敢，他说："我不相信德芬迷信。她有天赋有才干，能歌善舞但不能施展内心很痛苦，我们又不能给她什么实质性的帮助，况且，当法师也不违法。我觉得应尊重她的选择，让她边干边帮她找机会，找更好的职业……"

杜振彬很爱纪德芬。他劝阻纪德芬不要当法师，主要是担心当了法师会损害她的名声，听了战友们的劝慰，他放心了。每逢纪德芬参与做道场，他都会在凌晨一点左右，道场结束时到现场接纪德芬。

杜振彬不希望纪德芬当法师太久，他急切地想为纪德芬找到工作，但总是事与愿违。回城知青很多在待业，再加上每年考不上大学的应届中学生，城市就业压力很大。似乎是天命所定，纪德芬想施展天赋，只能当法师。日子一天天悄悄地流逝，纪德芬当法师不知不觉已过去半年多的时间。

纪德芬每逢接受邀请出台做道场的夜晚，杜振彬喜欢到驼香饭店与杨森怀聊天。驼香饭店夜里12点打烊，夜里11点以后顾客稀少，不会影响饭店的生意。

又是一个纪德芬出台做道场的夜里，杜振彬到驼香饭店与杨森怀聊天。杨森怀忧心忡忡告诉杜振彬，说郭秀芝有身孕，他妈妈不让郭秀芝每天到饭店上班。杨森怀对杜振彬说："秀芝是饭店的形象，而且直接管理流动资金，很难找到合适的人选能代替她……"

驼香饭店生意兴隆，杨森怀设想按原设计，在现在二层楼的基础上再加盖一层楼，但遭到他妈妈的强烈反对，说郭秀芝怀孕，饭店动土也就动了郭秀芝的胎气，会给郭秀芝母子带来危害。杨森怀孝顺妈妈，只好按兵不动。最近，他又听说驼江市准备推行国营企业承包，隐隐约约还听小道消息说非本企业的职工也能参与竞争承包，杨森怀突发奇想，他想承包华裕旅店。曾秀玉顶母职在华裕旅店上班的时候，他曾到那里找过曾秀玉，觉得华裕旅店的地理位置不错。他设想承包后，向朋友借钱，加上自己筹备准备加盖驼香饭店楼层的资金，改造华裕旅店，在旅店里增设饮食业。

郭秀芝劝杨森怀不要想"蛇吞象"的事，经营旅店没经验，凡事都有急缓先后。她要杨森怀找杜振彬，请纪德芬到驼香饭店接替她的工作，还主张在饭店二楼的宴会厅增添一些高级音响设备，顾客举办宴会时能更好地自娱自乐，增加宴会喜庆气氛，纪德芬也能一展歌喉，增加饭店的吸引力。

杜振彬正愁着没能为纪德芬找到合适的工作，听杨森怀一说，立即大声称好。当年，杨森怀筹建驼香饭店，以每股200元的价格在回城知青中集资的时候，杜振彬认购了15股，也算是股东一个。

第十三章

曾秀玉接受胡宏彬「禅让」当了市人大代表。港商麦先生「空手套白狼」，欺骗利用宏秀制衣厂发大财的丑陋阴谋被自学英语的曾秀玉识破，但曾秀玉又被回城场友姚东斌诈骗，弟弟曾旭辉更是不时惹是生非。曾贵达认真打理宏秀服装店帮助女儿、女婿打造品牌。钟奕强被心术不正、贪婪的副厂长魏洪根调离供销科。民营药厂老板王贵兴打驼江制药厂的算盘，欲低价回收制药设备。

一

曾秀玉现在是驼江市人大代表。她被选上郊区人大代表，又在郊区人大代表会上被选为驼江市人大代表。知情人都说，曾秀玉当人大代表，是胡宏彬禅让的。

几个月前，驼江市人民代表大会代表换届，消息灵通的胡宏胜很快就知道，胡宏彬是下届市人大代表的候选人。他立即把这个消息告诉胡宏彬，并说这一消息千真万确，向胡宏彬表示祝贺。

胡宏彬听到这一消息，急了。人大开会代表听报告，一坐就要半天，又听说人大代表分组讨论要发言，不发言傻乎乎地坐着不好意思，发言没水平又会遭人嘲笑。胡宏彬感到左右为难，觉得自己不是当人大代表的料，就像当年读小学，村里人说他不是读书的料一样。

很快就要公示代表候选人组织投票选举了，胡宏彬不想当市人大代表，他想更换代表候选人，他要曾秀玉帮他想办法。

理完家务洗好澡，曾秀玉正在书房里坐在书桌前，戴着耳机自学英语听力。见胡宏胜走进书房，曾秀玉摘下耳机，按下收录机的暂停键，问："宏彬，有事？"

"嗯！"胡宏彬拉开办公椅，隔着书桌坐在曾秀玉的对面，告诉曾秀玉说，他不想当人大代表，他想找有关部门的领导，更换代表候选人。

曾秀玉听了觉得好笑，对胡宏彬说："宏彬，这是好事呀！依我说，要你当你就当，不会当就学当，这又不是多难的事。"

"秀玉，你不知道，当年读小学，每节课45分钟坐着听课，我都感到很难受，尽搞小动作出洋相老挨老师批评。现在再去坐上半天听领导作报告，这不是再遭二茬罪吗？"

"啥！这叫遭罪？这是荣耀。哎呀！宏彬，你就不要犯糊涂了。你当上市人大代表，妈肯定很高兴，说你光宗耀祖。"

"我们的园艺场办得不错，现在又新办了制衣厂，妈很高兴，逢人就夸你。"

"嘿！别给我戴高帽了。噢！对了，你当上了人民代表，我就是代表夫人。这要是在国外，我就是议员夫人了。哈哈……"曾秀玉说着，哈哈大笑。

"喂！别笑太大声，妈和伟杰在睡觉。"胡宏彬抬起右手，伸出食指压着自己的嘴唇，示意曾秀玉止住笑。

曾秀玉抬头看了一眼墙上的挂钟，时间已是晚上9点30分。婆婆和儿子每天晚上都是9点准时睡觉。她伸出舌头做了个惊讶状动作，紧抿着嘴不吭气。胡宏彬接着说："你就别高兴了。你想当议员夫人，我还想当议员先生呢。"胡宏彬说着站了起来，绕过书桌走到曾秀玉的身后，捏着她的双肩轻揉着。

"又不是我当人民代表，你就做美梦吧！"曾秀玉微闭着眼睛，惬意地享受着胡宏彬轻揉着她的肩膀带来的舒适。

"哇！还是老婆聪明，对！我有办法了。"胡宏彬笑眯眯地看着曾秀玉，心里充满得意。他们的园艺场办得红红火火的，但夫妻生活很低调，乐于助人，邻里关系很好。很多人羡慕胡宏彬，赞美曾秀玉，都说胡二婶命好，儿子孝顺，儿媳贤惠。几个月前，他们又办起了制衣厂，再次引起轰动。

胡宏彬和曾秀玉创办的制衣厂叫"驼江市宏秀制衣厂"。港商冯国昌帮助刘晓绯引进港资办企业不久，就有一位姓麦的港商到胡家村找胡宏彬和曾秀玉，说希望他们能创办一个制衣厂为他的公司加工制作服饰。衣服的款式、面料和其他相关配料由他的公司提供；加工费面议，开工时先付50%，成品验收合格后再付另外的50%。

胡宏彬和曾秀玉都感到，宏裕园艺场的经营已进入正轨但要扩大规模比较困难。驼江地区有"宁当鸡头，不当牛尾"，精明算计别人但又见不得别人比自己好，易犯"红眼病"的文化陋习。胡家村的一些村民宁愿自己分到的土地荒芜，也不愿出租或合作经营。

这几年，宏裕园艺场不仅能经常接到城市道路绿化的订单，而且，还为宾馆、旅店、机关学校以及各种会议提供租赁服务，盆景植物常常供不应求；家庭盆栽观赏植物的批发也很抢手……宏裕园艺场想扩展规模，但因土地面积限制难有作为。

况且，不少村民见发展园艺业致富迅速，一哄而起纷纷效仿，胡家村很快就冒出了很多家园艺场，一时间良莠难分，甚至互挖墙脚。几个月前的一个雨夜，就有人把宏裕园艺场的好几畦二年生黄花梨木苗连根拔出，到处乱扔；一些长得比较粗壮的苗木还被拦腰折断。第二天，最早到园艺场的谢秋娟发现苗木被毁，立即跑回村子里叫人。四家合作伙伴听到消息，迅速跑到园艺场。现场有几个清晰的脚印，胡宏彬叫大家不要乱走动，注意保护现场，胡宏泰和胡宏建说要立即报案，请警察来破案，说抓住这个人，非狠狠揍他一顿不可。

曾秀玉拿起被拔出乱扔的小苗仔细地看了看，淡定地说："依我看，保护现场等警察来破案，如果公安局几天后才来人，太阳出来了，一两天后被保留现场的苗木差不多就被晒死了。我想，不如我们立即都回家拿些工具，我再带两只水桶和一些化肥，来这里调好泥浆。大家把被拔出来的苗木损坏的根剪掉，把被折断苗木的枝叶做些修整，浆根后迅速回种，我估计损失不会很大。"曾秀玉叹了一口气，"唉！都是村里邻里的，谁叫还不能共同富裕呢！"曾秀玉有在海南岛当兵团战士的经历，有在橡胶苗圃挖橡胶芽接苗、修根、浆根，然后运送林段定植提高成活率的经验。

"我觉得这办法行，就这么干！"曾秀玉的话刚说完，胡宏彬立即表示赞同。

很快，村里人都知道了这件事。村里的大婶、大妈在胡家祠堂前的大榕树下与胡二婶聊天时，大家都骂损毁苗木的人"缺德""要遭报应""是挨千刀的"；都夸曾秀玉"贤惠、心眼好""有情有义、心胸宽广，是个做大事的人"；都说胡二婶命好，有个好媳妇比什么都强；说得胡二婶笑呵呵的，心里乐开了花。

宏裕园艺场难扩大规模，胡宏彬和曾秀玉都想到创办其他产业寻求发展。曾秀玉多次到李珏耀家请李珏耀的爸爸李仕翔辅导英语，李珏耀的妈妈袁蜜着装总是那么有魅力，给她留下了深刻的印象，也让她直观感受到，优质的服饰能提升人的美感。曾秀玉由此萌发出创办服装厂的念头。港商麦先生登门寻求合作，双方一拍即合。

胡宏彬在承包的砂岩地上盖起了简易厂房，购置了50台缝纫机，在村子里招了50多名缝纫女工，"宏秀制衣厂"诞生了。胡宏彬后来依法补办了相关手续。

宏秀制衣厂采用股份集资的办法创办。胡宏彬和曾秀玉占股份70%多。曾秀玉任经理。

宏秀制衣厂的厂名是谢秋娟提议的。她说："'宏'说明这个厂与宏裕园艺场的姻缘关系，同为'宏'字辈；'秀'字既包含对创办这个厂的最早提议人曾秀玉表示尊敬，又代表美丽、靓丽，时尚美丽是服饰发展永恒的主题。"大家对谢秋娟的提议表示赞同。

曾秀玉说："'宏秀'是大家的，我们齐心合力，一定要把'宏秀'发展成为著名的品牌……"

宏秀制衣厂按质按量，如期为麦先生的公司加工了两批"红浪漫"衬衫，麦先生回馈说他的公司很满意，现有的第三批订单加工完成后，要加大订单的数量。胡宏彬又扩大厂房面积，再添购了50多台缝纫机。胡宏彬和曾秀玉在郊区名声大振。村子里的人、郊区认识他们的人，都说胡宏彬娶了个好老婆；都说娶个好老婆比什么都重要；都说曾秀玉是女强人……

胡宏彬突然灵机一动，他找到一个好办法：找上级领导反映，让曾秀玉替他当人大代表。曾秀玉性格开朗，思维活跃，又是名牌中学的毕业生，文化程度比他高多了。

胡宏彬觉得这办法行。他对曾秀玉说："我能梦想成真，把我的候选人换成你就行了。"

"喂！你是做生意呀！这是买卖，能讨价还价？"曾秀玉差点又大笑起来，她忍住笑，说。

"老婆，你就别管了。你当人民代表，我光荣。"说着，胡宏彬俯身捧着曾秀玉的脸就是一阵热吻，让曾秀玉喘不过气不让她开口。

第二天，胡宏彬开始为曾秀玉替代自己当人大代表候选人的事奔波……

胡宏彬如愿以偿。

二

当上了人大代表的曾秀玉日子过得并不称心，这几天显得有点焦虑。同在西泉农场上山下乡，后来病退回城的老同学姚东斌，接连到宏裕园艺场要了几十盆优质盆景和2000多棵家庭盆栽花卉，半年多的时间过去了，姚东斌杳无音信。胡宏胜按姚东斌留下的地址找上门，发现那是一间出租房；问现住的租客，都说不认识姚东斌，也没听说过这个人。

姚东斌与曾秀玉同为驼江一中同届不同班的同学，同批报名赴海南岛屯垦戍边，同在西泉农场上山下乡，但姚东斌被分配到新组建的十八连，环境比较艰苦。姚东斌受不了苦，两年后第一次探家回驼江市就再也不归队了。后来花钱在驼江市的一家医院弄到一份疾病证明书，托人在农场办理病退回城手续。回城后，他与同农场的其他知青很少来往，同农场知青也很少有人知道他在干什么。

曾秀玉是在一个星期天的上午，在市百货商场选购家庭煮饭用的高压锅时遇到姚东斌的。

那天，曾秀玉买了高压锅正要离开柜台。姚东斌叫了一声"秀玉"走到她身边。

"哦！东斌，你也来买东西？"曾秀玉抬头见是老同学，热情地问。

"我来买保温杯，想不到见到你。"姚东斌朝曾秀玉扬了扬手里拿着的保温杯。

与同赴海南岛又曾在同农场，已有好几年没见面的老同学相遇，曾秀玉很高兴。她问姚东斌回城后干什么，姚东斌笑笑说是"自由职业"，末了又神秘地加了一句，说现在准备干一件事，事成后再告诉老同学。

过了几天，姚东斌骑一辆摩托车到胡家村找曾秀玉，告诉曾秀玉说他开了一家花卉店，请曾秀玉到他店里指导。曾秀玉很忙但又难违老同学的盛情。于是，姚东斌骑摩托车在前面引路，曾秀玉开小汽车跟随来到姚东斌所说的花卉店。

这是一个连着一家大菜市场的一幢高层商住房底层的两个隔间，铺面只作简单的装修，搭着简易的木层架，里面木架上摆满各种家庭盆景和盆栽植物，还有一些盆栽植物和用塑料袋筒装的花卉，摆放在店铺门口的人行道上；一些顾客在店里聚精会神正在挑选花卉。

曾秀玉站在店门口的人行道上，对姚东斌说："东斌，你的店铺位置好，看来生意不错。"店铺里顾客来来往往的，显得有些挤，他们没进店铺。

"秀玉，这里是位置好，可惜，花卉的品种单调了一些。"姚东斌笑着说。

过了几天，姚东斌又骑着摩托车到胡家村找曾秀玉。这一次，他是来请曾秀玉帮忙的。姚东斌告诉曾秀玉，说那间店铺开张以来，生意很好，这两天还有人想买好几个盆景和小批量的花卉；说那间店铺是自己向别人借了一部分钱盘下的，现在每月都要还一些债务，店里资金很紧，想从曾秀玉的园艺场进一些盆景和一批花卉，卖出后再还钱给曾秀玉。曾秀玉待人热情，对海南农垦知青更是出手大方，她想都没想就答应了。还要胡宏建开着园艺场那辆人货两用车，帮姚东斌运送他选中的盆景和花卉。

一个月过去了，两个月过去了，半年过去了，姚东斌不见了。胡宏建到他当时为姚东斌送货的花卉店查问，花卉店的老板承认进过货，但说货款早已如数付给姚东斌了。

曾秀玉知道自己受骗了，她很难受，骗她的是曾同赴海南上山下乡的同学。胡宏彬说她做生意不摸清对方的底细就乱做决定，还说"心慈不经商"。钟奕强劝她没必要太在意，说"吃一堑，长一智"。曾秀玉打理公司业务，还没有被人骗过。李珏耀说"祸兮福所倚"，他不相信姚东斌会从人间蒸发，他相信曾秀玉的公司一定会有很好的发展。

可是，福还没显现麻烦又找上门了。上午，曾秀玉接到派出所所长的电话，说她弟弟曾旭辉参加聚众赌博，昨天夜里被派出所抓了。

曾秀玉有两个弟弟一个妹妹，都已成家独立过日子。当年，曾秀玉报名上山下乡到海南后，大弟弟曾旭辉被安排进驼江市第一家具厂；接着，二弟曾旭煌中学毕业后进街道五金厂当工人。国家恢复高考第二年，曾旭煌考上大学，读机械制造专业，现在驼江船舶修造厂当工程师，妻子是同厂的工人。妹妹曾秀祺顶父职在康福路小学当校工，后来报考函授读会计专业，现在是学校教导处的总务。

曾旭辉从小就是家里的麻烦制造者。读小学的时候，爬树掏鸟窝、捕蝉；到郊区农村的花生地里捉蟋蟀、斗蟋蟀；自制弹弓玩弹弓用龙眼核打小孩；中学读书遇上"文革"，停课闹革命让他有时间到处闯荡，惹是生非经常气得父母直跺脚。

曾旭辉在家具厂当工人最初被安排当锯木工，他受不了扛木头、锯木板的辛劳，常常装病不上班。曾贵达通过学生家长的关系，让家具厂的厂长安排曾旭辉在厂里当供销员。供销员工作自由支配的时间比较多，这就让曾旭辉有更多时间在社会上浪荡，变得更野了。他先是迷上了打扑克，接着又恋上了赌博。曾旭辉的妻子是家具厂的木雕工，夫妻生有一孩，小孩已三岁多读幼儿园了，平时跟着姥姥、姥爷。曾旭辉赌博，十赌九输，家里烽火连天，夫妻经常吵架，几次妻子闹离婚，都被曾秀玉劝阻了。

曾秀玉私下多次资助过曾旭辉的家庭。曾秀玉家庭经济条件好，事业发展顺畅。她创办的宏秀制衣厂以良好质量，如期完成港商麦先生的订单，信誉大增。曾秀玉还在驼江市中心的瑞福路开了一间服装店。这间服装店是用曾秀玉姥爷苏富达的住家改装的。苏富达原先商铺与住房合一，楼下一层做商铺卖糖烟酒，二楼是住家。公私合营后，这里成了他单纯的住家。曾秀玉接单为港商加工"红浪漫"女式服装的时候，曾贵达就说过，能为别人加工就能自己制造，主张自己办服装厂。胡宏彬和曾秀玉都赞同曾贵达的观点，他们一起说服苏启英做苏富达的工作，苏富达通情达理支持外孙女。他告诉曾秀玉，说自己先住到她舅舅家，这里的房子尽管拿去用。胡宏彬说不行。他坚持要按店铺租赁的价位付房租给舅舅。苏富达商人出身，觉得外孙女婿思维缜密，这样做也合情合理，也就同意了。

曾秀玉请伍秋盛设计装修，来了一个改天换地的大变化。家中原先用的旧家具全都搬到顺兴路曾贵达家。曾贵达的儿女都已成家，都在外自立门户，住房宽敞多了。苏富达的店铺有两层，每层面积约40多平方米，顶层为住宅，底层做商铺，上下楼用一条木楼梯连接。现在，全部改为商铺，没有厨房，只在一楼里墙左右角各设一隐形卫生间和一间使用推拉门，面积不足四平方米值班休息间。卫生间和休息间中间是一条不锈钢螺旋楼梯。与圆形楼梯对称，商铺中间设有一间四平方米的正方形更衣室；进入商铺，左边的墙壁上嵌着大面积的玻璃镜，保证整个商铺采光充足；右边墙壁是暗花仿大理石白瓷砖，地面铺的是淡黄色高级地砖。二楼的装修与一楼大体相同，只不过临大街的那面墙被拆掉换上落地钢化玻璃，做成一个大橱窗，里面置放着几尊假人体模特道具，穿着曾贵达设计的服装。里墙至楼梯口的空间位置，设计为一个小客厅，置放一个小柜台，小柜台里面摆着各种服装配饰，小柜台后面的开放式橱窗，置放着材质不同的各类布料。小柜台前面，搭配了一套一张双人座、两张单人座的白色皮沙发。这是私人量衣裁剪、定做衣服的地方。"宏秀服装"四个大字装饰着彩色小灯管，安装在临街玻璃大橱窗的上面，一到夜晚，轮换着不同色彩光亮的四个大字，在瑞福路很抢眼。

宏秀服装商铺由曾贵达和苏启英负责打理，另有一位长相甜美的女青年做帮工。曾贵达退休后，他把自己从教的经验梳理，写成了《小学数学教学与学生创造性思维的培养》，已由教育出版社出版发行。曾贵达是驼江市劳动模范、省优秀教师，曾多次参加过各级教育部门举办的教学经验交流会。他运用数学知识拓展联想，推动思维纵深的教学经验，不仅使小学的数学由枯燥无味变得生动活泼，而且更有助于从多维的视野，帮助学生强化学习力，提高创造力，在小学教育界获得高认可，有很大的影响力。临退休的时候，曾贵达决定将这些理念进一步梳理概括，写成教学研究的理论专著，认为这是对社会的负责和对自己的尊重。他用了近两年的时间，如愿完成了著作的写作和出版。他觉得，他的教学生涯由此可以说画上了一个完美的句号。

曾贵达认真地打理着商铺，他一心一意要帮助女儿、女婿打造自己的品牌服装。他把服务对象锁定在素质水平中上的女性身上。他通过各种关系找来了很多有关服装设计制作的书籍刻苦研读，又自学了相关的美学知识，运用数学思维的严谨和缜密，坚持践行"设计时尚、材质高档、针工精细、养眼耐看、穿着舒适"的原则制作服装。宏秀服装在驼江市开始有了些名气。

苏启英曾向曾秀玉提出，让曾旭辉到宏秀服装店当帮工，父母亲能盯紧他，使他不能像野马似的到处乱跑。曾秀玉感到很难为情。她知道，为了这个弟弟，爸爸妈妈操了不少心。可是，让曾旭辉来店里，很难保证来后不出事，如果晚上他约上几个哥们到店里喝酒；如果夜里约上几个赌友在店里赌博；如果在外面滋事让人追到店里打闹……刚刚稍有起色的宏秀服装，随即就会被毁掉。市场竞争激烈，生意稍有起色崭露头角，很快就有可能引来众人忌，招惹意想不到的麻烦。曾秀玉为家里出了个经常制造麻烦的弟弟感到头疼。因此，她不赞同，胡宏彬也不赞同让曾旭辉参与打理宏秀服装店。不久，曾旭辉又出事了。

曾秀玉开着小车赶到派出所，交了2000元保证金把曾旭辉领了出来。曾秀玉是市人大代表，派出所所长对她挺客气的，又是让座又是端茶，他希望曾秀玉对曾旭辉多加管教，不要一犯再犯到处惹是生非招麻烦。

曾秀玉心里明白，曾旭辉这次真的是惹麻烦了。曾旭辉几次参与聚众赌博被抓，厂领导先是对他批评教育，而他则一犯再犯屡教不改，厂长决定要开除他。幸亏曾贵达出面找关系说情，最后才落了个工资降一级了事。曾秀玉估计，曾旭辉这次肯定是要被工厂开除了。她下决心要好好管教管教这个弟弟，她准备让曾旭辉到园艺场，让曾经的"铁姑娘"谢秋娟盯着他。园艺场各项工作已走上正轨，现在内勤由谢秋娟负责，曾秀玉集中精力打理制衣厂，胡宏彬有新的打算。他准备带胡宏建外出打听搞基建的门路，这几年，周边农村有的村民到一些新的开发城市搞基建发展很快。

曾秀玉把曾旭辉送回家，又回到胡家村，她要找谢秋娟商量，谢秋娟爽快地答应了。谢秋娟答应，其他人就不成问题。曾秀玉给在宏秀服装店的爸爸妈妈打电话，告诉他们，曾旭辉出来了；又告诉他们，说她准备让曾旭辉到园艺场干工。

挂上电话，曾秀玉又想起一件她爸爸交代她办的事还没办好，这几天太忙了。曾秀玉又打电话给钟奕强，约他晚上相见。她要与钟奕强商量，如何使田慧愉快地穿上曾贵达量身制作的旗袍裙。

<h1 style="text-align:center">三</h1>

正月初五宏秀制衣厂开工，好运就叩上门来了。开工那天清晨，曾秀玉刚起床洗刷完毕，就接到港商麦先生的电话，说有一位重要的欧洲客户要到厂里参观，要曾秀玉做好迎接贵宾的准备。当天上午，本来春节前已进行过一次全厂的大扫除，但曾秀玉还是决定停工打扫卫生，厂里的门窗都重新擦了一遍，里里外外都打扫得干干净净的，各种生产设备也都擦得锃亮，排列有序。

贵宾是与港商麦先生一起，下午三点到厂的。麦先生向贵宾介绍曾秀玉时，曾秀玉一头雾水。麦先生说曾秀玉是这里的副总经理，全面负责厂里的生产。麦先生讲的是英语。接着，麦先生又用汉语向曾秀玉介绍贵宾，含含糊糊的只说贵宾是一位大客户。曾秀玉与贵宾握手表示欢迎。曾秀玉心生疑团，她懂英语，听得懂麦先生向贵宾对她的介绍，原本打算与贵宾见面时用英语交谈，现在她决定先装作不懂英语、不谙商场世事的内地农民土老板，她想弄清楚麦先生葫芦里卖的是什么药。麦先生是地道的香港人，懂英语。麦先生是内地通，知道"洗脚上田"办企业的农民，很多人文化并不高，胡宏彬就只有小学文化程度；他也知道曾秀玉是当过兵团战士的回城知青，知道知青不见得就有知识、文化程度高，到海南当兵团战士的，很多就只有初中文化程度，甚至是小学文化程度。他不知道曾秀玉懂英语。

曾秀玉带着贵宾在厂里走走停停。贵宾有时看看机械设备，有时问一些生产技术问题。贵宾提出的问题都由麦先生翻译转给曾秀玉，曾秀玉的回答也由麦先生翻译成英语转给贵宾。曾秀玉感到好笑，曾秀玉知道贵宾对她的回答有好感。曾秀玉还发现，贵宾的眼光不时瞄着她，不是色眯眯的，而是充满着好奇。

曾秀玉穿的是一套橘黄色的旗袍裙，外面罩着一件国旗红的羊毛绒对开套衫，脚着一双棕色高跟鞋。旗袍裙料裁剪极为精致，针工精细，衬托出发曾秀玉凹凸有致的身材。

曾秀玉穿的旗袍裙是她爸爸曾贵达设计，苏启英缝纫的。中国人性格较为腼腆，喜欢旗袍的端庄，但又不喜欢旗袍下摆开叉接近腿根的款式，旗袍裙是将旗袍下摆开叉的样式改为较宽松的裙装，化解了旗袍装下摆开叉偏高，走路大腿外露的尴尬。

曾贵达设计的旗袍裙价格很高，一般人消费不起。

曾贵达上门给唐燕环和田慧量身制作旗袍裙。上门给唐燕环量身制作旗袍裙是曾秀玉提出来的。曾秀玉崇拜唐燕环。她觉得，冯国昌、唐燕环夫妇积极向上追求事业有很强的责任感，在商场上遇事淡定、处事干练、敢作敢为但又善解人意，是她学习的榜样。唐燕环人长得甜美，身材姣美，着爸爸设计的旗袍裙，肯定是人衣两相映衬。曾秀玉向唐燕环推荐爸爸设计的旗袍裙，唐燕环欣然接受。唐燕环爱美，精心注重自己的衣着。旗袍完美地展现她人见人美的身材她喜欢，但旗袍下摆开低了走路感觉有点不方便，开高了会露出大腿，给人轻佻的感觉，她觉得欠妥。旗袍裙保留了旗袍的美感同时又能避免这个缺点，唐燕环感到很满意。

为田慧量身制作旗袍裙是曾贵达的主张。曾贵达在杜振彬和纪德芬结婚宴席上偶遇田慧，田慧在宴席上的讲话，以及田慧与宾客间的谈吐举止所显示出的知识女性知书达理的完美形象，给曾贵达留下了深刻的印象。曾贵达的旗袍裙，就是为这一类知识女性设计的。不过，这事他对苏启英保密。苏启英在杜振彬和纪德芬结婚的宴席上见到田慧，妒火中烧又不得不表示出尊重，曾贵达心里觉得好笑。曾贵达把心中的想法与曾秀玉交流，曾秀玉一听，拍手称好。曾秀玉喜欢田阿姨。两个多月前，田焕彪到康健楼拜访田慧时，曾秀玉约钟奕强相见，她就是要与钟奕强谈这件事。

曾秀玉理解旗袍裙的设计理念，见麦先生陪着的贵宾不时瞄着自己身上的着装，她知道，作为世界服装界的大佬，已经对旗袍裙产生了很大的兴趣。

那天，麦先生着深蓝色西装，里衣是白衬衫外加蓝色暗花纹羊毛绒机织毛衣，配深蓝色印白方格领带，穿黑色皮鞋。贵宾着白色休闲服，浅蓝色牛仔裤，配新面料制作的，看起来像紫色、又像深蓝色的内衣，穿白底间蓝条纹的休闲鞋。贵宾50岁左右，身材伟岸魁梧，给人一种说不出的潇洒和出类拔萃的倜傥。旗袍裙与麦先生的衣着、与贵宾的服饰都协调般配。曾秀玉有心计。她估计她与麦先生的合作，麦先生一定对她隐瞒了什么！她装作不知，她留意麦先生用英语与贵宾的交谈。他们的交谈爆出了麦先生的猫腻。

贵宾问麦先生，曾秀玉身上着的服装是什么品牌？麦先生回答说，这是厂里员工自己设计缝纫的。眼睛一转接着又说："我们厂里有好几位老裁缝，有高超的设计裁剪技术，缝纫手艺也过硬，很受顾客欢迎。"

贵宾又问："这些技工月薪多少？"麦先生答出了一个比厂里员工的工资高出近十倍的数字。紧接着，麦先生说的话更是让曾秀玉大吃一惊。麦先生说，这个厂征地盖厂房、购置机械设备，他花了近500万人民币的投资；又说现在聘请工人费用高，要求红浪漫公司再增加10%的加工费。

曾秀玉终于听出了名堂。她听明白了，贵宾叫查尔斯·让，是红浪漫公司的总经理；麦先生不是红浪漫公司的员工，是一个什么都不是，专在内地"空手套白狼"的市侩；宏秀服装厂按合同给红浪漫公司制作衣服，加工费的70%落入了麦先生的腰包。

"挨千刀的黑心肠！"曾秀玉心里狠狠地骂了麦先生一句。她强压住心中喷涌的怒火，依然装作听不懂英语，不动声色，满脸笑容在旁边听着他们的交谈和讨价还价。

当天晚上，曾秀玉到金福大酒店拜访冯国昌和唐燕环。曾秀玉崇尚能者为师，见贤思齐。冯国昌、唐燕环是她崇拜的偶像，也是她商场上的老师。她庆幸自己发奋学英语，否则，被姓麦的港商蒙在鼓里狠狠宰一刀，把自己卖了还感恩戴德帮他数钱。她想撕破脸皮与姓麦的分道扬镳，摆脱这条血吸虫直接找查尔斯·让，可自己没外贸经验，缺乏外贸合同知识。商场如战场，到处都有圈套、陷阱，对查尔斯·让也不熟悉，曾秀玉感到为难，于是决定向冯国昌、唐燕环讨教。

查尔斯·让住在金福大酒店的一个豪华单间，夜深了他毫无睡意。他点燃一支雪茄慢悠悠地抽着，正在为是否提高10%的加工费犹豫。查尔斯·让虽说不上是中国通，但也是一个老道的商人。在宏秀服装厂，他已觉察到麦姓港商的虚伪，知道曾秀玉是工厂实际的领导人，他对宏秀服装厂十分满意。不提高加工费，麦姓港商就不接受，合同也就无法签订；能否找到更好的合作工厂，他心中没底。

中国与英国存在着十多个小时的时差，驼江市的深夜正是英国的白天，查尔斯·让精力充沛，他准备到酒店大厅咖啡室喝咖啡解闷。书桌上的电话响了，金福大酒店董事长冯国昌夫妇邀请他喝咖啡，查尔斯·让应邀……

四

曾秀玉的事业蒸蒸日上，钟奕强却背运又遇上了麻烦。

上级给驼江制药厂派来了新厂长，新厂长叫甘欣利。甘欣利到职不久，又提拔厂供销科副科长魏洪根为副厂长。原厂长兼党委书记曲焕彪成了专职党委书记。

甘欣利原是市经委的科长，40多岁的年龄但显得老气横秋、城府很深。在市经委工作时，甘欣利跟魏主任的私交很深，关系很铁。

驼江制药厂是正处级单位。国家实行公务员制度以前，国营企业干部与党政机关干部同属国家干部编制，企业也按其规模被套上行政级别。甘科长调离市经委时，魏主任对他说："调你到驼江制药厂工作，主要是考虑在机关提职不容易，你到驼江制药厂任职，立即就成了正处级干部。我很快就退休了，我退休时，你就有条件来接我的位……"魏主任还特别交代甘欣利，要他到职后多到市分管经济工作的蔡副市长家里走走，联络感情。

甘欣利感谢魏主任对他绕道提拔。到职不久，他就四处活动，把魏主任的堂弟魏洪根从厂供销科的副科长直接提拔为副厂长。紧接着，又强调改革要严格执行厂长负责制，厂里财务收支一支笔批钱。甘厂长很快就把作为专职党委书记的曲焕彪在职位上架空了。

魏洪根当供销科副科长的时候，钟奕强曾几次与他一起到外地采购中药材，知道他暗中收取回扣的事。魏洪根狡黠，有时也送一点给钟奕强，说是好处费或慰问金，钟奕强总是推辞，有时推辞不了才勉强收下，但魏洪根明显感到钟奕强的收下是违心的。魏洪根是一个雁过拔毛的人，自然不喜欢钟奕强的人品；自然担心钟奕强不可能与他沆瀣一气，担忧如果让他继续留在供销科，他知道自己干的那些见不得光的事太多，总有一天会东窗事发。魏洪根一当上副厂长，自然立马就想到要把钟奕强调离供销科，但他知道，田慧在厂里有很高的名望，钟奕强又是曲焕彪很器重的人，变换他的工作不是一件容易的事。

魏洪根为人狡诈。很快，他就想到了一个办法：提升调离。刚好，药材前处理车间主任快到退休年龄了，于是，他找甘欣利，说："甘厂长，以我对奕强的了解，我觉得这个人很有潜质，有管理才干，在供销科是大材小用，我建议把他安排到药材前处理车间当主任……"

甘欣利虽称不上官场老江湖，但城府很深，他看透魏洪根的心事。甘厂长笑着对魏洪根说："魏副厂长，这事我得与曲书记商量商量……"

钟奕强全然不知道甘欣利和魏洪根正在积极谋划要把他调出供销科。凤县县长罗倩虹派人到驼江制药厂联系中药材收购事宜的时候，厂里正好在开领导班子会，魏洪根让钟奕强在供销科办公室先接待凤县客人。罗倩虹任凤县县长已有一年多了。

从凤县来的是鹊岗镇镇长和县药材公司的一位股长。80年代，中国重建农村基层行政单位，撤销人民公社，改建农村乡镇。刘晓绯当年随吴副县长蹲点，组织种植中药材，发展多种经营的鹊岗人民公社，现在改名为鹊岗镇。

鹊岗镇农民种植中药材效益很高，他们都很感谢当年的工作组，其他乡镇的农民也纷纷效仿，全县很多农户都种植了中药材，而且收成普遍都不错。

钟奕强认真地翻看着凤县客人带来的中药材样本。他惊讶地发现，凤县人工种植的中药材，质量并不比他们千里迢迢，跑到外省中药材市场所采购的差，有的甚至可以说是质量更好。钟奕强勤奋学习不耻下问，中药材质量的鉴定能力在厂供销科里，可以说已经是名列前茅了。不过，他没权力做决定，中药材的质量等级和收购的价钱，由魏洪根说了算。

鹊岗镇镇长姓许，药材公司的股长姓叶。带来的中药材样本质量受肯定，许镇长和叶股长都很高兴。许镇长兴致勃勃地告诉钟奕强，说为了种好中药材，当年县驻他们镇的工作组，请来了县农科所的技术员对他们镇的土壤成分进行化学分析，引导农户种植与土壤化学成分相适宜的中药材，还组织农户学习中药材种植栽培技术。许镇长多次提到刘晓绯，称赞刘晓绯胆大心细。说农村改革后，刘晓绯好几次到他们镇，都宣传种植中药材的好处，建议镇里要积极培养种植中药材的专业户，形成规模化的经营，现在，这些专业户还常常念及当年的刘主任。

钟奕强也告诉许镇长和叶股长，说自己与刘晓绯曾在海南岛同一个农场上山下乡，都是回城的海南农垦知青。许镇长和叶股长听了兴致高昂。许镇长告诉钟奕强，说他们这次来驼江市带来两大包东西要送给刘晓绯，一大包是罗县长的凤岗绿茶，另一大包是金银花。叶股长插话说，这些金银花质量上乘。当年，刘晓绯在凤县担任农村改革领导小组办公室主任时，根据县农科所技术员的综合分析和建议，多次与当时鹊岗公社的谢书记一起，劝说在分田承包中分到"大寨田"的农户，将"大寨田"改种金银花，同时间种花生等豆科作物养地提高土地肥力。当年听劝说的农户，现在普遍都富起来了。他们一定要许镇长带些金银花送给刘主任，以表示他们的心意。

钟奕强为战友取得的成就骄傲。刘晓绯曾对他说过她在凤县组织种植中药材的事，钟奕强也曾建议科里到凤县采购中药材，但都遭到科里同事的反对，魏洪根特别强调要照顾老关系户。

罗县长派人前来推介凤县人工种植成功的中药材，钟奕强由衷感到高兴，他想借此机会提出在凤县建立中药材种植基地的问题。然而，钟奕强高兴得太早了。厂领导会议结束，魏洪根来到供销科对钟奕强说："奕强，你立即到书记办公室，曲书记找你谈话。"

"好的，我这就去。"钟奕强应承，他向许镇长和叶股长介绍魏洪根说，"这是我们厂的魏副厂长，你们有什么事直接与他谈。"说完，就直接离开了供销科。

钟奕强被调离供销科，到药材前处理车间当主任。

五

贵兴制药厂坐落在驼江市郊，200多平方米的厂房里，十几位工人操作着几台简单的设备生产中成药。这是一家民营企业，由一对农民夫妇白手起家兴办的，老板叫王贵兴。王贵兴是驼江制药厂副厂长魏洪根的一位远房亲戚。

王贵兴家住林岗县鹰盘镇铁岭村，是一个距驼江市200来里路程的山区农村。王贵兴"文革"前在林岗县中学上高一，"文革"爆发学校停课后回老家务农。改革开放几年耐不住山区农村的寂寞到外面闯荡，不知在什么地方不清不楚地发了财，还带回一位妖娆的老婆，把村子里的人震惊得眼睛都直了。山里人娶妻难，村里人都说王贵兴走了狗屎运。

王贵兴的发迹有点离奇。王贵兴的老婆叫颜福霞，家住云贵高原农村。那几年，颜福霞随到城里打工的村民进城，到城里没几天，就被金昆市"迷尔爽歪歪"歌舞厅的厅面经理看中，包吃包住当上了歌舞厅的侍应生。颜福霞很快就学会了跳舞，学会了与各种各样的舞客打情骂俏，还练就了60度白酒满瓶不醉的喝酒本领。

颜福霞脸蛋长相一般，单眼皮眼睛眯鼻梁低但身材好，亭亭玉立的凹凸有致曲线迷人。一些发了横财的舞客很喜欢她陪舞，说她的身子糯糯的软若无骨，抱着跳舞真带劲；还说摸着她白润绵软的身体，才能真正明白为什么说女人是水做的。

颜福霞不在乎被吃"豆腐"，她认为，身体被人偷偷摸摸几下并不会使自己受多大的损失，况且，舞池里灯光昏暗没人看见。不过，颜福霞坚持不与舞客接吻，也决不失身。

颜福霞在迷尔爽歪歪歌舞厅名气大，王贵兴早认识。王贵兴离家在金昆市打工，开始时在中药材市场当搬运工，几个月后被一位从事中药材买卖的老板相中，成了他的帮工。那老板相中王贵兴主要是看他有文化。王贵兴是"文革"前的高中生，那年代，大学生是天之骄子，高中生也很稀缺。跟着那位老板，王贵兴很快就学到了不少中药材的相关知识，又从这位老板的发迹史悟出了一个"混江湖"的诀窍："花钱就能买门路"；一回生二回熟，办事挣钱要的是脸皮厚。一年后，王贵兴就跑"单帮"，自己做起了中药材买卖。王贵兴有心计，舍得花钱、善于花钱，生意很快就做得风起云涌，王贵兴也不是原来的王贵兴了，他嗜钱如命，他认钱，只认钱。在王贵兴的心目中，有钱就有一切，花钱是为了挣钱；为了挣钱，他可以不择手段、可以六亲不认。30多岁的男人孤身在外，王贵兴有时寂寞难耐也找小姐，不过，他打心眼里就看不起那些人，反正，我付钱你愿意，逢场作戏人走茶凉。

王贵兴早就听说过颜福霞。王贵兴对花钱吃"豆腐"的举止不屑一顾，认为这钱花得冤，不值得。

王贵兴与颜福霞沾上边纯属偶然。那天，王贵兴做了一笔生意心情很好，晚上约上几个朋友来到迷尔爽歪歪。舞池边的柜台旁，两位手指上套着大金戒指，脖子上戴着粗黄金项链的小老板，正为要颜福霞陪舞吵得不可开交，厅面经理劝阻无效，颜福霞左右为难。在迷尔爽歪歪歌舞厅，为争颜福霞陪舞而发生争吵是常有的事，只要不发生打砸舞厅，不发生肢体冲突，舞厅的工作人员也就只是劝劝而已，其他的舞客也都习以为常，舞曲一响，愿陪谁便陪谁，吵架也就平息了。

今天不知是脑袋进了水还是搭错了哪一条筋，王贵兴神差鬼使地走向前，掏出香烟盒打开，递给两位正吵架的老板每人一根香烟，又为他们点火，不冷不热地说："二位老兄，和气生财，多一个朋友多一条财路；陪舞的女人多的是，不就是那么一回事吗？为一个陪舞的女人大伤和气，太不应该，太不值得了。"说着，眼神带着鄙视瞄了颜福霞一眼。

王贵兴这么一说，两位吵架的老板似乎想到了什么，喃喃几句后不吵了。颜福霞受不了王贵兴的鄙视，盯着他狠狠地说："喂！这位老板，讲话这么难听干吗？我们陪客人跳舞怎么了？你来舞厅没带舞伴，不也想找我们陪舞吗？"

"没错，小姐！我们来舞厅当然想请你们陪舞。不过，我讲的是真话、心里话，不难听。"王贵兴不示弱。

"哦！你的心里话？我们陪跳舞贱，可你找我们更贱。老板，你今天吃错了什么东西，讲话这么难听，满嘴喷臭。"混迹歌舞厅，陪过各式舞客，颜福霞已不是原先腼腆纯朴刚进城的山区农村姑娘了。在舞厅，她见惯了舞客吵架，也与舞客吵过架，骂人得心应手，挖苦人口若悬河。

也许是吵烦了，吵累了，也许是受舞厅气氛的影响，那天晚上，不知谁请谁，他们奇迹般地相拥着跳起了舞。

王贵兴给颜福霞留下了深刻的印象。一般的舞客为吃她的豆腐尽说好话、奉承话，而王贵兴说的是挖苦话。而且，陪王贵兴跳舞，王贵兴没偷吃她的豆腐。他们在舞池人少的边角聊天。都是从山区农村出来闯社会的青年，共同的阅历、共同的感受使他们聊得很投缘。

颜福霞通常是夜晚陪舞，白天睡觉。但这一次陪王贵兴跳舞的第二天上午，颜福霞到中药材市场找到王贵兴的商铺拜访王贵兴。昨天夜里回宿舍躺在架子床上，她反复琢磨王贵兴的话。王贵兴在跳舞时劝她，说当陪舞没出息，要她找个正事做。颜福霞觉得有道理。颜福霞只有小学文化程度，能干什么？她心中无底。在歌舞厅陪舞比"洗脚上田"进城打工要舒服，挣钱也多。不过，王贵兴说得对，没前途。陪舞吃的是"青春"饭，年龄一年比一年大，很快就干不了了。颜福霞想找其他工作干，她想再与王贵兴聊聊，让王贵兴帮忙出主意。

王贵兴的商铺在中药材市场的边角一个不起眼的地方，面积约20多平方米，进入商铺正面，墙中间设有一个祭拜财神爷的神位，上面竖有两根用红塑料制成的假蜡烛，接上电源后夜以继日放射着淡淡的、红色的幽光，神位旁边连着一个小门。推开小门，里面是一个面积约四平方米的小隔间，摆着一张双层架子床，架子床上层放着一个装衣服的行旅袋，还堆放着一些杂物。里房是王贵兴生活的地方。

王贵兴主要做药材批发。他精明，成批的货物往往是事先联系好卖主，定价成交再找买主，买卖做成，雇车直接从卖方仓库拉货到买方，基本用不着仓储，也节省了不少费用。王贵兴懂得小钱不出大钱不来的道理，同有权有势的部门和人物打交道，他出手大方。王贵兴的商铺雇有一个帮工，一个20多岁的农民工。

颜福霞来到商铺，王贵兴感到惊讶。昨夜一起跳舞，末了，颜福霞问王贵兴住什么地方。来舞厅跳舞图的是一时的玩乐，还想干什么？王贵兴一怔，脑子突然思维短路反应不过来，他觉得有点意外。

"怎么？害怕！"颜福霞微微扬起下巴，半眯着眼睛睨视王贵兴，不等回答，又加了句，"怕我找人上门修理你？"说着，娇媚一笑。颜福霞脸蛋不漂亮但笑起来很甜。

"我怕……"王贵兴脸上掠过一丝不易察觉的冷笑。王贵兴一米七几的身高，从小在农村长大，下河摸鱼，爬树掏鸟窝，上山砍柴火，干各种各样的农活，进城又当了几年的搬运工，身体壮硕。这几年，王贵兴发财了，但他恪守财不外露的古训，过着简朴的单身生活。王贵兴不是不想结婚，他高不成低不就，不想由家里父母做主遵媒灼，找一个能生男育女的女人凑合过日子。在外打工遭人鄙视练就了王贵兴的厚脸皮，虽说不上刀枪不入，但对尖刻的冷嘲热讽、刁蛮的辱骂挖苦，他都能泰然处之。为了达到目的，求爹爹拜奶奶，低三下四到处求人到处碰壁，他不厌其烦心安理得，从不把"难办"当一回事。他觉得，在金钱面前，脸皮算不了什么。颜福霞陪舞挣钱，天经地义，用不着说三道四。不过，与陪舞女郎交朋友，他从未想过。与颜福霞跳舞聊天，首次交往谈不上什么好感，可也惺惺惜惺惺，有种"同为天涯沦落人"的感觉。王贵兴不是小鸡肠肚的人，告诉颜福霞自己的地址没什么可怕的。

那天中午，王贵兴请颜福霞吃饭。颜福霞应邀但执意只到一家普通的饭店吃牛肉面，说没必要破费。这又让王贵兴感到不可思议，觉得她与其她的陪舞女郎不同，他开始对她另眼相待，渐渐地有了好感……

紧接着连续几天，王贵兴意想不到接连做成了几宗大生意。王贵兴心花怒放。王贵兴迷信。他觉得是颜福霞给他送来了运气，颜福霞是他的福星。很快，颜福霞辞职，他们同居，联手做起中药材批发生意。王贵兴擅长花钱买门路，颜福霞有意无意卖弄风骚，两人配合，生意做得很顺手。

然而好景不长，尽管王贵兴和颜福霞藏财不露，但生意连连得手的事还是让人知道了。当地一些老板妒火熊熊，说外地人抢了本地人的生意，他们联合起来开始对付王贵兴和颜福霞。半夜王贵兴商铺的玻璃窗不时被砸碎，甚至商铺门前被倒粪水。王贵兴强忍着，他懂得，生意场上如战场，虽说不上胜者为王，但生意顺手赚钱多有人嫉妒理所当然，强龙压不住地头蛇，王贵兴没报警。再后来，常常有一些不三不四的人到商铺挑肥拣瘦摔东西，号称选货借口吵架动粗；有时颜福霞上街，会被人用小石头砸脑袋，会莫名其妙被人碰撞倒地……

生意做不下去了，王贵兴与颜福霞决定结束在外飘零闯社会的日子，收摊回王贵兴的山区老家铁岭村。

王贵兴和颜福霞在铁岭村依旧藏财不露，日常生活仍一副穷酸的做派。颜福霞本来就是云贵高原的农村姑娘，对铁岭村山乡农村的生活没有什么不习惯的。王贵兴和颜福霞回铁岭村，按他们自己的话说，是回来休整的。他们的目标是离开山村，到城市里创出自己的事业，只不过现在把握不准方向，还不明晰要干什么，他们要认真斟酌，认真做社会行情分析。回村几个月，颜福霞产下一男婴，王贵兴家里人都很高兴，村子里的老同学王贵显也向王贵兴道喜。

王贵显与王贵兴同龄同辈序，"文革"前同在县一中读书，在村子里都算是有文化的人。王贵显成家早，老婆是同村子里的人，很能干，日常田里的农活都是她一个人打理的。王贵显已有一男一女两个孩子，大女儿十岁，正在读小学四年级；小儿子八岁，也在上小学二年级。

王贵显原先是"赤脚医生"。"赤脚医生"是"文革"期间农村不脱产的医务人员。那年代，农村的土地、耕牛、农具都是集体财产，农民称为公社社员，由各生产队因人而异分为不同的劳动力等级，劳动由生产队统一安排，工酬按劳力等级记工分，年终各生产队按实际经济收入，将工分折算为实物和现金发给社员。"赤脚医生"没工资，由生产队给工分。

农村"公社化"，铁岭村成了林岗县鹰盘公社的一个生产队。铁岭村距县城、距公社机关驻地达几十公里，山高路远村民看病很困难。为缓解村民看病难的问题，生产队选派王贵显到县里参加医疗知识培训班。培训班结业，王贵显也就成了生产队的"赤脚医生"。

王贵显学习刻苦，在接受县、公社组织的几次业务培训后，医治村民普通的常见病、多发病通常不成问题。那年代，农村公社医院药物紧缺，政府鼓励公社医院积极开发中草药，自力更生生产中成药缓解药物紧缺的问题，王贵显也利用外出学习的机会到处请教，学习一些相关的中成药制作技术，回村后就地取材，土法上马制成了几种治疗村民多发病的中成药，效果很好。在缺医少药的铁岭村，王贵显通过自己的努力，基本上做到村民小病不出村，多次受到上级卫生部门的表彰。公社改镇，生产队解散断了"赤脚医生"的经济收入，王贵显干脆在村子里办起了诊所。依靠承包的土地种植农经作物和诊所门诊微薄的收入，王贵显一家人日子过得紧巴巴的。

王贵显在村里办诊所，还能自制中成药，引发出王贵兴创业的新思路。王贵兴回村前在金昆市做的是中药材买卖，积聚了一定的中药知识，他预测，制作治疗常见病、多发病的中成药，在农村应该有广阔的市场，如果王贵显愿意联手干，创办中成药厂应该问题不大。颜福霞赞同王贵兴的想法。

王贵显不想离开铁岭村。这几年，村里的年轻人外出打工多了，留下的大多是老年人和妇女小孩，农村的多发病、常见病大多发生在这些人身上。铁岭村对外连泥土公路都没有，山路崎岖，一旦有病人没医生看诊，后果不堪设想。

王贵显不打算离开铁岭村与王贵兴一起外出进城办中成药厂，但他向王贵兴推荐了几名曾同为"赤脚医生"，也曾自行制作过中成药，现仍生活在农村的朋友。王贵显多次参加过县、公社举办的"赤脚医生"培训班，又多次出席驼江地区、林岗县以及鹰盘公社的"积代会"，认识县里以及外县一些优秀的"赤脚医生"。颜福霞在家带孩子，王贵兴请王贵显帮助引荐，带着礼品上门拜访这些"赤脚医生"。

孩子满周岁断奶，王贵兴和颜福霞把孩子留在铁岭村，请王贵兴老爸老妈代管，夫妻俩到驼江市忙开了。他们托人情找关系，跑部门拜领导，在驼江市郊区农村租地，聘请几位王贵显的"赤脚医生"朋友为技术骨干，"王贵兴制药厂"就这样开张了。

王贵兴办中药厂生产常规中成药，采购药材依然是夫妻联手轻车熟路，产品推销依靠王贵显推荐的几位"赤脚医生"朋友，凭借当年他们良好的声望，以及他们在山乡从医形成的各种人脉关系进行推销，在农村，尤其是山区农村很有销路。王贵兴与颜福霞又采用老办法不断开辟新门路屡屡得手。市场顺利拓展，制药厂的生产规模也迅速扩大。

药厂扩大规模急需中成药制药机械。王贵兴和颜福霞办中成药厂已有两年多，从小型作坊开始，现已扩展到厂房近200多平方米，几十位工人。

生产中成药比做中药材批发买卖划算，不是一般的划算，而是很划算，钱财滚滚来。王贵兴心里高兴，再也不满足这个只有几十个人的小工厂了。他心里似乎憋着一股气，一定要发展，一定要出人头地活出精彩，他甚至想象有一天他把驼江制药厂收归麾下。王贵兴与颜福霞商量，决定把现有的小厂改成储存中药材的仓库，又在附近另找一块面积近两亩的山坡荒地，准备再盖新厂房。

王贵兴想再进一步扩大生产，可是增加生产设备手中缺乏资金。找银行贷款不难，他早已侦察好了，市工行信贷科长是一个色中饿鬼，颜福霞出面略施小计肯定能让他中招，拿到贷款。然而，如何买到便宜的生产设备呢？有朋友建议他找二手货，说虽然比较陈旧，但性能齐全质量有保证，而且可节省新设备机械运行磨合的时间，货到就可用。

王贵兴找魏洪根帮忙……

第十四章

驼江制药厂亏损，党委书记曲焕彪被架空权力无可奈何。

国企改革实行经营承包制。钟奕强任药物前处理车间主任

具有承包工厂当厂长的资格，魏洪根深感『老道失算』。

王贵兴想『蛇吞象』承包兼并驼江制药厂。他伙同魏洪根

出阴招，背后对钟奕强下毒手但失败。

一

工厂亏损，又听风声传说工厂也要学农村改革搞承包，驼江制药厂曲焕彪忧心忡忡。

曲焕彪已近退休年龄，再过几个月就退休了。星期一厂长办公例会分析工厂生产情况，财务科长拿出的财务数据已明明白白告诉大家，今年工厂将出现第一次亏损，而且更为严重的是，财务数据中有一大笔是实物数据，也就是说，产品销路不畅大量积压在仓库，明年资金周转更加困难，将继续亏损。

曲焕彪很难受，他退休将背着一个不光彩的名字：亏损厂党委书记。曲焕彪可以说他把自已毕生的精力都贡献给了驼江制药厂。他与钟诚担任正副厂长期间，驼江制药厂是驼江市的一大品牌单位，利润率长年居全市第一。那时，驼江制药厂是驼江市的荣耀，是驼江制药厂职工的骄傲。

曲焕彪是省劳动模范，市优秀共产党员，对工作认真负责，对自己严格要求处处以身作则。他当厂长近30年，爱人还是市长途汽车客运站的临时工。工厂几次有招工指标，他都让给别人。曲焕彪有一男一女两个孩子，两个孩子都很争气。当年，按照中国的户籍管理政策，子女户口随母。因此，他的两个孩子都是农村户口，都不用上山下乡，中学毕业回老家生产队务农都是回乡青年。大儿子回乡不久参军，参加抗美援越作战勇敢，回国后被送军事院校深造，现在是现役军官，媳妇也是军队干部；女儿在国家恢复高考后考上师范大学，毕业后分配在驼江一中，现在是学校教导主任；女婿与女儿是同届高中毕业，同年考上大学的。女婿读的是金融管理专业，现在市人行工作。曲焕彪爱人早已辞掉了临时工工作，在家帮女儿带小孩。

曲焕彪工作兢兢业业，他同钟诚都有积极开发祖国中医学宝库，大力发展中成药，使我国的中成药脱颖而出，在世界扬名的雄心壮志。现在，工厂亏损，而且搞得不好会连续亏损，甚至倒闭，理想泡汤。他觉得对不起国家，对不起厂里的职工，也对不起已去世的钟诚，可又确确实实感到天不遂人愿的无可奈何。

在厂长办公会上听到工厂面临亏损的当天晚上，曲焕彪骑着他那辆踩了几十年的永久牌自行车去到康健楼，找田慧聊天解忧愁。

曲焕彪是康健楼的熟客。曲焕彪与钟诚、田慧既是学友，又是工友，有人称他们是工厂里的"铁三角"。1956年中国社会主义改造公私合营以前，曲焕彪大学毕业在康健堂制药厂当技术员，钟诚和田慧是资方。公私合营后，康健堂制药厂改名为驼江制药厂，曲焕彪为厂长，钟诚为副厂长，田慧是工程师。他们虽职务不同有高低，但平等相待精诚合作，相互尊重互相支持，用那个时代最时髦的话说，政治路线确定之后，干部就是决定的因素；群众看干部，干部优秀，群众心齐泰山移。驼江制药厂迎来了发展的辉煌，在驼江市颇有名气。后来换了领导班子，厂子也慢慢走了下坡路……

当晚钟奕强不在家，曾秀玉请钟奕强到胡家村他们家，说有事。曲焕彪与田慧是老朋友，用不着客套，两人立即就切入主题谈起了工厂最近发生的事情。钟瑞真端来一个盛着新疆无核葡萄的水果盘，把它放在他们坐着的沙发前面的茶几上，又给曲焕彪和田慧每人泡上一杯凤县绿茶。绿茶是刘晓绯送的。钟瑞真已有五个月的身孕，田慧要她晚上不要喝茶，说茶叶提神，怕她喝茶晚上睡不着觉，休息不好影响胎儿发育。钟瑞真坐在另一张沙发上静静地听着妈妈与曲焕彪的交谈。曲焕彪和田慧都经历了相当多的沟沟坎坎，都能坦然面对种种的不如意和困苦。他们惋惜的是，好端端的驼江制药厂遭受甘欣利这帮人瞎折腾，不垮也要受重创。

田慧问曲焕彪："焕彪，最近市里有人在传说，说工厂也要搞承包，你听说过没有？"

"听说了。"曲焕彪喝了一口茶，"现在到处都在说，'一包就灵'。我年龄大了，没有资格竞争承包……"

他们议论着工厂承包的事，都认为现在在职的几位厂领导，都不可能主动要求承包。他们又议论着外来能人承包的问题，也都觉得，在驼江市，还没能发现民间有这样的能人。

"唉！如果我们年轻，该多好！"田慧瞄了曲焕彪一眼，脑子里闪过他们年轻时在厂里一起工作的场景，叹息着说。

"田慧，不要'唉'，叹息无用。我们有年轻人……"曲焕彪闪出一个大胆的设想，由钟奕强承包。他对田慧说："如果真的要组织公开竞争承包，我们支持钟奕强参加竞争，让他承包工厂，当厂长……"

二

甘欣利在厂职工食堂吃了午饭，抬手看看手表，时间已过中午12点。他向还在吃饭的曲焕彪打了个招呼，说下午外面有事，就匆匆忙忙离开职工食堂。甘欣利现在是驼江市经委副主任兼驼江制药厂厂长。城市国营企业要搞承包，蔡副市长决定，把驼江制药厂作为试点单位。

王贵兴、颜福霞谈不上是奸商市侩，但有心计。他们在打算购买驼江制药厂旧的生产设备时，已经通过王贵兴的远房叔叔魏洪根摸了甘欣利的底细。

购进驼江制药厂所谓的报废设备投入生产，贵兴制药厂生产效率突飞猛进，利润飙升，王贵兴、颜福霞赚了个盆满钵满。王贵兴和颜福霞原先都是做中药材生意的，对制作中成药的原料选择是内行，而且，与做中成药生意的一些老板保持着较好的关系，采购的中药材有良好的质量保证。王贵兴和颜福霞又想方设法通过魏洪根，不时拿到驼江制药厂研发的中成药配方，不费任何研发成本就能投入生产，大获成功。

王贵兴很精明。贵兴制药厂生产的中成药的销售市场定位，王贵兴的眼光只盯住县城以及广大的乡镇农村。他心里明白，贵兴制药厂别说在国内，就是在省内，在驼江地区，根本就不起眼，没什么品牌影响力，不可能挤入城市的药物市场，而在乡镇农村，他有广泛的人脉关系。王贵显推荐的那几位随王贵兴创办制药厂的朋友，就都是以前农村的赤脚医生，当年就地取材，土法上马制作中成药，根本就不可能进行药力监测，但在农村为村民医治常见病、多发病都曾取得很好的效果，有良好的口碑。这些人现在是贵兴制药厂的骨干，中药材采购、生产流程质检、产品营销风风火火一肩挑。他们运用熟悉的乡镇医疗网络，把市场触角延伸到驼江地区最偏僻的农村。王贵兴善钻社会各种空子，可以说是无缝不钻。他不仅制定了工厂营销人员按药物销售量、销售额提成奖励的制度，而且利用当时沿海地区走私猖獗打击不力的时机，大量收购走私的电子计算器和价格便宜、使用寿命很短的塑料电子表，出厂的大件药物包装加放进一个电子计算器，小件的则加放一只塑料电子表，让药店售货员一打开包装，就有小便宜可占。王贵兴使用各种手段多管齐下，贵兴制药厂生产的各种中成药销量大增，根本就不存在库存积压的问题。

甘欣利当上了市经委副主任，负责组织实施国营企业改革，搞承包制，这个消息让王贵兴血脉贲张特别高兴。王贵兴特别关注社会能人也能承包国营企业的改革，他想承包国营企业，他把目标锁定在驼江制药厂。

三

王贵兴心里悄悄打着如意算盘。驼江制药厂生产的中成药在社会上是知名品牌，如果他承包成功当上这个厂长，那么，将贵兴制药厂生产的中成药贴上驼江制药厂的商标，来一个鱼目混珠就易如反掌了。王贵兴还盘算着，驼江制药厂中成药研发的科技含量很高，每年总有新成药问世，如果他当厂长，拿着这些新研发的中成药配方，那将是一宗一举多得、只赢不输的买卖。他打算以承包合同必须完成的承包利润为界限，让驼江制药厂苟延残喘半死不活，承包一段时间后力争贵兴制药厂迅速发展，兼并驼江制药厂。

王贵兴暗中分析可能出现的竞争对手，他求助魏洪根。魏洪根告诉王贵兴，说工厂如何承包的具体改革方案还没出台，不过，据他所知，本单位职工要竞争承包厂长，必须是工厂里中层以上的现职干部。魏洪根还说，据他听到的议论，现职的厂级干部没人想承包工厂；而在厂的中层干部中，最有可能要参与竞争承包工厂的，应该只有钟奕强。魏洪根估计，如果真的是这样，王贵兴竞争不过钟奕强。

魏洪根对钟奕强心里总是充满着一种莫名的忌恨。魏洪根自己没有承包驼江制药厂的勇气，也压根儿不希望钟奕强能承包。他知道，钟奕强承包了，他靠搞歪门邪道中饱私囊过好日子也就难维持了。王贵兴向他和盘托出想承包驼江制药厂的打算，魏洪根全力支持。初步的工厂承包方案内容的基本框架他清楚，厂里如果没人符合承包条件，可由社会能人承包，"英雄不问出处"。但是，方案必须经市政府批准且具体的承包细则还要进一步充实确定。他认为，王贵兴想要承包、能承包，前提是驼江制药厂现职中层以上的干部没人想承包，或想承包但不符合承包人必备的条件。为让王贵兴能顺利承包驼江制药厂，魏洪根与王贵兴合谋，想出了一个阴招。

钟奕强做梦都想不到，有人会背后对他下黑手。田慧把她与曲焕彪交谈，两人有意支持钟奕强承包工厂的意思，转告了钟奕强，叮嘱他要低调处事。钟奕强听田慧的话，忍气吞声看着甘欣利和魏洪根在厂里搞歪门邪道。他只管干好分内事，要求药前处理车间的工人要尽力做好各自职责的工作。

那天车间出事，这事反而帮了钟奕强一个大忙。

那天下午，开完厂务会已快到下班时间了，钟奕强离开会场想回车间。每天下午下班时，钟奕强总最后离开车间，他要检查车间安全，没问题才让值班人员锁门。

"奕强，你稍等！"听见魏洪根喊他，钟奕强停步，转头走向魏洪根。

"噢！魏副厂长，有事？"钟奕强走到魏洪根跟前，刚开口问事，甘欣利一手拿着一个公文包，一手端着一个带盖的小茶缸走过来了。他对魏洪根说："老魏，走！到我的办公室，我们还有事商量商量。"

魏洪根一愣，脸上闪过一个不自然的微笑，应了甘欣利一声"好的！"又对钟奕强说："奕强，我与厂长还有工作要商量，你先回家。明天我再找你。"说着，跟甘欣利走了。

钟奕强没回家，他到药前处理车间。车间的工人都下班了，车间门开着，静悄悄的没见值班人员。

"怎么回事？车间门开着，老谭到哪去了？"今天的车间值班是班长老谭，钟奕强走进车间，没见老谭。

突然，他闻到一股淡淡的香烟味。钟奕强快速朝飘来香烟味的方向走去。他看到，在干燥的中草药金银花堆前，有一个人手指夹着一根刚点燃的香烟正抽着，听见背后传来脚步声，紧张地猛转过头。

钟奕强看清楚了：是王贵财！临时工王贵财在金银花堆前抽烟。王贵财是甘欣利介绍到药前车间当临时工的，已干了一个多月。钟奕强听说，王贵财本来是贵兴制药厂的杂工，他不想在私人企业打工，说在那里没奔头，想到驼江制药厂当临时工，争取转正成为正式国营职工。

钟奕强一个箭步向前，左手拔出叼在王贵财嘴里的香烟，掐灭，又扬起右手，"啪"的一声重响，狠狠扇了王贵财一记大耳光，喝道："王贵财，你想纵火！"

王贵财刚才猛回头见到钟奕强已吓得六神无主，挨了一记大耳光反而清醒了一些，他忙说："钟，钟主任！刚才我搬药材太累了，想……想……想抽根烟歇歇……"王贵财有点语无伦次。

"你不知道我们车间不允许有一点火星？"钟奕强愤怒地喝道。他揪着王贵财胸前的衣襟，拉着他走向车间大门。

"我不是有意的！我不是有意的……"王贵财被拉着，边走边喊。

"什么事？"刚出车间大门，恰好遇到魏洪根路过。魏洪根喝住他俩，大声问……

王贵财被罚一个月的工资，清除出临时工队伍。钟奕强因工作责任心强受到表扬奖励。

要王贵财在药材前处理车间瞅机会，在下午下班时想办法在中药材堆里留下火种，让车间里干燥的中药材夜里起燃，酿成重大火灾事故让钟奕强背黑锅，逼钟奕强下台，这都是魏洪根与王贵兴商量设下的阴招。阴招失灵，王贵兴与魏洪根又千方百计设法弥补。没多久，他们又找到钟奕强的软肋。

第十五章

李仕翔与田慧喜结良缘再获甜蜜生活。刘晓绯政绩斐然遭猜忌被诬告，省委派工作组调查坏事变好事。钟瑞腾偕女友、钟瑞云的闺蜜邱粤兰回家探亲。甘欣利制定承包工厂须一次性用现金预交三成承包利润的政策规定，认为以此抓住了钟奕强的软肋。曾秀玉、杨森怀大气出手借钱给钟奕强。田慧通过冯国昌联系到在台湾的小叔钟勇，钟勇毫不犹豫满口答应由田慧全权支配使用埋在康健楼地下的黄金遗产。钟奕强承包工厂稳操胜券。

一

元宵夜，曾秀玉自告奋勇驾驶她那辆丰田小汽车，承担起义务接送任务。7点30分到康健楼接田阿姨，送她到驼江大学教授楼，再接李珏耀、刘晓绯到刘阳庆家；10点30分，顺序颠倒再次接送。这是她与李珏耀、刘晓绯、钟奕强、钟瑞真共同策划的"阴谋"。

杜振彬与纪德芬结婚举办婚宴，曾秀玉和郭秀芝在各餐桌间往返穿梭送菜上桌，曾秀玉见李仕翔和田慧很有夫妻相，两人很般配；如果结婚，肯定是绝妙的一对。她把她的发现告诉李珏耀，李珏耀说，他与刘晓绯早有这个想法，他们商量了，要积极为他们创造见面的机会。她把她的发现告诉钟奕强，钟奕强说她是"马后炮"。

袁蜜去世后，曾秀玉早就觉得，自己的恩师身边应该有一个知寒知暖的贴心人，他与李珏耀议论过这个事。李珏耀说他与刘晓绯议论过了，都觉得应该早点帮爸爸找到合适的人。她妹妹李远馨也说，不能让爸爸晚年寂寞。李远馨不封建，她正为这事积极操劳。

李珏耀与刘晓绯都曾分别与李仕翔议论过再婚问题，李仕翔总以他习惯了过没有爱妻的日子搪塞。顿失袁蜜，李仕翔内心充斥着痛苦。夜里，孤单单地躺在床上难以入眠，内心思绪翻腾，脑海里不时浮现出袁蜜的倩影……现在，一切都成为过去，一切都只存在记忆中，李仕翔想着想着，眼角有时会淌出几滴泪珠。李仕翔不封建，再婚未尝不可，不过，有过如此完美的袁蜜，他的目光已经变得相当挑剔，仅漂亮的外表已经不足以打动他。李仕翔更看重的是气质，认为爱人应该具有知性的精致又兼有浪漫的生活情趣，彼此能有共同的语言。当然，他心里明白，这样的妻子难找。

李珏耀、刘晓绯私下都悄悄地给老爸物色对象，他们都认为田慧阿姨与爸爸再婚很般配。他们悄悄地向钟奕强了解，钟奕强很赞同他们的想法。不过，他告诉李珏耀和刘晓绯，说曾经有人向田慧介绍过对象，也有人追求过田慧，向田慧示爱，田慧都不为其所动，都不成功。还说，田慧向他和钟瑞真说过，说她现在是"心静如止水"。钟奕强与李珏耀和刘晓绯一起商量，都认为这件好事操之太急不行。他们商定，以后在各自的家里，都要择机多夸奖彼此的爸、妈，然后创造机会让这两位长辈接触。杜振彬与纪德芬结婚，他们精心地安排了李仕翔与田慧见面，收到意想不到的效果。

那天婚宴结束，回家路上曾秀玉的爸爸曾贵达当着妻子苏启英的面，对曾秀玉说："秀玉啊！过去只听你说过田工，今天第一次见面相处就的确感受到了她的魅力……"

"哇！好肉麻啊！怎么，把你迷住了？"苏启英转过头打断曾贵达的话。小车里，苏启英坐在副驾驶座上，曾贵达坐在后座。杜振彬与纪德芬婚宴结束时，杜振彬的工友开来几辆出租车帮送客。李仕翔与田慧相互道别的时候，曾贵达走到他们跟前，说："李教授、田工，今天能与你们见面认识很高兴。你们的到来，为这次婚宴增添了不少的风采……"不远处的苏启英听到，显得有点不高兴。她走上前，与李仕翔和田慧简单打了个招呼，就直冲曾贵达说："贵达，别磨磨蹭蹭的。我们快点，秀玉在车上等着呢！"说完，拉着曾贵达上了曾秀玉的车。

"妈，你乱说什么呀！"开着车的曾秀玉转头嗔了苏启英一眼，"田阿姨真的是很优秀的。我听奕强说了，田阿姨读了很多书，很有才。妈，你刚才没听见？刚才她代表知青家长讲话，说她很高兴参加知青的婚宴，说我们知青，集了当代社会的优秀分子。这话，说得多好啊！我与秀芝端菜时听了，我们都很感动。"

"秀玉说得好！"曾贵达没理睬苏启英，"不过，秀玉，你注意到没有？李教授与田工俩坐在一起，我觉得他们的形象、气质很般配。"

"哈，哈哈！爸，你也看出来了？"曾秀玉笑着对曾贵达说，"不是般配，刚才我与秀芝都议论了，说他像夫妻。爸，在我心里，他们应该是夫妻。对！就是夫妻。"

<h1 style="text-align:center">二</h1>

吃完元宵节晚餐最后一道菜，一小碗汤圆，钟奕强对田慧说："妈，你们先上楼歇息，这里的家务活，我来干。"钟瑞真已近八个月的身孕了，钟奕强不让她干家务活。

"行！"田慧爽快地答应了。今天晚上，原先说好她与钟奕强一起由曾秀玉接车，到驼江大学回访李仕翔，临晚饭时间，钟奕强才告诉她，说钟瑞真感到身体有点不适，希望他能在家陪她。这样，田慧就只能自己坐曾秀玉的车去李仕翔家。

"无所谓！"田慧心里想。最近，钟奕强与李珏耀、刘晓绯往来的电话比较多，她猜想，这里面有些事肯定与自己有关。

除夕那天晚上看央视春晚，钟奕强有意无意不时向她说起李仕翔的事。说不久前，李珏耀的妹妹想给爸爸找对象，对象是电视台一位离异的女主持人，据说漂亮聪颖、伶牙俐齿，五十来岁的年龄。说李远馨很爱爸爸妈妈，但妈妈走了，永远地走了。没有妈妈，爸爸身边没有知寒知暖的人，好孤独。

"李教授怎么说？"田慧急切地问。

"妈！远馨当时说，她介绍的对象，形象绝对是对得起老爸的。李教授问这个女主持人为什么离婚，远馨说是因一些家庭小事吵架，夫妻谁也不让谁就离婚了。李教授很不理解家庭小事会吵架吵得天翻地覆，吵得要离婚。"

"是啊！家庭小事夫妻吵架就要离婚，这也太离谱了。"田慧插话说。

"妈！你猜李教授是怎样对远馨说的？"钟奕强问田慧。

"说谢谢他女儿……"

田慧话没说完，钟奕强高兴地说："妈！你猜对了……"他略为停顿，"妈！李教授挺有意思的，他还批评女儿小看他，说老爸想结婚，对象就要自己找。"

"哈！这李教授太有意思了。按现在社会上最流行的说法，那就是年轻化，是思想年轻化。"田慧笑着说。

那天晚上看完春晚，田慧在床上辗转难眠，脑海里总浮现出李仕翔风度翩翩的形象。杜振彬与纪德芬结婚的婚宴上，她被邀请作为知青家长代表讲话。在那高出地面30厘米左右的宴会歌台上，她发现，坐在台下的李仕翔聚精会神地听着。田慧在台上讲话时，有时候用眼光睨视他，李仕翔总是愉悦地接受，微微点头对她的讲话表示赞赏。

那天宴席上李仕翔与田慧俩的座位恰好是紧挨在一起的，交流谈话很方便，但他们交谈并不多。

同在宴会主桌就餐，坐在他们侧对面的苏启英则显得特别亢奋，叽叽喳喳不停地向邻座纪德芬的爸爸妈妈炫耀。苏启英觉得自己的日子过得挺滋润的，除了儿子曾旭辉有时惹麻烦外，其他孩子根本不用她操心，尤其是曾秀玉和胡宏彬对她和曾贵达都很孝顺，资助家里出手也大方，左邻右舍都夸她命好，顺兴路菜市场卖菜的老板见到她，总是满脸堆笑口里"大姐""阿姨"的叫个不停，总帮她挑选好的肉菜，卖给她的价钱也都很便宜。这些小老板都知道苏启英和区工商局金局长关系不一般。菜市场是工商局管的。

苏启英有点飘飘然了。她觉得她应该像阔太太贵夫人一样，好好享受享受了。她学会了打麻将，经常上舞厅跳舞。苏启英偶尔也与胡宏胜跳舞，胡宏胜更是肉麻地吹捧她，说与她一起跳舞时感到自卑，不论在什么方面，都觉得自己比不上苏启英；说苏启英长相年轻，两人在一起，自己总感到自己长相苍老，看上去年龄比苏启英还要大；说苏启英命好，曾秀玉的好运是遗传苏启英的。

人们对苏启英刻意的奉承，唤醒了苏启英长期昏然沉睡的虚荣心。她坦然接受别人的奉承，不时向别人炫耀自己的本事，最喜欢说的是她装病提前退休让曾秀玉顶职回城的"壮举"，又不时吹嘘自己斩断曾秀玉与陈根秋两人情缘的果断英明。曾贵达曾劝苏启英不要乱说，说她所干的那些事不是什么好事，不值一提。苏启英听了爱理不理的，不过，还是有所收敛。那天在杜振彬与纪德芬结婚的婚宴上见到田慧，苏启英不知怎地心里一咯噔，竟然会生出一股莫名的妒火。她听曾秀玉说过田慧的优秀，也知道田慧家庭生活曾遭遇不幸。作为知青长辈，苏启英与曾贵达被安排同桌坐在田慧的侧对面。她不时睨视田慧一眼，又不时在曾秀玉或郭秀芝上菜时做出亲昵状，还不忘给坐在旁边的曾贵达夹菜。说起来也奇怪，看着坐在宴席上的田慧，也不知出于一种什么心理，慢慢地，一开始就喷发出来的妒火，被心中升腾的，与曾贵达在一起自以为是男才女貌、恩爱夫妻的优越感压了下去，苏启英又开始得意起来。

李仕翔觉得苏启英和曾秀玉母女俩都长得漂亮，不过，两人形似神不同，素质差距很大。

郭秀芝又端来一道菜，笑吟吟地说："叔叔阿姨，这是'清蒸龙虾'，森怀烹调的。请慢用。"郭秀芝刚离开，苏启英似乎有点迫不及待夹着一块龙虾肉放到曾贵达面前的小碗里，说："贵达，这清蒸龙虾肉要趁热吃。给你，你尝尝。"说完，抬头睨视了田慧一眼。

田慧也已感受到苏启英看她时脸上流露出不易觉察的带有挑衅的不礼貌，她微笑地迎着苏启英的目光，朝她点了点头，又转头与李仕翔四目相视笑了笑，再转头微笑地向曾贵达点点头。曾贵达会意，他早已感到妻子举止的轻佻和欠妥。他略带歉意朝田慧点点头，接着把目光转向李仕翔。李仕翔避开他的目光，他先笑笑地朝造作的苏启英点点头，再抿嘴把目光投向曾贵达。曾贵达感到不好意思，他略带歉意朝李仕翔点头致歉，就转过头对苏启英说："启英，谢谢！要吃什么，我们自己动手，好吗？"说着，又用手肘碰了一下苏启英，压低声音说，"宴席上话不要说得太多！"或许感到自己真的太过分，苏启英收敛话锋，举止也斯文多了。

这虽然是第一次见面，但田慧已在李仕翔的脑海里留下了深刻的印象。

第二天上午，李仕翔没课在家，他有一种莫名其妙的冲动，很想能再听到田慧甜美的声音。他情不自禁挂电话到驼江制药厂值班室找"田工"。

值班人员到厂研发室找田慧听电话时，田慧先是一愣：谁的电话？她几乎没有过有人打电话到厂值班室找她的经历。很快，她脑海里闪出一个人：李仕翔。昨天晚上婚宴结束的回家路上，她脑海里不时闪出李仕翔的身影。她在宴席上讲话回到座位时，意想不到李仕翔起身帮她挪开椅子请她坐下，人文质彬彬的，很绅士，还说她的讲话很精彩，有哲理。田慧听了很舒服。大家都赞美她的讲话讲得好，而李仕翔与其他人不同，他多了句"有哲理"，显示出他有文化水平。

不知为什么，还没接电话，田慧心里已经一阵激动。田慧深深地吸了一口气稳定情绪，拿起话筒。来电正是李仕翔，她感到高兴。

李仕翔在电话里只是简单地向她问好，说认识她很高兴，希望以后能加强联系。他们交换了家里的电话号码。那年代，家里能装上电话的人很少。田慧在厂里是高级工程师，家里装有一部电话，她把电话主机设在二楼客厅，在自己的房间装了一部分机。李仕翔家里有两部电话。驼江大学为副教授以上职称的老师家中都配了电话，刘晓绯任街道主任时，家里已配一部电话。李仕翔和刘晓绯都把电话安在各自的房间。当天晚上，按照上午的电话约定，田慧向李仕翔挂了电话。从此，他们开始了频繁的电话往来。

按照驼江市的民俗，大年初一是出嫁的女儿回娘家的日子。大清早，李珏耀与刘晓绯就告别李仕翔去娘家拜年了。他们离开家不久，李远馨夫妻就来了。哥哥考上京华大学博士生，元宵节过后就又要上学读博了，李远馨给老爸的新年祝福是："祝爸爸新年收获爱情。"她对李仕翔说："妈妈在天有灵，她一定心疼你，一定很期待你身边能有一个爱你的人。爸，你很爱妈妈，就一定要让天上的妈妈放心。"李远馨动情地说。她觉得，要让爸爸过好下半辈子，爸爸身边就应该有一个像妈妈一样的贴心人。

"行！远馨，爸接受你的祝福，让你妈安心，也让你放心。"李仕翔想告知李远馨他与田慧的事，但感到"木未成舟"，话还没出口又咽了下去。

大年初二，钟奕强、钟瑞真和田慧乘曾秀玉的车到李仕翔家拜年。这是钟奕强与曾秀玉一起策划的。田慧晚上不时在家打电话，钟奕强、钟瑞真心里已猜出八九分。他们把这个信息告诉了李珏耀，李珏耀说他与刘晓绯也看出了端倪。那天拜年告辞时，刘晓绯问曾秀玉："秀玉，你什么时候方便，我们蹭你的车到田阿姨家？"说着，转头问李仕翔，"爸，你说这行吗？"田慧听了立即表示欢迎。李仕翔也说："怎不行？"曾秀玉说初八有空。曾秀玉的制衣厂春节放假停工到初四，初五开工，开工后厂里有几件事需要她立即着手处理。

也就在这个初八晚上，李仕翔和田慧的感情有了质的飞跃……

过后连续几天，他们都期待着再次相会。当听钟奕强说李珏耀和刘晓绯邀请他们，元宵节晚上到驼江大学观赏月下驼江夜景时，田慧立即应承。她心里充满期待，她企盼李仕翔在元宵夜向她求婚，然后立即结婚。钟奕强说钟瑞真身体不适要在家陪护妻子，田慧不假思索就同意了。田慧处事果断干练，她决定，今晚到驼江大学教授楼，她要与李仕翔一起，公开他们的爱情，确定结婚的日子。

三

清晨六点左右天刚蒙蒙亮，杨森怀还在床上酣睡，床头柜上的电话座机发出"嘟……嘟……嘟……"的声响。杨森怀懒洋洋地打了个哈欠，说了声："谁啊？这么早就来电话。"懒洋洋地从丝绸被面的棉被里伸出右手，拿起话筒……

昨天晚上，一群海南同农场的回城兵团战友，在他的饭店里喝茶侃大山。李珏耀和刘晓绯是乘坐曾秀玉的小车来的；伍秋盛和杜振彬是各自踩摩托车来的。见钟奕强没来，曾秀玉自荐开车到康健楼接钟奕强参加聚会。他们谈笑过去，调侃今朝，梦想未来，回城的兵团战友聚会，交谈的话题就是多。纪德芬换过了五泡茶叶，还买了驼江市著名的"驼江五仁饼"、花生芝麻糖做茶配，临别时每人又干了一碗牛肉汤河粉。杨森怀回到家里已经是凌晨一点多了。

杨森怀与郭秀芝住在杏花路四横巷。杨森怀结婚后，他已将原先与钟奕强在顺兴路一横巷合租的住房已退租，转由唐环宏和黎海花承租。唐环宏已经辞掉了在驼江火力发电厂的临时工，也因此退还了厂里分配给当年"窝棚户"临时工的简易住房。黎海花回海南岛参加她弟弟婚礼期间，已经与唐欣潮和文海娇商定合伙做海南水果生意。唐欣潮和文海娇在海南进货、发货，唐环宏和黎海花在驼江市接货。他们通过唐欣潮爸爸找关系租用驼江市果蔬公司的货仓，又借用原先唐欣潮爸爸和弟弟所承包的两个菜摊果店，发挥连锁作用销售海南水果，生意越做越好。连续来了几批去皮海南椰子和海南香蕉，在驼江市各水果档口销路很好，唐环宏和黎海花的日子开始好过了。

唐环宏调侃杨森怀财气旺，住过的房子也沾有财气。杨森怀听了心里甜滋滋的，不过，他总是笑眯眯地说，他的财气有一半是郭秀芝给的；说郭秀芝的笑脸纳财。"同是天涯沦落人"，同为曾经的兵团战士，他们侃大山就有很多共同语言。

杨森怀很爱郭秀芝。郭秀芝精致俊美。驼江饭店开张后，她负责在收银台站班，在一楼厅堂向顾客介绍饭店饭菜的菜式样品。来过驼香饭店的顾客，对饭店的饭菜质优味美、价位合理、服务周到，尤其对郭秀芝留下了良好的印象，时常会再次光顾驼香饭店。郭秀芝为驼香饭店争得了好名声。驼香饭店经历短暂的萧条后生意迅速发展，日渐兴隆，乐得杨森怀常常在知青聚会时炫耀，说他有重大发现，说人长得漂亮是生产力，郭秀芝是驼香饭店的第一生产力。

郭秀芝与杨森怀的妈妈俩婆媳关系很亲密。郭秀芝很孝顺杨森怀的妈妈，杨森怀的妈妈很疼爱郭秀芝。郭秀芝与杨森怀每次探讨问题，不管是关于饭店里的还是家里的，只要意见发生分歧，杨森怀的妈妈总是站在郭秀芝一边，乐得郭秀芝直抿嘴笑，杨森怀气得嗷嗷叫也没办法。

杨森怀妈妈总是尽量多理家务让郭秀芝有更多的空闲。她每天接送程琼青到幼儿园上学，又上市场买菜、煮饭洗衣，样样抢着干。小琼青长得秀丽、活泼可爱，很有礼貌很懂事，每天总缠着杨森怀的妈妈，小嘴巴"奶奶、奶奶"的叫个不停，叫得杨森怀的妈妈心花怒放。

郭秀芝怀孕了，杨森怀的妈妈喜笑颜开。她要郭秀芝早睡觉晚起床，家务事更是不让郭秀芝沾边。郭秀芝五个月身孕时，杨森怀的妈妈就坚决不让她到驼香饭店坐班。杨森怀向来孝顺妈妈，也很爱郭秀芝，立即表示赞同。

郭秀芝不愿意，但她拗不过婆婆和丈夫，只好屈从。她从来没有过如此休闲的日子，她利用这休闲的时光读诗文看小说。

昨天晚上，郭秀芝坚决要与杨森怀一起到驼香饭店参加同农场兵团战友的小聚会。她和杨森怀都参与了由曾秀玉发起的，积极促成李叔叔与田阿姨早日喜结良缘的"密谋"。杨森怀的妈妈一开始不同意郭秀芝晚上外出，后经不住杨森怀与郭秀芝夫妻一再坚持，又听说由曾秀玉用小车接送，况且，比郭秀芝还早一个多月身孕的钟瑞真也参加聚会，也只好勉强同意了。不过，她在家里哄小琼青睡觉后，就一直坐着等杨森怀和郭秀芝回家。昨晚聚会，大家都有意想让李仕翔和田慧两位长辈能有更多的时间单独相处，培养感情，聚会很晚才结束。

听到电话声，朦朦胧胧中郭秀芝睁开了眼睛。见郭秀芝醒了，杨森怀提高声音，笑着对郭秀芝说："报告夫人一个好消息！"刚才接电话，杨森怀是用手捂住话筒，压着声调与钟奕强通话的，他担心声音大了会吵醒郭秀芝，现在，他急着要与郭秀芝共享喜悦。他重新钻进被窝，轻轻地搂着郭秀芝说："刚才是奕强来电，说今晚在我们饭店办简单的婚宴，李叔叔和田阿姨结婚……"

"哇！怎么回事，这么快？"郭秀芝满脸惊讶。昨天晚上小聚会，大家还在为促成李叔叔和田阿姨早日结婚集思广益出谋献策。想不到，两位长辈竟这么快就决定结婚，有点出乎意料了。

"不快不快，不快不慢正好，这叫'十五的月亮十六圆'。"杨森怀亲了一下郭秀芝的脸颊，松开搂着郭秀芝的双手，起床穿衣。

"天遂人愿，佳偶天成！"郭秀芝脱口而出。郭秀芝对李仕翔、田慧这两位知青家长十分敬佩。看着杨森怀起床穿衣，她也坐了起来，接着说："这是大好事，我也起床，我们一起到店里操办。"

"秀芝，你干吗呀？你再休息一会儿。"杨森怀急忙回身走到床边，用手按住郭秀芝的肩膀，"你现在起床，妈会骂我的。你放心，今天李叔叔、田阿姨不请客，婚宴只办一桌。我现在就到店里与童恒、德芬商量菜谱，晚上的婚宴会办得很好的。"

刚才钟奕强在电话里告诉杨森怀，说晚上参加婚宴的人不多，他们家只有田慧和钟奕强、钟瑞真夫妻三人，李仕翔家五人，有李珏耀、刘晓绯夫妻再加李远馨夫妇，另外还请曾秀玉和饭店里的四位知青战友。杨森怀在电话里告诉钟奕强，说他代表郭秀芝、童恒和德芬感谢李叔叔、田阿姨，他们一定尽力把婚宴办得最好，但他们四人不入席。

"森怀，可我也得表示我的祝福和心意呀！"郭秀芝掰开杨森怀按在她肩膀上的双手，说。

"秀芝，要不这样，今天上午你在家，我和德芬操办采购食材，下午我回来接你到店里，好吗？秀芝，要不，妈会不高兴的。"杨森怀侧身坐在床沿，他为郭秀芝掖了掖被子，深情地说。

"好吧！就这样。"郭秀芝无可奈何。她很孝顺婆婆，杨森怀妈妈说的话，她都谦让接受。

四

李仕翔与田慧结婚后，李仕翔不用坐班，田慧仍要上班，他干脆搬到康健楼。不久，钟瑞真临产。驼江市的风俗是女儿产期不能住娘家，否则会损害娘家的财气。田慧不信这个邪，自己的女儿在自己家生孩子明明是喜事，哪有损财气的道理。田慧不迷信也担心钟瑞真产期住婆家不习惯受委屈，但钟奕强的父母亲坚决不让，他们担心这样做会被邻居议论，被外人瞧不起，可是，自己家中住房拥挤，钟瑞真来家住确实有困难。于是，他们准备在附近地段租一间房子，让钟奕强的弟弟搬到租的房子里住，然后把钟瑞真接到家中。这样，他们既方便料理家务，也能照顾钟瑞真和刚出世的孙子。

田慧不满意钟奕强父母的这种安排，李仕翔也觉得这样的安排钟瑞真可能不习惯。他与刘晓绯商量，他主张把李珏耀与刘晓绯结婚时驼江大学分的那套新房，借钟瑞真作产假期用房。袁蜜去世后，为照顾李仕翔，李珏耀和刘晓绯搬到教授楼与李仕翔住在一起，那套房子就一直空置着。

刘晓绯爽快地答应了。李珏耀在京华大学读博士生，李仕翔与田慧结婚后多数时间住在康健楼，除有课外，回教授楼的时间不多。

李仕翔把与刘晓绯商量后的办法转告田慧和钟奕强，他们都赞同。都已经是一家人了，谁跟谁都用不着客气。

钟瑞真在驼江市妇幼医院顺利产下一个男婴，住院几天后就转到驼江大学李珏耀的宿舍房住了，钟奕强的妈妈笑得合不拢嘴，干脆也就与钟瑞真住在一起，照顾钟瑞真母子。

钟瑞真产假期，田慧一直处在当姥姥的喜悦中。她不时到驼江大学探望钟瑞真，逗着还没满月的小外孙开怀大笑，心情好极了。

但是，钟瑞真的产假期还没过，刘晓绯遇到的麻烦事让田慧心情忧郁。

刘晓绯负责的福田区新建的药材市场征地、拆迁工作已近尾声。魏洪根在凤县肆无忌惮压价收购中药材伤害农民。凤县是山区县，消息闭塞交通不便，很多亏损的种植中药材专业户怒火中烧，但又只能在无可奈何中忍声吞气，一些专业户已经准备放弃中药材种植，凤县县长罗倩虹几次与刘晓绯通电话都流露出自己的忧虑。刘晓绯参与过在凤县山区农村种植中药材的发动组织工作，凤县几家中药材种植大户她都认识。虽然不在凤县工作了，而且凤县与驼江市也不存在行政区域上的隶属关系，不过，刘晓绯仍觉得有责任帮助他们化解难题。

钟奕强干过中药材采购，他对魏洪根舍近求远、欺压凤县药农的行径强烈不满。他帮助刘晓绯分析省内及驼江市附近山区农村种植中药材的品种、生产状况以及国内中药材市场的分布情况。他们都觉得，在驼江市建设中药材市场，进而扶持它把它扩展成省内、省内外乃至世界的药材集散地，对驼江市的建设发展是一举多得。

刘晓绯把建设药材市场的设想在区委、区政府的联席会上作了详细的汇报，经过详细的论证和几个月艰苦的工作，终于获得市政府的批准。福山区委决定，由刘晓绯负责协调区政府相关部门，组织建设实施。市场建设中最棘手的是征地、住房拆迁等问题，她带领区政府相关部门的负责人深入村居，与拆迁户直接交谈，帮助他们解决实际困难，把最棘手的问题解决了，市场建设进入一马平川的施工阶段。然而就在这时，刘晓绯接到市纪委通知，要她立即停止工作，接受组织调查。

带队调查刘晓绯的是省委组织部的蓝副部长。省纪委、省委组织部连续接到不少驼江市的群众来信，反映刘晓绯存在着大量的问题。来信有揭发她是"文革"中造反派的头头、打砸抢分子；有反映刘晓绯与社会上的不法分子沆瀣一气，造成驼江市社会治安混乱的；有说刘晓绯利用职权收取不义之财的；还有说刘阳庆利用职权，走后门调刘晓绯回城的……

刘晓绯的爸爸刘阳庆原是驼江市市长，前几年才退休。省纪委、省委组织部经过研究，决定将这些群众来信不退转驼江市纪委、驼江市委组织部，而是由省纪委、省委组织部抽干部组成调查工作组，由省委组织部蓝副部长任组长，到驼江市调查刘晓绯的问题。

调查组整理了所有的群众来信，将揭发的问题分门别类，采用约谈、登门拜访、社会调查、召开组织座谈会等多种形式开展工作，调查结果却让蓝副部长感到震惊。刘晓绯纵容海南农垦知青在百花香歌舞厅打人，海南农垦知青、驼香饭店老板借刘晓绯之名为非作歹暴力驱赶、殴打对饭店牟取暴利不满的顾客纯属颠倒是非。福山公园发生的抢劫案，没有丝毫证据能证明就是住在福山"窝棚"里的回城知青所为。揭发刘晓绯送钱给唐环宏、黎海花，说这对住"窝棚"的海南农垦知青对社会严重不满，多次参与盗窃抢劫案尽干坏事，可是怎么也找不到这两人在社会上有干任何坏事的记录，按刘晓绯提出的方法拆迁福山公园的"窝棚户"，市民大加赞誉。

调查组约谈曾秀玉调查时，曾秀玉承认刘晓绯结婚时，她送给刘晓绯一条金项链，还送给李仕翔一台收录机。曾秀玉向蓝副部长说了同甘共苦的海南农垦知青情谊；说了李珏耀怎样出点子，鼓励、支持他们创业；说了自己如何师拜李仕翔自学大学英语……

蓝副部长静静地听着。蓝副部长的儿子也是海南农垦知青，也是兵团战士。他劝曾秀玉不要激动，要她相信组织会正确处理这些事的。

调查刘晓绯是不是"文革"中的打砸抢分子问题时，让蓝副部长对刘晓绯刮目相看。揭发刘晓绯组织武斗、逼害老干部问题纯属子虚乌有。剩下的就是打砸抢、带队砸妈祖庙的问题，蓝副部长登门拜访了知情人王菊香。旺婶已退休。那天，她和财叔一起在家接待了蓝副部长……

几天的调查，蓝副部长觉得，刘晓绯是一个很有潜质的领导干部。刘晓绯的麻烦事变成了好事。

五

好事成双。不久，康健楼又爆出一个大热闹、大好事。

那是一个星期天的傍晚，李仕翔、田慧一家人正在家中吃晚饭，院子大门的门铃"铃铃铃"地响起来了。田慧对钟奕强说："奕强，你去看看，谁来了？"

钟奕强放下碗筷，走过庭院打开大门。门斗上站着一男一女，两人手中都拎着一个行旅袋，一脸倦意但都面带微笑。钟奕强觉得这两个人有些眼熟，但就是想不起他们叫什么名字。

"钟奕强，不认识我啦？"那位一直盯着钟奕强看的女来客突然大声对他说，"我，邱粤兰！"

"哇！邱粤兰！粤兰……"钟奕强向邱粤兰热情地伸出双手，邱粤兰把拎着的行旅袋放在地面，四只手紧紧地拉在一起。

当年，邱粤兰与钟瑞云同在团卫生队当卫生员，住同茅草房宿舍同隔间。邱粤兰是当年农场推荐上大学的最后一批工农兵学员，读的是生化专业。大学里的有些课程，邱粤兰是与恢复高考后入学的大学生一起上课，她感受到了一些异样的眼光。邱粤兰倔强，"先天不足后天补"，各学科成绩并不比恢复高考后入学的大学生差。大学毕业后，邱粤兰被分配到省城一家国营生化医药企业工作，后出国留学，硕博连读获生化学博士学位，毕业后被一家生化药物公司聘用，定居在美国。

邱粤兰笑着盯着钟奕强眨眨左眼，钟奕强看到了一个熟悉的邱粤兰。当年在海南岛，钟奕强到卫生队找钟瑞云，如果邱粤兰也在宿舍，她总会对他眨眨左眼，然后说"欢迎贵客"，笑吟吟地找个美丽的借口离开宿舍，给钟奕强和钟瑞云创造一个两人世界。邱粤兰对还有点反映不过来的钟奕强说："钟奕强，我告诉你他是谁，"邱粤兰朝身边的男子嘟嘟嘴，大声地说，"他——钟瑞云的弟弟，钟瑞腾！"

钟瑞腾是冯国昌找到的。冯国昌接受刘晓绯的委托，在香港通过朋友，动用各种关系寻找钟瑞腾，好久都没有消息。他没气馁，又根据刘晓绯说的，钟瑞腾的叔叔、婶婶都曾在国民革命军服役参加过抗战的线索，通过他在国民革命军的战友寻找钟勇和孙丹燕。

钟勇找到了。钟勇和孙丹燕随溃败的国民革命军退到台湾，不久退伍，夫妻俩在台北开了一家小诊所。钟勇医术精湛，医德高尚，诊病卖药收费合理，在所在街区很有名气。不过，冯国昌的那些国民革命军战友都没能打听到钟瑞腾的消息，更不认识钟瑞腾。那年代，大陆有亲人在台湾的人，很容易被无事生非招惹麻烦。寻找钟瑞腾似乎陷入绝境，没希望了。

冯国昌生性倔强，重情义讲义气，答应帮助朋友的事，即使再困难，他也一定会想方设法做好。冯国昌知道，内地逃港的人，往往会在亲人朋友家蛰伏一段时间才改名换姓出来打零工。钟瑞腾在香港没亲人，难以长期待在香港，极有可能在香港打听到他叔叔的消息后，去台湾找他叔叔了。他特别关注台湾方面的消息。

精诚所至、金石为开，冯国昌找到钟瑞腾纯属偶然。唐燕环有一位金陵女校的同学叫叶曼娜，与国民革命军军官结婚，丈夫官至副军长，也随丈夫的部队溃退到台湾。一次叶曼娜从台湾到东南亚旅游返程时在香港小住，恰巧唐燕环也在香港，老同学相见格外热情。自从结婚后，她们很少有机会见面。她们聊天，聊家庭，也聊自己的丈夫。叶曼娜告诉唐燕环，说自己的丈夫命大，说她丈夫抗战当团长时有一次负重伤住野战医院，野战医院撤退时遭日机轰炸，为她丈夫抬担架的两位担架员被炸死，幸好，野战医院一个名叫孙丹燕的护士长随即扑在她丈夫的身上，她丈夫安然无恙，而这个护士长却被炸伤了。叶曼娜说，他们一家人都记住这位护士长，感恩这位护士长。

"孙丹燕！曼娜，是不是在台北与她丈夫一起开诊所的那个孙丹燕？"叶曼娜刚停口，唐燕环就急切地问。

"是啊！"叶曼娜回答，"怎么？燕环，孙丹燕你也认识？"叶曼娜眼神里充满疑惑。

唐燕环讲了冯国昌受朋友之托找钟瑞腾的事，叶曼娜静静地听着，她略有所思地对唐燕环说："好几年前，孙丹燕和她先生曾到我家，找我的先生，说请我先生帮忙，让他侄子在台北中学插班读书。"

"后来呢？"唐燕环急切地问。

"后来……"叶曼娜想了想说，"后来花钱找关系，办成了。他侄子读书很勤奋，听说后来到美国留学了。"

叶曼娜说的这个人就是钟瑞腾。在钟瑞腾上山下乡同公社不同生产队插队的知青中，有一位跟他很要好的朋友。这位朋友的两个姑姑在香港。这位朋友比钟瑞腾早半年多的时间成功偷渡到香港，就住在他姑姑家。钟瑞腾成功偷渡香港后也被这位朋友安排住在他姑姑家。这位朋友的姑丈是退役的国民革命军军官，钟瑞腾很希望自己的叔叔还活着，也像这位朋友的姑丈一样在香港。钟瑞腾听妈妈讲过叔叔婶婶的故事，他把这些故事讲给这位朋友的姑丈听……

一个多月后，这位朋友的姑丈终于打听到钟勇的消息，钟勇还活着，但不在香港在台湾。听侄子偷渡到香港，钟勇让钟瑞腾改名换姓，想方设法终于把钟瑞腾接到台湾。

冯国昌终于找到了钟瑞腾。钟瑞腾请冯国昌夫妇暂时保密，说他想给家里人惊喜，实际上，他是担心由于他的出现而给家里人带来伤害。

钟瑞腾微笑地对有些发愣的钟奕强说："奕强哥，我早就认识你。"当年在海南岛屯垦戍边当兵团战士，钟奕强探家时到康健楼拜访钟瑞云的爸爸妈妈，钟瑞腾那时见过钟奕强。

"真的是你呀，瑞腾！"钟奕强拥抱了一下钟瑞腾，随即松开，一手拿过钟瑞腾手中提着的行旅袋，另一只手拎起邱粤兰放在地面上的行旅袋，对钟瑞腾和邱粤兰说，"走！我们进去。"又大声朝厅里喊道，"妈！瑞腾回来啦！"

钟瑞腾和邱粤兰随钟奕强走进院子。

十几年失联的儿子回来了。田慧三步并成两步从一楼餐厅走出，快步到院子里。她很激动，李仕翔也紧跟在田慧身后。

钟瑞腾快步走到田慧跟前，喊了一声"妈"，随即双腿跪地泪流满面，呜咽着说："妈！我有罪！妈，我害死了爸爸，我愧对你，妈妈……"钟瑞腾已从冯国昌和唐燕环那里了解到他偷渡香港后家里发生的变故。

"儿呀！你造孽……"田慧挥手扇了钟瑞腾一记耳光，又拉起跪在地上的钟瑞腾，把他拥在怀里，哭着说，"儿啊！妈想你好苦……"

"好啦！田慧，都过去了的事，别哭！"李仕翔劝慰田慧，"瑞腾回来了是好事，我们高兴才对。"

田慧、钟瑞腾止住哭。钟奕强向李仕翔、田慧介绍邱粤兰，邱粤兰大大方方地向二位长辈鞠躬问好。

邱粤兰是钟瑞腾的女朋友。钟瑞腾与邱粤兰留美时同校同专业，两人同龄但邱粤兰是学姐。钟瑞腾读博毕业经邱粤兰引荐，与邱粤兰在同家公司的研发部工作。钟瑞腾是钟瑞云的弟弟，邱粤兰在海南岛上山下乡时与钟瑞云堪称闺蜜，他们俩碰巧在美国相遇相识，又成为同事，相互间有许多共同语言。他们恋爱了。这次回国，他们准备见过双方的父母后就结婚。

六

下午刚上班，钟奕强就接到厂办通知，立即到厂会议室参加会议，听传达工厂实行厂长承包责任制的改革方案。钟奕强赶到会议室时，参加会议的全厂中层干部差不多都到齐了。会议主席台上，厂长、书记分坐两边，中间坐着蔡副市长。钟奕强赶快在稍靠后的地方找了一个空位坐下。

会议由厂党委书记曲焕彪主持，他介绍了坐在主席台上的蔡副市长后，说了开场白："同志们，今天的会议很重要，也很紧急。上午，甘厂长到市里开会，我们厂的承包方案上报市政府后，经有关部门请相关专家研究，作了进一步的修改完善，现在已经政府批准，准备正式实施。蔡副市长要求，下午一定要传达到全厂中层干部……"

田慧坐在离主席台最近的会议室第一排座位上，聚精会神地听着曲焕彪的讲话。厂里上报的厂长承包改革方案，之前曾几次在中层干部会议上讨论修改。按照原方案，竞争承包工厂，必须提出上级主管单位认可、厂里职工支持的具体方案。钟奕强有意承包工厂，田慧与钟奕强在家曾一起探讨过承包问题，并且已经设计好竞争承包的具体方案，私下还征求过曲焕彪对他们设计的竞争承包方案的意见。现在听曲焕彪说厂里上报的改革方案被修改进一步完善，又匆匆忙忙地召开工厂中层干部会议，急急忙忙地要传达，要实施，田慧估计，里面肯定有变化，而且是比较大的变化。

甘欣利传达市政府批准的工厂承包方案。当传达到承包人必备条件时，甘欣利提高了声调。当他说到"承包人必须现金预付30%的承包利润"时，会场引起一阵小骚动，不少人小声议论着。钟奕强心里骂了一声"他娘的，这是谁的馊主意"，明摆着，全厂上下拿工资的，肯定没人具备承包资格，厂长只好外请了。

原先，钟奕强对承包工厂信心满满。他与田慧、曲焕彪商量过了，承包后，曲焕彪负责工厂日常管理，主抓生产流程；田慧负责药物研发，兼把药材采购的质量关；自己负责供销，迅速打开市场消除仓库大量的药品积压。钟瑞腾、邱粤兰这次从国外回来，带来了西方国家运用生物工程技术发展海洋生物制药的信息，也与田慧、钟奕强探讨运用现代生物工程技术发展中成药的问题，钟奕强更对驼江制药厂的发展前景充满信心。

要求现金预交30%的承包利润，个人谁有这个经济实力？钟奕强脑子里闪出贵兴制药厂老板王贵兴。钟奕强认识王贵兴，知道王贵兴偷税、避税，擅长搞歪门邪道造假，是一个为挣钱不择手段的人。药物制品关乎人的性命，如果王贵兴承包了驼江制药厂，怎么办？

钟奕强抬头望了望会议主席台。甘欣利端起台桌上的水杯，揭开杯盖，优雅地喝了一口水，微笑地望着台下；曲焕彪面无表情，一动也不动地坐着。

台下，参会人员嘀嘀咕咕、交头接耳。蔡副市长用手指弹了弹摆在他面前的麦克风，扩音喇叭发出"咚咚"的声响，会场静下来了。蔡副市长清了清嗓子，说："好啦！好啦！都静一静！静一静！"他端起台桌上的水杯，喝了一口茶水，接着说，"刚才，甘欣利同志传达的这个承包人条件，也可以说是承包保证金，是我们市政府经过反复研究，反复听取有关专家的意见决定的。同志们啊！你们说，国家资产要不要保护？"

台下一片寂静，没人回答。蔡副市长讨了个没趣。他端茶杯，喝了一口茶水，又自言自语说开了："要保护！承包人预交30%的承包利润就是保护。你们说，如果承包人把工厂搞亏损怎么办？能说亏就亏，不交利润吗？"见台下与会者似乎都面无表情无动于衷，蔡副市长提高声调，"所以，保证国有资产不流失，就一定要增加这一条，这是专家都反复强调的。"

承包人必须预交30%的承包利润，这一增加的条件其实是王贵兴想出来的绝招。王贵兴对承包驼江制药厂是志在必得。他设计让王贵财成为驼江制药厂药前处理车间的临时工，伺机制造事故，造成车间火灾，以领导失职为由处理钟奕强，掐死竞争对手。

阴招出手失利，王贵兴只好另辟蹊径。王贵兴聪明，擅长以己之长攻人之短，很快，他想出了承包人应预交部分承包利润的办法。

甘欣利赞赏王贵兴的方法。他与市经委魏主任经过一阵密谋，这个方法就由某位邀请的专家，在改革方案的论证会上提出来了。

甘欣利继续传达工厂承包方案。方案要求，有意承包者，必须在一个月内报名的同时，上报承包后的工厂发展规划，同时也必须交足承包保证金。

钟奕强边听甘欣利传达边冷静地分析着：这是一个为外人承包工厂设计的方案，"英雄不问出处"，理由堂皇，在国企里兢兢业业干工拿工资的职工全都成了"窝囊废"，社会上那些发横财的人是"英雄"？钟奕强不想花心思细究这些问题。承包方案里面规定，按工厂最近五年的平均利润额，作为承包利润的基数。钟奕强迅速推算出承包工厂后必须完成的利润额，以及承包人应预交的保证金。他头脑中闪出一个大胆的念头：借钱交保证金，承包驼江制药厂。

当天吃晚饭的时候，田慧在饭桌上讲了方案的内容，刘晓绯听了，说："这甘欣利，我们区里的干部都说他的下三滥鬼点子多。"刘晓绯讲了福山区区属国营企业的承包改革，说他们采用的是自荐和他荐相结合，通过工厂职代会审议承包方案，择优选择承包人报上级相关部门确定，没有考虑从社会聘能人预交保证金承包工厂。说他们区推行这种厂长承包，企业职工反映良好。

李仕翔与田慧结婚后，大都住在康健楼。刘晓绯不时到康健楼看望公公和田阿姨，偶尔也在那里留饭。钟奕强曾与刘晓绯探讨过承包驼江制药厂问题，也都估计到甘欣利不会轻易让钟奕强接手承包驼江制药厂，钟奕强早有心理准备。当然，他想到的只是小心谨慎，不给甘欣利留下任何可能抓住的小辫子。他也确实做到了。

有钱是王贵兴的优势，缺钱是钟奕强的软肋。要预交承包保证金应该说是抓到钟奕强的软肋了。不过，钟奕强能屈能伸就是不轻易言败，不到黄河心不死。刘晓绯傍晚在康健楼留饭，他本想晚饭后与刘晓绯就传达的承包方案，好好交流探讨承包工厂的问题。不巧，刘晓绯吃完饭帮助理些家务就告辞了。刘晓绯在读夜大，晚上有课。钟奕强决定把"借钱交保证金承包工厂"的想法告诉田慧，征求田慧的意见。

田慧晚饭后收拾饭桌、洗涮餐具的家务活被刘晓绯抢着干了。她与李仕翔干脆回二楼卧室，分别洗完澡后在客厅坐下，田慧想与李仕翔探讨钟奕强承包驼江制药厂的事。在钟瑞真坐月子，康健楼只住田慧与李仕翔两人的一个周末晚上，田慧向李仕翔介绍了康健楼的历史，说钟勇夫妇在抗战中立功，抗战刚胜利回家探亲，勇斗驼江市国民党接收大员范烨，救出父亲钟盛顺、哥哥钟诚的故事；还说出了一个唯独自己知道，藏在心里数十年的秘密……

第二天周日天刚亮，田慧和李仕翔拿着一把小铁铲来到院子里的杜鹃树旁，在距院墙约一米的地方，田慧指着地面上一块约40斤重的本地腊石，告诉李仕翔说："就在这个地方。"

李仕翔搬开石头，用小铁铲挖开泥土，挖到约30厘米深的时候，发现地下埋着一个小瓦罐。李仕翔放下小铁铲，屈腿弯腰抱出小瓦罐。小瓦罐封口包着两层深褐色的油布，用泡过油的小麻绳扎着。田慧蹲下身子，解开小麻绳，掀开油布，揭开罐盖，倒出小瓦罐里的东西，十锭金元宝，六根黄金条，一件不少。

当年，民国时期，田慧的公公钟盛顺为驼江市市长的母亲治病有功，从驼江市市长手中盘下这座小院。一天，钟盛顺打算将院子围墙旁一棵主干直径约碗口粗的杜鹃树移位，竟想不到在这棵杜鹃树旁挖出一个小瓦罐。打开罐盖，发现里面装着十锭金元宝，每个约一斤重。

天掉金元宝，钟盛顺大喜。他知道，这些金元宝是这座小院原来的女主人媚香的，钟盛顺听过媚香的故事。媚香事过三任丈夫：清末驼江府驻军总兵、驻军副将，以及民国初期驼江市警察署副署长，一个个都是搜刮民脂民膏的里手行家，心狠手辣。他估计，媚香对她的这些丈夫的秉性心知肚明，埋藏这些金元宝是为自己留后路。媚香没有子女，病逝突然，埋藏的金元宝无人知晓。他觉得，这些金元宝肯定是不义之财，苍天把这些财宝送给他，是对他为百姓行医治病积德的酬劳。钟盛顺不动声色，把这些金元宝重新装入小瓦罐，原位重新掩埋好。小庭院重新设计改建，院子里的花木一律原位不动。再后来，国内爆发内战，国民革命军兵败，国民党当局强制国民用家中的黄金白银兑换金圆券，精明的钟盛顺表面热烈响应实际上马虎应付。他与钟诚挖出装有金元宝的小瓦罐，把家中储存的六根黄金条装入其中重新埋好。钟盛顺告诉钟诚，说如果他在世时不动用这批财宝，他去世后，就按钟诚和钟勇兄弟俩每人四锭金元宝、两根金条，女儿钟英两锭金元宝、两条金条的份额分给三位儿女。钟勇抗战刚胜利时回家探亲后回国民革命军部队，随着国民革命军在内战中大溃败之后杳无音信。钟英在驼江市解放时回家看望父母，第二天即归队，后来参加抗美援朝在战场牺牲。这一小瓦罐的金元宝和黄金条也就一直埋藏在地下没人动过。

失联多年的儿子钟瑞腾从美国回来探亲，突然出现在面前。那天深夜，激动的田慧躺在床上，就是一直睡不着觉。李仕翔拥抱着田慧，他为田慧失联的儿子回来高兴，田慧的儿子也是他的儿子。李仕翔与田慧结婚，两人都感到失去的甜蜜又找回来了。夜里田慧轻声对李仕翔说："翔，我好高兴，儿子回来了，我想把院子里那棵杜鹃树底下掩藏的秘密向儿女们公开，你说好吗？"

李仕翔稍作思考，轻声地说道："亲爱的，我觉得现在还不是公开的时候。

这些财宝是你和钟勇共有的，钟勇现在虽说是在台湾，但毕竟人还在，应该先让他知道……"

田慧看了李仕翔一眼，"嗯"地应了一声。

晨曦调皮地钻进窗户，愉悦地把迷人的温柔洒给床上的恩爱夫妻，天亮了。

甘欣利在传达市政府批准的驼江制药厂承包改革方案，传达到文件规定，承包人必须预交承包利润的30%作为保证金，保证金不准以工厂的名义向银行贷款时，抬头带着嘲笑睨视了田慧一眼，得意洋洋。

田慧微笑地迎着甘欣利嘲讽的眼神轻轻地点了一下头，算是回应。田慧读懂了甘欣利眼神中自以为是的幸灾乐祸。她突然想到了埋藏在院子里的那个小瓦罐。

钟奕强要借钱凑齐承包保证金，田慧一听，心里顷刻充满赞赏。她招呼已踏进二楼客厅的钟奕强坐下。

"奕强，承包后盈利是否有把握？"李仕翔与田慧并排坐在双人沙发上。他伸手拿过茶几上的茶叶和茶杯，泡了一杯凤县绿茶递给钟奕强，慈祥地问。

"谢谢！"钟奕强双手接过茶杯，放在自己座位前的茶几上。钟奕强坐在双人沙发右侧的单人沙发上。二楼客厅，两张单人沙发呈直角分别置放在双人沙发两边。

"李叔叔、妈，我有！"钟奕强坚定地说，"除了以前我们一起讨论过的优势外，还有一个……"钟奕强似乎有点不好意思，稍停下话，接着说，"李叔叔、妈，你们听了不要生气啊！"

"好！你说，我们听了保证不生气。"田慧转头看了李仕翔一眼，笑着说。

"李叔叔、妈，瑞腾探亲的时候，我们曾在一起议论过承包药厂的事。"钟奕强还是似乎有些不好意思，放低声音说，"粤兰对我说，李叔叔很帅气，妈妈很漂亮，她建议承包后，要为我们工厂生产的中成药做广告，特别是电视广告。说李叔叔和妈上镜拍广告，效果一定不比明星差。粤兰还说，广告甚至可以做到国外。"

"哈哈……"李仕翔和田慧听了，哈哈大笑。

"还有，我还想，把厂里那些药力达不到要求的中成药存品销毁，请媒体报道。这样，多管齐下，一定能引起轰动效应，打开市场。"

李仕翔和田慧都赞赏钟奕强向朋友借钱筹备承包保证金的想法，当天夜里在床上，夫妻俩私下商定，想办法与在台湾的钟勇联系，征得他同意后，把那小瓦罐里黄金公开，作为备用资金解燃眉之急。

七

钟奕强立即行动起来了。李仕翔和田慧赞同他向朋友借钱筹备承包保证金的第二天晚上，钟奕强立即骑自行车到胡家村找曾秀玉。胡宏彬和曾秀玉热情接待了他。钟奕强把想借钱的事刚说完，胡宏彬不假思索立即说"行！"宏秀制衣厂已摆脱港商麦先生的操控与红浪漫公司直接确立合作关系，利润大增。胡宏彬当即与曾秀玉商量，除维持现有生产规模所需要的流动资金外，其余资金，如果需要，可全部借给钟奕强。

钟奕强很感激胡宏彬的豪气和曾秀玉的战友情谊，不到半个小时，就借到将近一半承包保证金的钱。他说："宏彬、秀玉，很感谢你们。你们的钱我先借用，到时，我按贷款的银行利率付还本息。"

"哇！我的副指，生分啦！"曾秀玉看着钟奕强，笑吟吟地说。他们在胡宏彬家的书房里谈话，胡宏彬和曾秀玉坐在大平板书桌的一边，钟奕强坐在他们的对面。钟奕强要承包驼江制药厂，曾秀玉打心底高兴，她一直都认定，给钟奕强一个平台，他就能创出不平凡的事业。她要全力支持钟奕强承包驼江制药厂。她说："奕强，我们的钱不要利息。你这样说，我们听了不高兴。宏彬，你说是吗？"曾秀玉转头问胡宏彬。

"对！奕强，秀玉说得对。你向我们借钱，我们要利息，我们成了什么人？"胡宏彬抿了一口凤县绿茶，"奕强，秀玉常夸你，我支持你承包驼江制药厂，为你们兵团战士长脸。不过，奕强，我可要提醒你，筹钱一定要保密，你们厂的那个甘厂长可不是一盏省油的灯。"

"谢谢你们！宏彬、秀玉。你们的盛情我领下，那我们就不说利息的事……"钟奕强暗下决心，一定要承包驼江制药厂，一定要管理好驼江制药厂，一定要实现工厂的大盈利，到时利息一定要付，而且一定要多付。

"奕强，宏彬说得对，这事要保密，要快。"曾秀玉抬头看了一眼墙上的挂钟，时间正好是晚上八点。她对钟奕强说："奕强，现在时间还早，我们一起到驼香饭店找杨森怀，应该还能筹到一些钱。你看怎么样？"

"对！奕强，现在时间还早。这样，你把自行车先放在这里，回来时再骑走，秀玉开车，你们一起去。"曾秀玉话刚说完，胡宏彬立即接口。

见钟奕强和曾秀玉到来，杨森怀热情地把他们迎进一楼的一间小包厢，招呼服务员泡上一壶杭州龙井茶。杨森怀与郭秀芝夫妻俩小日子过得很惬意。郭秀芝天遂人愿生下一个胖小子，哺乳期还没过，还没到饭店上班。童恒正在工作间制作驼香牛肉丸，他穿着白色的工作服装走进包厢与钟奕强和曾秀玉简单地打了个招呼，又忙着干活去了。

钟奕强和曾秀玉坐下后，杨森怀走到二楼，告诉纪德芬说钟奕强和曾秀玉来了饭店。纪德芬让杨森怀先代问好，说等她忙完活再到包厢见面聊天。

杨森怀回到小包厢，三人坐定。钟奕强说明来意，杨森怀心里暗暗琢磨着，社会上不时传有国营企业非本企业职工也可以承包企业的消息，他跃跃欲试。承包国企，或者饭店扩大经营规模加盖第三层楼，这些，都要用钱……

"哇！森怀不愧是爱妻模范，要向老婆报告，请秀芝批准呀！"见杨森怀有些犹豫，曾秀玉笑着说。

"秀玉，不要为难森怀……"钟奕强转头瞪了曾秀玉一眼，制止她说。

"秀玉呀！你这个人就是会搅局乱说话。我杨森怀是什么人，奕强还不知道？"见钟奕强制止曾秀玉说话，杨森怀站起来了，"我刚才是在计算家底。奕强是我的老领导，没少照顾过我，他有难处，我能不帮？"

"行！行！森怀，你把准备盖饭店第三层楼的钱借给奕强，行吧？森怀，承包驼江制药厂对奕强来说，是难得的机会，错过就没了。你那个第三层楼，慢盖一两年应该没什么问题。"杨森怀刚停口，曾秀玉立即抢着说。曾秀玉知道，杨森怀曾与伍秋盛商量过驼香饭店盖第三层楼的问题，还想请胡宏彬帮忙找建筑工程队。

"没问题！奕强，那钱你拿去先用。"曾秀玉揭底，杨森怀爽快地答应了。

"这还差不多！"曾秀玉高兴地说，"不过，森怀，这事要保密，对谁也不要说。"

三个人高兴地议论着，杨森怀告诫钟奕强，要他不要太早表现出有钱交保证金报名参加承包竞争；说最好在截止报名时间的前一两天再报名，给甘欣利来一个"一剑封喉"，让他措手不及，他再想出歪点子也没时间了。

"哇！今晚好时光，热烈欢迎我亲爱的兵团战友！"人随声到。纪德芬忙完二楼厅面业务，笑吟吟地走进包厢。纪德芬现在日子过得很惬意，丈夫爱她，公婆疼她。她在驼香饭店上班，杨森怀特地在二楼厅面的歌台增添一台高级音响，能提供娱乐唱歌的歌曲也丰富了很多，有经典的，也有世俗流行的，甚至还有民国和"文革"时期的歌曲。纪德芬唱歌字正腔圆，音色透亮圆润，声音明亮丰满，气息饱满有穿透力，受到顾客的热捧。不时有顾客点歌邀请纪德芬演唱，纪德芬热情大方总是满足顾客的要求。纪德芬甜美的歌声，为驼香饭店增添了不少回头客，童恒赞誉她是驼香饭店的一棵"摇钱树"。

纪德芬走进小包厢没多久，童恒忙完手中活也来了。几位回城的兵团战友，品着茶海阔天高地侃起大山。

几天时间过去了，借钱筹备保证金的事虽有很大进展，李仕翔、刘晓绯都拿出了全部的积蓄，但仍存在缺额。按照甘欣利在会上的说法，缺一块钱都不行。钟奕强有些犯难了，借钱不能张扬要保密。胡宏彬曾提出由自己出面，向一些民营企业的老板借钱，但钟奕强和曾秀玉都不赞同。他们担心，这些老板设饭局吃饭喝酒，侃大山通常口无遮拦，很容易就把消息泄露出来，万一被洋洋得意，自以为已成功掐死钟奕强承包驼江制药厂的甘欣利获悉，怕到时甘欣利又想出什么歪点子。

田慧决定公开家里地下埋有黄金的秘密，设法与在台湾的钟勇联系，征得他同意，动用这些黄金。借到的钱再加上这笔黄金，就不愁交不足承包保证金，也一定能让甘欣利抓不住钟奕强的"软肋"。

说干就干，田慧请刘晓绯与金福大酒店老板冯国昌联系。几天后一个周日下午，钟奕强和刘晓绯陪田慧到金福大酒店拜访冯国昌夫妇。在冯国昌的办公室里，田慧接通了台北钟勇夫妇开办的门诊所的电话，与钟勇直接通话。电话是通过冯国昌的香港酒店总部中转的。

几十年没见面，田慧与钟勇在电话里激动了好一阵子。田慧含着眼泪，哽咽着讲了公公钟盛顺当年留下这笔遗产的经过。

电话那头，钟勇一手搂着妻子孙丹燕，一手拿着电话筒，夫妻俩都含着眼泪与田慧通话。他们根本就没想到，除了那座小院子外，爸爸还给他们留有黄金；他们敬佩大嫂田慧人格高尚。他们哽咽着在电话里对田慧说："好大嫂，这些黄金就由你按现在的法律规定处理吧！"……

后　记

这是一部知青写知青的小说。我本人就是知青，一名在海南岛有着17年生涯的，曾经的兵团战士。

20世纪60年代末70初，是中华人民共和国建设的特殊历史时期，1700多万莘莘学子学业顿失，听从党和国家"上山下乡"的号令到农村、到边疆、到农场、到生产建设兵团。知青的队伍浩浩荡荡，堪称惊天动地，举世瞩目。

1969年，我从广东潮州古城上山下乡奔赴海南岛，成为知青，成为兵团战士，赴广州军区生产建设兵团第四师第三团（红泉农场）屯垦戍边。同行的队伍中，年龄大多在16至19岁之间，最小的仅14岁初中还没毕业。那时候，我们被告知，大学不直接从在校生中招生，工厂也不从城市待业青年中招工。我们不知道这是为什么，只知道上山下乡是培养红色革命事业接班人的必要途径。尽管那时我们都感到或多或少的无奈，但很少有人因此沉沦。我们在海南岛的荒山野岭，在热带雨林的偏僻烟瘴地，在与蚊虫、蛇蝎、蚂蟥做伴的莽莽胶林里，以常人难以想象的刚毅，开始了迎击烈日、暴雨、狂风，汗洒天涯的人生历程。我们搭窝棚住茅屋，一日三餐缺油缺肉缺蔬菜，总觉得"吃不饱"，但仍艰难地承担着体力超支的繁重劳动，为发展祖国的橡胶事业贡献出有血有泪有激情的青春年华。有的战友甚至在海南岛永恒。

"文革"结束，知青回城大潮涌动。1976年，家中以需照顾生活难自理的年老父母双亲为由，来函要我办"困退"回城。那时，我是农场政治处副主任兼团委书记。那年代，知青想方设法大批回城，回不了城的知青，甚至是慢回城的知青，都会被"嘲笑"为家里人没本事、自己没本事。幸好，曾在兵团四师三团同为兵团战友，兵团时期在团部机关曾指导过我的政治理论学习，后调解放军南京陆军指挥学院任职的现役军人张文元教授得知消息，接连来信严肃劝阻；时任农场党委书记的叶绍发书记也不赞同我"困退"。兵团时期，叶绍发是团生产处处长，我曾在团生产处任统计员。叶处长时常在工作和生活中关心我、帮助我，是我的好领导。

于是，我与家里人开始为争取我调动回城奔波。从1977年联系调动回城到1986年调汕头市委党校改任教职，这期间，国家恢复高考，虽然我处于干部商调时段失却参加高考的报考机会，但却又幸运地自报以自学达到大专的文化程度，考上广东省委党校理论班，脱产读书两年获得哲学本科文凭。这期间，我亲闻、亲见绝大部分"病退""困退"回城的知青被城市边缘化，求职辛酸、自谋职业的艰难，经济生活拮据的酸楚，被招工回城进工厂没几年又被"下岗"的尴尬。然而，让我感动、让我赞叹的是，我的这些命运多舛的兵团战友，默默承受着生活的艰辛苦涩，很少有人自暴自弃苛责他人，苛责政府，苛责社会。

一代知青承载着中华人民共和国建设时期的艰苦和磨难，人生沧桑感明显。不可否认，知青队伍中也有沾染社会恶习的行为不端者，不过，这仅仅是知青队伍中的极少数，且也为其他知青所不齿。知青不是"落魄潦倒""粗俗鲁莽""颓废平庸"垮掉的一代。知青在特殊年代带着历史的遗憾，忍辱负重，以很普通、很平凡的特殊作为创造出"为国家舍小我"的沉重的伟大，在中华人民共和国建设史上留下了浓墨重彩的印记。

知青都有浓郁的知青情结，我心中就拥有对知青深厚的情愫积淀。作为知青，作为尚且被战友们认为是"幸运"的知青、"有文化"的知青，我觉得自己有责任用文字留下知青的回忆。我很希望能通过小说，描写曾同在天涯海角泪洒青春的战友们坎坷跌宕的苦乐人生，增添有关兵团战士、海南农垦知青的文学作品，让人们更好地认识知青。2015年退休后，我开始构思写作《岁月烟雨》，获得我的兵团战友的热情支持。解放军南京陆军指挥学院的张文元教授，东南大学尹莲英教授，同为赴海南上山下乡的兵团知青、汕头市人大常委会原副主任刘远珍，汕头市人民政府原副市长林挺，当年"同船渡"赴海南当兵团战士的老同学杨喜添更是关心鼓励我写作。在我写作的过程中，张文元教授、尹莲英教授还对小说的故事铺设、人物塑造不时提出建设性的修改意见；海南农垦系统资深的农艺师杨喜添，为书中相关的橡胶种植及园林农艺技术的描写，提供了相关的知识支持；在同团（场）上山下乡的吴传秋、林树茂等同学，也介绍了当年农场搞基建，自己动手盖茅草房、瓦房宿舍的故事……都是曾经的兵团战士，我的小说融汇着他们浓烈的知青情结。由此，小说塑造的人物更鲜活、更有个性，故事叙述也更精彩。海南兵团知青都能隐隐约约从中找到自己的身影。

历时近三载，本书终于完稿。海南岛是我的第二故乡。我感恩广州军区生产建设兵团，感恩海南农垦，感恩兵团四师三团（红泉农场），感恩我的知青战友，他们在特殊年代的特殊作为，激发了我的写作冲动，也为我的小说创作提供了丰富殷实的写作素材。我衷心感谢曾同在海南岛屯垦戍边，兵团战友情谊浓郁的张文元教授、尹莲英教授对本书写作的积极鼓励，以及对小说写作进程的热切关注。衷心感谢所有关心、鼓励、支持我写作，帮助我出版发行的朋友。衷心感谢广东人民出版社编辑林冕、向路安对本书出版的大力支持和付出的辛劳。

张平增

2018年8月